파우스트
그는
누구인가?

파우스트 그는 누구인가?

JOHANN WOLFGANG VON
GOETHE
faust

이인웅 엮음

문학동네

나, 나, 나는 누구인가

나, 나, 나는 누구인가.

우리 모두는 누구나 한번쯤 자신에게 이런 질문을 던진다. 그리고 고민한다. 과연 나는 누구이며, 어떤 존재일까. 그리고 어떻게 살아가야 할까.

'나'를 '아이'라 하는 미국과 영국인, '이히'라 하는 독일인, '주'라 하는 프랑스인, '야'라 하는 러시아인, '워'라 하는 중국인, '와다구시'라 하는 일본인, 말은 달라도 세상 사람 모두가 우리처럼 나는 누구인가 하는 의문에 빠진다.

파우스트, 그는 누구인가.

괴테의 파우스트 역시 "나란 존재는 대체 무엇이란 말인가?(Was bin ich denn?)"라고 절규한다. 그리고 긴 생애 동안 나를 찾아 끝없이 방황한다.

전설과 예술에 형상화된 파우스트는 지고한 노력으로 모든 학문을 섭렵한다. 하지만 인간이라는 소우주는 물론 대우주의 본질을 깨치지 못한다. 그는 인간의 한계를 초월하고자 악마와 계약을 맺는다. 마술을 이용하여 시간의 흐름, 사건의 변전 속으로 휘말려들어간다. 그리고 그는 희망하고 노력하고, 사랑하고 미워하고 괴로워하며, 생각하고 체험하는 등 영원히 반복되는 인생을 살아간다. 온갖 지혜에 통달하고, 권력과 부귀영화를 누리고, 아름다운 여인과 사랑을 나누고, 아내와 자식이 있는 가정도 가지고, 토지를 개간하여 백성이 자유롭게 살게도 한다. 문학과 철학, 도덕과 종교, 법률과 국가, 직업과 수공업, 경제와 무역, 정치와 전쟁, 자연과 문화 등 우리 인간생활과 세계생활에 관계되는 모든 영역의 달인(達人)이 된다. 그러나 그는 어느 하나에도 만족하지 못한다. 자신이 누구인지, 자신의 존재가 무엇인지도 알지 못한다. 그리고 계약기간이 끝나자 악마에 의해 지옥으로 끌려간다. 혹은 천사들에 의해 하늘나라로 구원되기도 한다.

지옥에서든, 하늘나라에서든 그는 지금도 "나란 존재는 대체 무엇이란 말인가?" 하고 절규하고 있지 않을까.

나는 누구인가.

나는 우주의 중심이다. 내가 전부이다. 내가 있어야 네가 있고, 내가 있어야 만물이 있다. 나 없이는 아무것도 없다.

그렇지만 무한의 공간과 영겁의 시간에서 볼 때, 나란 존재는 존재하지 않는 것이나 다름없다. 내가 없어도 세상은 잘 돌아간다. 우주도 돌아간다. 삼라만상도 돌아간다. 돌아간다는 것은 변화한다는 뜻이다. 그런데 그 변화 한가운데 내가 있다. 나는 잠시 이 지구상의 인간으로 태어나지만, 계속적으로 다시 어디에서건 어떤 존재로든 변해간다. 영원한 변화, 그 변화만이 진리이다.

당신은 누구십니까.

혹 이런 질문을 받아본 적이 있나요. 그때 당신은 뭐라고 답하셨나요. 아니면 지금 이 질문을 던집니다. 무엇이라 답하겠나이까.

나는 대학 이학년 때 파우스트를 알았다. 괴테의 비극 『파우스트』를 읽고, 며칠 동안 지속되던 혼미한 영혼 상태를 지금도 기억하고 있다. 그 후로 파우스트란 인물은 나의 내면에 깊이 자리잡아, 오늘까지 떠나지 않고 있다. 그래서 나는 일생 동안 파우스트를 가까이하며, 내 삶의 온갖 희로애락을 그와 함께 나누었다. 파우스트를 공부하기 위해 대학원을 가고, 독일 정부 초청 장학생으로 유학도 갔다. 뮌헨 대학에서 유명한 뮐러 사이델 교수의 파우스트 강의를 들었다. 당시 칠백여 권의 참고 문헌을 보고 놀라 소스라치기도 했다. 한국 여권으로는 동독 국경을 넘을 수 없어 서(西)베를린 행 비행기로『파우스트—비극 제2부』공연을 보러 갔다. 그림같이 아름다운 뷔르츠부르크 대학에 가서도 파우스트 연구는 계속되었다. 음양오행설과 도가사상을 바탕으로 파우스트를 분석하려는 계획이었다. 그러나 이는 긴긴 세월을 요하기에 일생의 과제로 미루고 대신 동양의 지혜에 심취한 헤르만 헤세에 관해 박사 논문을 썼다.

그러나 파우스트와의 인연은 계속되어 괴팅겐 대학의 석학 A. 쇠네 교수의 마녀 축제에 관련된 파우스트 강연에 통역으로 나서기도 했다. 괴테 생가와 박물관에서 파우스트 삽화들을 보고 감탄한 나머지 국립극장에서 장민호 주연의 〈파우스트〉 공연을 준비할 때, 연극배우들에게 작품을 해설했다. 무르나우의 무성 흑백영화에서 최근까지의 각종 천연색 필름을 구해 상영했다. 괴테의『파우스트』를 번역·출판했다. 한국 독문학자들과 더불어 파우스트 세미나와 괴테 전시회를 개최했다. 1999년 괴테 탄생 250주년에는 한국·중국·일본·인도·영국·프랑스·이탈리아·스페인·러시아의 파우스트 전문가가 바이마르에 초청되어 독일 학자들과 토론했다. 하노버 엑스포에서 이틀간 이십여 시간 계속된 P. 슈타인 연출의 〈파우스트〉 공연을 관람했다. 그 밖에도 다른 수많은 추억들이 계속 떠오른다.

그 무엇보다도 지난 삼십여 년간 한국외대에서『파우스트』를 강의했다는 것이 나를 감동케 한다. 아울러 어제와 오늘의 수많은 학생들과 더불어 나눈 대화들이 생각난다. 우리는 모순투성이의 적나라한 파우스트의 인생살이를 엿본다. 한없는 방황과 절망을 겪으면서도 파우스트는 끊임없이 노력한다. 그의 삶을 본보기로 삼아 우리 인생은 어떠해야 할 것인가, 인간이란 존재는 대체 무엇인가를 이야기한다. 우리는 어제도 질문하고 오늘도 질문한다. 그리고 토론한다. 내일도 그럴 것이다.

파우스트, 그는 누구인가.
나, 나, 나는 누구인가.

이 질문이 나로 하여금 이 책을 엮어내게 한 근본 동기이다. 파우스트란 인간이 누구인가를 알아봄으로써, 나, 나, 나는 누구인가를 알아보려는 것이다. 파우스트는 16세기부터 현재까지 가장 많은 작품의 소재가 되어온 인물이다(아마 미래에도 그럴 것이다). 누구보다도 독일을 중심으로 영국, 프랑스, 러시아 등 서유럽의 예술가들이 그를 즐겨 다룬다. 희곡과 시와 소설 등의 문학, 연극과 아동극과 인형극 등의 공연, 회화와 판화와 스케치 등의 미술, 가곡과 오페라 등의 음악, 영화와 컴퓨터게임 등의 영상작품들이 파우스트란 인간을 나름대로 묘사하며 이해하고자 한다.

그런데 파우스트가 누구인가를 알아낸 사람이 있는가. 아니면 아무도 그가 누구인지를 알아내지 못했단 말인가. 이 답을 얻기 위해 나는 '파우스트, 그는 누구인가'라는 질문을 던지며, 그 대답으로 여러 예술작품에 나온 파우스트 인간상을 조명해보고자 한다. 혼자 할 수 있는 일이 아니기에, 정년이라는 기회를 잡아 삼 년 전부터 동료 교수와 제자 박사들을 중심으로 이 논집을 준비했다. 한국에는 이에 관한 자료가 거의 없어, 그동안 필자들이 겪은 고생은 이루 다 헤아릴 수 없다. 끝까지 포기하지 않고 글쓰기를 마친 필자 모두에게 감사의 마음을 전한다. 동시에 '파우스트, 그는 누구인가'라는 화두로 '나는 누구인가'라는 질문을 우리 자신만이 아니라, 자아(自我)를 찾으려는 모든 사람에게 던지는 것으로 만족하자고 위로한다. 파우스트가 누구인가를 알기 위해 최선을 다한 예술가들의 작품을 소개함으로써, 이를 읽고 보고 느끼는 독자들이 자신에 맞는 답을 찾을 수 있으리라 믿기 때문이다.

글을 쓰진 않았더라도 이 책이 나오도록 도와준 자랑스러운 제자가 있다. 한국외대를 졸업한 후 독일 퀼른 대학에서 서양미술사를 전공하고, 현재 미술평론가 및 미술 전문서 저술가로 활동하는 노성두 박사이다. 그는 『파우스트 그는 누구인가』는 물론, 이 논집과 함께 출판되는 나의 주석과 해설이 첨가된 새로운 번역서 『파우스트』에 삽입된 귀중한 그림 자료를 모두 제공해주었다. 그리고 알찬 책들을 계속 발행하는 좋은 출판사 문학동네를 소개해주었다. 감사의 인사를 전하고 싶다.

그리고 마지막으로 다시 한번 묻는다.

파우스트, 그는 누구인가.
나, 나, 나는 누구인가.

2006년 4월에
이인웅

차례

제1부
전설에서 괴테까지

독일인의 파우스트 이해와 수용
—16세기부터 현재까지

조규희

1. 파우스트 소재의 변화

독일 전설 속의 주인공 파우스트 박사의 운명을 다룬 문학은 일반에 가장 널리 알려진 괴테의 비극 『파우스트』에 국한되지 않는다. 괴테 이전과 이후, 수백 년을 거쳐 파우스트라는 인물은 수많은 작가들에 의해 다양한 형식으로 주제화되었다. 파우스트 소재의 역사는 문자로부터 영상으로 변화되는 매체의 역사이다. 사람들의 입을 통해 전해지던 전설이 처음 민중 판본으로 문자화된 이후 연극 공연과 인형극으로, 드라마와 소설과 시문학으로, 미술과 음악으로, 영화와 컴퓨터게임으로 변형되어 다루어지고 있다. 현재까지 팔십여 작가의 문학작품, 삼십여 작곡가의 음악작품, 오십여 화가의 미술작품, 그리고 헤아릴 수 없을 정도로 많은 연극 공연과 다양한 영화가 있다. 이처럼 파우스트 소재가 읽을거리에서 볼거리로, 또 볼거리에서 듣고 즐기는 오락거리로 변화함으로써 우리는 글과 음향, 춤과 영상이란 서로 다른 매체로 생산된 작품들을 여러 관점에서 비교해볼 수 있다.

최근에도 파우스트 소재는 시대의 새로운 표현 형식 속에서, 그것이 인형극이든, 록 오페라이든, 다양한 매체를 동원한 이벤트이든 꾸준히 작품화되고 있다. 오랜 세월이 흘러도 전혀 고갈되지 않는 이 소재의 생명력은 무엇인가. 1999년에 출간된 필커의 『독일인 파우스트 — 한 전설의 탄생과 영속』[1]은 이러한 문제의식에서 출발한다. 저자는 파우스트라는 인물이 처음 문자화된 민중본 『요한 파우스트 박사 이야기』(1587)를 거쳐 레싱과 괴테, 레나우와 하이네, 그리고 토마스 만과 호호후트 등의 작가들을 통해 어떻게 파우스트가 하나의 전설로 탄생하여 독일인들, 나아가서는 세계인들의 머릿속에 영속되고 있는가를 기술한다.

'파우스트, 그는 누구인가' 라는 제목 아래 엮어내는 이 책은 문학을 비롯하여 회화, 음악, 영화 등 다양한 예술 분야의 작품을 소개함으로써, 정신적 '영속'의 대상인 파우스트 실체에 접근할 수 있는 길을 보여주고자 한다. 파우스트란 누구인가? 이를 위한 첫 단계로서 파우스트 전설과 역사적 인물 파우스트를 간단히 소개하고, 이 소재를 다룬 작품들을 시대순으로 살펴보되, 구체적으로 괴테의 『파우스트』 생성 이전과 이후로 나누어 개관하고자 한다. 각 작품에 관한 설명은 뒤따르는 논문에서 상세히 이루어질 것이므로, 여기서는 파우스트 문학의 소재에 대한 기원과 역사적 형성과정, 그리고 정치·사회적 수용과정만을 슈미트의 저서 『괴테의 파우스트』[2]를 참조하며 간략히 서술하고자 한다. 상이한 시간적 공간적 거리를 두고 쓰인 여러 파우스트 작품에 나타나는 일관된 또는 개별적 요소들, 그리고 작품들 사이의 가능한 상호 영향관계 등은 추후의 연구과제가 될 것이다.

---

1) K. Völker, *Faust. Ein deutscher Mann. Die Geburt einer Legende und ihr Fortleben in den Köpfen.* Berlin, 1999.
2) Jochen Schmidt, *Goethes Faust, Erster und Zweiter Teil. Grundlagen-Werk-Wirkung,* München, 1999, S. 11~33 u. 305~324.

2. 파우스트 전설과 역사적 인물

파우스트는 인간으로서의 모든 학문과 재주를 획득했음에도 끝내 만족하지 못하고, 우주의 신비와 최고의 향락을 맛보고자 악마에게 몸을 판다. 인식과 향락에 대한 무한한 욕망을 만족시켜주는 대가로, 이십사년 후에는 그의 영혼을 가져간다는 악마와의 계약이 이루어진다. 파우스트는 악마를 종으로 동반하고, 마술의 힘을 빌려 지상에서의 정신적 육체적 향락을 누린다. 그러나 마음의 충족이나 만족은 발견할 수 없어 결국 신에게 기도한다. 그때 악마는 미녀의 전형인 헬레나를 마술로 재현시킨다. 아름다움에 도취된 파우스트가 그녀를 포옹하려는 순간, 복수의 여신으로 변신한 헬레나는 그를 지옥으로 이끌어간다. 계약 기간이 다되었기 때문이다.

이 파우스트 전설의 주인공은 전통적 기독교의 속박을 벗어나려는 순수한 독일 거인(巨人)의 상징이다. 그는 요한네스 파우스투스라는 역사적 인물로서, 기록에 의하면 1460/1470년 하이델베르크 근처의 헬름슈타트 혹은 마울브론 근처의 크니틀링겐에서 태어나 1536/1539년에 죽었다고 한다. 하이델베르크 대학에서 학사학위(1484)와 석사학위(1487)를 받은 뒤에 불안정한 방랑생활을 한다. 1532년 전까지는 비텐베르크에 체류하면서 신학과 의학을 연구하고, 그후에는 크라쿠프로 도주하여 마술에 몰두하면서 유대계 신비학자들과 교제하고, 신의 본질이나 세계의 발생 및 점성술 등을 연구하며 예언자 역할을 한다. 당시의 학자들로부터는 '사기꾼'이라고 멸시당하지만, 마술의 힘으로 세계를 여행하는데 베네치아에서는 비행 시도를 하고 마울브론에서는 금을 제조하는가 하면, 에르푸르트에서는 호메로스의 주인공들을 주문으로 불러내기도 하고, 라이프치히에서는 술통을 타고 달리기도 한다. 그는 언제나 악마를 개의 모습으로 만들어 데리고 다니는데, 마지막에는 뷔르템베르크의 어느 여관에 투숙했다가 "오늘밤 놀라지 마시오!"라고 예언한 후 그날 밤 악마에게 살해되었다고 한다.

파우스트는 르네상스와 종교개혁 시대에 실존했던 독일인으로 기이한 행동과 끝없는 욕망으로 세인의 관심을 끈 인물이다. 이 역사적 인간이 죽고 나서 그의 죽음을 둘러싼 이야기들이 민담으로 형성되는 가운데, 당시의 종교개혁자 루터는 그를 악마의 무리로 간주한다. 동시대인들 또한 루터의 교리에 따라 이 세상에 악마와 마녀가 있다고, 그리고 마법의 힘은 바로 악마와의 결탁에서 나오는 것이라고 믿는다. 이를테면 악마와의 계약이란 상상은 훗날의 괴테나 토마스 만에 이르는 파우스트 문학에서 주제화되기 전, 이미 16세기부터 사람들의 머릿속에 존재하고 있었던 것이다.

3. 괴테까지의 파우스트 문학

3-1. 16세기 민중본의 시대 배경과 신학적 구상

실제적 파우스트가 죽은 후 그에 대한 이야기가 민담으로 전해지다가 1587년 프랑크푸르트의 출판업자인 요한 슈피스가 『지나친 마술사 요한 파우스트 박사의 이야기』라는 이름의 민중본을 발행한다. 당시 대중의 사랑을 받으며 십 년 사이에 19쇄가 출간될 정도로 널리 읽힌 이 책은 서양에서 왕성한 과학적 연구를 통해 새로운 세계를 발견해내는 근대 초기에 나온 작품이다. 우주의 한계로 치달아가는 파우스트의 모험적 탐구에는 거대한 발견에 대한 동시대인들의 매혹이 드러난다. 동시에 아직 종교적 전통을 중시하고 있는 미상의 저자는 새로운 근대의 모든 발견을 악마의 짓이라고 믿는다. 파우스트는 사실상 악마의 도움을 받아 모험적 여행을 감행하고 있지 않은가. 그 때문에 저자는 현실세계에 대한 시대의 관심과 미지의 것에 대한 탐구욕 등을 사악하고 위험한 것으로 거부한다. 그는 근대를 기피하는 성실한 기독교인으로 엄격한 신교 입장을 따르면서, 독자에게 인간을 파멸로 이끄는 악마와의 결탁에 대한 위험성을 경고하고 있다.

주인공이 악마와 계약을 맺는 행위는 신으로부터 떨어져나와 자신의 힘과 능력에 의지해 삶을 이끌어가려는 인간의 불손한 자세를 나타내고, 그 불손의 대가로 그는 지옥의 영원한 불길 속에 떨어진다. 악마와 마녀가 부리는 마술도 불손에 해당된다. 마술가가 실제 힘이 있다고 믿었던 당시 사람들에게 마술이란 신의 권위에 대한 불손한 침해를 나타내기 때문이다. 그래서 민중본의 세계관 형성은 중세 이후 유럽인의 의식에 뿌리박은 기독교 전통을 고수하고 있다. 이는 파우스트의 지적 호기심과 과학적 인식활동을 다루는 태도에서 명확히 확인할 수 있다. 신에 대한 불손은 파우스트처럼 '거만한 머리,' 즉 뛰어난 지적 능력을 가진 사람이 저지르기 쉬운 위험으로서, 그의 비행 시도 및 천체에 대한 연구는 인간의 한계를 벗어나 신의 영역에 대한 침범으로 간주되는 것이다. 새로운 것을 보고 체험하려는 파우스트의 지적 호기심과 과학적 인식 욕구는 인간을 내부가 아닌 외부 세계로 이끌면서 인간을 영혼의 구원으로부터, 그리고 신으로부터 멀어지게 하는 저급한 욕망과 동일시된다.

3-2. 말로우의 『포스터스 박사의 비극』

악마와의 계약이란 테마는 영국의 말로우 그리고 괴테에 의해 루터적 세계관을 고수하는 민중본과는 다른 시각에서 다루어지는데, 이를 통해 파우스트는 근대적 성격과 전망을 확보하게 된다. 말로우는 독일 작가들보다 먼저 파우스트 전설을 드라마로 작품화한다. 1592년 영어로 번역된 『존 포스터스 박사의 지옥에 갈 삶과 당연한 죽음의 이야기』를 참고로 집필한 말로우의 희곡 『포스터스 박사의 삶과 죽음에 관한 비극적 이야기』는 1604년에 출간된다.

말로우의 비극은 무엇보다 파우스트라는 인물의 기본 구성에서 볼 때 근대적 성공작이다. 그의 파우스트 구상은 독일의 민중본과는 다른 방식으로 전통적 신앙에서 근대적 현세 지향으로 이행되는 긴장관계를 보여준다. 민중본의 주인공은 어느 곳에서도 자신감 넘치는 강한 개인으로 등장하지 않는 반면, 말로우의 파우스트는 자의식을 가진 힘 있는 르네상스 시대의 개인답게 현세의 모든 영역을 정복하고 향유하려 한다. 이런 차이는 그들이 각기 신이 인간에 그어놓은 경계를 뛰어넘는 죄를 저지르며 악마와 결탁하는 자세에서 나타난다. 민중본의 파우스트는 처음부터 절망적으로 악마의 위력을 느끼고 지옥의 모습에 괴로워하는 반면, 말로우의 파우스트는 지옥도 악마도 두려워하지 않는다. 그는 보다 용기 있고 단호한 모습으로, 양심의 가책이나 고통 없이 악마와 결탁하여 지상의 온갖 영화를 얻으려 한다. 지상이란 그에게 무한한 인식과 힘 그리고 향유를 가능케 하는 영역이기 때문이다.

3-3. 17~18세기의 새로운 파우스트 버전

16세기의 인기와 성공에 힘입어 파우스트를 소재로 한 책은 독일에서 17~18세기에도 다양하게 개정되고, 변형된 민중본들이 등장한다. 예를 들어 함부르크의 비드만은 1599년 슈피스가 펴낸 민중본의 내용을 확대하며 도덕적으로 변형된 책을 내고, 뉘른베르크의 의사 피처는 비드만의 파우스트를 다시 개작한다. 또한 1725년에는 '기독교적으로 생각하는 사람'이라는 익명의 작가가 새로운 파우스트 요약판을 발표하여 18세기 내내 지속적 인기를 얻는다.

17세기 동안에는 영국의 유랑극단이 말로우의 희곡을 독일에서 공연하고, 이러한 역수입으로 인해 파우스트는 대중적 인물이 된다. 유랑극단의 흥미 위주 공연을 통해 말로우의 파우스트는 민중적으로 변화되며, 다른 한편 인형극으로도 변형되어 어린이들을 즐겁게 해준다. 괴테 또한 이미 어린 시절에 인형극을 통해 파우스트라는 인물과 만나는데, 이 만남은 괴테에게 지속적인 인상을 남겨주며, 훗날의 파우스트 저작에 지대한 영향을 미친다.

18세기 후반에는 계몽주의 작가 레싱이 선이 얼마나 빨리 악으로 변하는가 하는 것을 모토로 삼은 미완성 작 『파우스트 박사』를 남긴다. 이는 여러 군데에서 민중본의 요소를 확인할 수 있는 동시에 괴테 파우스트의 기본적 특징을 제시한다. 계몽주의의 지평에서 더이상 인식과 연구활동을 무시하지는 않으나, 당시 긍정적으로 평가되는 인식욕의 올바른 정도와 성숙한 자아 조절을 주제로 다룬다. 레싱은 선을 양극단 사이의 중용으로 생각하고, 파우스트란 인물이 띠는 비극성은 바로 지나친 인식 욕구에 기인한다고 본다.

질풍노도시대의 젊은 괴테는 레싱과는 다른 출발점을 선택한다. 그의 파우스트는 과학적 인식과 탐구에 높은 가치를 두는 계몽주의의 기본 입장을 포기한다. 그는 학문의 영역을 깨고 나오며, 학문은 자연이라는 이름 아래서 무가치한 것이 되어버린다. 질풍노도시대는 당시 지나치게 기교적인 프랑스 궁정의 로코코 문화에 독일의 옛 과거를 진정하고 참된 것으로 대립시키며, 무엇보다 그들 사회의 규범과 한계를 깨고 스스로 악마와 상대하는 힘을 가진 자를 좋아한다.

3-4. 괴테의 『파우스트』에 나타난 전통적 요소

이전의 파우스트 작품들과 마찬가지로 괴테에게서도 악마와의 계약이 중심사건을 이룬다. 전반적으로 괴테는 전통적 파우스트의 요소들을 사용하는데, 이전의 파우스트 버전 중 무엇보다 우울증과 악마의 유혹 등 피셔의 민중본이 중요한 의미를 갖는다. 그는 1797년경 『비극 제1부』 집필에 들어가기 전에 이미 기존의 파우스트 버전들의 본질적 특성을 현재화한 것으로 확인된다. 그리고 1825년부터 1831년까지 『비극 제2부』를 써내려가기 전에는 말로우의 희곡을 뮐러의 번역본으로 읽는다. 무엇보다 말로우의 파우스트가 보이는 팽창적 행동의지 등은 『비극 제2부』의 최종 구상에 지대한 영향을 주었을 것이다.

괴테의 『파우스트』 비극은 공간적으로 천상에서부터 지옥을 거쳐 지상에 이르는 전 우주를 포괄하고, 시간적으로는 과거로부터 현재를 거쳐 미래에까지 전개되는 삼천여 년의 세월을 아우르는 드라마이다.[3] 작가는 내적 외적으로 생각하고 체험한 모든 것을 예술적으로 표현하기 때문에, 독자는 만인에게 적용되는 인생관과 세계관을 맛보게 된다. 최고의 인식과 향락을 갈망하는 주인공은 학문으로 창조의 비밀과 우주의 본질을 파악할 수 없다는 사실에 절망한다. 그의 욕망을 충족시켜준다는 메피스토펠레스의 유혹에 빠져 악마와 계약을 맺는다. 그가 만족한다면 파멸할 것이며, 내세에는 악마가 그의 영혼을 소유한다는 것이다. 대소(大小)세계를 편력하는 그가 내기에는 지지만, 악마의 유혹에 넘어간 것은 아니다. 최후까지 노력하는 인간으로 시련을 이겨내므로, 그의 영혼은 "영원히 여성적인 것"[4]에 이끌리어 천상으로 인도된다. 이 마지막 부분에서 괴테는 전통적 작품들을 단호히 거부한다. 이전의 작품에서는 주인공이 신의 저주를 받은 죄인으로 지옥에 끌려가는 반면, 괴테는 파우스트를 구원받은 자로서 하늘로 승천케 하는 것이다.

4. 괴테 이후의 파우스트 문학과 수용

4-1. 독일 민족의 동일화 인물

민족주의와 제국주의 시대인 19세기와 20세기 전반에 유럽 국가들은 자국의 민족신화 및 신화화된 인물을 통해 자신의 사회적 민족적 욕구가 투사된 상을 이끌어내고, 민족 신화와 그 주인공들은 자국 민족의 정체성을 세우기 위한 이데올로기의 기능을 갖게 된다. 독일에서는 괴테 비

---

3) Vgl. Benno von Wiese, Grundfragen der Goetheschen Faustdichtung, In: B. v. Wiese: *Der Mensch in der Dichtung*, Düsseldorf, 1958, (S. 92~109) S. 94.

4) Johann Wolfgang von Goethe, *Faust*, Texte, Hrsg, von Albrecht Schöne, Frankfurt/M., 1999, S. 464(V. 12110).

극의 주인공 파우스트가 그 대표적 예이다. 괴테의 파우스트는 나폴레옹 점령하에 있던 독일의 정치적 상황에서 민족의 정체성에 위협을 느낀 낭만주의자들에 의해 처음으로 독일 민족의 고유한 전통을 띤 신화적 인물로 부상된다. 그 이후의 세대들은 파우스트라는 인물을 기본적인 일관성은 유지하면서도 상이하게 수용하고 평가한다. 거의 모든 세대가 자신의 고유한 지평 및 이데올로기적, 정치적 관심에 맞추어 파우스트를 특징적인 독일적 인물로 만들어내거나 거부한다.

근대 민족국가를 형성하는 독일인들이 파우스트를 전형적 독일인으로 동일시하고 이상화하는 것이 어떻게 가능했던가? 젊은 괴테가 파우스트 소재를 선택하는 데 있어서 '독일적인 것'을 고려한다는 점은, 후에 이 소재가 국수적인 이데올로기로 변화되는 데 영향을 미친다. 사실상 괴테의 작품은 전혀 국수적인 요소를 담고 있지 않다. 오히려 인류의 보편적인 관점을 제시하고 있다. 그러나 이 보편성은 역설적으로 여러 상이한 방식으로 수용할 수 있는 가능성을 제공하는 것이다. 괴테 이후의 시대는 파우스트적인 것과 독일적인 것을 일치시키는 다양한 접목을 시도한다. 19세기 이후 괴테의 파우스트가 독일 민족의 본질과 정체성의 상징으로 간주되는 것은, 작품의 외적 요소, 즉 가장 위대한 독일 작가라는 괴테의 명망에도 기인한다.

그렇다면 독일인들은 구체적으로 파우스트의 어떤 점을 이데올로기로 전용하는가? 파우스트의 부단한 노력, 팽창의 동력, 행동의 찬양, 주저 없는 식민지 사업, "자유로운 땅에서의 자유로운 백성"[5]이라는 전망 등은 얼마든지 이데올로기화될 수 있는 요소이다. 이들은 때론 행동주의적 영웅적 남성 표본으로, 때론 제국주의 전쟁과 인간의 도구화로, 때론 나치 시대의 "피와 토지 이데올로기"로, 때론 동독의 사회주의 토지개혁으로[6] 이념화된다.

---

5) Goethe, *Faust*, Texte, S. 446(V. 11580).

6) Vgl. Jochen Schmidt, *Goethes Faust*, S. 306.

그러나 빌헬름 제국이든 국가사회주의든 그리고 마지막 동독 사회주의든, 이들의 민족적 동일성과 정치적 정당화를 위해 이데올로기로 접목시키려 한 『파우스트』는 주인공이 직접 정치에 관여하는 작품의 일부분에 불과하다. 이들은 모두 『비극 제2부』에서 벌어지는 식민지 개척 사업, 그리고 눈먼 환상가로 자기 기만에 빠진 파우스트의 마지막 환상적 독백에 집중하는 것이다.

4-2. 19세기 전반 진보와 보수 진영의 파우스트

주인공 파우스트와 작가 괴테를 직선적으로 일치시킬 때, 괴테가 주인공 파우스트를 통해 표현하려 했던 심층적 의미를 찾기란 불가능하다. 그러나 19세기 진보와 보수 진영 모두 괴테의 파우스트를 총체적으로 바라보지 못하고, 일정 부분의 특징만을 선취하여 이를 자신의 당면한 세계관 및 정치적 요구와 연계시킨다. 그럼으로써 『파우스트』는 그들 세계관을 위한 접목 또는 거부의 대상으로 기능화되고 축소 내지 단순화된다.

파우스트가 이미 19세기 전반에 독일인의 동일화 인물이 된다는 사실은 그라베의 『돈 후안과 파우스트』에 가장 간명하게 드러난다. 여기서 파우스트는 "만일 내가 독일인이 아니라면, 난 파우스트가 아닐 것이다!"[7]라고 외친다. 이 시기의 독일인들이 파우스트와 일치시키는 독일인의 본성이란 바로 내면성 또는 독일적 정서이다. 그리고 이 작품에는 모든 독일적 요소, 즉 내면적 깊이와 사색, 참된 인간의 존엄성에 대한 열광, 독일인의 끈기와 행위력 등이 표현되어 있다고 생각한다. 19세기에는 과거 이상주의와 낭만주의의 내면성에 영향을 받아 독일 정신과 파우스트를 일치시키는 경향이 자리잡는다. 이와 같은 낭만주의와 이상주의의 유산을 이어받은 1840년 이후의 시민적 사실주의는 '활동', 즉 실용

---

7) Christian Dietrich Grabbe, *Werke und Briefe. Historisch-kritische Gesamtausgabe*. Bearbeitet von Alfred Bergmann, Bd. I: *Werke* (*Don Juan und Faust*, S. 415~513), Emsdetten(Westf.), 1960, S. 431.

성과 시민적 유능함을 강조한다. 그들에게 파우스트는 활동하는 유능한 인간으로서, 현실성을 지향하는 동일화 대상이 된다. 내면성과 독일적 정서 그리고 이상주의가 결합된다는 것은 궁극적으로 실용적 가치를 추구하는 시민계급의 보상적 욕구에 따르는 것이다.

과거 지향적인 보수적 낭만주의자들과 반대로 진보적 성향을 띤 청년 독일파 작가들은 정치 개혁이란 신념에서 파우스트를 젊은 독일과 동일화시킨다. 예를 들어 파우스트의 학자적 삶에서 세속적 삶으로의 이행, 사변적 관념으로부터 감각적 영역으로의 이행을 하이네는 독일인들이 발전시켜야 할 자기 해방과정의 모델이라 설명한다. 다른 한편 빈바르크는 파우스트의 마지막 독백 중 "자유로운 땅에서의 자유로운 백성"이란 문제의 표현을 당시 그들의 새로운 자유국가에 대한 희망이라는 의미에서 인용하고 있다.

하이네 등 청년 독일파의 정치적 신념을 공유하면서 이데올로기에 비판적 자세를 취하는 당시의 리얼리즘 진영은 주관적 내면적 신비적 차원을 이유로 삼아 괴테의 파우스트를 거부한다. 그 대표적 논자는 괴팅겐의 진보적인 역사학 교수 게르비누스로서, 그는 독일 민족이 위대한 문학 시대를 끝낸 지금 이제 미적 정신적인 것을 포기하고 국가와 정치적 실천에 힘을 기울여야 하며 문학 또한 이를 위해 진력해야 한다고 주장한다. 이러한 관점에서 그는 괴테의 파우스트가 독일 민족의 정치적 형성을 위해 아무런 도움도 되지 않기 때문에 독일인의 긍정적 모범으로는 적당하지 않다고 거부한다. 1848년 문학사가 슈미트도 게르비누스와 동일한 입장에서 괴테의 파우스트를 비판한다. 그에 의하면, 파우스트는 이중적 의식으로 분열된 채, 자신과 세상을 모두 경시하는 낭만주의자이다. 당시의 진보적 리얼리즘의 평가 기준에서 볼 때, 한마디로 리얼리즘이 결핍된 파우스트는 독일인의 민족적 동일화 대상으로 적합하지 않다. 19세기의 진보문학 작가 슈필하겐은 그의 소설 『문제가 많은 본성』(1861)에서 파우스트라는 인물은 현실을 제대로 파악하지 못하는 빗나간 자세

의 총체라 규정하며, 무엇보다 그를 정치적 실현의지가 결여된 인물로
그려낸다.

4-3. 빌헬름 제국 시대의 행동하는 인간

1871년 빌헬름 제국이 건설되면서 독일에서의 파우스트 수용은 전환
점을 이룬다. 새로운 민족적 자의식과 새로운 국가 건설을 주장하는 제
국은 활동적이고 유능한 인간성을 요구하며 파우스트를 전적으로 긍정
적인 독일인의 동일화 인물로 전형화한다. 새로운 시대는 이제 괴테의
파우스트를 독일적인 행동하는 인간으로 찬양한다. 그들은 파우스트의
비행에 침묵하고, 이야기의 비극적인 것을 배제하며, 내적 모순을 감쪽
같이 감추는 식으로 완전무결한 해석에 열중한다. 제국주의자들은 파우
스트의 식민지 개척을 위한 노력을 극대 찬양하면서 무비판적으로 식민
지 개척자로서의 파우스트에 스스로를 일치시킨다. 즉 파우스트는 새로
운 제국 및 그 제국의 현실 정책과 이후의 제국주의를 정당화하는 기능
에 부합된다. '파우스트적'이라는 개념은 이러한 의미에서 국가의 슬로
건으로 발전되고, 파우스트라는 인물은 심지어 '거인적 노력'과 영웅적
위대함의 총체로 추상화된다.

4-4. 국가사회주의 시대의 초인과 지도자

20세기 초반의 파우스트적-독일적 이데올로기는 '초인(超人)' 개념이
주를 이루는 니체주의와 결합된다. 니체주의의 핵심은 강제된 동력, 초
인의 격정 그리고 폭력적인 남성주의와 비도덕주의이다. 니체주의와 초
인적 파우스트 이데올로기는 모두가 제국주의, 그리고 오만한 민족주의
의 표현 형태이다.

제1차 세계대전 이후 낡은 질서가 붕괴되고, 사람들은 정체성의 위기
를 느끼며 새로운 삶의 지향을 찾는다. 따라서 이 시기에는 이른바 세계
관을 다룬 문학들이 범람한다. 기댈 곳이 없는 사람들은 새로운 권위, 즉

정치적 정신적 지도자를 요구한다. 그리하여 이미 상투화된 이야기의 주인공들이 다시 관심을 끌게 되고, 새로운 모습을 띠기도 한다. 슈펭글러의 말대로 그들 중 '파우스트적 인간'은 '독일적인 것'과 동일시되고, 퀴네만은 1930년 파우스트를 '지도자'라 칭한다. 뒤이은 제3제국 시대에는 히틀러와 파우스트가 동일시되며, 파우스트는 결국 나치의 인종 정책 선전을 위한 도구로 전락한다.

나치 시대에 파우스트의 획일적 이데올로기화에 저항한 문예학자 뵘은 그의 저서 『비(非)파우스트적 인간 파우스트』(1933)에서 '파우스트적 인간'이라는 허깨비와 싸우면서 파우스트라는 인물의 문제점을 괴테의 작품에서 지적한다. 그는 교만한 초인에 대한 환상의 파괴를 강조하면서, 괴테의 『파우스트』에서 중요한 것은 역동적 발전이 아니라 오히려 실패라는 것을 밝힌다. 뵘에 의하면, 파우스트는 표본적이고 위대한 인간을 보여주는 것이 아니라, 단지 불행을 일으키고 범죄에 빠지는 인간에 불과할 따름이다.

당시 나치를 피해 미국으로 망명한 토마스 만은 파국으로 치달은 독일 역사를 독일 전통에서 해석하고자 파우스트 소재를 새로운 각도에서 다룬다. 괴테의 비극과 함께 대표적 파우스트 작품으로 언급되는 토마스 만의 소설 『파우스트 박사』(1947)는 작가가 독일인으로 겪은 나치즘 외에 또 중요한 예술가적 체험과 절망을 바탕으로 한다. 세기말 유럽의 예술이 직면한 불모성의 위기가 바로 그것이다. 그의 소설에서 이 두 가지 본질적 문제는 구조적으로 얽혀 있다. 작가는 파우스트 역할의 주인공을 작곡가로 등장시킨다. 주인공 아드리안 레버퀸의 일생 및 창작 시기를 이야기 전개상 나치즘에 이르는 역사 발전과 상응시킴으로써, 예술가의 운명을 역사적으로 해석하고자 한다. 독일인의 본성과 독일 역사를 대변하는 주인공 음악가를 통해 작가가 천착한 문제는 극단을 지향하는 반(反)이성주의이다. 그는 반이성주의야말로 독일을 나치즘이라는 파국적 역사로 이끌어간 독일인의 운명적 성향이라 생각한다. 주인공 아드리안은 예술적 창작 정신의 고갈에 절망하고 절대에 대한 동경에서 '악마적' 반이성과 결탁한다. 예술가의 무제한적 자기 도취 감정과 다르지 않은 이런 반이성주의를 나치 시대 독일 민족의 파시즘적 열광과 결부시키는 것이다. 이를 통해 작가는 절대와 무한을 추구하면서 인간성의 척도와 이성을 파괴하는 독일 지식인의 전형을 비판적으로 묘사한다.

4-5. 전후 서독과 동독에서의 파우스트

제2차 세계대전 이후 서독에서는 파우스트에 대한 두 가지 입장이 주도적이다. 첫째는 뵘의 해석 모델을 따라 "파우스트는 단지 범죄자일 뿐"[8]이라는 입장이다. 전후 복구와 종교적 시대 분위기에 따라 많은 해설자들이 이제 독일인의 죄로 분명해진 파우스트의 죄를 기독교라는 교정 수단으로 밀어놓고 있다. 둘째는 하이데거의 존재론이 지배적인 시대 유행에 따라 모든 사건을 이전 역사 내지 비역사적인 것으로 환원함으로써 파국적 시대사로부터 후퇴하고자 한다. 그 결과 파우스트 문학은 역사로부터 벗어난, 성스런 괴테의 상징세계로 간주된다.

다른 한편 동독에서는 그들 방식으로 파우스트를 모범적 영웅으로 도식화한다. 빌헬름 제국에서처럼 동독은 사회주의 건설을 위해 긍정적인, 즉 비극적이지 않고 문제성을 띠지 않은 모범적이고 무해한 고전적 인간상을 필요로 한다. 정점을 이루는 것은 1962년 괴테 파우스트의 공식적인 수용이다. 울브리히트는 국회에서 발표한 동독의 정치적 기본 원칙에 대한 보고에서 괴테의 방대한 인문 지식과 그 마지막이 신비한 비교도적 요소를 띠고 있는 『파우스트』 제2부를 가리키면서 파우스트를 일종의 '민중서'로 거론한다. 이미 빌헬름 제국 및 제3제국 시대의 이데올로기 주창자들과 마찬가지로 그에게 문제되는 것은 마지막의 독백 장면, 그중에서도 미래에 대한 전망을 언급한 부분이다. 그는 파우스트 결론 부분

---

8) Jochen Schmidt, *Goethes Faust*, S. 316.

을 "괴테는 노년의 파우스트로 하여금 해방된 민중의 창조적 공동 노동만이 최대의 행복을 낳는다는 것을 인식케 하였다"[9]고 해석한다.

문제의 구절 "자유로운 땅에서의 자유로운 백성"이라는 파우스트의 마지막 비전은 작가가 단지 하나의 허황된 공상이라고 표현한 부정적 의미의 이상사회이다. 다시 말해 이상사회란 순전한 환상이다. 작가는 파우스트의 맹목과 자기 기만의 문맥에서 이러한 환상을 강조한다. 앞선 전체의 사건들을 통해 이 작품에서 진보의 이상은 부정적으로 그려져 있다. 『파우스트』에서 근대의 모든 진보는 동시에 몰락을 품고 있고, 주인공 파우스트는 이러한 근대적 진보의 대변자로서 실은 파괴자, 폭력적 정치가로 드러나게 된다. 결론적으로 괴테는 파우스트를 통해 근대의 이상사회 추구에 내재한 폭력적 인간의 모습을 심도 있게 표현하고 있다.

다시 통일된 독일에서의 파우스트에 대한 평가와 수용은 앞으로 어떻게 진행될 것인가. 파우스트 소재는 계속하여 어떠한 문학이 되고 어떠한 예술이 되어 변화할 것인가.

---

9) Walter Ulbricht, An alle Bürger der DDR! an die ganze deutsche Nation, In: *Neues Deutschland*, 28. 3. 1962, S. 3~5. Zitiert nach J. Schmidt, *Goethes Faust*, S. 318.

참고 문헌

Goethe, Johann Wolfgang von, *Faust*. Texte, Hrsg. von Albrecht Schöne, Frankfurt/M., 1999.

Grabbe, Christian Dietrich, *Werke und Briefe. Historisch-kritische Gesamtausgabe*. Bearbeitet von Alfred Bergmann, Bd. I: *Werke(Don Juan und Faust*, S. 415~513), Emsdetten(Westf.), 1960.

Schmidt, Jochen, *Goethes Faust. Erster und Zweiter Teil. Grundlagen-Werk-Wirkung*, München, 1999, S. 11~33 u. 305~324.

Ulbricht, Walter, An alle Bürger der DDR! an die ganze deutsche Nation. In: *Neues Deutschland*, 28. 3. 1962, S. 3~5.

Völker, K., *Faust. Ein deutscher Mann. Die Geburt einer Legende und ihr Fortleben in den Köpfen*, Berlin, 1999.

Wiese, Benno von, *Grundfragen der Goetheschen Faustdichtung*, In: B. v. Wiese, *Der Mensch in der Dichtung*, Düsseldorf, 1958, S. 92~109.

민중본 『요한 파우스트 박사 이야기』

─ 르네상스와 종교개혁의 혼합물

임우영

1. 역사적 인물 파우스트

1587년의 민중본 『요한 파우스트 박사 이야기』에 등장하는 파우스트
는 실제로 존재했던 인물이다. 그와 같은 시대를 살았던 종교개혁가 루
터도 식탁 연설에서 파우스트를 언급한 적이 있다는 기록이 남아 있고,
1480년에서 1540년 사이의 자료들을 통해서도 파우스트라는 인물이 역
사적으로 존재했다는 사실이 증명된다. 이렇게 실존한 파우스트는 오히
려 죽은 후에 사람들 사이에서 전해지는 그의 마술 이야기로 전설적인
인물이 되어 더욱 관심의 대상이 된다.[1] 지금까지의 자료에 의하면, 파
우스트는 당시 사람들에게는 뛰어난 마술사로 알려져 있지만, 학자나 관
리들에게는 오히려 '허풍쟁이'이자 '사기꾼'으로 알려진 듯하다. 파우스

---

1) Vgl. Gerd Eversberg, *Materialien zu Johann Wolfgang von Goethe Faust I und II*,
Hollfeld/Ofr, 1999. S. 14. 특히 역사적 인물 파우스트에 관해서는 Günther Mahal, *Faust. Die
Spuren eines geheimnisvollen Lebens*, Bern/München, 1980; Frank Baron, *Geschichte, Sage,
Dichtung*, München, 1982.

트에 관한 가장 오래된 자료는 1507년 8월 20일에 트리테미우스가 요한 피르둥에게[2] 보낸 편지이다. 여기에서 그는 파우스트를 '부랑아'이자 '떠버리 사기꾼'이라고 칭하면서 "그놈을 채찍질해서" 교회의 가르침에 위반되는 짓을 사람들에게 가르칠 수 없도록 해야 한다고 주장한다. 나아가 그는 파우스트가 스스로 '무술(巫術)의 원조' '점성술사' '마술사' '수상가(手相家)' '공중부양가(空中浮揚家)'라고 칭하고 다닌다면서 그를 "미친놈"[3]이라 부른다.

다른 한편 트리테미우스가 겔른하우젠이라는 마을의 성당 신부에게서 들었다는 이야기에는 파우스트의 다른 모습이 나타난다. 그 이야기에 따르면, 파우스트는 여러 사람들이 모인 자리에서 자신의 뛰어난 기억력과 지식을 바탕으로 플라톤에서 아리스토텔레스에 이르는 모든 고전 책들이 인간의 기억에서 사라져버린다 해도 이를 모두 되살려놓을 수 있다고 "떠벌렸다"는 것이다. 이런 사실은 파우스트가 살던 시절이 고대 인문주의를 지향하는 르네상스 시대라는 점을 보여준다. 또한 파우스트는 무술 (巫術)과 점성술, 마술에도 천재적 재능이 있어 성경에서 전하는 예수의 '기적'들을 마음만 먹으면 행할 수 있다며, 스스로를 지금까지의 연금술사 가운데 가장 '완벽한 사람'이라고 자랑하며 다닌다고 이 편지는 전한다. 트리테미우스는 파우스트를 만나길 기대하는 피르둥에게 이런 사실들이 파우스트에 관한 "가장 확실한 증거"라고 주장한다.

역사적 파우스트에 관한 또다른 문헌은 1513년 10월 3일 고타에 살던

---

2) 트리테미우스Johannes Trithemius는 1485~1506년 슈폰하임의 베네딕트 수도원장과 뷔르츠부르크의 성 야코프 수도원장을 역임했다. 인문학자이기도 한 그는 심령학과 문학에 관한 책과 마술서적을 저술했다. 책에서 과장이나 위조도 서슴지 않으며, 마술에도 뛰어난 능력을 보여주었다. 피르둥Johann Virdung은 수학자이자 천문학자이다. 트리테미우스에게 파우스트에 관해 문의하며, 파우스트가 자신을 방문해주길 기대했다.

3) Alexander Tille(Hrsg.), *Die Faustsplitter in der Literatur des 16. bis 18. Jbdts. nach den ältesten Quellen*, Berlin, 1900, Nr. 1, S. 11 ff. Hier zitiert nach *Deutsche National-Literatur. Historisch-kritische Ausgabe*, Band 25: *Volksbücher des 16. Jahrhunderts*, S. 148 f.

인문학자 콘라두스 무티아누스가 에르푸르트 궁정에서 일하는 제자에게 보낸 편지[4]이다. 이 편지에서도 무티아누스는 파우스트를 에르푸르트에서 온 "손금을 잘 보는 사람"이라고 소개한다. 또한 그는 사람들이 파우스트의 재주에 감탄을 자아내지만, 자신이 보기에는 그의 예언이 모두 "허무맹랑하고", 관상학도 "돌팔이보다 못하다"고 헐뜯는다. 그는 심지어 파우스트가 이렇게 떠들어대고 있는데도 관청이 그를 처벌하지 않는다고 불만을 드러낸다.

이 두 문헌을 토대로 추측할 수 있는 것은 파우스트가 당시의 일반 사람들에게는 주술이나 예언, 관상학 또는 수상학으로 상당히 인정받고 있지만, 인문학자나 신학자들에게는 '위험한' 인물로 여겨지고 있다는 사실이다. 파우스트의 이런 재주는 1520년 2월 밤베르크 주교에게 불려가서 점을 봐준 대가로 금전적 사례를 받았다는 기록이 남아 있을 정도로 유명하다.[5] 1528년 6월 17일 잉골슈타트 시(市) 회의록에는 하이델베르크 출신의 요르크 파우스트라는 사람을 추방한다는 기록이 있으며, 그다음 달 7월에 레이프돌프 수도원장 길리안 라이프가 쓴 「날씨일지」에는 헬름슈타트 출신의 게오르기우스 파우스트가 "만약 태양과 목성이 일직선상에 놓이게 되어 성운(星運)이 같아지면 '자신과 같은' 예언자들이 탄생한다"고 말했다는 기록이 남아 있다.

1565년경에 만들어진 『치머 연대기』는 파우스트의 죽음에 대해 언급한다. 이는 파우스트를 처음으로 악마와 연결하고 있을 뿐만 아니라, 그에 관한 이야기나 자료가 어떻게 만들어지고 보관되는지를 알려준다.

---

4) Ebda., Nr. 2, S. 3 ff.; Hier zitiert nach, *Deutsche National-Literatur*, Band 25, S. 149.
5) 게오르크 폰 밤베르크 3세 제후주교의 1520년 2월 12일자 장부에 다음과 같이 기록되어 있다. "십 굴덴을 주다. 존경하는 철학자 파우스트 박사가 본인의 군주께 출생 별자리와 징후를 알아봐준 데 대한 선물로 스콜라스티카 성인(聖人) 축일 다음 일요일(2월 10일) 지불함. 전하의 명령에 따라." Vgl. Johann Mayerhofer, *Faust beim Fürstbischof von Bamberg*, In: *Vierteljahresschrift für Literaturgeschichte*, Bd. 3(1890), Heft 1, S. 177 f.; Franz Neubert, *Vom Doctor Faustus zu Goethes Faust*, Leipzig, 1932, S. XIII und 15.

그때(1540년경 — 필자 주) 파우스트가 브라이스가우라는 작은 나라의 슈타우펜이나 그렇지 않으면 그곳에서 멀지 않은 곳에서 죽었다. 이 사람은 지금까지 우리 독일 땅에서 볼 수 있었던 마술사 가운데 가장 뛰어난 마술사였다. 그는 기이한 행동도 많이 했는데, 오랜 세월이 흐르면서 세상에 드러나지 않고 잊혀져버렸다. 늙어서는 비참하게 죽었다고들 한다. 그의 죽음에 대한 많은 사람들의 증언이나 추측에 따르면, 그가 평소에 '동서'라고 부르던 악마가 그를 죽였다고 추측된다. 그가 남긴 책들은 지금은 승하하신 슈타우펜 제후의 수중에 들어가게 되었다. 많은 사람들이 그후에도 그에 관한 자료를 얻으려고 노력했으며, 내 생각에는 걱정스럽고 불행한 책과 재주를 배우고 싶어했다.[6]

이상의 자료로 미루어보아 파우스트라는 인물은 대략 1500년대 초반부터 1541년까지 독일 전역에서 활동하던 실제 인물이라는 점을 알 수 있다. 그는 분명히 비상한 재주를 소유하고 있으며, 당시 사람들은 그를 뛰어난 마술사 내지 점성술가 또는 예언자(점을 잘 치는 사람이라는 의미)로 받아들이고 있었다는 점이 드러난다. 뿐만 아니라 반(反)교회적인 행동과 발언에도 불구하고 당시의 교회는 그에게 제재를 가할 수 없을 만큼 권위를 상실해가고 있다는 사실도 나타난다.

2. 파우스트 민중본의 탄생

실제의 인물 파우스트 박사가 엎드려 죽어 있는 것이 발견된 지 칠 년이 지난 1548년에 스위스 바젤의 목사 요하네스 가스트는 '검은 마술사'

---

6) Karl August Barack(Hrsg.), *Zimmerische Chronik*, Band III, Tübingen, 1869, S. 604.

파우스트를 악마가 데려갔다고 주장한다. "바젤에서 본인은 많은 사람들이 모인 위원회에서 파우스트와 함께 식사를 했습니다. (……) 그의 곁에는 개 한 마리와 말 한 필이 있었는데, 본인은 그놈들이 악마일 거라고 생각했습니다. 놈들은 어떤 일에나 만반의 준비가 되어 있었습니다. 사람들은 그 개가 가끔 하인 노릇을 하면서 먹을 것을 내놓는다고 말하기도 했습니다. 그러나 그 불쌍한 인간은 비참한 종말을 맞이하고 말았습니다. 그는 악마에게 목이 졸려 죽었는데, 그의 시체는 얼굴을 땅에 박은 채 들것에 누워 있었습니다. 다섯 번이나 똑바로 눕혀놓았는데도 불구하고 말입니다."[7] 이 진술은 마치 가스트가 파우스트의 죽음을 직접 목격한 것처럼 서술되어 있다. 그러나 역사적 파우스트를 증명하는 자료에서 성직자나 인문학자들이 그의 마술사적 능력을 비판적으로 평가한다는 사실로 미루어볼 때, 목사 가스트도 『치머 연대기』에서와 같이 그의 죽음을 악마와 관련시켜 비참하게 그려낸 것으로 추측된다. 이처럼 1541년 파우스트가 죽은 이후 그에 관한 이야기가 하나씩 둘씩 생겨나기 시작한다.

비텐베르크에서 공부한 적이 있는 로스히르트라는 뉘른베르크의 학교 선생은 루터의 식탁 연설을 모아놓은 자신의 잡지에 파우스트에 관한 상당한 양의 전설을 수집해 1570년에 발표한다. 이와 동시에 비텐베르크에서 처음에는 라틴어로 된 파우스트 전설 모음집이 퍼지더니, 그 다음에는 독일어로 된 모음집이 나온다. 이 모음집을 바탕으로 최초의 파우스트 책이 출판되는데, 그것이 바로 1587년 프랑크푸르트의 출판업자 요한 슈피스Johann Spies에 의해 만들어진 민중본 『요한 파우스트 박사 이야기Historia von D. Johann Fausten』이다. 그는 서문에서 자신이 지금까지 전해오는 파우스트에 관한 이야기들을 모으기도 하고 자신이 직접 쓴 것을 정리해서 파우스트 이야기를 만들었다고 밝힌다. 이 민중본

---

7) Zitiert nach Johann Scheible(Hrsg.), *Das Kloster. Weltlich und Geistlich*, Bd. 5, Stuttgart, 1847, Zelle, 19: *Faust auf der Volksbühne*.

의 표지에는 "요한 파우스트 박사 이야기./널리 돌아다닌 검은 마술사 이야기/악마와 기한을 약속하고 서약한 이야기와 그사이에 벌어진 희귀한 일들/그리고 자업자득으로 마침내 당연한 천벌을 받을 때까지의 이야기/그가 직접 남겨놓은 글에서 나온 많은 이야기들을/교만하고/쉽게 호기심에 이끌려 신을 배신한 모든 사람들에게/끔찍하고도 혐오스런 본보기로 경고하기 위한 충정에서/자료를 모두 모아 책으로 만들었다"고 쓰여 있다. 이 책은 모두 68장으로 되어 있으며, 두 개의 서문이 들어 있다. 첫번째 서문은 지체 높은 관리에게 이 책의 출판을 허락해달라고 요청하는 글이고, 다른 하나는 기독교를 믿는 독자들에게 보내는 경고의 글이다.

이 책의 편집자인 슈피스는 '검은 마술사' 파우스트에 대한 이야기가 독일에서 오래 전부터 '대단한 전설'이 되어 여러 가지 '모험담'으로 퍼져 있으며, 사람들이 모이는 곳에서는 "도처에서 만들어진 파우스트 이야기를 들으려고 사람들이 북적거리는 실정"이라고 한다. 그러면서 당시 파우스트에 관해 전해내려오는 이야기가 일반 사람들로부터 엄청난 흥미를 불러일으키고 있음을 확인시켜준다. 그러나 그는 여기저기에서 '새로운 작가'들이 파우스트가 행한 '못된 마술들'과 그의 '끔찍한 종말'을 임의로 지어내고 있음을 개탄하기도 한다. "아직까지 어느 누구도 이 끔찍한 이야기를 제대로 정리해서 모든 기독교인에게 경고하기 위한 책으로 펴낸 사람이 없다는 사실"을 지적하며, 자신은 어떤 친한 친구로부터 파우스트에 관한 책을 출판해달라는 청과 함께 자료를 전해받았다고 주장한다.

이 이야기가 육체와 영혼을 죽이는 악마의 거짓말을 보여주는 끔찍한 본보기라는 것을 모든 기독교인에게 경고하기 위해 제가 이것을 공개적으로 출판하고 싶은 생각이 없는지를 묻는 그들의 바람만 전해들었습니다. 이것은 특이하고도 끔찍한 본보기이기 때문에 그 이야기 속에서 인간에 대한 악마의 태도와 무시무시한 거짓말을 볼 수 있을 뿐만 아니라, 확신과 방종 그리고 경솔한 호기심이 한 인간을 마침내 어디로 이끌게 되는지를 똑똑하게 인식할 수 있게 해줍니다. 그 분명한 이유는 인간이 신을 배신하고 못된 귀신들과 함께 어울리면 자신의 영혼과 육신을 망치기 때문입니다. 따라서 저는 그렇기 때문에라도 차라리 그 작업에 시간과 돈을 투자하여 그런 모든 사람들에게 하나님 뜻에 맞게 살아갈 생각을 하라고 경고하고 싶습니다.[8]

민중본의 마지막 68장에서 파우스트 자신이 이 자료들을 직접 썼거나 친한 친구들이 쓴 것이라고 주장하지만, 마술사 이야기들은 당시 프랑크푸르트를 지배하던 루터파의 신학적 관점에서 학술적 가르침과 신학적 경고의 성격으로 서술된다. 특히 슈피스는 「기독교인 독자들에게 보내는 서문」에서 사람들이 이 책을 읽고 "어느 누구도 호기심으로 그를 따라 하고 싶은 자극"을 받지 않도록 하기 위해, "주술 형식과 그 밖에 사악하다고 생각되는 것"은 모두 빼버렸다고 밝히고 있다. 그뿐 아니라 자신이 이 책을 출판한 이유는 "악마의 그러한 유혹과 현혹"에서 스스로를 지키고, "이 이야기에서 전해주는 경고"를 깨닫게 해주기 위함이라고 강조한다.[9]

3.『요한 파우스트 박사 이야기』의 내용과 증보판

3-1. 작품 구조와 내용
슈피스의 민중본은 역사적 인물 파우스트와 전설상의 파우스트를 구

---

8) *Das Volksbuch von Doktor Faust 1587 mit Materialien*, Ausgewählt und eingeleitet von Leander Petzoldt, Stuttgart, 1981, S. 8 f.
9) Vgl. Ebda., S. 9.

분하지 않고, 당시 전해오던 이야기를 독자들에게 있는 그대로 들려준다. 1장에서 6장까지는 파우스트의 출생과 학업에 대하여, 그리고 그가 주문을 외어 메피스토펠레스(이하 메피스토)라는 악마를 불러내어 계약을 맺는 과정을 보여준다. 여기서 파우스트는 바이마르 근처의 로트라는 곳에서 농부의 아들로 태어났다고 서술한다.[10] 한 부유한 친척이 파우스트를 비텐베르크로 데려와 신학 공부를 시키지만, 그는 결국 천문학자, 수학자, 의사가 된다. 파우스트는 비텐베르크 근처(실제로는 밀텐베르크로 추정됨) 슈페서발트(슈페스아르트일 수도 있음)의 어느 교차로에서 9~10시 사이에 주문(呪文)을 외어 악마를 불러낸다. 그리고 악마에게 수도사 복장으로 다음날 자정에 자기 집으로 찾아오라고 말한다. 지옥의 두목에게 허락을 얻어야만 하는 악마는 이틀 뒤에야 파우스트에게 나타나 그에게 이십사 년간 봉사할 테니 기독교 신앙을 거부하고 육신과 영혼을 내놓아야 한다고 제안한다. 모든 학문을 통해서도 자신의 지식욕을 채울 수 없었던 파우스트는 악마의 힘을 빌려서라도 '세상의 진리'를 알고 싶어한다. 파우스트는 계약에 서명하기 위해 손에서 피를 내며, 그 핏방울로 "오, 사람들이여, '그에게서' 도망가라!"라는 서약의 글을 쓴다.

7장부터 22장까지는 파우스트가 메피스토에게 지옥과 악마 루시퍼에 대하여, 악마의 본질과 조직, 그리고 그 힘에 대해 묻고 대답하는 과정이 계속된다. 민중본에 실린 여러 이야기들 중에는 루시퍼의 추락과 같이 실제로 교회에서 인정하는 이야기도 있고, 마술사 시몬의 이야기처럼 실제로 있던 이야기도 들어 있다. 파우스트는 악마에게 천국과 지옥에 대해 많은 질문을 던진다. 하지만 대부분은 당시 기독교에서 인정하는 천국과 지옥에 대한 대답을 얻는다. 메피스토의 대답을 듣고 파우스트는 한때 자신이 회개할 시간이 아직 남아 있다는 사실을 깨닫지만(17장), 자신의 지식욕을 억누를 수 없어 악마로부터 천문학과 천문력을 배우고 점

---

10) 지금까지의 자료에 의하면, 역사적 파우스트는 팔츠 지방과 슈바벤 지방의 경계인 마울브론 근처의 크니틀링겐에서 태어난 것으로 추정된다.

성술, 그리고 천체의 운행에 대해 질문한다.

23장에서 32장까지는 파우스트가 메피스토와 함께 지옥과 우주, 그리고 세 차례에 걸친 세계 일주여행을 한 이야기와 천국과 혜성, 별과 천둥에 대한 질문이 이어진다. 파우스트는 우주를 돌아다니고, 유럽 각국을 여행하면서 로마 교황과 터키의 술탄을 만나기도 한다. 심지어 북부 아프리카와 아시아를 찾아나서기도 한다. 여기까지는 파우스트가 악마와 계약을 맺고 본격적으로 사람들과 접촉하기 전에 지옥과 우주 그리고 지구를 돌아다니면서 학문으로 충족할 수 없었던 자신의 지식욕을 충족시키는 과정을 보여준다.

33장부터 51장까지는 파우스트가 벌이는 모험담들, 즉 "흑(黑)마술과 백(白)마술"[11]이 소개된다. 길을 비켜주지 않는 거만한 농부에게 건초 마차를 통째로 먹인다거나, 황제의 궁에서 어떤 기사에게 뿔을 달아준 이야기, 유대인에게 돈을 빌리고 자기 다리를 잘라 담보로 준 이야기, 그리고 친구들을 양탄자에 싣고 하늘을 날아다닌 이야기들이다. 뿐만 아니라 파우스트가 자신을 따르던 학생들과 잘츠부르크 주교의 지하 창고로 날아가서 포도주를 마신 이야기, 사육제에서 마술로 진수성찬을 차려놓고 즐기면서 동물들을 만들어 학생들을 놀랍게 해준 이야기 등이다.[12] 그

---

11) 마술은 보통 백마술과 흑마술로 구분되는데, 긍정적인 백마술은 대개 공공장소에서 많은 사람들이 모인 가운데 거행되는 제식(祭式)으로 집단이익에 공헌한다. 기우제, 마술적 계략의 위험에 대한 보호, 사냥제, 공동체 밖에 있는 사람들을 마술로 죽이는 것 등이 그러하다. 반면 흑마술은 개인적 목적에 사용되어 마술을 부리는 사람에게 득이 오도록 한다. 다른 사람에게 피해를 안 겨주는 마술로서, 연적(戀敵)을 없애거나 방해한다든지 사랑의 마술로 연인의 마음을 빼앗는 것이다. 마녀들이 벌이는 푸닥거리 같은 우유 마술, 날씨 마술 등이 여기에 속한다. 암시적 사이비 심령술, 자력(磁力)이나 물리학적 힘이 이용되면 '마적 자연'이라 말한다. 조심스레 자연을 극복해보려던 15~17세기에는 자연에 대한 지식을 마술 목적으로 이용하려는 시도가 있었다. Vgl. Leander Petzoldt, *Magie und Religion. Beiträge zu einer Theorie der Magie*, Darmstadt, 1978, S. VIII f.

12) 민중본에 묘사된 파우스트의 모험담 중 마부에게 마차를 통째로 먹인다거나 학생들과 술을 마시는데 동물들이 나타나 소동이 벌어지는 장면은 최근의 할리우드 영화 〈마스크〉 〈주만지〉 〈미이라〉 등의 컴퓨터 그래픽을 이용한 환상적 장면을 연상시킨다. 또한 파우스트가 학생들이나 친

중 가장 흥미로운 것은 33장에서 파우스트가 쿠빈투스 황제의 요청에 따라 그리스의 알렉산드로스 대왕과 왕비를 마술로 불러내고, 54장 「눈 덮인 일요일」에서 '마술로' 헬레나를 불러내는 장면이다. 파우스트는 자신의 종말이 가까워지고 있음을 알고 향락적인 삶을 살기 시작한다. 육욕을 채우고자 하는 충동이 커지자 (이십삼 년째 되던 해) 자신이 불러냈던 헬레나가 생각나서 메피스토에게 그녀를 데려오라고 협박한다. 불려나온 헬레나는 여전히 아름다운 모습이다. 파우스트는 그 모습에 마음을 빼앗겨 그녀와 함께 살아간다. 마지막 해에는 유스투스 파우스트라는 아들을 얻기도 하는데, 파우스트가 죽자 어머니와 아들은 동시에 사라져버리고 만다.

52장에서는 파우스트를 회개시키려고 신앙심 깊은 노인이 찾아온다. 성경에 나오는 회개한 사람들을 예로 들면서 회개할 것을 요구한다. 파우스트도 회개하고 악마와 맺은 계약을 취소하고 싶어한다. 하지만 이 말을 들은 악마는 파우스트를 당장에 조각으로 만들어 죽여버릴 듯이 위협하면서, 앞으로 절대 이런 회개 유혹에 넘어가지 않겠다는 서약서를 쓸 것을 요구한다. 이번에도 파우스트는 악마의 위협에 굴복하고 만다.

60장부터 마지막 68장까지는 파우스트가 서약서를 쓴 이후, 이십사 년째 되던 해에 일어난 그의 종말이 서술된다. 일찍이 파우스트는 버림받아 갈 곳이 없는 어린 바그너를 데려다 자기 조수이자 양아들로 삼는다. 그리고 마지막 해에 유언장을 작성하면서 모든 유산을 그에게 넘기는데, 바그너가 메피스토까지 달라고 요구하자 다른 악마 아우어한을 붙여준다. 그러면서 파우스트는 이제까지 해온 마술이나 행동들을 죽을 때까지 절대 공개하지 말 것이며, 자신이 죽은 후라도 그것을 스케치하거나 글로 남기고 싶으면 악마의 도움을 받으라고 부탁한다. 계약 만기일

구들과 '날아다니는 양탄자'를 타고 하늘을 날아가는 장면, 메피스토와 함께 우주를 떠다니거나 세계를 일주하는 장면은 현재의 비행기나 로켓을 타고 얼마든지 경험할 수 있는 일들이지만, 당시의 독자들에게는 얼마나 환상적이고 충격적이었을지 짐작할 수 있다.

이 다가오자 죽음에 대한 두려움으로 한숨을 쉬며, 점점 몸도 여위어간다. 그는 닥쳐올 엄청난 죽음의 고통과 비참함을 한탄하고, 악마는 이 답답한 마음을 조롱하고 괴롭힌다. 악마와의 계약 기간 이십사 년이 되자 파우스트는 학생들을 대동하고 비텐베르크 근처의 림리히로 최후를 맞으러 간다. 마지막 날 그는 학생들에게 절대 자기처럼 악마의 유혹에 빠지지 말도록 당부하면서, 자신은 사악했지만 "선한 기독교인으로" 죽는다는 말을 남긴다. 파우스트는 눈물을 흘리며 학생들과 고통스런 작별을 나눈다. 잠자리에 든 다음, 밤 열두시와 한시 사이에 엄청난 소음이 일어나고, 방에서 파우스트가 살려달라고 외치는 소리가 들린다. 다음날 아침, 학생들은 파우스트의 눈알과 이빨이 방바닥에 뒹굴고 벽에 피가 뿌려져 있는 것을 발견한다. 파우스트의 시체는 집 밖 오물 더미 위에 놓여 있다. 그를 매장하고 난 뒤 학생들은 비텐베르크에서 파우스트가 쓴 삶의 기록을 발견하며, 거기에 그의 죽음만을 추가로 써넣는다.

3-2. 민중본의 저작과 증보개정판

이런 내용의 파우스트 민중본은 출판되던 해에 개정판이 나올 정도로 엄청난 인기를 얻는다. 개정판에는 64장과 71장 사이에 여덟 개 이야기가 추가되는데, 대부분 파우스트의 마술에 관한 이야기들이다. 1590년의 개정판에는 라이프치히 대학의 학생들과 관련된 이야기가 55장과 60장 사이에 삽입되고, 파우스트의 마술을 소개하는 열네 가지 이야기는 1599년 비드만이 증보개정판을 낼 때 첨가된다.[13]

역사적 파우스트와 상관없는 이런 모험담들은 당시 독자들의 취향에

---

13) 현재 가장 쉽게 구할 수 있는 Reclam판 민중본 『요한 파우스트 박사 이야기』는 모두 96장으로 구성되었는데, 초판본의 68개 이야기와 다음해 개정판에 들어간 여덟 개 이야기(64~71장), 1590년 개정판에 들어간 여섯 개 이야기(55~60장), 그리고 1599년 비드만의 개정판에 들어간 열네 개의 이야기(34, 35, 38, 39, 62, 72장~80장)를 합한 것이다. Vgl. *Historia von D. Johann Fausten. Mit einem Nachwort*, hrsg. v. Richard Benz, Stuttgart, 2000(=Reclam 1515/16), S. 161.

맞춰 만들어진 것이다. 그 때문에 최초의 민중본이 나온 1587년 한 해 동안 다섯 권이나 되는 서로 다른 책이 나올 정도로 파우스트 전설은 사랑을 받는다. 그후에도 파우스트에 관한 책들이 쏟아지고, 뒤이어 내용을 손질한 책들도 나온다. 그러면서 악마와 계약을 맺은 다른 사람들 이야기도 파우스트 이야기로 둔갑한다. 이들 가운데 특히 중요한 것은 이년 후 새로 삽입된 이야기들이다. 이는 「에르푸르트 이야기」에 기초를 둔 것으로, 여기에는 역사적 인물도 아닌 클링어 박사라는 사람이 파우스트를 경고하는 이야기와 라이프치히 대학의 학생들에게 포도주를 마시게 하는 장면이 들어 있다. 술집 이름은 나오지 않지만, 식탁에 구멍을 뚫어 포도주가 흘러나오게 하는 모티프는 괴테의 『파우스트』 비극 제1부의 「아우어바흐 지하 술집」을 그대로 연상케 한다.

민중본이 여러 곳에서 만들어진 파우스트 일화(逸話)를 최초로 한 권의 책으로 모은 것인지, 아니면 한 사람에 의해 연속적으로 만들어진 이야기를 슈피스가 최종적으로 엮은 것인지는 서문에 밝혀지지 않았다. 그러나 이 민중본이 출판되기 이전에 라틴어로 된 원래의 텍스트가 있었고, 심지어 이를 독일어로 번역한 두 개의 텍스트가 있었다.[14] 여러 측면으로 미루어보아 『요한 파우스트 박사 이야기』는 어느 서툰 작가가 여러가지 자료들을 하나로 모아놓은 것에 불과한 것으로 보인다. 이는 「파우스트 박사의 모험 3, 4부」 후반부에서 주인공의 마술 장난이 아무런 심리적 묘사도 없이 하나하나 열거되고 있다거나, 여러 이야기 도입 부분에서 마술에 관한 자료들이 섞여 있다는 데서 알 수 있다.[15] 이런 사실은 편집자가 자료들을 제대로 정리하지 않고 뒤섞어놓았기 때문이다. 파우스트가 마술을 발휘하는 장면에 전후 사정이 불명하거나 모순적인 것들

---

14) Vgl. Robert Petsch, Die Entstehung des Volksbuchs vom Doktor Faust, In: *Germ.-Romanische Monatsschrift*, Nr. 3 (1911), S. 216 ff.

15) G. Milchsack, *Historia D. Johannes Fausti des Zauberers nach der Wolfenbütteler Handschrift*, Wolfenbüttel, 1892, S. XIII.

이 많고, 비슷한 상황이 반복적으로 나타나는 장면이 많다는 것도 여기에 기인한다. 뿐만 아니라 쓸데없는 군소리를 늘어놓아 전체적 내용을 파악하기 어렵게 만들어놓기도 한다. 이 민중본을 서툰 작가가 썼을 것이라고 추측하는 또다른 이유는 언어가 매끄럽지 못하고 문체도 정확하지 않다는 점이다. 여기저기 분산되어 있는 신학적 가르침도 저자가 어떤 신학 교육을 받았는지를 의심하게 만든다.[16] 저자가 수집한 자료들이 서로 일치하지 않아 같은 상황에서도 모순적으로 보일 때가 있는데, 이런 현상도 문헌 작업을 하면서 세심한 주의를 기울이지 않아 일어난 것들이다. 어쨌든 민중본의 저자는 자신이 읽은 많은 자료들을 전해오는 파우스트 소재에 삽입한 것으로 보인다. 그러나 이렇게 만들어진 이야기들이 전체적 통일을 이루지 못했다는 점에서 아쉬움을 남긴다.

4. 슈피스 민중본의 핵심 주제

『요한 파우스트 박사 이야기』에 나타나는 핵심 테마는 인간과 악마의 계약이다. 이는 당시 기독교사회에서 낯설지 않고, 초기 기독교 시대에도 이미 존재하던 주제이다. 전설에 따르면 6세기에 V. 테오필루스가 최초로 악마와 계약을 맺지만, 그 사실을 참회하고 하나님의 자비를 얻는다는 이야기가 있다. 이 이야기는 R. 폰 간더스하임(932~1002)이 라틴어로 쓴 운문에 들어 있는데, 나중에 『황금 전설』[17]에도 수록된다. 그러

---

16) Vgl. A. Segers, *Das Faustbuch von 1587. Programm des Victoria- gymnasiums*, Burg, 1905, S. 13.

17) 『황금 전설』은 중세에 성경보다 더 많이 읽힌 종교 서적으로 1263~1273년 사이에 제노바의 주교 야코부스 아 보라지네에 의해 만들어진다. 도미니크 수도원의 수도사인 그는 성경이나 사도들 이야기, 수도원이나 사람들 사이에 전해오는 순교자들 이야기 등을 모아 책으로 엮는다. 일반인들도 읽은 이 책은 예술성을 갖춘 라틴어로 씌어졌으며, 예수와 성인들의 생애뿐만 아니라 도덕적 교훈도 들려준다.

나 민중본은 같은 주제를 다루면서도 중세 후기를 배경으로 하기 때문에 종교개혁과 르네상스의 위력이 느껴질 정도로 신을 배신한 인간에 대한 참회와 자비를 보여주지 않는다. 역사적 인물 파우스트도 '검은 마술사'[18]로 알려지지만, 종교개혁을 거치면서 신의 구원을 얻지 못하는 상징적 인물이 된다. 민중본이 프랑크푸르트에서 출판된 것도 루터 신학의 관점에서 본 전체적 편집 방침과 관련이 있다. 프랑크푸르트는 당시 엄격한 루터파 도시이고, 이야기들이 전개되는 배경에도 루터가 활동하던 비텐베르크나 에르푸르트가 자주 언급된다. 그래서 민중본에서는 신교도적 관점에서 가톨릭 교황을 무자비하게 공격한다. 따라서 파우스트가 로마로 날아가 조롱하는 교황도 중세의 권위 있는 교황이 아니라, 공격을 당할 만한 약점을 가진 르네상스 시대의 교황이다. 당시의 타락한 교회 풍속도를 묘사하는 데 이들이 십분 이용되는 것이다.

르네상스는 파우스트 민중본에서 새로운 역할을 한다. 『이솝 우화』나 『트로이 전쟁』 등이 초기의 다른 여러 민중본에서는 고대의 훌륭한 서사시로 소개되는데, 이 책에서는 한 걸음 더 나아가 고대를 현재에 재현해 보려는 시도가 감행된다. 파우스트는 에르푸르트 대학 교수에게 고대 로마 시대의 희극작가 테렌티우스의 작품을 부활시켜보겠다는 계획을 밝히지만, 교회의 허락을 받지 못해 무산된다. 그러나 그는 마술로 그리스 신화의 영웅들을 동료들이 보는 앞으로 걸어나오게 하거나, 무서운 괴물을 불러내어 학생들을 놀라게 하기도 한다. 뿐만 아니라 파우스트는 카를 5세 황제 앞에서 알렉산드로스 대왕과 왕비를 생생하게 불러내어 보여준다. 심지어 그리스의 헬레나를 학생들에게 보여주고, 자기 아내로 삼아 아들까지 얻는다. 이렇게 고대를 현재로 불러내는 장면들은 르네상

---

18) 16세기 중반부터 17세기 중반까지 유럽 사람들은 경제적 불확실성, 구교와 신교의 대립, 정치적 불안정 문제에 대한 감성적 지적 해결책을 찾는 데 몰두하여 종종 마술에 빠지는 일이 발생한다. 이때 마술은 인간의 영역을 뛰어넘는 신비한 힘의 도움으로 인간이나 자연의 사건에 영향을 끼치려는 인간의 행위를 말한다. 초기 중세 시대 농민들을 중심으로 발전한 마술은 병을 치유하거나 잃어버린 물건을 찾아주고 점을 쳐주는 백마술과 재앙을 불러일으키는 흑마술로 나뉜다.

스 시대 사람들이 추구하는 고대에 대한 강한 인식욕을 짐작케 한다. 하지만 파우스트는 당시 이교도적인 삶을 자유롭게 살다 죽는 것처럼 보이는데, 바로 이어지는 종교개혁 시대에는 이러한 삶이 끔찍하고 악마적이며 파렴치한 것으로 나타난다. 따라서 민중본은 루터의 정화된 가르침이 지난날의 가톨릭교회보다 훨씬 엄격함을 보여준다. 즉 테오필루스는 구원을 요청할 성모 마리아를 찾지만, 신을 배반한 파우스트는 끝내 회개하지 못하고 악마에게 끌려가고 마는 것이다.

5. 기타 민중본

검은 마술사와 위대한 마술사에 대해 좀더 알고 싶어하는 수요에 부응하여—그것이 사실이든 전설이든 관계없이—비드만Georg Rudolf Widman은 1599년 함부르크에서 671쪽의 방대한 4절판 책을 발행한다. 책 제목은 '끔찍하고 혐오스런 죄와 만행에 대한 진짜 이야기, 아울러 이상하고도 진귀한 여러 모험담, 널리 알려진 마술사이자 요술사인 요한 파우스트 박사, 자신의 끔찍한 말로까지 행한 마술'이다. 비드만은 파우스트의 사랑 이야기와 의미 없어 보이는 자연과학에 대한 대화 등을 빼버린다. 그리고 현재의 카를 5세 황제 시대에 벌어진 이야기를 막시밀리안 황제 시대의 이야기로 바꾸어 당시에 일어난 일이 아닌 것처럼 만든다. 이렇게 함으로써 그는 루터 신학에 맞춘 가르침과 경고에 얽매이지 않고, 여러 회상과 이야기들을 푸짐하게 털어놓을 수 있는 공간을 마련한다.

뉘른베르크의 의사 니콜라우스 피처Nicolaus Pfitzer는 1674년 '악명 높은 검은 마술사 요한 파우스트의 불만스런 인생과 무시무시한 종말'이란 제목의 민중본을 발행한다. 그는 비드만의 책을 개정하면서 쓸데없이 긴 부분들을 과감히 삭제하고 파우스트의 사랑 이야기를 삽입하면서,

"상당히 아름답지만 가난한 처녀"의 사랑하는 모습을 보여준다. 이 책이 갖는 또다른 의미는 구약성서 욥기에서 사탄이 하나님에게 욥의 복종심을 시험해보라고 제안하는 장면을 삽입시키는 데 있다.[19] 이 책은 파우스트가 대단한 마술사라는 관점에 초점을 맞추기 때문에 학문적 연구 대상이 되기도 한다. 1683년 비텐베르크에서 출판된『사기꾼 파우스트에 관한 토론사(史)』는 노이만이라는 위원장이 배석한 가운데 진행된 토론회를 근거로 한다. 그 독일어 번역판『J. G. 노이만의 파우스트에 대한 호기심 많은 관찰』은 1702년 출판되며, 1743년에 재판(再版)이 나온다.

이런 토론에 영향을 받아 '기독교적 입장에서 생각하는 사람Der Christlich Meynende'이라는 익명의 저자는 그 동안의 민중본들에 빠져 있던 신학, 철학, 자연과학적 부분들을 "적당한 길이로" 다시 집어넣는다. 그리고 1725년 '전 세계에 악명 높은 검은 마술사 요한 파우스트 박사의 악마와의 계약과 모험적 인생 편력과 공포의 종말'이란 제목의 책을 내놓는다. 유려한 문체가 특징인 이 민중본은 파우스트 전설에 대한 신빙성에 회의를 표하는 책으로, 계몽주의 시대에 가장 널리 읽힌다. 이 책은 잘 찢기는 좋지 않은 종이에 인쇄되었기 때문에 벼룩시장에서 헐값으로 팔리기도 한다. 괴테도 어린 시절에 이런 형태의 파우스트 전설을 읽었을 것으로 추측된다.

6. 슈피스 민중본의 영향

『요한 파우스트 박사 이야기』가 독일에서 출판되던 해에 영국의 유랑극단이 런던으로 돌아가면서 이 책을 가져간다. 이는 곧 영어로 번역되어 1592년에 런던에서 출판된다. 영국의 위대한 극작가 말로우Christopher

---

19) 괴테가 「천상의 서곡」을 쓸 당시 바이마르 도서관에서 피처의 파우스트 민중본을 빌려갔다는 기록이 남아 있다.

Marlowe는 이 영역본이 인쇄되기 전부터 독일의 파우스트이야기를 접하는데, 곧바로 이 소재를 순수한 무대작품으로 만든다. 1588~1589년에 집필된 그의 비극 『포스터스 박사의 삶과 죽음에 관한 비극적 이야기』는 1604년에 출판되며, 이는 그 이후에 이어지는 모든 파우스트 드라마의 최고 모범이 된다. 두 작품에 나타난 단어들이 일치하는 것을 보면 말로우는 독일의 민중본을 기초로 하여 작품을 썼음이 확실하다. 그러나 파우스트가 인식에 대한 욕망으로 지식 충동에 빠지는 말로우의 묘사는 괴테의 『파우스트』 비극 제1부의 「서재」에 전개되는 독백 장면을 선취하고 있다. 괴테의 비극을 통해서만 파우스트 소재를 알고 있는 사람들은 말로우가 이미 독백 장면에서 인간의 정신적 위대함을 서술했다는 사실에 놀라움을 금하지 못할 것이다.

말로우의 드라마에서 파우스트는 죽은 후의 영혼에 대해 진지하게 생각하지 않고 악마와 계약을 맺는다. 그는 메피스토와 함께 하늘을 여행하고, 교황청에 나타나서는 지위가 가장 높은 성직자를 마술로 놀리며, 황제의 궁정에서는 주문으로 알렉산드로스 대왕과 왕비를 불러낸다. 이어서 학생들의 부탁으로 그리스의 헬레나를 불러내고, 악마에게 그녀를 자기 연인으로 만들어 천상의 입맞춤을 즐기게 해달라고 부탁하며, 그 소원을 관철시킨다. 헬레나와의 사랑은 슈피스의 민중본에서와 마찬가지로 바로 결말 부분으로 이어진다. 지옥의 고통을 감수해야 하는 파우스트의 독백에서 이 드라마는 절정에 다다른다.

파우스트 영혼이여, 물방울로 변하라. 그대를
아무도 찾지 못하도록, 세계의 바다 속으로 흘러가라![20]

영국 극단은 말로우의 작품을 다시 독일로 가져가 공연함으로써 유랑

---

20) Christopher Marlowe, *Die tragische Historie vom Doktor Faustus*, Deutsche Fassung, Nachwort u. Anmerkungen von Adolf Seebass, Stuttgart, 1964(=Reclam 1128), S. 67.

극단의 파우스트 드라마 공연과 인형극이 생겨나게 된다. 하지만 이런 공연은 대부분 센세이션을 불러일으키거나 무대 위를 시끌벅적하게 만드는 작품으로 전락한다. 지옥 장면에서는 불꽃이 터지고, 많은 악마들이 등장해 돌아다니며, 지하세계의 왕인 플루톤이 무대를 누비고 다닌다. 그리고 광대들의 농담이 곁들여지기도 한다. 1669년과 1688년 단스크와 브레멘의 공연 포스터나 보도를 보면, '노력하는 파우스트'의 모습이나 그런 의미는 어디에도 찾아볼 수 없을 정도로 변해버린다.

하지만 이 시대에도 파우스트 민중본의 영향력은 사라지지 않는다. 네덜란드의 화가 렘브란트는 1652년 파우스트의 본질을 잘 나타내는 〈대우주 부적을 바라보는 파우스트〉라는 동판화를 만든다. 이는 말로우가 만든 인식욕에 불타는 드라마 인물을 렘브란트는 회화적 모습으로 형상화시킨 것이다. 16세기에 출판된 대부분의 책들처럼 『요한 파우스트 박사 이야기』도 그림을 곁들이지 않고 출판된다. 목판화가 많던 고판본 시대는 지나가고, 단지 악마들 사이의 파우스트를 묘사한 작은 동판화만이 책표지를 장식하기 위해 만들어진다. 당시를 지배하던 프로테스탄티즘이 우상(偶像)을 파괴하는 운동의 일환으로 그림 배제를 주장하기 때문이다.

괴테는 파우스트 소재에 가장 수준 높은 문학적 형상을 부여한다. 자신의 상상력을 최대한 동원하여 오늘날 우리가 파우스트에 대해 가지고 있는 기본적 모습을 완성시킨다. 그래서 우리가 알고 있는 파우스트는 민중본의 파우스트가 아니라 괴테의 파우스트인 것이다. 제1부에 서술된 '그레첸 비극'은 작가의 창작으로, 전설에는 들어 있지 않은 내용이라 할지라도, 제2부의 근본적 요소들은 민중본에서 따온 것이라 할 수 있다. 파우스트가 황제의 부탁으로 고대의 신화적 인물을 다시 소생시킨다든가, 그리스의 헬레나와 함께 결혼생활을 하는 장면은 괴테가 죽은 후에야 알려지지만 『비극 제2부』에 고스란히 남아 있다. 민중본은 이렇게 동기 부여를 하기도 하지만, 괴테 창작의 개별적인 면에서는 별다른 영향을 주지 못한다. 그래서 괴테 이후의 파우스트 개념도 "끊임없이 노력하는 자를 우리는 구원할 수 있다"는 것이 되며, '위대한 것'과 '악마적인 것'을 아무런 거리낌 없이 함께 사용할 수 있게 된다. 결국 괴테의 『파우스트』를 통해 '파우스트 문화'에 대한 광범하고도 일반적인 개념이 형성되는 것이다.

참고 문헌

Das Volksbuch von Doktor Faust 1587 mit Materialien. Ausgewählt und eingeleitet von Leander Petzoldt. Stuttgart, 1981.

Deutsche National-Literatur. Historisch-kritische Ausgabe. Band 25: *Volksbücher des 16. Jahrhunderts*.

Historia von D. Johann Fausten, Mit einem Nachwort hrsg. v. Richard Benz. Stuttgart, 2000(=Reclam 1515~1516).

Marlowe, Christopher, *Die tragische Historie vom Doktor Faustus*. Deutsche Fassung. Nachwort u. Anmerkungen von Adolf Seebass, Stuttgart, 1964 (=Reclam 1128).

Barack, Karl August(Hrsg.), *Zimmerische Chronik*, Band III. Tübingen, 1869.

Baron, Frank, *Geschichte, Sage, Dichtung*, München, 1982.

Eversberg, Gerd, *Materialien zu Johann Wolfgang von Goethe Faust I und II*. Hollfeld/Ofr., 1999.

Mahal, Günther, *Faust. Die Spuren eines geheimnisvollen Lebens*, Bern/ München, 1980.

Mayerhofer, Johann, Faust beim Fürstbischof von Bamberg, In: *Vierteljahresschrift für Literaturgeschichte*. Bd. 3, Heft 1.(1890).

Milchsack, Gustav, *Historia D. Johannes Fausti des Zauberers nach der Wolfenbütteler Handschrift*, Wolfenbüttel, 1892.

Neubert, Franz, *Vom Doctor Faustus zu Goethes Faust*, Leipzig, 1932.

Petsch, Robert, Die Entstehung des Volksbuchs vom Doktor Faust, In: *Germ.-Romanische Monatsschrift*, Nr. 3 (1911).

Petzoldt, Leander, *Magie und Religion. Beiträge zu einer Theorie der Magie*, Darmstadt, 1978.

Scheible, Johann(Hrsg.), *Das Kloster. Weltlich und Geistlich*, Bd. 5, Stuttgart, 1847, Zelle, 19: *Faust auf der Volksbühne*.

Segers, A., *Das Faustbuch von 1587. Programm des Victoria- gymnasiums*,

Burg, 1905.

Tille, Alexander(Hrsg.), *Die Faustsplitter in der Literatur des 16. bis 18. Jhdts. nach den ältesten Quellen*, Nr. 1 u. Nr. 2, Berlin, 1900.

말로우의 「포스터스 박사의 비극」
—지적 탐욕, 향락 그리고 파멸

김정자

1. 들어가는 말

극문학과 시문학이 번성하던 영국 엘리자베스 여왕 시대의 극작가들 중 한 사람인 말로우Christopher Marlowe는 예전이나 지금이나 항상 존재하고 있는 보편적 문제들을 주제로 삼는다. 그 가운데서도 유혹과 죄악, 구원과 죽음이라는 테마에 깊이 천착한다. 그의 희곡 「포스터스 박사의 비극The Tragedy of Doctor Faustus」[1]은 유혹에 빠지기 쉬운 사악한 충동과 신의 은총에 대한 선한 갈망을 가진 인간의 양면성을 묘사한다. 말로우는 자신의 탐욕 때문에 기독교 교리를 부정하는 당대의 인간상을 풍자하고 비판한다. 그는 정통적인 기독교 교리와 종교개혁의 결과로 생겨난 신교 교리와의 갈등을 다양하게 그린다. 더러는 진지하게,

---

1) Christopher Marlowe, Doctor Faustus B-Text, The Tragedy of Doctor Faustus, In: *Oxford English Drama. Doctor Faustus and Other Plays*, Edited by David Bevington and Eric Rasmussen, Oxford University Press, 1998, S. 185~246. 이 텍스트의 원문 인용 및 참조문의 출처는 괄호 안에 아라비아 숫자로 쪽을 표시함.

약간은 우스꽝스럽게, 약간은 현학적으로 인물을 희화함으로써 진정한 기독교인에 대한 갈망과 위선적인 기독교인에 대한 경고를 동시에 나타낸다.

　말로우의 주요 작품 「탬벌린대왕 1부」 「탬벌린대왕 2부」 「몰타 섬의 유대인」 「에드워드 2세」 「파리의 대학살」 등은 「포스터스 박사의 비극」처럼 역사적 전설이나 사실에 근거를 둔다. 그러나 실제 사실과는 매우 다르게 이야기하며, 동시에 작가 자신의 이야기를 진술한다. 그들은 고대의 비극 장르를 사용하면서도 독특한 정열로 다른 종류의 이야기를 하고 있으며, 이 작품들을 꿰뚫는 말로우의 관심은 인간의 의지와 인간의 유한성에 관한 것이다.[2]

　인간의 의지와 능력에 대한 계발은 르네상스 시대의 새로운 정신이다. 16세기 초 영국의 르네상스 시대는 과학과 항해의 발달을 통해 우주와 천체에 대한 이해와 서로 가까워진 세상에 대한 지식의 보급이 급속히 확대되던 시절이다. 학문과 예술이 발달하고, 무엇보다도 지식에 대한 갈망이 컸다. "아는 것이 힘이다"라는 당대의 수필가 베이컨의 말처럼 기본적이고 항구적인 믿음에 기초한 인간의 잠재적 능력의 계발이 중요하던 시대이다. 이는 다방면에서, 특히 세계와 우주, 종교와 학문의 영역에서 이루어진다. 르네상스의 시대정신과 맥을 같이하여 일어난 종교개혁의 수행과정에서 신교와 구교의 교리 대립과 갈등은 치열하다. 말로우는 중세적 신앙의 전통에서 벗어나 끝없는 지적 욕구와 물질적 향락을 충족시키기 위해 신적 능력에 도전하는 르네상스적 인물을 그리고자 한다. 그의 「포스터스 박사의 비극」은 이와 같이 모든 영역의 인간 지식을 다 이해하고자 갈망하는 르네상스 정신의 극적 구현이다.

　그는 인간 영혼의 양면성인 선과 악의 갈등을 반영하는 전통적 도덕극의 형식을 통해 기독교의 원리에 입각한 선악의 문제를 다룬다. 이 도덕

---

2) 안장희, 『크리스토퍼 말로우의 생애와 작품세계』, 하우, 2001, 11, 19쪽 참조.

극은 르네상스 시대에 인간의 의지와 능력의 확대가 종교개혁의 원리에 적용되어 탄생한 비극적 영웅의 운명과 관계한다. 인간 지식의 한계를 뛰어넘어 신적 능력을 탐하다 축복과 은총을 포기하고, 악마의 힘에 의지하여 온갖 향락을 누린 끝에 지옥으로 떨어지고 마는 파우스트의 모습은 중세적 상상력을 뛰어넘는 새로운 사유와 능력, 그리고 자유의 르네상스 인간상임에 틀림없다.

이 시대의 드라마는 문학적 매체라기보다는 공연의 매체이다. 말로우의 극은 영국의 유랑극단에 의해 독일 각지에 역수입되고, 이백여 년 뒤의 괴테 또한 이 극에서 지대한 영향을 받는다. 괴테는 그의 인물 파우스트를 통하여 18세기의 공리주의적 사고와 계몽의 타락에서 비롯되는 파국 현상들에 대한 시대 비판을 하고 있으며, 또한 그를 인간의 진정한 자아 추구, 즉 신적인 것의 추구를 통하여 영혼의 정화와 자기 완성을 갈망하는 이상적 인간상으로 창조해낸다.[3] 이에 반해 말로우는 기존 전설의 결말을 그대로 수용하여 비극적 인물을 그려낸다. 즉 그의 파우스트는 최초로 사탄과 결탁하여 초지상적 인식과 최고의 세속적 권력을 얻으려고 신적 권능에 반항하는 황제를 꿈꾸는 것이다.[4]

괴테의 파우스트가 진정한 인식의 획득을 위한 끊임없는 인간성의 도정과 행복한 결말을 반영하는 구원의 형태라면, 말로우의 파우스트는 욕망의 유혹과 허무함에 빠지고 마는 우스꽝스러운 파멸의 형태이다. 그러나 말로우의 인물은 악마와 결탁하여 세인을 현혹시키는 희극적인 형태만은 아니며, 전설적 파우스트는 오히려 말로우에 의해 최초로 진정한 비극적 형태를 취한다. "유혹적인 악마와의 계약으로 존재의 진지함과 우스꽝스러움과 익살의 부조화를 야기하는 단순한 도덕적 모범의 형태

---

3) 김동중, 「괴테의 『파우스트』에 나타난 시대 비판과 이상적 인간상」, 『독일언어문학』 제26집, 한국독일언어문학회, 2004, 73쪽 참조.

4) Vgl. Peter Boerner, *Goethe*, Rowohlts Monographien Nr. 100., Reinbek bei Hamburg, 1985, S. 140.

로부터 후회와 가책, 오만과 불손, 열정과 마성의 뒤범벅 속에서 거대한
공포로 비상하다 마침내 몰락에 이르는 한 거인의 비극적 형태를 구현한
다."[5] 말로우의 비극은 현대에 이르러 파우스트가 무한한 지적 물질적
탐욕에 사로잡혀 신적 질서를 외면하고자 했던 인본주의적 인식과 르네
상스적 영웅주의에 대한 깊은 성찰을 요구하고 있는 듯하다.

 이러한 배경 아래서 독일적 전설 파우스트가 영국에서, 그리고 말로우
에 의해서 어떤 인물로 형상화되는가를 알아보자. 또한 종교개혁 시대에
신교와 구교의 교리 갈등이 작품에서 어떻게 논박되며, 인간 능력의 한
계를 뛰어넘어 신적 능력에 도전하는 과정에서 자아 극복의 노력을 포기
한 르네상스의 영웅이 어떻게 향락과 탐욕에 빠지며, 어떻게 비극적 결
말에 이르게 되는지를 알아보기로 한다.

2. 작품의 생성 배경

 독일에 실재하였다는 연금술사 파우스트는 학자이자 점성가로서,
1480년경에 태어나 독일 전역을 편력했으며, 비텐베르크에도 머물렀다
고 알려져 있다. 1536/39년 그의 우발적인 죽음 이후, 그가 마술과 기행
을 실행하고 악마와 결탁되었다는 전설이 급격히 퍼져나간다. 이 이야기
는 당시 대학생들 간에 널리 전해진다. 1587년에는 프랑크푸르트의 출
판업자 요한 슈피스에 의해 그의 전 생애가 재미있게 윤색된 '요한 파우
스트 박사 이야기'라는 제목의 민중본이 간행되고, 이는 판을 거듭하며
외국어로도 번역된다. 1599년에는 게오르크 비드만이, 1674년에는 니콜
라우스 피처가 다시 파우스트 전설을 집필하여 책으로 발표한다. 1725년
'기독교적으로 생각하는 사람'이라는 익명의 신교도에 의해 씌어진 책

---

5) Ralf Sudau., *Goethe. Faust I und Faust II. Interpretationen*, München/Oldenbourg, 1998,
 S. 16.

은 자만심과 야망 그리고 초자연적 힘들과 결탁해서는 안 된다고 경고하며 철저한 반(反)가톨릭 색채를 띤다.[6]

그러나 말로우는 독일 작가들보다 먼저 이 전설을 하나의 드라마로 작품화한다. 영국으로 구전된 파우스트 민담은 1592년 '존 포스터스 박사의 지옥에 갈 삶과 당연한 죽음의 이야기'라는 제목으로 번역 출판된다. 피 에프(P. F.)라는 약자로만 알려진 번역자는 스토리에 다양한 내용을 첨가하고 변화를 준다. 그는 파우스트를 "만족을 모르는 사색가"라고 부르며 지적 호기심을 보다 강조하는데, 이 번역은 1604년에 출판된 말로우의 『포스터스 박사의 비극적 이야기』의 자료가 된다.[7]

전통적 파우스트 전설의 핵심은 악마와의 계약을 통해 신에게 불성실한 인간이 그리스도의 적에게 영혼을 판다는 것이다. 기독교적 세계관에서 볼 때 인간 행동의 사악함과 추함은 항상 악마의 탓으로 돌아간다. 국외자나 규범 파괴자, 또는 한계 초월자의 문학은 이런 인물 유형의 발달 능력을 강조함으로써 악마와의 계약을 모티프로 즐겨 사용한다. 악마의 마적인 힘을 빌려 인간은 자신의 욕망을 실현시킬 수 있는 가능성을 확대하려 하기 때문이다. 따라서 영혼을 얻기 위한 신과 사탄 사이의 줄다리기는 쾌락과 도덕, 이기주의와 인류애 사이에서 단안을 내려야 하는 인간의 지속적 고통을 상징적으로 대변한다.[8]

3. 말로우의 삶과 죽음

말로우는 1564년 캔터베리에서 태어나 킹스 스쿨을 졸업하고, 1580년

---

6) Vgl. John Butcher(Editor), *Christopher Marlowe: Doctor Faustus*, London, Longman Literature, 2001, S. X (Introduction).

7) Vgl. Christopher Marlowe, *Die tragische Historie vom Doktor Faustus*, Deutsche Fassung, Nachwort und Anmerkungen von Adolf Seebass, Stuttgart, 2001(=Reclam 1128), S. 69 f.

8) Vgl. Ralf Sudau, *Goethe. Faust I und Faust II*, S. 11.

케임브리지 대학에 진학하며, 이곳에서 공부하는 동안 엘리자베스 여왕 추밀원의 비밀 요원으로 활동한다. 그는 비밀활동을 위해 케임브리지를 떠나 프랑스 랭스 지방에서 엘리자베스 1세에 대한 반역과 음모의 중심으로 알려진 영국 가톨릭교회에 가담한다.[9] 직책상 가톨릭교도임을 가장하여 영국 가톨릭교도들의 반란과 음모를 살핀다. 이 같은 독특한 비밀활동으로 인해 케임브리지와 런던에서 그의 행적과 사생활에 비밀과 오해의 여지가 발생한다. 1587년 케임브리지 대학에서 석사 학위를 받아 성직자의 길을 마다하고 극작가로서 생활하며, 1593년 의문의 죽임을 당하기까지 대부분의 시간을 런던에서 보낸다. 그는 어느 한 술집에서 장난 비슷한 싸움 끝에 검에 찔려 비명횡사하는데, 직접적인 원인은 밝혀지지 않았다.

말로우는 가톨릭에 깊이 관계하고 있다는 오해를 받았으며, 싸움과 살인사건에 연루되어, 벌금을 물기도 하고 직접 수형생활을 하기도 한다. 이런 비밀스런 행적 때문에 그는 무신론자요 신성 모독자라는 혐의로 추밀원에 고발되기도 한다. 「종교를 저주하는 그의 판단과 하나님의 말씀을 경멸하는 크리스토퍼 말로우의 의견에 관한 문건」과 예수 그리스도의 신성을 부정하는 이단적인 생각들이 적힌 고발장에 의하면, 그는 종교에 대해 급진적이고 부정적인 태도를 보이며, 유물론적이고 합리주의적 관점에서 종교를 파악하려 한 것 같다.[10] 고발장 접수 삼 일 뒤 폭력에 의해 즉사한 그의 비극적 죽음은 르네상스적 인물 설정에 필요한 장면으로, 그를 영국 르네상스 시대의 대표적 인물로 부각시키는 데 일조한다.[11]

스물아홉의 젊은 나이에 요절한 말로우의 삶과 죽음은 많은 추측과 비밀에 덮여 있다. 셰익스피어와 같은 해에 태어나 먼저 극단에 등장하여

9) Vgl. John Butcher, *Christopher Marlowe*, S. VI(The writer and his work).
10) 박우수, 『수사학과 말의 힘』, 대홍, 1992, 26~28쪽 참조.
11) D. Miles · R. Pooley, 『영국문학사』, 송관식 옮김, 한신문화사, 2002, 53쪽 참조.

명성을 얻은 그는 일반 대중 관객을 사로잡는 감동적 희곡을 쓰고, 셰익스피어와 함께 영국 르네상스 정신을 대표하는 인물이 된다. 그는 가죽을 다루는 가난한 숙련공 집안 출신임에도 불구하고, 가난과 사회적 제약을 극복하기에 충분한 재능과 능력을 타고났다. 그가 기독교에 대해 부정적인 태도를 지닌다면, 이는 기독교 교리가 끊임없이 그가 추구하던 세속적인 자아 성취 욕망과 배치되기 때문이다. 어떤 방식으로든 그의 작품에 나타나는 절대 권력에 대한 추구와 지적 욕망, 상업적인 계약과 거래관계는 작가 자신의 근원적 결핍과 무관하지 않다. 그의 생애에 관한 이야기에 항상 끼어드는 무신론자, 우상 파괴주의자, 선동가 등의 일화 역시 어쩔 수 없는 계급적 사회 구조 속에서 갈등하는 젊은 야심가의 반작용이라 할 수 있다.[12]

4. 포스터스 박사의 삶과 죽음

4-1. 극의 구조와 줄거리

말로우의 「포스터스 박사의 비극」은 전체 5막으로 구성되고, 앞뒤에 프롤로그와 에필로그가 달려 있다. 이는 코러스 형태로 나타나며, 내레이터(해설자)의 역할을 한다. 원래 고대 그리스 비극에서 유래된 코러스는 한 그룹의 인물로 구성되는데, 극중 행위에 대해 도덕적 종교적 사회적 논평을 준비한다.[13] 그러나 이 비극의 코러스는 단독 인물로 나와 서문을 말하고 극이 무엇에 대해 이야기할지를 진술하며, 제3막과 제4막 처음에 잠깐 나타났다가 에필로그를 전달한다.

극적 사건은 포스터스 박사의 연구실에서 시작되어 로마, 콘스탄티노플의 터키 궁전, 인스브루크의 독일 황궁 등으로 이동하며 진행되다가

---

12) 박우수, 위의 책, 18~19쪽 참조.
13) Vgl. John Butcher, *Christopher Marlowe*, S. XX(Intorduction).

다시 그의 연구실로 돌아와 끝을 맺는다. 각 장소에서 포스터스는 메피스토펠레스(이하 메피스토)의 마법을 이용하여 그 장소와 경우에 상응하는 다양한 인물의 환영을 불러내기도 하고, 몸을 숨김으로써 등장인물들을 골탕 먹이는 일도 한다.

제1막과 제2막에서 포스터스는 지금까지 공부해온 철학 법학 의학 신학 등을 부질없는 지혜로 치부한다. 만족스럽게 해석할 수 없는 세상에 대한 의문으로 끝없는 회의감에 시달리며, 인간의 한계를 넘어선 명쾌한 지식을 추구하려는 욕망으로 괴로워한다.

> 포스터스 철학은 불쾌하고 모호해.
> 법학과 의학은 모두 보잘것없는 지혜이지.
> 신학은 그중에서도 가장 비천하고 불쾌하며,
> 거슬리고 경멸할 만하며, 넌더리가 나네.
> 내 마음을 앗아간 것은 마법, 바로 마법이지.(S. 190)[14]

그는 악마들의 제왕 루시퍼에게 이십사 년 동안 육체적 쾌락과 욕망의 충족 속에서 살게 해줄 것과 모든 의문에 대해 통쾌한 해답을 해줄 것을 요청한다. 그 대가로 계약 기간이 지난 후 자신의 영혼과 육신을 악마에게 모두 바치겠다고 서약하며 루시퍼의 종이자 사신인 메피스토와 계약한다.

> 포스터스 보라, 메피스토, 그대에 대한 사랑으로
> 파우스트는 자신의 팔을 찔러 자신의 피로써,
> 영원한 밤의 수뇌이자 지배자이신 루시퍼에게
> 그의 영혼을 바칠 것을 서약하노라!(S. 199)

---

14) 한국어 번역은 크리스토퍼 말로우, 「파우스트 박사」, 오창민 옮김, 디오니소스 드라마연구회 편, 『영국 고전 희곡선 1』, 동인, 2001, 9~108쪽 참조.

파우스트는 루시퍼에게 자신의 영혼을 바치는 대가로 제일 먼저 지옥에 대해 질문하고, 천체와 행성에 대해 알고 싶어하며 가장 아름다운 아내를 데려다주길 원한다. 동시에 누가 세상을 만들었는지를 물으며 천국과 지옥, 구원과 믿음, 그리고 참회와 저주 사이에서 갈팡질팡하는 모습을 보여준다. 번민하는 주인공에게 악마 일행은 지옥으로부터 "죽음에 이르게 하는 일곱 가지 죄"(S. 206)를 데리고 와서 볼거리를 제공한다. 7대 죄악은 자만, 탐욕, 시기, 분노, 과식, 나태, 호색으로 중세와 르네상스 시대의 문학에서 의인화되어 주로 도덕극의 주요 주제가 된다.[15] 파우스트는 이 '오락거리'를 구경하고 지옥에서 무사히 돌아오기를 바라지만, 스스로 즐기고 자만하는 가운데 그의 양심은 둔화되고, 그는 차츰 지옥으로 다가간다.

제3막에서 파우스트는 메피스토와 더불어 팔 일 동안 용의 등을 타고 트레베, 파리, 라인 강, 마인 강을 여행하고, 나폴리, 베네치아, 파도바를 거쳐 로마에 도착한다. 추기경과 주교들, 수사들, 그리고 교황의 연회장에서 마법의 힘으로 그들을 혼내주고, 사슬에 묶인 독일의 브루노를 석방시켜 인스브루크 황궁으로 데리고 간다. 그는 진귀한 것들과 터키의 화려한 왕궁 같은 광경들을 즐기면서 여행을 지속한 뒤 고향으로 돌아온다.

제4막에서는 지상과 공중을 헤치고 여행을 다니다 인스부르크 황궁에서 신성 로마 제국의 황제 카를 5세가 베푸는 연회에 참석한다. 그는 황제의 청을 받아 브루노 교황과 귀족들 앞에서 "고귀하고 용맹스런 모습의 알렉산더"(S. 220)와 그의 연인의 환영(幻影)을 재현시킨다. 그런 그를 시기하던 벤볼리오와 몇몇 귀족들은 포스터스를 살해하려다 실패하기도 한다.

제5막은 다시 연구실 장면으로, 그의 죽음이 임박했음을 알린다. 그는 학자들 앞에서 세상에서 가장 아름다운 여인으로 "온 세상이 흠모하는

---

15) Vgl. John Butcher, *Christopher Marlowe*, S. 48.

위엄"(S. 236)을 지닌 고대 그리스의 헬레나를 불러낸다. 학자들은 "자연
이 만들어낸 작품의 정화"(S. 237)를 보고, 이런 황홀한 장면을 보게 해
준 그를 축복한다. 포스터스는 "그녀의 입술이 나의 영혼을 빨아들이는
구나"(S. 238)라고 고백하며 욕망의 파멸로 빠져든다. 변덕스러운 아레투
사의 푸른 팔에 안긴 하늘의 지배자나 제우스의 불길에 타죽은 세멜레[16]
보다도 더 밝게 빛나는 헬레나의 아름다움에 도취한다(S. 239).

　　포스터스와 헬레나의 결합은 악령과의 결합을 뜻하며 이 비극의 정점
을 이룬다. 선한 천사가 등장하여 "그대를 받아들이기 위해 지옥이 아가
리들을 벌리고 있다"(S. 242)고 말하는 순간, 지옥이 나타난다. 포스터스
는 약속했던 이십사 년의 시간이 다해가는 운명 앞에서 후회하고 발버둥
치지만, 그의 영혼과 육신은 악마들에 의해 갈가리 찢긴 채 지옥으로 떨
어지고 만다. 에필로그에서 코러스는 신에 대한 도전의 부당함과 그 결
과의 참혹함을 노래한다.

　　코러스 파우스트는 죽었다. 그의 소름 끼치는 몰락을 바라보면,
　　　　그의 극악무도한 운명은 현명한 자들에게 훈계하는지도 모른다.
　　　　하나님께서 허락한 한도 이상을 행하려는,
　　　　외람된 지혜를 부추길 만큼 사려 깊고 현명한 이들에게
　　　　부당한 일들은 단지 상상만 할 것을 가르치고 있는지도 모른다.(S.
　　　　246)

　　포스터스의 영혼은 끝내 헬레나로 인해 "하나님께서 허락한 한도 이
상을 행하려는" 유혹에 빠져 하나님의 은총으로부터 멀어진다. 구원받

---

16) 그리스 신화에 의하면, 질투심 많은 제우스의 아내 헤라는 제우스의 애인 세멜레를 그의 빛
　　과 천둥 번개로 타죽게 만든다. 아레투사는 전설적인 분수의 요정으로 제우스와의 만남은 알려져
　　있지 않고, 다른 물의 신 알페이오스와의 만남을 혼동한 것 같으며, 아마도 물에 비친 태양빛의
　　아름다움에 대한 언급일 것이다. Vgl. Chr. Marlowe, *Die tragische Historie vom Doktor Faustus*,
　　S. 88.

을 수 있는 기회가 많았지만, 그는 지적 자만심으로 스스로 죄와 불신의 길을 선택한다. 그의 마지막 순간은 우리 인간에게 신 앞에서 겸손할 것과 믿음에 대한 확신을 경고한다.

5막으로 연결된 극의 흐름에서 볼 때, 전체적으로 이십사 년이라는 긴 시간을 포괄하기에는 구성의 긴밀함이 떨어진다. 어쨌든 포스터스는 부단히 구원을 갈망한다. 그러나 그는 선한 천사의 애원에도 불구하고 하나님의 용서를 믿을 수 없기 때문에 죄에 대한 회개를 할 수 없다. 그는 자만심과 허영심으로 죄에 빠져 절망하다가 결국 죽게 된다. 처음 부분에서 단순한 지적 호기심으로 거부했던 하나님의 은총과 친밀감을 극이 진행되는 동안 줄곧 의식하지만, 죄짓고 타락에 빠짐으로써 하나님과 멀어지며, 하나님의 용서를 믿지 못하고 절망한 끝에 육체적 정신적 고통 속에서 죽음을 맞는다. 그는 인간이 자신의 죄로 인해 죽음을 맞이할 수밖에 없다는 것을 알지만, 신의 은총에 의해 구원받는다는 사실을 믿지 않은 것이다.

선한 천사와 악한 천사의 등장은 포스터스의 내면에 대립하는 두 마음의 반영이며, 선과 악의 현시이다. 하나의 충동은 신을 경외하는 정통적 신앙으로 그의 마음을 이끌며, 또다른 충동은 유혹자 역할을 하는 대립물이다. 선한 천사가 절망에 빠진 포스터스에게 위로의 말을 던지는 데 반해, 그에 이어서 악한 천사는 처참한 저주의 말로 포스터스를 단죄하며 무대를 떠난다. 포스터스가 천사와 악마의 극단적인 두 축 사이에서 흔들리는 것은 천국과 지옥 사이를 갈팡질팡하며 그의 마음속에 휘몰아치는 내면적 논쟁을 외면으로 보여주기 위한 장치이다.[17] 동시에 이 극을 깊이 있게 이끌어가는 모티프로 사용되는 독백은 작가가 주인공으로 하여금 자신의 곤경을 폭로하도록 허락하는 장치이다. 즉 선한 천사와 악한 천사는 제1막과 제2막과 제5막에 등장하는데, 이들은 포스터스와

---

17) Vgl. Stevie Simkin, *Marlowe. The Plays*, Analysing Texts, Palgrave, 2001, S. 95 f.

대화를 주고받지 않고 혼잣말처럼 둘이서만 경쟁적으로 얘기한다. 그들의 대조적 독백은 신에 의지하려는 참회의 마음과 마법의 유혹에 이끌려 회개의 기회를 놓치고 마는 유혹당한 마음의 표현인 것이다.

제5막에 등장하는 노인의 존재 또한 의미심장하다. 노인은 실제로 작품 전반부에 나타난 선한 천사의 체현이다.[18] 그는 주인공의 영혼을 구제하기 위한 가장 강력한 역할을 맡고 있으며, 이 노인의 강한 설득 앞에서 포스터스는 은혜를 느끼고 자비를 구하며, 절망에서 벗어나는 순간을 맛본다.

> 노인 오, 멈추시오, 선량한 포스터스, 그대의 절망적인 걸음을 멈추시오!
> 당신의 머리 위에 천사가 있어.
> 고귀한 은혜가 가득한 병을 들어
> 당신의 영혼에 붓고자 하고 있소.
> 그러니 자비를 구하고 절망에서 벗어나시오.(S. 237)

노인은 루시퍼의 조종에 따라 춤추는 꼭두각시 같은 주인공의 영혼을 구원의 길과 참회의 길로 안내하는 선한 의지의 대리자 역할을 한다. 그러나 파우스트는 이미 신적 자비를 구하지 않고, 구원의 길에서는 멀어져 있기에 노인의 역할은 미미하게 나타난다.

4-2. 중세적 도덕극

신성의 능력을 추구하려는 진지한 의지와 지적 욕구에서 포스터스는 악마와 결탁하여 마술을 통해서라도 인간의 한계를 벗어나고자 한다. 그러나 이야기의 진행과정에서 마법을 통한 지적 현시와 그 에피소드들은 장난과 재미와 쾌락으로 흘러감으로써 처음의 순수한 의도와는 달리 인

---

18) Vgl. Ebda., S. 99.

간의 쾌락과 흥미를 중시하는 타락상을 보여준다. 포스터스는 죄악의 골짜기에서 믿음과 회개와 은총을 갈망하지만, 끝내 그것들을 확신하지 못하고 놓쳐버림으로써 구원과는 멀어진다. 인간의 마음속에 공존하는 선과 악의 갈등과 유혹에 빠지기 쉬운 감정을 다룬 이 비극은 중세 도덕극의 전통을 따르고 있다. 선악의 문제를 다루는 전형적 교훈주의의 구성을 갖춘 이 비극은 유혹의 경험과 죄악, 구원에의 갈망, 그리고 죽음이라고 하는 인생을 우화적으로 그리고 있다.

우선 7대 죄악의 현란한 여흥거리와 선한 천사와 악한 천사의 등장에서 이 드라마의 특징을 엿볼 수 있다. 인생의 전환점에서 주인공은 알면서도 파멸에 이르는 길을 선택한다. 도덕극의 구조에 따라 자신의 결정을 바꾸어 덕의 길로 갈 수 있는 기회가 여러 번 제공되지만, 그의 결심은 단호하다. 메피스토는 "당신은 타락했소. 지옥에 속한 당신을 생각하시오"(S. 205)라고 말하며 종종 포스터스가 타락의 길을 가고 있음을 알려주고, 지옥의 처벌이 어떠한 고통인지에 대한 증명이 바로 자기 자신의 모습이라는 점을 암시한다. 그러나 포스터스는 지옥의 고통에 대해 "사소한 일들이며 늙은 아낙네들의 잡담일 뿐"(S. 201)이라고 폄하하며 믿으려 하지 않는다. 오만하고 방자한 그는 천상의 행복과 감미로운 신성과 끝없는 축복의 길을 포기하고, 이십사 년 동안의 헛된 즐거움과 타락의 길을 가며 결국은 소름끼치는 몰락에 이르게 된다.

포스터스의 몰락은 구원에 대한 확신의 결여에도 있지만, 그보다는 하나님처럼 되려 하는 그의 자만심과 오만에 더 큰 원인이 있음을 암시한다. 나아가 그는 하나님이 주신 것 이상을 얻으려는 유혹에 굴복하고, 회개를 부인하며 하나님의 은총을 믿지 않기에 그의 영혼은 구제받을 수 없는 것이다. 이처럼 인간을 악한 세력에 굴복하기 쉬운 존재이거나 신의 은총으로 축복받는 존재로 구분해 묘사하고, 사악한 생활과 하나님께 영광을 더하는 생활을 이분법적으로 풍자함으로써[19] 말로우는 자신의 도덕적 견해와 신앙에 대한 내적 고민과 갈등을 표출한다. 동시에 당시

기독교의 모순된 교리에 대한 작가의 회의적 태도를 반영한다.

4-3. 르네상스 시대의 종교와 인간상

말로우는 영국 엘리자베스 여왕 시대의 가톨릭과 개신교의 갈등과 교리 차이를 극화한다. 극중에서 포스터스 박사는 악마를 불러들이고 하나님을 버리는 결정을 자유로이 하는 인물이다. 그는 회개나 기도나 반성이 우리를 천국에 이르게 하는 수단이라고 믿는다. 전통적 가톨릭 교리는 인간에게 그의 구원에 영향을 미치는 기회를 제공한다. 포스터스는 불완전한 회개라 하더라도 인간이 죄 지은 마음을 약화시키고 용서에 대한 소망을 갖게 한다면, 그것은 인간을 위선자나 더 큰 죄인으로 만드는 것이 아니라, 하나님의 선물이라고 본다. 작가는 주인공에게 끊임없는 회개와 반성의 기회를 주어 믿음과 구원의 확신을 주고자 한다. 이점에서 말로우는 자유의지와 지옥에 관한 전통적 가톨릭 교리를 받아들이며, 인간의 자유의지를 지지하고, 은총을 희구하는 아우구스티누스적인 이론에 확신을 가졌음을 알 수 있다.

포스터스는 루터교인이면서도 자유의지를 추구하는 르네상스 인간으로서 인간의 한계를 뛰어넘어 천상의 일들을 능가하고 싶어한다. "어떤 것도 마법만큼 감미롭지 않았기에,/마법은 그의 최고의 기쁨이 되었다." (S. 187) 그러기에 믿음만으로 의롭다고 인정되는 루터의 교리들을 벗어나고자 한다. 그는 시대의 종교개혁가 루터의 교리에 대한 찬성과 반대의 감정을 동시에 지닌 것이다. "아! 나는 결단코 비텐베르크에 가서 공부해선 안 되었을 텐데"라고 말할 때, 이는 자신이 비텐베르크에서 배운 신학에 대한 불만족을 의미하며, 그가 신학 공부뿐만 아니라 하나님에게 등을 돌리게 된 원인으로 작용했음을 추론할 수 있다.[20]

포스터스는 진지한 신앙의 내적 투쟁을 보여주지 못한다. 신적 근원에

---

19) 안장희, 위의 책, 98쪽 참조.

20) 같은 책, 91쪽 참조.

대한 고민 같은 것을 보여주지 못하고 자신의 도덕적 회개 능력을 시험함으로써, 신앙의 측면보다는 인간의 지적 능력의 확대에 대한 끝없는 욕구로 인해 지옥으로 떨어지고 마는 탐욕스런 인간의 비극적 모습을 더 강하게 보여준다. 이야기의 전개과정에서 약간은 희극적이고 해학적인 묘사를 통해 신앙으로부터 멀어진 인간이 나아갈 수밖에 없는 파멸의 모습을 나타낸다. 따라서 이 극은 기독교적 인물의 믿음에 대한 정신적 추구보다는 믿음과 구원의 확신을 잃어가는 반기독교적 행위에 대한 비난과 심판의 인물상을 반어적으로 표현한다고 할 수 있다.

말로우는 16세기의 종교적 사상과 의식들을 극화함으로써 르네상스 시대의 인간의 자유의지에 대한 존중과 지적 호기심을 강조한다. 지금까지 신에게 예속되어 있던 중세적 인간관을 벗어나 인간의 자의식과 지적 욕망의 확대로 인해 신의 능력에까지 도전하는 포스터스의 모습은 르네상스 인간관의 태동을 의미한다. 비텐베르크의 박식한 학자로서 포스터스는 이러한 인본주의적 특징을 수행함으로써 반기독교적 색채를 띠는 듯하지만, 극의 전개과정에서 정반대로 신에 의해 저주받은 인물로 묘사됨으로써, 오히려 기독교적 심판을 받는 비극적 인물로 나타난다. 심판의 잣대는 기독교의 원리다. 이 원리에 따르면, 금지된 지식에 대한 인간의 호기심은 죄악으로 강하게 남아 있다. 사탄은 항상 새로운 지식을 약속함으로써 정신을 유혹하고, 르네상스의 인간은 위대한 영웅이 되려는 탐욕 때문에 기독교 원리로부터 해방되길 원하고, 그럼으로써 기쁨과 쾌락을 얻게 되지만, 동시에 파멸도 자초한다.

포스터스 박사는 대담하게도 지옥과 천국이 하나라 여기며, 오만하게도 신과 동등해지려는 거인의 형태를 취한다. 유혹적인 악마의 모습에 굴복하여 열정과 마력과 오만에 사로잡힌 채 두려운 위대함으로 날아오르다가 결국에는 몰락하고 마는 거인의 비극적 형태를 구현한다. 그는 과학의 힘에 의해 천지의 이치를 깨닫고 자기의 세계를 확대해서 황제와 같은 힘을 획득하여 일체를 향수하려는 르네상스적 거인의 인물이다. 말로우는 큰 야망과 강한 정열과 세계를 바라보는 개성적인 방식으로 포스터스의 모습을 통해 중세의 전통적인 종교에서 벗어나려는 휴머니즘과 개인적인 야망을 실현하기 위하여 온갖 고난을 극복하려는 르네상스의 인간상을 반영한다.

5. 텍스트와 운율

말로우의 원전은 동시대의 공연자들과 연출가들이 공연을 위해 첨자와 메모를 하고 복사함으로써 몇 가지 판으로 남는다. 하지만 오늘날엔 『포스터스 박사 A텍스트』와 『포스터스 박사 B텍스트』의 두 가지 판이 전해온다. 극작가가 작품을 배우들에게 넘겨주면 배우들은 하나 혹은 두 개의 복사본을 만들고, 그 과정에서 극중 행위의 시기와 방법, 신호 따위를 알려주는 메모들이 씌어지면서 약간의 덧붙임과 확대 같은 변형을 가져오기도 한다. 또한 간단한 연습 기간에도 원문의 어느 부분은 발전시키고, 어느 부분은 잘라냄으로써 원본의 주제가 변화되기도 하고, 둘 혹은 그 이상의 작가들의 합작이 이루어지기도 한다. 어쨌든 이 텍스트는 막이나 장면의 구별 없이 씌어졌는데, 현대에 이르러 편집자들이 이 극을 막으로 나누는가 하면, 장면들로만 분리하기도 한다.

말로우가 죽은 이후 「포스터스 박사의 비극」에도 이러한 첨가들이 이루어진다. 살아남은 두 개의 텍스트는 1604년과 1616년에 출판되는데, 어떤 것이 원전 「포스터스 박사의 비극적 생애와 죽음The Tragical History of the Life and Death of Doctor Faustus」에 더 가까운지는 확인할 수 없고, 다만 이 원전은 1588년에 씌어진 것으로 추정될 따름이다.[21] 1604년에 출판된 『포스터스 박사의 비극적 이야기』의 유일한 원본

---

21) Vgl. Christopher Marlowe, *The Tragedy of Doctor Faustus*, S. XVI(Intriduction).

은 옥스퍼드의 한 수집상이 소장하고, 1609년에 나온 A텍스트의 새로운 판본은 함부르크 대학 도서관에 있으며, 그리고 유일하게 전해오는 1616년의 B텍스트 증보판은 런던 대영박물관에 소장되어 있다.[22]

이 비극은 읽고 생각하기보다는 보고 공연하는 것을 목적으로 쓰여졌다. 한 연극이 종이 위로 옮겨진다 할지라도 그것은 오직 공연의 목적으로 사용된다. 말로우의 극들은 그 당시에도 대단한 인기를 얻었는데, 이러한 인기와 매력의 의미는 이것들이 공연을 위한 극이라는 데 기인한다. 이들 공연 연극이란 원전의 대사와 생각과 무대를 경험하게 하고 자극하는 화려한 청사진들이기 때문이다. 작중에서 인물의 행동을 해석할 때 엘리자베스 여왕 시대의 극작가에게 우선적인 것은 심리적 사실주의보다는 수사학적 효과이며, 때문에 그의 작품에서 줄거리의 구조와 구성이 인물의 일관성보다 더 중요해지는 것이다.[23]

말로우는 초기 현대극의 개척자로 이해된다. 셰익스피어와 비견되는 그는 특히 극형식의 발전과정에서 위대한 혁신가로서의 위치를 점한다. 중요한 혁신 중의 하나는 운문 형식의 영역에 있다. 엘리자베스 시대의 극들은 시와 산문의 조합으로 쓰여지지만, 대부분은 시를 더 많이 사용한다. 말로우는 특히 블랭크 시행의 형식을 사용한다. 이는 5강음을 가진 약강격의 무운시(無韻詩)로, 강세가 없는 음절이 앞에 위치하고 바로 뒤에 강세가 있는 음절이 따르며, 각 행마다 이러한 조합이 다섯 개 들어 있는 시 형식을 의미한다.[24]

> **파우스트** 이 모습이 천 대의 군함들을 출항시켰고
> 드높은 트로이의 성채를 함락시켰던 그 얼굴이란 말인가?
> 아름다운 헬레나, 그대의 입맞춤으로 나를 불멸하게 해다오!

---

22) Vgl. Chr. Marlowe, *Die tragische Historie vom Doktor Faustus*, S. 69.
23) Vgl. Stevie Simkin, *Marlowe. The Plays*, S. 6.
24) Vgl. Ebda., S. 5.

Was **this** the **face** that **launched** a **thou**sand **ships**

And burnt the topless towers of illium?

Sweet Helen, **make** me im**mor**tal with a **kiss**!(S. 238)(강조는 인

용자)

이러한 시행은 위의 첫 행에서 규칙적이고 말을 달리듯 질구하는 보폭을 갖는 리듬이 되풀이되어 변주된다. 끊임없이 되풀이되는 이 형식은 단조로워 보이지만 매우 제한적이다. 거기에는 강세가 있는 음절로 시작하는 많은 단어들이 있어서 약강격의 형식이 뒤바뀌기도 한다. 셋째 시행이 그러한데, 두 개의 강음으로 시작된 다음 비강세의 음절이 뒤따른다. 이러한 변화는 단순히 규칙적으로 시의 운율에 부과되는 단조로움을 피하기 위해 사용된다. 또한 가운데 시행은 운율이 배제됨으로써 무운시의 주목할 만한 또하나의 특징을 이루는데, 이는 '운율적인 2행 대구 rhyming couplet'의 수고를 덜어준다는 점이다. 무운시는 기계적으로 운을 맞추는 2행 대구보다 우리를 더 자연스럽고 사실적인 대화에 근접시킨다. 약강격의 운율은 영국의 표준적인 연설 형식을 가장 밀접하게 모사하고, 5보격의 각운은 영국 언어에 가장 적절하게 보이며, 동시에 무운 형식의 사용은 우리로 하여금 운을 맞추는 2행 대구의 결속으로부터 풀려나 자연스러운 연설로 가게 하는 또다른 방법이다.

6. 나가는 말

말로우는 고전 전통의 후계자로 그리스 극작가들과 고대극의 상속자이다. 대학 교육을 받고 고전에 매우 친숙한 그는 그들로부터 비극의 모델을 취하고, 운문 형식의 전통을 취한다. 동시에 그의 극은 전통적인 유럽 중세의 신비극과 도덕극에 접근하며, 이러한 전통에서 진지한 종교적

주제와 진부함과 때론 외설적 코미디가 표현된다. 엘리자베스 시대의 영국의 극은 창조적 산업이면서 상업적으로 성공한 산업이다. 말로우의 극은 이 두 요소를 한데 합친 시대의 산물인 셈이다. 그는 성서 이야기와 종교적 가르침에 근거한 글을 쓰지만, 동시에 통속극에 길들여진 청중을 위한 글을 쓴다. 극중 인물들은 주로 바라바와 같은 풍자적 인물과 파우스트, 에드워드 2세, 탬벌린과 같은 역사적 혹은 반(半)신화적 인물, 그리고 메피스토 같은 초자연적인 인물이다.

포스터스 박사는 중세 말에 인간이 과감하게 신에게 도전하고 신의 능력을 훔쳐내어 온갖 향락을 누리며 지상의 황제가 되기를 기대하는 초자연적 영역에 속하는 인물이다. 아울러 르네상스 시대에 신의 은총을 갈망하면서도 회개의 기회를 놓쳐버린 불행한 인물이다. 이 극의 중심축이 저주와 회개, 속죄와 구원에 관한 논쟁에 맞추어져 있는 만큼, 주인공을 통해 신과 인간의 관계에 대한 다양한 관점들이 나타나며, 교리와 믿음, 회의와 신념에 관해 많은 의문들이 제시된다.

18세기 이후 계몽주의적 이성과 과학의 시대를 거쳐 물질주의와 생명공학과 자연 정복의 시대에 이르기까지 철저히 변해온 현대의 상황에서 파우스트의 오만과 불손과 신에 대한 도전은 그리 큰 문제성으로 다가오지 않을지도 모른다. 과학의 발달이 인류의 모든 문제를 해결해주고 지상의 낙원을 건설해주리라는 믿음은 이제 한갓 악몽이 되었다. 종교적 갈등과 무한한 지적 능력의 확대와 쾌락과 탐욕에 빠져 인간의 한계와 신의 능력에 도전하는 파우스트의 모습은 신을 부정하고 수많은 탐욕과 죄악과 일탈의 유혹에 복종하는 우리 시대의 우스꽝스럽고 일그러진 영웅의 모습과 비슷하다. 이는 현대인의 마음속에 커져가는 이신론의 신앙과 물욕과 지식욕에 대한 근본적인 성찰을 제시하는 것이라 할 수 있다.

참고 문헌

Marlowe, Christopher, Doctor Faustus B-Text. The Tragedy of Doctor Faustus, In: *Oxford English Drama. Doctor Faustus and Other Plays*, Edited by David Bevington and Eric Rasmussen, London, Oxford University Press, 1998, S. 185~246.

Marlowe, Christopher, *Die tragische Historie vom Doktor Faustus*, Deutsche Fassung, Nachwort und Anmerkungen von Adolf Seebass, Stuttgart, 2001 (=Reclam 1128).

Boerner, Peter, *Goethe*, Rowohlts Monographien Nr. 100., Reinbek bei Hamburg, 1985.

Butcher, John(Editor), *Christopher Marlowe: Doctor Faustus*, London, Longman Literature, 2001.

Simkin, Stevie, *Marlowe. The Plays*, Analysing Texts, Palgrave, 2001.

Sudau., Ralf, *Goethe. Faust I und Faust II. Interpretationen*, München/Oldenbourg, 1998.

김동중, 「괴테의 『파우스트』에 나타난 시대 비판과 이상적 인간상」, 『독일언어문학』 제26집, 한국독일언어문학회, 2004.

크리스토퍼 말로우, 「파우스트 박사」, 오창민 옮김, 디오니소스 드라마연구회 편, 『영국 고전 희곡선 1』, 동인, 2001.

박우수, 『수사학과 말의 힘』, 대흥, 1992.

D. Miles·R. Pooley, 『영국문학사』, 송관식 옮김, 한신문화사, 2002.

안장희, 『크리스토퍼 말로우의 생애와 작품세계』, 하우, 2001.

레싱의 「파우스트 박사」
—독일 계몽주의 작가들의 파우스트 문학

안미현

1. 들어가는 말

파우스트 연구사에서 레싱Gotthold Ephraim Lessing의 「파우스트 박사D. Faust」[1]는 빠지지 않고 언급된다. 그러나 실제로 오늘날까지 남아있는 것은 서곡과 제1막의 서너 장면, 그리고 제2막의 한 장면에 불과하다. 이는 이 작품이 애초에 완성되지 못했을 뿐 아니라, 집필해둔 부분마저도 이미 레싱 생전에 대부분 분실되었기 때문이다. 게다가 이렇게 남아 있는 몇 장면 가운데서도 확실히 레싱이 집필한 것으로 입증된 부분은 제2막 3장에 불과하고, 다른 부분들은 C. F. 폰 블랑켄부르크(1744~1796)와 요한 J. 엥겔스(1741~1802) 같은 친구들이 파우스트 집필 구상에 대해 레싱과 나누었던 대화나 그의 원고를 읽은 기억을 바탕으로 씌어졌다. 그렇다면 파우스트 연구사에서 레싱의 이름이 빠지지 않고 거론되는 이유는 무엇일까? 그것은 작품 자체가 가지는 의의라기보다는 오

---

1) Gotthold Ephraim Lessing, D. Faust, In: *Lessing: Werke*, Bd. I, Hrsg. von Kurt Wölfel, Frankfurt a. M., 1967, S. 249~260.

히려 문학사에서 차지하는 작가의 위상 때문이 아닐까? 아니면 몇 페이지에 불과한 그의 원고가 실제로 파우스트 소재의 문학적 형상화에서 빼놓을 수 없는 의의를 지니는 것일까? 이에 답하기에 앞서 한 가지 분명한 사실은 레싱이 파우스트 소재에 대해 지대한 관심을 가졌으며, 그것을 작품화하려 한 시도 역시 대단히 진지했다는 점이다.

설사 그렇다 하더라도 현재 남아 있는 몇 개의 장면을 가지고 작품 전체를 재구성해본다는 것은 사실상 거의 불가능하다. 따라서 본 연구는 남아 있는 레싱의 「파우스트 박사」에 대한 분석과 아울러 계몽주의 작가들의 파우스트 소재에 관한 전반적인 이해와 관심사를 밝히는 데 초점을 두고자 한다. 다시 말해 당시의 대표적인 드라마 작가 레싱이 남겨놓은 미완성 희곡을 중심으로 다른 계몽주의 작가들이 주고받은 편지글이나 그들이 집필한 몇몇 장면들을 분석함으로써, 이를 통해 레싱을 비롯한 이 시대 작가들이 파우스트 소재를 바라본 시각을 유추해보고자 한다. 이는 파우스트가 주로 민중본들과 인형극으로[2] 알려져 있던 시기와 본격적인 문학작품으로 형상화되기 시작한 질풍노도문학의 중간 시기에 해당하는 계몽주의 작가들이 이 소재를 어떻게 받아들였는지를 밝히는 연구가 될 것이다.

2. 작품의 생성

레싱의 「파우스트 박사」에 대한 구상은 1755년 멘델스존에게 보낸 편지에서 처음으로 언급된다. 이 편지에 대한 멘델스존의 답장에서 우리는

---

2) 인형극은 이동이 쉽고, 배우 몇 명만으로도 제작할 수 있으며, 비용이 비교적 적게 들 뿐 아니라 무엇보다 정식 연극과는 달리 당국의 검열을 쉽게 피할 수 있어 당시 유럽 여러 도시들의 광장이나 장터에서 자주 공연되었다. 파우스트와 돈 후안 등이 이 인형극의 주된 레퍼토리이지만, 파우스트가 극의 실제 주인공이라고 보기는 어렵다. 이는 오히려 어릿광대나 악마들이 보여주는 웃음거리가 관객들을 사로잡았기 때문이다.

레싱이 파우스트를 시민 비극의 형태로 구상한다는 사실을 추론할 수 있다.[3] 1755년이 바로 레싱이 「미스 사라 삼프손」을 발표한 해라는 점을 감안할 때, 작가가 파우스트 소재를 시민 비극의 형태로 구상했을 가능성은 다분하다. 그러나 이에 대한 더이상의 언급은 발견되지 않는다.

그후 1759~1760년의 베를린 시절, 그는 『현대문학 서간』[4]의 1759년 2월 16일자 열일곱번째 편지에 자신이 쓴 「파우스트 박사」의 제2막 3장을 발표한다. 이것은 오늘날 레싱이 직접 쓴 것으로 확정할 수 있는 유일한 것으로, 아래에서 보다 상세히 논하게 될 것이다. 이후 타우엔치엔 장군의 비서로 일하던 브레슬라우 시절(1760~1765)에도 레싱은 파우스트 작업을 계속한 것으로 보이며, 그곳에 같이 있던 한 익명의 동료가 상당히 많은 분량의 원고를 읽었다는 말이 전해진다. 이어서 함부르크 시민 극장의 연극 고문으로 함부르크에 체류하던 1767년, 레싱은 동생 카를에게 "올해 겨울에 파우스트를 공연할 것"[5]이라고 편지를 쓰지만, 실제로 공연이 이루어졌다는 기록은 없다. 게다가 이 시절에 그가 "나의 두번째 파우스트"[6]에 대해 언급한 것을 보면, 첫번째 것과는 별도로 또다른 파우스트를 집필하고 있었음을 추정할 수 있다. 함부르크 시민극장의 계획이 삼 년이 채 안 되어 실패로 끝나고, 1770년부터 볼펜뷔텔 도서관의 사서로 자리를 옮긴 레싱은 1775년 그곳을 출발하여 라이프치히, 베를린을 거쳐 빈으로 여행한다. 그곳에서 오스트리아 황제 요제프 2세와 황비(皇妃) 앞에서 「에밀리아 갈로티」를 공연하기 위해서이다. 그는 이 여행중에 여러 편의 미완성 원고를 가지고 가는데, 여행중에도 작업을 계속할 의도에서일 것이다. 빈에 도착하여 그는 원고가 들어 있는 상자를

---

3) Vgl. Mendelssohn an Lessing vom 19. Nov. 1755. In: *Lessing: Werke*, Bd. I, S. 650.
4) Briefe, die neueste Literatur betreffend, In: *Lessing: Werke*, Bd. II, S. 594~661. 이하 『문학편지』로 칭함.
5) Brief vom 21. 9. 1767 an Karl Lessing, In: *Lessing: Gesammelte Werke in zehn Bänden*, Hrsg. v. Paul Rilla, Berlin und Weimar, 1968, Bd. VII, S. 577.
6) Ebda., S. 577.

라이프치히로 보내는데, 그중에는 파우스트에 관한 사십 개의 새로운 장면도 포함되어 있다. 그러나 이 상자는 운반 도중 분실되고 만다.

2-1. 블랑켄부르크가 전하는 레싱의 파우스트

분실된 원고에 대한 내용은 레싱과 친분이 깊었던 블랑켄부르크와 엥겔스가 쓴 글들이 전해준다. 블랑켄부르크는 『문예학과 민속학』(1784)이라는 잡지에서 그 이전에 레싱의 파우스트 원고를 읽은 적이 있다고 회상한다. 『소설에 관한 시론』을 집필한 작가이자 비평가인 그는 "온 독일 땅에서 파우스트가 쓰어지던 때"[7]라는 말로우 괴테, 말러 뮐러, 클링거 등 이른바 질풍노도문학 작가들이 파우스트 소재에 심취해 있던 당시의 분위기를 전해준다.

그에 따르면, 레싱의 파우스트는 지옥의 악마들이 회의를 여는 것과 더불어 시작된다. 그 악마들은 파우스트가 전혀 결점이 없는 사람이지만, 단 하나 학문과 지식에 대한 채워지지 않는 갈증을 가지고 있으며, 그것이야말로 자신들이 던지는 유혹에 빠질 수 있는 가장 확실한 요소라고 말한다. 이로써 파우스트의 성격 중 가장 큰 특징인 학문에 대한 식지 않는 열정이 레싱에 의해서도 이미 언급되고 있음을 추측할 수 있다.

블랑켄부르크는 또한 레싱 원고의 제5막에서 자신들의 업무를 완수한 지옥의 무리가 승리의 노래를 부른다고 보고한다. 그때 천상에서부터 "승리를 자축하지 마라. 너희는 인류와 학문에 대해 승리를 거두지 못했노라. 신은 인간을 영원히 불행하게 만들지 않기 위해 인간이 가질 수 있는 충동 가운데 가장 고귀한 것은 '너희에게' 주지 않았으니, 너희가 지금 보고 차지했다고 믿는 것은 하나의 환영에 불과하다"[8]라는 부드럽고

---

7) Hauptmann von Blanckenburg, Schreiben über Lessings verloren gegangenen Faust. In: *Literatur und Völkerkunde. Ein periodisches Werk*, Bd. 5. Juli, 1784. Zitiert nach *Lessing*: *Werke*, Bd. I, S. 651.

8) *Lessing*, *Werke*, Bd. I, S. 256.

우아한 천사의 목소리가 들려온다고 전한다. 학문을 추구하는 파우스트의 식지 않는 열정과 마찬가지로 이 마지막 부분도 괴테의 『파우스트』와 많은 유사성을 보여준다. 이와 같은 블랑켄베르크의 보고를 그대로 따른다면, 레싱이 극의 상당 부분을 이미 집필했을 것이라고 추정할 수 있다.

2-2. 엥겔스가 전하는 레싱의 파우스트

레싱의 파우스트에 관한 또하나의 중요한 정보는 베를린의 한 고등학교 교사이자 나중에 왕립극장 감독직을 맡기도 한 엥겔스가 전해준다. 그는 카를 레싱에게 보낸 편지글에서 레싱의 작품을 읽었던 기억에 근거하여 서곡의 장면과 약간의 대화 장면을 재구성한다.[9] 그에 따르면, 서곡의 무대는 파괴된 고딕 식 교회로 설정되어 있다. 즉 신의 업적을 파괴하는 것이야말로 악마의 즐거움이고, 파괴된 신전은 악마들의 좋은 거처가 된다는 것이다. 악마들의 우두머리 격인 사탄은 중앙 제단에 자리잡고, 다른 악마들은 주변에 흩어져 있다. 그들의 모습은 보이지 않고 단지 기분 나쁜 목소리들만 들려온다. 여러 악마들이 각자 자신들의 행적을 보고하는 이 회의에서 사탄은 물질세계에 해를 미친 악마들에게는 전혀 만족감을 표하지 않는다. 오히려 그는 인간의 정신세계에 파멸을 가져다준 악마들의 행적을 더 높이 평가한다. 예를 들면, 사탄은 젊은 여성의 피 속에 욕망의 불길을 지펴 유혹에 빠지게 만든 세번째 악마를 칭찬한다. 이 대목은 "제게도 피가 흘러요. 너무나도 젊고 뜨거운 피가 말이에요. 저의 감각도 감각이에요"[10](「에밀리아 갈로티」 제5막 7장)라고 부르짖는, 죽기 직전의 에밀리아의 유명한 절규를 생각나게 한다. 즉 무고하고 순진한 여성을 유혹에 빠뜨리는 모티프는 시민 비극의 기본 골격을

---

9) Brief von Johann J. Engels, An den Herausgeber des theatralischen Nachlasses, In: *Karl Lessing: Theatralischer Nachlaß*, Teil II, Berlin, 1786. Vgl. *Lessing: Gesammelte Werke*, Bd. VII, S. 577.

10) Gotthold E. Lessing, Emilia Galotti, In: *Lessing: Werke*, Bd. I, (S. 399~466) S. 464.

이루는 것으로, 레싱이 파우스트를 시민 비극으로 구상하려 했다는 추측을 뒷받침해준다.

그러나 사탄으로부터 가장 칭찬받는 악마는 다름아닌 "신에게서 신이 사랑하는 사람을 빼앗는" 네번째 악마이다. 여기서 파우스트는 고독하게 생각에 잠긴, 오로지 진리에 몰두한 젊은이로 묘사된다. 사탄은 앎에 대한 욕구야말로 파멸로 이끌기에 충분한 것이라고 확언함으로써 파우스트의 모습이 이미 민중본의 그것과는 상당한 변화를 보여준다.

그러나 이 편지글의 마지막 부분에서 엥겔스는 자신이 기록한 내용이 어디까지가 레싱의 작품에 대한 기억인지, 또 어디까지가 스스로 상상한 것인지 분명히 구분할 수 없다고 덧붙인다. 그러므로 이 원고의 내용이 레싱의 의도를 그대로 전해준다고 보기에는 무리가 없지 않다. 그렇다면 우리는 이것을 레싱과 엥겔스가 공동 집필한 일종의 상호 텍스트라고 부르는 것이 옳지 않을까.

2-3. 기타 편지글

그 밖에도 레싱의 파우스트에 관해 언급하고 있는 몇몇 편지들이 있으나, 이들 역시 작품에 대한 구체적인 정보를 주기에는 여전히 미흡하다. 특히 바이세가 우츠에게 보낸 편지에 따르면, 레싱은 괴테를 비롯한 이른바 질풍노도문학 작가들이 파우스트 소재를 다루는 방식에 대해 못마땅하게 여기고 있는 듯하다.[11] 특히 악마와 상대하는 파우스트의 과장된 행적을 묘사하는 부분에 만족하지 않은 것처럼 보인다. 더 나아가 레싱은 사회적 규범과 한계를 뛰어넘으려 한 그들의 과격한 문학적 경향 자체에 대해 공감하지 않은 것이다.

---

11) Weiße an Uz vom 7. 10. 1755. Vgl. *Lessing: Gesammelte Werke*, Bd. VII. S. 577.

3. 장면 분석

3-1. 서곡과 제1막

위에서 기술한 바대로 레싱의 파우스트 단편을 계몽주의 작가들의 상호 텍스트로 규정하고, 이를 근거로 현재 남아 있는 장면들에 대해 좀더 상세히 살펴보기로 하자. '서곡'에서는 악마들이 모여 회의하는 장면이 나온다. 오래된 고딕 식 돔의 제단 위에 각처에서 나쁜 짓을 하고 돌아온 여러 명의 악마들이 우두머리 격인 바알세불 앞에 모여 있다. 각자가 자신이 한 일에 대해 보고하는 도중, 한 악마가 파우스트를 유혹하는 일이 쉽지 않았다고 말하자, 다른 악마는 그를 이십사 시간 안에 지옥에 보내겠다고 장담한다. "그는 이 밤에도 등잔 앞에 앉아 심오한 진리를 연구하느라 여념이 없지." 그러나 너무 "많이 알려고 하는 욕심은 결점이라 할 수 있어. 그리고 사람이 한 가지에 너무 매달리게 되면 그 결점에서 모든 악이 나오는 법이지"[12]라고 악마들은 말한다. 이들의 대화에서 마술사이자 사기꾼의 모습이 강한 민중본의 파우스트 모습과는 전혀 다른, 말로우 이후 르네상스적 인간형,[13] 그중에서도 무엇보다 인식에 대한 욕구가 파우스트의 주된 성격으로 자리잡고 있음을 알 수 있다. 나아가 레싱은 너무 많이 알려고 하는 욕망을 비극적 줄거리를 이끄는 필요한 성격상의 결합으로 설정하고 있다.

다음은 한밤중에 서재에 앉아 있는 파우스트의 모습이 나타나는데, 이 장면은 대화체로 구성되지 못한 채 남아 있다. 여기서 눈에 띄는 대목은 파우스트가 스콜라 철학에 대해 극단적인 회의에 시달리고 있으며, 특히 아리스토텔레스의 엔텔레케이아 개념을 이해하고자 부단히 노력하고 있

---

12) *Lessing: Werke*, Bd. I, S. 251.

13) 르네상스적 인간형이란 끝없는 인식욕 외에도 권력에 대한 추구, 그리고 아름다움에 대한 채워지지 않는 갈망 등을 들 수 있다. 이 같은 요소들은 크리스토퍼 말로우의 파우스트에서 처음으로 나타난다.

다는 점이다.[14]

다음 장면에서는 오랜 잠에서 깨어나 긴 수염을 한 채 외투를 걸쳐 입은 파우스트 앞에 정령이 나타난다. 정체를 밝히라는 파우스트의 요구에 정령은 자신이 생전에 아리스토텔레스였다고 대답한다. 민중본에서 잘 알려진 것처럼 원하는 인물들을 마음대로 불러낼 수 있는 파우스트의 마법 능력을 감안한다면 이것은 대단히 흥미로운 대목이다. 괴테를 비롯하여 고대 그리스 정신의 부활을 염원하던 고전주의 작가들이 신화적 인물들을 불러내는 것과는 달리 레싱의 파우스트는 다름아닌 아리스토텔레스를 불러낸다는 점에서 그러하다. 이는 레싱의 파우스트가 회의를 품고 있는 스콜라 철학이 아리스토텔레스 철학을 기반으로 하고 있기 때문이지만, 다른 한편으로는 레싱을 비롯한 계몽주의 작가들이 아리스토텔레스를 학문의 대표자로 인식하고 있다는 것을 보여준다. 어쨌거나 중세 학문사에서 스콜라 철학이 차지하던 위상을 감안하면, 이에 대한 파우스트의 회의는 곧 신학과 철학, 나아가 학문 전반에 대한 회의라고 간주해도 좋을 것이다.

3-2. 제2막 3장

앞에서 언급했듯이 남아 있는 몇 장면 중 확실하게 레싱이 집필한 것으로 평가되는 것은 제2막 3장이다. 레싱은 자신이 발간한 『문학편지』의 1759년 2월 16일자 열일곱번째 편지에 이 장면만 따로 수록하였고, 이것이 『문학편지』와 더불어 오늘날까지 남아 있기 때문이다. 이 부분은 길지 않기에 여기 그 전체를 수록한다.

파우스트와 일곱 악마

---

14) H. 바르바루스란 학자가 아리스토텔레스 철학의 주요 개념이자 운동 원리인 엔텔레케이아를 이해하기 위해 악마에게 조언을 구했다는 기록이 남아 있다. *Lessing: Werke*, Bd. I, S. 651 참조.

파우스트 그대들이? 그대들이 지옥에서 가장 빠른 악마들인가?

악마들 (모두) 그렇소.

파우스트 그대들 일곱 모두가 똑같이 빠른가?

악마들 (모두) 아니요.

파우스트 그렇다면 그대들 중 누가 가장 빠른가?

악마들 (모두) 바로 나요!

파우스트 일곱 악마 중 거짓말쟁이가 여섯밖에 없다는 것은 기적이구먼.
　　—내 그대들과 좀더 친해봐야겠소.

첫째 악마 그렇게 될 거요! 언젠가는!

파우스트 언젠가는! 그게 무슨 말인가? 악마들도 참회를 권하는 설교를
　　한단 말인가?

첫째 악마 물론이오, 고집불통들에게는. —그건 그렇고, 본론이나 꺼내
　　시오!

파우스트 그대 이름이 뭔가? 그리고 얼마나 빠른가?

첫째 악마 대답보다는 직접 한번 시험해보시지.

파우스트 그럼 자, 이걸 보시오. 내가 무엇을 했소?

첫째 악마 당신의 손가락이 불꽃을 재빨리 스쳐 지나갔소.

파우스트 그런데도 데지 않았지. 자, 그대로 가서 지옥의 불꽃을 그렇게
　　빠른 속도로 일곱 번을 통과해 데지 않게 해보시오! 어째 말이 없는
　　가? 여기 있는 것 맞나? 악마들도 그렇게 자신을 과시하는가보지?
　　그래, 그래, 그대들이 하는 일이란 죄를 저지르는 것밖에 없으니 죄란
　　것이 따로 존재할 수 없지. 두번째, 그대 이름은 무엇인가?

둘째 악마 킬, 당신의 재미없는 말로는 페스트의 화살이란 뜻이지.

파우스트 그러면 그대는 얼마나 빠른가?

둘째 악마 당신은 내가 이 이름을 공연히 달고 다니는 줄 아시오? —페
　　스트의 화살들과 같단 말이지.

파우스트 그러면 가서 의사의 시중이나 들게! 나한테 그대는 느려도 한

참 느려. ─세번째, 그대 이름은 뭐지?

셋째 악마 나는 달라요. 바람의 날개가 나를 싣고 다니기 때문이오.

파우스트. 그러면 그대 네번째의 이름은?

넷째 악마 내 이름은 유타요. 나는 광선 위를 달리기 때문이지.

파우스트 오, 유한한 수로 자신의 빠르기를 표현하다니, 이 비참한 자들
이여.

다섯째 악마 억지로 저들을 평가할 것 없소! 저들은 육체의 세계에서 사
탄의 심부름꾼들일 뿐이오. 우리는 정신세계에서 그렇소. 당신은 우
리가 더 빠르다는 것을 알게 될 것이오.

파우스트 그렇다면 그대는 얼마나 빠른가?

다섯째 악마 인간의 생각만큼 빠르오.

파우스트 그거 대단하군! ─그러나 인간의 생각이 언제나 빠른 건 아니
오. 진실과 미덕이 문제가 되면 말이지. 그렇게 되면 얼마나 더딘지
몰라! ─그대는 그대가 원할 때만 빠를 수 있소. 그러나 그대가 매
순간 그걸 원한다고 누가 장담하겠는가? 아니야, 나 자신을 믿지 못
하는 것처럼 그대 역시 나를 믿을 수가 없소. 아이! ─(여섯째 악마
에게) 말해보라, 그대는 얼마나 빠른가?

여섯째 악마 복수하는 자의 복수만큼 빠르오.

파우스트 복수하는 자? 어떤 복수하는 자 말인가?

여섯째 악마 복수를 즐기기에 오로지 남은 것이라곤 복수밖에 없는 폭력
적인, 끔찍한 자 말이오.

파우스트 이 악마! 이렇게 떨고 있는 걸 보니 누군가를 모독하고 있군.
─어떤 자의 복수만큼 빠르단 말이지─ 내가 곧 그 이름을 말하리
라! 아니야, 그는 우리 사이에서는 불리지 않으리라! ─그의 복수가
빠르다고? 빨라? ─그런데 내가 아직 살아 있단 말이지? 그런데 내
가 아직 죄를 짓고 있단 말이지?

여섯째 악마 그가 당신으로 하여금 아직도 죄를 짓게 하는 것이 이미 복

수요!

파우스트 그리고 악마로 하여금 그걸 가르치게 하는 것도 그럴 테지! ―
하나 겨우 오늘에서야! 아니지, 그의 복수는 빠르지 않아, 그대가 그
의 복수보다 빠르지 않다면 그냥 가기나 하게. ― (일곱째 악마에게)
그대는 얼마나 빠른가?

일곱째 악마 만족할 줄 모르는 인간이여, 그러니 내가 당신에게 충분히
빠를 리가 없지 ―.

파우스트 그러니 말해보라, 얼마나 빠른가?

일곱째 악마 선에서 악으로 넘어가는 것에서 더도 덜도 아니오.

파우스트 하! 그대가 바로 내 악마로고! 선에서 악으로 넘어가는 만큼
빠르다! ― 그래, 그건 빠르지. 이자보다 더 빠른 건 없어. 여기서 꺼
져라, 그대들 오르쿠스의 달팽이들이여! 사라져라! 선에서 악으로 넘
어가는 것! 내 그것이 얼마나 빠른지 경험했도다![15]

이 짧은 장면에서 특징적인 것은, 악마는 괴테의 작품에서처럼 메피스
토펠레스(이하 메피스토)라는 하나의 인물로 구체화되는 것이 아니라 일
곱 악마로 나타난다는 것이다. 파우스트는 이중에서 가장 빠른 악마로
하여금 자신에게 시중을 들게 하려고 한다. 이렇게 빠르기로 자신에게
시중들 악마를 고르는 장면은 민중본에 이미 나오고 있다. 1550년경 차
하리아스 호겔의 「튀링겐과 에어푸르트 연대기」에도 이와 유사한 장면
이 나타난다.

그러자 파우스트는 "너는 얼마나 빠르냐?" 하고 물었다. "화살처럼 빠
릅니다" 하고 그 사람이 대답했다. 그러자 "아니다. 너는 나를 위해 일하
지 못하겠다. 네가 온 곳으로 다시 가거라" 하고 파우스트가 말했다. 그러

---

15) *Lessing: Werke*, Bd. I, S. 253 f.

고 나서 다시 탁자를 두드리자 또다른 하인이 들어와서 똑같이 물었다. 그러자 파우스트가 "너는 얼마나 빠르냐?"고 물었고, 그 하인은 "바람처럼 빠릅니다" 하고 대답했다. "너도 다시 나가야겠구나" 하고 파우스트가 말했다. 그리고 세번째로 탁자를 두드리자 한 사람이 들어왔고, 파우스트가 똑같이 묻자 자기는 인간의 생각만큼이나 빠르다고 대답했다. 그러자 파우스트는 "그럼 됐다. 너는 일을 할 수 있겠구나" 하고 말했다.[16)

우리는 여기서 레싱에게서는 단지 파우스트에게 시중들 하인이 악마로 바뀌어 있음을 알 수 있다. 특히 다섯번째 악마는 자신이 '인간의 생각' 만큼 빠르다고 함으로써 자신은 앞의 악마들과는 다른 차원, 즉 정신적 차원을 문제삼고 있음을 알게 해준다. 그러나 "진실과 미덕이 문제가 될 때" 인간의 생각은 전혀 빠르지 않다는 파우스트의 반론은 대단히 흥미롭다. 여섯번째 악마는 복수하는 사람의 복수만큼 빠르다고 말한 데 이어, 마지막 악마는 "선에서 악으로 넘어가는 것"이 세상에서 가장 빠르다고 말한다. 우리는 이 장면에서 레싱이 상상한 악마의 본질을 엿볼 수 있는데, 이것은 민중본에서처럼 행동의 차원이 아니라 인간 속에 내재된 사악한 본성을 의미함으로써 악의 문제가 인식의 차원으로 옮겨져 있음을 알 수 있다.

그러면 레싱을 비롯하여 당시의 계몽주의자들이 생각한 악마에 대해 좀더 살펴보기로 하자. 위의 제2막 3장과는 별도로 악마에 대한 기술과 관련하여 말러 뮐러는 수신인이 밝혀지지 않은 한 편지에서 레싱과 함께 나눈 대화를 기록하고 있다. 레싱은 당시 파우스트를 집필하고 있던 뮐러에게 악마를 단테나 클롭슈토크처럼 진지하게 묘사하지 말고 오히려 아이러니컬하게 표현하라고 권한다. 다시 말해 자신들의 시대는 단테가 살던 시기와는 달리 악마가 이미 위력이나 매력을 잃었다는 것이다. 여

---

16) 임우영 편역, 『민중본 요한 파우스트 박사 이야기』, 한국외대출판부, 2004, 225쪽 이하에서 재인용.

기에서 뮐러는 레싱 자신이 구상한 두번째 파우스트에서는 악마를 배제했다고 전한다. 이는 레싱이 악마의 존재 혹은 의인화된 악마의 모습이 더이상 관객에게 흥미를 유발시키기에 적합하지 않다고 본 것이다. 나아가 이것은 레싱이 더이상 악마를 실체로 보지 않을 뿐 아니라, 물질적인 측면이라기보다는 정신적인 측면에서 악마적 요소를 발견하고자 한 것이다. 다시 말해 레싱이 악마를 배제한 채 메피스토를 단순히 악한 '사람'으로 그리려 했다는 사실은 중세적이고 민중적인 악마의 모습이 자신의 시대에는 더이상 유효하지 않다는 그의 생각을 알게 해준다. 즉 미신과 무지의 타파, 미성숙으로부터의 탈피를 가장 중요한 명제로 삼은 계몽의 정신은 온갖 마술과 기이한 사건들을 만들어낸다고 알려진 악마의 존재에 대해 이전과 달리 인식하는 것이다. 18세기에 이르러 특히 『도덕 주보(週報)』를 비롯한 모든 매체들이 시민계층으로 하여금 이 같은 미신적이고 맹목적인 믿음에서 깨어날 것을 기치로 내걸었던 것은 잘 알려진 사실이다. 당시 유럽 각국에서 강하게 대두되던 계몽의 정신이 민중들의 의식 속에 깊이 뿌리내리고 있던 미신적 요소와 무지의 타파를 중요한 목표로 내걸었다는 점을 떠올린다면, 그런 계몽운동의 중심에 서 있던 레싱이 메피스토를 악마가 아닌 악인으로 그리려 했다는 것은 결코 무리한 추측이 아니다. 아울러 지옥과 악마에 대한 공포란 사람들을 억압하는 장치에 불과하다고 역설한 데이비드 흄과 같이 영국과 프랑스의 자유사상가들이 이해한 자유란 제도화되고 억압적인 종교의 굴레로부터 벗어나는 것을 의미했다. 그리고 이러한 영국과 프랑스의 계몽주의자들이 받아들인 무신론이나 이신론은 독일에도 전해진다. 따라서 이제 악의 요소는 외부적이거나 물리적인 힘에 의해 생겨나는 것이 아니라, 어디까지나 인간의 본성에 내재된, 인간의 생각에 뿌리를 내리고 있다는 것이다. 이런 맥락에서 레싱은 인간의 생각이 얼마나 빨리 "선에서 악으로 넘어가는가" 하는 점을 악마적 요소의 본질로 보고 있는 것이다.

4. 제2막 3장의 의도―연극 무대에서의 천재 개념

그렇다면 실제로 레싱의 원고에 해당되는 제2막 3장의 장면이 지니는 의의란 무엇인가? 이 질문에 답하기 위해 우선 위의 장면이 실린 유명한 열일곱번째『문학편지』의 맥락을 살펴보기로 한다. 그 앞부분은 당시 독일 연극의 현실에 대한 언급과 그것을 개혁하려던 고트셰트의 무대 개혁에 대한 비판을 주된 내용으로 한다. "독일 연극 무대가 최초의 개선을 가져올 수 있었던 것은 대부분 고트셰트 교수 덕분이라는 사실을 부인할 사람은 그 누구도 없으리라고 잡지의 편집자들은 말하고 있다. 내가 바로 이 '그 누구'이다."[17] 이 말은 후세에 레싱이 고트셰트 비판가로 불리게 되는 가장 핵심적인 대목 중의 하나이다. 이어서 그는 고트셰트가 행한 프랑스 식 무대 개혁을 가혹할 정도로 심하게 비판한다. 나아가 그는 독일 연극이 셰익스피어를 모범으로 삼을 것을 제안함으로써 독일에서의 셰익스피어 수용에 중요한 역할을 한다. 다시 말해 셰익스피어를 기존의 규범미학을 대신할 수 있는 천재의 전형으로 보는 것이다. 이후 질 풍노도문학 시대에까지 영향을 미치는 그의 천재론에서 말하는 천재란 "오로지 다른 천재에 의해서만 불붙을 수" 있으며, 또한 "가장 쉽게 점화될 수 있는 천재는 오로지 천성적으로 타고난 사람, 아니면 완벽한 예술을 위해 부단히 애쓰는 것을 겁내지 않는 사람"인 것이다.[18]

이렇게 레싱은 프랑스 연극보다는 영국 연극이 낙후된 독일 연극에 더 많은 도움을 줄 수 있다고 강조한다. 그리고 이 같은 특성에 어울리는 독일 연극의 예로, 위에 언급한「파우스트 박사」제2막 3장의 장면을 소개한다. 물론 그는 이 장면을 자신이 직접 집필하였다는 사실을 밝히지는 않지만, "셰익스피어와 같은 천재만이 생각할 수 있는 장면"이란 대목에서 우리는 레싱의 작가적 자의식을 읽을 수 있다. 나아가 우리는 레싱이

---

17) *Lessing: Werke*, Bd. II, S. 614.

18) Ebda., S. 616.

파우스트 소재를 가지고 셰익스피어 극과 같은 작품을 만들고자 했다는 사실을 추측할 수 있다. 이에 따라 2막 3장의 정령 장면은 그가 언급하고 있는 셰익스피어의 작품 「오셀로」, 「리어 왕」, 「햄릿」 등에서 간접적으로 영향을 받았다는 사실을 추측할 수 있다. 다시 말해 레싱이 의미하는 비극성이란 외부적인 사건에 의해 만들어지는 것이 아니라 원초적으로 인물의 내면적 성격, 특히 인간의 생각, 즉 인식의 문제에서 배태된다는 셰익스피어 극의 근본적 입장과 맥을 같이하고 있는 것이다.[19]

5. 맺는말

이상에서 레싱의 미완성 희곡 「파우스트 박사」를 중심으로 계몽주의 시대에 다양하게 수용된 파우스트 소재에 대해 살펴보았다. 이를 통해 파우스트 소재가 이 시기에도 널리 사랑받았다는 것을 알 수 있다. 레싱이 크리스토퍼 말로우의 「포스터스 박사의 비극적 이야기」에 관해 직접 언급한 기록을 찾을 수는 없다. 그러나 고트셰트 부인의 편지 「연극에 있어서 영국적 취향의 도입에 관한 서신들」에서 말로우의 파우스트에 관해 언급한 것을 보면, 이 시기에도 말로우의 파우스트가 읽혔다는 사실을 추정할 수 있다. 그와 더불어 1754년 6월 14일, 베를린의 슈흐 무대에서 파우스트 민중극이 공연되었다는 기록이 남아 있는 것을 보면, 민중본 파우스트 역시 이 시기에 두루 사랑받던 소재임을 알 수 있다. 당시 전 유럽의 광장이나 장터에서 번성한 인형극장에서 가장 애호받는 레퍼토리가 돈 후안과 파우스트라는 것을 감안한다면, 레싱이 파우스트 인형극에 대해서도 익히 알고 있었으리라 판단된다.

따라서 레싱 역시 파우스트 소재의 매력과 그것이 가지는 의의를 충분

---

19) 하해성, 『셰익스피어 극예술과 미학』, 신아사, 1998, 24쪽 이하 참조.

히 인식하여 그것을 작품으로 만들기 위해 부단히 시도한다는 것을 알 수 있다. 1750년대 레싱은 일차적으로 파우스트 소재를 시민 비극의 장르로 구상하려 한 듯하고, 이후에는 셰익스피어 극의 수용과 더불어 이 소재를 천재 미학에 상응하는 새로운 형태로 구상하려 한다. 물론 여기에서 레싱은 계몽적 문학 이념을 완전히 뛰어넘지 못하는 한계를 보여주고 있다.[20]

무엇보다 흥미로운 것은 분실된 그의 원고를 둘러싸고 이루어진 동시대인들, 예컨대 블랑켄부르크나 엥겔스가 전하는 기록들이다. 질풍노도 문학 시대와 더불어 본격적으로 시작된 파우스트 문학의 형상화를 선취하여, 이미 한 세대 이전의 계몽주의 작가들 역시 이 소재에 뜨거운 반응을 보인다는 점이 흥미롭다.

또 한 가지 특이한 것은 레싱이 구상한 두번째 파우스트를 본 사람들에 따르면 그가 이 새로운 계획에서는 악마의 존재를 등장시키지 않으려 했다는 것이다.[21] 민중본으로부터 내려오는 파우스트를 둘러싼 많은 미신적이고 민중적인 요소들, 특히 중세 이후의 악마적인 요소를 계몽주의자인 레싱이 거부했다는 것을 충분히 상상해볼 수 있다. 그는 어쩌면 이성적인, 계몽주의적 악마를 그리려 했는지도 모른다. 그러나 이 모두는 흩어져 있는 짧은 기록들을 바탕으로 한 것일 뿐, 실제 그의 작품이 완성되었다면 어떤 형태를 띠었을지 아무도 알 수 없는 일이다.

여기서 처음에 제기한 질문, 즉 파우스트 연구사에서 왜 레싱의 이름이 빠지지 않고 거론되는가 하는 질문으로 돌아가보자. 그 대답으로 비록 몇 장면에 불과한 레싱의 「파우스트 박사」가 민중본과 괴테의 『파우스트』 사이에서 중요한 중간 이정표를 제시해준다는 점을 들 수 있을 것이다. 다시 말해 계몽주의자들의 파우스트 문학은 여러 곳에서 아직 남

---

20) 레싱의 셰익스피어 수용에 관해서는 안미현, 「G. E. 레싱의 연극 이론의 발전과정」, 『문학과 진실』(월인, 2000, 160쪽 주 7) 참조.

21) Vgl. Staatrat von Gebler an Nicolai vom 9. Dez. 1775, In: *Lessing: Werke*, Bd. I, S. 650.

아 있는 민중본의 요소를 확인할 수 있게 하는 동시에, 이미 괴테 파우스트의 기본적 특징을 제시하고 있다는 점이다. 이것이야말로 파우스트 문학에서 레싱을 빼놓을 수 없게 하는 요인이 될 것이다.

참고 문헌

Lessing, Gotthold Ephraim, *Werke*, Bd. I-III. Hrsg. v. Kurt Wölfel. Frankfurt
    a. M., 1967.

Ders., *Gesammelte Werke in zehn Bänden*, Hrsg. v. Paul Rilla. Berlin u.
    Weimar, 1968.

Drews, Wolfgang, *Lessing*, Reinbek bei Hamburg, 1962.

Schmidt, Jochen, *Goethes Faust. Erster Teil und zweiter Teil. Grundlagen—
    Werk— Wirkung*, München, 1999.

안미현, 「G. E. 레싱의 연극 이론의 발전과정」, 『문학과 진실』, 월인, 2000.

임우영 편역, 『민중본 요한 파우스트 박사 이야기』, 한국외대출판부, 2004.

하해성, 『셰익스피어 극예술과 미학』, 신아사, 1998.

클링거의 『파우스트의 삶, 행적 그리고 지옥행』

백인옥

1. 들어가는 말

1587년의 민중본 이래 파우스트 소재는 끊임없이 문학작품으로 형상화되며 오늘날까지 지속적으로 수용되고 있다. 여기에 소개하는 클링거 Friedrich Maximilian Klinger(1752~1831)의 『파우스트의 삶, 행적 그리고 지옥행』[1]은 파우스트 전설을 소재로 한 최초의 소설이라는 점에서 문학사적 장르사적 정신사적 의의가 크다. 괴테와 거의 동시대를 살았던 클링거는 계몽주의를 계승하는 동시에 이에 반하는 문학사조인 '질풍노도문학'이라는 명칭을 낳게 한 동명희곡 『질풍과 노도』의 작가이다.

인쇄술 발명자인 요한 푸스트(약 1400~1466)와 동일한 인물로 설정된 주인공 파우스트는 마인츠의 인쇄업자이며, 동시에 구텐베르크의 채권자로 등장한다. 작품의 시대적 배경은 전통적 파우스트 소재의 수용이

---

1) Friedrich Maximilian Klinger, Fausts Leben, Thaten und Höllenfahrt, In: *Klinger: Werke. Historisch-kritische Gesamtausgabe*, Bd. XI. Hrsg. von Sander L. Gilman, Tübingen, 1978. 이하 『파우스트』로 표기하기로 하고, 이 텍스트의 인용과 참조는 본문의 괄호 안에 쪽수(S)를 표기함.

라는 점에서 볼 때 이전의 작품들이 대부분 희곡이거나 미완성 단편으로 남아 있는 반면, 클링거의 『파우스트』는 계몽주의와 질풍노도시대 사이에 위치한 '철학소설'로 시대에 대한 비판의식이 담긴 문제의식을 출발점으로 하는 문학적 완성도가 높은 작품이다. 특히 이 작품은 희곡과 대화소설 그리고 순수 서사가 조화롭게 구성되어 있는 점에서 다른 파우스트 작품들과 구분된다. 또한 강한 풍자와 반어로 가득 찬 풍자소설이기에 현대 독자들에게도 흥미진진한 독서 체험을 제공할 뿐만 아니라 현시대에 대한 비판적 성찰도 불러일으킨다.

주인공 파우스트는 인쇄술의 발명자이자 마인츠의 인쇄업자이며 동시에 구텐베르크의 채권자이기도 했던 요한 푸스트와 동일한 인물로 설정되어 있다. 작품의 시대적 배경은 중세에서 근대사회로 넘어가는 "르네상스의 혁명적 과도기"[2]이다. 그러나 그가 발명한 인쇄술은 기대한 부와 명성을 가져다주기보다는 지배계급의 몰이해와 조소의 대상으로 치부된다.

역사적 실존 인물과 동일시되면서도 파우스트는 "자연이 부여한 치밀하고도 예리한 상상력"과 "철학과 학문에 의해 철저히 인위적으로 조작된 상상력", "당당하고 오만한 정신력"과 "불같은 감정"의 소유자로 인간의 한계를 절감한 나머지 극도의 절망과 회의에 사로잡힌 철학자이다. 풍자적 의미이긴 하지만 지옥의 사탄에 의해 "진정한 천재"(S. 34)로 인정받는 질풍노도의 전형적 인간이다.

작품에 볼테르라는 이름이 직접 거론되기도 하지만, 이 소설에는 "독일의 캉디드"[3]라 불릴 만큼 프랑스 계몽주의의 영향이 크다. 이에 따라 철학소설적, 여행 편력 내지 모험소설적 요소가 두드러지게 나타나긴 하

---

2) Harro Segeberg, *Friedrich Maximilian Klingers Romandichtung. Untersuchungen zum Roman der Spätaufklärung*, Heidelberg, 1974, S. 61.

3) 볼테르, 『캉디드 혹은 낙관주의』, 윤미기 옮김, 한울, 2005. 이는 독일 철학자 라이프니츠의 낙관주의 철학을 반박하기 위해 씌어진 소설이다.

지만, 제목이 암시하듯 전통적 파우스트 문학에서 크게 벗어나지는 않는다.

여기에서 클링거 특유의 풍자적 방식으로 설정된 인물 파우스트와 그의 행적을 중심으로 전체적인 줄거리 구성과 서술 기법 및 형식 등을 개관해보자. 그리고 클링거의『파우스트』만이 지니고 있는 주제성과 문학사적 정신사적 의의를 짚어보고, 18세기 독일의 철학소설에 담긴 인간탐구의 면모를 오늘날 이 시대에 비추어 새롭게 조명해본다.

2. 작품의 생성사

클링거의『파우스트』는 원래 열 권으로 계획된 철학소설 시리즈의 첫번째 작품으로 1791년 러시아의 상트페테르부르크에서 익명으로 발표된 소설로 되어 있으나, 실제 발행지는 라이프치히이다. 당시 클링거는 러시아 군대에 복무하면서 작품활동을 시작한다. 1780년에 러시아 군장교로 임관한 이후 생의 마지막까지 네 명의 황제 시대를 거치면서 군인으로 높은 지위에까지 오를 뿐만 아니라 도르파트 대학의 자문위원으로도 봉직한다. 러시아 생활 초기 이십 년간 그는 왕성한 작품활동을 한것으로 알려져 있다. 이처럼 특이한 경력 때문에 클링거는 현재 '동유럽독일동포 역사문화연방연구소'[4]에서 러시아어권 재외동포 작가로 관리된다.

『파우스트』를 탈고한 직후인 1791년 3월 24일, 클링거는 친구 슐라이어마허에게 보낸 편지에서 이 소설에 관한 입장을 밝힌다. "이 작품에서자네는 '내가 추구하는' 심오한 목적뿐만 아니라, 내가 생각하는 모든것, 학문과 인간, 행복과 도덕, 종교와 신과 세계에 대한 모든 생각을 읽

---

4) Vgl. Bundesinstitut für Kultur und Geschichte der Deutschen im östlichen Europa. http://www.bkge.de/

을 수 있을 것이네.” “이 작품은 나의 모든 철학과 경험의 전부, 내 성찰의 결과를 모두 담고 있다네.”[5] 이 고백에서 클링거가 이 작품에 얼마나 열정을 쏟아부었는지 짐작할 수 있다. 초판이 나온 지 삼 년 후에 대폭 확대된 개정판이 익명으로 출간되는데, 특히 에필로그 부분에 날카로운 풍자적 요소가 강화된다. 1799년의 3판에서는 초판과 2판의 에필로그를 삭제하고 끝부분을 개작한다. 작가 생전의 최종 수정본은 1815년에 나온다. 이를 위해 클링거는 1806∼1810년에 도르파트 대학 문학과 카를 모르겐슈테른 교수와 보완 작업을 한다. 또한 1814년 5월 26일, 괴테에게 『파우스트』를 집필하게 된 내면적 동기에 대해 편지를 보낸다. 그는 자신과의 분열을 끊임없이 강요하는 인간세계에서 자신이 겪는 내적 동요가 악과 거짓을 유발하는 근본 원인을 추적하게 만들었다고 술회한다.[6] 이런 점에서 클링거의 소설은 예술적 문제라기보다 근본적으로 철학적 문제를 주제로 삼고 있다는 사실이 분명해진다.

파우스트 소재는 18세기 내내 많은 작가들, 특히 별로 알려지지 않은 희곡 작가들에 의해 무대에 올려지곤 한다. 그러나 1770∼1780년대에는 비중 있는 작가들에 의해 파우스트 문학이 다루어진다. 예를 들면 요하네스 프리드리히 뮐러(소위 화가 뮐러)가 단편 「파우스트의 인생―장면들」(1776)과 미완성작 「파우스트의 인생―희곡화하다」(1778)를 남긴다. 1786년에는 레싱이 이미 1759년에 시작한 파우스트-드라마를 미완성작으로 남기고, 렌츠도 단편 「지옥의 심판관」(1777)을 남긴다. 괴테의 「파우스트―미완성 단편」은 클링거의 소설이 나오기 일 년 전(1790)에 나온 점과, 두 사람의 친분관계를 생각해볼 때 당연히 괴테 등의 영향을 추측하게 된다.[7] 그러나 클링거는 그의 서언에서 괴테의 작품은 물론 다

---

5) Zitiert nach Sander Gilman, *Einleitung zu F. M. Klinger: Fausts Leben, Thaten und Höllenfahrt,* S. XIII.

6) Vgl. Sander Gilman, *Einleitung zu F. M. Klinger,* S. XIV f.

7) 실제로 작품의 첫째 줄부터 파우스트를 소개하는 단락은 괴테의 『파우스트』를 연상케 한다. “오랜 세월 파우스트는 거품뿐인 형이상학, 도덕이라는 도깨비불, 그리고 신학이니 뭐니 하는 허

른 모든 작품들과의 연관성 및 영향관계를 일체 부인한다.

클링거의 『파우스트』는 어디까지나 전통적인 파우스트 문학의 틀 안에서 이루어진다. 그러나 심리적 개인적 이유에서뿐만 아니라 물질적 궁핍과 사회로부터의 소외 내지 냉대에 맞서 자유와 독립을 누리기 위해 악마와 계약을 맺는 파우스트는 헬트의 표현대로 "시민계급의 신분 상승 의지에 대한 하나의 알레고리"[8]로도 이해될 수 있다. 이 상승의지는 바로 꺾이게 되며, 도덕적 타락과 함께 파멸만이 기다리고 있을 뿐이다. 그러나 소설 기법상 당시의 현실을 비판하기 위한 하나의 "서사적 도구"[9]로 기능한다는 관점은 설득력이 있다. 이 풍자소설에서는 주인공 파우스트뿐만 아니라 악마라는 존재도, 지옥이라는 상황 설정도 철학적 문제 제기와 사회 비판을 위한 도구로 사용되고 있기 때문이다.

3. 『파우스트』의 작품 구조와 서술 기법

클링거의 『파우스트』는 다섯 권으로 구성된 소설로서 다시 1권 8장, 2권 11장, 3권 11장, 4권 18장, 5권 8장으로 나뉘고, 그때그때 독립된 에피소드들이 서로 연결되며 줄거리를 이어간다. 파우스트와 사탄 사이에 이루어지는 대화 형식의 철학적 논쟁, 현재화된 역사적 사건 기록의 생생한 재현, 전지적 관점을 가진 작가의 해설과 안내 및 각주를 통한 보충 설명 등이 에피소드들을 서로 이어나가며 전체 텍스트를 구성한다.

이 소설은 무엇보다도 희곡적 요소가 두드러진다. 우선 다섯 권으로 나뉜 구성 자체가 발단에서 상승으로, 클라이맥스를 거쳐 하강과 파국에

상을 붙들고 씨름해왔으나 확고하게 붙들 만한 그 어떤 형체도 얻어내지 못했다."(S. 7.)

8) Uwe Heldt, *Nachwort zu F. M. Klinger: Fausts Leben, Taten und Höllenfahrt in fünf Büchern.* 2. verb. u. verm. Aufl. Leipzig, 1794, Anmerkungen von Esther Schöler, Stuttgart, 1998(=Reclam UB Nr. 3524), (S. 252~269) S. 258.

9) Ebda., S. 258.

이르는 희곡적 구도와 유사하다. 또한 1권에서 5권 중반까지 파우스트가 범하는 모든 과오와 악행은 그때그때 결말이 나며, 에피소드가 매듭지어 지는 것이 아니라 5권 6장에 이르러서야 악마의 입을 통해 낱낱이 폭로 된다. 파우스트의 여행 경로는 유럽으로 확장되면서 로마 교황청이 최종 목적지가 되는데, 아이러니컬하게도 가장 성스러운 곳을 향해 다가갈수록 모든 정치권력과 교회권력의 부패와 타락상 역시 극에 달한다.

1권에서의 서막에 해당하는 지옥 축제 장면, 이어지는 우의적 발레 장면, 악마와 계약을 맺기 전에 나타난 '인류의 수호자'가 종결 부분에서 파우스트의 꿈속에 다시 나타나 대(大)사원을 건축하는 상징적 꿈 장면 등은 일종의 극중극이라 할 수 있다. 클링거는 이 소설에 '드라마'라는 명칭을 쓰기도 한다. 이는 그가 이 작품을 원래 드라마로 구상했을 것이라는 추측을 낳게 한다. 대사만으로 사건 진행을 구성하면서 인물의 동작이나 태도를 연극 대본의 지문 같은 방식으로 묘사하는 점도 그러한 추측을 뒷받침한다. 대화의 진행은 대사를 맡은 등장인물들의 역할극 같은 효과를 내며, 각 배역의 이름과 대사 부분 그리고 지문에 해당하는 부분도 서체를 달리해서 구분한 점을 보면 희곡으로 구상한 것이 분명하다. 그러나 파우스트를 중심으로 한 여행 편력의 시간적 공간적 무대를 모두 담기 위해서는 드라마보다 소설 형식이 더 적절했을 것이다. 어떻든 이 작품은 "대화소설과 산문소설의 중간 형식" "희곡화된 서사"[10] 등으로 정의되면서 형식상의 특색과 독창성이 꾸준히 연구 대상이 된다.

225쪽에 달하는 소설 본문에는 파우스트를 중심으로 한 줄거리 서술과 철학 논쟁, 부조리와 모순으로 가득 찬 세계와 인간 심리의 정밀 묘사등 여러 차원들이 자연스럽게 연결되면서 신속하게 넘나든다. 희곡적 요소뿐만 아니라 에피소드의 줄거리 전개를 위해 편지가 삽입되거나, 작가

---

10) Guy Stern, Dialogisiertes Epos. In: *Gesellige Vernunft. Zur Kultur der literarischen Aufklärung. Festschrift für Wolfram Mauser zum 65. Geburtstag.* Hrsg. von Ortrud Gutjahr u.a. Würzburg, 1993, (S. 327~333) S. 328.

가 개입하여 각주를 통해 내용을 보충하고 설명하기도 한다. 이렇게 다양한 기법이 동원된 혼합 형식을 취한다.

작품의 성격을 대변하는 모토와 작가의 서언과 본문이 끝난 다음에 에필로그가 삽입된다는 것이 다른 소설과 구별되는 특징이다. 우선 제목 표지 안쪽에 작품 전체를 대변할 모토로[11] 영국 로체스터 경의 영문 시구가 실려 있는데, 그 내용은 폭정과 억압, 모순과 거짓으로 가득한 세상에 대한 도발적 선언이다. 클링거는 이를 통해 자신이 의도하는 바를 간접적으로 시사하고 있으며, 또한 작품 무대가 독일에 국한되지 않고 유럽 세계를 대상으로 하고 있음을 암시한다. 즉 파우스트는 악마를 동반하고 프랑스, 영국, 이탈리아를 거쳐, 최종 목적지인 로마 교황청에 들른 뒤 다시 독일로 돌아온다. 이 줄거리는 볼테르의 철학소설 『캉디드』(1759)와 유사하다.[12]

모토 다음 쪽의 짤막한 서언[13]에서 작가는 작품의 독창성을 주장하며 타 작품과의 차별성을 강조한다. 특히 미지의 독자들도 이를 읽음으로써 작품의 우수성과 차별성이 입증될 것이라 역설한다.

소설이 끝난 다음 에필로그에서 클링거는 '선한 의도'로 작품을 썼으나 책의 운명은 악마의 손에 있노라고 토로한다. 에필로그 전반부에서는 교훈적인 어투로 다시 한번 전체의 주제를 요약한다. 즉 "인간 정신은 모든 것이 비밀에 싸여 있고 인간 자신이 수수께끼"라는 것이다. 따라서 불가사의한 도덕적 현상들, 즉 모든 악행의 근본 원인은 인간 정신이 밝혀

---

11) 이 모토를 번역하면 다음과 같다. "이 모든 것을 나는 분노에 차서/교만한 세상의 무리들에게 내던졌노라./자기 도취에 흠뻑 젖어/같은 노예들을 폭정으로 다스리기 위해/거짓 자유, 성스런 사기꾼 놀음, 형식상 거짓을 꾸며내는 이들에게."

12) 주인공 캉디드는 원래 독일 베스트팔렌 지방의 남작 출신으로 태생이 불분명한 인물이다. 그는 온갖 위험과 모험, 전쟁과 질병 등을 무릅쓰고 파란만장한 여정을 겪으며 유럽 각지를 유랑하는데, 남미 엘도라도까지 갔다가 터키의 콘스탄티노플에 정착한다.

13) 서언은 다음과 같다. "이 책의 저자는 지금까지 파우스트에 관해 쓰어진 어떤 것도 이용하지 않았으며 그럴 생각도 없었다. 여기 이 책은 있는 그대로 작가의 독자적인 작품이다. 적어도 이에 관해서는 모든 독자가 서술 방식, 성격 묘사 그리고 목적을 보면 쉽게 확신하게 될 것이다."

낼 수 없는 비밀 그 자체이므로, 이것을 밝혀내려고 헛되이 애쓰지 말라 (S. 228)는 것이다. 에필로그 후반부에는 당대 독일사회를 향해 내던지는, 소설 전체에 흐르는 반어와 독설이 강하게 드러난다.

작가는 서언과 에필로그와 소설 속에서 벌어지는 모든 모험과 사건을 직접 관찰하며, 이를 독자들에게 생생하고 현장감 있게 들려주는 일인칭 화자인 동시에 메타차원의 해설자로 등장한다. 서막에 해당하는 1권 '지옥의 만찬' 장면에서 지상세계의 실상을 그대로 옮겨놓은 것에 불과한 잔혹하고 엽기적인 광경을 보면서 작가는 "이 장면을 독일의 비극 작가들에게 추천"(S. 18)한다. 클링거는 지옥의 지배 구조와 지상세계의 지배 구조가 너무도 흡사하며, 지상의 냉랭하고 부질없는 참회 설교보다 지옥에서의 참상을 보여주는 것이 백배 효과가 있을 것이라는 의견에 독자들이 동의해줄 것을 요구한다.(S. 31) 또한 결말 부분 교황이 악마에게 목 졸려 죽는 장면에서(S. 194) 진실을 제대로 알지 못하는 역사가들이 이야기를 꾸며낸 것과 달리 작가 자신은 모든 것을 목도했노라고 선언한다. 이처럼 클링거는 전지적 관점의 작가로서 상상의 독자들에게 작중 사건과 진실을 효과적으로 전달하기 위한 방법을 모색하는 한편 독자와의 대화를 시도하는 형식으로 소설을 엮어나간다. 바로 이점에서 클링거 소설의 현대성이 돋보인다고 하겠다.

4. 풍자소설 『파우스트』

파우스트는 오랜 세월 어떤 확실한 진리도 발견해내지 못한 채 "형이상학의 물거품" "도덕의 도깨비들" "신학의 그림자"를 붙들고 씨름해온 어설픈 철학자이자, 자연이 감추고 있는 비밀을 캐내기 위해 위험한 마술세계로 뛰어든 마술사이며, 인류 문명의 발전을 위해 전 재산을 털어 인쇄술을 발명한 발명가이다. 그러나 인쇄술은 가치를 인정받지 못하고,

당시 사회의 지배계급에 의해 인간 정신의 모든 부정적 요소를 상승시키고 확산시킬 '기괴한 발명'으로 치부된다. 인쇄술을 통해 가난과 궁핍에서 가족을 구하고 인류 전체를 풍요롭게 할 수 있다고 믿은 파우스트는 사회의 냉대와 회의적인 반응에 부딪혀 절망에 빠진다. 그의 가족이 겪는 가난은 아내와 자식을 거느린 가장의 낭비벽과 빚보증을 즐겨 서는 무능한 경제 관리에도 원인이 있다.[14] 이런 파우스트가 자신이 인쇄한 라틴어 성경책을 고향 마인츠 시의회에 팔아보려 하지만, 도시 전체가 수도원 스캔들에 휩싸이는 바람에 뜻을 이루지 못하고 프랑크푸르트로 떠나는데, 여기서 지상세계의 이야기가 시작된다.

파우스트의 과격하고 회의적이면서 비현실적 기질은 태생적 원인 이외에 학문과 독서를 통해 형성된 것이다. 이런 방황과 절망, 깊고 깊은 회의에 사로잡힌 인간이야말로 지옥에서 환영받는 존재이다. 서막에 해당하는 지옥의 연회 장면에서 지옥대왕 사탄은 악마 리바이어던에게 파우스트를 고고한 정신과 욕망과 집착의 노예로 만들어 절망으로 몰아넣은 다음 지옥으로 데려오라고 명한다. 사탄은 위대한 발명가이며 "진정한 천재"(S. 34)인 파우스트를 지옥으로 데려가는 것이 수천, 수만의 평범한 영혼을 데려오는 것보다 낫다고 선언한다. "영령들의 만찬"은 파우스트를 환영하기 위한 것이다. 이어지는 우의적 발레극에서는 "깡마르고 길쭉한 형이상학"을 비롯해서 여러 철학적, 추상적 개념들이 독특한 형상으로 등장한다. 카멜레온같이 자유자재로 색깔을 바꾸는 "고상한 형상의 도덕", 관능적이고 육감적인 모습의 나체로 등장하는 "시문학", 살인과 독살, 모반과 사기 행각의 옷을 입은 "역사" 등이 어울려 춤을 춘다.[15]

---

14) 이는 뮐러의 『파우스트』(1778)가 엄청난 부채를 지고 실의에 빠져 메피스토펠레스에게 영혼을 팔아 부와 권력을 얻는다는 상황 설정과 유사하다. 질풍노도정신을 반영하는 이 작품의 파우스트는 악마와의 십이 년 계약 기간 동안 육체적 사랑에 빠져 시기를 놓치고, 결국 비극적 생을 마감한다. 그러나 1823년 개작에서 파우스트는 구원된다.

15) 또한 의학, 돌팔이 의술, 점성술, 법학, 정치, 신학과 신비주의, 독재와 야만 등도 어우러져 춤춘다. (S. 26 이하) 이들은 모두 클링거의 풍자 대상이다.

지상세계에서의 파우스트가 악마와 결탁하게 된 진정한 동기는 무엇인가? 그는 돈과 향락 때문만이 아니라고 주장한다. 인간 파우스트가 악마와 결탁하면서 제시하는 조건은 악마에게 "인간의 도덕성과 도덕적 가치를 믿도록 해준다"(S. 66)는 것이다. 인간의 도덕적 가치야말로 불멸의 존재에게로 다가가게 만드는 요소이며, 불멸을 의미 있게 만든다는 것이 파우스트의 신념이다.[16] 이런 신념이 독일이 아닌 다른 세상에서도 유효하다는 것을 믿도록 하려는 것이 그가 악마와 함께 세상여행을 떠나는 진정한 동기이다.

세상여행을 다니는 동안 파우스트와 악마는 이 문제를 놓고 치열한 논쟁을 벌인다. 그러나 이 소설은 파우스트를 선의 대변자로, 또 악마를 악의 대변자로, 아니면 옳고 그름의 대변자로 내세우는 단순 구도를 취하지 않는다. 이들의 대화와 논쟁은 인간 정신 안에 들어 있는 약점과 한계성을 드러내 보이는 구실을 한다. 악마의 경우 주인공의 상대역이라기보다는 사회적 모순과 부조리, 탐욕과 부패, 타락과 악덕 등의 근원을 대화를 통해 찾아내고 보여주기 위해 설정된 인물이라 하겠다.

악마는 인간 본성의 약점과 추악함을 꿰뚫고 있는 존재로서 파우스트의 사고와 인식세계를 보충해주는 역할을 하며, 작가가 하고자 하는 말은 거의 악마의 입을 통해 나온다. 파우스트는 줄거리를 이끌어가는 인물이긴 하지만, 능동적 주체라기보다는 하나의 역할 수행자로서의 성격을 띤다. 그는 넓은 세상으로 떠나는 모험여행에서 온갖 악덕과 부조리가 판치는 세상을 직접 목격한 관찰자 또는 가담자로서의 역할을 한다. 바로 이 점에서 풍자소설의 철학적 성격을 엿볼 수 있는데, 파우스트와 악마 또는 파우스트와 지옥의 사탄 사이에 벌어지는 논쟁은 사회 비판적 목적 이외에 철학적 회의주의로 대변될 수 있는 작가의 가치관을 피력하는 기능을 한다. 그러면서도 작가는 각 인물과 사건을 동행하는 또다른

---

16) 파우스트는 젊은 시절부터 인간의 능력, 인간의 도덕적 가치를 높이 평가하고, 특히 자신에게 높은 도덕적 점수를 주었다고 작가는 말한다.(S. 8)

차원의 관찰자로서 항상 독자를 의식하고 독자와 의견을 나누고자 한다.

파우스트의 세상여행은 다음과 같다.

고향 마인츠에서 한 수도사의 꿈 이야기가 클라라 수녀를 둘러싼 스캔들[17]로 번지면서 성경책을 팔 수 있는 기회를 놓친 파우스트는 "학문의 보호지"요 "뮤즈 여신의 조용한 거주지"인 프랑크푸르트에 와서 여의치 않은 현실에 부딪힌다. 그는 고민 끝에 주문으로 악마를 불러낸다. 악마의 도움으로 무엇이든 할 수 있게 된 파우스트는 프랑크푸르트 시의회 관료들에게 성경 구입을 제안한다. 그는 성경을 공짜로 선물하면서, 그 안에 이들을 조롱하는 문구를 써넣어 부패하고 타락한 관리들을 경악에 몰아넣는다. 그런가 하면 파우스트는 황제폐하의 밀사로 행세하며 출세와 돈에 눈이 먼 시의원들과 파티를 즐긴다. 악마의 속임수에 넘어간 시장은 황제의 밀서를 손에 넣기 위해 자기 부인에게 매춘을 시키고 파우스트는 이를 만끽한다. 파우스트와 악마의 농간으로 엄격하고 진실한 은둔자가 쉽게 재물과 향락의 노예로 변하기도 한다.

경건하고 순수한 클라라 수녀는 악마의 농간으로 파우스트에게 겁탈당하고 파멸한다. 마인츠에 돌아온 파우스트가 돈 걱정에서 벗어난 아내의 태도에 변화가 생긴 것을 감지하고, 악마의 조언과 재주를 빌려 클라라 수녀를 범하는 것이다. 악마의 '결산 보고'에 의하면 클라라는 파우스트의 아이를 낳아 구금되고, 그 아이를 죽을 때까지 뜯어 먹는 끔찍한 일을 저지른다고 한다.

자유의 수호자요 백성의 보호자로 알려진 로베르투스 박사가 사형이 집행되기 직전에 그를 구해주는 사건이 벌어진다. 그러나 그 희생은 진정한 의미의 자유 투쟁과는 관계가 없다. 그는 폭력과 독재의 희생이라기보다는 지배자인 '장관'의 개인적인 이유, 즉 친구로서 질투와 두려움의 대상이기 때문에 희생되는 것이다. 이 사건의 안내자이기도 한 작가

---

17) 이 수도원 사건을 통해 클링거는 제도권 중세 봉건교회조직의 극단적 엄격주의와 폐쇄성을 풍자하고 있다.

는 파우스트가 당대의 자유 투사들을 알았더라면 로베르투스의 경우 오류를 범하지 않았을 것이나, "당시의 파우스트에게는 생소했을 것"(S. 102)이라고 말한다.

이름이 밝혀지지 않은 제후의 궁정과 그의 총아 E백작과 H남작 등 귀족들의 주변에서는 돈과 여자를 둘러싼 추잡한 행각들이 벌어진다. 클링거는 제후나 위인들의 이름을 거론하지 않는 이유를 "자신이 쓴 이야기가 기만과 아첨을 일삼는 무지한 역사기술가들의 이야기와 다른 내용이 많고, 또 잘 속는 사람들이 그가 비밀리에 발견해낸 이야기를 진짜인지 의심하려 하기 때문"(S. 102)이라고 말한다. 각주에서는 "책이 너무 두꺼워지지 않도록 독일에서의 많은 모험을 누락시켰다"고 말하여, 실제로는 더 많은 부패와 폭정이 있음을 풍자하고 있다. 여기서 악마는 파우스트에게 처음 계약 당시의 조건을 상기시킨다. 즉 악마는 인간의 적나라한 모습을 보여주고, 파우스트로 하여금 청년 시절의 선입관과 독서로 얻은 가치관을 벗어나 마음껏 인생을 향유케 하겠다는 것이다. 그러나 파우스트는 더욱 깊은 회의에 빠지게 되며 "신의 손가락은 어디 있는가" "어째서 의로운 자가 고통을 당하고 극악무도한 인간이 상을 받는가?" 라고 절규한다.

그는 완벽하고 흠 없는 인품이라 믿은 제후의 행각에 환멸을 느끼고 악마를 시켜 제후와 그의 총아인 백작을 목 졸라 살해케 한다. 철저한 실망, 걷잡을 수 없는 분노에 사로잡혀 그는 맹목적 본능과 감정이 이끄는 대로 궁정 시녀들과 여인들의 꽁무니를 쫓는다. 순결하고 아름다운 영국 처녀 안젤리카를 유혹하며, 파우스트는 극도의 만족감과 승리감에 도취된다. 추후 악마의 보고에 의하면, 임신한 안젤리카는 도망쳐 숨어 지내다 공포 속에 아이를 낳는다. 그 순간 아이는 죽고 그녀는 영아살해범으로 처형된다. 파우스트는 악마와의 논쟁, 불가해한 사건들, 무의미한 놀음과 모험에 염증을 느끼고 프랑스로 발길을 옮긴다.

파우스트는 '최고 기독대왕' 루이 11세[18]가 지배하는 프랑스에서도 독재가 계속되고, 왕이 동생인 왕자와 그 정부를 독살하는 사건의 목격자가 된다. 그는 더욱 고통스런 회의에 빠진다. "인간이 종교를 악용해서 끔찍한 범죄와 만행을 저지른다는 것, 이때 인간이 언제나 주인공 역할을 하는"(S. 142) 실상을 직접 체험한다. 면죄부의 존재가 이런 죄악을 더욱 조장한다는 사실을 확인하고 환멸을 느낀 나머지 파우스트는 극도의 자기 부정과 "인간 혐오와 인간 멸시"(S. 142)의 길로 치닫는다. 그리고 "파멸한 인류의 복수자"(S. 144)가 되기로 결심한다. 폭정, 억압, 압제의 무시무시한 실상은 계속 폭로된다. 악마는 왕에게 복수해달라는 파우스트의 부탁을 거절한다. 이런 왕이야말로 "전제주의의 초석을 놓은 사람"(S. 146)이며, 많은 영혼을 지옥으로 보내줄 귀한 존재이기 때문이다.

이제 파우스트는 고결하다고 알려졌지만 실은 수전노인 어느 귀족의 딸을 돈으로 빼앗아 성폭행한다. 악마는 파우스트의 자기 파괴적 변화에 흡족해하며 앞으로의 파멸을 기대한다. 파우스트는 "지옥이 곧 세상이요, 세상이 곧 지옥임을"(S. 149) 깨닫는다. 그는 어느 외과 의사가 화형에 처해진 살인자를 구해주자, 이 살인자가 현상금을 받기 위해 다시 그 의사를 고발하는 사건을 목도한다. 법정에서는 의사가 현상금을 받는 것으로 결론이 난다. 다음에는 더 끔찍한 일이 벌어진다. 외과 의사, 의학 박사, 철학자, 자연과학자들이 인간의 신체 조직과 신경 조직을 연구하기 위한 모임을 결성한다. 온갖 잔혹하고 엽기적인 방법으로 생체 실험이 이루어진다. 이 광경을 목도한 파우스트는 더욱 파괴적이 되고 거의 광기에 사로잡힌다. 악마는 파우스트의 광포함에 만족을 느끼며 그의 명령을 따라 실험실 건물을 파괴시킨다.

파리를 떠나 런던에 온 파우스트는 글로스터 공작[19]을 중심으로 왕위

---

18) 1461~1483년 재위하며, 귀족들을 없애는 데 앞장서고 절대주의의 기초를 세운 프랑스 왕. 클링거는 이를 비롯한 여러 역사적 인물과 사건을 실제 역사 기록에 근거하여 다룬다.

19) 후일 영국 왕 리처드 3세. 1461년 글로스터 공작이 되고, 조카를 살해함으로써 권좌에 오르는 발판을 마련함.

찬탈을 위한 형제 살해, 부모 살해, 귀족들 간의 살육과 암투, 왕실 사람들 사이에서의 근친상간과 성적인 문란 등 온갖 부정한 사건들을 접한다. 악마는 영국이야말로 지옥의 훈련장과 다름없다고 단언한다. 파우스트는 밀라노, 피렌체 등에서도 교회의 이름으로 살인과 박해가 저질러지는 장면을 목격하며, 스페인에서도 종교란 가면을 쓰고 사기와 위선이 판치는 것을 보게 된다. 결국 종교가 악용될 때 인간이 가장 혐오스런 존재가 된다는 사실을 확인한다.(S. 165) 파우스트는 가는 곳마다 마음껏 여자들과 향락을 즐긴다. 도덕적 감각이 무디어지는 것을 확인한 악마는 그를 교황 알렉산데르 6세[20]가 통치하는 로마로 이끈다. 교황청은 신의 권위와 절대성을 상징하는 신성한 곳이 아니라, 가장 타락하고 문란하며, 말 그대로 악마의 소굴이며 악의 온상임이 곧 드러난다.

로마에 도착한 첫날, 파우스트와 악마는 교황의 수많은 사생아 중 하나인 체사레 보르자 주교[21]의 초대를 받는다. 교황 가족들 사이에서는 문란한 성관계와 근친상간, 권좌를 둘러싼 사생아들 간의 암투와 살인사건이 끊임없이 벌어진다. 파우스트는 이런 사건 현장을 직접 체험하면서도 교황의 딸 루크레치아[22]와 육체적 쾌락을 즐기고, 동시에 로마의 수많은 처녀와 귀부인을 유혹해 건실하고 행복한 가정들을 파탄나게 한다. 그런 행위를 함으로써 '인간 종자'에 대한 복수를 한다고 믿는다. 악마는 인간 혐오와 인간 멸시야말로 이성적 인간과 바보를 구별짓는 유일한 특징이라 하면서 파우스트를 파멸의 길로 몰아간다.

교회의 타락과 성적 문란은 교황이 악마에게 동성애적 욕망을 느껴 그

---

20) 스페인 귀족 출신의 로드리고 보르자를 말함. 1455년 추기경이 되고, 1492년 교황에 오름. 권모술수에 능하고, 특히 자기 가족의 이익을 위해 교활한 정치를 폄. 1501년 독살된 것으로 추정.

21) 교황 알렉산데르 6세의 아들. 1494년 추기경이자 대주교로 추대. 1498년 추기경직 사임. 1499~1502년 여러 도시들을 정복하며, 이때 수많은 정적들을 살해토록 지시. 1503년 교황 율리우스 2세에게 참패. 1507년 전사.

22) 루크레치아 보르자(1480~1519). 교황 알렉산데르 6세의 딸로 세 번 결혼한 것으로 유명함. 두번째 남편은 오빠인 체사레가 살해한 것으로 추정. 그러나 최근 연구에 의하면, 이 작품에서의 그녀의 방탕과 방종은 근거가 희박한 것으로 확인됨.

를 유혹하는 데서 극에 달한다. 악마는 지옥에서 상상한 지상세계의 모든 악행을 초월하는 교황의 생각과 행동에 대해 분노하며 그를 목 졸라 살해한다. 파우스트는 이 모든 장면을 목격한다. "인간과 창조자 사이에는 아무 관계가 없단 말인가? 아니면 (……) 인간이 그냥 지나쳐버려 발견하지 못하는가?"라는 물음에 몰두하며 그는 이제 스스로를 어느 정도 제어할 수 있고, 이성적으로 세상을 두루 경험한 사람으로 여기면서 새로운 인생 계획을 세운다.

독일로 돌아오는 이탈리아 국경에서 파우스트는 다시 '인류의 수호자'가 나타나는 꿈을 꾼다. 꿈을 깬 그는 수의로 감싸인 형체에서 "어떤 아버지도 이보다 더 비참한 아들을 낳은 적이 없다!"고 절규하는 아버지를 알아본다.

악마의 성가신 동행으로부터 벗어나고자 하지만 때는 이미 늦었다. 악마는 승리를 예감한다. 독일로 돌아온 파우스트는 보름스 근처의 교수대에 매달려 있는 장남을 발견한다. 악마는 이 모든 것이 '너의 업보'라고 힐난하면서 자초지종을 알려준다. 딸은 매춘을 하게 되고, 장남은 성당에서 도둑질을 하다 처형당하며, 둘째 아들은 어느 고위 성직자의 성적 노리개가 되고, 아내와 다른 두 아이는 거지가 되었다는 것이다. 이제 떠날 때라고 재촉하는 악마 앞에서 파우스트는 교수대에 걸린 아들의 시신을 거두어 묻어준다. 그 다음 파우스트의 육신은 처참하게 토막난 채 지상에 버려지고, 악마는 본래의 괴물 모습으로 변신해 그의 영혼을 지옥으로 데려간다.

그러나 소설은 파우스트의 지옥행으로 끝나지 않는다. 그의 세상 여정이 시작되기 전 지옥 장면이 삽입되듯, 여행 편력이 끝난 지옥행 이후의 상황을 더 보여준다. 이는 두 가지 이유로 설명된다. 즉 파우스트의 지옥행은 어차피 예정된 것이기 때문에, 그리고 작가가 의도한 사회 비판과 풍자를 위해서는 "지옥은 곧 세상이요, 세상은 곧 지옥"이라는 명제를 더욱 부각해야 하기 때문이다. 특히 '사이비 성직자, 철학자'들이 없다면 지옥은 곧 문을 닫아야 할 판이라면서, 당시 지배계급의 부패와 타락상을 풍자적으로 나타낸다.

그래서 작가는 파우스트가 내려간 지옥의 광경을 생생하게 그려낸다. 지옥에서는 최고 권력자 사탄이 악마에게까지도 음탕한 유혹을 서슴지 않은 교황 알렉산데르 6세에게 어떤 벌을 내려야 할지 궁리중이다. 이때 악마가 파우스트를 데리고 내려오자, 지옥의 사탄은 크게 환영한다. 사탄은 파우스트 같은 부류의 철학자에게 내릴 수 있는 극형을 내린다. 즉, "영원한 절망과 의구심으로 고통당하고 풀 수 없는 수수께끼를 풀려고 몸부림치지만 결코 풀리지 않을 것"(S. 227)이라고 한다.

5. 철학소설 『파우스트』

『파우스트』는 중세 전제주의의 폭정과 타락하고 부패한 봉건 기독교 사회를 배경으로 하면서, 당시 사회를 비판하고 있는 풍자소설로서의 면모를 보여준다. 이를 통해 클링거는 그가 체험한 독일사회와 세계의 사회적 정치적 종교적 난맥상, 그리고 자유나 인권과는 거리가 먼 지배 구조와 종교권력을 날카롭게 비판한다. 그가 고발하고자 한 것은 폭정과 억압, 악과 모순, 부정과 부패, 탐욕과 방종으로 가득 찬 세계이다. 사탄의 말처럼 악의 원형은 악마가 아니라 인간 중에서도 "철학자, 교황, 사이비 성직자, 제후들, 정복자들, 군신들, 장관들, 작가들"(S. 227)이라는 온갖 형태의 권력자와 지배자들이다. 풍자 대상은 정치와 종교만이 아니라 인간 자체이다. 자신을 포함한 작가들, 철학자 파우스트도 첫 줄부터 조롱의 대상으로 그려진다. 나아가 독일인과 '계몽된 유럽인' 등도 풍자의 대상이 된다.[23]

---

23) 독일은 "수도사 나부랭이들이 들끓고 스콜라 철학이 판치며, 귀족들의 매질과 고문, 제후들의 인신매매, 농촌 약탈"(S. 66)이 서슴없이 자행되는 나라로 규정된다.

이런 점에서 볼테르를 작품에 직접 언급한 대목은 시사하는 바가 많다. 파우스트는 "적어도 볼테르와 같은 철학자가 되어가고 있는 중"(S. 199)이라고 밝히고 있다. 볼테르는 "도처에서 악만을 찾아내어 고약스럽게 끄집어내고, 선은 찾아내는 대로 모조리 왜곡시켜버린"(S. 199) 인물이다. 실제로 볼테르는 철학가일 뿐만 아니라 소설가, 역사가, 비평가, 풍자 시인, 비극 작가로 다양한 분야에 걸쳐 뛰어난 업적을 남긴 프랑스 계몽주의의 대표적 사상가이다. 그는 철학자이면서도 결코 이상주의자가 아닌 현실주의자이며, 신랄한 풍자를 즐기는 냉소주의자로 알려져 있다. 이런 "볼테르와 같은 철학자"가 되고자 하는 것은 파우스트 이전에 작가 자신이 그의 정신적 계승자가 되고자 했음을 뜻한다.

클링거는 예술의 문제, 인간 개인의 구원 문제보다는 인류 전반에 걸친 철학적 문제를 주제로 삼는다. 학문, 고상한 관념, 순수한 현존에 대한 희망 같은 것도 모두 회의와 의심의 대상이 되며 명확한 해답은 내려지지 않는다. 궁극적으로는 인간 자체가 문제의 핵심에 서 있다. 인간 파우스트에게 악마는 "인간을 안다고?" "자신은 누구인지 아는가?" "인간 본성을 연구해본 적이 있는가?"라고 끊임없이 질문한다. "인류의 위험한 장난감"이자 "광기의 전파자"요 "회의의 어머니"(S. 21)인 책을 무한 복제할 수 있는 인쇄술의 발명가로, 감히 교황의 딸까지 농락한 호색가로, 그러나 무엇보다 학문과 철학을 두루 섭렵한 철학자로서의 파우스트를 맞이한 지옥의 사탄은 "떠나라, 너의 존재가 나를 불안하게 한다. 너는 인간이 악마가 견뎌낼 수 있는 것보다 더 많은 것을 행할 수 있음을 보여주고 있다"(S. 226)고 실토한다. 여기서 클링거가 인간 존재에 대해 회의주의로 일관하지 않는다는 점을 알 수 있다. 그의 파우스트적 인간상은 한마디로 정의하기 어렵다. 왜냐하면 주인공 파우스트는 철저한 절망과 회의에 사로잡혀 있지만 악마에 의해서는 상대적으로 막강한 존재로 여겨지기 때문이다.

인간 파우스트의 여정을 다시 정리해보자. 학문이 행복과 명성으로 가는 지름길이라고 믿었던 파우스트는 한편으론 종교와 미래에 대한 공포, 다른 한편으론 지식과 독립에 대한 갈증, 자만, 향락과 육체적 쾌락에 대한 욕구와 쓰라린 비애, 궁극적으로는 영원과 저주 사이에서 갈등과 고민에 휩싸인다.[24]

처음에는 악행의 목격자이자 관찰자로 출발하지만, 점차 불의와 악덕의 복수자로 변하면서 결국은 적극적 가담자이면서 행위자로, 모든 업보와 불행의 출발점이자 원인 제공자로 드러난다. 인간의 미덕과 도덕적 가치에 대한 자부심과 신뢰의 소유자로 그것을 구현해 보이려던 계몽적 인간 파우스트는 질풍노도의 감정과 격분의 소용돌이 속에서 헤어나지 못하고 파멸하고 만다. 학문과 예술에 의해 이성이 마비되고 망가진 인간의 한 전형을 보여준다고 하겠다.

그러나 클링거는 파우스트 개인의 운명에만 초점을 맞추는 것이 아니라, 인간의 도덕성과 도덕적 가치를 믿게 하려는 계몽주의적 세계관에서 악마와의 여정을 시작한다. 이는 어느 한 시대를 못 박아 그 시대의 역사적 시대상을 그려내려는 것이 목적이 아니라, 중세의 기독교 봉건사회를 예로 그 전형적 양태를 보여주려는 것이다.

6. 나오는 말 : 『파우스트』의 문학사적 의의

클링거는 계몽주의와 질풍노도문학 사이에 위치하면서 인간 탐구에 대한 문제를 주제화한다. 무엇보다 철학자 파우스트는 인간의 도덕적 가치, 인간의 본성과 존재에 대해 끊임없이 회의한다. 악마와 동행하여 세

---

24) 1814년 5월 26일자 괴테에게 보낸 작가의 편지는 이에 대한 이해를 더욱 뒷받침한다. "파우스트가 외면에만 귀를 기울이기 때문에 그를 둘러싼 모든 것이 더 암울하고 고통스러워집니다. 결국 육욕에만 자신을 내맡기게 되고, 내면적 자유는 더 이상 의식하지 못한 채 온갖 종류의 세력을 조롱하게 됩니다." Zitiert nach Sander Gilman, *Einleitung zu F. M. Klinger*, S. XV.

상을 경험하고 논쟁을 벌이는 가운데 그는 인간이란 착한 본성보다는 악한 본성을 가졌다는 데 동의할 수밖에 없다. 그 결과 인간 혐오와 인간에 대한 경멸과 멸시로 치닫게 되고, 스스로 자신과 도덕적 세계의 파괴자가 된다. 그는 계몽주의적 가치관을 대변하는 인간인 동시에 질풍노도의 인간상을 그대로 보여준다.

물론 영아 살해 모티프라든가 불의의 권력에 대한 저항 정신 같은 것은 질풍노도문학의 전형을 그대로 나타내지만, '천재' 개념에 있어서는 거리두기를 시도하고 있다. 이 작품을 "질풍노도의 철학적 허무주의"와의 논쟁에서 나온 산물, 또는 "질풍노도와의 최종적 결산"[25]으로 보는 시각도 타당성이 있지만, 시대사조를 초월하는 이 작품은 현재까지도 여전히 풍자적 요소와 실험적 형식으로 재조명받을 가치가 있다 하겠다.

앞서 언급한 바처럼 클링거의 파우스트적 인간상은 분명히 정의하기 어렵다. 작품 평가 역시 성공작인가, 그렇지 못한가에 대하여 의견이 나뉘고 있다. 형식만큼은 "희곡화된 소설"로서 현대소설 기법이 두드러진 수작(秀作)임이 분명하다. 그러나 이 소설은 어떤 명확한 해답을 내놓지 않는다. 인간의 약점과 모순을 묻는 일관된 물음, 즉 "재능 있고 우수한 두뇌를 가진 고귀한 인간이 도처에 억압받고 천시받고 극심한 고통을 겪고 있는데, 어찌하여 불한당과 미련한 패거리들은 부(富)를 소유하고 행복하게 대우를 받으며 살 수 있는가"(S. 9 f)에 대한 대답은 어디에도 없다. 이런 상황은 21세기라 해서 크게 다르지 않으니, 이 작품의 시의성과 의의는 바로 여기에 있다 하겠다.

---

25) Sander Gilman, *Einleitung zu F. M. Klinger*, S. XII.

참고 문헌

Friedrich Maximilian Klinger, Fausts Leben, Thaten und Höllenfahrt. In:
   Klinger: Werke. Historisch-kritische Gesamtausgabe, Bd. XI. Hrsg. von
   Sander L. Gilman, Tübingen, 1978.

Friedrich Maximilian Klinger, *Fausts Leben, Taten und Höllenfahrt in fünf
   Büchern*. Zweite verb. u. verm. Auflage. Leipzig, 1794, Anmerkungen von
   Esther Schöler, Stuttgart, 1998(=Reclam UB Nr. 3524).

Gilman, Sander L., *Einleitung zu F. M. Klinger: Fausts Leben, Thaten und
   Höllenfahrt*. In: Werke. Bd. XI, S. 9~16.

Heldt, Uwe, *Nachwort zu F. M. Klinger: Fausts Leben, Taten und Höllen-
   fahrt in fünf Büchern*, S. 252~269.

Segeberg, Harro, *Friedrich Maximilian Klingers Romandichtung. Untersu-
   chungen zum Roman der Spätaufklärung*, Heidelberg, 1974.

Stern, Guy, Dialogisiertes Epos, In: *Gesellige Vernunft. Zur Kultur der litera-
   rischen Aufklärung*. Festschrift für Wolfram Mauser zum 65. *Geburtstag*,
   Hrsg. von Ortrud Gutjahr u. a. Würzburg, 1993, S. 327~338.

볼테르, 『캉디드 혹은 낙관주의』, 윤미기 옮김, 한울, 2005.

인터넷 자료

Bundesinstitut für Kultur und Geschichte der Deutschen im östlichen
   Europa. http://www.bkge.de/

티크의 『안티파우스트』

배기정

1. 들어가는 말

독일 낭만주의의 대표적 희극 작가 루트비히 티크(Ludwig Tieck, 1773~1855)도 당대의 많은 작가들이 그랬던 것처럼 파우스트라는 소재에 도전한다. '안티파우스트 혹은 어느 멍청한 악마의 이야기'[1]라는 제목에서 잘 드러나듯이 티크는 파우스트를 괴테의 『파우스트』에 뚜렷이 대비되는 새로운 인물로 그려내려고 했던 것으로 보인다. 하지만 그는 1801년에서 1804년에 걸쳐 '서곡'과 '제1막'을 쓴 후 더이상 진전을 보지 못하다가 결국 미완성작으로 남기게 된다. 그가 죽은 후 이 작품은 그의 조수 루돌프 쾨프케가 펴낸 『유고집』(1855)에 미완성인 채 수록된다.

미완성이라는 이유 때문에 『안티파우스트』는 티크의 작품 가운데서

---

1) Ludwig Tieck, Anti-Faust oder Geschichte eines dummen Teufels. Ein Lustspiel in fünf Akten mit einem Prolog und Epilog. Ein Fragment. In: Ders.: *Werke in einem Band. Mit einem Nachwort von Richard Alewyn*, Hamburg, 1967, S. 594~612. 이하 이 텍스트의 인용은 본문 괄호 안에 아라비아 숫자로 쪽만 표시함.

큰 비중을 차지하지 못할 뿐만 아니라, 파우스트를 소재로 다룬 작품들 가운데서도 거의 주목을 받지 못한다. 더구나 정작 주인공인 파우스트가 작품에 등장하지 않아, 이 소재에 도전한 작가의 의도가 어떤 것이며, 기존의 파우스트에 어떻게 대항하려 했는지도 명확하지 않다. 이로 인해 『안티파우스트』에 관한 2차 문헌도 거의 찾아볼 수 없다. 그러나 파우스트라는 지극히 독일적인 문학적 소재를 해학과 익살이라는 낭만주의적 문학관에 입각하여 다루려 했다는 점에서 일정한 문학사적 의의를 갖는다. 다시 말해 낭만주의 문학의 특징인 낭만적 아이러니를 통해 파우스트라는 소재에 다가가려 한 점에서 이 소재가 지니는 폭넓은 문학적 스펙트럼의 단면을 보여준다. 이러한 인식에 입각하여 『안티파우스트』의 생성 배경과 줄거리를 소개하고, 이를 통해 티크의 낭만주의적 문학관이 지니는 특징과 한계를 짚어보고자 한다.

2. 『안티파우스트』의 구상

1801년 9월 티크는 빌헬름 슐레겔에게 보낸 편지에서 자신이 집필하는 희극의 한 부분을 프리드리히 슐레겔과 함께 읽고 평가해달라고 부탁한다. 또한 그는 요한 다니엘 팔크(1768~1826)의 『해학과 풍자 애호가들을 위한 문고판』(1797~1800)처럼, 이 희극을 문고판으로 출간하기를 원하지만 뜻대로 되지 않는다고 말한다. 티크가 찾아간 출판인은 이런 생각을 탐탁하게 여기지 않으며, 오히려 그와 흥정하려 한다고 쓰고 있다. 다른 한편으로는 팔크와 어깨를 나란히 하지 않아도 된다는 사실이 오히려 잘된 것 같다며 스스로 위안도 한다. 같은 해 11월에 티크는 『안티파우스트』가 슐레겔 형제에게 "그런대로 마음에 들어"[2] 계속 써나갈

---

2) Zitiert nach Uwe Schweikert (Hrsg.), Ludwig Tieck, In: *Dichter über ihre Dichtungen*, Hrsg. von Rudolf Hirsch und Werner Vortriede, Bd. 9/1, München, 1971, S. 249.

용기를 얻지만, 그 시점에도 아직 출판인을 찾지 못했다고 밝히고 있다.

1805년 2월 15일, 브렌타노가 아르님에게 보낸 편지에는 티크가 이탈리아에 머물면서 일종의 안티파우스트를 쓰려 하는데, 그것은 "문학 전체를 웃음거리로 만들 것이며, 오이게니를 저속하게 만드는 것보다 더 큰 성공을 거둘 것"[3]이라고 쓴다. 그후 오랜 시간이 지난 1849년 5월과 1853년 사이에 쓴 쾨프케의 글에는 다음과 같은 사실이 보고된다.

기본 줄거리는 벤 존슨의 『어리석은 악마』에서 따온 것이다. 이것은 어느 멍청한 악마의 이야기인데, 이 악마는 사람들이 교육을 받아 너무 영리해졌기 때문에 이제 늙고 쇠약해진 지옥이 이 세상을 다시 획득할 수 있는 영향력을 완전히 잃었다는 사실에 대해 아쉬워한다. 하지만 욕설과 비방으로 이 세상에 창피를 주는 일만큼은 여전히 계속될 수 있다는 것이다. 이렇게 해서 만들어진 작품을 티크는 '안티파우스트' 라고 명명하였다.[4]

『안티파우스트』에 관한 작가의 의도는 괴테의 『파우스트』를 겨냥한다기보다는, 오히려 거기에 나타난 파우스트와 메피스토의 대립적 구도에서 악의 세계를 대표하는 메피스토의 역할에 더 큰 비중을 두려는 것이다. 우선 '서곡' 과 '제1막' 의 줄거리를 통해 티크의 문학적 의도를 살펴보자.

3. 『안티파우스트』의 줄거리

3-1. 서곡
'저승세계' 라는 부제가 붙은 서곡에서는 메르쿠어와 아리스토파네스

---

3) Ebda., S. 250.
4) Ebda., S. 250.

의 입심 좋은 대화가 주된 내용을 이룬다. 날개 달린 모자를 쓴 메르쿠어가 많은 그림자를 이끌고 등장한다. 이 그림자들은 제각기 황폐하고 지저분하며 모든 것이 뒤범벅인 저승세계의 혼란스런 광경에 대해 투덜거린다. 메르쿠어는 잠에서 깨어나 자신을 따라다니며 그의 주변에서 소리치고 소란을 피우는 영(靈)들인 그림자들에게 "이승에서 육체를 가진 자로서 죽도록 일한 것도 모자라 그대들은 또 영혼으로 남아 있기를 요구하는가"(S. 594)라며 질책한다. 이어서 그는 자기 주변을 둘러보며 변해버린 저승세계에 대해 탄식한다.

메르쿠어 도대체 고대의 저승세계는 어디에 있단 말인가?
　　　케르베로스가 복수심으로 짖어대지도 않고,
　　　심판하는 지옥의 판사들도 앉아 있지 않으니,
　　　여기는 이제 현대식 저승세계가 된 것 같구나!
　　　탄탈로스도 없고 시시포스도 없고
　　　이시온의 바퀴도 보이지 않고, 그렇게도 즐겨 볼 수 있었던,
　　　아르고스 왕 다나오스의 쉰 명의 딸도 보이지 않는구나!
　　　여기에는 황폐한 공허만이 퍼져 있고,
　　　잡동사니만이 이 지역을 휘감고 여기에 스며들었도다.
　　　(……)
　　　이제 한 사람이 말하기를, 새로운 풍조가 심지어
　　　지옥에까지 이르렀다고 하는구나!
　　　이것이 저주가 아니고 무엇인가.
　　　새로운 품종들을 빨리 보고 싶도다!
　　　헤이! 카론! 카론! 내가 설마 돌아버린 것일까?
　　　모든 것이 변했다면, 늙은 곰이라도
　　　마찬가지로 적응하는 수밖엔.
　　　게다가 여기엔 건너갈 스틱스 강도 없구나!

누가 이곳을 새롭게 고쳐놓았단 말인가?

이렇게 쓸모없이 말이다.

이 세상은 지옥에조차도 더이상 쓸모가 없으니!(S. 595)

투덜거리는 메르쿠어에게 아리스토파네스가 땀을 닦으며 나타나, 자신은 지옥의 불 속에서 괴롭힘당하고 모욕을 당했노라고 푸념한다. 누가 이 모든 일들을 행하였는가라는 메르쿠어의 질문에 대해, 아리스토파네스는 새로운 신들이 대두하였다고 대답한다.

아리스토파네스 이것은 도대체 이해할 수가 없구나!

옛 신들이 망해버리고 신용을 잃고 난 후에

새로운 신들이 일어났도다.

바보스런 존재이지만 신성하고 깨끗하도다.

그대 옛 신과는 사뭇 다른 존재임을

호기심에 차서 바라볼지어다!

세상 도처에서 마치 그들이 실제로 있는 양

신들에 대해 숙덕거리고, 이제 위와 아래

어느 곳에서도 믿음이 회자하는구나.

기도와 예배, 자비를 애걸하고 울부짖는 소리를 들으면,

우리 같은 자들은 몸에 옴이 붙는 것 같구나.

아, 저주스럽게도 나에게서 모든 희망을 앗아가버리고,

나를 쇠퇴시키는도다. 그렇지 않다면,

나를 해방시키고 구원에 이르게 하였을 텐데.(S. 596)

그들의 대화에는 바이마르에 있는 팔크가 '새로운 아리스토파네스'로 언급된다. 여기에서 팔크는 낭만주의자들의 논적(論敵)인 계몽주의의 대표자로 등장한다. 티크는 팔크가 1797년부터 1800년까지 출간한 『해

학과 풍자 애호가들을 위한 문고판』(이하 『문고판』)을 냉소적으로 풍자한다. "여기 앉아서 땀을 뻘뻘 흘리며 모든 농담을 지어내고 있는"(S. 596) 아리스토파네스는 메르쿠어가 새로운 아리스토파네스라고 부르는 팔크에 대해 조소한다.

아리스토파네스 아하, 건강하고 거친 것, 곧고 날씬한 것,
이 모든 것에 화를 내야만 하는 병약한 그 친구 아닌가.
이미 오랫동안 멍청했고 이제 더 나빠진 그 사람 아닌가.
그의 어쩔 줄 모르는 성급함을 두고 풍자라고 일컫다니.(S. 596)

아리스토파네스는 팔크에 대해 스스로는 이러한 해학을 이해하지 못하면서 진부한 영국인들로부터 풍자와 해학을 훔쳐와 만족하는 정도라고 비아냥거린다. 이것은 당시 팔크의 『문고판』에 페터 핀다르가 번역한 영국 영웅시가 실린 것을 두고 한 말이다. 메르쿠어에 대해서도 아리스토파네스는 이전의 모습을 다시 찾아볼 수 없다고 말한다. "신들의 악동이자 음모를 꾸미는 자! 그대는 개종한 자처럼 구차해 보인다"(S. 597)고 말하자 메르쿠어는 이에 반박하고 나선다.

메르쿠어 여보게, 한 번이라도 신들의 양식을 먹어보고,
신들의 음료를 마셔본 사람은
인도주의 정신이라는 하찮은 양식에 대해선 평생 알지 못한다네.
그리고 그런 상태로 영원히 살아가게 되지.
가슴에는 열락과 악행의 갑옷을 입고,
후회로 혼란을 겪지 않으며, 반성을 하면 할수록
점점 더 악의에 대한 욕망과 애착이 늘어나게 되는 법.
우리 신들이란 이렇다네.
그러니 어리석은 자여, 날 공경하게나.

당장 모자를 벗어 팔 밑에 넣으라고!(S. 598)

메르쿠어의 당당한 어조에 대해 아리스토파네스는 오히려 오랫동안 그리워하던 예전의 맛이 난다고 응수한다. 메르쿠어는 자신은 더이상 현재 지상의 세계에서 일어나고 있는 다툼에 대해 관심이 없노라고 대답한다. 그래서 이전처럼 죽은 영들을 인도하는 역할을 다시 하고 있다는 것이다. 하지만 이 영들은 그리스 신화에 나오는 영들 안에 어떤 육체가 숨겨져 있었는지 알지 못한다며, 영들도 변했다고 말한다. 아리스토파네스가 영들에게 팔크에 대해 아는 것이 있는가 하고 물었을 때, 첫번째 영이 "위대한 천재이지요! 몸 속에는 온갖 지식이 가득 차 있고, 머리 위에는 아리스토파네스가 있답니다!"(S. 599)라고 대답한다. 이 말을 들은 아리스토파네스는 이것이야말로 자신에게 가하는 저주이자 형벌이라고 외친다. 지옥도 참아내고 지옥의 불도 참아내야 하지만, 이런 것마저도 지금 느끼는 감정에 비한다면 아주 달콤한 것이라며 불쾌감을 감추지 못한다. 보이지 않는 힘들이 군림하고 소위 근대성(近代性)을 너무 지나치게 몰아간 탓에, 이제 자신의 몸 속이 뒤엉키고 혼란스럽다고 말한다. "내 위 안으로 나도 모르게 기어들어온 것임에 틀림없는 이 계몽주의, 관용, 이교의 논리를 어디에 쏟아놓을까?"(S. 600)라는 질문에 대해, 메르쿠어는 "너무 과식을 했군. 그렇다면 설사약을 먹어보게. 그러면 모든 것이 지나갈 거야"(S. 600)라고 대꾸한다. 내심 너무 화가 난 아리스토파네스는 사람들이 이야기하는 팔크에 대해 비난하기 시작한다.

아리스토파네스 (……) 우리가 방금 얘기했던 그 친구는,
　　　　이미 있는 것들을 응용하면서 스위프트 행세를 하기 시작했다네.
　　　　호라티우스나 루시앙을 공부해 이를 모방하며 천박하게 만들고 말았지.
　　　　게다가 내 희극도 읽기 시작했다네.
　　　　난 잠자코 이 저주의 화염 속에 앉아 있는데 말이야!

자네가 이야기했다시피, 나를 항상 속담처럼 써먹고
　　훔쳐온 남의 것으로 후하게 인심을 쓰는 그런 사람을,
　　아리스토파네스라고 부른단 말이지!(S. 600)

　작가가 되기 이전에 신학을 공부한 팔크는 나폴레옹 군대가 바이마르를 점령했다가 그곳을 다시 떠난 후, 피폐해진 도시에서 발생하는 여러 가지 사회적 문제들을 해결하는 데 적극적으로 참여한 바 있다. 팔크의 이와 같은 종교적 배경이나 사회 참여적 활동에 대해 "기도하고 노래하며 심지어 깨끗하게 책을 찍어낸 경건한 남자"(S. 600)로 언급된다. 구원의 문제에 있어서 팔크가 구세주를 붙잡고 있다면, 아리스토파네스는 그의 작품을 번역했던 빌란트를 내세우며, "오래된 우정과 기독교적 사랑에서 나를 처참하게 쥐어뜯게 함으로써 사람들은 그(빌란트)에게 호의를 베풀고 있다"(S. 600 f.)고 빈정댄다. 여기에서 천사 앙겔루스(혹은 전령)가 등장하여 다음과 같이 말한다.

　　앙겔루스(혹은 전령)
　　그대는 지옥의 고통을 이겨내고,
　　이제 화염 속에서 나와 구원에 이르렀도다.
　　이미 고통은 가라앉고 기쁨의 빛이 가까이 왔도다.
　　이제 영원한 평화 속으로 들어갈지어다.
　　중대한 과오를 저지른 대가로,
　　가련한 자여, 괴로운 시간이 지나갔도다.(S. 601)

　이 소리를 들은 메르쿠어가 "희망, 위로, 도움이 왔다"(S. 601)고 외치자, 아리스토파네스는 왜 예기치도 않던 전령이 나타나 끝까지 자신을 비꼬는지 알 수 없다고 대꾸한다. 이에 대해 앙겔루스는 빌란트의 번역을 두고 아리스토파네스에게 일어난 일 가운데 가장 나빴던 것은 아리스토파네스를 가리켜 "비도덕적이 아니라고"(S. 601) 뻔뻔스럽게 얘기한 것이라고 말한다. 이에 대해 아리스토파네스는 탄식하며 메르쿠어에게 작별을 고하고 전령과 함께 퇴장한다. 혼자 남게 된 메르쿠어의 눈에 뱃사공 카론은 보이지 않고, 커다란 통이 놓여 있는 것만 눈에 띄는데 거기서 뵈티허가 나타난다. 뵈티허는 1773년 빌란트에 의해 창간된 『독일 메르쿠어』가 1790년부터 『새 독일 메르쿠어』라는 이름으로 나올 때, 익명의 공동 편집자이다. 서곡 마지막 부분에서 뵈티허는 '새로운 메르쿠어'로 등장하는데, 예전의 메르쿠어는 세상이 너무 많이 변했기 때문에 자신에게 더이상 어울리지 않는 일을 뵈티허에게 넘겨준다고 말하며 퇴장한다. 뵈티허는 메르쿠어를 따라다니던 영들을 통 안에 몰아넣은 뒤 저승으로 데리고 가겠다며 함께 〈뵈티허의 노래〉를 부른다. 이와 더불어 서곡의 막이 내린다.

3-2. 제1막

'지옥'이란 부제가 붙은 제1막에는 사탄, 메피스토, 아우어한, 성급한 자, 바보 그리고 몇몇 어린 악마가 등장한다. 제1막은 깊은 생각에 잠긴 사탄의 독백으로부터 시작되는데, 그는 이전에 지옥이 누리던 영화가 쇠하고 새로운 시대가 열리면서 악마의 권세도 사라졌음을 탄식한다.

> 사탄 내 스스로도 어찌할 바를 모르겠구나.
> 분노와 불쾌감이 격렬하게 솟구쳐올라,
> 지옥세계 전체를 미워하기 시작했도다.
>
> 매일 이 지옥이 무너져내리는 걸 보아야 하니,
> 난 내심 저주를 퍼부어야만 한다네.
> 이 모든 것이 아무짝에도 쓸모가 없구나.

어떤 경고도 소용없고 어떤 행위나 어떤 말도 마찬가지야.
예전의 힘은 꺼져가고, 칼은 무뎌졌으며,
어떤 가시도 더이상 찌르려 하지 않네.

이제는 이전의 용감한 불꽃을 알아볼 수 없도다.
모든 것을 분노가 삼켜버리고,
모든 악마들이 기쁨에 넘쳐 춤추었던 것을.

지옥은 즐겁고 유쾌하게 번성해갔고,
활활 타오르는 밝은 불 속에서 번쩍이는 황금빛으로 빛났었지.
늙은 악마들은 젊은것들에게 제대로 배움을 전해주었는데.

그들은 영들을 보면 곧 직업을 알아낼 수 있었고,
맡겨진 의무에 충실하며, 심장은 용기와 힘으로 넘쳐났었지.
섬뜩한 일에는 모든 힘을 다해 맞섰다네.

그땐 그래도 탁월한 업적들이 있었지.
그것 때문에 하늘이 크게 분노해야만 했다네.
현재 악마들은 형편없는 잡동사니에 불과하도다.(S. 602 f.)

사탄의 독백은 19연에 걸쳐 계속 이어지는데, 불꽃처럼 타오르던 지옥의 세력이 꺼져가고 사람들은 더이상 악마나 지옥이란 이름을 듣고도 놀라지 않으며, 지옥의 영들은 이제 죽은 것이나 다름없이 쪼그라들었다고 한탄한다. 사탄의 독백이 끝나면서 메피스토, 아우어한, 고집불통, 바보, 성급한 자 등이 모여든다. 그들이 서로를 헐뜯는 얘기를 주고받자, 사탄은 또다시 이 무리들을 나무라며 어리석음과 우둔함은 이제 더이상 오래끌 수 없으니 악마의 이름으로 분별력을 가지라고 외친다. 이어서 사탄은 악마와 지옥의 불, 지옥의 세계에 작별을 고하며 이제 땅과 하늘과 지옥이 모두 똑같아질 것이라고 말한다. 이에 대해 고집불통이 나서서 상황은 그렇게 나쁘지 않다고 응수하며 사탄에게 "당신은 이상이 있고 무엇보다 선험적으로 이상주의적 망상을 갖고 있으니, 이성을 갖고 잘 헤아려보면 곧 무엇이 잘못되었는지 알아낼 수 있을 것"(S. 605)이라고 말한다. 사탄은 계속해서 멍청한 소리로 자기를 화나게 하지 말라고 이르지만, 아우어한과 성급한 자도 나서서 사탄이 지나치다고 비난한다. 메피스토는 사탄에게 그만 화를 진정시키라고 말한다.

> 메피스토 강력한 지배자여, 이제 이자들을 보시오!
> 그만 화를 식히도록 하시구려. 그대도 알다시피,
> 마침내 우리 제국이 무너지고 있다오.
> 우리는 우리들 영역이 넓어지는 걸 보고 기뻐하였지요.
> 모든 것이 점차로 우리에게 속하는 걸 보고 말입니다.
> 지상의 세계가 우리들 손아귀에 들어왔었지요.
> 하지만 우리가 잊어버린 것이 있답니다. 악마들의 힘이
> 이 땅 밑에서 마비되어가고 있다는 것을 말이오.
> 이렇게 된 바에야 그것에 익숙해지는 수밖에요.(S. 606)

이에 대해 사탄은 지상세계나 지하세계가 모두 지옥처럼 변해버렸기 때문에, 악마의 영역이 넓어진 대신 지옥의 힘이 얇게 펴진 것이라고 말한다. "마치 금을 펴서 금빛으로 번쩍거리는 물건으로 만든 것처럼"(S. 606) 더이상 지옥이 갖는 무게와 내용을 느낄 수 없다는 것이다. 이때 사탄을 두고 '파파'라고 부르는 어린 악마들이 등장하자, 아우어한, 고집불통, 바보, 성급한 자가 이 어린 악마들의 교육에 대해 이야기한다. 아우어한은 자신이 아이들을 위해 설립한 작은 도서관에 대해 언급하면서 "좋고 유익한 책들이 놓여 있어 어린아이들이 인간성에 대한 교양을 체

득하는 데"(S. 607) 도움을 줄 수 있을 것이라고 설명한다. 사탄은 어린 악마들이 글을 읽는다는 소리를 듣고 펄쩍 뛴다. 한 어린 악마는 그에게 제목을 보여주는데, 책표지에 『클링거가 쓴 파우스트의 삶』이라고 적혀 있다. 이 책을 통해 어떻게 희망에 가득 찬 악마가 될 수 있는지 배우려고 한다는 것이다. 다른 작은 악마는 『동양의 파우스트』를 아침 시간에 읽고 있노라고 답변한다. 세번째 악마는 이것 모두가 저기 불 속에 앉아 있는 늙은 파우스트에 관한 것이며, 도서관에는 그에 관한 책이 적어도 오십 권은 된다고 이야기한다. 어린 악마들이 책을 통해 악마가 되는 법을 배우려고 한다는 소리를 들은 사탄은 메피스토에게 이게 무슨 창피이며 모욕이냐고 외친다. 메피스토는 어린 악마에게서 책을 뺏으며 뺨을 후려친다. "꺼져버려, 이 바보야! 나를 묘사해놓은 진짜 파우스트를 너희들은 이해하지 못해!"(S. 608)라고 말하자, 사탄은 "책을 다른 곳에 감추시오! 이 개구쟁이들이 악마에 관한 진짜 시를 읽는 것보다 더 나쁜 것은 없을 거야! 이 악동들이 그대로 따라 하려고 할 것이고 그렇게 되면 정말 처참하게 될 거야"(S. 608)라며 우려를 금치 못한다. 이렇듯 메피스토와 사탄이 『파우스트』에 대해 경계심을 감추지 못할 때, 아우어한과 바보, 고집불통은 제각기 악마의 관점에서 이 책의 좋은 점들을 이야기한다.

> 바보 그 책을 제대로 이해하는 메피스토여, 그 안에 많은 것들이 들어 있는 좋은 책이 아닌가! 미완성본으로 남아 있는 것이 유감이지만 말일세!
> 아우어한 그자(파우스트)는 착실한 구석이란 하나도 없지만, 약간은 천재적이라고 할 수 있지!
> 고집불통 그는 어리석은 성향이 다분히 있지만 어리석음과는 거리가 먼 아주 반대의 길을 갔지. 언젠가 분명히 자신의 목표에 도달할 거야. 하지만 내가 두려워하는 것은 그가 스스로 자신의 학식을 무기력하게

만드는 것이라네.

바보 그대들은 늙었고 지난 시대의 사람들이니 이제 막 시작되어 새롭게 펼쳐지는 시대에 대한 감이 없다고. 천재적인 것에 대해 그리고 새로운 문학과 완전히 새로운 종교에 대해서 말이야.

모두 함께 *외치면서.* 종교!

바보 그렇다네. 그렇게 과도하게 소리지를 것 없네! 그런다고 달라질 것은 없으니. 아, 무엇보다 멋진 것은 가톨릭교가 아닌가!(S. 608)

메피스토는 이런 악마는 지금껏 본 적이 없노라고 나무란다. 하지만 바보, 아우어한, 고집불통은 파우스트 책에 관한 평가에 이어 티크의 작품들에 관해서도 언급하기 시작한다. 티크는 극중 악마들로 하여금 자신이 쓴 작품들, 즉 『성녀 게노베바』『장화 신은 고양이』『체르비노 왕자』에 대해 칭찬은 물론 비난도 함께 하도록 한다.

바보 말하자면『성녀 게노베바』에는 가장 사랑스럽고 가장 참되고 가장 합리적인 것이 그려져 있어, 난 다른 어느 것보다도 이 작품을 좋아한다네. 오, 이것은 정말 좋은 이야기인걸!

고집불통 그 작가는 그릇된 길을 가고 있다네! 최악의 상황은 우리 같은 자들이 이 작가에게 아무런 영향도 끼칠 수 없다는 거야. 그는 스스로 똑똑하고 고귀한 척하니까!

바보 이 작가에 대해서 나도 특별히 연구를 해보았는데, 그 사람이야말로 나를 제대로 새로운 시대로 이끌어갈 것이라고 생각하네. 그리고『루친데』도 내 맘에 들어. 거기 루트비히 티크의 멋진 책이 있는데, 거기에서는 모든 것이 노래하고 말하며, 심지어 책상과 의자까지 그렇게 하지. 이것은 완전히 새로운 장르라네.

아우어한 책을 펴며.『체르비노 왕자. 장화 신은 고양이 속편』이라. 아, 그자로군! 그자의 책을 도서관에 들여와선 안 되는데! 어떻게 해서 금지된 품목이 자네 손에 들어오게 되었나?

바보 난 그의 작품을 내 맘대로 하려고 특별히 베껴 썼네. 아주 탁월한 부분은 연필로 밑줄까지 그어가면서. 파파, 여기를 보세요. 『체르비노』에는 당신도 나온답니다. 하지만 사람들이 보통 당신을 그리는 것과는 좀 다르게 묘사되어 있지요. 말하자면 짜증이 많이 나 있고 별 재미가 없으며 약간 우직하기도 하고요. 그것을 모범 삼아 열심히 수양을 쌓았더니, 내가 당신보다 더 영리해졌답니다.

사탄 책을 *읽어보며.* 그런 것을 읽었단 말인가? 사람들이 날 웃음거리로 삼다니! 나의 공로로 인해 머리에 쓴 월계관을 내 은빛 곱슬머리에서 잡아채려 하는구나! 악마 같으니라고. 날 낭만파처럼 다루며 그들의 신비한 언어 속으로 날 끌어들이다니!(S. 609)

티크는 위의 인용문에서 자신의 작품을 예로 들어 보이면서 낭만주의자 특유의 자기 반어를 보여준다. 사탄은 자신의 이름을 모독하고, 비열한 거짓말을 하는 파렴치한 내용을 인쇄하는 것은 악한의 행위라며 펄쩍 뛴다. 이에 메피스토는 더이상 이런 어리석은 이야기를 들을 마음이 없으며, "사탄의 행위를 완전히 저주하겠다"(S. 610)는 말을 남기고 슬쩍 달아나버린다.

고집불통이 사탄에게 복수를 하겠냐고 물어보자 사탄은 어떻게 해서든 그러겠다고 대답한다. 고집불통은 복수도 일종의 예술이라며 실수 없이 제대로 복수하기 위한 방안을 생각해낸다. 그와 이름이 같은 친척이 베를린에 살고 있는데, 그의 이름을 빌려 티크를 비판해줄 수 있다는 것이다. 말하자면 티크를 비판하거나 혹은 안티-티크를 모색하는 것, 즉 티크와의 싸움을 통해 『장화 신은 고양이』를 비난하되, 이 작품을 쓴 작가는 자만심에 가득 차 있고 이 고양이는 셰익스피어 풍이라고 쓰면 된다는 제안을 한다. 사탄이 이 제안은 쓸모가 없다고 비난하자, 고집불통은 또다른 묘안을 떠올린다. 그것은 바이마르에 있는 팔크의 문고판에 티크의 작품을 신도록 하자는 것이지만, 사탄은 이것도 소용없는 일이라고 묵살해버린다. 하지만 『예나 문학신문』에 『체르비노』에서 은근히 해박함을 자랑하는 대목을 뽑아 신도록 하자는 제안에는 사탄도 동의를 표한다.

> 사탄 그(티크)가 해학과 풍자 애호가들을 위한 문고판을 발행할 의향이
> 있다면, 나도 최선을 다하도록 하겠네. 게다가 동판을 쓰도록 하는 것
> 도 가능할 거야. 해학과 풍자 애호가들을 위해서 실제로 쓰려 한다면,
> 나도 그가 내게 대항했던 위법 행위에 대해 용서할 것이네.(S. 611)

성급한 자는 티크로 인해 그렇게 중요한 일을 벌일 필요가 없으며, 너무 많은 이야기를 할 가치도 없다고 반박한다. 서로 정신을 가다듬고 그러한 자는 경멸하듯 행동해야 하며, 그런 식으로 추궁하는 것에 대해 너무 자만할 필요는 없다고 충고한다. 오히려 자신은 낭만파 전체에 대항하는 두꺼운 책을 쓰겠노라고 큰소리를 친다. 바보는 사탄 앞에 무릎을 꿇고 청원한다.

> 바보 당신은 오랫동안 불평을 늘어놓았지요.
> 이제 이곳 지하세계에는 두각을 나타내어 명성을 얻거나,
> 지상 사람들의 마음을 사로잡아 사기와 거짓,
> 유혹의 예술을 널리 퍼뜨릴 강력한 정신이
> 더이상 존재하지 않는다는 사실을,
> 당신과 더불어 온 나라가 슬퍼했답니다.
> 전체 지옥은 파산해버렸습니다.
> 지난 이백 년 동안 어떤 자도 지상으로 올라가서,
> 자신의 재능을 그곳에서 발휘하고자 한 적이 없습니다.
> 저에게 잠시 동안만이라도 지상에서 살아갈 수 있도록

허락해주십시오. 우리의 모든 명예를

회복한다면, 우리 모두가 기뻐할 것입니다.

사탄 그대는 메피스토가 명예를 갖고 놀던,

그 옛날 역할을 새로 시도해보려는구나.

작고 보잘것없는 책벌레이자 스스로 시인인 척하는 주제에?

바보 그것이 바로 내 마음에 생기를 불어넣었답니다.

지식과 학문이 날 풍요하게 만들었지요.

더이상 저주받은 자가 없기 때문에,

지금 영들은 토탄과 숯으로 변해서

난로 주변에 쓸모없이 게으르고 너절하게

뒹굴어 다니는 대신에,

죽은 영들이 신선하고 생기 있게 내려와서,

초록색, 노란색, 빨강색 불꽃이 만발하게 하여,

바작바작 불타는 소리가 지옥에 두루 생기 있게 울려 퍼지도록,

전체 지구를 있는 그대로 일 년 안에 타락시키는 일이

저에겐 그저 시시한 일로 보입니다.

사탄 네가 그렇게 제 자랑을 하고 나를 조롱하고,

나를 비방하는 문서조차 칭찬하였다만,

내가 너에게 위로 올라가도록 허락하겠노라.

만일 네가 새로운 직책에 따른 명예를 지키지 못하게 되면,

엄한 처벌을 각오해야 할 것이다.

바보 제가 지옥의 명예와 영광을 이루어내지 못한다면,

어떠한 벌이라도 달게 받겠습니다.

사탄 그렇다면 가거라. 그리고 네 소식을 전하도록 하라.

너에게 한 달이라는 시간을 주도록 하겠다.(S. 612)

새로운 메피스토의 사명을 띤 바보가 지상으로 올라가게 되고 제1막

이 끝난다.

4. 낭만주의자의 미완성 아이러니

『안티파우스트』 '서곡' 과 '제1막' 의 줄거리를 통해 살펴본 바와 같이, 티크는 당시 자신이 처해 있던 문학계의 동향을 작품 배경으로 삼는다. 낭만주의와 계몽주의 사이의 대립, 작가들 사이의 세력 다툼과 알력, 그리고 자신의 작품을 포함하여 문학비평 잡지나 신문들의 내용이 풍자된다. 다른 사람들을 조롱거리로 삼으면서 자신의 작품도 풍자하는 것은 티크의 낭만주의가 갖는 특유한 방식이라 할 수 있다. 자기 스스로에 대한 반어를 통해 다른 사람들을 웃음거리로 만드는 태도를 정당화하고 있는 것이다.

티크는 자신의 문학작품을 통해 여러 가지 사상과 새로운 느낌들을 유희적으로 시험해봄으로써, 진지하고 엄숙하고 틀에 박힌 고상한 무대와는 상반되는 방식으로 세상을 근본적으로 뒤바꾸려 한다. 또한 시민사회의 속물들을 향해 그들의 진부함과 어리석음을 비난하는 데 주저하지 않는다. 이를 위하여 그는 자신의 연극을 도구로 사용하거나, 이것 자체를 주제로 삼기도 한다.[5] 이는 그가 쓴 희극들에 공통적으로 나타나는 특성이라 할 수 있다. 이것은 훗날 독일문학에서 베데킨트나 슈테른하임에게서 나타나는 시민사회 풍자의 선구가 된다. 신나서 들떠 있는 기분이나 변덕스러움을 주저 없이 표현하고 위트와 풍자를 즐겨 쓰는 티크의 문체는 현대 카바레의 원조라고도 할 수 있다. 이렇듯 변덕이나 기분에 의존하여 세상의 어리석음을 풍자하고, 자신의 세계관을 표현하는 수법은 티크의 후기 단편소설에서 인간 삶의 풍속도를 그리는 데도 사용된다.

---

5) Vgl. Richard Alewyn, *Nachwort von Werken in einem Band Ludwig Tiecks*, Hamburg, 1967, (S. 953~958) S. 954.

티크의 풍자는 모든 이성중심주의에 대한 선전포고라고 할 수 있다. 하지만 그가 감성적인 예술 탐닉에 빠졌던 것은 아니다. 관객들이 그의 작품에서 매력을 느낀 것은 무엇보다도 계몽주의자들에 의해 무시되거나 배척되던 것들이 티크의 붓에 의해 꾸밈없이 거칠고 적나라하게 표현되기 때문이다. 어린아이다운 단순함과 경건한 경이로움과 어두운 비밀, 그리고 유혹하는 매력과 전율을 일으키는 공포는 그의 작품에 항상 나타나는 특징들이다.[6]

하이네는 사람들이 티크를 가리켜 '낭만적 아리스토파네스'라고 일컫는 것에 응수하여, 아리스토파네스를 '고전적 티크'라고 말한 적이 있다. 그 이유는 티크가 슐레겔 형제와 마찬가지로 삶이나 문학에서 시민성을 촉진시킨 사람들을 속물이라고 비난하거나 편협하다고 조롱했기 때문이다. 무엇보다도 이들이 프로테스탄티즘에 입각한 합리주의자, 계몽주의자들을 조소하고 공격한 것은 아리스토파네스가 도덕을 설교한 합리주의자인 소크라테스를 증오했던 것과 비교될 수 있을 것이다.[7] 티크가 『안티파우스트』에서 바이마르에서 활동하던 요한 다니엘 팔크를 아리스토파네스의 입을 빌려 공격하고 있는 것도 같은 맥락에서 이해될 수 있다.

무엇보다 중요한 것은 이 작품이 괴테의 『파우스트』에 어떤 관계를 맺고 있는가 하는 점이다. 괴테에 대한 티크의 태도는 다른 낭만주의자들처럼 양가적인 모습으로 나타난다. 티크는 유년 시절에 이 위대한 시성(詩聖)에 몰두하고, 베를린 시절엔 살롱을 지배하던 괴테 숭배 문화 속에서 특히 질풍노도시대의 작품들에 매료되며, 그후에도 괴테의 마력에서 완전히 벗어나지 못한다. 하지만 그는 괴테의 자연시가 갖는 고도의 조화와 아름다움에 대해 극찬을 아끼지 않으면서도, 괴테가 공격한 클라이스트의 "상처를 어루만져주는" 역할을 자임하기도 한다. 그리하여 괴

---

6) Vgl. Ebda., S. 955 f.

7) 하인리히 하이네, 『낭만파』, 정용환 옮김, 한길사, 2004, 95쪽 참조.

테가 드라마 작가로서는 재능이 결여되어 있다고 비판의 칼날을 들이대기도 한다.[8]

괴테도 티크에 대해 이중적 평가를 내리고 있다. 티크가 펴낸『전래 동화』(1797)나 민중 설화집들에서 중세문학을 새로이 다루고 있는 점에 대해, 괴테는 아르님에 대해서처럼 긍정적으로 평가한다. 그러나 그는 슐레겔 형제가 자신과 견줄 만한 상대자로 티크를 내세운 것을 오랫동안 매우 불쾌하게 여긴다.[9] 하지만 미완성으로 남은『안티파우스트』를 통해 두 사람의 관계를 조명하는 것은 불가능할 것이다. 다만 괴테의『파우스트』가 보여준「천상의 서곡」 대신에『안티파우스트』에는「지옥의 서곡」이 그려지고, 악마와의 계약이라는 주요 모티프가 지옥의 수장인 사탄과 바보의 계약으로 바뀐다는 것을 통해서, 티크는 괴테의 파우스트에 대해 '거꾸로 보기'를 시도한다는 점을 유추해볼 수 있다.

『안티파우스트』가 미완성작으로 남게 된 것은 티크의 희극 이론에 기인한다고도 볼 수 있다. 아리스토파네스의 희극에 나타나는 풍자에 반대하여, "순수" 희극을 옹호한 프리드리히 슐레겔의 이론에 따라 티크는 희극의 풍자에 반대하는 입장을 지녔던 것이다.

　　내 고유한 본질에 대해 적대적인 사물이나 교리나 책, 그리고 사람들에 대항하여 나 자신에게 스스로 호의를 갖고 생각해보면서, 왜 스위프트나 유베날 리스 같은 풍자가들이 나에게 불쾌하게 느껴지는지, 그 이유를 비로소 알게 되었다. 날카로운 비웃음을 통해 일상에서 일어나는 악습을 신랄하게 비난하려는 의도나 그와 비슷한 발언, 그리고 불손함이 나에게 납득이 가지 않았던 것이다.[10]

---

8) Vgl. Gerhart Hoffmeister, *Goethe und die europäische Romantik*, München, 1984, S. 38.

9) Vgl. Ebda., S. 37.

10) Zitiert nach Eckehard Catholy, *Das deutsche Lustspiel. Von der Aufklärung bis zur Romantik*, Stuttgart/Berlin/Köln/Mainz, 1982, S. 193.

『안티파우스트』에는 아리스토파네스가 등장하여 당대의 작가 팔크를 진부하고 활기가 없다고 적나라하고 가차 없이 풍자한다. 이런 인물 풍자에 있어서 티크는 슐레겔이 비난한 조야한 표현들을 사용함으로써, 그가 이론적 기반으로 삼던 슐레겔의 희극 이론과 스스로 충돌하는 모순을 겪기도 한다.

이 작품이 미완성으로 남을 수밖에 없는 또하나의 중요한 이유는 티크가 풍자와 반어 그리고 해학을 통해 문학을 웃음거리로 만드는 일에서 진정한 의미를 찾지 못한 때문이다. 그는 스스로의 문학적 구상에 의거하지 못하고 슐레겔 형제의 이론에 따르거나 괴테를 모방하거나 아리스토파네스의 풍자를 빌려온다. 이렇게 자신의 의도를 암시하는 것만으로는 극을 계속 끌어나갈 수가 없었을 것이다. 파우스트라는 소재를 자유분방한 희극으로 다루어 낭만파의 적들과 논쟁하기에는 티크 스스로 내적 추진력이 부족했기 때문이다.

참고 문헌

Tieck, Ludwig, Anti-Faust oder Geschichte eines dummen Teufels. Ein
Lustspiel in fünf Akten mit einem Prolog und Epilog. Ein Fragment. In:
Ders.: *Werke in einem Band. Mit einem Nachwort von Richard Alewyn*,
Hamburg, 1967, S. 594~612.

Alewyn, Richard, *Nachwort von Werken in einem Band Ludwig Tiecks*,
Hamburg, 1967, (S. 953~958)

Catholy, Eckehard, *Das deutsche Lustspiel. Von der Aufklärung bis zur
Romantik*, Stuttgart/Berlin/Köln/Mainz, 1982.

Hoffmeister, Gerhart, *Goethe und die europäische Romantik*, München, 1984.

Schweikert, Uwe(Hrsg.), Ludwig Tieck. In: *Dichter über ihre Dichtungen*.
Hrsg. von Rudolf Hirsch und Werner Vortriede, Bd. 9/1, München, 1971.

괴테의 『파우스트』
— 선악의 피안에 선 파우스트 박사의 운명

이인웅

1. 만인의 책 『파우스트』

과거로부터 현재까지 세계적으로 물의를 일으키고 있는 파우스트 박사의 비극적 운명을 소재로 취급한 모든 예술작품 중에서도 괴테Johann Wolfgang von Goethe의 『파우스트 — 하나의 비극Faust. Eine Tragödie)』[1]만큼 성공을 거둔 작품은 없다. 작가는 자신의 긴 생애 동안 내적 외적으로 생각하고 체험한 모든 것을 예술적으로 표현해놓았기 때문에 독자는 누구나 이 작품에서 만인(萬人)에게 적용되는 인생관과 세계관을 맛보게 된다. 즉 괴테는 개인적인 것을 전 인간적인 것으로 승화시켜놓았으니, 우리는 인간이 희망하고 노력하고 사랑하고 미워하고 괴로워하고, 또 생각하고 체험하는 등 영원히 반복되는 존재의 내용을 이

---

1) Johann Wolfgang von Goethe, Faust. Eine Tragödie. In: *Goethes Werke*, Hamburger Ausgabe in 14 Bänden, Bd. 3, Textkritisch durchges. und mit Anm. vers. von Erich Trunz. 8, Aufl., Hamburg, 1967. 이하 인용문 뒤의 출처 표시에서 S의 숫자는 쪽을, V의 숫자는 시행을 나타냄.

작품에서 발견할 수 있다.

문학과 철학, 도덕과 종교, 법률과 국가, 직업과 수공업, 경제와 무역, 정치와 전쟁, 자연과 문화 등 전 인류의 역사가 취급될 뿐만 아니라, 우리 모두가 직접 경험하는 인생의 자극과 감정, 사랑과 증오, 인식과 향락에 대한 욕망, 성스러움과 죄악, 아름다움과 추악함, 경건함과 미신, 이기심과 희생의지, 순결과 야비함, 이성과 관능이 서술된다. 그외에도 낙관주의와 염세주의, 개인주의와 사회주의, 범신론과 범악마론, 물질주의와 이상주의, 기독교와 그리스 신화 및 여타의 다른 종교 등 우리 인간생활과 세계생활에 관계되는 모든 영역이 언급된다.

누구에게나 적용되는 만인의 책이라 할 수 있는 이 작품은 무엇보다도 "구원의 책"[2]이라는 데 더욱 가치를 지니는바, 이를 읽고 생각하고 느낌으로써 삶의 온갖 역경을 극복하고 유혹을 물리칠 수 있는 힘을 자신도 모르게 얻기 때문이다. 또한 가혹하고도 불가해하며 모순투성이의 적나라한 삶을 눈앞에 볼 수 있으나, 우리는 그로 인해 몰락하지 아니하고 오히려 피나도록 생(生)과의 투쟁을 벌이고 내면적으로 자유로워질 수 있는 힘을 부여받게 되는 것이다.

2.『파우스트』의 생성

괴테는 다섯 살 때 이미 파우스트 인형극을 보았고 일찍이 역사적으로 전해오는 파우스트 전설을 읽으며, 비극을 집필하는 동안에는 니콜라우스 피처의 『악명 높은 마술사 요한 파우스트의 삶과 죽음』을 참고한다. 가끔 중단되기도 하지만 작가는 여든세 살의 고령으로 세상을 떠날 때까지 일생 동안 이 가장 위대하고 가장 아름다운 작품에 정열을 쏟는다. 작

---

2) Oswald Woyte, *Erläuterungen zu Goethes Faust*, Teil II, Neu bearbeitet, 13. Aufl., Hollfeld/Obfr. o J., S. 163.

가 자신과 마찬가지로 이 비극은 여러 문학 시대를 포괄하는바, 질풍노도문학 시대에 시작되어 고전주의를 지나 낭만주의에 와서야 완성되는 것이다. 그러므로 서로 다른 형성과정의 특징이 여러 가지 상이한 사상과 구성 방법 및 서술과 표현 속에 구체화된다.[3]

1775년 가을, 괴테는 바이마르 궁전에서 파우스트 극 초안을 낭독한다. 궁정 여관(女官) 루이제가 이 초안을 베껴놓으며, 1887년 에리히 슈미트가 이를 발견하여 '초고 파우스트'라는 제목으로 출판한다. 1773∼1777년에 질풍노도문학의 관점에서 씌어진 이 드라마는 감수성에 가득차 폭풍처럼 치닫는 천재성으로 일관된다. 자신의 내면에서 요동치는 광경이 서술된 만큼 '학자의 비극'과 '그레첸 비극'은 작가의 자아와 직접적인 관계를 맺고 있다.

그레첸 이야기는 민중본을 비롯한 과거의 어느 책에도 나타나지 않은 것으로서, 괴테가 처음으로 파우스트 소재와 결부시킨 모티프이다. 즉 우주에 대한 인식으로의 길로써 학문이 선택되나 좌절을 면치 못하고, 자아의 속박으로부터 해방되기 위한 길로써 사랑이 선택된다. 그러나 이 초고는 아직 완성된 드라마로 간주될 수 없는바, 아무런 이유도 모르는 채 메피스토펠레스(이하 메피스토)가 갑자기 나타나는가 하면, 파우스트가 사랑하는 애인으로부터 멀어져가는 근거도 밝혀지지 않는다.[4] 그후 1790년대에 괴테는 이제까지 집필한 것을 개정 보완하여 '파우스트—프라그멘트'라는 제목으로 다시 출판하는데, 이 역시 완성된 것이 아니라 '성당' 장면 다음에서 중단되고 만다.[5]

프리드리히 실러로부터 『파우스트』를 완성할 것을 계속 요청받은 괴테는 1797년에 다시 일에 착수하여 1806년까지 『파우스트—비극 제1

---

3) Vgl. Gerd Eversberg, *Erläuterungen zu Goethes Faust*, Teil I. Hollfeld/Ofr. 1985, S. 43.

4) 이인웅, 「괴테의 『초고 파우스트』 연구—장면 구성과 언어 구조를 중심으로」, 『괴테연구』 제13집, 한국괴테학회 편, 문학과지성사, 2001, (1∼28쪽) 6∼9쪽 참조.

5) Vgl. Albrecht Schöne, *Johann Wolfgang Goethe. Faust. Kommentare*, Frankfurt a. M., 1999, S. 67 f.

부』를 완성하고 1808년에 출판한다. 이 시기에 작가는 고대에 몰두하여 동서고금의 절세미인 헬레나의 모습에 도취되면서, 파우스트의 세계 및 우주여행을 계속시킬 계획을 하는 한편, 고전주의적 이념을 구현하면서 상징적인 관조는 물론 세계관적 사상을 서술한다. 그뿐만 아니라 '악마와의 계약'을 도입함으로써 메피스토의 출현을 합리화하고, '천상의 서곡'에서는 제2부를 예시하는 동시에 전체적 사건에 대한 윤곽을 구성한다. 그리고 1800년경에는 '헬레나 비극'의 처음 부분을 집필하고, 비극 제2부의 계획을 세운다.

마지막 창작기인 1825~1831년에는 젊은 시절과는 달리 드라마 전체에 대한 치밀한 구성을 하고 한 장면씩 써내려간다. 우선 1826년에 '헬레나 비극'이 따로 완성되어 '헬레나, 고전적 낭만적 환상 — 파우스트의 막간극'이란 제목으로 다음 해에 출판된다. 그후 작가는 황제의 궁정에서 일어나는 '황제의 비극'을 집필하고, 1830년에는 제2막과 '고전적 발푸르기스의 밤'을 끝내며, 그 다음에 제4막과 제5막에 서술되는 '지배자의 비극'에 손을 대어 죽음을 몇 개월 앞둔 1831년에 전체의 드라마를 완성한다.[6] 괴테는 이 필생의 작품을 미래의 것으로 규정하고 봉인해놓았으나, 이는 이듬해(1832) 그가 세상을 떠나자 곧 『유작 제1권』으로 출판된다.

3. 『비극 제1부』의 파우스트

『파우스트』는 서론에 해당하는 세 장면 '헌사' '무대 위에서의 서연' 및 '천상의 서곡'으로 시작된다. 여기에서는 창작에 대한 작가의 의지와 성공적 연극에 대한 의견이 개진되고 작품 전체의 윤곽이 암시된다. 천

---

6) Vgl. Lothar J. Scheithauer, *Kommentar zu Gothes Faust. Mit einem Faust- Wörterbuch und einer Faust-Bibliographie*, Stuttgart, 1974, S. 76~81.

사들이 천지만물을 찬양하는 천상에서 주님과 지하의 사신 메피스토가 지상의 인간 파우스트를 두고 내기를 한다. 악마는 아무것에도 만족할 줄 모르고 비참하게 살아가는 인간을 관능적 향락과 욕망의 충족으로 유혹하여 지옥으로 끌어갈 수 있다고 자신한다. 반면에 주님은 인간이 노력하는 동안 혼미한 채 방황하지만, 어두운 충동 속에서도 올바른 길만은 잘 알고 있기에 곧 밝은 곳으로 인도될 것이라고 한다. 이에 따라 시간과 공간을 초월하여 선악의 피안에서 활동하는 파우스트의 갖가지 인생 행로가 전개된다.

『비극 제1부』의 사건은 본래 위의 장면들을 뛰어넘어 오십여 세의 노(老)교수가 이 세상에 마지막 고별을 하는 '밤' 장면과 더불어 시작된다. 파우스트 박사는 우주의 본질과 창조의 원리를 규명하기 위해 모든 학문을 섭렵하지만, 우주 일체의 궁극적 진리를 파악하는 데 실패하고 절망한다. 마술을 이용해 초인간적 경지에 도달하고자 시도하지만 역시 좌절한다. 그는 육신에 얽매여 있기 때문에 드높은 이상을 따를 수 없다는 것을 통감하고, 인간의 능력에 한계가 있음을 인정하며 인간이라는 탈을 벗어나 영들의 세계로 갈 것을 결심한다. 한밤중 홀로 독배를 마시려는 순간, 새벽 종소리와 함께 예수의 부활을 노래하는 천사들의 합창이 들려온다. 그 희망에 넘치는 소리를 들으며 파우스트는 행복했던 어린 시절을 회상하고 자연적인 삶의 의미를 되찾는다.

부활절의 산책에서 데리고 온 삽살개가 악마 메피스토로 다시 변신하며, 온갖 수단으로 현세에서 파우스트의 욕망을 만족시켜주겠다고 약속한다. 파우스트가 만족하여 순간에다 대고 "멈추어라, 너 정말 아름답구나!"(S. 57, V. 1700) 하고 말할 수 있다면, 그는 기꺼이 파멸할 것이며 내세에서는 메피스토가 그의 영혼을 소유해도 좋다고 한다. 이는 학문에 좌절한 학자가 악마와 계약을 맺고, 마술을 이용하여 세상의 온갖 현실을 체험하며 향락의 극치를 추구하려는 '학자의 비극'이다.

'마녀의 부엌'으로 인도된 파우스트는 마술거울 속에 나타난 나체 여인을 보고 그 아름다움에 깜짝 놀란다. 영약을 마시고 이십대의 젊은 청년으로 회춘한 그는 거리에서 순결한 처녀 그레첸을 만나며, 당장 그녀에게 반하여 그녀를 품에 안고자 한다. 그의 육감적 모험은 그러나 진실한 사랑으로 발전하며, 소시민적 소녀도 사랑의 노예가 된다. 메피스토의 농락으로 그녀는 사랑놀이를 위해 어머니를 살해하고, 오빠를 파우스트의 칼에 찔려 죽게 하며, 사생아인 영아까지 살해하게 된다. 그로 인한 죄책감에 사로잡혀 그레첸은 광증을 일으키고 결국 감옥에 갇힌다. 파우스트가 그녀를 구출하려 하지만, 그녀는 정신착란으로 애인을 알아보지도 못하고, 사형을 눈앞에 두고도 도망치려 하지 않는다. 오히려 자신을 죽음에 맡기어 신의 심판을 받고자 하는데, 천상에서 그녀가 구원되었다는 소리가 들려온다.[7] 이는 학문 대신 관능적 사랑을 통해 만족을 얻으려다 가련하고 순진한 소녀를 파멸로 몰아넣은 '그레첸 비극'이다.

4. 『비극 제2부』의 파우스트

제1부의 파우스트는 우주 본질에 대한 인식과 육감적 욕망이나 사랑의 영역을 누비며 살아간다. 이러한 사건들은 우리 모두가 어느 정도 경험하고, 머릿속에서나마 별 어려움 없이 체험할 수 있는 노력과 사상의 한도 내에서 전개된다. 그러나 『비극 제2부』는 개인생활의 영역을 뛰어넘어, 인간 정신이 종교와 철학, 학문과 예술, 국가생활과 문화생활 속에 정립한 보다 심오하고 포괄적인 가치의 영역으로 상승한다.

그레첸과의 비참한 체험으로 정신과 육체에 타격을 입고 쓰러진 파우스트는 자연의 소생력으로 인해 새로운 갱생과 용기를 가지고 깨어난다. 무한한 욕망을 지닌 그는 이제 거대한 세계, 시간의 흐름, 사건의 변전

---

7) Vgl. Jochen Schmidt, *Goethes Faust. Erster und Zweiter Teil. Grundlagen-Werk-Wirkung*, München, 1999, S. 79~83.

속으로 휘말려들어간다. 처음에 파우스트는 시공을 초월하여 어느 봉건 제국 황제의 궁정으로 간다. 지하의 보물을 담보로 지폐를 발행하여 궁정의 재정난을 해결하고, 그곳에서 전개되는 정치판에 끼어든다. 실권 없는 비극적 황제의 총애를 받으며 그는 막강한 권력과 무진장한 재산을 소유하고 온갖 체험을 하지만, 이 새롭고 거대한 인생의 단면에서도 커다란 실망만을 느낀다. 이 '황제의 비극'에서 체험하는 모든 사건은 너무나 인간적인 것들뿐이라 할지라도, 파우스트가 그의 위대한 영혼에 만족을 발견하기에는 모든 것이 너무나 편협하고 이기적일 따름이다.

파우스트는 동서고금의 미남미녀인 파리스와 헬레나를 불러내라는 황제의 명을 받고 "어머니들"(S. 193, V. 6265)의 나라로 간다. 악마가 건네준 작은 열쇠의 힘으로 지하세계로부터 삼각향로를 끌어내오고, 그 연기 속에 피어오르는 헬레나의 아름다움에 도취한다. 본체는 없고 형태뿐인 환상을 껴안으며 파리스의 상에 열쇠를 대자 환영(幻影)이 폭발하고 파우스트는 기절한다. 그는 옛날 연구실로 옮겨지고, 옛 조수 바그너는 인조인간을 제조하는 데 성공한다. 인조인간 호문쿨루스는 매우 총명하여 기절한 파우스트의 꿈을 투시한다. 무의식 속에서도 그는 귀족이면서 고귀하지 못한 인간들의 굴레를 벗어나 과거에 이미 지상에 존재했던 진정으로 순수하고 아름다운 인간성, 즉 고대 그리스의 경이적인 문화를 동경한다. 인조인간은 파우스트의 병이 고대 생활권의 완전함 속에서만 치유 가능하다고 한다. 그래서 그들은 그리스 땅에서 벌어지는 고전적 발푸르기스의 밤 축제에 참가한다. 파우스트는 기절에서 깨어나자마자 헬레나를 찾아다닌다.

그리스 군이 헬레나를 스파르타로 다시 탈취해오는 트로이 전쟁에 파우스트는 게르만 침입군의 수령으로 참전한다. 메피스토는 마술의 힘으로 헬레나를 탈취하여 그에게 인도한다. 파우스트는 절세미녀 헬레나와 함께 전원적 환경의 아르카디아로 가서 결혼생활을 한다. 그들 사이에 아들 오이포리온이 조숙하고 정열적인 신동으로 태어난다. 그러나 그는 독립전쟁에 참여하여 암벽을 뛰어올라 양팔을 벌리고 비약하다가 거꾸로 떨어져 죽는다. 그와 동시에 어머니 헬레나도 껍질뿐인 고대의 옷만 남긴 채 다시 저승으로 돌아간다. 그녀와의 부부생활이 전개된 '헬레나 비극'에서의 인생도 깊은 불만으로 끝나며, 파우스트는 다시금 절망에 빠진다.

이때 문화생활에 대한 새로운 노력이 시작되며, 인류를 위한 창조 행위가 파우스트의 마음을 사로잡는다. 예전에는 아무 근심 없이 온갖 욕망에 사로잡혀 소원하고 즐기면서 인생을 살았으나, 파우스트는 이제 내세를 단념한 채, 근심에 싸여 있더라도 현명하게 지상세계에 몰두하며 공익을 위해 행동하는 삶을 살고자 한다. 끝없이 전개된 바다를 밀어내고 늪지대를 말려버린 후 수백만 인간에게 비옥한 토지를 개간해주는 것을 최대의 공사 목표로 삼는다. 이러한 공익을 위해 사는 지배자로서의 인생에서 고통을 느끼기도 하고 때로는 행복을 느끼기도 한다. 근심이란 요녀(妖女)가 내뿜는 입김으로 눈까지 멀지만, 파우스트는 내면으로 밝아지는 정신 속에서 자기가 만든 자유로운 땅 위에 오곡이 푸르고 수많은 백성들이 자유롭게 살아가는 모습을 상상한다. 인류의 문화생활을 위한 사업에 몰두하는 것을 삶의 목표로 삼으면서 행복한 예감에 젖은 그는 드디어 지속을 약속하는 만족감을 느끼며, 그 순간에 대고 "멈추어라, 너 정말 아름답구나!"(S. 348, V. 11582) 하고 외친다. 악마와의 계약에서 내걸었던 조건을 충족시키는 이 말을 함과 동시에 '지배자의 비극'은 물론 파우스트의 긴 인생 여정도 끝나며 그는 이 세상과 영원히 고별하게 된다.

그러나 파우스트는 악마의 유혹에 빠져 향락이나 물질적 욕심의 만족을 얻은 것은 아니다. 내기의 조건에는 졌지만 최후의 순간까지 노력하는 인간으로서 시련을 이겨낸다. 동시에 속죄하는 여인으로 다시 등장한 그레첸이 옛 애인의 구원을 위한 은총을 빌며, 성모는 파우스트의 영혼을 천국으로 인도한다. 음양을 상징하는 선악의 피안에서 지칠 줄 모르고 노력하던 파우스트는 이제 세상이 제공할 수 있는 모든 가능성을 체험하고 신비적 도(道)와 같은 "영원히 여성적인 것"에 이끌려 보다 드높은 영역으로 날아간다.[8]

5. 구성 원칙으로서의 중심적 자아와 대조

이 비극은 "공간적으로 천상에서부터 지옥을 거쳐 지상에까지 이르는 전 우주를 포괄하고, 시간적으로는 과거로부터 현재를 거쳐 미래에까지 전개되는 삼천여 년의 세월을 아우르는 드라마이다. 수백 년의 세월이 서로 뒤바뀌어 전개되고, 고대의 세계가 (……) 몽환적인 방법으로 다시 현대로 돌아오기도 한다".[9] 그러므로 여기에서는 드라마 구성의 기본 원칙인 시간과 장소에는 큰 의미가 없다. 여러 가지 역사적 시대나 지리적 장소들이 나타나기도 하지만, 이들은 그저 특정한 시간과 공간의 분위기만을 지칭할 따름이다.

『비극 제1부』는 그레첸 비극의 내적 사건으로 끝나지만, 파우스트와 메피스토의 전체적 이야기는 제2부로 넘어가 계속된다. 모든 사건은 시공간적 순서에 따라 일어나지 않고 매우 비약적으로 일어난다. 이런 줄거리의 진행에 상응하는 것이 장면의 연결이다. 각 장면은 단편적으로 또는 잘라낸 것처럼 서로 병렬되어 있으며, 모든 장면이 자체의 특유한 공간을 가진다. 시간적으로는 언제나 완전한 현재로서의 성격을 새로이 형성하고 있으며, 그로 인해 전체 드라마의 일정한 시간적 특성에 대한 인상은 흐려진다.

각 장면에서 비연속적으로 계속되는 사건은 '중심적 자아' 라는 구성

---

8) Vgl. O. Woyte, *Erläuterungen zu Goethes Faust, Teil II*, S. 116~143.

9) Benno von Wiese, Grundfragen der Goetheschen Faustdichtung, In: B. v. Wiese, *Der Mensch in der Dichtung*, Düsseldorf, 1958, (S. 92~109) S. 94.

원칙에 의해 상호연관성을 갖고 또 총괄된다. 주인공을 언제나 새로운 입장, 새로운 각도, 새로운 시점, 새로운 환경, 새로운 인간관계 등에서 단편적으로 묘사, 서술하여 부각시키고 있으니, 이 모든 사건의 한가운데 서 있는 자아가 바로 전 드라마를 형성하는 원리인 것이다. 그러므로 그 중심이 되는 파우스트가 대두하지 않는 장면은 전 작품을 통해 보아도 거의 존재하지 않는다.

각 장면이 비약적이고 단편적이라 할지라도, 전체적 드라마는 대조(對照)라는 근본 원리를 바탕으로 한다. 이 구성 원칙은 사건이 일어나는 장소의 대립에만 그치는 것이 아니라, 개개 장면의 형성에까지 영향을 미친다. 대조는 우선 상호대립적인 장소에 의해 그 효과를 잘 나타낸다. 즉 '서재'의 네 벽에 둘러싸인 좁은 장소는 다음 장면 '성문 앞에서'의 광활한 대자연과 뚜렷한 대조를 이룬다. 뿐만 아니라 두 장면에 나타나는 인물들도 대조적 역할을 한다. 앞 장면에서 홀로 독백하는 파우스트 개인은 다음 장면의 자연 속에서 술 마시고 노래하며 춤추는 수많은 군중에 맞서 있는 것이다.

대조적 서술 방식에 관한 하나의 예로 '밤-광활한 들판'과 '감옥' 장면을 들 수 있다. '밤-광활한 들판'은 줄거리 진행을 위해서는 전혀 필요치 않은 짧은 장면이다. 오히려 파우스트가 그레첸을 구출하려는 마지막 '감옥' 장면과 끝에서 세번째 장면 '흐린 날-벌판' 사이에 끼어 방해 역할을 할 따름이다. 이 중간에 삽입된 장면에서는 파우스트와 메피스토가 "검은 말을 타고 질주하며"(S. 139) 형장 주위의 마녀들에 대한 몇 마디 토막말을 주고받을 따름이다. 그러면 왜 이 불필요한 듯한 장면이 끼워졌는가? 이는 마지막 '감옥' 장면에 대한 날카로운 대조를 이루기 위해서이다. 즉 이 장면은 어두운 밤하늘 아래 펼쳐진 벌판을 장소로 택함으로써 무한한 광활함을 나타내어 마지막 장면의 협소한 감옥과 뚜렷이 대조된다. 질주하는 인물들의 과도한 속도와 행동의 자유는 비좁은 감옥에 갇힌 그레첸의 움직일 수 없는 결박에 대조를 이루며, 또한 검은 마술의 말을 타고 달리는 악마의 마성(魔性)에 대한 서술은 마지막 장면의 사랑에 빠진 여죄수 그레첸의 인간성과 인간애와는 현저한 대립을 이루고 있다. 이 대조로서의 구성 원칙은 인물 및 언어 형성의 면에도 나타난다.

6. 보조적 인물과 조연의 인물 구조

『파우스트』에는 헤아릴 수 없을 만큼 많은 인간 및 환상적 형상들이 나타난다. 이들은 일면에선 실제 인간으로 또다른 면에서는 비현실적 환영과 같은 존재들로 구성된다. 모든 등장인물의 역할은 인간에게는 물론 동물, 마녀, 정령, 천사 또는 단순한 목소리와 같은 환상적 형상에까지 분배된다.[10]

보조적 인물에는 두 종류가 있으니, 하나는 발렌틴 혹은 바그너처럼 직접 이름을 가진 인물들이고, 다른 하나는 일반적 명칭인 학생, 하녀, 거지, 노인, 병사, 농부 등으로 명명된 인물들이다. 이들은 개별적으로 뚜렷한 성격을 나타내고 있지 않으며, 특정 직업단체나 사회계급 또는 일정한 교육 수준의 소속자 또는 그 대표자로 등장한다. 이런 유의 인물들은 익명으로 머물며, 여하한 개인적 동일시의 가능성도 허용되지 않는다. 수공업에 종사하는 박력 있고 수완 있는 청년들이나 사회의 어두운 면을 나타내는 시민계급, 남자에 미친 나머지 상사병에 걸린 하녀들이나 뚜쟁이 노릇을 하는 늙은 노파, 노래를 즐기는 병정들이나 즐겨 춤을 추는 농부들이다. 이런 사람은 방대한 작품에 단 한 번만 나타날 뿐이며, 모든 인물이 함께 각 장면에 색채 효과를 부여하고 분위기를 조성하며 정신적인 흐름을 창조한다.

---

10) 이인웅, 「『파우스트─비극 제1부』에 나타난 특징적 구성 요소」, 『괴테연구』, 한국괴테학회 편, 문학과지성사, 1983, (195~215쪽) 205쪽 이하 참조.

환상적 형상들도 보조 인물들과 동일한 임무를 지닌다. 이들은 그 수나 다양성에 있어서 유령의 세계나 마술적 하계 내지 지옥세계를 생성, 묘사한다. 유형적으로 서술된 인물들과 이 환상적 형상들은 개개인으로서가 아니라 그들 전체로 기능을 발휘한다. 즉 줄거리를 이끌어가는 주된 인물들을 위한 배경이나 주위 환경, 각 장면의 색채 및 음향 효과 또는 분위기를 조성하는 역할을 한다. 그들은 사건을 전개시키는 데 의미가 없는 보조적 변죽 인물로 특징지을 수 있다.

직접 이름으로 명명된 조연들은 보조 인물이나 변죽의 환상적 형상들과는 다르다. 리스헨은 '우물가에서' 장면에서 전체 사건에 중요한 역할을 한다. 어느 일정한 사람이나 상태에 대한 공동사회의 야비하고 냉정한 사고방식이 바로 리스헨에 응집된다. 그녀는 베르벨헨이나 그레첸과 같은 입장에 처한 처녀들, 즉 달콤한 사랑을 속삭이다 죄를 짓고, 끝내는 애인과 사회로부터 버림받는 운명적 여성에게 가해지는 하나의 본보기라고 할 수 있다. 즉 이 처녀들은 세상을 경멸한 것에 대한 대가를 치르게 된다. 리스헨은 치욕의 모티프를 불러일으키며, 이전까지 숨겨져 있던 여주인공에 대한 비밀의 사건이 껍질을 벗게 된다. 발렌틴은 이 치욕의 모티프를 심각히 받아들이고, 그것을 다시금 자기 누이동생인 여주인공에게 이전시킨다. 그는 그레첸의 치욕에 군인다운 복수를 하려 하지만, 악마의 마술에 걸려 파우스트의 칼을 맞고 쓰러진다.

마르테는 주역과 대조를 이루는 조역이다. 그녀는 하나의 감정 상태에서 즉시 다른 감정으로 빠져드는 성격이다. 메피스토가 남편의 임종 상황을 이야기할 때, 그녀는 사랑했던 남편의 죽음에 이내 슬퍼하고 눈물 짓는가 하면, 곧이어 다음 순간엔 그에게 거짓말 죄를 돌리며 불평을 퍼붓고, 또 다음 순간엔 다시 남편의 독특한 성격을 칭찬한다. 이 우스꽝스런 모습은 정숙하고 심성이 고운 그레첸에 대한 대조적 인물로서의 구성 방법이다. 남편이 죽었다는 소식을 들었을 때 그녀는 즉시 물질적 이익을 생각하는데, 그레첸은 죽은 사람의 영혼 구제를 걱정한다. 이외에도 두 여인은 성격적, 종교적, 도덕적 입장에서 많은 대조를 이룬다.

바그너는 파우스트에 대해 정신적인 면이나 학문적 입장에서 뚜렷한 대조를 이룬다. 파우스트는 인식의 한계성에 부닥치며 학문에 만족치 못하고 절망하는 데 반하여, 바그너는 학문에 대한 절대적 신뢰성을 가지고 연구에 열중한다. 그는 고루하면서도 양심적인 학자를 구현하며 학문의 발전을 철저히 믿고 미래에 대한 낙관주의를 표방하는 데 반해, 파우스트는 영원히 만족할 줄 모르며 인간 능력의 한계에 절망하면서도 우주 본질에 대한 인식에 도달하려고 부단히 노력하는 특성을 지니고 있다.

7. 비단일적 언어

완전히 다른 계급, 완전히 다른 세계에서 유래하는 수많은 인물이나 형상들이 사용하는 언어가 서로 다른 특성을 지닐 것이라는 점은 당연하다. 그레첸과 같은 소시민적 소녀가 메피스토 같은 악마와는 전혀 다른 언어로 이야기한다거나, 하늘나라의 천사들이 부르는 합창이 지하 술집에서 술에 취해 흥겨워하는 젊은이들이 부르는 노래와 언어적으로 완전히 다른 특성을 지닌다는 것이다. 그러므로 『파우스트』에는 믿을 수 없을 정도로 많은 표현 형태가 내포되어 있는데, 이는 복잡한 인간세계를 하나의 언어 형태로 단일화할 수 없기 때문이다. 소시민의 일상적 언어와 학자의 학문적 언어 및 관청의 공문서 언어, 야비하고 음탕한 주객들의 어휘와 종교 및 교회에서 유래하는 표현 등이 전 작품에 단편적으로 산재하여 하나의 전체를 형성한다. 이 드라마는 단 한 곳의 예외, 즉 산문으로 된 유일한 장면인 '흐린 날-벌판'을 제외하고는 전 작품이 시구로 씌어졌다. 이 작시(作詩)에 있어서 각양각색의 언어 형성은 여러 가지 비유나 서로 다른 단어들을 사용하는 것 외에, 무엇보다도 계속 변화하는 운율을 사용하는 데서 완성된다.

『파우스트』에는 전반적으로 크니텔 시행(4강음을 갖는 운문시행으로 불규칙적이고 자유로운 수의 약음을 가짐)이 가장 빈번히 사용된 것이 특징이다. 그외에도 수많은 운율적 시구, 예를 들어 5각의 블랑크 시행(5강음을 가진 약강격으로 운은 맞추지 않음), 트리메터시행(6박자의 장시구로 멈춤점도 운도 갖지 않음), 알렉산드리너 시행(6각의 약강격 운문구로 3강음 후에 규칙적으로 멈춤점을 갖는 12음절의 구격), 마드리갈 시행(운이 맞고 강약음이 규칙적이나 박자 수와 시행의 길이는 자유로이 변화하는 시구), 자유운 시행(모든 시학 법칙에서 벗어나 자유로운 장단, 자유로운 약강 및 박자 수를 가짐) 및 가요 시행 등이 화려하게 사용된다.[11]

그레첸이 쓰는 언어는 순수하고 단순한 크니텔 시행으로, 그녀의 환경, 출신 및 성격 등을 명료하게 표명한다. 그녀의 입을 통해 전해지는 민속적이며 일상 언어적 인상은 그레첸이 쓰는 어휘에 의해 강조되는데, 그 어휘는 그녀의 환경과 직접 관련된 원천, 즉 민요나 동화 및 기도문 등에서 유래한다. 그녀의 표현 능력이 이러한 언어 비유적 한계성을 뛰어넘지 못하고 있기 때문이다.

파우스트가 독백을 자주 하는 데 반하여 모든 것을 부정하는 악령 메피스토는 주로 대화체를 사용한다. '천상의 서곡'에서 벌써 언어상으로 나름대로의 특성을 나타내며 등단하는데, 즉 그는 패러디를 사용하는 것이다. 그는 천사들의 합창을 희시화(戱詩化)하는가 하면, 다음 순간엔 인간을 풍자하면서 인간을 "세상의 작은 신"(S. 17, V. 281)이라고 명명한다. 이는 전형적 바로크 풍의 운율인 알렉산드리너 시행을 통해 더욱 효과적으로 묘사된다. 그는 조소적이며 우스꽝스러운 것을 표현할 때는 늘 이 시행으로 말한다. 그러나 진지한 기분이 될 때에는 마드리갈 시행을 사용한다. 이 시행에서는 강음과 약음이 규칙적으로 교체되는데, 박자 수는 자유로워 제한이 없다. 그러므로 각 시행은 짧을 수도 있고 길

---

11) Vgl. Erich Trunz, Anmerkungen des Herausgebers. In: *Goethes Faust*. (S. 461~659). S. 484.

수도 있다. 그로 인해 단음절과 장음절 간에 아주 효과적인 대치가 이루어진다. 바로 이 마드리갈 시행은 악마의 기지가 있는 신랄한 조소나 비꼬는 어조를 가장 잘 전개시킬 수 있는 언어 형식이다.

8. 주인공 파우스트의 본질

괴테는 개체적인 예외 인간 파우스트 박사를 통해 온갖 세상사를 보여준다. 희망하고 소원하며 과오를 저지르고 죄를 범하는 데 있어 인간의 한계선을 초월하여 끊임없이 노력하는 파우스트의 본질은 오로지 그의 마적(魔的)인 특성에 의해서만 규정되는 것이 아니라, 그의 정적인 연구와 동적인 행동 충동 또는 인식과 향락 간의 대립에 의해서도 결정된다. 최고의 인식과 지고의 인생 향락을 동시에 원하는 박사의 이중성이 자기 가슴속에 '두 개의 영혼'을 지니고 있다는 독백에 뚜렷이 나타난다.

> 파우스트 자네는 오직 한 가지 충동만 알고 있군.
> 오오, 결코 다른 하나의 충동을 알려고 하지 말게!
> 내 가슴속에는, 아아! 두 개의 영혼이 깃들어 있으니,
> 그 하나는 다른 하나와 떨어지기를 원하고 있다.
> 하나는 음탕한 사랑의 쾌락 속에서,
> 달라붙는 관능으로 현세에 매달리려 하고,
> 다른 하나는 힘차게 이 속세의 먼지를 떠나,
> 숭고한 선조들의 광야(廣野)로 오르려 하는 것이다.(S. 41, V. 1110/7)

그러나 파우스트는 무엇보다 휴식 없이 활동하기를 원하기 때문에, 대우주가 제공하는 세계의 관조를 통한 정적인 인식은 그에게 순간적인 만족만을 안겨줄 따름이며, 다음 순간엔 하나의 '구경거리'라는 말로 거부

해버린다. 그는 "나 너를 어디서 잡을쏘냐? 무한한 자연이여?/너 유방들이여, 어디에서?"(S. 22, V. 455/6)라고 외치며 활동을 통한 능동적 인식을 추구한다.

뿐만 아니라 '서재'에서의 독백은 파우스트 성격의 불안과 동요를 명료하게 보여준다. 즉 비생산적 학문에 절망한 주인공은 새로운 길을 떠나 순수한 활동의 새 영역으로 가기 위해 자살하려 한다. 그러나 그 순간 울려오는 예수의 부활을 찬양하는 천사들의 합창 소리는 그에게 행복했던 어린 시절을 회상시켜주며 그를 다시 삶으로 이끈다. 그는 새로이 마음의 평정을 얻으며, 부활절에는 자연의 아름다움을 즐긴다. 그러나 곧 다시 절망감에 사로잡혀 '혼미한 바다'로부터 헤어나기를 갈망한다. 서재로 돌아온 파우스트는 신약성서 원전을 독일어로 번역하면서 '로고스'라는 개념을 '행위'로 규정하는데, 여기에서도 행동을 추구하는 충동을 엿볼 수 있다.

『파우스트』 작품 전체 줄거리에서 볼 때 악마 메피스토는 주님에게 제안한 '내기'에 따라 시종일관 파우스트의 유혹자로 활약한다. 그러나 파우스트는 주님의 '하인'으로 지금은 혼미한 가운데 그를 섬길지라도 곧 광명의 장소로 인도될 것이다. "끊임없이 악을 원하면서 항상 선을 창조하는/저 힘의 일부"(S. 47, V. 1335/6)인 메피스토 역시 파우스트의 영혼을 본성으로부터 떼어내는 데 실패할 것이다. 왜냐하면 "선한 인간이란 비록 어두운 충동 속에서도/올바른 길만은 잘 알고 있기"(S. 18, V. 328/9) 때문이다. 너무나 쉽사리 잠들어버리는 인간생활이 주님에 의해 지적되며, 인간은 이 위험성을 극복해야 할 운명에 놓여 있다.

9. 그레첸 비극의 기능과 의의

파우스트가 최고의 이상과 인식, 그리고 지고의 육감적 향락에 대한 욕망 사이를 방황하고, 악마는 온갖 수단으로 그를 유혹하여 지옥으로 이끌어가기 위해 활약하는 그레첸 비극은 쌍방, 즉 파우스트와 메피스토에 의해 똑같이 계획된 것이라 할 수 있다.[12)]

그레첸을 끌어들인 메피스토의 목적은 파우스트로 하여금 드높은 곳으로 향하는 끊임없는 노력을 육감적이고 정욕적인 향락의 세계로 이끌어내려, 결국은 스스로 굴복하게 하자는 데 있다. "그놈은 쓰레기를 처먹어야 한다"(S. 18, V. 334)고 악마는 맹세하며, '마녀의 부엌'에서 모든 준비를 한다. 그는 마술거울 속에 비치는 아름다운 나체 여인상으로 파우스트의 관능적 성정을 자극하는 데 성공한다. 그후 길거리에서 그레첸을 만나자마자 파우스트는 당장 그녀에게 반하여 관능의 대상으로 삼고자 한다. 메피스토는 "저와 같은 계집아이를 찾아드리는 것쯤은 나도 알고 있지요"(S. 79, V. 2445)라고 말한다. 그러니까 그녀는 악마가 파우스트를 정열과 육욕으로 얽어매어 스스로 굴복케 하려는 수단이 된다.

파우스트는 영약의 효능으로 젊은이로 회춘하고 거울 속의 나체상에서 천상의 정수를 보고 난 후로는 이제까지 추구하던 학문과 사랑, 신앙과 희망과 인내 등 모든 것을 거절하고 오로지 깊은 정욕에만 마비되고자 한다. 그리고 그레첸을 처음 만났을 때에도 아무런 의무감이 없는 관능적 모험을 생각한다. 그 처녀를 단지 하나의 '계집'으로 간주하며, 그 '하찮은 것'에 대해 별다른 가치를 부여하지 않는다. 여기까지의 파우스트의 의도는 유혹자 메피스토의 뜻과 일치한다.

그러나 파우스트가 그레첸의 방에 들어섰을 때는 벌써 태도가 달라진다. 예기치 못한 감성에 사로잡힌 그는 "작고 깨끗한 방"(S. 86)에서 자신을 철면피한 침입자로 느끼고 부끄러워한다. 그녀의 평화스런 삶을 혼란시키지 않기 위해 멀리 떠나 다시는 돌아오지 않으리라 생각한다. 그레첸의 인간성, 소녀다운 천진난만한 사랑은 파우스트의 정열뿐만 아니

---

12) 이인웅, 「『초고 파우스트』와 『파우스트』 제1부의 그레첸 비극 연구」, 『파우스트연구』, 한국괴테협회 편, 문학과지성사, 1986, (138~158쪽) 152쪽 이하 참조.

라 그의 헌신적 행동과 사랑을 일깨운다.

메피스토는 파우스트로 하여금 정욕에 얽혀들어 그 앞에 스스로 굴복토록 하는 데는 성공한다고 할 수 있지만, 자신의 활동에 대한 충동과 드높은 곳을 향한 끊임없는 노력을 마비시키는 일에는 실패한다. 파우스트에게는 모험이 사랑과 결부된 정열로 변하는데, 그는 오로지 애당초 육욕만을 원했으므로 뜻하지 않던 진정한 사랑으로 인하여 무한한 내면적 갈등을 겪게 된다. 그러나 파우스트의 행위에 대한 충동과 끊임없는 노력은 마비되지 않으며, 끝에서는 심적 타격을 받고 겸허하게 변하지만, "쓰레기를 즐겨 처먹지도" 않고 활동을 포기하지도 않는다.

2부로 구성된 드라마 전체에서 볼 때 그레첸은 하나의 유혹이며, 점차 순수한 활동의 세계를 향해 주인공이 걸어가는 길의 한 단계이다. 이로써 그레첸 비극은 독자적 가치를 상실하고 파우스트 모티프에 종속하게 된다. 그러면서도 이 비극이 헬레나 비극이나 황제의 비극, 그리고 지배자의 비극과 마찬가지로 새로운 독자적 가치를 지니는 것은 그녀의 인간성에서 비롯된다고 할 수 있다. 왜냐하면 그녀의 순수하고 헌신적인 사랑은 파우스트로 하여금 스스로를 부끄럽게 여기며, 정욕만 즐기기를 원하던 그를 진정한 사랑으로 눈뜨게 하고, 마지막에는 그의 구원자가 되기 때문이다. 즉 구원된 여인으로서의[13] 그레첸은 파우스트보다 먼저 하늘나라로 가게 되며, 비극의 맨 마지막에 "평소에는 그레첸이라 부르는 속죄하는 한 여인"(S. 363, V. 12084)으로 다시 등장한다. 그리고 성모 마리아에게 애인의 속죄를 청원하고, "영원히 여성적인 것"(S. 364, V. 12110)으로서 옛 애인의 영혼을 천상으로 이끌어 올린다.

---

13) Vgl. Heinz Politze, Gretchen im Urfaust, In: *Monatshefte*, Bd. 49, 1957, S. 64.

10. 헬레나 비극의 기능과 의의

헬레나와 관련된 파우스트의 체험은 악마와의 내기의 일환으로서 주인공이 지칠 줄 모르는 노력을 통해 극복해야만 하는 여러 가지 유혹들 중의 하나이다. 즉 파우스트는 극단적 인생을 영위하면서 지고한 학문, 정열적 사랑, 거대한 재산과 권력, 최고의 아름다움, 창조와 지배 등의 온갖 유혹에 사로잡히는데, 동서고금을 통한 절세미인 헬레나도 청순한 그레첸과 마찬가지로 여자를 통해 인간을 만족시키려는 악마의 수단 중 한 가지이다.[14]

메피스토는 헬레나 사건에서 처음에는 소극적 태도를 취한다. 그는 황제와의 약속을 지키기 위해 독자적으로 지옥을 찾아가는 파우스트에게 그저 조그마한 열쇠를 하나 건네줄 따름이다. 그리고 헬레나 환영의 폭발로 기절한 파우스트를 그리스 땅으로 데리고 갈 때에도 인조인간 호문쿨루스에 의해 억지로 끌려간다. 그러나 메피스토는 본래의 헬레나 이야기가 전개되는 제3막에서는 적극적으로 사건 진행에 관여하며, 그리스군으로부터 그녀를 다시 탈취하여 게르만 침입군의 장군 파우스트에게로 인도한다. 바로 지고한 아름다움이란 유혹의 수단으로 파우스트를 마비시켜 내기에 승리하기 위해서이다.

이 여인을 유혹이란 관점에서 볼 때 악마와의 근본적 계약 조건이 어느 정도는 실현된다고 말할 수 있다. 헬레나와의 결혼생활에 완전한 만족을 느끼지는 못한다 할지라도 파우스트는 그 순간의 지속을 소망하기 때문이다. 그러나 "우리의 행복도 아르카디아처럼 자유롭게 되리라!"(S. 288, V. 9573)라고 하는 미래형으로 말하는 소망은 파우스트가 악마와 계약한 대로 만족을 얻지 못하고 있다는 점을 증명해준다.

헬레나가 저승으로 다시 돌아간 이유는 두 주인공이 아르카디아로 삶

---

14) 이인웅, 「괴테의 『파우스트』에 나타난 헬레나 비극」, 『파우스트와 빌헬름 마이스터연구』, 박찬기 외, 민음사, 1993, (103~149쪽) 133쪽 이하 참조.

의 거처를 옮겨간 데 있다. 파우스트의 의지에 따라 헬레나는 "스파르타의 땅 이외의 어느 곳에서도 다시 삶을 즐겨서는 안 된다"[15]는 페르세포네의 명령을 거역하고 아르카디아로 거처를 옮긴다. 헬레나는 자신에게 부과된 지리적 제한 조건을 파기했기 때문에 지속적으로 이 세상에서 살아갈 수가 없다. 뿐만 아니라 어머니 헬레나로부터는 아름다움을, 그리고 아버지 파우스트로부터는 한순간도 쉬지 못하는 격정적 천성을 물려받은 오이포리온은 어떤 지속도 견디어내지 못하고 그리스 독립전쟁에 뛰어든다. 암벽 위를 뛰어올라 양팔을 날개처럼 벌리고 공중으로 몸을 던져 깊은 땅 속으로 떨어져 죽으면서 어머니를 다시 지하의 세계로 이끌어간다.

고전적 미의 전형인 헬레나와의 만남은 계속되는 주인공의 인생과 운명에 지대한 영향을 끼친다. 헬레나의 육체는 지하세계로 사라지면서 '옷과 면사포'만을 파우스트의 팔에 남겨놓는다. 파우스트를 에워싸고 먼 곳으로 실어가는 옷의 작용은 구름 수레로 상징된다. 이 수레를 타고 다시 지상으로 내려온 파우스트는 구름 비행의 창공에서 품게 된 새로운 계획을 세운다. 그는 드높은 바다로 눈길을 돌려 새로운 대지를 얻기 위한 세계 창조에 몰두하며, 자신이 이룩한 자유로운 땅에서 살고자 한다. 이 세상에 이루어놓은 업적이 영원토록 없어지지 않기를 꿈꾸면서 지고한 행복을 예감한다.

이런 사건 진행을 보고 리케르트는 파우스트가 헬레나와 결합함으로써 그를 사회적 행위로 이끌어가는 순화 작용이 이루어진다고 한다.[16] 괴테도 미(美)의 작용을 통해 "우리는 재생하도록 자극받아 생명력을 얻게 되는 동시에 최고의 활동을 하도록 옮겨짐을 느낀다"[17]고 말한다. 이

---

15) Goethe über seinen "Faust" und Quellen zur Entstehungsgeschichte des "Faust", In: *Goethes Werke*, Bd. 3, (S. 421~460) S. 435.

16) Vgl. Heinrich Rickert, *Helena in Goethes Faust*, Erlangen, 1925, S. 59.

17) Goethe, Campagne in Frankreich, In: *Goethes Werke*, Bd. 10. Mit Anmerkungen vers. von E. Trunz und W. Loos. 3. Aufl., Hamburg, 1963, (S. 188~363) S. 338.

런 점에서 헬레나의 아름다움은 제4막과 제5막에 전개되는 지배자의 비극에 있어서 파우스트가 광대무변한 바다와의 투쟁을 전개토록 하는 새로운 의지를 가지게 한다고 하겠다.

11. 지배자의 비극과 역사적 정치적 이상

마지막 두 장면에는 파우스트의 역사세계에 대한 관계가 펼쳐진다. 제4막은 이미 중세 황제국가의 패배를 보여준다. 황제는 정치적으로 아무런 실제적 권한이 없다. 권력은 영주들의 손안에 들어 있는데, 여기에서는 역사적으로 필연적인 혁명이나 어떠한 정치적 행위도 일어나지 않는다. 괴테는 단지 대주교나 선제후들, 그리고 그들의 애매한 도덕이나 정책을 통해 부당한 이득을 취하는 행위에 대해 비판적으로 대항할 따름이다. 그럼 파우스트는 어느 편에 서 있는가.[18]

파우스트는 봉건정치의 권력 있는 지위를 흔들어대는 시민계급을 대변한다. 시민적인 기업가이다. 그는 반봉건적으로 생각하는 사람이지만, 그러나 서민적이고 평민적인 동등권을 원하지도 않는다. 오히려 지배와 권력을 탐내는 현대의 자본주의적 사업가의 모습을[19] 보여준다. 인류의 발전이란 잠시도 멈출 수 없는 것이며, 파우스트 같은 사람의 기업가정신이 요구되고 있는 것이다.

파우스트는 활동하고자 하는 목마름과 자아의식에 가득 차 있다. 전형적인 르네상스 시대 인간의 정신이 솟아오른다. 파우스트는 이상적인 미래사회를 건설하기 위해 노부부 필레몬과 바우키스로 상징되는 낡은 시

---

18) 이인웅, 「파우스트와 역사세계의 관계 — 괴테의 『파우스트 — 비극 제2부』를 중심으로」, 『외국문학연구』 제18호, 한국외대 외국문학연구소, 2004, 181~200쪽.

19) Vgl. Rüdiger Scholz, *Die beschädigte Seele des großen Mannes. Goethes "Faust" und die bürgerliche Gesellschaft*, Rheinfelden u. Berlin, 1995, S. 45 f.

대와 낡은 사회를 파멸시킨다. 인류의 새로운 시대가 그로부터 시작된다. 그 목적을 이룩하기 위해 거대한 기술적 계획을 세우고 실행하는데, 그가 추구해가는 과정은 결코 이상적이거나 도덕적이지 못하다. 그의 행동은 초기 자본주의 시대에 출현하는 사업주들의 전형적인 비인간성을 그대로 보여준다.[20] 이는 무엇보다도 메피스토에게 필요할 경우 노동자들을 "억압하라"(S. 348, V. 11554)고 명령하는 태도에서 여실히 드러난다. 이 사업 계획의 주체는 '주인' 또는 '하나의 정신'으로 자처하는 파우스트 한 사람뿐이며, 종과도 같은 노동자들은 아무런 인간적 의식이나 개성 없이 집단화되고 획일화된 현대사회의 산업 노동자들을 대변한다.

이러한 발전 단계에서 역사적 정치적 이상에 대한 파우스트의 유토피아적 미래상이 생겨난다. 즉 파우스트의 눈앞에는 자유롭고 평등한 백성들이 자유로운 땅에서 살아가는 모습이 부동한다. 파우스트는 "나는 이러한 인간의 무리들을 바라보고 싶고,/자유로운 땅에서 자유로운 백성들과 더불어 살고 싶다"(S. 348, V. 11579/80)라고 외친다. 이를 실현시키기 위해 그는 바다를 몰아내고 비옥한 땅을 개간하는 프로젝트를 추진한다. 자연의 힘과 투쟁한다는 것은 현대에 나타나는 진보적 발전의 전제 조건이 된다.

> 파우스트 그리하여 내 정신은 자신의 힘에 겨운 일을 감히 계획하나니,
> 나는 여기서 싸우고 싶고, 그것을 정복하고 싶은 것이다. (……)
> 그리하여 나는 마음속에서 급히 계획에 계획을 세웠노라.
> 저 광폭한 바다를 해변에서 몰아내고,
> 습기 찬 넓은 지역의 경계선을 좁히면서,
> 파도를 저 멀리 바다 속으로 밀어버림으로써
> 진정으로 값진 즐거움을 얻어보고 싶다고.(S. 309, V. 10220/31)

---

20) 김수용, 「괴테의 파우스트와 현대의 인본주의」, 한국괴테학회 편, 『괴테연구』 제15집, 문학과지성사, 2003, (1~30쪽) 22쪽 참조.

진정한 공동체와 올바른 지배자에 대한 그의 사회상은 역사적으로 긍정적인 이상(理想)이다. 파우스트의 마지막 비전은 인본주의적 사유를 이념적 기조로 하는 창조적 활동을 보여준다. 그가 믿고 있는 지혜는 "자유도 삶과 같이 날마다 싸워서 얻어야 하며, 그러한 자만이 그것을 누릴 만한 자격이 있다"(S. 348, V. 11575/6)는 것이다. 자기 자신의 삶을 펼쳐나가기 위해서 인간은 강요에 의해서가 아니라 철저히 자율적 의지에 따라 행동해야 한다. 그가 꿈꾸는 미래사회는 절대적으로 자유롭고 평등해야 하며, 남의 노동을 착취하는 귀족도 없고 착취당하는 노동자도 존재할 수가 없다. 반짝이는 그의 목적은 인간의 자아 해방이다. 여기에서 파우스트는 모든 역사적 속박과 체제에서 해방되는 것이다. 그러나 그의 마지막 이상향은 눈먼 상태에서 말하는 것으로서 하나의 환상적인 미래의 비전으로 나타날 따름이다.

　　제5막에는 이런 이상적 비전에 반하는 대조적 상(像)이 현실로 나타난다. 파우스트는 권력을 손에 쥐고 많은 영토를 식민지화하였으며, 화려한 궁전에서 지체 높은 지배자로 살아간다. 반면에 하인들은 노예가 되어 착취당하고 엄격한 질서를 지키며 노동을 해야만 한다. 즉 노예화된 노동자들과 불만족스러운 지배자의 모습이 전개된다. 권력자가 다른 사람을 억압하기 위해 자신의 권력을 남용한다면, 이는 뒤틀린 일이고 소원화(疏遠化)된 일이다. 그러나 권력 남용에서 비롯되는 매력은 언제나 권력과 결부되어 있다. 권력이란 마적인 특성을 지니며 결국에는 권력 보유자에게 등을 돌린다. 지배자는 독재자가 되어서는 안 된다.[21] 독재자가 된 지배자는 행복할 수가 없다. 그러므로 실제로 보지 못하고 머릿속에서만 실행되는 그의 이상은 그저 이상으로 끝날 수밖에 없다.

　　노년의 괴테는 자기 시대에 대해 스스로 낯설게 느끼고 있다. 동시에 그는 미래의 역사세계에 대한 비전까지 제시한다. 즉 세상의 거대한 파

---

21) Vgl. Erich Franz, *Mensch und Dämon. Goethes Faust als menschliche Tragödie, ironische Weltschau und religiöses Mysterienspiel.* Tübingen, 1953, S. 132.

멸이 가까이 다가오고 있음을 예언한다. 이 파국은 기술의 발전과 연관되어 있으며, 어느 누구도 저지할 수 없는 것이다. 거대한 공장 경영, 교역과 교통에 대한 투자, 급격한 기술 혁신 등에 입각한 현대 문명이 밀려오고 있는 것이 파우스트 테마에 결부된 것이다. 기술이란 마술의 현대적 형식이며 그 실현이다. 파우스트의 동경이 이상향의 꿈속에서 기이한 방법으로 실현되는 것 같지만, 이는 하나의 예감일 뿐 인간을 행복하게 해주지 못한다. 주인공은 결국 비극적 종말을 맞게 된다.

12. 파우스트 영혼의 구원과 그 문제성

파우스트의 영혼은 구원된다. 다른 사람들을 무수히 끝없는 불행으로 몰아넣고 죽음 속에 묻어버린 인간이며 극단적 이기주의자인 동시에 지독한 폭군인 파우스트, 그러나 그는 구원된다. 이는 모든 인간의 죄와 속죄를 저울질하고, 그 다음에야 구원이냐 아니면 저주냐를 결정짓는다는 인간 윤리나 종교적 논리에 모순되는 것이 아닌가? 그뿐만 아니라 전통적 비극에서 당연히 기대되는 주인공의 비극적 몰락은 어디에 있는가?[22]

이런 의문에 대한 해답은 찾아볼 수가 없다. 만년의 괴테는 파우스트를 '고귀한 사람'이라 부르기도 하고, 천사와 악마의 안식일에 대한 거짓말을 하는가 하면, 파우스트의 구원된 영혼이 향연에 싸여 둥실둥실 천국으로 떠나가도록 하기도 한다. 이는 작가가 만들어낸 창조물로서, 이성의 범주를 벗어난 일종의 신비로 간주된다. 이 신비는 죽음을 앞둔 괴테가 "파우스트는 백발노인으로서 끝을 맺으며, 노년기엔 우리 모두가 신비주의자가 된다"[23]고 한 말에 근거한다.

---

22) 이인웅, 「괴테의 『파우스트』에 있어서 파우스트의 구원과 그 문제성」, 『독문학과 현대성』, 범우사, 1996, 102~141쪽 참조.

23) Zitiert nach Hans Gerhard Gräf, *Goethe über seine Dichtungen, II. Teil. Die dramatischen*

비극의 마지막 장면 '심산유곡'에서 천사들은 구원된 파우스트의 영혼을 하늘나라로 인도하며 이렇게 노래한다. "영들 세계의 고귀한 한 사람이/악으로부터 구원되었도다./언제나 열망하며 노력하는 자,/그 자를 우리는 구원할 수 있노라./또한 그에게 사랑의 은총까지도/천상으로부터 관여해왔으니,/천복 받은 신성한 무리가 그를/진심으로 영접해 맞이하노라."(S. 359, V. 11934~11941)

이 노래는 주인공의 영혼을 구원함에 있어서 이 세상과 저 세상이 서로 협력하는 관계에 있음을 나타낸다. 이 세상의 요소로서는 파우스트가 언제나 열망하며 노력한다는 것이다. 죽음까지 초월한 초인적 노력을 쏟으면서 그는 혼미해지기도 하고 세속적 오류를 범하기도 하지만, 이는 지배와 피지배 사이에 어쩔 수 없이 발생하는 운명적 사건들로 이해된다. 파우스트는 인간 행동을 마비시키는 근심이 나타날 때에도 이를 거절하고 극복하며 마술로부터도 몸을 돌린다. 요녀의 입김으로 눈까지 멀지만, 그는 마음속으로부터 밝아오는 '내면의 빛'에 인도되어 바다와의 투쟁을 계속한다. "언제나 열망하며 노력하는 자"로서 요녀를 이겨내고 마술을 거부함으로써 구원의 가능성을 얻는 것이다.[24]

그러나 순수한 활동만으로 구원되는 것은 아니며, 여기에는 저 세상으로부터의 도움이 절대 필요하다. '천상으로부터' 관여해오는 사랑과 은총의 힘이 협력해야만 한다. 그가 죽은 다음 옛 애인 그레첸이 다시 등장하여 지고한 사랑의 힘으로 파우스트의 영혼과 하나가 된다. 그리고 영광의 성모에게 매달려 그를 돕게 해달라고 간청하며 그의 영혼을 구원하기 위해 은총을 빈다.

이 세상에서의 끊임없는 노력과 능동적 행위, 그리고 저 세상에서 관여해온 수동적 사랑과 은총을 근본으로 파우스트는 구원된다. 그러나 괴테의 은총이란 기독교적 은총 개념과 일치한다고 말할 수 없다. 그는 인

Dichtungen. Bd. 2, Faust, Frankfurt a. M., 1904, S. 441.

24) Vgl. Karl Wolff, *Fausts Erlösung*, Nürnberg, 1948, S. 192 f.

본주의적 요소와 기독교적 상징세계를 결부시켜 파우스트의 죽음과 구원 문제를 우주적 의미에서 해결한다. 파우스트는 구원을 위해 간청하지 않음으로써, 그의 구원은 기독교적이 아니라 '인본주의적 종교'의 방법으로 이루어진다. 이 종교에서는 "인간을 신으로 고양시키기 위하여 신이 인간이 되고 있기 때문이다".[25]

괴테는 이 영혼의 구원을 통해 인간의 신적 요소인 불멸성에 대한 독자적 믿음을 표현한다. 즉 그는 끊임없는 활동에 내재하는 인간의 지속적 본질인 엔텔레케이아(발전과 완성을 성취시켜주는 유기체 내부에 있는 힘)를 신뢰하며,[26] 파우스트의 노력을 이러한 원칙으로 간주한다. 괴테는 저 세상에 대한 금욕주의적 계율을 거절하고 자연에 대한 다른 태도의 가능성을 보면서 유기적 근본과 인간의 변전 그리고 불멸의 엔텔레케이아를 믿는다고 할 수 있다. 이러한 독자적 종교성은 엠리히가 지적한 바와 같이[27] 최초의 근원으로부터 몰락을 거쳐 다시 소생한다는 3단계적 윤회, 즉 철두철미 윤회로 되풀이되는 세계 변화의 과정에 입각한 괴테의 세계관 또는 구원의 이념과도 일맥상통하는 것이다.

---

25) Gerhard Möbus, *Die Christus-Frage in Goethes Leben und Werk*, Osnabrück, 1963, S. 203.
26) 괴테는 인간의 신적 요소인 불멸성에 대해 그리스어에서 전용한 엔텔레케이아(Entelechieia)란 개념을 사용하며, 이를 "살아 있는 영혼이 깃든 개성"으로 이해한다. Vgl. Georgi Schischkoff (Hrsg.), *Philosophisches Wörterbuch*, Begr. von Heinrich Schmidt. 7. Aufl., Stuttgart, 1965, S. 399.
27) Vgl. Wilhelm Emrich, *Die Symbolik von Faust II. Sinn und Vorformen*. 3. Aufl., Frankfurt a. M./Bonn, 1964, S. 415.

참고 문헌

Goethe, Johann Wolfgang von, Faust. Eine Tragödie. In: *Goethes Werke*,
　　Hamburger Ausgabe in 14 Bänden. Bd. 3. Textkritisch durchgesehen und
　　mit Anmerkungen versehen von Erich Trunz. 8. Aufl., Hamburg, 1967.

Ders., Goethe über seinen "Faust" und Quellen zur Entstehungsgeschichte
　　des "Faust". In: *Goethes Werke*, Bd. 3, S. 421-460.

Ders., Campagne in Frankreich. In: *Goethes Werke*, Bd. 10. Mit Anmerkungen
　　vers. von E. Trunz und W. Loos. 3. Aufl., Hamburg, 1963, S. 188~363.

Emrich, Wilhelm, *Die Symbolik von Faust II. Sinn und Vorformen*. 3. Aufl.,
　　Frankfurt a. M./Bonn, 1964.

Ders., Das Rätsel der Faust-II-Dichtung. Versuch einer Lösung. In: W.
　　Emrich, *Geist und Widergeist. Wahrheit und Lüge der Literatur*, Frankfurt/
　　M., 1965, S. 211~235.

Eversberg, Gerd, *Erläuterungen zu Goethes Faust*. Teil I, Hollfeld/Ofr., 1985.

Franz, Erich, *Mensch und Dämon. Goethes Faust als menschliche Tragödie,
ironische Weltschau und religiöses Mysterienspiel*, Tübingen, 1953.

Gräf, Hans Gerhard, *Goethe über seine Dichtungen. II. Teil. Die dramatischen
Dichtungen. Bd. 2, Faust*, Frankfurt a. M., 1904.

Möbus, Gerhard, *Die Christus-Frage in Goethes Leben und Werk*. Osnabrück,
　　1963.

Politzer, Heinz, Gretchen im Urfaust. In: *Monatshefte*. Bd. 49, 1957.

Rickert, Heinrich, *Helena in Goethes Faust*. Erlangen, 1925.

Scheithauer, Lothar J., *Kommentar zu Gothes Faust. Mit einem Faust-
Wörterbuch und einer Faust-Bibliographie*, Stuttgart, 1974.

Schischkoff, Georgi(Hrsg.), *Philosophisches Wörterbuch*, Begr. von Heinrich
　　Schmidt. 7. Aufl., Stuttgart, 1965.

Schmidt, Jochen, *Goethes Faust. Erster und Zweiter Teil. Grundlagen-Werk-
Wirkung*. München, 1999.

Schöne, Albrecht, *Johann Wolfgang Goethe. Faust. Kommentare*, Frankfurt a. M., 1999.

Scholz, Rüdiger, *Die beschädigte Seele des großen Mannes. Goethes "Faust" und die bürgerliche Gesellschaft*, Rheinfelden/Berlin, 1995.

Trunz, Erich, Anmerkungen des Herausgebers, In: *Goethes Faust*, S. 461~659.

Wiese, Benno von, Grundfragen der Goetheschen Faustdichtung. In: B. v. Wiese, *Der Mensch in der Dichtung*, Düsseldorf, 1958, S. 92~109.

Wolff, Karl, *Fausts Erlösung*, Nürnberg, 1948.

Woyte, Oswald, *Erläuterungen zu Goethes Faust*, Teil II. Neu bearbeitet. 13. Aufl., Hollfeld/Obfr., oJ.

김수용, 「괴테의 파우스트와 현대의 인본주의」, 『괴테연구』 제15집, 한국괴테학회 편, 문학과지성사, 2003.

이인웅, 「『파우스트―비극 제1부』에 나타난 특징적 구성 요소」, 『괴테연구』, 한국괴테학회 편, 문학과지성사, 1983.

Ders., 「『초고 파우스트』와 『파우스트』 제1부의 그레첸 비극 연구」, 『파우스트연구』, 한국괴테협회 편, 문학과지성사, 1986.

Ders., 「괴테의 『파우스트』에 나타난 헬레나 비극」, 『파우스트와 빌헬름 마이스터 연구』, 박찬기 외, 민음사, 1993.

Ders., 「괴테의 『파우스트』에 있어서 파우스트의 구원과 그 문제성」, 『독문학과 현대성』, 범우사, 1996.

Ders., 「괴테의 『초고 파우스트』 연구―장면 구성과 언어 구조를 중심으로」, 『괴테연구』 제13집, 한국괴테학회 편, 문학과지성사, 2001.

Ders., 「파우스트와 역사세계의 관계―괴테의 『파우스트―비극 제2부』를 중심으로」, 『외국문학연구』 제18호, 한국외대 외국문학연구소, 2004.

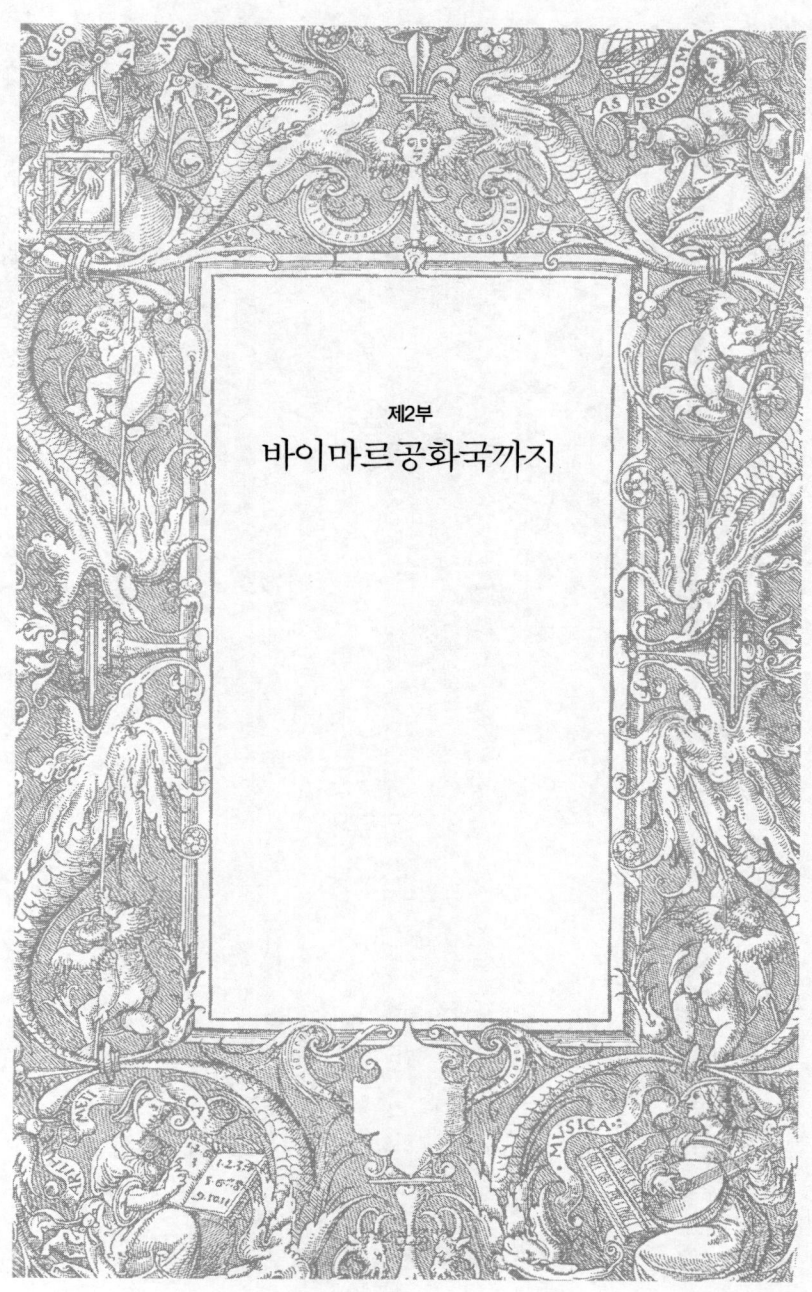

제2부
바이마르공화국까지

그라베의 「돈 후안과 파우스트」
─대립적 세계관을 중심으로

이인웅

1. 작가의 모순적 생애와 작품의 생성

1801년 가난한 형무소 하급관리의 아들로 태어난 청년독일파 문학의 대표적 극작가 그라베Christian Dietrich Grabbe는 외면과 내면에 극단적 대립과 이율배반적 부조화로 얼룩진 삶을 살아간다. "하나의 머릿속에 다섯 개의 영혼을 지니고 있다"(V, 358)[1]는 작가는 일생 동안 누구와도 가까이 지낼 수 없고 어디에도 머물 곳이 없었으며, 부인으로부터도 이혼 소송을 당한 채 극심한 병에 걸려 1836년 삼십육 세를 일기로 어머니의 품에 안겨 한 많은 세상을 떠난다. 사생활은 물론 작가 및 법무관으로서의 직업생활에서도 끊임없이 그를 괴롭히던 혼돈과 무질서는 그의 본성에 뿌리박은 내적 갈등에 기인한다. 즉 "반항적인 작가로서의 절

---

1) Christian Dietrich Grabbe, *Werke und Briefe. Historisch-kritische Gesamtausgabe in sechs Bänden*, Hrsg. von der Akademie der Wissenschaften in Göttingen, Bearbeitet von Alfred Bergmann, Bd. I: *Werke(Don Juan und Faust*. S. 415~513), 1960; Bd. V: *Briefe I. Emsdetten* (Westf.), 1970. 인용문 뒤의 출처 표시에서 로마 숫자는 권을, 아라비아 숫자는 쪽을 나타냄.

대적 고독과 동시에 자유분방함 속에서 답답해하는 천재적 두뇌에 거슬리는 사회 속에서 쾌적한 삶을 누리고자 하는 은밀한 동경 사이의 모순"[2] 때문이다. 작가의 이런 모순성은 그의 문학에도 반영되는데, 북방의 이성과 남방의 관능을 주제로 한 「돈 후안과 파우스트―4막으로 된 비극Don Juan und Faust. Eine Tragödie in vier Akten」이 대표적 작품이다.

그라베는 모차르트의 오페라 「돈 조반니」[3]와 괴테의 비극 『파우스트』에서 독일 예술의 정점을 이룬 이 두 개의 전설적 소재를 한 작품에 결부시키겠다고 결심한다. 그는 1827년 예술 창작에 대한 방향을 바꾸고, 살면서 죽어가는 자기 파멸의지를 극복함으로써 긍정으로 통하는 인간과 작가로서의 미래를 형성하고자 한다. 그러기 위해서는 파우스트와 돈 후안에 관한 집필이 무엇보다 적합하다고 생각한다. 당시의 연극이나 극장을 고려할 때에도 이 비극은 하나의 새로운 관점을 제시할 것이며, 이는 정치적 사회적 원칙의 대립이 아니라 인간 존재와 생활 형식의 대립에 의해 규정될 것이라 판단한다. 이런 의도로 탄생된 「돈 후안과 파우스트」는 작가 자신의 분열적 성격을 정리하고 긍정으로 통하는 새로운 생활을 형성하기 위한 명예욕으로 이루어진 야심작이다. 내재적 비극성과 풍자적 요소가 풍부한 "이념 극"[4]에서 북방의 이상인(理想人) 파우스트와 남방의 관능인 돈 후안으로 구체화된 극단적 인간상 및 세계상을 대립시켜 서술하려는 사상은 가히 천재적이라 하겠다.

---

2) Helga-Maleen Gerresheim, Christian Dietrich Grabbe, In: *Deutsche Dichter des 19. Jhdts. Ihr Leben und Werk*, Hrsg. von B. v. Wiese. Berlin, 1969, (S. 174–199) S. 185.

3) Wolfgang Amadeus Mozart, *Don Giovanni. Der bestrafte Verführer oder Don Giovanni*, Italienisch/Deutsch, Nachwort von Stefan Kunze, Stuttgart, 2002.

4) Ferdinand J. Schneider, Das tragische Faustproblem in Grabbes "Don Juan und Faust", In: *Deutsche Vierteljahrsschrift für Literaturwissenschaft und Geistes- geschichte*. Nr. 8, Halle, 1930, (S. 539~557) S. 540.

2. 작품의 줄거리

　4막으로 구성된 「돈 후안과 파우스트」에서 그라베는 시적 상징 인물들을 통해 유럽 인간의 이중적 면모를 보여주고자 한다. 작가는 비극의 두 주인공과 더불어 한 여인을 등장시키는데, 이 여인은 돈 후안에게는 유혹적인 새로운 모험을 의미할 따름이지만, 파우스트에게는 가능성 있는 행복의 이룰 수 없는 이상을 의미한다. 이러한 대립적 이념이 잘 나타난 작품의 줄거리를 살펴보자.

　세계의 역사적인 도시 로마에서 돈 후안은 도냐 안나를 뒤쫓으며 사랑을 고백한다. 그녀도 그를 좋아하긴 하지만, 약혼자인 돈 옥타비오에게 충실을 약속하며 그와 결혼한다. 돈 후안은 자신의 하인 레포렐로의 도움을 받아 안나를 유괴하려는 혐의를 로마에 체류하고 있는 파우스트에게 전가하는 데 성공한다. 한 방울의 피로 악마인 검은 기사와 계약을 맺은 파우스트도 이 결혼식의 무도회에서 안나에 대한 사랑의 불꽃을 튀기며 그녀를 자기 것으로 만들겠다고 결심한다. 돈 후안은 옥타비오와 결투하여 그를 죽이고 신부를 탈취해가려 한다. 그때 도냐 안나는 이미 파우스트의 손아귀에 들어가는데, 마적 검은 기사로 하여금 그녀를 몽블랑 산맥의 최고봉에 있는 마술의 성으로 유괴해가도록 하는 것이다. 돈 후안은 결투를 하다가 안나의 아버지까지 살해한 후 하인과 함께 애인을 찾아 길을 떠난다. 그 동안 안나는 파우스트의 세력권 안에서 살지만, 살해된 남편의 명예를 위해 충성을 다짐하며 유괴자의 유혹과 구애를 단호히 거절한다. 여기서 파우스트의 정열적이고 무한한 인식에 대한 충동은 맹목적인 욕정으로 변화한다. 파우스트는 그사이에 몽블랑 산으로 간신히 기어올라온 돈 후안과 그의 하인을 폭풍우를 일으켜 다시 로마로 날려보낸다. 그러나 도냐 안나는 깊은 내면에서 돈 후안의 파고드는 정열에 감동되어 그를 사랑한다는 사실을 느끼고 파우스트는 광분하는 절망에 사로잡힌다. 이로 인하여 그는 그녀가 죽기를 희망하며, 그 소원은 즉

시에 실현된다. 그후 파우스트는 대적자인 돈 후안을 찾아가 애인의 죽음을 알려준다. 그러나 돈 후안은 파우스트가 기대한 것과는 달리 심한 감동이나 충격을 받지 않는다. 오히려 또다른 아름다움을 풍부히 제공해주는 인생을 찬미한다. 그러나 파우스트는 불안과 흥분으로 인해 인생의 미를 깨닫지 못한다. 불가사의한 위력에 위협받으면서 파우스트는 결국 악마의 소유물이 되어 지옥으로 끌려간다. 반면에 돈 후안은 침착하게 명랑하고도 축제와도 같은 삶을 계속한다. 그러나 자기 집에서 호화로운 향연을 베풀던 날 밤에 지옥의 불길이 그와 레포렐로를 삼켜버리는데, 이 파멸 속에서도 그는 "왕과 명성, 조국과 사랑"이란 인생 모토를 외친다.

3. 대립적 성격과 로마에서의 상봉

3-1. 상호관계

1829년 그라베는 「돈 후안과 파우스트」에 관하여 "두 개의 전설이 하나로 용해되며, 하나의 장엄한 그림, 즉 관능과 초관능의 비극적 몰락을 찬미하는 그림을 이루었다"(V, 260)고 설명한다. 이는 인간의 너무나도 감각적인 성품과 너무나도 형이상학적인 성품이 서술되었음을 나타낸다. 이로써 작가는 "낭만주의 시대에 종종 유희적으로 이용되던 남방과 북방의 대립을 인간 성품의 육감적 원칙과 정신적 원칙으로"[5] 이월시킨 것이다. 두 주인공에 의해 대변되는 극단적으로 대조적인 이념과 인생관 및 세계관은 그들의 핵심적 대화 속에 날카롭게 충돌한다.

돈 후안은 파우스트를 "천국을 알지 못하기 때문에 지옥을 향해 한숨 짓는 우울의 허풍쟁이"(I, 424)라 규정하고, 파우스트는 돈 후안을 "많은 것이, 심지어는 모든 것이 무상하다는 것을 생각지도 않고, 용암의 파멸

---

5) Ferdinand J. Schneider, *Christian Dietrich Grabbe. Persönlichkeit und Werk*, München, 1934, S. 171.

한가운데에서도 수백만의 꽃을 즐길 수 있는 눈먼 공상가"(I, 434)라 특징짓는다. 돈 후안은 순간을 살기 위하여 영원을 던져버리고, 파우스트는 영원을 갈망하기 때문에 순간을 간과해버린다. 두 주인공은 도냐 안나를 소유하려 갈구하고 그로 인해 모두 지옥행을 하게 되는데, 이 소유의 모티프를 통해 작가는 서로 다른 두 사건을 합일시킨다. 이를 넘어서 작가는 두 주인공의 주장과 항변을 변증법적으로 대치시키지만, 시작(詩作)의 균형을 유지시키지는 못한다. 그 이유는 돈 후안이 완성된 성격의 소유자로서 작품이 진행되는 동안 아무런 변화를 겪지 않는 반면에, 파우스트는 변화의 과정을 거치며 독자나 관객의 관심을 보다 강하게 이끌기 때문이다.

그러나 두 주인공의 운명과 갈등이란 상호 간의 투쟁이나 '주위 세계'와의 투쟁에서 생기는 것이 아니라, 그들 개성의 본질에 기인한다. 그들의 사상과 행동은 대립적이지만, 두 사람은 "보다 심오한 의미에서까지 대립적으로 작용하는 것은 아니다".[6] 각자의 내면적 사건과정은 다른 삶으로부터 분리되어, 즉 자기 상대자의 역할로부터 독립된 채 완성된다. 그들은 상대방의 대립적 인물이긴 하지만, 상호 간의 죽음과 몰락을 규정짓는 비극적 적대자는 아니기 때문이다.

3-2. 로마에서의 상봉

그라베는 의도적으로 역사 도시 로마에서 두 전설적 이야기를 결부시키고, 남방과 북방의 주인공을 상봉시킨다. 그는 "세계 역사적인 로마 이외에 어느 다른 곳에서 두 인물을 합일시킬 수 있겠는가?"(V, 228)라고 질문한다. 이에 대해 슈나이더는 "그라베가 로마를 선택하긴 하지만, 그 영원한 도시와 시민의 고유한 특성이 무대상의 사건에 여하한 의미도 부여하지 않는다"[7]고 비판한다. 그러나 이는 작가의 의도가 아닐 것이다.

---

6) Wolfgang Hegele, *Der Dramenstil Chr. D. Grabbes*, Diss, Tübingen, 1953, S. 158.

7) F. J. Schneider, *Christian Dietrich Grabbe*, S. 190.

왜냐하면 그라베는 충분히 신중을 기하여 로마를 선택한 것이니, 그에게 로마란 "순간 속에 수천 년이 용해되어 있는"(I, 433) 도시이기 때문이다.

전체 작품을 통해 역사적 회상들이 공명판처럼 울려퍼지고, 어제와 오늘이 나란히 병존하고 있으며, 고대의 폐허를 지배하는 새로운 정신이 작가의 역사관에 대한 본질적 특성을 잘 나타낸다. 즉 "인간이 역사 속에서 창조해낸 것 어느 하나도 영원히 존재하지 않으며, 모든 것이 변화하고 심지어 몰락해야만 한다는 확신이 그것이다". 로마는 과거와 폐허의 표상인 동시에 모든 인간적 행위의 무상에 대한 상징인 것이다. "로마는 하나의 거울이다. 그러나 깨어진 거울이다. 동시에 이는 세계의 고통에 대한 분위기를 자극시켜주는 예술적 수단이 되기도 한다."[8] 그리하여 처음 무대에 등장하는 돈 후안은 수천 년 동안에 전투로 지쳐버리고 그 명성의 무거운 짐으로부터 멀어진 채 잠들어 있는 옛 로마에 대한 상상을 일깨우며, 동시에 현재 사랑하는 이가 호흡하는 공기가 향기롭게 자기 주변에 나부끼고 있음을 향유한다.(I, 417 참조) 과거와 현재, 환상과 현실이 공존하는 로마에서 낭만적이고 고전적인 두 거인을 상봉시키는 것은 작가의 계획적 의도이다.

4. 파우스트의 세계관

4-1. 현실성의 모순

어떠한 진리도 제공해줄 수 없는 사랑하는 조국을 버리고 로마로 도주한 파우스트는 서재에 앉아 독백한다. 그는 우주의 광대함에 대한 아름다운 영상 속에서 인간 능력의 한계와 인식에 대한 불만을 토로한다. 인간의 지식과 인식에 대한 노력은 물론 신앙, 즉 종교적 체험조차도 인생

---

8) Alfred Bergmann, *Nachwort zu Chr. D. Grabbe. Don Juan und Faust. Tragödie*, Stuttgart, 1968, S. 109.

항로의 안내자로 이미 오래 전에 파멸되었음을 절감한다. 그는 인식을 통해 분명해진 것만을 믿는 반면에, 궁극적 비밀이란 오로지 종교적 체험에만 개진된다는 점도 알고 있다. 그러나 종교적 체험의 천부를 지니지 않은 파우스트는 해결할 수 없는 세상의 궁극적 문제와 모든 현실적 모순에 절망한다.

이 '현대적 경험'의 이율배반 속에서 파우스트는 세상의 수수께끼와 신성(神性)이 상호조건부적 상태라는 것을 경험한다. 여기에서 절대자로 이해되는 '신'과 세상 사이의 불협화음을 믿으면서도, 그는 심오한 절망과 극단적 신의 탐구에서 이들의 합치를 찾는다. 신과의 거리가 멀고 신적 본질을 파악할 수 없다는 절망감에서 지옥과 결탁하며, 그는 검은 기사의 형상으로 나타난 악마에게 몸을 맡긴다. 이를 통해 초월적 세계를 합리적으로 파악하고자 한다. 뿐만 아니라 세상과 인간, 그 존재와 목적에 대한 수수께끼를 해결하고, "안식과 행복을 찾을 수 있는"(I, 439) 길을 제시해달라고 요구한다.

파우스트가 자연적 인간성을 내세우면서 숙명적으로 요구한 소망은 그것이 어떻게 진행되든 오로지 비극적으로만 끝나게 되어 있다. 왜냐하면 해결점을 찾을 수 있다거나, 모든 문제에 대한 해답을 구할 수 있는 순간에 그는 악마에게 예속되고 지옥으로 끌려갈 것이기 때문이다. 파우스트는 자신과 세상 간의 조화로운 존재의 가능성을 단념하고 있다. 자유의지에서 나온 이 단념은 이 세상에서의 실패를 명확히 나타낸다. 파우스트가 지옥의 세력과 결탁한 이후 "행복하게 되기를" 포기한 것은 악마에게 몸을 맡긴 자는 행복해질 수 없다는 도덕적 감각에서 나온 확신이 아니라, 오히려 초감각적 세력에 연루되어 그의 자연스런 인간성까지 포기한다는 것이다. 그리하여 이러한 요구가 실현될 때 그는 "인간들 사이에서 인간적으로 지내던 내 마지막 시간의 좋은 울렸다"(I, 436)고 말한다. 이제 파우스트는 자기 현혹 속에서 지상의 굴레를 모두 던져버린 순수한 영혼이라고 생각한다. 이러한 현실적 모순 속에서 그는 과거의 자기 존재와 아무런 연결도 없다고 여기면서 검은 기사와 더불어 절대성을 깨닫기 위한 길을 떠난다.

4-2. 초월적 절대성

세계 공간으로의 여행도 파우스트의 인식에 대한 충동을 진정시켜주지는 못한다. 이는 그가 체험하는 기적 같은 사물들이 모두 '외면'에 불과할 따름이지 궁극적 의미와 본질은 아니기 때문이며, 어디에서나 사물의 관계들만 제시될 뿐 절대적인 것은 베일에 가린 채 결코 눈앞에 전개되지 않기 때문이다.

그러나 절망한 자는 외부로부터 세상에 던져진 그림자 속에서, 또한 신과의 유사성에 대한 충동 속에서 보이지 않는 힘을, 즉 저 세상의 파악할 수 없는 존재를 의미하는 힘을 의식한다. 악마조차 보여줄 수 없는 천국과 지옥을 포괄하고 지배하는 절대자가 존재한다는 것을 감지한다. 파악할 수 없는 저 궁극적 존재란 그러나 이 세상의 저편에, 즉 명료하게 표현할 수 없는 "언어의 저편에"(I, 454) 존재한다.

지옥의 사신인 검은 기사는 옛날에 "천국의 드높은 곳에서" 떨어졌으며, 지금은 "승리의 희망에서 영원히 증오하고 투쟁하는"(I, 455) 악마이다. 그는 옥좌가 멀리 떨어지지 않고 나란히 놓여 있는 신의 경쟁자로 등장한다. 그러나 절대적이며 초월적인 '신'은 이 양자 위에 서서 천사와 악마, 신과 기사를 마비시켜놓고 있다. 그래서 파우스트에게는 모든 형이상학적 수수께끼가 해결할 수 없는 것이 된다. 그렇지만 인간에게는 절대적 세계에 대한 예감의 인식만 남게 되는데, 이는 인간이 자기가 보는 세계만을 이해하려 하기 때문이다. 뒤에 남는 것은 피로에 젖은 체념으로서, "세상은 왜소하고 동경은 거대하다"(I, 456)는 것이다.

이제 파우스트는 그가 이해할 수 있는 세상에는 절대적 신이 존재하지 않는다는 것을 체험한다. 절대적 '신'은 세상을 떠났고, 이 세상으로부터 도망하여 합리적 인식으로는 파악되지 않는다. 이는 절대자가 그에게 대답을 거절하기 때문이 아니라, 인간의 인식 능력에는 한계가 있기 때문이다. 파우스트는 "신앙의 투쟁자에서 신에 대한 몽상가가 된다".[9) 우리는 여기서 절대자의 존재를 확신은 하지만, 그에게는 사라져버린 신을 절망적으로 찾는 자로서의 주인공을 체험한다. 그러므로 파우스트는 자신을 의미 있는 존재로 간주하기 위하여 자아의 새로운 관계를 찾아야만 하며, 여기에서 도냐 안나에 대한 사랑이 시작되는 것이다. 그러나 사랑에 있어서도 그는 "신에 대한 몽상가"로 머물고 있는데, 이는 파우스트가 신성이 분명해질 경우에 여인을 사랑할 수 있으며, 그 사랑 뒤에서도 계속 절대적 존재를 찾고 있기 때문이다.

4-3. 사랑의 의미

절대자와 거리가 먼 세계에 대한 통찰과 지식은 파우스트의 태도를 반대로 이끌어간다. 이는 사랑으로의 길이 신을 통해 이루어지는 것이 아니라, 사랑할 능력이 있는 자에게만 신이 체험될 수 있다는 것을 인식하기 때문이다. 그리고 이전에 파우스트가 우주를 체험하기 위해 인간적인 것을 포기했던 것과 같이, 이제는 세계가 사랑에 대한 증거로 몰락해야만 한다.

> 파우스트 그리고 모든 산과 육지, 강물과 바다,
> 심지어는 내 눈물까지도,
> 이 모든 것을 나는 그대 발 앞에 쏟아놓겠다!(I, 477)

파우스트의 광적 사랑은 절망으로부터의 마지막 구원 가능성을 보여준다. 사랑은 이 세상에서의 자아 발견 가능성을 제시해준다. 정신적 노력과 마찬가지로 그의 사랑은 "끝도 없고 한계도 없다".(I, 457) 그는 결

---

9) A. Bergmann, *Nachwort zu Grabbes Don Juan und Faust*, S. 112.

혼은 했을지라도 뜨거운 '사랑의 여름'을 체험하지는 못했는데, 이제는 그 존재를 규정하고 사랑을 유일한 창조적 힘으로 인식하고자 한다.

파우스트는 사랑의 형이상학적 특성과 자기 본질을 고집한다. 그는 도냐 안나를 사랑하는 것이 아니라, 그녀를 자기 구원으로 통하는 수단으로 간주한다. "사랑의 체험 속에서 동시에 신을 체험하고자 하는"[10] 요구는 사랑을 비상한 것으로까지 상승케 한다. "호랑이가 피를 갈구하듯이 그의 정신은 사랑을 갈구한다."(I, 476) 그러나 "자신을 신과 나란히 하겠다"[11]는 인간적 존재의 상황에서 감정이란 결코 이성을 지배할 수 없으며, 파우스트는 때때로 자신을 기만하면서까지 파괴적 지성의 우월성을 인식한다. 심지어는 자신의 감정을 자극시키기 위해서도 지성을 필요로 한다.

파우스트는 사랑에서까지도 그 이유를 추적한다. 그러나 그는 도냐 안나를 파멸시키면서 결국 사랑이 '전부'라는 것을 깨닫는다. 즉 사랑과 사랑하는 사람을 통해서야 존재에 대한 이해와 신에 대해 인식할 수 있다는 비극적 인식에 도달한다. "내가 사랑하는 여인이 전부이다—/도냐 안나의 시체 곁에서 나는 이를 예감하였다."(I, 498)

파우스트는 이 살인과 악마와의 계약을 통해서 인간적 행복의 가능성 자체를 상실한다. 그리고 자기 신화(神化)의 시도를 포기하지 않는 한 파멸하지 않을 수 없는 그라베 특유의 초인이 된다. 모든 자기 행위의 무의미함을 인식하고 파우스트는 절대자와 멀어진다. 그는 상위에 위치한 초주관적 질서의 힘을 시인하고, 자신을 그에 대한 죄인으로 후회하며 변호하기도 한다. 내면적 본질의 변화가 가능한 것처럼 보일지라도 그는 다음 순간에는 파고드는 악마에 반항하며 다시금 옛 존재로 되돌아간다.

---

10) Imig, *Das Problem der Religion in Chr. D. Grabbes Tragödie "Don Juan und Faust"*, Diss. Münster, 1935, S. 23.

11) Günther Jahn, *Übermensch, Mensch und Zeit in den Dramen Christian Dietrich Grabbes*, Diss., Göttingen, 1951, S. 26.

파우스트 만일 내가 영원한 존재라면,

영원에서 영원으로 너와 투쟁할 것이다.

그리고 내가 이미 한번 그러했듯이 너를 짓밟아버리고,

승리를 거두는 것이 가능할 것이다!(I, 506)

여기에서 동요하는 양심이나 지옥의 심판에 대한 자의적 복종이란 느낄 수 없다. 극단화된 자기 자아를 새로이 제기하면서 파우스트는 영원한 투쟁과 승리의 가능성을 검은 기사와 마찬가지로 믿고 있다. "그리고 승리의 희망 속에서 영원히 증오하고 투쟁하리라!"(I, 455)

5. 돈 후안의 세계관

5-1. 자아 법칙성

그라베는 절대적 존재를 인식하려다가 비극적으로 파멸한 초관능적 파우스트와 순간의 쾌락을 찾으며 몰락의 순간까지도 인생 향락에 충실한 관능적 돈 후안으로 구현된 극단적 인간의 존재 양식을 중요시한다. 초월적 존재를 추구하며 질문하는 지성적 북방인에 대하여 작가는 경박하게 살아가는 감각적 남방인을 대립시키는데,[12] 이 남방인은 한계가 정해진 인간 존재와 지상 현실의 가능성을 인정하고 인생의 모든 긍정적인 면을 획득하고자 노력한다.

그러므로 돈 후안은 종교에 있어서도 문제성을 제기하지 않는다. 신적

---

12) 이들은 그라베 작품에 구현된 대립성뿐만 아니라, 실제 시대와 공간을 통해서도 완연히 구분된다. 14세기 스페인에서 나타난 돈 후안은 귀족적 생의 향락자로서 가톨릭 영역에 속한 장교로 상상할 수 있는 반면에, 16세기 독일에 근원을 둔 파우스트는 시민계급으로 심오한 학문과 마술에 능한 학자로서 종교적으로는 프로테스탄트의 배경을 지닌 인물이다. Vgl. Peter Michelsen, Verführer und Übermensch. Zu Grabbes "Don Juan und Faust", In: *Jahrbuch der Raabe-Gesellschaft*, 1965, (S. 83~102) S. 89.

존재의 가능성을 부정하지는 않지만, 그의 신앙에는 확신성이 없다. 절대자로서의 신은 사라져버리고, 신에 의해 규정되던 과거의 가치세계도 무너지고, 신에 의해 절대적 척도가 주어지던 질서도 무의미한 것이 된다. 그래서 그는 우주적 자연이나, 본질적으로 자아의 개성에 척도를 두는 자신의 세계 및 가치질서를 창조해낸다.

자신의 존재는 자연으로부터 설명되고, 자연으로부터 자신의 법칙과 가치를 얻는다. 현실적 세계로의 전향과 더불어 자연법칙을 절대적 규범으로 고양시키고, 거기서부터 자기 존재형식에 의미를 부여한다. 동시에 그는 새로운 존재로서 출발하며, 전통적이고 윤리적인 요구는 아무런 구속력을 발휘하지 못하고, 모든 가치는 변화한다. 그러므로 자기 법칙으로 만든 자연법칙을 따른다면 사람을 죽이는 일까지도 살인이 되지 않는다. 왜냐하면 그는 선악의 피안에 서 있기 때문이다. 그렇지만 이 "힘의 천재요, 우주적 천재인"(I, 425) 돈 후안 역시 개성에 있어서는 천재적 개인으로 비약한다. 그의 단순한 관능적 향락 이면에서는 행동의 이상적 (理想的) 동인을 감지할 수 있다. 그러나 이는 문제성을 제기하지 못하며, 주인공을 동요시키거나 절망시키지 않는다. 이상적 동인들 역시 지상에서의 가능성을 즐기는 데 사용되기 때문이다.

그라베가 특히 좋아하는 돈 후안은 "파우스트적 무한의 굶주림에 대한 비판의 척도"[13]가 된다. 아무런 문제가 없는 그의 실존은 대립적 파우스트로부터 아무런 영향도 받지 않는다. 수미일관하게 자기를 주장하고 자아를 확장시키며 그는 어떤 상황에서도 넘쳐흐르는 생활력과 방탕함과 확고한 삶의 애착을 유지한다.

돈 후안은 모든 행동에 있어서 실증론자인 동시에 인생예술가로 등장한다. 그는 환상의 재능이 있고 관능이 강한 자로서 초인간적 존재로 고

---

13) Benno von Wiese, Christian Dietrich Grabbe. Sein Weg zum geschichtlichen Drama, In: Wiese, *Die deutsche Tragödie von Lessing bis Hebbel*. 6. Aufl., Hamburg, 1964, (S. 455~478) S. 467.

양되어 마적(魔的)이고 천재적인 특성을 지닌다. 그 역시 극단적 개인주의자가 되어 시민적 사회와 온갖 법칙을 멸시하고 도피하며, 자아에만 의지하고 자기 능력만을 믿으면서 개성에 의해 규정된 가치를 찾아 질주한다. 그가 찾는 것은 쾌락이며, 쾌락 속에서 변화를 찾는다. 왜냐하면 변화만이 인생에 매력을 부여하고 견디기 어려운 삶을 잊어버리게 하기 때문이다.

> 돈 후안 이보게, 자네는 나를 조직 속에 뿌리박혀 있는
> 멍청하고 고루한 인간이라 생각하는가?
> 내가 아름다움을 찾는 곳에선 그 미(美)를 높이 평가하고,
> 그것이 어떤 종류이든 간에 그대로 좋은 것이다.
> 하녀들은 안주인과는 색다르게 사랑을 하느니라.
> 그리고 변화만이 인생에 매력을 부여하고,
> 우리에게 견디기 힘든 인생을
> 잊게 해주느니라!(I, 425 f.)

5-2. 순응적 존재

돈 후안은 자신의 목표를 "가장 내면적인 본질의 지고한 승화로서 사랑에 있어서 무한에 이르기까지 내면에 깃들어 있는 신적 충동을 만족시킬 수 있는 것"이라 생각한다. 잠시 현세의 관능적 가치에 방향을 정했던 파우스트의 충동과는 반대로, 돈 후안은 향락을 위한 향락만을 추구하기 때문에 그의 사랑 행각은 "보다 높은 신적 동경의 방황이 되거나, 그로 인한 쓰디쓴 환멸은 이끌어오지 않는다".[14] 모든 존재의 종말을 오로지 죽음으로 생각하고, 있는 그대로의 실존에 순응하기 때문에 후회나 절망적 기분은 결코 느껴질 수가 없다. 그뿐만 아니라 자기 자신에 극도로 만

---

14) Schneider, *Christian Dietrich Grabbe*, S. 176.

족하고 있다.

자기 만족에 젖어 있는 그라베의 주인공은 인생의 실패자가 될 수 없고 깊이 절망하지도 않는다. 생활력이 넘쳐흐르는 실존을 인생의 매 순간 재현하면서 그는 우주적 존재를 자신의 현실로 만들고, 동시에 자아를 우주적 인생으로 이끌어올린다. 이런 일은 모두 피안의 요소로부터 몸을 돌린 형식으로 이루어진다. 그러므로 그에게는 자신의 인생과 이를 통해 흐르는 자연적이며 우주적인 물결이 지고한 법칙이 된다.

향락과 환상의 소유자로서 현세 때문에 현세를 즐기고 있는 돈 후안은 도냐 안나의 죽음으로 잠시 동안 비탄에 빠지기도 한다. 그러나 그는 곧 별들에 이르기까지 인생의 환희를 두드려댄다. 뿐만 아니라 정령들까지 자기 기분을 돋우어주는 손님으로 초대한다. 지옥의 소음과 유황 연기 속에서도 지상적 요소로 충만한 자신의 존재를 긍정하고 또 거기에 순응한다. 그는 개성의 내적 변화를 겪지 않는다. 자아와 자신의 가치 조직에 충실하면서 그로테스크한 자기 초극 속에서 제공되는 구원까지도 거절한다. 자기 인생에서 보여준 위대성을 몰락해갈 때까지 그대로 간직한다.

돈 후안 (……) 나는
있는 그대로 머물겠다! 나는 돈 후안이다.
내가 만일 다른 사람이 된다면, 나는 아무것도 아니다!
천국의 불빛 속에 있고 성인이 되느니보다 차라리
지옥의 유황불 속에 있고 돈 후안이 되겠다!(I, 513)

5-3. 사랑과 결혼의 의미

파우스트의 운명에 결정적 의미를 지닌 사랑에 대해서도 환상으로 가득 찬 삶의 예술가인 돈 후안의 사랑은 대립적 역할을 한다. 무한의 사랑이나 자아를 헌신할 수 있는 능력을 갖지 못한 돈 후안에게는 도냐 안나에 대한 사랑도 한 가지 에피소드에 불과하다. 그는 정열과 기지에 찬 유희를 하고, 모든 꽃에서 꿀을 빨아 먹는 법을 알고 있다. 그는 현실적이되어버린 "낭만주의의 후손이요 환상의 유혹자이며, 인생의 은혜를 자애로운 의지와 몽상적 자유 충동으로 만끽하는 순간의 즉흥 시인이다."[15] 현실에 순응하며 자아를 가치 척도로 삼는 그는 영혼으로 충만하지만, 인생을 향락하는 데 있어서는 아무런 주저도 하지 않고, 그 어떤 사상적 고통이나 후회나 절망 같은 것도 하지 않는다. 그는 목표란 것을 증오하는데, 왜냐하면 인생의 매력이란 바로 인생의 무상함과 변화에 깃들어 있기 때문이다. 이 사랑의 곡예사는 악마적이라고 할 정도로 부정하고 불성실하여서, 명예 개념을 지키려는 도냐 안나까지도 그에게 마음을 허락할 정도이다. 이런 사랑과 인생 향락의 본질에 대해 그의 하인 레포렐로는 이렇게 말한다.

> 레포렐로 당신이 사랑을 해요? ─ 그렇다면 말해보십시오.
> 누가 불고기와 여자, 술과 춤 등 맛좋은 것과
> 예쁜 것 모두를 그렇게, 한 가지를 즐길 때
> 다른 것을 곧 잊어버리는 식으로
> 사랑을 합니까? 예를 들자면
> 불고기 굽는 냄새가 날 때 사랑하는 애인을 거의
> 생각지 않나요? (……)
> 당신은 결코 사랑을 하는 것이 아니라, 그저
> 향락과 환상만을 알고 있을 뿐입니다!(I, 444)

이에 대해 돈 후안은 "그렇게 환상이란/현실보다 수천 배나 더 훌륭한 것이다!"(I, 444) 라고 말하며, 자기 하인의 의견이 옳다는 것을 뒷받침한다. 그가 사랑하는 대상은 그것이 누구이든 간에 환상의 향락적 탐

---

15) Benno v. Wiese, *Christian D. Grabbe*, S. 466.

닉에 대한 동인이 될 따름이며 "정열을 가지고/유희하고, 금빛 화환인 그녀로써/인생의 지평선을 장식하기 위한"(I, 449) 존재에 불과하다. 그러므로 도냐 안나의 죽음에 대한 소식을 들었을 때도 돈 후안은 슬픔이나 절망보다는 오히려 자기 위안적으로 확신한다.

돈 후안 수천 명의 다른 아름다운 여자가 있지 않은가?
무엇 때문에 내가 한 여자로 인해 슬퍼하겠는가?(I, 506)

여기에 진정한 사랑이나 결혼 같은 것에 대한 돈 후안의 견해가 엿보인다. 그는 도냐 안나를 일회적인 여인으로 사랑하는 것이 아니라, 우주적 아름다움의 우연한 개별 현상으로 간주한다. 자연적 권리를 따르는 이 향락자는 모든 전통이나 인습에서 해방된 정열적 에로스를 추구하고, 개성적 소망을 충족시키는 것을 시민적 질서보다 높이 평가한다. 그러므로 결혼이란 "에로스에 대한 모독과도 같은 의미를"[16] 지닌다. 즉 그는 자연적 관능과 사회적 결혼을 화해할 수 없는 적대관계로 생각하며, 후자에는 부정적 가치만 부여할 따름이다.

6. 도냐 안나의 전통적 가치관

두 주인공에 대한 일방적 관심 때문에 조연들은 그저 대조를 이루어 주인공들을 돋보이게 하는 보조적 역할밖에 하지 못한다. 이들은 풍자적 모습을 띠기도 한다. 돈 후안은 단조로운 질서만을 중시하는 그들을 조소하며, 비난과 멸시를 당하는 대변자로 생각한다. 물론 안나 역시 우직하고 고루한 시민세계에 달라붙어 있지만, 그녀만은 유일한 예외로 간주

---

16) Fritz Böttger, *Grabbe. Glanz und Elend eines Dichters*, Berlin, 1963, S. 196.

된다.

도냐 안나는 개인적으로 독립할 능력이 없으며, 자기 환경에 적응하여 아버지의 사상을 이어받아 생각하고 실현하는 여인이다. 전통적 견해와 사상에 구속된 그녀는 이를 위해 자신의 사랑까지 희생시키는데, 왜냐하면 사랑도 신에 의해 규정된 질서 속에서만 정당성을 부여받기 때문이다. 안나에게 사랑이란 그 자체로 존재하며 정당한 것이 아니라, 규범을 결정짓는 신의 법칙과의 조화 속에서야 권리를 갖게 된다. 파우스트에게는 사랑과 증오가 조건적이면서도 상호배제하는 반면에, 안나에게는 사랑과 증오의 동시성, 즉 양립 감정이 엿보인다.

도냐 안나 내가 그를 불처럼 사랑하면 할수록,
그만큼 더 뜨겁게 나는 그를 증오하게 된다.(I, 497)

안나의 갈등은 오직 전통적 가치로 방향을 돌림으로써 지양될 수 있다. 그녀의 운명이란 자아의 만족이나 구원에 대한 추구가 아니라, 사회적 질서나 윤리를 위해 값진 것까지도 포기해야만 한다. 그러므로 의무와 사랑 간의 갈등이나 그로 인한 비극적 결말은 일어나지 않으며, 전통적 가치인 명예에 충실할 것을 맹세한다.

안나는 사회적 규범을 신의 고귀한 의지로 인식하고 엄격한 필연으로 지킨다. 모든 주관적 요소 저편에 놓인 이념을 무조건 인정하며, 신의 법칙을 일반적이고 절대적인 삶의 지침으로 삼고 거기에 자신을 예속시킨다. 부인으로서의 충실성과 전통적 가치질서를 정당화하기 위하여 그녀는 사건 진행중에 파우스트와 돈 후안과 계속 투쟁하지 않으면 안 된다. 그러나 너무나 형이상학적인 북방인과 너무나 관능적인 남방인에 대한 그녀의 저항은 "내면적 감정에 대한 투쟁이 아니라, 외면적 폭력에 대항하는 투쟁으로"[17] 이해되어야 한다.

7. 양극적 합일

「돈 후안과 파우스트」에서는 극단적으로 대치된 두 인간성의 생활 양식이 마주친다. 악마와 결탁한 초감각적 마술사이며 신에 대한 몽상가인 파우스트와 "왕과 명성, 조국과 사랑"(I, 422, 472, 513)이란 모토를 내걸고 이를 지키기 위해 자신을 희생하는 데서 만족을 구하는 감각주의자 돈 후안 간의 이해란 불가능하다. 돈 후안은 파우스트를 "우울의 허풍선이"(I, 424)라 하며 "그대가 인간으로 머문다면, /어찌하여 초인간적이란 말인가?"(I, 485)라고 외친다. 반면에 파우스트는 돈 후안을 기만적 모험가로 여기며 "그대가 초인간적인 것을 추구하지 않는다면, /어찌하여 인간이란 말인가?"(I, 485) 하고 반문한다. 한 사람은 오로지 감각적으로 느끼며 순간의 충만 속에서 방탕하게 살아가는 인간이고, 다른 한 사람은 지상생활의 한계를 뛰어넘어 노력하며, 그의 꿈이 환상이지만 지상적인 것에서 실현 가능성을 체험하는 인간이다.

악마는 두 사람을 지옥으로 몰락시킴으로써 한데 결부시킨다. 종교적이고 형이상학적인 형벌이라기보다는 낭만적이고 풍자적인 예찬으로 해석할 수 있는 이 지옥행은 두 주인공에 대해 비슷한 의미를 지닌다. 악마에 의해 교살된 파우스트는 나락의 영원 속에서도 계속 신과 악마와 싸움할 것이고, 지옥불이 삼켜버린 돈 후안은 후회를 통한 구원을 단념하고 정령과 악마들 앞에서도 끝까지 자신만을 신봉할 것이다.

뿐만 아니라 그라베는 이 드라마에서 "관능과 초관능의 비극적 몰락을 찬미하는 그림"을 보여주며, 두 주인공을 "한 인간성의 두 극단"(V, 261)으로 표현하고자 한다. 이에 따르면 북쪽 게르만 민족의 이상주의적 인간 파우스트와 남쪽 로만 민족의 감각적 인간 돈 후안은 커다란 하나의 존재에 대한 대립적 현상이라고 말할 수 있다. 즉 서로 배제하는 듯하

---

17) Schneider, *Chr. D. Grabbe*, S. 192.

면서도 상호 보충적 역할을 하며, 서로 다른 두 가지 길 위에서 동일한 목표를 위해 노력하는 양극적 합일의 존재로, 이들은 태극의 음양으로 상징될 수 있을 것이다.

참고 문헌

Grabbe, Christian Dietrich, *Werke und Briefe. Historisch-kritische Gesamtausgabe in sechs Bänden*, Hrsg. von der Akademie der Wissenschaften in Göttingen, Bearbeitet von Alfred Bergmann, Bd. I: *Werke. (Don Juan und Faust)*, 1960; Bd. V: *Briefe I. Emsdetten(Westf.)*, 1970.

Mozart, Wolfgang Amadeus, *Don Giovanni. Der bestrafte Verführer oder Don Giovanni*, Italienisch/Deutsch, Nachwort von Stefan Kunze, Stuttgart, 2002.

Bergmann, Alfred, *Nachwort zu Chr. D. Grabbe. Don Juan und Faust. Tragödie*, Stuttgart, 1968.

Böttger, Fritz, *Grabbe. Glanz und Elend eines Dichters*, Berlin, 1963.

Gerresheim, Helga-Maleen, Christian Dietrich Grabbe, In: *Deutsche Dichter des 19. Jahrhunderts. Ihr Leben und Werk*, Hrsg. von Benno von Wiese, Berlin, 1969, S. 174~199.

Hegele, Wolfgang, *Der Dramenstil Christian Dietrich Grabbes*, Diss, Tübingen, 1953.

Imig, *Das Problem der Religion in Chr. D. Grabbes Tragödie "Don Juan und Faust"*, Diss, Münster, 1935.

Jahn, Günther, *Übermensch, Mensch und Zeit in den Dramen Christian Dietrich Grabbes*, Diss, Göttingen, 1951.

Michelsen, Peter, Verführer und Übermensch. Zu Grabbes "Don Juan und Faust", In: *Jahrbuch der Raabe-Gesellschaft*, 1965, S. 83~102.

Schneider, Ferdinand J., Das tragische Faustproblem in Grabbes "Don Juan und Faust", In: *Deutsche Vierteljahrsschrift für Literaturwissenschaft und Geistesgeschichte*, Nr. 8, Halle, 1930, S. 539~557.

Ders., *Christian Dietrich Grabbe. Persönlichkeit und Werk*, München, 1934.

Wiese, Benno von, Christian Dietrich Grabbe. Sein Weg zum geschichtlichen Drama, In: Wiese, *Die deutsche Tragödie von Lessing bis Hebbel*, 6. Aufl., Hamburg, 1964, S. 455~478.

레나우의 극시 「파우스트」

―아류 혹은 시대정신의 반영

임병희

1. 들어가는 말

니콜라우스 레나우Nikolaus Lenau[1]는 전형적인 낭만주의자도 아니고 3월 전기문학의 혁명적 진보주의자도 아닌 과도기의 시인이라 할 수 있다. 기록에 의하면, 그는 1823년 처음으로 『파우스트』를 구상하며, 여러 차례의 수정 작업을 거쳐 1836년 첫번째 출간을 하고, 이어 1840년에 최종 판본을 내놓는다. 괴테가 『초고 파우스트』와 『파우스트―비극 제1부』 그리고 1832년 『파우스트―비극 제2부』를 세상에 내놓을 당시 독일 문단의 분위기를 감안할 때, 레나우의 『파우스트. 한 편의 시 Faust. Ein Gedicht』[2]를 출판한다는 것은 대단한 모험이자 도전일 것이다. 그 스스

---

1) 본명은 프란츠 니콜라우스 님브슈(1802~1850)이다. 오늘날 루마니아의 레나우하임에서 태어났으며, 필명 레나우는 이 지역 이름에서 따온 것이다.

2) Nikolaus Lenau, *Faust. Ein Gedicht. Mit Dokumenten zur Entstehung und Wirkung*, hrsg. von Hartmut Steinecke, Bibliographisch ergänzte Ausg., Stuttgart, 1997. 이하 텍스트(3~129쪽)의 인용과 참조는 본문 괄호에 쪽과 시행을 표시하고, 부록(Anhang, 131~189쪽)과 편자 후기(Nachwort, 197~212쪽)는 쪽만 표기한다.

로도 비평가들의 시선을 의식한 듯 "파우스트는 인류 공동의 유산이지 괴테의 전유물이 아니다"(S. 141)라고 말하며 예민한 반응을 보이기도 한다.

본 연구는 괴테의 그늘에 가려 그 동안 연구가 미진했던 레나우의 「파우스트」를 고찰함으로써 반(反)괴테적인 시각에서 이루어진 그간의 소극적 비평을 벗어나 인류 공동의 유산인 파우스트 연구가 보다 넓은 스펙트럼에서 이루어지도록 기여하고자 한다.

2. 작품의 생성과 수용

2-1. 소재와 출처

레나우가 파우스트 소재를 어떻게 접하게 되었는지는 잘 알려져 있지 않다. 그가 『파우스트』 최종판을 출간하기 전, 예전에 본 파우스트 인형극에 대해 언급한 기록이 있을 뿐이며, 당시 잘 알려진 레싱이나 그라베 등 선배들의 파우스트에 대해서는 한 번도 언급한 적이 없다고 한다. 이런 점에서 레나우가 파우스트 문학에 대해 얼마나 알고 있었는지에 대한 논란이 있을 수 있다.

작품의 구성을 감안할 경우, 구스타프 슈바프의 『독일 민중본』(1835)의 영향을 받았을 것이라는 추측이 가장 유력하다. 슈바프는 1599년에 출간된 G. R. 비드만의 민중본과 1674년에 나온 J. N. 피처의 민중본을 자신의 작품을 위해 개작하는데, 레나우는 이젠부르크 백작, 프레스티기아와 같은 이름뿐만 아니라 악마의 음악, 마법의 배, 숲속에서의 악마의 맹세, 파우스트의 자살 등의 모티프를 슈바프에게서 차용한다. 또한 메피스토펠레스(이하 메피스토)의 외형은 클링거의 작품에서, 그리고 파우스트를 화가로 등장시키는 점은 피처의 작품을 연상시키는 등 동시대인들의 영향이 드러난다.[3) 뿐만 아니라 레나우는 괴테의 『파우스트』에 몰입하였기 때문에, 이 작품이 그에게 어떤 식으로든 영향을 끼쳤음이 분명하다. 일군의 비평가들은 특히 레나우가 영국의 시인 바이런의 작품을 1820년대에 접하게 되고 그를 모범으로 삼았다는 전기에 주목하여, 바이런의 「맨프레드」(1817)와 레나우의 「파우스트」 사이의 영향관계를 언급하기도 한다.(S. 136 참조)

2-2. 판본의 형성

1823년에 이미 파우스트 소재에 몰두하기도 한 레나우는 1832~1833년의 북아메리카 여행중 1832년 코타 출판사에서 두번째 시집을 출간하며 시인으로 명성을 얻는다. 여행에서 돌아오자마자 그는 「파우스트」 집필에 착수한다. 정치적 풍자나 철학적 사변과는 거리가 먼 '나비' '춤' '대장간' '밤 동안의 이동' 등의 네 장면이 샤미소와 슈바프가 발행한 1834년의 『독일 연감』에 수록되고,[4] 다음 해에 '파우스트—미완성 단편'이라는 제목으로 작품의 대부분이 출판된다. 그리고 1836년 부활절 미사에 맞추어 전체적으로 완성된 작품이 '파우스트—니콜라우스 레나우의 시(詩)'라는 제목으로 역시 코타 출판사에서 출간된다. 그리고 1840년에 개정판이 나오는데, 여기에서는 새로운 장면 '숲 속의 대화'가 추가되고, 도입부의 '나비' 장면은 삭제된다. 1847년 레나우 생전의 세 번째 판본은 1840년의 개정판을 재인쇄한 것이며, 본 연구에 사용된 1997년 레클람 판본 역시 이 개정판을 따른 것이다.

2-3. 수용 및 평가

동시대 비평가들은 레나우의 『파우스트』에 대해 상반된 반응을 보이며, 괴테의 작품과 비교하였다. "괴테가 파우스트를 썼다는 사실이 나를

---

3) Vgl. Petra Hartmann, *Faust und Don Juan, Ein Verschmelzungsprozess*, Stuttgart, 1998. S. 60 f.

4) Vgl. Kurt Adel, *Die Faust-Dichtung in Österreich*, Wien, 1971. S. 110.

위협하지는 못한다. (……) 파우스트 소재를 보는 방식은 수없이 가능하기 때문에 그 어떤 충돌도 발생하지 않을 것"(S. 141)이라며 레나우는 스스로를 변호한다. 그러나 그의 작품은 "수치스런 모방"(멘첼), "한심스런 재능의 낭비"(문트), "완전한 실패작"(구츠코)이라는 혹평을 받으면서 대부분 동시대인들의 눈에는 아류로 낙인찍힌다. 물론 괴테의 작품만을 기준으로 삼는 것은 객관적 판단을 방해하며, 레나우의 작품은 그 자체로 평가되어야 한다고 인식한 소수의 비평가들도 있다. 괴테에 의해 '거지 망토'라는 오명을 얻은 슈바벤의 시인들은 레나우의 『파우스트』를 긍정적으로 수용한다. 그러나 유감스럽게도 이들의 긍정적 평가는 반괴테적인 시각으로 제한되어 있다.(S. 197 f.)

괴테와의 비교 이외에도 동시대 비평가들은 철학적, 종교적 관점에서 그의 작품을 평가하기도 한다. 1836년 작품이 출간된 해에 나온 마르텐젠[5]의 포괄적 연구는 레나우의 「파우스트」를 종교적 관점에서 관찰하며, 철학적 교리들을 두루 거쳐 기독교 진리에 이르는 파우스트의 노정을 강조한다. 이 연구는 20세기에도 이 작품을 철학적, 종교적 관점에서 다루는 데 영향을 끼치고 있다.

레나우는 자신의 「파우스트」를 드라마라는 명칭으로 부른 적이 없으며, 공연을 위해 쓰지도 않았다. 분명 '하나의 시'라는 부제를 명시했음에도 불구하고 1868년 막시밀리안 그라밍을 시작으로 무대 공연을 위한 개작 및 각색이 여러 번 시도된다. 이러한 시도는 20세기에도 계속되는데, 실제 무대에 올려진 첫 공연은 1908년으로 기록된다. 특히 1954년 한스 디터 슈바르체가 각색하여 조머하우젠 극장에서 공연된 연극은 독특한 착상에 의한 무대 연출로 성공을 거두며, 슈바르체의 개작은 그 이후에 진행된 여러 공연의 밑거름이 된다.[6] 이러한 공연 시도들은 파우스

---

5) 마르텐젠 H. L. Martensen은 덴마크의 신학자. 레나우는 그의 기독교적 해석에 동의하며, 자기 작품 「사보나롤라」를 헌사하기도 한다.

6) 레나우의 「파우스트」역시 작곡가들에게 영감을 준다. 특히 파우스트의 감각적 삶이 시작되

트 소재의 문학적 관습에서 벗어나지 못하고 있음을 보여준다.

3. 장면구성과 형식

'시' 라는 장르 명칭을 부제로 한 레나우의 「파우스트」는 서사적 극시
이다. 서사적 묘사와 대화는 운율을 맞춘 서정적 음조를 기본으로 한다.
3인칭 화자의 서술로만 이루어진 장면이 있는가 하면, 대화를 전후로 화
자의 서술이 삽입되기도 한다. 서정적, 서사적, 극적 요소를 절충한 형식
실험에 대해 동시대 비평가들은 레나우가 괴테의 작품만을 기준으로 삼
는 것은 무능력하다고 비판하기도 하고, 다른 한편에서는 새로운 표현
가능성을 시도했다고 평가하기도 한다.[7] 다양한 문학적 요소의 의도적
혼합은 전통적 문학 개념에 대한 거부인 동시에 낭만주의자들이 내세운
진보적 보편문학의 뒤늦은 실천으로서, 경계 넘기 및 탈장르화의 선취라
할 수 있다. 이러한 관점에서 보면 레나우의 문학은 단선적인 틀에 얽매
이지 않은 현대적 성격도 갖고 있다.

레나우가 「파우스트」를 '파우스트적 그림들' 이라는 제목으로 출판하
려한 것처럼 그의 작품은 그림, 즉 이미지의 나열이다. 작가 스스로 완결
된 이야기가 아닌 "심리적이고 형이상학적인 통일"[8]을 의도했다고 밝히
듯이, 전체 24장면으로 구성된 「파우스트」는 줄거리와 극적 구조에 있어
서 통일을 이루지 못하며, 각 장면들 사이의 비연속성을 그 특징으로 한
다. 몽타주 기법에 의한 구성은 전통적 미학과 그것에 의해 형상화된 세

고, 여성에 대한 욕망이 분출되는 '춤' 과 '대장간' 은 음악적 요소가 지배적인 장면이다. 리스트는
⟨시골 선술집에서의 춤⟩과 ⟨밤의 이동⟩이라는 두 개의 에피소드를, 슈만은 ⟨대장간의 노래⟩를 작
곡한다.

7) Vgl. Hansgeorg Schmidt-Bergmann, *Ästhetismus und Negativität. Studien zum Werk
Nikolaus Lenaus*, Heidelberg, 1984, (S. 109~125) S. 109.

8) Zitiert nach Kurt Adel, *Die Faust- Dichtung in Österreich*, S. 118.

계상을 파괴시킨다는 점에서 현대적 의미를 갖고 있다. 그러나 작품이 구속력 없는 일련의 개별적 파편들로만 이루어진 것은 아니다. 예시나 회상 등 다양한 묘사 방식을 통해 레나우는 개별 장면들을 서로 연결시키며, 이때 작품의 주도 모티프라 할 수 있는 의혹, 동경, 고독과 같은 개념을 반복적으로 사용함으로써 관념적 연결고리를 만든다. 각 24개 장면의 사건이 어떻게 진행되는지를 살펴보자.

아침 산행 파우스트는 침침한 연구실에 앉아 독백하는 모습이 아니라, 높은 산꼭대기로 인도되어 전례 없는 자연시를 읊는다. 이른 아침 눈 쌓인 알프스 정상에 오른 방랑자 파우스트는 안개에 휩싸인 산봉우리를 내려다보며, 인식 능력에 대한 회의와 신에 대한 동경으로 고통스러워한다. 이 장면은 파우스트를 소재로 한 작품 중 가장 인상적이고 고유한 시작이라는 점에서 큰 의미를 찾을 수 있다. 또한 독일의 낭만주의 화가로 동시대인들에게 사랑받던 카스퍼 다비드 프리드리히의 잘 알려진 작품 〈안개 바다 위의 방랑자〉(1818)의 모티프와 매우 유사하다는 점에서 상호 텍스트적, 상호매체적 관점을 적용시킬 수도 있다.

방문 작가 스스로 전체 작품의 이상이 이 장면에 드러난다고 한다. 학문과 지식에 회의를 느끼고 신과 자연, 그리고 생의 비밀에 대한 인식을 동경하는 파우스트 앞에 메피스토가 처음으로 나타난다.

양도증 생의 진실을 구하고자 고통스러워하는 파우스트 앞에 수도사가 나타나 교회로 돌아갈 것을 설파하지만 파우스트는 그를 비난한다. 그때 메피스토가 나타나 감각적 쾌락을 맛보지 못한 파우스트를 조롱하면서 생의 진실로 이끌어주는 대신, 자신의 동반자가 되어준다면 그만한 보상을 하겠다고 한다. 파우스트는 메피스토의 제안을 수락하여 계약서에 서명한다.

젊은 시절의 친구 조교 바그너는 예전과 달라진 파우스트에 대해 실망한다. 옛 친구 이젠부르크 백작은 학창 시절의 파우스트를 예찬하며 여자를 사랑함으로써 세상의 위안을 얻으라고 충고한다.

악마 파우스트를 신과 자연으로부터 떼어놓으려는 악마 메피스토의 계획이 드러난다.

춤 시골 선술집에서 열린 축제의 소란스러움과 아름다운 여인에 대한 파우스트의 욕망이 묘사된다.

가련한 패프라인 파우스트에게 유혹당하고 버려진 여인에 대한 묘사가 이루어진다.

교훈 궁정의 시인 파우스트는 왕의 결혼식을 위한 시를 짓기로 하고, 메피스토는 민중의 봉기 가능성을 염려하는 궁정 대신을 위로한다.

노래 왕의 결혼식에서 파우스트가 왕과 왕비를 모욕하는 노래를 부른다.

대장간 메피스토는 대장장이 아내를 유혹하도록 부추기고, 파우스트는 수치와 욕망 사이에서 갈등한다. 선술집에서 유혹했던 아가씨가 굶어죽은 아이를 안고 거지 소녀의 모습으로 그의 앞에 나타나자 파우스트는 죄의식에 사로잡힌다.

밤 동안의 이동 파우스트는 한밤중 숲을 가로질러 말을 달리며 후회와 비탄에 젖는다.

바다 메피스토는 다시 파우스트로 하여금 아름다운 수녀에 대해 열정을 품도록 유인한다.

마리아 파우스트가 아름다운 공주를 칭송한다.

화가 왕의 별장에서 화가 파우스트가 마리아 공주의 초상화를 그리면서 그녀를 사랑하게 된다.

경고 마리아의 약혼자 후베르트 공작과 메피스토의 대결이 벌어진다.

살인 공주를 사랑하는 파우스트에 대해 공작이 분노하고, 모욕당한 파우스트는 공작을 살해한다.

저녁 산행 알프스의 초원 지대에 오른 파우스트는 자신이 저지른 살인으로 괴로워하고 후회한다.

이별 파우스트는 교회 묘지에 묻힌 어머니의 무덤가에서 어머니를 그리워한다.

숲에서의 대화 파우스트는 인간의 운명에 대해 고뇌하고, 메피스토는 신전을 지어주겠다며 그를 유혹한다.

여행 배를 마련한 메피스토가 지루함으로부터 파우스트를 구해주겠다며 바다로 항해할 것을 부추긴다.

꿈 어머니의 시신을 바다에 묻었다는 선장이 묘사되고, 파우스트는 꿈에서 어린 시절 어머니의 모습과 시체를 안고 있는 창백한 여자의 모습을 본다.

폭풍 파우스트는 사나운 폭풍 속에서 죽음을 예고하는 선장을 바다에 던져 버리고 신에 저항한다.

선원 괴르크 해변의 선술집에서 신과 자연을 부정하고 현실의 삶을 즐길 줄 아는 선원을 만나게 된다.

파우스트의 죽음 파우스트는 자살하고, 메피스토가 그의 시신을 감싸 안고 있다.

4. 파멸에 이르는 길

4-1. 생의 진실에 대한 동경

첫 장면 '아침 산행'에서는 "목적도 조국도 없는 이방인"(S. 8, V. 161)이자 방랑자인 파우스트의 극단적 고독이 묘사된다. 그는 삶과 죽음이 무엇인지에 대한 답을 얻고자 하며 "진실에 대한 가망 없는 사랑"(S. 15, V. 359/60)으로 고통스러워하는 자이다. 끊임없이 생의 비밀을 추구하며 생의 근원적 힘과 진실에 대한 인식을 향한 욕망을 충족시키고자 하지만, 학문도 신도 철학도 의혹과 고독으로부터 그를 구원하지 못한다. 단지 인생의 덧없음을 인식할 뿐이다. 비평가들은 파우스트와 시인 레나우 사이의 정신적 유사성을 지적하며 작품에서 작가의 전기적 요소를 밝히려 하기도 한다. 그들은 종교에 대한 회의와 철학적 교리 사이에서 방황하던 레나우의 멜랑콜리와 염세적 감정을 파우스트에게서 발견할 뿐만 아니라, 종교와 철학에 대한 메피스토의 풍자적이고 비판적인 언급에서도 레나우적 사고가 투사되어 있다고 평가한다. 즉 파우스트와 메피스토의 변증법적 대립은 레나우 정신세계의 반영이라는 것이다.(S. 137 u. 206 f. 참조) 이 경우 레나우는 자신이 고민하는 문제들을 작품에 던져놓을 뿐이며, 그에 대한 객관적이고 비판적인 관찰이 작중에 결여되었다는 점에서 시인이 가진 개인적 모순을 해결하지 못했다는 인상을 준다.

파우스트의 영혼은 "인식에 대한 그칠 줄 모르는 동경"(S. 9, V. 188)으로 불타오르고, 결국 "신이 나를 영원히 추방한다 해도/나는 인식의 열매를 향유하고 싶다"(S. 7, V. 129~130)고 한다. 이런 파우스트에게 메피스토는 생의 진실로 인도할 "최후의 조력자"(S. 20, V. 483)이다. "죄를 지음으로써 진실에 이르는 자, 화를 입으리라"[9]라는 실러의 시구를 조롱하듯 메피스토는 삶의 진실을 알고자 하는 파우스트에게 "대담하게 죄를 통해 진실에 이르러야 할 것"(S. 10, V. 208)이라고 부추긴다. 메피스토는 규범을 위반하여 죄인이 될 용기가 있는 자만이 자신의 인도를 받을 만한 가치가 있다고 한다. 파우스트는 인식에 대한 갈망으로 메피스토에게 자신을 내던지지만 깊은 내면에서는 그를 혐오한다.

---

9) Friedrich Schiller, Das verschleierte Bild zu Sais, In: *Schiller: Werke in drei Bänden*, Bd. II, München, 1966, S. 712.

파우스트 너는 역겹고 혐오스럽구나.

　네가 점점 더 부담스럽구나.

메피스토 혐오스럽다고? 난 상관없어.

　넌 나 없이는 제대로 안 돼.

　내가 그토록 매력적이라는 건,

　네 병든 영혼이 날 필요로 하기 때문이지.(S. 65, V. 1719/24)

괴테의 『파우스트』에서는 주님과 악마가 파우스트를 내기의 대상으로 정함으로써 그와 메피스토의 관계가 정해지지만, 레나우의 경우에는 먹을거리를 찾아 떠돌아다니는 메피스토의 일방적 방문으로 둘 사이의 관계가 시작된다. 레나우는 친구에게 보내는 서한에서 두 인물의 성격을 다음과 같이 규정한다.

나의 파우스트는 메피스토의 손아귀에서 구조될 수 없다. (……) 신에게 속한 것은 신에게, 악마에게 속한 것은 악마에게 청한다. 악마도 살아 있을 필요가 있다. 파우스트는 악마적인 입맛을 위한 훌륭한 먹을거리이다.[10]

메피스토는 '춤' 장면에서 여인들과의 감각적 유희를 통해 파우스트의 육감적 욕구를 불러일으키고 이성의 경계를 파괴시킨다. "내 사랑은 지상의 여인을 위해서는 결코 불타오르지 않으리라"(S. 15, V. 358) 하고 장담하던 파우스트는 이제 세속적 욕망에 휩싸여 순진한 농촌 아가씨와 수녀 그리고 대장장이 아내를 차례로 유혹한다. 괴테의 파우스트가 그레첸과의 비극적 사랑을 겪은 후 헬레나를 만나는 것처럼, 레나우의 파우스트는 자신이 유혹하였다가 즐기고 버린 패프라인의 처참한 환영을 본

---

10) 1835년 요한 게오르크 아우구스트 폰 하르트만에게 보낸 서한. Zitiert nach Petra Hartmann, *Faust und Don Juan*, S. 60.

이후 자신의 행동을 뉘우치고 여성에 대한 진실한 사랑에 눈을 뜨고, 그 사랑 때문에 살인까지 저지르게 된다. 레나우는 1844년 역시 장르의 실험적 혼합 형식인 미완성 단편 「돈 후안」을 발표한다. 문학적 관습에 따라 파우스트와 돈 후안은 일견 상반된 인물 유형인 듯하지만, 본능과 충동을 해방시키고자 하는, 즉 인간 내부의 자연을 추구하는 인물이라는 점에서 유사점을 발견할 수 있다. 돈 후안이 본능과 완전히 하나가 되어 여인들과의 관계 속에서 자신의 충만함을 발견한다면, 파우스트는 감각적 욕망에 빠져 여인들을 유혹할 뿐만 아니라 살인을 저지르고 자살을 택함으로써 종교적 도덕적 규범에서 이탈한다. 생의 진실을 깨닫고자 악마와 맺은 계약은 그를 유혹과 살인 그리고 자살로 이끌 뿐이다. 악마가 파우스트로 하여금 인식하게 하려는 삶의 진실은 삶의 무가치함 이외엔 아무것도 아니다.

파우스트가 죽음에 이르는 바로 전 장면의 제목이기도 한 괴르크는 해변의 선술집에서 만난 선원의 이름이다. "삶이란 전투과정이다,/그러니 환호하지도 두려워하지도 말지어다"(S. 113, V. 3012/3)라고 외치는 괴르크에게서 파우스트는 시민적 삶의 일상성을 관찰한다. 현세적 삶을 즐길 줄 아는 그에게 파우스트는 인생과 인생의 기쁨에 대해 말해줄 것을 청하면서 신을 믿느냐고 묻는다. 이에 괴르크는 "나는 신의 얼굴을 한 번도 본 적이 없으며/신의 음성을 들어본 적도 없다"(S. 117, 3105/6)고 대답한다. 뿐만 아니라 "자연이라! 그게 도대체 뭐지?/어디에 숨어 있단 말인가?"(S. 122, V. 3238/9)라며 신뿐만 아니라 자연 역시 부정한다. 파우스트에게 괴르크는 "신이 그리고 자연이 그를 버린다 해도/확고하게 살아갈 완전한 인간"(S. 122, V. 3252/3)이다. 그러나 괴르크는 파우스트의 고통에 한 점의 위안도 주지 못하며, 그의 동경을 한층 증폭시킬 따름이다.

5-2. 허무주의와 극단적 유아론

생의 진실을 깨닫기 위해 메피스토에게 스스로를 양도한 파우스트는 성경을 불 속에 던져버린다.

> 메피스토 그는 신으로부터 벗어났다. 나는 이제
> 파우스트를 자연으로부터 떼어놓기만 하면 된다.
> (……)
> 내가 자연과 파우스트 사이의 절연에 성공한다면,
> 그는 자기 자신과만 함께할 것이며
> 내가 그 사이로 뛰어들어가리라.(S. 30, V. 752/769)

의기양양한 메피스토의 독백은 곧 파우스트의 파멸과 함께 악마의 승리를 예고한다. 그러나 파우스트를 신으로부터 떼어놓는 것보다 자연으로부터 떼어놓는 것이 더 어려워 보인다. 바다를 정복하고 싶다는 욕망으로 둑을 쌓고 간척지를 건설하는 괴테의 파우스트와 달리, 레나우의 파우스트는 바다의 폭풍에 스스로를 내맡긴다. 그는 삶의 과정을 자연 그대로의 전투과정으로 경험한다.[11]

학문도 종교도 철학도 생의 진실을 알고자 하는 그의 욕망을 충족시키지 못한 것처럼 악마와의 결탁도 그를 도와주지 못한다. 메피스토가 제시한 "죄를 통하여 이르는 길"은 파우스트를 파멸로 이끌 뿐이다. 메피스토는 전통적인 윤리적 도덕적 가치들을 부정함으로써만 삶의 진실을 경험할 수 있다고 한다. 모든 가치에 대한 그의 냉소적 태도는 부정의 정신이자 허무주의의 소산이며 삶의 무가치성에 대한 인식에서 연유한다. 메피스토는 현실과 개인적 삶의 변화 가능성에 대한 그 어떤 환상도 가

---

11) Vgl. Kurt Adel, *Die Faust-Dichtung in Österreich*, S. 111 f. 레나우는 스피노자와 헤겔의 철학을 거쳐 셸링의 자연철학에 몰두하며, 그의 작품에는 범신론적인 요소들이 보인다.

지지 않는 "부정적 계몽자"[12]이다.

　파우스트가 결정적으로 메피스토에게 예속되는 것은 사랑하는 마리아의 약혼자 후베르트 공작을 살해한 후이다. 파우스트는 신으로부터, 자연으로부터 그리고 인간과 사회로부터 소원화된다. 모든 것으로부터 추방된 파우스트는 점점 자기 중심적 인간이자 스스로 고유한 세계의 중심이 되어간다. 그는 신과의 합일을 꿈꾸며 신과 같은 존재가 되고자 한다. "파우스트, 난 너의 생각이 신으로 보일 / 하나의 신전을 지어줄 것이다" (S. 90, V. 2401/2)라는 메피스토의 유혹은 그를 극단적 유아론으로 이끌며, 유아론으로의 도피는 그의 허무주의에서 유래한다.

> 파우스트 모든 사람들 중 가장 축복받은 자는
> 　　아이였을 때 이미 눈을 감은 자,
> 　　한 번도 발을 땅에 디뎌보지 않은 자,
> 　　따듯한 엄마의 가슴으로부터
> 　　직접 그리고 자신도 모르는 채
> 　　죽음의 품 안으로 미끄러져가는 자로다!(S. 119, V. 3168~3173)

　파우스트의 허무주의는 그를 꿈과 가상의 세계로 인도한다. 그는 자살을 택함으로써 신과 자연으로부터 자유로워질 뿐만 아니라 자기 자신으로부터도 자유로워진다. "그 모든 것은 희미한 가상이 아니던가?"(S. 127, V. 3380) 파우스트는 쇼펜하우어처럼 삶을 경험한다.

> 　삶에서의 모든 것은 현세의 행복이 분명 공허하거나 환상으로 인식되는 것이라는 것을 알려준다. (……) 삶은 크건 작건 간에 계속되는 기만이다.[13]

---

12) H. Schmidt-Bergmann, *Ästhetismus und Negativität*, S. 114.

13) Zitiert nach H. Schmidt-Bergmann, *Ästhetismus und Negativität*, S. 114.

파우스트는 악몽에서 깨어나지 못하며 악몽은 현실 그 자체이다. 그의 체념적인 자살은 꿈이자 악마적 의미의 구원이다.

> 메피스토 너와 나 그리고 우리의 결합이 아니라,
> 죽음으로의 도주만이 너의 꿈이고 구원이다!
> (……)
> 스스로 구원받았다고 믿는 어리석은 자여,
> (……)
> 네가 뜨거운 절망의 열기로
> 모든 투쟁을 말살시키고,
> 너와 세상과 신을 하나로 용접하려 했을 때
> 너는 속죄로부터 결코 멀리 떨어져 있지 않았다.
> 그때 네가 나의 품 안으로 뛰어들어왔는데,
> 이제 나는 너를 얻어 감싸안고 있구나!(S. 128, V. 3416/37)

파우스트의 구원이 예견되고 악마의 권한이 축소되는 괴테의 『파우스트』와는 달리, 레나우의 「파우스트」는 메피스토가 승리함으로써 중세의 파우스트 전설과 슈피스, 비드만, 피처 등의 민중 판본에 보다 가까운 결말로 끝난다. 이들의 공통점은 악마와 결탁한 파우스트의 비참한 최후를 통해 독자들의 경각심을 불러일으키려는 일종의 종교적 경고서의 역할을 한다는 점이다. 바로 이런 점이 마르텐젠을 비롯한 여러 비평가들이 오랫동안 레나우의 「파우스트」를 기독교적 계시 신앙의 승리로 해석한 이유라 할 수 있다.(S. 199 참조)

5. 맺는말을 대신하여

「파우스트」는 레나우의 가장 중요한 작품이 아니며, 당시 문학적 경향을 특징짓는 작품도 아니라는 것이 비평가들의 일반적인 견해이다. 그러나 괴테에 정향된 기준을 벗어난다면 파우스트를 소재로 하는 작품들 중 고유한 특징을 갖는다는 것을 부인할 수는 없다. 특히 레나우의 파우스트가 진실에 이르는 길과 그의 종말은 괴테의 파우스트와 분명한 차이를 보여준다. 괴테의 주인공은 근대를 기획하는 서구인의 전형으로서 행동하고 노력하는 한 구원이 예정된 인간임에 반하여 레나우의 주인공은 생의 허무함만을 체득한 채 파멸이 예정된 인물이다.

레나우는 파우스트의 회의를 '사색적 몽상'이라고 칭한다. 학문과 종교 그리고 철학을 통해서도 인식에 다다를 수 없다는 비관적 세계관은 고전주의적 낙관주의와는 거리가 멀며, 이것은 괴테 시대를 관통해온 이상주의 철학에 대한 비판일 수 있다. 또한 레나우의 「파우스트」는 당시 가치가 있다고 여기던 모든 규범들, 즉 종교, 철학, 정신적 질서뿐만 아니라 문학적 장르와 형식에 대한 회의도 보여준다. 전통에 대한 회의를 통해 보여주는 염세적 성향은 오히려 다양한 세계관과 표현 가능성을 제공하며, 이는 새로운 정신적 토대를 추구하려는 전환기의 특징적 현상이라 할 수 있다.(S. 211 참조)

레나우의 「파우스트」를 괴테 시대 이후의 정신사적 변화에 대한 수많은 징후들 중 하나일 뿐만 아니라 1830년대의 정치적 정신적 변혁의 반영으로 파악할 경우, 이 작품의 전체적 맥락으로 볼 때 부자연스러울 수도 있는 두 장면 '교훈'과 '노래'에서 당시 오스트리아 정부에 대한 레나우의 정치적 입장을 엿볼 수 있다.

    메피스토 민중은 괴롭힘을 당하고 있습니다.
       (……)

단지 두 경우에만 민중은 감옥의 창살을 부술 겁니다.

당신이 그들을 너무나 가혹하게 괴롭히거나,

당신이 그들 괴롭히기를 중단하는 경우지요.

그들이 당신의 밝은 빛을 받지 못한다면,

그럼 당신은 역사에서는 약자입니다.(S. 41, V.1061/67)

　학자로 변장한 메피스토가 민중 봉기를 걱정하는 궁정 대신에게 경고하는 일, 그리고 파우스트가 "허약한 남자여! 당신은 육체가 없고,/어리석은 여인이여! 당신은 영혼이 없소./그래서 존귀하신 그대들 한 쌍은/결혼하기에 안성맞춤이지요"(S. 48, V. 1250/53)라며 왕과 왕비를 모욕하는 내용의 노래는 1830년 7월 프랑스 혁명에 대한 레나우의 정치적 옹호로 해석할 수도 있다.[14]

---

14) 1814~1815년 메테르니히 주도하의 빈 회의는 프랑스 혁명과 나폴레옹 지배 이전의 구체제 복고를 원칙으로 하며, 이런 보수 체제는 정치적 자유와 탄압으로 각국 민중 봉기와 혁명을 유발한다. 7월 혁명은 보수 반동 정책을 실시한 샤를 10세에 저항한 시민혁명으로 유럽 각국에 영향을 끼친다. Vgl. H. Schmidt-Bergmann, *Ästhetismus und Negativität*, S. 118.

참고 문헌

Nikolaus Lenau, *Faust. Ein Gedicht. Mit Dokumenten zur Entstehung und Wirkung*, hrsg. von Hartmut Steinecke. Bibliographisch ergänzte Ausg., Stuttgart, 1997.

Friedrich Schiller, Das verschleierte Bild zu Sais, In: *Schiller: Werke in drei Bänden*, Bd. II, München, 1966.

Adel, Kurt, *Die Faust-Dichtung in Österreich*, Wien, 1971, S. 109~122.

Hartmann, Petra, *Faust und Don Juan. Ein Verschmelzungsprozess*, Stuttgart, 1998, S. 55~70.

Kampel, Beatrix: Verführer und Rebell, In: *Germanisch-Romanische Monatsschrift*, Bd. 37, 1987, S. 68~89.

Schmidt-Bergmann, Hansgeorg, *Ästhetismus und Negativität. Studien zum Werk Nikolaus Lenaus*, Heidelberg, 1984, S. 109~125.

Steinecke, Hartmut, *Nachwort zu Nikolaus Lenau. Faust. Ein Gedicht*, Stuttgart, 1997, S.197~212.

하이네의 무도시 「파우스트 박사」

1. 머리말

유럽에는 파우스트 전설을 테마로 취급한 작품이 수없이 많다. 그중에서도 하이네Heinrich Heine(1797~1856)는 파우스트 이야기를 발레로 구성하여 무대에 올리고자 한다. '악마와 마녀들과 시문학에 관한 진기한 보고를 곁들인 하나의 무도시(舞蹈詩)'라는 부제가 달린 「파우스트 박사Der Doktor Faust. Ein Tanzpoem nebst kuriosen Berichten über Teufel, Hexen und Dichtkunst」[1]의 생성과정과 사건 진행, 파우스트와 여주인공들의 상호관계, 하이네의 무도관(舞蹈觀) 등을 고찰하면서 이 특이한 작품을 소개해본다.

---

1) Heinrich Heine, *Sämtliche Werke*, Hrsg. von Hans Kaufmann, Bd. XIII: *Der Doktor Faust, Die Götter im Exil, Die Göttin Diana, Geständnisse, Memoiren*, München, 1964, S. 5~50. 이하 텍스트 인용은 본문의 괄호에 로마 숫자로 권을, 아라비아 숫자로 쪽을 표시함.

2. 「파우스트 박사」의 생성

하이네는 괴팅겐 대학 시절인 1824년경부터 파우스트 신화에 몰두하며 이를 자기 나름대로 자신의 문학작품에 변용시켜나간다. 그러나 이소재를 직접 글로 표현한 것은 1846년 11월에 런던의 왕립 오페라 극장지배인 벤저민 럼리로부터 파우스트 발레를 써달라는 부탁을 받았을 때이다. 그는 이미 구성해놓은 파우스트 초안을 겨울 동안 수정 보완하여오페라 대본 『파우스트 박사 — 하나의 무도시』를 완성하고, 이듬해 1~2월에는 "공개 서한 형식"[2]으로 집필한 '해설서'를 완성하여, 1847년 2월에 이들을 다음과 같은 글과 함께 런던으로 송부한다.

> 당신께 확실히 말씀드리건대, 나는 이런 종류의 약속은 결코 다시 하지
> 않을 겁니다. (······) 당신이 전설 속의 실제적 파우스트를 보여준다는 것
> 을 사람들에게 이해시키기 위해서, 내가 얼마나 고생하였는지를 알면 당
> 신은 기분이 좋을 것입니다.[3]

럼리는 이 작품을 영어로 번역하여 공연이 시작되기 전에 관객들 손에쥐여주고자 한다. 그리고 1847년 2월 4일자 '모닝 에드버타이저' 신문에는 이 발레 작품에 대한 다음과 같은 광고가 게재된다. "독창적이고 화려한 발레를 선보이게 될 것이다. 이는 유명한 시인 하인리히 하이네가 특별히 왕립 오페라 극장을 위해 독일의 옛 전설 중 하나를 작품화한 것이다."[4] 그러나 하이네가 크게 성공하리라고 기대한 이 작품은 기술적이고예술적인 표현의 어려움 때문에 런던 극장에서 공연되지 못한다. 그후

---

2) Gerhard Höhn, *Heine-Handbuch. Zeit, Person, Werk*, Stuttgart, 1987, S. 372.

3) Zitiert nach Werner von Vordtriede u. Uwe Schweikert, *Heine-Kommentar*, Bd. I: *Zu den Dichtungen*, München, 1970, S. 118.

4) Gerhard Weiß, Die Entstehung von Heines Doktor Faust, In: *Heine-Jahrbuch*, Hrsg. von Heinrich-Heine-Institut Düsseldorf, Hamburg, 1966, S. 44.

1850년에 하이네의 친구이며 빈 궁중극장 예술지배인 H. 라우베가 빈과 베를린에서 이를 무대에 올리려고 시도해보지만 역시 실패하고 만다.

하이네는 이 '무도시'를 런던에서 공연한 다음, 프랑스인들에게 소개하고 자신의 저작권을 보호할 목적으로 A. 가티에게 부탁하여 프랑스어로 번역토록 한다. '해설서'를 제외한 최초의 프랑스어판 파우스트 발레는 1847년 4월에 출판되어 파리의 국립도서관에 보관되어 있으며, 제목은 '장 파우스트 박사의 전설'이다. 1852년에는 S. R. 타이앙디에가 이를 다시 '메피스토펠라와 파우스트 전설'이라는 제목으로 번역하며, 1855년에는 이 번역이 '파우스트 전설'이라는 새로운 제목으로 『드 랄르만 뉴』지 제2권 119~179쪽에 게재된다.

독일의 출판업자 캄페는 이 발레가 씌어진 1847년에는 관심을 보이지 않지만, 1851년 여름 파리에서 작가와 다시 만났을 때 두 사람은 이 원고의 보완 작업에 합의한다. 두번째 작업기인 1851년 8~9월에 하이네는 본래의 무도 장면 원고를 줄이거나 확장시키기도 하지만, 무엇보다도 해설서를 대폭 수정하며, 집필 날짜를 10월 1일로 앞당긴 '입문'을 첨부하기도 한다. 11월에 이는 함부르크의 호프만과 캄페 출판사에서 '파우스트 박사─악마와 마녀들과 시문학에 관한 진기한 보고를 곁들인 하나의 무도시'라는 제목으로 출간되며, 오늘날까지 모든 연구와 연출의 근본으로 이용되고 있다. 그리고 문학사에 일반적으로 알려진 이 드라마의 초연은 1948년에야 이루어진다. 서커스 감독 슈만과 궁중 발레단의 주역무용수 심스는 하이네의 '무도시'를 심록의 민중본과 결합시켜 부분적으로 수정하고, 이 변형판을 서커스단의 축제 행사로 뮌헨 국립 오페라 극장에서 공연한다.[5]

---

5) Vgl. Frank Möbus u. G. Unverfehrt(Hrsg.), *Faust. Annäherung an einen Mythos*. 2. Aufl., Göttingen, 1996, S. 115.

3. 막의 구조와 사건 진행

3-1. 막의 구조

극도로 역동적인 무도의 광경이 전개되는 하이네의 파우스트 발레는 실은 하나의 드라마이다. 이에 관해 헤닝은 이렇게 말한다. "단순히 외형적으로 보아서 이 이야기는 비극의 형식에 해당되며, 다만 언어로 구사된 말이 결여되었을 따름이다. 파우스트는 여러 가지 존재의 성취에 대한 가능성을 체험하고, 마침내 그리스 문화의 봄날과도 같은 세상에서 자신의 행복이 이루어졌다고 여기는 것처럼 보인다. 이 최고도에 달한 행복의 감정에는 추락이 뒤따르고, 결국에는 주인공의 죽음으로 결말이 난다. 이 결말까지도 비극적이라고 말할 수 있는바, 왜냐하면 주인공이 안정을 찾았다고 생각하는 바로 그 순간에 지하의 세계로 이끌려가기 때문이다."[6]

하나의 비극이라고 할 수 있는 이 작품은 5막으로 구성되어 있다. 사건이 진행되는 시간은 16세기에 시작하여 16세기에 끝난다. 그러나 언제인지를 알 수 없는 초시간적 사건이 전개되기도 하고 그리스라는 고대의 세계를 넘나들기도 한다. 각 막의 배경이 되는 공간 역시 하나로 통일되지는 않지만, 높은 산봉우리를 축으로 하여 앞뒤에 두 개씩의 서로 다른 장소에서 새로운 사건이 펼쳐지도록 구성된다. 전 작품의 클라이맥스를 이루는 제3막은 드넓은 산상에서 벌어지는 마녀들의 축제를 발레로 표현한다. 무대는 조야한 등장인물들과 입체적인 상들로 가득 차며, 검은 숫염소가 육감적인 정부와 "옛 소돔의 민속춤"(XIII, 48)을 추고, 곧이어 이 정부가 파우스트와 도취된 사랑의 춤을 추다가 나무숲 뒤로 사라진다. 형식적으로 중심축이 되는 제3막과 대조를 이루며 앞쪽의 제2막에서는 경직된 궁중사회가 지배하는 성에서 사랑에 빠진 남녀의 무도가 전

---

6) Hans Henning, *Die wichtigsten deutschen Faust-Dichtungen in der 1. Hälfte des 19. Jhdts. und ihr Verhältnis zu Goethe. Grabbe-Lenau-Heine*, Diss., Weimar, 1964(Masch.), S. 271.

개되고, 뒤쪽의 제4막에서는 햇빛이 넘쳐흐르는 이상적인 풍경의 섬나라 그리스에서의 행복하고 평화로운 삶이 전개된다. 그리고 제1막의 시작 장면에서는 고딕 양식으로 꾸며진 파우스트의 서재를 무대로 악마와의 계약이 이루어지고, 제5막의 마지막 장면에서는 고딕 양식의 성당 앞 광장을 사건의 무대로 하여 주인공의 파멸이 이루어진다. 하이네는 이렇게 의도적으로 3막을 정점으로 한 대칭적 구조를 이용하여 전통적 비극처럼 발단-상승-클라이맥스-하강-파국이란 사건의 흐름을 표현하고 있다.

3-2. 사건 진행

그럼 5막으로 구성된 이 '무도시'를 보다 잘 이해할 수 있도록 사건과정을 간단히 살펴보자.

제1막은 16세기 고딕 양식으로 된 서재에서 진행된다. 파우스트가 『지옥 강요(地獄强要)』라는 마술서를 통해 악마를 주문으로 불러내는데, 이 악마는 불타는 호랑이, 섬뜩한 뱀 등으로 변신하다가 결국엔 예쁘고 우아한 발레를 추는 여인 메피스토펠라로 출현한다. 그녀는 파우스트에게 몇 가지 마술적 예술을 보여주고 맛보게 한 다음, 두 사람 간의 동맹을 약속하는 서류에 서명하라는 종이를 내민다. 파우스트가 주저하고 있는 중에 비길 데 없이 아름다운 여인의 모습이 거울 속에 나타난다. 메피스토펠라가 앞으로 제공할 지상에서의 육감적 향락을 염두에 두고 파우스트는 피로써 계약서에 서명한다. 악마는 파우스트에게 춤을 가르치고, 찬란한 2인 발레(對舞) 파드되까지 추게 된다. 마술거울 속의 여인상과 몰아지경의 춤을 추기도 하지만, 보다 지고한 댄스 교습으로 이 막은 끝난다.

제2막의 무대는 로코코 양식으로 건축된 성 앞 광장이며, 이는 하나의 가든파티를 열도록 장식되어 있다. 성주인 공작 앞에서 파우스트가 기원전에 죽은 다윗 왕을 불러내는 등의 마술을 보여준다. 파우스트는 공작 부인을 거울 속에 나타났던 여인이라 인식하고 그녀에게 다가가 가까이 사귀며 사랑을 고백한다. 메피스토펠라는 공작을 유혹하며 함께 춤을 춘다. 파우스트는 공작 부인의 목에서 악마의 반점을 발견하고, 그녀가 마왕의 신부라는 것을 폭로해주는 황금빛 구두를 신은 것을 가리키며 다음 열리는 마녀들 춤에서의 랑데부를 청한다. 파우스트와 공작 부인은 과감한 열정의 몸짓을 하고 서로 사랑 유희를 하며 극도의 황홀경에 빠진다. 이런 관능적 자세를 바라보며 질투심에 가득 찬 공작이 칼을 뽑아들면서 이 장면은 막을 내린다.

제3막은 밤에 산봉우리에서 벌어지는 마녀들 축제를 서술한다. 악마가 소개되는데, 그는 "검은색의 인간 얼굴을 하고 뿔들 사이의 초에 불이 켜져 있는 크고 까만 숫염소이다".(XIII. 17) 여기에는 수많은 마녀들이 연회를 벌이고 있으며, 다시 만난 파우스트와 공작 부인의 사랑도 절정에 달하는 동시에 방향 전환이 이루어진다. 이제까지 순간의 향락을 추구하던 파우스트는 오로지 음탕한 욕정에만 사로잡힌 공작 부인에 대한 구역질로 가득 차게 된다. 그녀에 대한 혐오감을 드러내며 메피스토펠라에게 순수한 아름다움인 그리스의 조화에 대한 그리움을 토로한다.[7] 메피스토펠라는 마술봉으로 땅을 치며 스파르타의 헬레나 영상을 파우스트 앞에 나타나도록 한다. 파우스트는 마술의 검은 말을 타고 그녀에게로 달려간다.

제4막은 에메랄드 빛의 그리스 섬들 세계에서 전개된다. 가장 아름다운 '시의 여왕' 헬레나가 시녀들과 함께 춤을 추며 파우스트를 맞아들이고 '고요한 행복의 섬'에서 함께 살기를 청한다. 베누스 사원으로 헬레나를 따라간 파우스트는 중세 독일의 낭만적 옷을 벗어던지고 단순하면서도 화려한 그리스 옷으로 갈아입는다. 이 조화로운 환경에서, 그리고 아름다운 헬레나 곁에서 안정을 취하는 파우스트는 자신의 행복을 찾았

---

7) Vgl. Benno von Wiese, Das tanzende Universum, In: B. v. Wiese, *Signaturen. Zu Heinrich Heine und seinem Werk*, Berlin, 1976, (S. 67~133) S. 120 f.

다고 믿는다. 그러나 갑자기 이 평화로운 삶 속으로 공작 부인이 박쥐를 타고 날아들어와 마술적 격언과 저주의 동작으로 모든 것을 파괴해버린다. 그로 인해 격분한 파우스트는 그녀를 칼로 찔러 죽인다. 메피스토펠라는 파우스트와 함께 폭풍우 몰아치는 바다 위로 날아간다.

제5막은 다시 16세기로, 네덜란드의 성당 앞 광장에서 벌어지는 시민 세계의 일상생활로 되돌아온다. 노학자 파우스트는 기적을 통해 치료하는 엉터리 의사로 세상을 두루 돌아다닌다. 그러던 중 소박하고 자연스런 시장의 딸을 만나며, 황홀경에 빠져 그녀와 결혼하고자 한다. 박사는 겸손하고 순수한 삶에서 마침내 진정한 가정의 행복을 찾았다고 생각한다. 그러나 신랑 신부의 행렬이 교회를 향하고 있을 때 메피스토펠라가 나타나 파우스트에게 계약서를 보이며 기간이 만료되었음을 알려준다. 파우스트는 교회의 품으로 도망치려 하며 간청도 해보지만 계속적인 비웃음을 당한다. 결국은 뱀으로 변신한 메피스토펠라에 의해 교살되고 만다.

4. 주요 인물들의 상호관계

하이네는 '해설서'에서 슈피스, 비드만 등의 책을 중심으로 파우스트 민중본의 전통을 충실히 지키고자 했음을 강조한다. 파우스트 전설의 이념이 그에게는 "유심론적인 고대 가톨릭교회가 금욕에 대항한 현실적이고 감각주의적인 생명욕의 반란"(XIII, 37)을 의미한다. 하이네 파우스트의 출발점은 그러니까 정신만을 강조하는 금욕주의적 세계인 종교와 물질적으로 이해되는 실제 세계인 관능적 쾌락 사이의 선택이라 할 수 있다. 작가가 말하는 바처럼 "요하네스 파우스트에 관한 전설은 아마도 여기에 우리 동시대인들 자신이 지금 싸우고 있는 투쟁, 즉 종교와 학문, 권위와 이성, 믿음과 사상, 겸손한 체념과 철면피한 향락욕 간의 현대적 투쟁―하나의 단말마적 투쟁이 그렇게도 소박하고 평이하게 서술되어 있음을 알고 있기 때문에 신비로 가득 찬 매력을 지닐 것이다".(XIII, 32)

그 태도와 본질에 있어서 서투름과 용기, 꼴사나운 석사와 반항적인 박사의 오만함이 혼합되어 있는 학자로서의 파우스트는 감각주의냐 아니면 정신주의냐를 결정하기 이전에 이미 주문으로 악마를 불러내는 입장에 처해 있다. 그는 정신적인 세계와 작별하고, 저 세상에 대한 모든 관계를 벗어났다고 스스로 말한다. 그는 이 세상으로 몸을 돌려 온갖 감각으로 향락하며, 지상에서의 순간적인 쾌락과 만족과 행복을 찾고자 한다. 그러므로 정신의 춤이 아니라 육체의 춤을 추며, 지식의 충동이 아니라 사랑의 충동에 사로잡히게 된다.[8] 이러한 의도는 끝까지 관철된다. 마지막에 가서 믿음의 영역으로 되돌아오려고 시도하지만, 이는 메피스토펠라의 개입으로 인해 실패로 돌아간다. 파우스트가 존재의 기쁨과 향락을 추구하려는 여러 차원의 노력은 세 여인과의 사랑 체험, 즉 공작 부인과 헬레나와 시장의 딸과의 사랑놀이가 분명히 나타내준다.

4-1. 파우스트와 공작 부인

제1막에서 제4막에 이르기까지는 공작 부인이 주도적 역할을 한다. 거울 속에 나타난 여인의 모습에 자극받아 파우스트는 결국 메피스토펠라에게 영혼을 팔아넘기고, 이로써 정신적 학문세계에 몰두했던 그때까지의 인생에 결정적인 방향 전환을 하게 된다. 육체적으로 풍만한 공작 부인과의 사랑에서 그는 곧 최고의 열정과 육감적 사랑에 빠진다.

파우스트와 공작 부인은 서로 쓰러지듯 품에 안긴다. 그리고 그들의 흘러넘치는 열정은 미칠 듯이 기뻐하는 무도에 나타난다. (……) 파우스트와 공작 부인은 (……) 도취적 사랑의 절정에 다다른다.(XIII, 18 f)

---

8) Vgl. G. Höhn, *Heine-Handbuch*, S. 373.

그러나 악마적인 분위기 속에서—공작 부인은 실은 악마의 신부들 중한 사람이다—이 열정은 부정적으로 특징지어진다. 이 미칠 듯한 열정은 파우스트가 오래 견디어낼 수 없는 방만한 감성에 불과하기 때문이다. 그는 결국 공작 부인의 과도한 욕정에 구역질을 느끼며 그녀를 배척하게 된다. "파우스트와 공작 부인이 다시 나타나지만, 그의 얼굴 표정은 당혹한 상태이다. 화가 나서 그는 그 여인으로부터 몸을 돌리는데, 그녀는 아주 음탕한 애무로 그를 추적한다. 그는 자신의 불쾌감과 혐오감을 (……) 알아차리게 한다. 공작 부인이 그 앞에 쓰러져 간청하지만 소용이 없다. 그는 그녀를 역겹게 밀쳐버린다."(XIII, 19)

4-2. 파우스트와 헬레나

파우스트는 이제 보다 고차원적인 감각을, 순수성을 그리워한다. 공작부인과 그녀의 주변 세계에 대한 두드러진 대조로 하이네는 헬레나와 고대 그리스 세계를 끌어들인다. 그는 헬레나와 그리스 정신에 특별한 애정을 느끼고 있었으며, '해설서'에서 다음과 같이 서술한다. "저 마법의 가장 강력한 주문(呪文)을 담고 있는 마술책은 호메로스라고 한다. 이는 진정으로 위대한 지옥 강요로서 파우스트를 유혹해간다. 역사적 파우스트는 물론 저 전설적인 파우스트까지도 한 사람의 인본주의자로서 그리스 정신, 즉 그리스의 학문과 예술을 열광적으로 독일에 전파시킨 사람이다."(XIII, 37) 그러니까 여기 그리스 세계에는 파우스트가 지상생활에서 요구하는 순수미(美)와 아름다운 조화를 모두 이루어줄 수 있는 이상적 상태가 마련되어 있는 것이다.

앞에 진행된 장면들과의 급변을 분명히 보여주기 위하여 하이네는 그리스 섬들을 밝은 음조로 서술한다. 전체적 분위기가 밝고 햇빛이 비치며, 명랑하고 아름답다. 파우스트는 여기서 긴장을 풀고 행복함에 사로잡혀 자신의 온갖 관능으로 삶을 향유할 수 있다. 왜냐하면 "안개 긴 저세상이나, 신비적인 쾌락과 공포의 전율, 육체로부터 자유로워진 정신의 초지상적인 황홀경을 회상시켜주는 것은 아무것도 없기 때문이다".
(XIII, 21) 이를 위해 '고요한 행복의 섬'의 여왕인 헬레나는 최상의 동반
자이다. 그녀는 주변 세계와 동등하고 조화로우며 순결하다. 그녀는 파
우스트와 함께 안정과 명랑함을 받아들인다.

그러나 이러한 이상적 상태는 영원히 지속될 수가 없다. 헬레나와 더
불어 향유하는 파우스트의 행복은 그저 잠시 동안 지속될 따름이다. 왜
냐하면 질투심으로 발광하는 공작 부인의 갑작스런 개입으로 그 상태가
중단되기 때문이다. 단 한마디의 주문으로 인해 이상향은 무시무시한 저
주로 변화하고 파괴된다.

하늘은 즉시 캄캄해지고 번개가 일며 천둥소리가 요란하다. 바다는 폭
풍처럼 거칠게 파도치며, 섬 전체에서 모든 사물이나 인간들이 몸서리쳐
지는 변화를 겪는다. 모든 것이 폭풍과 죽음에 얻어맞은 것 같다. (……)
여왕 헬레나는 거의 뼈대만 남을 정도로 살이 빠진 시체처럼 파우스트 옆
하얀 침대 시트 위에 앉아 있다.(XIII, 22)

온갖 환희를 동반한 너무나 높고도 정화된 감각세계인 그리스 문화는
생명력이 있는 것으로 나타나지 않는다. 파우스트는 이를 바꿀 수가 없
다. 그가 할 수 있는 유일한 방법이란 오로지 미쳐 날뛰는 공작 부인을
찔러 죽이는 길뿐이다.

4-3. 파우스트와 시장의 딸

파우스트가 그 다음에 체험하는 사랑으로 옮겨가는 과정은 작품 구성
이나 형식 면에 전혀 나타나지 않는다. 그는 갑자기 16세기 시민사회의
평범한 일상생활 속에 엉터리 의사 모습으로 나타난다. 그는 금발의 시
장 딸이 보여주는 "순진성과 예절바름과 아름다움"(XIII, 24)에 호감을
갖게 되고, 그녀와의 결혼생활에서 마침내 자기 삶의 행복을 찾을 수 있

으리라고 생각한다. 이 장면에서 하이네는 반어적으로 파우스트를 다음과 같이 특징짓는다.

> 박사는 겸손하게 달콤하고 고요한 삶 속에서 마침내 가정의 행복을 발견하며, 이는 그의 영혼을 만족시켜준다. 오만한 정신에서 나온 의혹과 열광적인 고통의 향락은 잊혀진 채, 그는 내면적으로 행복한 나머지 교회 탑에 장식된 도금한 수탉처럼 빛을 발하고 있다.(XIII, 24)

그러나 파우스트의 의도는 결국 좌절되고 만다. 결혼을 함으로써 그는 시민적 존재로 다시 회귀하게 될 뿐만 아니라, 믿음의 세계로 되돌아가는 일도 완수할 수 있으리라고 여긴다. 이는 악마와의 계약에 위배되는 일이다. 처음에 파우스트는 의식적으로 믿음에 등을 돌렸고, 완전히 지상적인 삶, 즉 이 세상에서의 관능적인 삶을 요구했었다. 믿음에 대해 새로운 관계를 맺는 일은 있을 수가 없다. 그의 계약 기간이 끝난 것이다. 결혼식을 올리러 가는 길은 마지막 파멸의 길이 된다. 메피스토펠라가 파우스트의 목을 졸라 죽인 후 다른 지옥의 형상들과 함께 지하의 세계로 이끌어가기 때문이다.

> 그들도 마찬가지로 환호하는 론도 음악이 울려퍼지는 가운데 결국 소름 끼치는 뱀으로 변신한 메피스토펠라가 거칠게 휘감아 목 졸라 죽이는 불쌍한 파우스트를 조롱한다. 불꽃이 타닥거리며 폭음을 내는 가운데 전체의 등장인물은 지하세계로 가라앉으며, 한편으론 종소리와 오르간 소리가 (……) 경건한 기독교적 기도를 올리라고 재촉한다.(XIII, 25)

4-4. 메피스토펠라

하이네의 「파우스트 박사」에 있어서 특이한 점은 악마가 여성의 모습으로 출연한다는 것이다. 그의 진술에 따르면, 악마는 괴테가 묘사한 것처럼 그렇게 추잡하거나 기이하고 우스꽝스러운 모습이 아니라, 아주 우아하고 고상하며 지하 권력 구조의 고위층에 있는 "섬세한 정령"이다. 뿐만 아니라 "메피스토펠레스는 실제적인 인물이 아닐 뿐만 아니라, 민중본들에 등장하는 다른 인물들처럼 어떤 특정한 모습으로 알려지지도 않았다".(XIII. 44) "악마는 제 마음대로의 형상으로 변신할 수 있는 천성을 가지고 있다."[9] 또한 "악마는 늘 아름다운 여인의 모습으로 변신하기를 좋아하며, 과거의 파우스트 책에서는 메피스토펠레스도 이러한 형상으로 그 가련한 박사를 유혹하는 법을 알고 있다".(XIII. 42) 그래서 하이네는 자유로이 악마와 그 동아리를 발레하는 댄서로 출연하도록 하였고, "특히 성적인 문제를 제기하기 위하여 여성적인 악마를 필요로 했다".[10]

메피스토펠라는 처음에는 파우스트를 유혹하는 여인으로 나타나며, 그를 관능적으로 자극하고 현혹하여 결국은 그녀와의 계약에 서명케 한다. 그 다음부터는 파우스트가 가는 길 어디에서나 그를 동반하는 파트너로 등장한다. 그녀는 언제나 새로운 체험을 제안하며 그의 모든 소망에 관여하고 동조한다. 드물지 않게 그녀는 그로테스크하게 파우스트가 바로 행하고 있는 일을 흉내내며 변화된 형식으로 다시 행하기도 한다.

파우스트와 공작 부인이 진정한 열정, 즉 거친 사랑의 무도의 모든 단계를 두루 춤추는 동안, 메피스토펠라와 그녀의 파트너가 추는 2인 무도는 그 대립적 무도로서 단지 호색의 정사, 즉 정겨운 거짓과 자기 자신을 풍자하는 음란성을 음탕하게 표현한다.(XIII. 18)

하이네에게 여성적 모습으로서의 메피스토펠라는 상반된 이중의 의미를 내포하는 악das Böse을 대변한다. 이러한 악은 아름다움인 동시에

---

9) Benno von Wiese, *Das tanzende Universum*, S. 110.
10) 최상안, 「하인리히 하이네의 작품에 나타난 춤 모티프 연구 — 무도시를 중심으로」, 한국외대 대학원 석사논문, 1980, 50쪽.

경악이며, 광적인 행복인 동시에 과격한 파괴의 요소이다.[11] 여성적인 면에서 가장 특징적으로 나타나는 감성주의에는 쾌락과 고통, 축복과 고뇌, 달콤한 환상과 쓰디쓴 환멸 등의 대립적 요소들이 공생한다.[12] 그러나 하이네의 발레리나 메피스토펠라는 파우스트를 단단히 붙잡는 악마로 머무른다. 그녀는 마지막 막에서 파우스트에게 파멸의 순간이 닥쳐올 때까지 단 하나의 역할에 충실한다. 그리고 가차 없이 그를 죽음의 세계로, 저주의 지하세계로 붙잡아간다.

5. 하이네의 무도관(舞蹈觀)

하이네는 그의 작품을 발레로 구성하는데, 발첼은 이 점을 불만스럽게 생각한다. "우리가 유감스럽게 여겨야 할 점은 하이네가 그렇게도 열심히 생명을 불어넣고자 했던 파우스트 소재를 그저 하나의 발레로 이용하고 말았다는 것이다."[13] 이에 관한 평가를 상론하지 않고 하이네가 예술적으로 표현한 무도와 그 무도 중의 하나인 발레가 중요하다는 관점을 고찰해보자.

하이네 작품의 핵심은 등장인물 하나하나의 동작에 대한 서술이다. 하이네는 선천적으로 "예술적 표현 가능성으로서의 무도"와 그들의 상이한 형식에 진정한 공감을 느끼고 있다. 열광적으로 발레 공연을 관람하고, 프랑스에서의 무도예술에 관해서도 여러 번 언급한다. 그는 부자연스런 경직성, 미리 규정된 복장, 확고히 정해진 인물 등 때문에 기독교 교회나 학교에서 선호하는 전통적인 무도에 등을 돌린다. 때문에 그의

---

11) Vgl. Benno von Wiese, *Das tanzende Universum*, S. 115 f.

12) 최상안, 위의 논문, 50쪽 참조.

13) Oskar Walzel, *Heines Tanzpoem "Der Doktor Faust"*, Weimar, 1917, S. 40, Nachdruck: Hildesheim, 1978.

'무도시'에서는 이러한 무도 방식을 탈피한다. 전통적 무도 방식은 제5막의 시민사회 장면에 잠시 나타나는바, 파우스트와 시장의 딸은 "신랑과 신부로서 예의바른 시민적 찬가 춤을 춘다".(XIII, 24) 그러나 이러한 무도 형식은 본래 시민적인 것이다.

하이네는 감정과 영혼 상태를 예술적 율동으로 표현해내는 자연스런 무도를 찬성한다. 무도란 음악과 더불어 육체 전체를 표현 수단으로 쓰고 있다. 그러므로 얼굴 표정과 몸짓과 동작에서 춤추는 사람의 의도를 인식할 수 있어야 한다. 관객은 습관 들여진 자신의 세계에서 벗어나, 완전히 개성적인 무도에서 생겨나는 매혹에 빠져들어야 한다. 이때의 무도는 "영혼 상태에 대한 개별적 형성 수단이 되고, 여러 체험이 변화하는 것처럼 똑같이 변화되어야 한다. 이러한 구성 원칙에 따른 무도와 음악의 변화가 무도 시의 사건 진행의 변화과정 속에 인상 깊게 수행되었다".[14] 내용 면에서 이미 특별한 의미를 띠는 장면들은 무도를 통해 더욱 강조된다. 이러한 점은 무엇보다도 주술 장면과 마녀들의 축제, 그리고 헬레나 이야기에 해당된다.

주술 장면은 넓은 공간을 차지한다. 악마는 처음에는 "불꽃이 이는 빨간 호랑이"로 등장하고, 다음에는 "아주 위험한 굴곡 속에 이리저리 비틀리면서 불과 불꽃을 쉭쉭 토해내는 무시무시한 뱀"으로 나타나며, 마지막으로는 사랑스러운 무도 음악 속에서 "이리저리 너울거리며 진부한 피루에트(한쪽 발가락으로 서서 선회하기) 춤을 추는 발레 댄서로"(XIII, 12) 출현한다.

주술이 성공적으로 이루어진 다음에 파우스트는 — 발레의 의도에 상응하게 — 댄서가 되기 위한 교육을 받아야만 한다. 점차적으로 "그 수련생은 (……) 결국 최고의 능란한 기량을 습득한다. 그는 메피스토펠라와

---

14) Carl Enders, Heinrich Heines Faustdichtungen. Der Tanz als Deutungs- und Gestaltungsmittel seelischer Erlebnisse. In: *Zeitschrift für Deutsche Philologie*, Bd. 74, Berlin, 1955, (S. 364~392) S. 380.

함께 찬란한 파드되를 추며, 아주 경이로운 모습으로 이리저리 (……) 날아다닌다".(XIII, 14) 이렇게 하여 그는 다음에 계속 진행되는 사건들의 중심이 되는 준비를 갖추게 된다.

하이네는 마녀들의 축제에서 가장 힘찬 무대 효과를 내도록 무도를 상승시켜나간다. 여기서는 개별적 발레의 의미가 완성에 다다를 정도로 구체적으로 전개된다. 이는 수많은 인물이 등장하는 것으로도 강조되는데, 그 인물들 하나하나가 각자의 동작에서 자기 자신을 표현하고 있다. 마녀들과 도깨비들, 그리고 "지하세계의 저명 인사들"이 거창한 도약을 하고 허리를 굽혀 인사하며 무질서하고 난폭한 춤을 춘다. 마녀들과 악마들 세계의 전율과 소동이 전개되며 공연되는 것이다.

그러나 제4막의 첫 부분 그리스 섬에서 전개되는 헬레나의 발레는 이제까지의 무도 방식과 대조적으로 나타난다. "그녀는 (……) 베누스 사원 앞에서 춤을 춘다. 그 무도와 몸가짐은 주위 세계와 조화를 이루어 품위 있고 정결하고 장엄하다."(XIII, 21) 스파르타의 왕비 헬레나의 조화로운 춤은 하이네의 이원론적 세계관을 뛰어넘는 조화 사상을 선명하게 보여준다. 헬레나는 "정신과 육체, 영혼과 감성의 결합체"[15]이기 때문이다. 이 합(Synthese)에 대한 이념은 그리스 여인의 무도에 대한 지침에도 구체적으로 나타난다.

이곳에서는 모든 것이 그리스적인 명랑성, 감미로운 신들의 평화, 고전적인 평온을 호흡한다. 음산한 저편 세상이나 신비적 쾌락과 공포의 전율을 연상케 하는 것도 없고, 육체로부터 해방된 정신의 초지상적 황홀경을 연상시키는 것도 없다. 이곳에서는 모든 것이 회고적 비애나 예감으로 느끼는 공허한 그리움이 깃들지 않은 사실적이고 구체적인 열락(悅樂)이다.(XIII, 21)

---

15) Manfred Windfuhr, *Heinrich Heine*. 2. Aufl., Stuttgart 1976, S. 260.

발레는 모든 장면에서 그때그때의 분위기를 표현해야 한다. 한스 헤닝 역시 하이네가 당시 몰두했던 세계관적 문제들을 이 '무도시'에 표현하고 있다고 본다.[16] 이러한 견해가 어느 정도 타당한지를 여기에서 논할 필요는 없다. 그러나 파우스트와 작가 간에는 어느 정도의 유사점이 존재한다고 여겨진다. 즉 하이네의 인생에 있어서 종교적 문제들은 아주 중요한 의미를 띠고 있었다. 그는 나사렛파의 그리스도교도, 즉 정신의 우위를 신봉하는 기독교 신앙의 유심론자들을 반대한다. 그는 이 세상을 긍정하고 현세에 우위를 두는 감각론적 인생철학의 신봉자이다. 이에 대한 이상적 본보기는 그리스 사람들이다. 하이네는 헬레나와 고대 그리스 문화에 지대한 애정을 느끼고 있다. 그 결과로 이 '무도시'에서의 파우스트도 그리스 세계에서 춤추는 감각주의자로 기획된다. 파우스트 인생의 이상적 상태 역시 그리스이기 때문이다.

6. 맺는말

하이네는 1846~47년 겨울에 「파우스트 박사」와 그에 관한 '해설서'를 집필한다. 런던의 왕립 오페라 극장에서의 공연을 목적으로 한 것이었으나 그 희망은 이루어지지 못한다. 이는 다시 대폭 수정 보완되어 1851년에 독일에서 '파우스트 박사 — 악마와 마녀들과 시문학에 관한 진기한 보고를 곁들인 무도시'라는 제목으로 출판된다.

「파우스트 박사」는 옛 독일의 파우스트 전설을 소재로 한다. 즉 모든 학문에 통달한 파우스트가 지상에서의 향락에 대한 무한한 욕망으로 악마와 계약을 맺고, 마술의 힘을 빌려 관능적 향락을 누린 후에 계약 기간이 끝나자 지옥으로 끌려간다는 이야기이다. 하이네는 이 소재를 5막으

---

16) Vgl. Hans Henning, *Die wichtigsten deutschen Faust-Dichtungen*, S. 271.

로 구성된 '하나의 무도시'로 작품화한다. 발단-상승-클라이맥스-하강-파국의 전통적 비극 형식을 취하면서, 언어로 구성된 대화가 아니라 발레라는 춤의 형식으로 이루어진 드라마이다.

하이네에게 있어서 발레란 음악과 더불어 육체 전체를 표현 수단으로 사용하는 예술이다. 그러므로 이 드라마의 핵심은 등장인물 하나하나의 동작에 대한 서술이라고 할 수 있다. 감정과 영혼 상태를 예술적 율동으로 표현하며 사건의 변화과정을 진행시켜나간다. 마술적 소재를 다루고 있기 때문에 주술과 마녀들 세계의 무질서한 무도 장면이 가장 넓은 공간을 차지한다. 주위 세계와 조화를 이룬 고대 그리스의 여왕 헬레나의 무도와 몸가짐이 대조적으로 나타나기도 한다.

주인공 파우스트는 이미 정신세계와 피안의 세계에 대한 관계를 벗어나 이 세상으로 몸을 돌려 순간적인 쾌락과 만족을 찾는 인물이다. 그러므로 그를 유혹하는 악마는 메피스토펠라라는 아름다운 여성의 모습으로 출현한다. 그녀는 파우스트를 현혹하여 계약에 서명케 하고는 관능적인 춤을 가르친다. 파우스트는 공작 부인과 헬레나와 시장의 딸과 육체의 춤을 추며 사랑놀이를 한다. 그러나 발레리나 메피스토펠라는 마지막 순간까지 파우스트를 지옥으로 이끌어가는 악마로서의 역할에 충실한다. "영원히 여성적인 것"이 주인공의 영혼을 하늘나라로 이끌어 올리는 괴테의 『파우스트』와는 반대로, 하이네의 「파우스트 박사」에서는 "영원히 악마적인 것"이 주인공을 파멸시키는 결과로 끝을 맺는다.

참고 문헌

Heinrich Heine, Der Doktor Faust, In: *Sämtliche Werke*, Hrsg. von Hans Kaufmann. Bd. XIII, München, 1964, S. 5~50.

Heinrich Heine, Die romantische Schule, In: *Sämtliche Werke*, Hrsg. von Hans Kaufmann. Bd. IX, München, 1964, S. 5~152.

Enders, Carl, Heinrich Heines Faustdichtungen. Der Tanz als Deutungs- und Gestaltungsmittel seelischer Erlebnisse, In: *Zeitschrift für deutsche Philologie*, Bd. 74, Berlin, 1955, S. 364~392.

Henning, Hans, *Die wichtigsten deutschen Faust-Dichtungen in der 1. Hälfte des 19. Jahrhunderts und ihr Verhältnis zu Goethe. Grabbe-Lenau-Heine*, Diss., Weimar, 1964 (Masch.).

Höhn, Gerhard, *Heine-Handbuch. Zeit, Person, Werk*, Stuttgart, 1987.

Möbus, Frank u. G. Unverfehrt(Hrsg.), *Faust. Annäherung an einen Mythos*, 2. Aufl., Göttingen, 1996.

Walzel, Oskar, *Heines Tanzpoem "Der Doktor Faust"*, Weimar, 1917, Neudruck, Hildesheim 1978.

Weiß, Gerhard, Die Entstehung von Heines Doktor Faust, In: *Heine-Jahrbuch*, Hrsg. von Heinrich-Heine-Institut Düsseldorf, Hamburg, 1966.

Windfuhr, Manfred, *Heinrich Heine*. 2. Aufl., Stuttgart, 1976.

Wiese, Benno von, Das tanzende Universum, In: B. v. Wiese, *Signaturen. Zu Heinrich Heine und seinem Werk*, Berlin, 1976, S. 67~133.

최상안, 「하인리히 하이네의 작품에 나타난 춤 모티프 연구. 무도시를 중심으로」, 한국외대 석사 논문, 1980.

투르게네프의 「파우스트」와 괴테 『파우스트』의 상호 텍스트성

하명해

1. 서론

투르게네프Ivan Sergeevich Turgene는 1856년 6월 서간문 형식의 단편소설 「파우스트Faust」의 집필에 들어가 그해 8월에 탈고한다. 1846년부터 꾸준히 글을 기고해오던 잡지 『동시대인』 10월호에 이 신작을 발표한다. 이는 선풍적 반향을 불러일으켜, 러시아 미학과 대표 주자들은 물론 독일 단편소설의 대표적 작가 테오도르 슈토름도 이 작품이 갖고 있는 완결된 형식미와 풍부한 예술성에 대해 찬사를 보낸다. 동시대인들은 「파우스트」를 중요한 작품으로 여기고 시적 성격을 높이 평가하지만, 반면에 낭만적이고 환상적인 요소들을 비판하는 사람들도 있다. 그들에게는 주제와 인물들의 심리적 전개가 부자연스럽고 비현실적으로 비치기 때문이다.

지금까지 문학적 연구는 작가의 다른 작품들에 비해 상대적으로 적은 관심을 이 작품에 보여온 게 사실이다. 연구의 초점은 주로 작가의 자전적 요소와의 연관성과, 체념의 주제를 중심으로 괴테 『파우스트』와의 관계에 맞춰진다. 이러한 연구의 결과로 주인공 파벨 알렉산드로비치가 친구에게 보낸 첫번째 편지에 할애된 회상의 내용은 다름아닌 투르게네프 자신의 대학 시절과 그의 농장 스파스코예라는 것이 밝혀진다. 여주인공 베라 니콜라예브나는 실제 인물 톨스타야를 배경에 두고 있음도 알게 된다. 투르게네프는 1854년 유부녀였던 톨스타야를 알게 되었는데, 그녀는 러시아의 대문호 톨스토이의 여동생이기도 하다. 그녀는 — 여주인공 베라처럼 — 시나 소설을 인정하지 않았으며, 자신의 이러한 성향에 대해 투르게네프와 자주 토론했다고 밝힌 바 있다. 그리고 주인공 파벨과 작가 투르게네프는 세부적인 이력 사항에 있어서도 일치하고 있다. 예컨대 같은 나이, 독신생활, 1855년부터 이듬해까지 이어진 정신적 위기와 독일문학에 대한 심취, 유부녀와의 이루어지지 않은 사랑 등이 그러하다.[1]

투르게네프의 독일 문화권과의 친숙성은 철학적 이념적 작품 분석과정에서 자전적 논거로서 기능한다. 그는 독일의 언어, 문학, 역사, 철학, 문화에 해박한 식견을 가진 사람이다. 그는 칸트와 피히테, 셸링과 헤겔의 철학, 독일 고전주의와 낭만주의 문학에도 능통하다. 그의 인생관과 예술관 형성에 독일문학과 철학이 미친 영향은 지대하다. 그래서 토마스 만은 그를 가리켜 정신적 교양 면에서 보면 독일인이라고 말한다. 1840년대 한때 이상주의와 낭만주의의 열광자였던 젊은 투르게네프는 나중에는 여기에서 벗어난다. 이렇게 작가의 생애 동안 굴곡을 거친 철학, 미학적 입장들이 작품 이해의 열쇠가 되는 예술관으로 문학 텍스트 속에 자리잡고 있다.

최근의 「파우스트」 연구는 상호 텍스트적 방법론에 입각하여 이전 텍스트인 괴테 『파우스트』와의 관계 속에서 새 텍스트를 이해하려고 한다. 로트쾨겔은 라흐만의 상호 텍스트성 개념에 지지하여, 단편소설의 텍스트 표면층과 텍스트 기저층에 동시에 나타나는 지시 시그널의 상호 텍스

---

1) Vgl. Anna Rothkoegel, *Russischer Faust und Hamlet. Zur Subjektivismus-kritik und Intertextualität bei I. S. Turgenev*, München, 1998, S. 18 f.

트적 기능을 밝혀내고 있다. 여기에서 그가 밝혀낸 인물 기획과 의미 구성에 기능하는 상호 텍스트성을 중심으로, 작가와 독자 사이의 소통을 위한 내러티브 기법으로서 상호 텍스트성의 상징적 성격을 규명하고자 한다. 이를 위해 투르게네프 서사 기법의 특징을 주요 작품을 중심으로 살펴본 후, 단편소설 「파우스트」의 인물 구성과 주제적 다층 구조에 작용하는 괴테 『파우스트』의 상호 텍스트적 요소들의 구조적 기능을 고찰한다.

2. 주제화를 위한 서사기법

2-1. 서사 기법의 대립 구도

러시아 문학의 거장 투르게네프는 독일에서도 가장 많이 알려진 러시아 작가 중 한 사람이다. 그는 전 생애에 걸쳐 대부분의 시간을 서유럽에서 보내며 많은 독일 작가들을 사귀게 된다. 독일 문화에 대한 친밀감을 갖고 있던 투르게네프는 장편과 단편소설의 형식 면에 있어서도 프랑스 문학과 독일문학으로부터 많은 자극을 받는다. 1869년과 1884년에 그의 전집 열두 권이 독일어로 발간되어, 이것을 읽는 독일 독자들에게 러시아의 삶을 이해하는 데 필요한 많은 지식과 정보를 준다.

1852년에 출간되어, 1854년과 그 이듬해에 걸쳐 독일어로 출판된 『사냥꾼의 수기』에는 그가 관찰한 러시아 농부들의 생활이 묘사되어 있다. 시적 정서로 가득 찬 매력적인 농민들의 살아 있는 형상과 비도덕적이고 편협하며 잔혹한 지주들의 죽은 형상이 서로 대립되어 나타난다. 주제에 있어서도 농민들의 도덕적 우월성과 농노제적 관계의 부당성이 극명한 대립적 구도로 형성된다.[2] 이 짧은 산문 스케치 모음집은 자연과의 원초

---

2) 박형규 외, 『러시아 문학의 이해』, 건국대출판부, 2003, 288~289쪽 참조.

적이고 사랑스런 관계를 시적이면서도 생생한 언어로 옮기는 작가의 천부적 능력을 보여주고 있다. 이 작품으로 세계적 인정을 받은 작가는 1859년에 두번째 소설 『귀족의 둥지』에서 변혁기에 처한 러시아 귀족 문화를 묘사한다. 그 묘사의 중심에 서 있는, 교양과 문화 수준이 높은 대농장 소유주는 자기 영지를 경영하는 데 있어서도 자신의 정신적 관심사를 연결시킬 줄 아는 인물이다. 여주인공은 사랑스럽고 희생적인 여자로 운명과 같은 사건에 순응할 줄 아는 믿음의 소유자이다. 투르게네프의 소설은 모두 러시아의 중요한 정신적 흐름을 묘사한다. 여기서도 예외 없이 서방인과 러시아 애호가 사이의 대립이 묘사되어 있다.[3] 1856년에 출간된 첫번째 소설 「루딘」의 주인공은 헤겔 철학에 심취한 진보적 이상주의자로, 실천력은 없이 대담한 개혁 정신으로만 꽉 찬 지식인이다. 그를 통해 공론만 일삼는 당시 러시아 지식인들의 모습이 비판적으로 표출되고 있다. 1862년에 나온 세번째 소설 『아버지와 아들』에 등장하는 주인공들 가운데 한 명은 허무주의자의 새로운 유형으로서 권위에 대항하는 젊은 자연과학자이다. 1867년 발표된 소설 『연기』에서는 머릿속에는 진보적 사상이 가득 차 있지만 이것을 실천으로 옮기지 못하는 젊음의 공허함이 폭로된다. 투르게네프는 이러한 선도적 방향으로 동시대의 러시아적인 것을 공격하기 때문에 러시아 애호가들과 슬라브주의자들의 비판을 받기도 한다.

투르게네프는 모든 소설작품에서 무게중심을 개개 인물의 성격 묘사에 둔다. 그가 즐겨 쓰는 스타일은 너무나 많은 사색으로 행동하지 못하는 이성적 인간과 넘쳐흐르는 감정으로 인해 잘못 행동하는 감성적 인간을 대립시키는 것이다. 그는 1860년 강연에서 인간 유형을 '햄릿과 돈키호테'로 나누어 분석한다. 공간과 시간 구성, 그리고 인물의 대립적 구도가 보여주는 내러티브의 명료함은 작품을 이해하는 데 도움을 준다. 투

---

3) Vgl. Wolfgang Kasack, *Russische Autoren in Einzelporträts*, Stuttgart, 1994, S. 401.

르게네프는 단편소설 분야에서도 호평을 받으며, 슈토름, 켈러와 더불어 유럽을 대표하는 단편소설 작가로 명성을 얻는다. 그가 쓴 33편의 소설 대부분은 러시아 사회에 대한 비판이나 인물의 심리 묘사에 중점을 두기보다는, 단편소설의 특징이라고 할 수 있는 비범하고 극적인 사건을 주로 다루고 있다. 이러한 사건은 주로 러시아 밖에서 일어나며, 여기서 다루어지는 주제는 근본적으로 인간 실존에 관한 것이다. 드라마틱한 사건은 전환점을 통해 반전되며, 단편소설의 구조 안에서 주요 모티프들이 서로 대립되는 양상을 보여준다. 폐쇄성과 개방성, 노년과 젊음, 과거와 미래, 생명과 죽음, 신비로움과 사실적인 것 등의 대립 구도가 바로 여기에 해당한다.[4]

2-2. 상호 텍스트적 서사기법

투르게네프와 괴테 『파우스트』의 만남은 단편소설 「파우스트」가 나오기 훨씬 전인 1845년으로 거슬러 올라간다. 그해 투르게네프는 브론첸코의 새 러시아어 번역서에 대한 비평을 『조국통보』에 게재한다. 그는 작품 분석과 함께 번역을 문제삼으며 독일 낭만주의는 인성의 신격화이며 이기주의라는 주장을 편다. 그가 즐겨 사용하는 '낭만적 이기주의'와 '성찰'의 개념은 바로 이 비평논문에서 나온다. 특히 성찰 개념은 그의 전 작품을 통틀어 '불필요한 사람'과 햄릿 유형을 설명하는 데 중요하다. 성찰에 대한 투르게네프의 입장은 18세기 초 독일문학과 철학에 뿌리를 두고 있다. 성찰과 낭만적 이기주의의 카테고리에 자아, 주체, 주관성이 포함된다. 괴테의 인물 파우스트를 낭만적 이기주의의 화신으로 보고 있는 투르게네프의 비판적 입장은 나중에 「파우스트」에서 구체적으로 형상화된다. 이 비평논문에 의거하여 어떤 연구가는 투르게네프가 낭만적 귀족적 개인주의로부터 벗어나 현실과 민족에게로 돌아온 것으로 해석

---

4) Vgl. Ebda., S. 402 f.

하기도 한다. 그로부터 십 년 후 괴테의 비극과 동명의 신작 「파우스트」가 탄생하는데, 이는 상호 텍스트적 내러티브의 전략적 사용에 의해 실현을 보게 된 것이다.

작가의 상호 텍스트적 전략적 의도는 '파우스트'라는 제목과 설정된 모토에서 잘 나타난다. 이 작품이 괴테의 비극과 직접 연관성이 있다는 것을 시작부터 분명하게 표방하는 것이다. 독일어로 씌어진 모토, 즉 "결핍을 참아라! 없는 대로 만족하라! Entbehren sollst du, sollst entbehren"는 파우스트 박사가 악마와의 계약을 체결하기 전에 한 말을 그대로 인용한 것이다. 느낌표가 쉼표로 바뀐 것으로 부호의 차이만 있을 뿐이다. 제목과 모토는 상호 텍스트성의 이론에 근거해 살펴보면, 두 작품 간의 "인접관계"[5]를 표출한다. 분명하게 설정된 이 상호 텍스트성 시그널은 수용자가 읽어내려가기 전에 두 작품의 관계가 이미 작가에 의해 의도된 것이라는 생각이 들도록 한다. 단편소설의 제목은 괴테 작품의 주인공 파우스트와 직접 연관이 될 것이라는 짐작을 하게 만든다.

그러나 단편소설에 괴테의 비극과 인접관계를 형성하는 일련의 공통점이 나타나고 있음에도 불구하고, 이 이야기의 줄거리는 전혀 다르다. 예컨대 단편소설의 주인공은 19세기 러시아 귀족이지, 중세의 학자가 아니라는 사실이다. 텍스트 표면에 명기된 상호 텍스트적 시그널을 내러티브 관점에서 분석하기 위해 줄거리를 요약하면 다음과 같다. 주인공이면서 1인칭 화자인 파벨 알렉산드로비치는 구 년 만에 농장으로 돌아오는데, 그는 불안을 느끼고 불만스러워하며, 막연한 동경에 휩싸여 있다. 그러던 어느 날, 우연히 그는 예전의 지인이면서 이제는 이웃 농장주의 아내가 된 베라 니콜라예브나를 만난다. 그녀는 어머니로부터 상당히 이성적인 교육을 받으며 성장했다. 이런 이유에서 그녀는 예술, 특히 문학과는 관계가 멀었다. 베라가 지금까지 살아오면서 단 한 편의 문학작품도

---

5) Renate Lachmann, Ebenen des Intertextualitätsbegriffes, In: *Das Gespräch*, Hrsg. von K. Stierle und R. Warning, München, 1984, (S. 133~138) S. 134.

읽지 않았다는 사실이 이를 증명한다. 파벨은 괴테의 『파우스트』를 함께 읽자고 설득한다. 이에 설득당한 그녀는 지금까지 그녀를 지배하던 강박 관념에서 벗어나게 된다. 이후 파벨은 그녀를 문학의 세계로 인도하게 되고, 베라는 예술의 영향으로 인해 정신적 충격을 받는다. 그러면서 베라와 파벨은 서로 사랑하게 되어 이윽고 서로의 사랑을 고백한다. 그런 직후 베라는 돌아가신 어머니의 환영을 보게 된다. 그후 그녀는 마음의 병을 얻고 며칠도 안 되어 죽는다. 그때서야 파벨은 인생에서 욕망의 충족을 포기해야 한다는 사실과 인간은 결국 운명의 비밀스런 유희에 빠져 있다는 사실을 깨닫는다.

'낯선 텍스트'인 괴테 『파우스트』와 '새로운 텍스트'인 투르게네프 「파우스트」의 줄거리에 나타난 공통점은 사랑 이야기와 유혹에서 찾을 수 있다. 베라는 파벨이 건네주는 『파우스트』 책자에 유혹당하는데, 이로 인한 금지된 사랑의 이행은 그녀의 삶을 파괴시킨다. 유혹의 과정과 베라의 이탈적 행동은 그레첸이 어머니가 정해준 생활 영역에서 빠져나오는 것과 흡사하다. 여기에서 투르게네프의 단편소설과 괴테의 비극은 인접관계를 형성함으로써 두 작품 사이에는 대등한 관계가 성립된다. 두 작품에서 보여주는 일치점은 서사 공간에서도 확인된다. 두 작품에서 모두 연애와 유혹 장면이 정원과 정원의 정자에서 일어나기 때문이다. 상호 텍스트적 시그널인 '정원의 정자'를 통해 앞으로 펼쳐질 사건이 예측되고, 독자에게 일정한 기대감마저 안겨준다. 이 정자에서 괴테의 비극을 같이 읽자는 파벨의 제안은 수용자에 의해 유혹의 시작으로 평가된다. 한편 고가구와 골동품으로 둘러싸인 좁은 방을 빠져나와 한길가로 산책 나가려는 파벨의 시도는 성문 앞 큰길가로 산책 나가는 괴테의 파우스트를 연상시킴으로써 두 텍스트 사이의 인접관계가 형성된다.

텍스트 표면상에 존재하는 인접관계 장치를 통해 암시적 인용들이 독자의 의식에 이전 텍스트를 불러옴으로써, 새 텍스트인 단편소설이 지니는 의미가 확장된다. 왜냐하면 독자는 이전 텍스트와의 관련에서 특정한 사전지식을 갖기 때문이다. 단편소설 「파우스트」의 '유사관계'는 기본 줄거리보다는 오히려 인물 구성과 담론 철학적 논쟁 구조에서 나타난다.[6] 줄거리에 있어서 투르게네프의 단편소설에 그레첸 모티프가 있긴 하지만, 악마와의 계약이 없다는 이유로 괴테의 비극과 근본적으로 구분되기 때문이다. 새 텍스트인 단편소설에는 이런 기본 모티프가 부재하기 때문에, 두 작품 간의 유사관계적 상관성이 성립되지 않는다. 이러한 이유로 인해 상호 텍스트적 내러티브를 근간으로 형성된 작품의 주제를 파악하기 위해선, 인물 구성에 깃들어 있는 상호 텍스트적 소통 체계를 분석하는 것이 필요하다.

3. 인물 구성을 통한 상호 텍스트적 소통 구조

3-1. 파벨과 베라

1인칭 화자이면서 주인공인 파벨은 불필요한 사람 혹은 햄릿 유형을 떠올린다. 이러한 특성은 첫번째 편지에 잘 드러나 있다. 화자는 농장에 도착한 후 자아 침잠이라든가 고독을 즐김으로써 자신의 정서 상태를 표현한다. 동시에 특정 목적에 구애받지 않는 정신적 행위에 대한 즐거움을 피력함으로써 "성찰"[7]에 대한 경향도 밝힌다. 어릴 적 추억과 과거에 깊이 침잠하면서 감상적 분위기와 고독을 즐기는 그의 성향이 분명히 드러난다.

나는 버드나무가 늘어진 둑 위에 앉아 있는 동안 나도 모르게 갑자기 울음을 터뜨렸으니 말이다. 만일 옆을 지나가던 시골 여인이 아니었던들 나는 체면을 무릅쓰고 오랫동안 계속 울었을지도 모른다. (……) 고독은

---

6) Vgl. Rothkoegel, *Russischer Faust und Hamlet*, S. 98.

7) 투르게네프, 『아아샤: 투르게네프 단편선』, 김학수 옮김, 문예출판사, 1969, 180쪽.

인간에게 유익한 결과를 가져다줄 때가 얼마나 많은지 자네도 경험상 알고 있겠지. 온갖 방랑을 겪어온 지금 나에게는 바로 그러한 고독이 필요하네.[8]

이 부분은 괴테의 파우스트와 유사하다. 그 역시 어린 시절의 추억에 도취된 채 가슴속에 고통을 느끼고 있다.

> 그런데 아직도 너는 묻고 있느냐? 어찌하여
> 네 가슴속의 심장이 불안하게 두근거리는가를?
> 어찌하여 까닭 모를 괴로움이
> 네 모든 삶의 충동을 억제하는가를?[9]

불필요한 사람의 대표자로서 파벨과 햄릿 유형으로 분류되는 파우스트의 유사성이 한데 겹치면서 파우스트 소재가 지닌 본질적인 것에서 벗어나 "비-파우스트적 인물"[10]이 생겨난다.

짐을 정리하는 중에 발견한 책 괴테의 『파우스트』를 파벨이 다시 한번 언급하는데, 이는 두 텍스트 간의 상호 텍스트성에 대한 시그널로 작용한다. 괴테의 책이 주인공으로 하여금 유년 시절에 대한 기억을 떠올리게 하고, 지난 수년간 생각지도 않던 감정과 동경들을 다시 일깨운 것은 우연이 아니다. 괴테의 비극 첫 장면에 나오는 파우스트처럼 1인칭 화자는 제한된 현실생활에서 오는 불만과 무엇인가 높은 것에 대한 동경을 느낀다. 불안하고 불만족스러우며, 분명치 않은 동경에 사로잡혀 있는 그는 분명 "성찰하는 이기적 햄릿"[11]이다. 그는 베네치아에서 베라와 감

---

8) 같은 책, 156쪽.

9) Johann Wolfgang von Goethe, Faust, In: *Goethes Werke*, Bd. III, Hrsg. v. Erich Trunz, Hamburg, 1978, S. 21, V. 410/413.

10) Rothkoegel, *Russischer Faust und Hamlet*, S. 28.

11) Ebda., S. 102.

상적 사랑의 행복만을 꿈꾸는 등 자신의 행복권 추구에만 제한되어 있게 된다. 반면에 베라는 대담한 탐험가와 함께 자연의 불가항력에 도전해 보는 것이 자신의 소원이라고 밝힌다. 그러나 그는 결정적 상황에서 결정하거나 행동하는 데 무능함을 나타낸다. 베라는 사랑을 고백한 후, 이제 그가 무엇을 하려 하는지를 묻는다. 무엇인가 행동하기를 요구받은 파벨은 매우 당황한다.

"이제부터 어떻게 하실 작정이세요?"
나는 당황한 나머지 목멘 소리로 성급히―인간으로서의 의무를 이행하기 위해서―여기를 떠나겠다고 대답했다.
"그건 당신을 사랑했기 때문입니다. 베라 니콜라예브나, 당신도 눈치챘을 것이라고 믿습니다."[12]

떠날 것이라는 그의 결정은 실행에 옮겨지지 않는다. 대신 그는 혼란 속에 자신을 맡긴 채 에로틱한 욕망이 실현되기를 희망한다. 그러면서 결혼한 여자와의 사랑이 비극적 혼란을 초래할 것이라는 사실을 의식하게 된다. "불안스러운 권태"[13]에서 출발하는 파벨의 원초적 이기심은 베라의 삶을 파멸시키는 데 결정적 역할을 한다. 이러한 비극적 체험 후에 그의 이기심은 체념으로 돌아선다. 이 체념은 삶의 난제 앞에 항복하는 것을 의미한다.

여주인공 베라는 투르게네프의 전형적 여성상에 속한다. 그의 여주인 공들은 우아한 자태를 갖추고 있으면서도 행위에 있어서는 직접성을 보인다. 그들은 유럽 낭만주의의 전형적인 여성상이기도 하다. 순진무구하고 자연적이며 직접적인 것으로 향하는 낭만주의의 이상이 당시의 사회 상황에 맞게 여성들에게 투영된 것이다. 작가는 여주인공을 묘사하면서

---

12) 투르게네프, 위의 책, 194쪽.
13) 같은 책, 155쪽.

낭만주의적 이상, 즉 유아적 순진함과 동시에 직접적 인식 능력, 진리와 절대성 및 우아한 모습을 추구하는 노력을 강조한다. 결점 없는 인격의 이상형, 즉 직관적으로 진리를 인식하여 거기에 따라 행동하는 인간형을 묘사하려는 것이다. 이는 곧 헌신적으로 사랑할 수 있을 뿐 아니라 자신을 포기할 수 있는 인격, 즉 낭만주의적 이상형이다. 이러한 인격은 성찰과 관념적 사고로 인해 행동으로 옮기는 데는 무능한 자, 말이 앞서는 사람으로 판명난 햄릿 유형과는 전혀 딴판이다. 투르게네프의 여성 인격체는 말은 없되 실천력이 있는 사람이다. 그녀는 자신의 감정을 좇아 행동하기 때문에 '여자 돈키호테'라 할 수 있다. 행위에 있어서는 경험이나 관습에 얽매이지 않으며, 오로지 '내면의 목소리'에 귀를 기울인다.[14] 베라는 의도적으로 파벨과 대립적인 인물로 기획되고 있다는 점이 명백하다. 성찰과 이기주의, 회의와 무능함이 파벨의 속성에 속하는 반면, 베라는 행동하는 인간, 타인에게 헌신하는 인간으로 나타난다. 이렇게 단편소설 「파우스트」의 인물 구성은 바로 이러한 이원론, 즉 성찰과 직접성, 사고와 행위, 그리고 자아관계와 세계관계를 보여준다.

3-2. 괴테의 『파우스트』와 어머니 엘리초바

투르게네프 단편소설 「파우스트」의 주인공은 바로 괴테의 드라마 『파우스트』 책이라는 점을 간과해서는 안 된다. 베라의 억눌린 감정을 일깨우는 데 괴테의 작품이 매개 역할을 하기 때문이다. 치제프스키가 언급하듯이 인물의 특징을 인물의 조상들과 결부시켜 구체화시키는 것이 투르게네프의 스타일이다.[15] 작가는 베라를 묘사하는 데 이 기법을 사용한다. 그녀의 가족사와 조상에 대한 상세한 묘사는 베라의 숨겨진 성격을 드러낸다. 베라는 외조부에게서 초자연적인 것과 유령의 출현을 믿는 성

---

14) Vgl. Rothkoegel, *Russischer Faust und Hamlet*, S. 103~104.

15) Vgl. Tschižewskij, *Russische Literaturgeschichte des 19. Jahrbunderts*, Bd. II, *Der Realismus*, München, 1967, S. 12.

향을 유전적으로 물려받는다. 즉흥적이고 비(非)성찰적인 행위에 대한 열정과 능력은 외조모에게서 물려받은 것이다. 부모의 이러한 성격으로 인해 고통을 당한 베라의 어머니 엘리초바 여사는 딸 교육에 혼신의 힘을 다한다. 딸을 의무에 충실하고 현실적인 여성으로 교육시키는 것이 비밀스럽고 비이성적인 삶의 근본 세력들로부터 딸을 보호할 수 있는 유일한 길이라고 생각한 것이다. 주관적 상상력을 위험하다고 판단하여 이를 차단하는 길만이 최선책이라고 믿는 어머니의 권위적 교육 방침에 대해 1인칭 화자는 이렇게 설명한다.

> 딸은 어머니를 사랑한 나머지 맹목적으로 신뢰하고 있었다. 엘리초바 부인이 딸에게 책을 내주며, 이 페이지는 읽어서는 안 된다고 말하면, 그녀는 금지된 페이지는 읽을 생각조차 하지 않았다. (……) 엘리초바 부인은 불을 무서워하듯이 공상을 불러일으킬 수 있는 가능성을 무엇보다도 두려워했다. 그래서 그녀의 딸은 열일곱 살이 될 때까지 한 편의 소설도 시도 읽은 적이 없었다. 반면에 그녀는 지리, 역사는 물론 자연과학 분야에서는 학사 출신인 나를 곧잘 골탕 먹이는 것이었다.[16]

소녀의 지적 갈망은 곧 실용적인 길로 들어서게 만들어 베라는 자연과학에 몰두한다. 문학책을 읽지 못하도록 한 어머니는 딸에게서 예술과 사랑을 멀리 떼어놓는다. 또 결혼도 그녀 안에 숨겨진 깊은 감정을 일깨울 수 없는 사람과 하도록 한다. 이런 이유에서 엘리초바 부인은 몽환적 인물인 파벨의 청혼을 거절하는 것이다. 베라는 실용적인 지적 갈망을 자연과학 탐구로 충족시키고, 주어진 의무를 충실히 이행함으로써 원래의 천성을 다스릴 수 있게 된다. 그녀는 실제 천성에 깃들어 있는 절대적인 것을 억누르고 놀라울 정도로 어머니에게 복종하는데, 이는 어머니가

---

16) 투르게네프, 위의 책, 162쪽.

딸의 성격을 변화시킨 게 아니라 딸의 천성을 무조건 억누른 결과이다.

1인칭 화자는 십이 년 만에 재회한 베라의 모습이 전혀 변하지 않았음을 발견한다. 이것은 그녀가 아직 원래의 삶에 눈뜨지 못했다는 사실을 드러내는 표시이다.[17] 괴테의 작품을 계기로 베라는 원래 그녀에게 속한 자신만의 고유한 존재에 대한 의식을 새롭게 함으로써 그녀의 인격과 정신은 확장된다. 그제야 그녀는 냉정함과 경직됨을 벗어버리고, 우아하고 쾌활한 존재로 나타난다. 그러나 베라가 자신의 본래 모습으로 깨어남과 동시에 그녀의 동경과 갈망이 현실과 충돌하면서 비극이 탄생하게 된다. 그녀 고유의 몰아적이고 비성찰적인 성향은 주어진 현실 여건과 결혼생활의 장벽들을 무시할 수 있는 전제 조건이 된다. 하지만 연애 행각이나 불륜은 그녀의 존재와 거리가 멀다. 이 단편소설에서 전대미문의 사건으로 간주되는 죽은 어머니의 출현은 줄거리에 전환점을 가져온다. 즉 베라의 발진티푸스와 죽음이 그것이다. 작가는 베라에게서 낭만주의적 여성의 성격이 나타내는 위기와 동시에 현실적으로 과도한 자아 실현의 욕구에서 발생하는 비극성을 보여준다.[18] 한편 베라와 그레첸의 유사성은 상호 텍스트적 인접관계의 관점에서 논의할 수 있다. 베라는 열병으로 괴로워하는 중에도 자신을 그레첸과 동일시한다. 그녀는 자기 어머니를 그레첸의 어머니라고 부르며, 파벨에게는 그레첸이 감옥에서 메피스토펠레스에게 건넨 것 같은 비슷한 말을 한다. 그러나 그레첸 모티프에서 오는 이런 일치점은 두 여주인공이 처한 비슷한 상황에서 연유한 것에 불과하다.

---

17) Vgl. P. Brang, I. *S. Turgenev. Sein Leben und Werk*, Wiesbaden, 1977, S. 130 f.
18) Vgl. Rothkoegel, *Russischer Faust und Hamlet*, S. 107 f.

4. 결론

상호 텍스트적 기능과 역할의 상관관계 속에서 책으로서의 『파우스트』가 차지하는 비중은 상당히 크다. 상호 텍스트라는 관계의 지평에서 바라볼 때, 단편소설은 이전 텍스트인 비극 『파우스트』의 세밀한 부분까지 아우르지는 못한다. 화자는 비극의 중요한 모티프와 테마를 중심으로 이야기를 서술할 뿐이며, 대부분 작품 「파우스트」가 아닌 책자 『파우스트』를 서사의 과정에 불러들인다. 이런 점에서 볼 때 투르게네프 단편소설의 진짜 주인공은 파벨이 아니라, 괴테의 『파우스트』 책 자체라고 해야 할 것이다. 이 책 자체가 단편소설의 줄거리를 진행시키고 있을 뿐만 아니라, 나아가 줄거리의 전환점이 이루어지는 곳에서 결정적인 매개체 역할을 하기 때문이다.

파우스트와 파벨, 두 인물은 행동에는 취약하나 회상과 성찰을 즐기는 극단적 주관주의자이다. 파벨이 애호하는 괴테의 『파우스트』 책은 독자로 하여금 파우스트와 파벨의 동질성을 낭만적 이기심과 무행위적 주관성에서 찾도록 만든다. 파우스트의 부정적 이미지가 파벨의 성찰적 주관성을 더욱 부각시켜주기도 한다. 여기서 분명한 것은 두 주인공이 주관주의자라는 점을 부각시키기 위해서가 아니라, 파벨의 주관주의를 부각시키기 위해서 책 『파우스트』를 끌어들인다는 점이다.

상호 텍스트적 관계의 의미 구조 안에서 보면 주관적 햄릿 성향인 파우스트에 대해 비판적 메시지를 보내는 것이 투르게네프의 궁극적 목표가 아니라는 점도 중요하다. 그 이유는 그가 비극 『파우스트』를 비판적으로 수용하고 있기 때문이다. 그는 괴테 『파우스트』가 동시대인의 개인적 사회적 삶에 미치는 부정적 영향을 심각하게 받아들인다. 19세기 러시아 지식인들의 이기적 정서와 삶의 태도는 동시대의 사회문화적 주류로 이해될 수 있고 이러한 점이 러시아의 「파우스트」에 비판적으로 반영되어 있다. 따라서 투르게네프의 「파우스트」는 주관주의와 관념론에 빠져서 시대적 상황에 대해 무관심하고 몰이해한 지식인이 주류를 이루는 시대정신에 대한 비판적 대응물인 것이다.

베라를 변화시키고 죽음에 이르게 한 것도 그녀의 어머니가 "금단의 책"[19]으로 선정한 괴테의 『파우스트』이다. 그녀의 순수한 영혼에 향락을 알려주려는 파벨은 메피스토펠레스의 역할을 하고 있는 셈이다. 파벨이 베라에게 공동의 읽을거리로 『파우스트』 책을 건네며 이것을 유혹의 미끼로 삼지만, 이것을 통해 얻은 사랑의 결과는 다름아닌 체념과 실제 생활에서 행해야 하는 의무 이행뿐인 것이다. 이것은 괴테의 『파우스트』와 비교해볼 때 예상 밖의 결과라고 할 수 있다. 파우스트는 정신과 감성의 대립적 갈등을 윤리적으로 해결하기 위해 정신의 우위를 인정한다. 그러나 파벨은 이를 따르되 변증법적 방안을 제시한다. 그는 통합의 방안을 도출함으로써 정신과 감성의 긴장관계를 극복하려 한다. 그에게 통합적 방향으로 제시된 것은 내면의 세계로부터 벗어나 사회로 나아가는 것이다.

---

19) 투르게네프, 위의 책, 176쪽.

참고 문헌

투르게네프, 『아아샤: 투르게네프 단편선』, 김학수 옮김, 문예출판사 1969.

Johann Wolfgang von Goethe, Faust, In: *Goethes Werke*, Bd. III, Hrsg. v. Erich Trunz, Hamburg, 1978.

박형규 외, 『러시아 문학의 이해』, 건국대 출판부, 2003.

Brang, P., *I. S. Turgenev. Sein Leben und Werk*, Wiesbaden, 1977.

Kasack, Wolfgang, *Russische Autoren in Einzelporträts*, Stuttgart, 1994.

Lachmann, Renate, Ebenen des Intertextualitätsbegriffes, In: *Das Gespräch*, Hrsg. von K. Stierle und R. Warning, München, 1984.

Rothkoegel, Anna, *Russischer Faust und Hamlet. Zur Subjektivismuskritik und Intertextualität bei I. S. Turgenev*, München, 1998.

Tschižewskij, D., *Russische Literaturgeschichte des 19. Jahrhunderts. Bd. II. Der Realismus*, München, 1967.

베데킨트의 〈프란치스카〉
─파우스트와 파우스티네

장은수

1. 멈추어라! 너 정말 아름답구나!

파우스트가 우리를 매료시키는 까닭은 무엇인가?

파우스트라는 인물이 지닌 특징은 무엇보다도 끊일 줄 모르는 지적 호
기심과, 그 호기심을 충족시키기 위해 맺게 된 악마와의 계약이라 할 수
있다. 괴테의 『파우스트─비극 제1부』는 주인공이 실의에 빠져 한탄하
는 장면으로 시작된다. 그는 철학, 법학, 의학 그리고 신학까지 모든 학
문 분야를 섭렵하고 학생들을 수십 년 가르쳐온 보기 드문 석학이다. 명
예와 학문의 첨봉에 서서 남부러울 것 없이 모든 것을 다 누리고서도 만
족하지 못하는 그는 "개라도 더이상 이렇게 살고 싶지 않으리라!"(S.
376)[1]고 외치며 절규한다.

---

1) Johann Wolfgang von Goethe, Faust. Eine Tragödie. In: *Goethes Werke*, Hamburger,
Ausgabe in 14 Bänden, Textkritisch durchges. und mit Anm. vers. von Erich Trunz, Bd. 3:
Dramatische Dichtiungen 1, München, DTV, 16. Aufl., 1996, S. 20. 이하 이 텍스트의 인용은
본문 괄호에 시행(V) 수만 표시함.

절망의 끝자락에 선 그에게 새로운 희망의 바람을 일으키는 것은 악마 메피스토펠레스(이하 메피스토)의 등장이다. 메피스토는 하인으로 봉사할 것을 자청하며, 아직 어떤 인간도 구경한 적이 없는 것을 보여주겠노라고 장담한다. 다만 저 세상에서는 파우스트가 메피스토의 종이 되어야 한다는 계약을 맺은 경우에 실현될 수 있다는 조건이다. 파우스트는 자신이 순간에다 대고 "멈추어라! 너 정말 아름답구나!"(V. 1700)라고 말할 수 있다면, 악마 메피스토가 자신의 영혼을 파멸시켜도 좋다고 서명한다. 이로써 그는 악마를 따라 천상과 지옥을 넘나드는 '신적 경험'의 길로 들어서게 된다.

영혼을 걸고라도 성취해야만 할 정신세계로의 도전—그것은 봉건사회가 추구한 가장 남성적인 야망이기도 하다. 파우스트 소재는 원래 민간전설에서 비롯되는데, 이를 다루는 문학작품 중 가장 오래된 것은 1587년의 민중본 『요한 파우스트 박사 이야기』이다. 주인공 파우스트는 전통적으로 남성에게 주어진 역할에 철저히 부합하는 인물로 그려진다. 그는 학자이자 스승으로, 나그네이자 바람둥이로 인간이 체험할 수 있는 것 이상의 지식과 비밀을 섭렵한다. 이 작품은 작자 미상이지만 종교개혁 후 초창기 신교라는 당시의 종교관을 대변한다. 인간의 한계를 벗어나 지적욕구를 충족시키기 위해 종교적 탈선도 서슴지 않는다는 점에서 『요한 파우스트 박사 이야기』는 근대적 남성상을 상징적으로 구현한다고 평가된다. 괴테의 『파우스트』를 비롯한 19세기의 작품에서는 악마에게 의존할 수밖에 없는 주인공이 지닌 신비적이고 마술적인 색채가 점점 희석되고, 파우스트는 불굴의 의지로 인간 정신의 승리를 구가하는 독일적 영웅으로 채색된다.

그렇다면 여성은 그런 파우스트적 욕구와 도전을 갖고 있지 않은가? 이미 18세기 말부터 파우스트를 소재 삼아 여주인공을 그리고 있는 작품이 다양하게 나오고, 그 작품이 발표될 때마다 많은 논란과 물의를 일으킨다. 본 연구에서는 베데킨트의 드라마 〈프란치스카〉에 초점을 맞춘다.

이 작품을 분석하면서 베데킨트가 여성 파우스트 상을 통해 이상적으로 추구하는 여성성을 어떻게 피력하고 있는지 살펴보도록 한다.

2. 여성 파우스트의 다양한 모델

'지적 욕구'라는 말이 지극히 '남성적인 성향'으로 치부되어 여성에 게는 어울리지 않는 장신구처럼 생소하던 봉건시대에도 문학에서는 적지 않은 여성들이 지적 욕구를 충족시키고자 악마와 계약을 맺는다.

괴테의 『파우스트―비극 제2부』가 완성된 후 1841년 백작 부인 이다 한-한(1805~1880)이 1841년에 발표한 소설 『파우스티네 백작 부인』이 대표적이다. 드레스덴에 사는 파우스티네 부인은 남편과 사별한 후 당시 남자들이나 누릴 수 있는 성적 자유를 구가하며 세간에 많은 스캔들을 일으킨다. 이 작품에는 저자인 한-한의 자전적 요소도 많이 가미되어 있다. 이는 당시 겉으로는 엄하기만 했던 귀족사회의 이면을 폭로하면서 남성 못지않게 자유와 해방을 갈구하던 여성들의 속내를 드러내는 여성주의적 사회소설이다. 주인공 파우스티네 백작 부인에게 어떻게 이 특이한 이름을 쓰게 되었는가를 묻자, 그녀는 자신이 파우스트의 후예임을 분명히 밝힌다.

> 저의 대부이신 파우스트에게 늘 관심이 많았는데 그의 환상적 문학과 엄청난 세계관과는 별도로 그랬죠. 난 언제나 이 부단한 노력과 욕망을 향한 갈증에서 내 자신의 운명을 찾아내고 싶었죠.[2]

파우스티네가 대부로 선택한 파우스트는 더이상 악마와의 계약에 종

---

2) Ida Hahn-Hahn, Faustine, URL: http://gutenberg.spiegel.de/hahnhahn/faustine/fausti04.htm(26. Oktober 2005).

속된 자가 아니다. 오히려 자력으로 자신을 완성해보려고 애쓰는 지극히 인간적인 면모에서 그녀는 자기 시대가 요구하는 여성의 모범적 모델을 찾는다.

그런가 하면 동독 출신의 여성주의 작가 이름트라우트 모르그너가 1974년에 발표한 소설『반주자 라우라의 증언에 따른 음유 시인 베아트리츠의 삶과 모험』에서 전차 운전사 라우라 살만은 미혼모인데 직업전선에서 살아남기 위해, 그리고 사회의 편견에 당당히 맞서기 위해 고군분투한다. 모르그너는 또한 괴테『파우스트』의 '발푸르기스의 밤' 장면을 가부장적 사회가 억압당하는 여성들을 풀어주는 향연의 장으로 변형시키는데, 여기서 축제는 여성의 불만을 불식시켜 저항의식을 희석시킴으로써 사회적 불평등을 지속시키는 수단으로 이용되고 있다.

3. 베데킨트의 〈프란치스카〉

위에 언급한 여성 작가들 작품보다 훨씬 과격하고 파격적인 형태의 파우스티네[3] 모델은 프랑크 베데킨트Frank Wedenkind의 드라마『프란치스카Franziska』라고 할 수 있다. 1911년 씌어져 1912년에 발표된 이 작품은 바이마르공화국 초기에 자주 공연되었으며 작가 베데킨트와 그의 아내 틸리가 직접 주인공으로 출연해 화제가 되기도 했다.

18세의 프란치스카는 자신을 유명한 가수로 만들어주겠다는 보험회사 직원 파이트 쿤츠와 계약을 맺는다. 그녀가 가수로서 이 년간 자유와 생의 기쁨을 만끽하고 나면, 그뒤에는 쿤츠의 하녀가 되어 그의 명령에 절대복종하며 살아야 한다는 제안을 받는다. 자유의 폭을 넓히고 향락의 세계를 맛보고 싶은 욕망에 사로잡힌 프란치스카는 쿤츠의 제안에 선뜻

---

3) 여성 파우스트에 대한 명칭은 파우스틴, 파우스티나, 파우스티네 등 여러 가지로 사용되지만, 여기서는 편의상 파우스티네로 통일한다.

응한다.

베데킨트의 드라마에서는 괴테 식의 저승세계에 대해서는 아무런 언급이 없다. 향락의 대가로 파우스트의 영혼을 요구하는 메피스토와 달리 쿤츠는 프란치스카의 영혼 따위에는 관심이 없다. 그 대신 계약이 만료되면 자신의 여자가 되어야 한다는 것이다. 남자로서의 우월감과 자부심에 사로잡힌 그는 메피스토 식의 계약서도 필요 없다고 한다. 어린 처녀를 자기 식으로 훈련하게 되면, 저절로 자기에게 종속되리라 확신하기 때문이다.

프란치스카는 쿤츠의 도움을 받아 감쪽같이 남자로 변신해 순진한 여자 소피와 결혼까지 한다. 이름도 프란츠로 바꿔버린 뒤 남장을 하고 젊은 패거리들과 어울려 다니며 술과 마약과 매춘에 젖어 방탕하게 생활한다.

제2막은 괴테『파우스트』의 '그레첸 비극'에 해당하는 부분이다. 베데킨트는 사랑의 희생자인 그레첸이 미혼모로, 또 영아를 살해한 어머니로 버림받는 남성 지배 체제하의 문제점을 겨냥해 다른 형태의 희생을 아이러니하게 그려낸다. 어떻게 보면 그레첸의 비극은 파우스트와 결혼하지 않은 데서 비롯되며, 결혼은 그녀를 고통에서 구해주는 해결사일 수도 있다. 하지만 프란치스카의 아내 소피의 불행은 바로 결혼에서 비롯된다. 결혼 전에는 그저 '평범한 보통 사람'에 지나지 않던 남편을 결혼과 동시에 "신"(S. 138)[4]으로 떠받들게 되고, 그녀는 자신이 남편에 비해 얼마나 열등하고 바보 같은 존재인지를 한탄한다.

그렇다고 해서 그녀가 부러워하는 남편의 정부 기슬린트도 남자에 대한 열등의식에서 자유로운 것은 아니다. 이는 기슬린트가 제2막 5경 2장에서 애인이 자신을 비웃는 것은 아닌지를 확인하는 데서 명백히 드러난다.

---

4) Frank Wedekind, Franziska, In: *Wedekind*: *Gesammelte Werke in 9 Bdn*(1912~1921), Bd. 6, München/Leipzig, 1920, S. 138. 이하 이 텍스트의 인용은 본문 괄호에 쪽수(S)만 표기함.

기슬린트 하지만 제 지적 능력을 대수롭지 않다고 여기시죠?

영주 언제 그런 말, 언급이라도 한 적 있나?

기슬린트 그러니까 묻는 거죠. 당신은 이 세상에서 제 능력의 한계를 한 번도 비웃지 않은 유일한 분인걸요. 그렇다고 당신이 다른 이들보다 더 바보스런 것도 아니잖아요.(S. 166)

남편의 정부를 질투하면서 한편으로는 남편의 사랑을 받는 그녀를 부러워하기까지 하는 소피가 고통에서 벗어날 수 있는 유일한 길은 결혼생활을 청산하는 것이다. 결국 자기 남편이 여자라는 것을 알고 나서 그녀는 권총으로 생을 마감한다.

제3막과 제4막은 대비적으로 구성되어 있다. 프란치스카는 제3막에서 천재성과 진실성을 표방하며 고고한 남성의 정신세계를 구가하는 한편, 제4막에서는 십대의 헬레나로 등장한다. 제3막에서는 괴테의 『비극 제2부』에 나오는 황제처럼 이 지방을 통치하는 영주가 정치적 난관에 봉착해 있고, 불만에 가득 찬 민중 봉기의 위협마저 느끼는 상황이다. 영주는 파이트 쿤츠를 궁으로 불러들여 연극을 공연함으로써 군중의 관심을 돌리고 정치적 분쟁의 열기를 식히려 한다. 프란치스카도 쿤츠의 정령(精靈)으로서 함께 초대된다.

연극에선 영주가 직접 성 게오르게로 등장하고, 그의 정부(情婦)인 기슬린트는 미의 알레고리로 무대에 벌거벗은 나체로 등장해 센세이션을 일으킨다.

제4막은 『파우스트—비극 제2부』의 '헬레나 비극' 장면에 해당하는데 극중극으로 꾸며진다. 파우스트는 궁정에서 황제를 도와 성공적으로 일을 수행한 뒤 막강한 권력과 부를 누리게 되지만, 결국 인간들의 편협하고 이기적인 실상에 실망하고, 순수한 정신세계를 찾아 고대 그리스 세계를 동경한다. 주문의 힘을 빌려 그리스 미의 화신 헬레나를 지하세계로부터 불러내는 '고전적 발푸르기스의 밤'을 거쳐 그녀와 부부가 된다. 하지만 이들의 결혼생활은 비극으로 끝나고, 헬레나는 파멸하여 지옥으로 돌아가며 파우스트는 다시 깊은 절망에 빠진다.

〈프란치스카〉의 제4막은 바로 이 지옥으로 돌아간 헬레나의 이야기에 초점을 맞춘 극중극이다. 프란치스카는 파이트 쿤츠의 지시에 따라 예수 수난을 소재로 한 신비극[5]에서 열 살짜리 소녀 헬레나 역을 맡는다. 상대역 심슨 역을 맡은 브라이텐바흐와 대사를 연습하면서, 그녀는 그에게 반하고 처음으로 "모든 감각이 사라지는"(S. 188) 순간을 경험한다. 브라이텐바흐에게 매료된 그녀에게 파이트는 더이상 영향력을 발휘하지 못한다. 헬레나를 구하러 지옥에 내려온 예수처럼 강력한 힘을 과시하면서 프란치스카를 소유하고 지배하려던 쿤츠의 계획은 브라이텐바흐에게 키스를 퍼부으며 춤추는 프란치스카와 함께 광란하며 돌아가는 소녀들의 행렬 속에 무산되고, 그의 신비극도 막을 내린다.

베데킨트는 이 신비극에서 그리스도와 헬레나로 상징되는 남녀관계를 통해 소유와 지배관계에 있는 프란치스카와 파이트를 대비시키려 했음을 이렇게 밝힌다. "가장 복잡한 부분은 제4막이다. 주제는 여성 문제인데 인간의 소유와 지배에 대한 것이다. 문제를 폭넓게 개괄하기 위해서 예수의 수난사를 다루는 신비극으로 도피했다. 그것은 십자가상의 죽음과 부활 사이에 일어나는 사건이다. 이 신비극을 이용해 남녀의 대표로서 헬레나와 예수를 대비시킬 수 있었다."[6]

부분적으로 괴테 『비극 제1부』의 요소들을 인용하는 이 작품은 제5막에서 파이트의 지배를 벗어난 프란치스카가 아이를 낳으면서 일대 전환을 겪게 된다. 그레첸을 파멸로 이끈 미혼모 모티프를 베데킨트는 "여성성의 완성"으로 이끄는 긍정적 계기로 수용한다. 프란치스카는 미혼모

---

5) 신비극은 중세 종교극. 부활절 예배 의식에서 발생하여 부활절, 크리스마스 때에 공연되다가 이후에는 성체 축일의 향연에서도 공연된다. 예수 부활의 극화로부터 발전, 구약·신약 성서의 모든 이야기를 다루어 천지창조에서 최후의 심판까지를 내용으로 취급한다.

6) Frank Wedekind, *Werke*, Bd. 3. Prosa, Berlin/Weimar, 1969, S. 371.

로서 부딪친 사회적 경제적 난관에도 아랑곳하지 않고 강력한 모성을 발휘한다. 아이의 아버지가 누구인지, 쿤츠이건 브라이텐바흐이건 그녀에게는 더이상 중요하지 않다. 중요한 건 그녀에게 아이가 있다는 사실이고, 그 아이를 지키고 제대로 키워야 한다는 모성적 본능뿐이다. 어머니가 된 프란치스카는 더이상 새로운 향락이나 자유에도 관심이 없다. 그녀는 아이와 함께 뮌헨의 예술인촌 한 귀퉁이에 머물며, 오로지 아들 키우는 일에 전력을 다한다.

4. 사회적 파우스트와 개인적 파우스티네

괴테의 파우스트가 메피스토와 내기를 하게 된 것은 추상적이고 관념적인 편향적 정신세계에서 벗어나 인간이 맛볼 수 있는 생애 최고의 향락을 체험하고자 함이었다. 메피스토에 이끌려 천상과 지옥을 오가며 새로운 감각의 세상을 경험하면서 파우스트는 비로소 그가 살고 있는 현실 사회를 이상향으로 변화시킬 수 있는 인간으로 성장한다.

파우스트가 채울 수 없는 욕망을 충족시키기 위해 떠난 여정에서 여러 가지 체험을 하면서 얻게 된 생의 진정한 의미는 쾌락도 내세의 피안도 아니다. 그러기에 "쾌락이라면 모조리 그 머리채를 움켜잡았다"(V. 11434)고 자신하는 그가 "이 땅에 굳건히 서서 이곳 주위를 돌아보도록 하라!"(V. 11445)고 부르짖는다.

또한 그가 "멈추어라, 너 정말 아름답구나!"(V. 11582)라고 외치는 순간은 애초에 기대했던 어떤 쾌락의 절정 앞에서가 아니다. 그를 환희 속에 외치게 만든 것은 인류의 공익에 기여할 최대의 사업 목표이다. 끝없이 펼쳐진 바다를 메우고 늪지대를 채워 수백만 인간에게 비옥한 땅을 개간해주는 간척 사업을 꿈꾸며 그는 악마에게 영혼을 팔아도 좋을 만큼 인생 최대의 희열을 느낀다.

베데킨트의 〈프란치스카〉의 경우는 영혼의 문제, 사회적 활동이나 정치활동에는 관심이 없어 보인다. 이상사회를 건설하는 데서 파우스트가 '자기 완성'을 도모하는 반면, 베데킨트는 지극히 사적인 영역에서, 생물학적 본능으로 개인적 목표를 회귀시키는 데서 자기 완성을 찾는다.

파우스티네의 목표는 괴테의 파우스트가 간 길을 그대로 답습하는 데 있지 않다. 끊임없는 "방황 속에 노력하는" 인간으로서 파우스티네는 일면 파우스트의 면모를 보여주지만, 베데킨트의 주인공은 시종일관 정신보다는 육체적 쾌락에 우위를 두고 있다.

괴테의 악마 메피스토는 막강한 세력을 지닌 악마인 데 반하여, 그에 대응되는 베데킨트의 인물 파이트 쿤츠는 속임수에 능한 재주꾼일 따름이다. 쿤츠라는 이름이 암시하듯 그는 인위적으로 조작하는 데 능하지만, 사회를 개혁할 힘도 없고 본능을 제어할 힘도 없다.

쿤츠와 프란치스카 역시 영주의 궁에서 권력자의 개혁을 돕지만, 이들이 시도하는 개혁은 사회적 성격의 것이 아니다. 쿤츠가 갖는 관심은 인간 개인을 "성별을 해체해서라도 자연(의 구속)에서 해방시키는 것"[7]이다.

프란치스카는 미지의 영역으로 닫혀 있던 향락세계로 들어가기 위해 악마에게 자신을 맡긴다. 그녀가 남성 전유물인 자유와 우월성을 성취하기 위해서는 남자가 되는 것이 유일한 방법이다. 그런데 그녀가 변신을 거듭한 끝에 다다른 곳은 아이러니하게도 아들을 지키고 보호하는 어머니의 자리이다. 이는 지극히 자연스런 모성 본능으로의 회귀를 의미한다. 진정한 자유를 추구하기 위해 남성에게 예속되기를 거부하던 그녀가 아들에게 안락한 가정을 안겨주겠다며 평범하고 마음씨 착한 알머와 결합한다는 것은 실로 모순적인 해피엔딩이 아닐 수 없다. 이렇게 보면 해방여성을 부르짖으며 남자로 변신한 후, 향락의 길을 가지만, 그것도 결국 진정한 어머니가 되기 위해 걸어야 할 길을 잠시 일탈한 것에 지나지

---

7) Friedrich Rothe, *Frank Wedekinds Dramen. Jungendstil und Lebensphilosophie*, Stuttgart, 1968, S. 130.

않는다.

5. 파우스티네의 모성 본능과 반여성주의 논란

괴테가 묘사한 "영원히 여성적인 것"(V. 12110)을 '성의 해방'이라는
옷을 입혀 풍자적으로 재해석한 베데킨트의 이 작품은 시대를 앞서 성전
환, 동성애 등 오늘날 젠더 담론에서 제기되는 논점들을 먼저 다루고 있
는 것이다.

그런데 이다 한-한이나 모르그너의 경우와는 달리 여성 파우스트를
통해 기존의 남성 중심적 사고방식에서 탈피하려는 새로운 시도나 대안
은 제시되지 않는다. 표면상 지극히 상투적인 해피엔딩의 결말에 대해서
는 초연 당시부터 논란이 많고, 작가에게 비난의 화살이 그치지 않는 계
기를 마련한다. 기존의 관습과 도덕에 도전해온 베데킨트가 가장 자연스
런 정체성을 찾아 나선 여성의 목적지를 결혼과 양육으로의 도피로 설정
한 데 대해 당대 대표적 비평가들은 '상투적'이라는 말로 실망감을 감추
지 않으며,[8] 페히터는 이렇게 비판한다. "사랑과 선함, 아이들에 대한 환
호 그리고 결혼관계를 다루고 있는 이 신비극은 여성이 발전할 수 있다
는 믿음을 겨냥해 베데킨트가 던지는 쓰디쓴 야유인 동시에 그 야유는
자신의 예언에도 적용된다. (……) 남자 파우스트는 인생의 여정을 다
걷고 나서 적어도 망자의 천국에서 끝을 내지만, 남자와 똑같이 행동하
려던 여자 파우스트는 결국 강력한 정신과 신체의 소유자를 포기한 채
보잘것없이 조용한 결혼생활로 도피하는 것으로 끝난다."[9]

---

8) Vgl. Joachim Friedental, Frank Wedekind. Sein Leben und sein Werk. Eine Monographie.
In: *Das Wedekindbuch*, Hrsg. u. mit einer Monographie v. Joachim Friedental, München/
Leipzig, 1914, S. 114.

9) Paul Fechter, *Frank Wedekind. Der Mensch und sein Werk*, Jena, 1920, S. 124.

이 희곡이 발표되기 전인 1894년, 베데킨트는 파리에서 머물며 여성을 주인공으로 하는 파우스트를 구상하고 짧은 초고를 작성한다.[10] 초고에서 프란치스카는 남자가 되기 위해 악마와 계약을 맺지만, 진짜 남자와 몸싸움으로 힘겨루기를 하다 패배하자 다시 여자로 돌아가기를 원한다.

여성이 생물학적으로 열등한 존재라는 기존의 편견에서 벗어나지 못한 초고에 비해, 십칠 년 뒤에 집필된 드라마 〈프란치스카〉[11]의 주인공은 결혼이라는 강제적 제도에 합리적 수단을 통해 대항하는 전형적 해방 여성이다.

불행했던 부모에 대한 기억 때문에 프란치스카는 원래 결혼에 대해 부정적이다. 아이를 낳으면 출산보험을 들어주는 것으로 어머니 역할을 다하는 것이라고 생각한다. 그녀의 관심사는 오로지 "자신이 대체 누구인지"(S. 114) 알아내는 것이다. 남자들에게 자신을 바치는 것도 사랑 때문이 아니라 자기 욕구를 진정시키고 평정을 찾기 위해서라고 말한다. 화학자 호프밀러를 통해 자기 천성을 분석해내고자 하지만 혼란만 가중될 뿐이다.

1913년 9월 5일, 막스 라인하르트에게 보낸 편지에서 베데킨트는 이 작품을 쓰게 된 동기를 이렇게 밝힌다.

〈프란치스카〉에서 난 모든 복합적인 감정을 한 인간의 운명에 엮어보려고 애썼네. 내 생각에는 이런 감정들 없이는 고대 신화나 종교수난극도 생겨나지 않았을 것이네. (……) 미농 주제를 확장시키려고 시도했지만, 남

---

10) Vgl. Arthur Kutscher, *Frank Wedekind. Sein Leben und seine Werke*, 3 Bde. Bd. 3, München, 1922~1931, S. 113.

11) 이 작품은 1911년 9월 5일 완성되고 '프란치스카―5막으로 된 현대판 신비극Franziska. Ein modernes Misterium in fünf Akten'이란 제목으로 1912년 출판된다. 베데킨트는 1913년 드라마 전체를 약강격(弱强格) 운율을 붙여 개작하고 '프란치스카―9경으로 된 현대판 신비극 Franziska. Ein modernes Mzsterium in 9 Bildern'이라는 제목의 공연 대본으로 출판한다. 이 개정판에서는 해피엔딩으로 끝나는 마지막 장면이 비극적으로 수정된다.

장여자를 찬양할 목적은 아니었네. 그래서 이런 모토를 선택했다네. "작은 두 발을 하늘로 향하라."[12]

그러나 여성주의적 시각에서 볼 때 베데킨트의 여성관은 비판받을 만한 요소를 많이 포함하고 있다. 그는 구세대의 도덕적 전통 같은 낡은 사회 규범이나 결혼처럼 인간을 성적으로 억압시키는 제도에 대해, 이는 인간을 성의 희생물로 만드는 비극의 요인이라며 반발한다. 그러나 다른 한편 인간을 성과 분리시키는 것은 인간의 가장 근원적이고 자연스런 성향을 거부하는 것이며, 이것이야말로 사회 구성의 원칙과 삶의 조화를 파괴하는 죄악으로 간주한다. 그리고 여성을 성적 대상으로 보며, 감각적인 존재로만 파악한다. 그러면서 당시 활발히 진행되던 여성해방운동에 대해 부정적인 태도를 보인다.[13] 그는 "여권운동 따위"는 인생에 실패한 여자나 덜떨어진 여자들이나 하는 일이라고 말한다. 그것은 어떤 인식의 결과도 아니고, 정당한 권리를 쟁취하려는 차원에서 행해지는 것이 아니라, 광신과 회의론에서 비롯된 것이라고 폄하한다.[14]

베데킨트가 〈프란치스카〉에서 문제삼은 것은 무엇보다도 자유를 구가하려는 인간 본능이 본질적으로 모성에 충실할 수밖에 없도록 태어난 여성에게 어느 정도 가능한가라는 점이다. 『차라투스트라는 이렇게 말했다』에서 니체는 여성을 "여자는 모든 게 수수께끼이다. 또 여자에겐 모두 해결책이 있는데, 그것은 임신이다"[15]라 말하며, 여성을 "이해할 수

---

12) F. Wedekind, *Werke*, Bd. 3, Prosa, S. 609.

13) Vgl. Arthur Kutscher, *Sein Leben und seine Werke*, Bd. I, 363 u. S. 206 ff.

14) 예를 들면 1896년의 소설 『루살카 영주 부인』에서 허영심 많고 자기 도취적인 여주인공이 여성운동에 나서는 것은 남편의 외도와 가톨릭신도인 사촌여동생의 영향 때문이다. 그런데 정작 다정다감한 사회주의 운동 지도자를 남자친구로 사귀게 되면서 다시 여자의 '자연스런' 천성을 되찾아 착실한 아내와 어머니로 되돌아간다. 이 내용은 프란치스카의 결말과 상통하는 부분이 있다. 그 밖에도 1903~1904년의 「힐라다」나 1899년의 희극 「바보와 아이들」에서도 여성해방운동에 대한 작가의 부정적 견해가 드러난다. 특히 후자에서는 여성해방의식을 '젊은 여성들의 객기'로 풍자된다.

없는" 종족 보존의 도구로 한정한 바 있다.

베데킨트가 시대를 앞서 성의 해방을 추구한 만큼 이 드라마의 모순적 결말은 파격적인 작품을 기대한 비평가들을 당혹하게 만든다. 이는 작가의 여성관이 결국 니체 식의 남성 중심 사고에서 크게 벗어나지 못하고 있기 때문이다. 여성의 본질을 아이를 키우는 모성에 국한시키는 한, 어떤 여성상도 파우스트의 대안적 모델이 될 수는 없을 것이다.

---

15) Friedrich Nietzsche, *Also sprach Zarathustra. Ein Buch für Alle und Keinen*, Stuttgart, Reclam, 1951, S. 61.

참고 문헌

Goethe, Johann Wolfgang von, Faust. Eine Tragödie, In: *Goethes Werke*, Hamburger Ausgabe in 14 Bänden, Textkritisch durchges. und mit Anm. vers. von Erich Trunz, Bd. 3: Dramatische Dichtiungen 1, München, DTV, 16. Aufl. 1996.

Ida Hahn-Hahn, Faustine. URL: http://gutenberg.spiegel.de/hahnhahn/faustine/fausti04.htm(26. Oktober 2005).

Nietzsche, Friedrich, *Also sprach Zarathustra. Ein Buch für Alle und Keinen*, Stuttgart, Reclam, 1951.

Wedekind, Frank, Franziska, In: *Gesammelte Werke in 9 Bdn*(1912~1921), Bd. 6, München/Leipzig, 1920.

Wedekind, Frank, *Werke*, Bd. 3, Prosa, Berlin/Weimar, 1969.

Fechter, Paul, *Frank Wedekind. Der Mensch und sein Werk*, Jena, 1920.

Friedental, Joachim, Frank Wedekind. Sein Leben und sein Werk. Eine Monographie. In: *Das Wedekindbuch*, Hrsg. u. mit einer Monographie v. Joachim Friedental, München/Leipzig, 1914.

Kutscher, Arthur, *Frank Wedekind. Sein Leben und seine Werke*, 3 Bde, München, 1922~1931.

Rothe, Friedrich, *Frank Wedekinds Dramen. Jungendstil und Lebensphilosophie*, Stuttgart, 1968.

아베나리우스의 『파우스트』
―방황의 끝에서 나를 찾다

김혜숙

1. 들머리

현실이 아무리 부정적인 모습으로 존재한다 해도 문학을 통해 이를 형상화한다는 것은 현실이 변화할 수 있다는 희망이 존재한다는 것을 의미한다. 어느 시대든 주어진 현실의 모순과 불합리함은 작가의 시선을 피하지 못하지만, 20세기 표현주의 드라마처럼 정면으로 개인과 사회의 문제점을 직시하고 격렬하게 비판한 문학도 없을 것이다. 더불어 인식된 문제점의 원인과 대안을 그처럼 진지하게 탐색하는 태도 역시 어느 사조나 장르보다도 표현주의 드라마에 나타나는 뚜렷한 특징이다. 특히 "부정적 현실에 대항하는 혁명 정신"[1]을 드러내며, "인간에 대한 희망"을 가지고 "인간을 자신의 이상적인 본질로 돌아오도록 이끄는 것"[2]을 목표로 씌어진 것이 표현주의 드라마이다.

---

1) Hans Heinz Holz, *Philosophie der zersplitterten Welt. Reflexionen über Walter Benjamin*, Bonn, 1992, S. 33.

2) Walter Riedel, *Der neue Mensch. Mythos und Wirklichkeit*, Bonn, 1970, S.2.

1919년에 발표된 아베나리우스Ferdinand Avenarius[3]의 『파우스트 Faust』 역시 이러한 표현주의 드라마의 특징이 잘 나타나는 작품이다. 파우스트라는 이름이 들어가는 대부분의 작품이 그렇듯 아베나리우스의 『파우스트』 역시 중세로부터 이어온 민중본을 토대로 하며, 동시에 괴테의 『파우스트』를 전제로 하고 있다. 특히 서곡과 마지막 장면은 명백하게 괴테와 연결된다.

이 글에서는 우선 주인공 파우스트가 "자신의 이상적인 본질"을 인식해가는 과정을 추적해보고, 괴테의 『파우스트』 비극과 어떤 차이점이 있는지를 살펴보고자 한다. 나아가 아베나리우스의 작품에서 현실의 어떤 점이 비판되고 있는지 확인해본다.

2. 파우스트의 자기 인식과정

아베나리우스의 『파우스트』는 서막과 다섯 개의 이야기로 이루어지는

---

3) 페르디난트 아베나리우스(1856~1923)는 서적상의 아들로 베를린에서 태어났다. 그는 철학자 리하르트 아베나리우스의 동생이자, 리하르트 바그너의 조카이다. 베를린과 드레스덴에서 김나지움에 다니다가 병 때문에 독학을 한다. 1877년 라이프치히에서 대학에 입학하고, 1878년부터는 취리히로 가서 처음에는 자연과학을, 나중에는 철학과 문학과 예술사를 공부한다. 1881~1882년에는 알프스 지역과 북이탈리아를 거쳐 로마, 나폴리, 시칠리아 등을 여행한다. (이때의 여행 경험이 『파우스트』 제1막에 반영된다.) 1887년에 드레스덴에서 보름에 한 번씩 나오는 잡지 『예술지기』의 발행자가 되고, 1903년에는 『뒤러 연맹』을 만든다. 이러한 활동은 대중의 예술 이해 및 미학적 문화의 고양을 위한 것이다. 명예철학박사 학위를 받고 1917년에 교수 칭호를 받는다. 그는 문화교육학자이자 작가이며 향토예술의 선구자이다. 뫼리케, 켈러, 헤벨을 높이 평가한다. 『예술지기』 공동체의 시인으로서 처음에는 열정적으로 하이네를 추종하지만, 나중에는 성찰적이고 냉정한 미학적 태도에 부분적으로는 고답적 성향이 섞이게 된다. 「살아가라!」에서 "위대한 서정시 형식", 즉 인간 영혼의 활동을 외적 행동이 아니라 내적 행동으로 나타내는 형식을 개발하지만 계승되지 않는다. 『최신 독일 서정시』(1882), 『가정용 독일 서정시』(1902), 『송시집』(1907), 『기쁨의 책』(1909)과 같은 사화집이 널리 읽히고, 말년에는 세계관을 표명하는 추상적인 드라마들을 쓴다. 『파우스트』를 포함하여 『바알』(1920), 『예수』(1921)가 이에 속하는 것으로, 이는 '자라나는 신'이라는 이름으로 묶이는 3부작이다.

데, 첫번째와 세번째 이야기가 네 개의 장면으로 나뉘는 반면 나머지는 하나의 장면으로 구성된다. 작품의 시대적 배경은 16세기로 작품 속의 이탈리아에서는 르네상스가 꽃피고, 독일에서는 종교개혁의 영향으로 농민 봉기가 일어난다.

2-1. 죄인 파우스트─서막

괴테가 묘사한 파우스트와 마찬가지로 아베나리우스 드라마의 주인공 파우스트 역시 책의 굴레에서 벗어나 인간이 할 수 있는 모든 경험을 직접 겪어보고자 하는 열망에 사로잡혀 있었다.

> 메피스토 감각의 심연에서 불타는 열정을 잠재우려 했던 자 누구인가?
> 파우스트 박사, 당신은 그것을 이루었소.
> 당신의 의지대로 그것을 얻은 것이오.(S. 8)[4]

서막에 등장하는 파우스트는 이러한 열정에 사로잡혀 이미 메피스토펠레스(이하 메피스토)와 계약을 맺고 그레첸과의 사랑의 모험을 끝낸 시점에 있다. 아베나리우스의『파우스트』서막은 괴테의『파우스트─비극 제1부』가 끝난 시점에서 시작되는 것이다. 그런데 괴테의 작품에서와 달리 그레첸은 구원받은 것이 아니라 영아살해범으로 교수형에 처해진다. 이로 인해 심한 죄책감에 사로잡힌 파우스트는 천둥이 치고 폭풍우가 몰아치는 밤에 그녀가 죽은 사형장을 찾아간다. 괴테의 파우스트는 그레첸의 죽음에 대해 개인적인 반응을 나타내지 않은 채, 계속 메피스토의 도움으로 새로운 영역의 경험에 몰두하는 반면, 아베나리우스의 파우스트는 자책과 자기 반성의 태도를 취한다. 그는 인간이 맛볼 수 있는 모든 것을 경험하고자 한 자신의 교만함을 깨닫는다. 그가 악마와 계약

---

4) Ferdinand Avenarius, *Faust*, München, 1919. 이하 원문 인용 및 참조의 출처는 괄호 안에 아라비아 숫자로 쪽(S)을 표시함.

을 맺고 열정에 빠져 사랑하는 애인을 죽음에 이르게 한 것도 이 교만함에서 나온 것으로 인식한다. 후회와 죄의식으로 괴로워하던 파우스트는 사형장을 지나던 어느 수도승의 도움으로 로마행을 결심한다. 교황으로부터 죄사함을 받기 위해서이다. 이는 파우스트가 메피스토와의 계약에서 벗어나려는 의지를 갖게 되었음을 나타낸다. 그레첸의 죽음이 파우스트로 하여금 자신이 처해 있는 상황을 죄의 상태로 인식하는 계기가 되고, 자신의 상태를 변화시키려는 의지를 갖게 한 것이다. 그러나 파우스트는 그 변화를 자신의 힘에 의해 이루는 것이 아니라 외부의 힘, 즉 종교의 힘을 빌려 이루려 한다. 메피스토는 수도승과 함께 사형장을 떠나는 파우스트를 제지하지 못한다.

2-2. 이웃의 존재 인식—제1막

우울하고 비극적인 서막의 분위기와 달리 제1막은 밝고 유쾌하다. 파우스트가 카니발을 즐기는 이탈리아의 로마에 도착한 것이다. 로마에서 그는 자신의 죄에 대한 교황의 사(赦)함을 더이상 원하지 않는다. 파우스트가 교황의 권위를 인정하지 않게 된 것은 교황이 인간의 죄를 사해줄 만큼 성스러운 존재가 아님을 인식했기 때문이다. 보다 결정적인 이유는 독일에서 로마로 오는 여행길에 파우스트는 자신의 죄의식이 영혼의 교만함을 경고하는 "보호막"(S. 18)이 될 수 있음을 깨달았기 때문이다. 죄의식이 더이상 짐이 아니라 영혼이 교만해지는 것을 억제하는 기능을 한다고 본 파우스트는 자신이 좌절의 심연에서 벗어났다고 생각한다. 그리고 "한 번 무너졌던 자가"(S. 18) 다시 일어설 때는 전보다 몇 배 강해질 수 있다고 믿는다. 이제 그의 문제는 자신의 삶을 채워줄 무엇인가를 향한 열망은 여전하지만, 그것이 무엇인지 알지 못하고 또 그것에 대한 열망은 채워지지 않는다는 것이다.

파우스트 무(無) 외에 내 속에는 아무것도 없소.

이 무는 채워줄 것을 외치고 있소.

그래요, 소리치고 있어요.

이 외침의 열정만이 나의 생명이오.(S. 16)

그의 갈증을 조금이나마 풀어준 것은 조각가로서의 미켈란젤로이다. 미켈란젤로는 자신 역시 무엇을 찾는지 모르지만 이웃을 섬기면서 살아간다고 말한다.

미켈란젤로 나는 복무하는 것이오, 다른 사람들이 하듯.

우리는 혼자가 아니오. 우리를 먹이고, 입히고, 도와주고,

고통과 기쁨을 주는 사람들이 있소.

성경에서 이웃이라고 말하는 그들,

우리가 받은 것을 갚으려 이웃을 섬기는 것이오.(S. 39)

여기서 교황으로 대표되는 제도화된 교회와 성서를 바탕으로 한 신앙이 구분되고 있음을 알 수 있다. 자신을 죄인으로 인식하고 신 앞에 복종하면서 이웃을 섬기는 것이 기독교 신앙의 핵심이라고 본다면, 죄의식을 토대로 정신적 교만함을 억제하려는 파우스트의 태도와 이웃을 섬기는 미켈란젤로의 마음이 기독교 신앙의 핵심을 구현하면서, 동시에 면죄부를 판매하는 교회의 행태와 대비됨을 알 수 있다.

한편 조각가로서의 미켈란젤로는 세상을 구성하고 있는 모든 형상에서 힘을 느끼며, 자신의 내면에 그 형상을 만들어냄으로써 스스로 힘을 찾아낸다. 이러한 힘이 표현되는 그의 작품에서 파우스트는 신성을 발견하고 자신도 신의 목소리를 듣기를 소망한다.

2-3. 현실 인식—제2막

로마에서 독일로 돌아온 파우스트는 과학을 탐구하는 교수에게서 직

업과 거처를 얻는다. 그리고 그는 교수에게 "남쪽에서 배운 것"(S. 46)을 전해주는 전달자이자 시인의 역할을 한다. 그가 전해준 신지식은 의학적으로 해석되어 시체를 해부하는 데 쓰인다. 교수는 학생들과 함께 시체를 해부하면서 자신의 행위가 성서의 가르침에 어긋나지 않는다고 확신한다. 해부의 기회를 제공하는 "죽은 자가 살아 있는 그 누구보다도 고통받는 자들을 도울 수"(S. 48) 있으며, 이로써 죽은 자는 "서로 도우라"는 예수의 말씀을 실행하는 것이 된다고 보기 때문이다(S. 48). 그러나 교회는 교수의 행동을 불경죄로 간주하고 체포 명령을 내린다. 또한 교회는 지동설을 금지하지만, 교수는 지동설을 수학적으로 증명한 책을 받아들고 체포되는 순간에도 환호하며 자신의 신념을 공개적으로 말한다.

이 자연과학 교수는 파우스트에게 로마의 미켈란젤로처럼 파우스트의 인식을 확장시키는 기능을 한다. 현실을 지배하는 종교권력은 인간의 복지를 방해하고 진실을 억압한다. 이러한 현실에도 불구하고 교수는 인내심을 가지고 미래를 믿을 것을 말한다. 나아가 민중이 사회의 토대라는 것과 자아가 명령하는 대로 행동할 것을 가르친다. 미켈란젤로처럼 교수도 비록 사회적으로 이해를 받지는 못하지만 뛰어난 통찰력과 정신적 힘을 가지고 동료 인간을 위해 책임을 다하는 인간상을 구현하고 있다. 이러한 모습이 이제 파우스트에게 전이된다.

2-4. 행동의 결단―제3막

제3막에서 파우스트는 직접 사회적 정치적 행동을 결단하고 시행한다. 그는 교수를 처형하려는 교회에 정면으로 대항하여 학생들을 규합하고 농민 봉기에 참여한다. 마르틴 루터의 종교개혁에서 영향을 받은 농민들은 귀족, 법조인, 성직자 등에 의해 자행되는 억압과 착취에 저항하여 신 앞에 모두가 평등함을 부르짖는다. 파우스트가 농민 봉기에 참여한 직접적 계기는 교수가 체포된 사실이지만, 이를 통해 파우스트는 사회를 변화시키려는 세력의 한가운데 서게 되고 사회 전체를 생각하는 인식의 변화를 일으킨다. 그는 어리석고 야비한 모습의 농민까지도 억압과 착취의 희생자로 보고 자신의 신분계층이 아닌 그들을 '구원하기' 위해 앞장서서 투쟁한다. 도시에 사는 시민들의 호응까지 얻으면서 승승장구 하던 농민군이 현실에 대한 인식 부족과 지도층의 내분으로 점차 밀리게 되자 파우스트는 상황을 역전시킬 방법을 찾는다. 그가 찾은 해결책은 황제를 직접 찾아가 설득하는 것이다. 황제가 상황을 제대로 알게 되면 농민을 위한 정당한 조치를 취하리라고 믿은 것이다. 여기서 파우스트 생각의 한계가 드러난다. 그는 농민군이 봉기한 원인이 사회의 구조적 모순에 있다는 것을 인식하지 못하고 최고 권력자의 결단으로 해결되리 라는 단순하고 소박한 믿음을 나타낸다.

제3막에서 파우스트는 개인적 관심사를 뒤로하고 사회의 약자를 위해 불의에 대항하지만, 불의가 자행될 수 있는 구조적 모순을 꿰뚫어보지 못하고 표면적인 현상에만 머물게 됨으로써, 그가 제시한 대응책 역시 임시방편에 불과한 것으로 끝나고 만다.

2-5. 권력의 본질 인식—제4막

제4막은 여러 인물들과의 대화를 통해 파우스트와 다른 인물들의 생 각을 대비시키면서 파우스트의 변화되고 성장한 인식 내용을 드러낸다. 파우스트는 메피스토의 도움으로 황제를 만나지만, 놀이와 여자에 정신 이 팔린 젊은 황제는 파우스트의 말을 이해하지 못한다. 궁정 대신들과 고위 성직자는 농민 봉기의 원인도 그리고 의미도 인식하지 못한다. 그 이유는 제4막의 인물들이 사회의 지배층을 구성하는 인물들이지만 민중 을 참된 의미에서 인간으로 인정하지 않기 때문이다. 그들은 모든 문제 를 돈으로 해결하려 하고 더 많은 돈을 요구할 뿐이다. 민중 봉기를 해결 하기 위한 방책으로 제국주의가 제시된다. 국내에서 필요한 돈은 다른 나라를 침략하여 조달한다는 발상이 모든 이의 환영을 받는다. 제국주의 의 실상은 전쟁, 사기, 거짓말, 살인으로 나타나지만, 황제를 손에 쥐고

흔드는 대신들은 이에 아랑곳하지 않는다.

황제 앞에서 말할 기회를 얻은 파우스트는 자신이 책을 통해서만 세상을 볼 때는 자신의 교만함에 가려 보지 못했던 사실을 황제에게 알려준다. 즉 그것은 삶의 현장에서 살아가는 민중 속에 시대를 변화시키는 강건함이 있다는 것이다. 민중의 모습이 비록 야수처럼 보일지라도 그들은 희망을 간직하고 있으며, 황제의 도움이 있을 때 그들의 인간다움이 비로소 개화될 수 있음을 피력한다. 그러나 파우스트의 말을 어릿광대의 농담으로 생각하는 황제는 놀이와 여자로 유혹하는 메피스토를 따라 밖으로 나간다.

황제를 설득하는 데 실패한 파우스트는 실질적으로 세력을 쥐고 있는 궁내관과 설전을 벌인다. 권력욕에 도취된 궁내관은 무자비한 제국주의를 옹호하며 신의 대행자임을 자처한다. 이에 파우스트는 "신은 영원히 생성되어가는 것 속에서 솟아나며" "자기 자신에 대한 믿음으로 사는 존재 안에서 자라나는 것"임을 강조한다.(S. 109) 이 장면은 제1막에서 미켈란젤로의 신성을 찬양하면서도 "어떻게 나는 올바른 신을 발견하는가?"(S. 41)라고 말하며 괴로워하던 파우스트의 모습과는 확연하게 대비된다.

궁내관은 파우스트의 말이 이교도적이라는 구실을 내세워 그를 체포하라고 명령한다. 그 순간 파우스트는 악마의 유혹을 받는다. 권력 앞에 무기력해진 파우스트에게 악마는 자기를 숭배한다면 세상의 지배권을 주겠다고 약속한다. 그러나 전체를 지배할 권력을 얻는 대신 자신을 숭배하는 것을 조건으로 내세우는 악마의 제안을 파우스트는 단호히 거절한다.

제4막은 사회를 지배하는 권력이란 종교와 정치가 결탁한 것임을 명확하게 드러낸다. 나아가 권력욕은 탐욕스런 물질주의와 결합되며, 이것의 정점이 제국주의임을 보여준다. 이와 더불어 권력의 본질은 악마적인 것으로서, 따라서 권력의 힘만으로는 인간적인 사회가 실현될 수 없음을 보여준다.

2-6. 신으로서의 인간―제5막

농민 봉기는 궁지에 몰리고, 함께 사회 변화를 위해 행동하던 사람들은 좌절과 회의에 빠진다. 그러나 파우스트는 이에 맞서 역사의 실질적인 변화 가능성을 강조한다. 그리고 자신의 삶을 역사의 변화를 위한 "정신의 단련장"(S. 116)으로 간주한다. 이것은 파우스트가 회의와 의문에 사로잡혀 있던 예전의 모습에서 탈피하여, 자기 삶의 목적과 방향에 대한 뚜렷한 신념을 갖게 되었음을 보여준다. 이제 파우스트는 개인적인 죄의식과 사회 변화에 대한 회의에서 치료된 것이다. 이 사실을 그레첸이 빛의 환영으로 나타나 확인해준다.

> 그레첸 당신이 병들어 있는 동안 나는 결코 당신을 떠나지 않았어요.
> 최근 거대한 악의 돌풍이 몰아쳤을 때
> 나는 알았지요.
> 당신이 치료되었음을.
> 그때 성스런 빛이 환호했고
> 나에게 구원이 왔어요.(S. 122)

파우스트가 악마의 유혹을 물리침으로써 그 자신을 치료했을 뿐만 아니라 그레첸의 구원도 가능하게 된 것이다. 파우스트의 인식과정의 출발점이 된 그레첸이 그의 인식이 성숙해가는 과정에 동행함으로써 스스로 구원할 힘을 얻게 하였다고 볼 수 있다.

그레첸이 사라진 후 메피스토가 찾아온다. 그날은 일 년이란 계약 기간이 끝나는 날이기 때문이다. 파우스트의 영혼을 가져가기 위해 메피스토가 나타나자 파우스트는 그에게 인류의 미래를 보여줄 것을 요구한다. 메피스토가 보여주는 인류의 모습은 야수의 영혼이 깃든 추악한 얼굴이다. 이성이 제거되고 미움, 굶주림, 역병, 전쟁 등으로 인해 광기에 일그러진 영혼의 모습을 보여준다. 메피스토는 이것이 파우스트가 모든 것을 바쳐 구하려 했던 것임을 강조하며 그를 비웃는다. 그러나 이제 파우스트는 좌절하는 것이 아니라 그 얼굴과 대면하여 그것을 이해하고 변화시키려는 의지를 드러낸다. 그리고 실제로 대화를 통해 인류의 얼굴이 변화를 일으키도록 한다. 얼굴에 나타나는 야수의 모습은 인간의 명예욕과 열망에 의해 만들어진 것이고, 인간 "자신의 피"로 양육된 결과이며(S. 131), 사랑과 분노에 의해 조정된다는 사실을 얼굴 스스로가 인식하게 한다. 그리고 그 얼굴의 추악한 모습조차도 악마의 모습이 아니라 최상의 것을 추구하는 동경의 단면임을 인식시킨다. 대화를 통해 얻은 이러한 인식과 함께 인간의 얼굴은 내면에 묻혀 있던 고귀한 것을 드러내며 맑고 평온하게 변한다. 얼굴의 변화를 보면서 마침내 파우스트는 온갖 고통과 좌절에도 불구하고 끊임없이 계속되는 진리에 대한 간절한 동경이 인간의 본질임을 간파한다. 이때 메피스토가 당황하여 자신이 불러낸 환영을 사라지도록 명령하지만 파우스트는 "멈추어라"(S. 132) 하고 외친다. 이 순간 파우스트의 마지막이자 궁극적인 깨달음이 이루어진다. 세계를 움직이게 하는 것은 악마가 아니라 인간의 동경임을 인식하는 것이다. 인간의 동경이 만들어가는 인간의 형태는 그것이 역사에 반영되든 예술로 형상화되든 끊임없이 변해간다. 이처럼 영원히 변화하며 새로운 형태를 만들어가는 것은 살아있는 신, 곧 "추구하면서 방황하는 인간"(S. 132)이다.

> 파우스트 얼굴이여, 너는 변화한다. 너의 모습 속에
> 　　　내면의 것이 솟아오른다. 그 안에 고귀한 것이 살고 있다.
> 　　　광기여, 네 속에는 두 가지가 있구나.
> 　　　(……)
> 　　　오, 진리를 구하는 인간의 고통

망상으로 죽어가며 찾아 헤매던 자들 역시.

　　살인을 일삼으며 세상을 난도질할 때조차

　　그 속엔 동경이, 권리와 평화를 간절히 청하는 (……)

메피스토 (소리지른다.) 환영아 사라지라.

<u>파우스트</u> 멈추어라, 멈추어라.

　　세상을 몰아대는 것은 악마 네가 아니다.

　　아니다, 그것은 바로 동경이다. 그것이 온몸을 갈기갈기 찢어도

　　이루어지리라. 영원히 형태를 만들며 일어나리라,

　　그것은 바로 신, 살아 있는 신이다. (얼굴을 향하여)

　　너는 추구하면서 방황하는 인간이다.(S. 131/2)

　파우스트는 자신 역시 그러한 신이며 자신이 찾아 헤매던 신이 결국은 자신의 내면에 있는 정신임을 깨닫는다. 자신을 구원하고 인류를 변화시키는 것은 외부의 환경도 권력의 도움도 아닌 자신의 내면에서 원래의 자신을 발견하는 것 또는 인간의 진실한 정신을 만들어가는 것이다. 비록 파우스트는 메피스토에 의해 목숨을 잃고 쓰러지지만 이 깨달음의 순간을 파우스트는 최상의 순간으로 체험한다.

　파우스트의 깨달음은 이제 제1막에서 미켈란젤로가 했던 말이 인간 모두에게 실현될 수 있음을 알려준다.

미켈란젤로 세상의 모든 형상은 힘이오.

　　그 형상을 파악하고 당신의 내면에 그 형상을 만드시오.

　　당신의 내면에 넣었다가 밖으로 끄집어내시오.

　　그때 당신의 내면에는 힘이 살아 있소.(S. 40)

　이는 조각가인 미켈란젤로뿐만 아니라 동경하고 방황하는 모든 인간이 내면의 정신을 발견할 수 있는 방법이 된다. 인간 개개인이 방황과 고

통 속에 만들어내는 그 형태가 서로 작용하여 인류의 모습이 만들어진다. 이렇게 개인과 전체 인류가 서로 연결되어 있기 때문에, 이웃에 봉사하고, 민중을 이끌어가는 개별적인 행동이 인류 전체의 모습에 영향을 미치고 변화를 이끌어낼 수 있으며, 변화되는 인류의 모습이 다시금 각 개인에게 깨달음을 줄 수 있다. 나아가 인간의 악마성도 인간에 의해 만들어진 것이므로 역으로 인간에 의한 구원이 가능해진다.

지금까지 파우스트가 깨달음에 이르는 과정을 살펴보았는데, 이제 이러한 내용에 나타나는 사회 비판과 작품의 의도를 확인해보도록 하자.

3. 작품에 나타나는 사회 비판

3-1. 메피스토의 기능

파우스트가 새로운 인간으로 거듭나는 순간까지의 과정은 그대로 이 드라마의 주요 테마이자 줄거리이다. 파우스트가 그레첸의 사형 집행에 죄의식을 느껴 교황에게 죄사함을 받으러 로마로 갔다가, 독일로 돌아와서 진리 탐구에 몰두하는 교수를 처형하는 종교권력에 맞서 농민 봉기에 참여하지만, 농민 봉기는 실패로 끝나고 파우스트는 악마와의 계약대로 목숨을 잃는 것이다. 이처럼 파우스트를 중심으로 줄거리가 파악될 수 있지만 사건의 극적인 진행보다는 인물 상호 간의 추상적인 대화가 드라마의 주를 이룬다. 각 막에 등장하는 인물들은 다른 막의 인물들과 큰 관련이 없으며, 파우스트의 인식을 성장시키거나 성숙한 파우스트의 인식을 확인시켜주는 역할만 한다. 특히 메피스토는 드라마 전체에서 주인공의 방해자이자, 그에 맞서는 역할을 한다. 그는 인간 본연의 모습을 찾아가는 파우스트에게 비인간적인 현실에 갇힌 불완전한 인간의 모습을 들이대며 파우스트의 길을 방해한다.

우선 서막에서 메피스토는 파우스트의 궁극적인 도달점을 예시한다.

메피스토 고통과 쾌락을

　성공과 좌절을

　되는 대로 뒤섞은 자 누구였던가—

　"끊임없이 행동하는 자!"

　고통에 눈감으려 하지 않는구나.

　모든 것을 스스로 즐기려

　최고의 기쁨과 심연의 고통을

　내면에 쌓았지.

　밝음과 어둠 속에서 자신의 자아를

　전 인류의 자아로 확대하려 하는가?(S. 8/9)

　그레첸의 죽음에 괴로워하며 로마로 떠나는 파우스트의 뒷모습을 바라보며 메피스토가 하는 말이다. 이를 통해 그는 이제 파우스트가 계약할 때와는 달리 자신의 욕망만을 생각하는 것이 아니라 타인과 인류를 생각하는 인간으로 변해갈 것임을 말해준다. 이는 메피스토가 원하던 인간 파멸의 길이 아니다. 따라서 그는 다양한 모습으로 나타나 파우스트의 길을 가로막는다. 괴테의 메피스토처럼 파우스트의 계획이 실현되도록 돕는 수동적 역할이 아니라, 적극적으로 반대편에 서서 파우스트를 저지하는 가장 능동적인 인물로 등장한다. 제1막에서는 동방의 의사로 가장하여 헬레나를 로마로 데려온다. 그녀를 통해 파우스트는 사랑의 배신감을 맛본다. 제3막에서는 농민 봉기 지도자 중 한 사람으로 등장하여 농민들을 선동한다. 그의 부추김에 농민들은 약탈과 폭력을 일삼으며 인간의 약점을 드러낸다. 이어 제4막에서는 궁정의 어릿광대가 되어 황제의 눈과 귀를 가린다. 그리고 황제가 파우스트 역시 어릿광대라고 믿게 하며, 그의 진지함은 웃음을 유발하기 위한 전략이라고 생각하게 한다. 파우스트가 심각한 표정으로 사회의 문제점을 말해봐야, 그럴수록 황제에게는 우스꽝스러운 모습이 되는 것이다.

파우스트의 인식의 발전을 돕는 인물군은 파우스트의 편에 서 있는 인물과 대립되는 인물로 나눌 수 있다. 미켈란젤로와 교수가 파우스트를 격려하고 인식의 지평을 확대시킨다면, 메피스토는 그에 대립되는 인물군의 대표로서 파우스트의 신념에 도전하고 좌절시키면서 그의 정신을 단련시킨다.

다른 한편 파우스트가 새로운 인간으로 거듭나는 과정에서 메피스토가 가로놓는 걸림돌은 현실사회의 모순과 문제점을 예시한다. 16세기의 세계를 통해 1910년대의 독일사회에 나타나는 부정적인 면을 반영하는 것이다.

3-2. 탐미주의에 대한 거부

괴테의 파우스트는 제2부에서 메피스토의 도움으로 고대 신화의 세계로 직접 여행하고 헬레나를 만나 권력과 애욕을 맛보지만, 아베나리우스의 파우스트는 고대세계에 대해 다른 태도를 취한다. 그에게 고대세계에 대한 동경은 없으며 고대를 동경하고 부활시키려는 르네상스 시대의 로마에 오히려 실망을 맛본다. 그 계기를 제공하는 것은 메피스토이다.

카니발이 열리고 있는 로마의 정경은 왕궁에서 거리에 이르기까지 밝고 경쾌하다. 왕자를 비롯한 이탈리아 르네상스의 담당자들은 고대 그리스를 찬양하고 고대 로마의 후손임에 자부심을 느낀다. 왕궁에서는 새로 발굴된 에로스 석상을 찬탄하고 헬레나의 관이 발견되었을 때는 거리의 모든 시민들이 그것을 보려고 몰려든다. 메피스토에 의해 생명이 주어진 헬레나는 과거에 대한 기억이 없으며 자신이 누군지도 모른다. 진리와 미를 추구하는 로마인들은 메피스토가 만들어낸 헬레나야말로 허위의 빛이자 매혹의 허상에 불과하다는 사실을 통찰하지 못한다. 그녀를 보는 누구나가 자신이 찾던 진리와 미의 구현으로 믿는다. 그러나 "과거를 잊고 현재를 즐기라"(S. 29)고 유혹하는 헬레나는 자신의 아름다움에 굴복하는 모든 남자들을 쾌락의 대상으로 받아들인다. 여기에는 세속적인 권력자인 로마의 왕자나 종교적 권력자인 교황도 예외가 되지 않는다. 파우스트 역시 헬레나의 아름다움에 유혹되어 그녀를 소유하려 하지만, 헬레나가 그날 밤 교황과 약속이 있으며 왕자와도 사랑할 수 있다고 말하자, 그녀를 칼로 찌른다.

이러한 에피소드를 통해 아베나리우스의 『파우스트』가 예술을 위한 예술을 표방하면서 현실에 참여하는 것을 거부하는 예술사조를 비판하고 있음을 확인할 수 있다. 고대 신화 및 호메로스의 작품에 등장하는 헬레나가 이 드라마에서는 미의 여사제로 간주되고 있는데, 이 헬레나는 1910년대의 주요 예술사조 가운데 하나인 탐미주의를 표방하고 있는 것으로 볼 수 있다. 헬레나가 과거에 대한 기억이 없다는 것은 역사의식이 부재함을, 자신이 누군지 모른다는 것은 탐미주의가 정체성과 거리가 먼 것임을 말해준다. 동시에 역사의식의 부재는 탐미주의가 현실과 단절되어 있음을 말하며 정체성의 결여는 탐미주의에는 자기 구원의 가능성이 없음을 시사한다. 파우스트에게서 나타나듯이 개인의 자율적 정체성은 구원의 전제 조건이기 때문이다.

다른 한편 로마 사회는 고대를 동경하고 미와 진리를 추구하지만, 스스로 독창적 형태를 만들어내지 못하고 외부에서 주어지는 형상에 열광한다. 그러다 결국 로마는 거짓을 구분 못하고 허위에 빠지게 된다. 이는 탐미주의를 신봉함으로써 이르게 되는 피할 수 없는 결과로 볼 수 있을 것이다.

탐미주의와 이를 따르는 세계에 대립되는 것이 미켈란젤로의 모습이다. 카니발에 들떠 있는 로마의 분위기와 동떨어져 조각에 몰두하는 미켈란젤로는 스스로 세상을 파악하여 자신만의 고유한 형상으로 만들며, 동시에 동료 인간에게 봉사하는 태도로 작품활동을 하고 있다. 물론 탐미주의를 표방하는 인간이나 이웃을 위한 행동에 몰두하는 인간에게는 공통점이 있다. 양자 모두 "세계에 대한 동경"(S. 22)을 갖고 있는 것이다. 그러나 탐미주의자는 꿈속에서 미지의 것을 예감하고 위대한 과거를 노래할 뿐 현실에서 멀어지며, 그의 동경은 허위로 변질된다. 반면에 행동에 몰두하는 인간은 미켈란젤로와 같이 현실을 직시하며 행동을 통해 자신의 동경을 실현시켜나간다.

이렇게 볼 때 제1막에서는 주체적 삶의 방식과 예술의 방향이 제시된 것으로 이해할 수 있다. 이것은 작품 전체의 의도를 나타내는 것으로 탐미주의적 조류를 거부하고 문학을 통해 현실에 변화를 주고자 하는 입장을 예시한다. 이와 같은 문학의 기능에 대한 확신은 파우스트의 말에서 나타난다.

> 파우스트 심장과 뇌가 만든 것은 말에 의해 밖으로 드러납니다.
> 말로 인해 야수는 인간이 됩니다.
> 진실된 말이 있어 인류가 번성하고, 잘못된 말로 인해
> 인류가 타락합니다. 그것을 부인합니까?(S. 107)

3-3. 인간 적대적인 사회현실—비판과 온건개혁주의

작품에서 묘사되는 현실은 허위의 세계이거나 인간다운 삶을 허용하지 않는 세계이다. 이러한 세계 인식은 19세기 말에서 20세기 초의 실제 독일사회를 반영한다. 이 시기에는 당면한 현실을 위기로 보는 의식이 팽배해 있었다. 인간다운 삶을 살 수 없다는 위기의식은 어떤 형태로든 기존의 상태를 변화시키고자 하는 열망으로 나타난다. 린드너에 의하면, 인간 적대적인 사회를 변화시켜 '온전한 삶'을 실현시키기 위한 이념의 방향은 1905년을 전후로 양분된다. '고유의 가치를 갖는 정신'을 인간성의 핵심으로 보는 좌파 지식인들과 '국가'나 '민족'의 개념을 전면에 내세우는 우파 지식인들로 나뉘는 것이다.[5] 그의 기준으로 볼 때 아베나리

---

5) Vgl. Martin Lindner, *Leben in der Krise. Zeitromane der Neuen Sachlichkeit und die intellektuelle Mentalität der klassischen Moderne. Mit einer exemplarischen Analyse des*

우스의 『파우스트』는 최종적으로 온건한 좌파 성향의 대안을 제시하고 있음을 알 수 있다.

작품에 나타나는 사회와 정치 체제, 그리고 제도화된 종교는 인간이 지닌 가능성을 발현시키는 데 도움이 되지 못한다. 제2막에서는 특히 교회 제도가 인류에 적대적인 존재로 부각된다. 따라서 농민 봉기는 인간다운 삶의 실현을 위한 직접적인 행동으로서, 교회 조직을 주요 공격 대상으로 삼는다.

한편 교회에 대비되는 인물은 교수이다. 말과 행동이 일치하는 모범적인 지식인으로 제시되는 교수는 "서리 내리는" 현실 속에서도 "봄"과 같은 정원을 가꾸는 인물이다.(S. 51) 인류에 대한 사랑과 미래에 대한 희망으로 현재를 인내하면서 학생들에게 진실을 전해주는 인물인 것이다. 교수와 시인에 의해 지식인의 역할이 분담된다. 학자가 동시대인보다 앞선 통찰력으로 학문의 진실을 규명함과 아울러 그것을 학생들에게 전달하고, 이들이 처한 사회적 위치를 각성시키면서 미래를 준비한다면, 시인의 의무는 삶의 목표를 제시하는 것이다. 교수는 파우스트를 시인으로 간주한다. 결국 이에 상응하여 파우스트가 제시하는 삶의 목표는 자신의 본질을 깨달아 스스로를 구원하는 것이다. 즉 사랑이 있는 곳에 신이 있으며, 자유는 스스로 자란다는 교수의 마지막 말을 실현시키는 것이다. 이는 자신의 구원이 인류를 위한 행동과 필히 연결됨을 말한다. 사랑은 인류의 고통에 눈감지 못하게 하며 사랑이 행동으로 옮겨질 때 자유가 자라기 때문이다. "사랑이 우리에게 행위로 가는 길을 보였다"(S. 68)는 파우스트의 외침이 이를 확인시켜준다.

그러나 이와 같은 지식인이 갖고 있는 한계도 제2막에서 나타난다. 교수는 귀족계층의 "고향"(S. 49)이 곧 민중이라고 말하지만, 그에게서 신분 차별에 의해 생겨나는 사회의 부조리에 대한 인식은 찾아볼 수 없다.

Romanwerks von Arnolt Bronnen, Ernst Glaeser, Ernst von Salomon und Ernst Erich Noth,
Stuttgart und Weimar, 1994, S. 25.

이러한 한계는 파우스트와 파우스트의 편에 서 있는 인물들에게서도 그대로 나타난다. 농민 봉기의 지도자 가운데 한 사람인 기사 역시 파우스트와 마찬가지로 농민군을 이끌고 황제에게 가서 문제 해결을 의뢰하고자 한다. 그러나 그는 종교개혁의 기본 입장과 농민 봉기의 주요 동기가 무엇인지 인식하지 못한다. 농민들은 모든 인간은 신 앞에서 평등하다는 것을 알고 실현시키고자 했지만 기사는 그 의미를 의식조차 하지 못하는 것이다. 그가 농민의 편에 선 것은 착취계급에 대한 비판의식이나 평등의식 때문이 아니라 착취당하는 농민에 대한 동정심에서 비롯된 것이기 때문이다. 황제 앞에 가서 탄원하는 기사는 농민에게 권리와 자유를 줄 것을 탄원하는 대신 "병사들에게 돈을 주지 않으면 약탈은 계속되고 폭동이 일어날 것이며 나라는 망할 것이다"(S. 101)고 말한다. 먹을 것을 충분히 주면 사회 문제는 해결된다는 식이다. 그의 생각은 결국 간접적으로 제국주의를 옹호하는 것이 되어버리고 만다. 이러한 한계를 드러내는 인식은 20세기 초에 사회 변화를 주장하던 많은 지식인이 공유하던 것이었다. 무엇보다 시민계층의 우파 온건개혁주의 성향의 사람들이 이에 속했다. 특히 개인보다 '전체'를 우선으로 생각하는 농민 봉기 지도자들의 태도는 우파적 지식인들의 성향을 반영하고 있다.

한편 제3막에서 메피스토는 특정 계층뿐만 아니라 사회 구성원 전체를 생각해야 한다는 관점을 반박한다. 농민군을 이끄는 위원회는 농민 중심이 아니라 그들의 처지에 동정심을 갖고 있는 성직자나 귀족들로 이루어져 있다. 그러나 이들은 현장에서 싸우는 농민군의 신뢰를 받지 못한다. 농부들에겐 자신들을 억압하고 착취하던 계층에 대한 불신이 깊이 자리 잡고 있었기 때문이다. 또한 그들이 말하는 '민중'의 개념 역시 농민들에게 와 닿지 않는다. 그들이 말하는 민중은 도시의 시민, 농부 등 농민 봉기에 호의적인 모든 사람을 말한다. 그래서 그들은 봉기에 참여하는 사람들이 대부분 농부들이지만 봉기는 "농부들만을 위해 있는 것이 아님을"(S. 73) 외치는 것이다. 그러나 농민들은 자신들과는 거리가 먼 '민중'이라는 개념은 물론 폭력을 자제하라는 지도부의 원칙에 불만을 드러낸다. 지도위원회를 대표하여 "전체를 생각할 것"과 "부분은 전체와 함께 망하거나 승리한다"(S. 80)고 농민을 설득하는 파우스트를 메피스토는 다음과 같이 비난한다.

> 메피스토 (……) 우리의 작은 뇌에는
> 당신들의 '전체'를 위한 자리가 없소.
> 당신들의 '민중'을 위한 자리가 없단 말이오. 그것은 이미 꽉 찼으니까.
> 무엇으로? ─ 승려 나부랭이가 사취한 상속 재산으로,
> 거기에 지금은 십장이 앉아 있소. (이마를 가리키며) 뇌가 아직 우리
> 거라면
> 그 자리를 채우는 게 또 있다오. 무엇이냐고?
> 그들이 욕보인 여자들, 그들이 채찍질한 남자들,
> 굶주린 아이들. ─ 아이고, 박사님, 이들이 우리의 작은 머리를 짓누
> 르고 있어요.
> 쥐어짜고 시끄럽게 하오. '민중'을 위한 자리는 없소.
> 이들은 뭐라고 떠듭니까. 뭐라고 소리치지요? 단지 하나. 복수랍니
> 다.(S. 80/81)

제3막에 제시된 이러한 태도는 1910년대 무력 투쟁을 사회 변혁 수단으로 인정하는 극좌파의 움직임을 반영한다. 파우스트는 이러한 입장을 거부하면서도 확고하게 반박하지 못한다. 제5막의 결말을 볼 때, 파우스트는 결국 부분보다 전체를 우선시하던 입장에서 떠나고 만다. 인간 전체의 정신적 평화를 책임질 종교 제도도, 전체 사회 구성원의 권리와 자유를 보장해야 할 정치 제도도 제 기능을 하지 못한다는 것을 확인하기 때문이다. 파우스트가 제시하는 대안은 무력 사용을 허용하는 혁명이 아니라 각성의 힘에 의해 각 개인의 구원에 이르는 것이다. 그리고 본연의

인간 모습과 내면의 힘을 회복한 개별 인간들의 활동이 인류 전체의 진보에 영향을 미칠 수 있다는 예시가 마지막 장면에서 강하게 부각된다. 물론 그것이 어떤 방식으로 실현될 수 있는지 구체적으로 나타나지는 않는다. 단지 깨달음을 얻은 파우스트에 의해 인류의 역사를 반영하는 '얼굴'의 모습이 변화된다는 사실에서 그 가능성을 엿볼 수 있을 뿐이다.

이 작품에 나타나는 기층민에 대한 호의적 태도와 종교권력 내지 정치권력에 대한 비판 및 제국주의 비판은 작가의 좌파 성향을 드러낸다. 더불어 사회주의적 경향이 뚜렷이 부각되지는 않지만 폭력을 거부하고, 인간 내면의 힘을 해결책으로 제시하는 이상주의적 경향을 볼 때 아베나리우스의 『파우스트』는 온건한 좌파 성향의 개혁주의를 표방한다고 볼 수 있다.

4. 마무리

지금까지 파우스트의 인식이 발전되는 과정을 통해 작품의 내용을 살펴보았고, 작품에 나타나는 사회 비판적 경향을 확인하였다. 즉 자신의 욕망만을 추구하던 인간이 그러한 행위의 결과가 어떤 것인지 인식하는 단계에서 시작된 '재탄생'의 길을 추적하여 인간 본연의 '정신'을 일별하였다. 여기에서 독일사회가 갖고 있는 문제점이 지적될 수 있는데, 그것은 탐미주의를 표방하는 미학적 태도라든가 현실사회에서 보여주는 인간에 대한 적대적 상황이다. 이 작품에서는 이에 대한 비판과 동시에 개인의 '재탄생'을 하나의 대안으로 제시하고 있다. 그러나 작품의 내용이 장면 사이의 필연적 연관성 없이, 인물들이 나누는 추상적인 대화로 구성되어 있기 때문에 주인공이 보이는 인식의 발전과정에 대한 개연성이 부족하다. 따라서 각자가 인간 본연의 모습을 자각하고 그 내면의 힘으로 사회의 부조리와 비인간성을 제거할 수 있다는 주장도 설득력이 떨어진다. 그럼에도 불구하고 동경의 인간 파우스트가 그리는 방황의 궤적을 살펴보는 것은 2000년대를 사는 우리에게도 매우 의미 있는 일이다. 삶의 질에 대한 의문이 계속되고 있는 현대사회에서 우리는 치열한 삶을 살았던 파우스트의 궤적을 통해 삶의 본질적인 문제를 되짚어볼 수 있기 때문이다.

참고 문헌

Avenarius, Ferdinand, *Faust*, München, 1919.

Holz, Hans Heinz, *Philosophie der zersplitterten Welt. Reflexionen über Walter Benjamin*, Bonn, 1992.

Lindner, Martin, *Leben in der Krise. Zeitromane der Neuen Sachlichkeit und die intellektuelle Mentalität der klassischen Moderne. Mit einer exemplarischen Analyse des Romanwerks von Arnolt Bronnen, Ernst Glaeser, Ernst von Salomon und Ernst Erich Noth*, Stuttgart und Weimar, 1994.

Riedel, Walter, *Der neue Mensch. Mythos und Wirklichkeit*, Bonn, 1970.

베르펠의 『거울인간』

—독일 표현주의의 파우스트 드라마

김충남

1. 서론

'마법의 3부작'이란 부제가 붙은 프란츠 베르펠Franz Werfel(1890~ 1945)의 『거울인간Spiegelmensch』은 1919년 2월과 이듬해 3월 사이에 완성되어 뮌헨의 쿠르트 볼프사에서 출판된다. 이 드라마가 1921년 10월 15일 알빈 크로나허의 연출로 라이프치히 옛 극장에서 초연되자, 동시대 비평가들은 이를 괴테의 『파우스트』, 입센의 「페르귄트」, 스트린드 베리의 장면극 「다마스쿠스」 그리고 라이문트의 민속극 내지 마술극 등과 비교하며 평한다. 이 비평들은 베르펠에게 불리하게 작용하지만, 라이프치히 초연은 훌륭한 배역과 무대 장치, 그리고 연출 덕으로 크게 성공한다. 견본적 장면극[1]이라 할 수 있는 이 작품은 무대 위에서 열여섯 번의 변신을 보여준다. 따라서 공연을 위해 필요한 장면 전환은 당시로

---

1) 전통적 3막극이나 5막극이 아닌, 여러 장면으로 이루어진 개방 형식의 드라마로 '정거장식 드라마'라고도 함. 『거울인간』은 3부로 구성되었는데, 이중 2부는 8개 장면과 하나의 막간극, 3부는 6개 장면으로 구성됨.

서는 고도의 기술을 요하는 것이지만, 숙련된 무대장치가들의 도움으로 신속하고 훌륭하게 이루어진다. 공연에서 빛을 본 이 작품은 베르펠의 극작활동 중에서 가장 흥미로운 드라마로, 상징적이고 환상적인 내용으로 가득 차 있다. 또한 주제와 형식 면에서 표현주의적 파우스트 드라마로 간주되는 『거울인간』은 베르펠이 심혈을 기울인 최초의 대규모 희곡으로, 인간 자아가 존재의 자아(참 자아)와 허상의 자아(거짓 자아)로 분열되어 상호갈등을 일으키는 문제를 다룬다. 이는 베르펠 창작의 전환점을 이루는 동시에 작가의 표현주의 시기를 마감하는, 어느 정도 자전적 요소를 띤 작품이기도 하다. 내성적인 작가가 훗날 그의 부인이 된 알마 말러와의 만남과 결합을 표현한 『거울인간』의 헌시에 이런 구절이 있다. "광기와 허영으로부터 새로운 길을. (……) 이 책으로부터 나는 그 길을 올라가겠노라."[2] 『거울인간』의 주제는 바로 이 광기와 허영의 극복이다. 작가 역시 작중의 주인공처럼 때로는 아부하는 경탄자로서, 때로는 자신을 경멸하고 타락시키는 존재로서 자기 곁에 느끼고 있던 다른 자아인 거울 존재와 심한 갈등을 겪는다.

자아의 분열을 겪는 주인공 타말은 정신세계인 수도원을 뛰쳐나온다. 그리고 제2의 자아인 거울인간과 함께 유혹과 시험의 단계인 에로스 세계와 허황되고 거짓된 거울 가치의 세계를 두루 거친다. 그러면서 과거, 현재, 미래에 대한 3중의 죄를 저지른 후, 진정한 속죄와 참회를 함으로써 자기 자신과 화해하고 마침내 개전하여 구원받는다. 본고에서는 이러한 과정을 극의 흐름을 좇아 살펴보고자 한다. 이 과정에서 드러나는 타말과 거울인간, 그리고 타말과 암페의 관계는 괴테의 『파우스트』에서의 파우스트와 메피스토펠레스(이하 메피스토) 및 파우스트와 그레첸의 관계를 떠올린다. 그리고 주인공이 온갖 유혹과 시험을 극복한 다음 마침

---

2) Franz Werfel, *Gesammelte Werke*, Hrsg. von Adolf D. Klarmann. Bd. 1: Die Dramen, Frankfurt a. M., 1959, S. 135. 이하 텍스트의 인용 및 참조는 본문의 괄호 안에 아라비아 숫자로 쪽을 표시한다.

내 영적 평온을 얻음으로써, 이 드라마 역시 괴테『파우스트』처럼 일종의 구원의 극이라는 점을 밝히고 있다.

2. 거울

제1부 '거울'[3]의 무대는 "전설적인 고산지대에 있는 수도원"으로 인도 또는 티베트의 사원을 연상케 한다.[4] 삼십세의 부유한 청년 타말은 존재의 공허함과 자신의 부족함에 역겨움을 느낀 나머지 순수하고 완벽한 인생을 찾아 정신적 인간들이 모여 사는 수도원으로 도피한다. 모든 세속적인 것을 떨쳐버리고 정관과 명상 속에서 남은 인생을 보냄으로써 행복과 영적 평온을 얻기 위해서이다. 그러나 아직은 그럴 때가 아니라는 수도원장의 경고가 있은 다음, 어느 고명한 수도승이 인생의 3단계 과정, 즉 3중의 관조에(S. 143/5 참조) 대해 설명한다. 이는 인간의 신비적 3단계 정화과정을 의미한다. 첫번째 관조에서 인간은 자신만을 바라보면서 세계를 보고 있다고 믿는다. 이 단계에서 인간은 아직 자유롭지 못하며, 자신의 내면에 깃든 사악한 적(敵)도 인식하지 못한다. 두번째 관조에서 인간은 자기 자신만 보고 있다는 것을 인식하고, 자신의 주변이 이기주의로 인해 현실로부터 차단된 감옥임을 의식한다. 이 단계에서 인간은 자신과 절망적 투쟁을 벌인다. 자신의 투영 속에서 그는 사악한

---

3) 거울은 『세계의 친구』『공판일』그리고 『암흑의 바르카롤레』 등의 작품에 자주 등장하는 모티프이다. 이 거울 모티프는 모두 부정적인 의미를 지니고 있으며, 『거울인간』에서도 주인공의 의식에 깃들어 있던 악한 자아가 깨진 유리 조각들로부터 걸어나온다. Vgl. Werner Braselmann, *Franz Werfel*, Wuppertal, 1960, S. 33.

4) 높은 산에 위치한 수도원은 인간의 목표로서의 정상에 관한 표현주의적 해석을 떠올린다. 눈 덮인 고산지대는 지금까지의 허상적 존재 또는 거짓 자아의 망각에 대한 상징으로 이해된다. Vgl. Annalisa Viviani, *Das Drama des Expressionismus. Kommentar zu einer Epoche*, München, 1970, S. 145 f.

적인 자기애(自己愛)를 인식한다. 이 같은 자기애가 지금까지 자신을 구속하고 타인을 사랑할 수 없게 한 요인이다. 인간은 투쟁 대상인 내면의 자기애를 극복한 후에야 거울이 창으로 바뀌고, 빛이 그의 방으로 들어오는 세번째 관조를 하게 된다. 세번째 관조는 처음부터 허용되지 않으며, 온갖 유혹과 시험을 거친 후, 정신적 인간으로 정화될 때 비로소 가능할 수 있다.

　타말은 자신이 두번째 관조의 마지막 단계에 이르렀다고 믿는다. 즉 자기 외의 것을 보고 사랑하는 일을 배웠다는 것이다. 그래서 이제 속세를 떠나 수도원으로 도피하여 엄격한 금욕과 참회를 통해 마지막 관조를 체험코자 한다. 그러나 자기 증오에 기인한 이 같은 도피는 여전히 광기이며 허영심의 표출이다. 시험의 첫날 밤 타말은 수도승의 인생론에 내포된 심오한 뜻을 이해하지 못한 채 거울 앞에 선다. 하지만 거기엔 자신의 영상만 나타나 그를 혼란시키고, 그가 아직 내면적으로 성숙하지 못하였음을 상기시킨다. 자신을 극복한 사람은 창문을 통해 보다 참되고 숭고한 현실을 조망하지만, 타말은 자신만 투영해 보여주는 거울 속을 들여다본다. 그는 마술거울 속에서 흉측하고 일그러진 자신의 모습을 보자 총을 쏘아 거울을 깨뜨려버린다. 그렇게 함으로써 지금까지의 죄 많은 허상적 자아를 제거했다고 믿는다. 그러나 유리 조각들로부터 제2의 자아인 거울인간이 자유와 생명을 얻는다. 즉 거울로부터 타말의 의식에 깃들어 있던 악한 자아가 생명을 지니고 독립된 존재로 걸어나오는 것이다.

　타말이 자신의 영상을 쏜다. 거울이 쨍그랑거리며 바닥으로 떨어진다. 거울 액자에서 거울인간이 뛰쳐나온다. 그는 비슷하긴 하지만 결코 타말과 동일한 인물은 아니다. 특히 비슷한 의상이라 할지라도 그는 훨씬 더 요란한 옷차림을 하고 있다.(S. 149)

　타말과 거울인간은 동일한 한 인간이 내적으로 분열된 존재들로서, 앞으로 숙명적 파트너로 대립하게 된다. 인간의 자아는 실존의 자아와 허상의 자아, 즉 거울 자아라는 두 인격체를 내포하는데, 인간이 자신의 의식을 비판하기 시작하는 순간부터 이 두 인격체는 분열되면서 서로 투쟁하게 된다.

거울인간은 타말에게 수도원을 떠나 고통받는 인류를 해방시키는 자가 되라고 설득한다. 처음에 그는 거울인간에게 적대감을 갖지만, 그가 자기에게 위업을 이루게 하고 명예를 안겨주겠다고 약속하며, 자기를 신또는 구세주라 부르자 수도원을 탈출한다. 그리고 이후의 모든 노정에서 타말은 유혹자인 거울인간과 동행한다. 그는 거짓자아의 극복에 이르기까지 로고스의 세계, 에로스의 세계, 거울 가치의 세계를 거친다. 로고스의 세계는 수도원과 수도승을 통해 상징적으로 표현되고, 에로스의 세계는 아버지, 친구, 부인, 아이, 사제 그리고 민중을 통해 전개된다. 거짓된 거울 가치의 세계는 권력, 명예, 성공, 향락 등으로 손을 뻗친다. 이 과정에서 거울인간은 타말의 만행이 거듭될수록 더욱 거대해지는 유혹자 메피스토의 역할을 한다. 말하자면 거울인간은 타말의 제2의 자아, 즉 메피스토적 자아로서 삶에 싫증을 느끼고 만사를 체념하는 그를 다시 생의 향락으로 유혹한다. 타말은 자연스레 파우스트가 되는 셈이다. 그 때문에 자주 공연되는 이 작품을 흔히 베르펠의 『파우스트』, 또는 표현주의의 『파우스트』 드라마로 일컫는다. 실제로도 『거울인간』은 주제와 언어, 극의 구성 등 여러 가지 점에서 괴테의 『파우스트』를 연상케 한다.[5]

3. 유혹과 시험

제2부 '하나씩 차례로'는 여덟 개의 장면과 하나의 막간극으로 구성되

---

5) Vgl. Werner Braselmann, *Franz Werfel*, S. 32.

며, 무대는 '환상적인 동양'이다. 거울인간의 사주를 받아 타말은 다채로운 동양세계의 여러 노정을 거치면서 부정적이고 충동적인 행동을 보여준다. 이때 승려가 시험관으로 그를 동반하지만, 여러 인물로 변신함으로써 타말은 그를 알아보지 못한다. 본격적인 시험이 시작되면서 거울인간은 주인공으로 하여금 허영과 광기에 찬 온갖 유혹의 과정을 겪게하는데, 그는 그때마다 유혹에 빠져들고 죄를 저지른다.

첫 장면 '아버지의 집'에서 다시 한번 구세대와 신세대 간의 대립이 나타난다. 타말은 속세로 돌아와 아버지에게 자신의 상속분을 요구한다. 아버지와 관련된 것을 모두 경멸하는 아들은 세상을 체험하기 위해 돈을 요구하지만, 아버지는 이를 거절한다. 그러자 타말은 거울인간의 도움으로 아버지를 살해하고 돈을 강탈한 다음 달아난다. 이번에는 살해된 자가 아니라 살인자가 죄인이다.[6] 금전욕에서 비롯된 아버지 살해는 이전의 부자 갈등을 다룬 표현주의 드라마에서 볼 수 있는 젊은 세대의 해방운동과는 정반대이다.

다음 장면 '호화 저택의 테라스'에서 타말은 도량이 넓고 고매한 친구 잘리파의 처 암페를 유혹한다. 그는 저항을 뿌리치고 그녀를 남편에게서 빼앗지만, 자기 아이를 임신하자 곧 싫증을 느낀다. 타말이 낙태할 것을 요구하자 그녀는 이를 거절하고 곧 아이를 낳을 것이라고 말한다. 그녀는 이제 부담스러운 존재가 된다. 암페는 뒤늦게 타말이 자신을 사랑하지 않으며, 단지 그녀의 남편에 대한 우월감을 증명하기 위해 자기를 유혹했다는 사실을 깨닫는다. 타말은 결국 암페를 버리고, 자기 자식까지 죽게 함으로써 에로스의 영역에서도 죄를 범한다.

이 같은 자기 과시 행동은 이타적 행동주의를 표방하는 데서도 나타난

---

6) 1919년에 완성된 베르펠의 소설 「살인자가 아니라 살해된 자가 죄인이다」는 표현주의적 부자 갈등을 다룬 작품으로서, 아들이 권위주의적인 아버지와 시대착오적인 가치관들에 저항하는 내용을 다루면서 아버지 세대에 죄를 돌리고 있다. 이 소설에서는 폭군과 같은 아버지를 살해한 아들의 행위가 정당화되고 있지만, 『거울인간』에서는 살해된 자, 즉 아버지가 아니라, 금전욕에서 아버지를 살해한 아들이 죄인이다.

다. 즉 그는 사왕(蛇王) 아나타스가 지배하는 나라 홀샴바의 민중 해방자가 되려는 사명감에 사로잡힌다. 이런 이타적 행위 자체는 지금까지의 사악한 인생 역정에서 볼 때 그나마 순수한 행위로 간주될 수 있다. 타말은 민중에게 매일 새로운 고통을 안겨주는 악마 신 아나타스를 타도하고 민중을 구하기 위해 "뱀의 나라 홀샴바"로 떠난다. 아나타스로부터 "우리가 누구냐?"(S. 199)라는 수수께끼 같은 질문을 받고, 그들의 존재를 정확하게 꿰뚫어봄으로써 그를 실각시키는 데 성공한다. 그러나 아나타스는 타말에게 이렇게 예언한다. "당신은 당신의 의지가 순수할 때에만/승리자일 수 있소!"(S. 200)

아나타스를 격퇴하고 민족 해방의 사명을 완수한 타말은 오만과 자만심에 빠진다. 그리고 거울인간이 자신을 신으로 선언하는 것을 허락한다. 사제들은 실각하고, 이들에 대한 박해가 시작되면서 민중 또한 이전보다 더 심한 고통과 압제를 겪는다. 이타주의적 구원자가 절대 독재자로 변한 것이다. 거울인간은 타말의 예언자로서 전 세계 신문에 타말이 신이 되었음을 알린다.

> 거울인간 (기사를 쓰고 있는 기자들 사이에서, 엄숙한 표정으로)
> 타임스와 뉴욕 헤럴드, 그리고 귀를 내밀고 있는
> 모든 별자리에 전문을 보내시오!
> "세계 구원이 가장 신속하게 이루어지길 기대할 수 있게끔……
> 신이 여기에 12시 5분 친히 왕림하셨음!"(S. 206)

그러나 상황이 돌변하여 이전의 뱀들과 새로운 동물 마스크를 한 자들이 돌아와서 민중을 제압한다. 신격화된 절대 권력자도 태고의 괴물들을 근절할 수 없다. 거짓되고 불손한 혁명 세력에 대해 승리를 거둔 구(舊)정치 세력은 혁명 전 상태보다 더 위압적이다. 즉 아나타스 왕이 이끄는 뱀의 괴물들이 이전보다 더 광포하게 나라를 황폐화시킨다. 지금까지 타말에게 환성을 지르던 백성들도 그를 버리고, 가시적인 신의 제국은 끝이 난다. 그는 민족의 영웅 내지 구원자로 자처하지만, 그의 의지가 순수하지 못하고 허영심과 권력욕으로 자신을 우상화한 까닭에 비참한 결말을 초래한 것이다. 결과적으로 고통을 겪는 민중의 구원은 자기 신격화의 방편이며, 이는 결국 자신의 몰락을 재촉하는 원인이 된다. 그의 몰락은 급속도로 완전무결하게 진행된다. 아버지를 살해한 죄로 포리(捕吏)들의 추적을 받는 그는 모두로부터 버림받는다. 특히 타말의 범죄행위들로 인해 강력한 존재가 된 거울인간은 이제 성공적이고 독자적인 생을 영위할 수 있다고 굳게 믿으며 그의 곁을 떠난다. 거울인간이 타말의 존재를 거의 말살함으로써 일단은 메피스토가 파우스트에 대해 승리를 거둔 셈이다.[7]

여기서 죄의 문제와 관련하여 타말의 실존적 자아 또는 참 자아와 허상적 자아 또는 거짓 자아 사이의 상관관계를 살펴보자. 그가 죄를 저지를수록 거울인간은 비대해져 외관상으로 그를 압도한다. 반면에 타말의 보다 나은 실존적 자아는 비참할 정도로 왜소해진다. 그러나 그가 아버지를 살해하고 애인을 배신함으로서 거대해진 거울인간도 타말이 고통받는 백성들을 해방시키기 위해 뱀의 나라로 출정하기로 결심하자 갑자기 왜소해진다. 그때까지만 해도 그같은 이타주의적 발상 자체는 그래도 순수하기 때문이다. 아무튼 그가 저지른 죄 중에서 가장 큰 죄는 자식과의 관계, 즉 가시적 미래와의 관계에 있다. 그는 민족을 해방시키기 위해 나서지만, 자기 자식에게 무슨 일이 일어나는지에 대해서는 개의치 않는다. 그가 꿈꾸던 훌륭한 미래는 결국 불구와 죽음으로 나타나며, 그의 미래에 대한 죄는 모든 다른 죄를 압도한다. 그를 아버지 살해로 이끈 아버지에 대한 경멸은 이미 자기 자식에 대한 범죄를 암시하고 있다. 왜냐하면 그의 아버지의 말대로 아들일 수 없는 자는 아버지가 될 수 없기 때문

---

7) Vgl. Gerhard P. Knapp, *Die Literatur des deutschen Expressionismus*, München, 1979, S. 160.

이다.(S. 166 참조)

우리는 1914년에 씌어진 하젠클레버의 「아들」에서와는 다른 양상을 보게 된다. 초기 표현주의에서 아들의 아버지에 대한 반항은 보다 나은 건강한 세계로 이끌어가는 것을 목표로 한다. 이에 반해 베르펠의 『거울인간』에서는 보수적인 아버지가 아니라 반항적인 아들이 죄인이므로 건강한 미래의 세계는 기대할 수 없다. 여기서 베르펠은 과거와 미래 사이의 무자비한 단절은 단지 혼돈과 파괴로 이끌어갈 뿐이라는 것을 인식하고, 미래는 과거로부터 유기적으로 생성되어야 한다는 점을 강조한다.[8]

4. 창문―개전의 과정과 구원

제3부 '창문' 은 여섯 장면으로 나뉘고, 타말의 내면에 전개되는 개전의 과정과 거짓 자아로부터의 구원을 내용으로 한다. 첫 장면은 표현주의의 전형적 풍경이라 할 수 있는 '끝없는 설원'[9]으로, 이는 주인공이 무방비로 방기(放棄)되어 있는 상태를 상징적으로 표현한다. 즉 설원과 황야의 풍경은 표현주의적 방향감각의 상실에 대한 상징적 무대 배경으로 타말이 광활한 우주 속에 내던져진 것을 강조하는 효과가 있다. 그가 점점 비참해지고 허약해질수록, 거울인간은 더 비대해지고 높은 지위에까지 오른다. 고난에 처한 주인공이 눈보라 속을 힘겹게 걸어가다가, 당당한 후작으로 변신한 거울인간이 타고 가던 썰매에 치인다. 거울인간은 그를 조롱할 뿐 아무런 도움도 주지 않는다.

두번째 장면 '묘지' 에서 타말은 암페를 만나 다시 결합하려 한다. 그

---

8) Vgl. Walter H. Sokel, *Der literarische Expressionismus*, München, 1970, S. 264.

9) 표현주의 작품에서 설원은 흔히 눈더미 아래 파묻힌 얼어붙은 현대인의 삶을 상징적으로 표현한다. 대표적인 경우로 G. 카이저의 『아침부터 자정까지』의 세번째 장면 '눈 덮인 들판' 을 들 수 있다.

러나 그녀는 그들 사이에 불구로 태어나 사망한 아이의 무덤을 가리키며, 그와 새로운 인생을 시작할 의향이 없음을 밝힌다. 두 사람의 해후가 있은 다음, 친구 잘리파의 장례식에서 거울인간에 대한 암살을 시도하지만 실패로 돌아간다. 거울인간에게 쫓기던 중 타말은 항구에서 은신처를 찾지만, 그의 정체가 드러나 결국 체포되고 만다. 그는 더이상 탈출구가 없는 상황에서 추적자들에게 자신이 현상금 걸린 범죄자임을 자백한다.

다음 '법정' 장면에서 판사는 자기 직책을 주인공에게 넘겨주어, 그가 자신에 대한 판결을 내리도록 한다. 그의 보다 나은 자아를 구현하는 수도승이 판사로 변신하여 자기 역할을 타말에게 위임한 것이다. 이 수도승은 지금까지의 숱한 노정에서 그와 마주치지만, 타말은 그를 알아보지 못하는 것이다. 먼저 타말의 만행들이 낱낱이 공개되고, 그는 준엄한 법의 심판을 받는다. 양심의 승리를 보여주는 이 장면에서 그는 진정한 참회와 이타주의의 길을 가기 시작하며, 거울인간은 다시 왜소한 옛 모습으로 되돌아간다. 또한 '법정' 장면에서 드라마는 환상의 정점에 이르며, 영원의 등불이 재판관석 위로 훤하게 비친다. 이제 죄인은 법복을 입고 스스로를 심판해야 한다. 피고로 인해 불행과 고통을 당한 증인들, 즉 그의 아버지와 잘리파와 암페가 등장하여 그의 죄를 용서하고 변호까지 한다. 특히 암페는 피고에게 자비를 베풀어줄 것을 간청한다. 여기서 타말과 암페의 관계는 괴테 『파우스트』의 주요 주제 중 하나인 여성에 의한 남성의 구원 가능성이란 관점으로 이해된다. 전술한 바와 같이 타말은 암페를 유혹하고 사랑도 얻지만, 그녀와 아직 태어나지도 않은 자식을 버리고 떠난다. 먼 타향에서 암페에 대한 사랑이 무르익어 그녀의 곁으로 돌아오지만, 그녀가 사실을 밝힐 때까지 모자(母子)에 대한 자신의 죄를 인식하지 못한다.

암페 (……) 당신은 결코 여자를 존중하지 않았어요,
　　　신이 최고의 경이로 축성하는 어머니의 태(胎)를,

부드럽고 하나뿐인, 저항력이 없는 것을 파괴하였으며,

나와 당신의 아이를 유린하였어요.(S. 220)

이 같은 범죄 행위에도 불구하고 암페의 내밀한 사랑은 계속되며, 그녀는 법정에서 타말의 변호인으로 등장한다. 그러나 그는 아들로서뿐만 아니라, 남편과 아버지 존재로서 더 무거운 죄를 졌기 때문에, 어떠한 변호로도 구제될 수 없다. 그는 향락과 탐욕만을 추구하고, 신이 최고의 경이로운 것으로 신성시하는 어머니의 자궁을 성스럽게 지키지 않은 결과 아들을 어미의 뱃속에서 불구로 만든다. 이 병든 아이가 증인으로 나서 발언하려다 쓰러지자, 타말 역시 용서받을 수 없는 무거운 죄에 짓눌려 쓰러지면서 자신이 죽을죄를 저질렀음을 인식한다. 그는 자기 행위에 대해 전적인 책임을 지고 속죄할 때만 구원받을 수 있다. 그래서 자신에게 사형 선고를 내리는 것 외에 다른 선택의 여지가 없다.[10]

타말 (굳은 표정으로 일어선다.)
　　내가 과거에 행한 것을
　　그리고 현재에, ―나는 속죄코자 한다.
　　사랑을 죽여버린 나, ―생채기투성이의 발로
　　나의 길을 결정하노라!
　　나는 보다 큰 재앙을 불러일으켰다!
　　인류의 미래가 나로 인해 병들었다!!
　　오 아이여! ― 오 아이여! ―미래의 생명의 양식이
　　이 고통의 싹을 짊어지다니! ―아― 나는

---

10) 타말은 과거를 구현하는 아버지에 대한 살해와 자신이 유혹했던 친구의 부인을 버림으로써 범한 현재의 죄에 대해서는 속죄할 각오가 되어 있다. 그러나 오로지 감각적 쾌락만으로 아이를 불구인 채 세상에 태어나게 함으로써 미래에 대해 죄를 저지른 그는 자신을 결코 용서할 수 없어 스스로 사형 선고를 내리는 것이다.

나에 대해 판결을 내리노라!

사형을! ……(쓰러지면서) 사형을!(S. 236)

'지하 감옥' 장면에서 거울인간은 권력과 향락과 죽음의 공포를 암시하는 여러 가지 변형된 모습으로 주인공을 다시 광기와 허영으로 유혹하려 하지만 실패한다. 타말은 그를 뿌리치고 소크라테스처럼 독배를 비운다. 베르펠은 여기서 긍정적인 해결책을 제시하고 있다. 왜냐하면 속죄의 죽음은 인간에게 다시 태어날 수 있는 부활의 가능성을 주기 때문이다.[11] 이렇게 타말의 자기 극복은 궁극적 승리를 거두고, 거울인간은 다시 차가운 거울 속으로, 무의 세계로 돌아간다. 실존적 자아가 직접 선택한 죽음을 통해 허상적 자아—거짓 자아—는 패퇴하고, 인간은 신적이고 절대적인 현실로 다시 태어난다.[12] 타말이 개전의 뜻을 밝히고 자신을 법의 심판에 맡김으로써 구원의 길이 열린 것이다. 유령과 같은 동반자로부터 벗어난 그는 이제 거울이 아닌 창문을 통해 본질적 존재를 보게 된다. 비천한 자아가 순수하고 참된 자아에 굴복함으로써 앞으로는 본질적 현실만이 지배하게 된다. 무대 공간의 긴장감도 일시적이나마 느슨해지고, 감옥의 벽들이 열리며 우주적 질서가 밀려들어온다. 지하 감옥의 문을 통해 별이 총총한 하늘이, 그리고 후에 여명의 하늘이 드러난다.

타말이 다시 깨어나는 마지막 '수도원' 장면에서는 폐쇄된 공간의 전형인 지하 감옥이 창과 문이 없는 홀의 형태로 바뀌면서 주인공의 변화된 모습을 보여준다. 그는 이제 자신의 영상으로부터 자유로워진, 정화된 자로 부활한 것이다. 그러나 그에게 무슨 일이 일어났는지, 그게 하나의 꿈이었는지, 어떤 식으로 정화가 이루어졌는지 등은 수도원장의 언명

---

11) Vgl. Elenora K. Adam, Ursula Kuhlmann, Perspektiven über Werfels dramatisches Schaffen, In: *Views and Reviews of Modern German Literature. Festschrift für Adolf D. Klarmann*, Hg. von Karl S. Weimar, München, 1974, S. 203.

12) Vgl. Helga Meister, *Franz Werfels Dramen und ihre Inszenierungen auf der deutschsprachigen Bühne*, Diss., Köln, 1964, S. 26.

에 따라 영원히 비밀에 부쳐진다. 수도원의 노(老)수도승들 역시 더이상 자신의 영상을 보여주지 않는, 완전히 거울 자아에서 벗어난 모습들이다. 수도승의 명령으로 타말이 거울을 건드리자, 거울은 즉시 '거대한 창문'으로 변하면서, 인간과 우주 공간의 내적 조화를 상징하듯, 사방으로부터 눈부신 빛이 홀 안으로 쏟아진다. 자신으로부터 완전히 해방된 인간에게 무한히 충만된 보다 숭고한 현실이 전개된다. 시험관으로 모든 과정을 함께 따라온 수도승이 그를 맞이한다.

> 승려 (아주 엄숙하게) 이제 당신은 두번째 인생의 밤에서
> 아침의 현실을 보기 위해 깨어났소. (……)
> 우리 모두는 일찍이 그러한 바보들이었소.
> 그리고 여기서 옛날 어느 날 밤에
> 거짓 자아를 해방시키고, 진정한 자아를 죽여버렸소.
> 그리고 마침내 우리의 거울상을 잃어버렸소.
> 이제 당신도 두번째로 태어났소!
> 당신의 생명선이 새로이 긴장하면서
> 공허한 명예욕과 조야한 항쟁에서 벗어나고 있소.
> 당신은 죽음으로부터, 불확실한 고통과
> 비겁하고 불완전하고 모호한 모든 것으로부터 다시 떠오르고 있소—
> 그리고 자유로운 시선으로 순결한 한낮과
> 병든 어스름을 구별하는 것을 배우고 있소!(S. 249~250)

이제 타말은 다른 수도승들처럼 아무런 영상을 지니지 않은 채 새로운 '아침의 현실'로서 본질적이고 몰아적인 인생의 세번째 단계에 이르게 된다. 그는 이전에 거울을 보았던 곳에서 보다 숭고한 현실세계를 내다볼 수 있는 창문을 본다. 즉 그는 거짓 자아에서 해방되어 사물의 참다운 본질을 인식한다. 죽음, 즉 불교적 열반 속에서 비로소 정신적 인간으로

서의 구원이 가능해지는 것이다. 개전의 과정을 다루는 표현주의의 변화극이 여기서는 타말의 실존적 자아와 허상적 자아 사이의 투쟁과 그의 구원을 보여주는 구원극으로 확장된다.[13]

열여섯 장면에 걸친 주인공의 개전과 구원의 과정을 살펴볼 때, 『거울인간』은 하나의 틀 줄거리에 에워싸인 일종의 레뷔극 형식을 취하고 있다. 이는 입센, 스트린드베리, 카이저 등의 드라마에 자주 사용되는 형식으로, 괴테의 『파우스트—비극 제2부』도 레뷔극으로 형성된다.[14] 이 드라마의 또다른 특징은 무언극에서 흔히 볼 수 있는 움직임과 부동, 즉 정적의 대비 구조이다. 진실과 순수성은 부동인 반면에 거짓된 현실은 끊임없는 움직임으로 표현된다. 이를 상징하는 것이 바로 거울인간의 미친 듯한 춤, 뛰거나 기어오르는 행위, 비틀거림 등이다. 이와 반대로 수도원은 부동의 세계로서, 수도승은 등장하기 전에 의미심장한 모습으로 문 앞에 멈춰 서 있다. 그의 부동자세는 흡사 죽은 자의 경직된 모습을 연상시킨다. 또한 작가는 무대와 관객 사이에 보다 직접적인 의사소통이 가능하도록 무언극의 기법을 사용한다. 제2부 4장에서 타말이 연인 암페와 커튼 뒤로 사라지면, 거울인간은 열려 있는 틈을 통해 커튼 뒤의 광경을 살피면서 무언극으로 관객에게 두 사람의 사랑의 행위를 전달해주는 것이다.

5. 결론

『거울인간』에는 베르펠이 즐겨 다루는 여러 주제들이 나타난다. 부자(父子) 문제, 구세주인 척하는 인간의 오만한 행위, 미래에 대한 인간의

---

13) Vgl. Annalisa Viviani, *Das Drama des Expressionismus*, S. 148.
14) 레뷔(Revue)극은 짧고 느슨하게 연결된, 종종 풍자적인 대사, 노래, 춤, 곡예 등으로 이루어진 무대 공연을 말한다.

책임, 그리고 애정과 모성애로 남성을 구원하는 여성의 역할 등의 주제가 비유적이고 상징적인 방법으로 형상화된다. 그러나 작가의 주요 관심사는 동시대의 인류에게 그들 자신의 일그러진 모습을 제시하면서 개전과 구원의 길을 가도록 촉구하는 것이다. 그러므로 『거울인간』은 정화 드라마, 또는 자기 구원의 드라마라 할 수 있다. 여성에 의한 구원과정을 지나 자신에 의해 분열과 갈등으로부터 구원에 이르는 길이 묘사된다. 그리고 인간의 두 가지 본성에 관한 이 환상적인 드라마는 작가 자신의 내적 분열과 비극적 갈등에 관한 일종의 자기 표현이기도 하다. 다시 말해 허영과 광기에서 벗어나 새로운 길을 가겠다는 작가의 다짐을 확인할 수 있는 반자전적 작품이다.

주인공 타말은 자기 분신 거울인간에 의해 정치적 행동주의로 잘못 인도된다. 그래서 실제로는 자기애에 빠져 이를 찬양 고무하면서, 인류의 해방과 행복을 위해 행동한다고 착각한다. 그는 자칭 고통받는 민족의 해방자가 된 후 자신을 신격화함으로써 오만한 인생 역정의 정점에 이른다. 그러나 정치적 보수 세력이 권좌에 복귀하면서 타말은 몰락한다. 이런 맥락에서 볼 때 베르펠은 이 작품으로 정치적 행동주의와 결별할 뿐만 아니라, 표현주의의 정치적 목표에 대해서도 유죄 판결을 내리고 있음을 알 수 있다. 타말의 신적 통치는 표현주의의 절정이며 동시에 종말을 상징하기도 한다. 그는 유토피아를 건설하겠다고 하면서 자기가 다스리는 백성들에 대해 죄를 범한다. 그리고 자신을 신으로 선포하면서, 신에 대해서뿐만 아니라 현실에 대해서도 죄를 짓는다. 작가는 이 같은 신성 모독적인 인간의 신격화에 "오 인간 표현주의"의 원죄와 그 붕괴의 원인이 있음을 확인하는 것이다.

구원극으로서의 이 드라마는 주제와 형식 면에서 괴테의 『파우스트』외에도 입센, 스트린드베리, H. 폰 호프만슈탈, 그릴파르처 등의 작품을 연상케 함으로서 당대의 비평가들로부터 비독창적이고 모방작이라는 비난을 받는다. 그럼에도 『거울인간』은 작가의 창작과정에서 가장 중요한 단계를 보여준다. 이는 베르펠이 청년기에서 성숙기로 접어드는 과도기적 상황에서 가차 없는 상징적 자기 표현과 자기 청산을 나타낸다. 그 때문에 예술작품으로서는 불충분한 점이 있을 수 있다. 이를테면 여기서는 통일된 문체를 찾아볼 수 없고, 숭고한 격정적 표현과 진부하고 천박한 표현이 뒤섞인 문체의 부조화 현상이 나타난다.[15] 그러나 작가의 전 작품세계와 관련하여 볼 때, 이 작품은 서정시라는 주관적 창작 형식에서 객관적 문학 형식에 이르기 위한 필수적 자기 해방의 행위로 간주된다. 즉 베르펠은 드라마라는 다른 형식으로 자기 창작활동의 새로운 변화를 모색하고 있는 것이다.

---

15) 특히 타말이 내적 분열을 일으키는 곳, 자신의 분신과 함께 속세의 시험에 빠져드는 곳 등에서 여러 문체의 혼합 내지 부조화 현상이 나타난다. Vgl. Hanus Karlach, *Werfels Kampf um das Drama. Germanistica Pragensia*, Nr. 5(1968), S. 100.

참고 문헌

Werfel, Franz, *Gesammelte Werke*, Hrsg. von Adolf D. Klarmann, Bd. 1: Die Dramen, Frankfurt/M., 1959.

Adam, Elenora K./Ursula Kuhlmann, Perspektiven über Werfels dramatisches Schaffen, In: *Views and Reviews of Modern German Literature. Festschrift für Adolf D. Klarmann*, Hrsg. von Karl S. Weimar. München, 1974, S. 195~212.

Braselmann, Werner, *Franz Werfel*, Wuppertal, 1960.

Karlach, Hanus, Werfels Kampf um das Drama, In: *Germanistica Pragensia*, Nr. 5(1968), S. 93~105.

Knapp, Gerhard P., *Die Literatur des deutschen Expressionismus*, München, 1979.

Meister, Helga, *Franz Werfels Dramen und ihre Inszenierungen auf der deutschsprachigen Bühne*, Diss., Köln, 1964.

Sokel, Walter H., *Der literarische Expressionismus*, München, 1970.

Viviani, Annalisa, *Das Drama des Expressionismus. Kommentar zu einer Epoche*, München, 1970.

제3부
나치스 정권 이후

크라우스의 『제3 발푸르기스의 밤』
─괴테 『파우스트』의 인용과 풍자

라영균

1. 『제3 발푸르기스의 밤』과 『햇불』

1-1. 『햇불』의 인용과 풍자

카를 크라우스Karl Kraus(1874~1936)는 1933년 1월, 히틀러가 집권하고 나치의 만행이 공공연하게 자행되는 것을 목격하면서 『제3 발푸르기스의 밤』을 집필하기 시작한다. 제목이 시사하는 바와 같이 제1 발푸르기스의 밤은 괴테의 『파우스트』를, 제2 발푸르기스의 밤은 제1차 세계대전을, 그리고 제3 발푸르기스의 밤은 나치의 제3제국을 뜻한다. 크라우스는 이 작품을 원래 그가 발행하는 잡지 『햇불Die Fackel』에 게재하려 하지만, 여러 상황을 고려하여 이를 포기한다. 출판 포기와 이에 대한 작가의 침묵을 두고, 일부에서는 크라우스가 신변의 위협을 느껴 그렇게 결정했다고 말하지만, 더 큰 이유는 그의 저서가 정치적으로 악용될 것을 우려했기 때문이다. 그러나 이 작품의 일부는 1934년 1월 초부터 2월 12일까지 집필된 「왜 『햇불』이 발행되지 않는가」[1]라는 글에 발표된다. 『제3 발푸르기스의 밤Dritte Walpurgisnacht』[2]의 전문은 작가가 세상을 떠난 후 1952년이 되어서야 비로소 단행본으로 출판된다.

크라우스는 빈에서 1899년부터 1936년까지 집필자인 동시에 편집자로서 『햇불』을 발행한다. 이 잡지는 세기말부터 나치 합병 전까지 독일, 오스트리아의 정치 사회 문화 전반에 만연한 부조리와 부패의 난맥상을 파헤치는 데 앞장선다. 주된 내용은 문화 비판, 이데올로기와 언어 비판, 그리고 저널리즘에 대한 공격이다. 크라우스는 서두에서 본인의 잡지는 어떤 정당 정치적 고려에 연연하지 않으며, 그 밖의 다른 연관관계에도 무관하다고 밝힌다. 특히 발행 취지는 신문들이 내세우는 "우리가 보도하는 것"이 아닌, "우리가 죽이려는 것"[3]을 알리는 것이라고 하면서, 작가와 기자들의 상투어에 대해 전쟁을 선포한다. 이는 비인간화되고 황폐화되는 언어를 구하려는 투쟁으로까지 발전한다. 『햇불』이 재정적인 독립은 물론 독자적인 노선과 논조를 고수해나간 것은 크라우스 한 사람의 노력에 기인한다. 그는 자신이 옳다고 믿는 것만을 싣고, 1912년부터는 모든 기사를 스스로 작성한다. 또한 일부를 제외하고는 그의 작품 거의 모두가 『햇불』에 발표되었기 때문에, 이는 크라우스 평생의 역작이라 할 수 있다.

작가가 『햇불』에서 가장 즐겨 사용하는 풍자와 언어 유희는 촌평(寸評)이다. 관찰자적 입장을 부각시키는 그의 촌평은 전제된 것이나 바로 전에 언급한 사건에 대한 단순한 주해가 아니라, 언어 유희나 반전(反轉) 혹은 부메랑처럼 자신에게로 되돌아오는 문장들로, 격분과 분노의 열정, 패러디와 상징적 내용을 강조하는 특징을 지닌다. 인용과 비판적 성찰이 결합되면서, 시대정신의 거울이며 대변자인 신문을 공격할 때는 그 풍자성이 한층 고조된다. 제목이 인용문이거나, 그 인용이 다른 글씨

---

1) Karl Kraus(Hrsg.), *Die Fackel*, Neuausgabe in 12 Bden., München, 1968~1976(gekürzt Die Fackel). Bd. 11: Nr. 834 bis 922, Mai 1930 bis Februar 1936, Nr. 890~905, Ende Juli, 1934.

2) Karl Kraus, *Dritte Walpurgisnacht*, Frankfurt a. M., 1989.

3) *Die Fackel*, Bd. 1: Nr. 1 bis 54, April 1899 bis September 1900., Nr. 1, S. 1.

체와 대별되도록 격자체로 인쇄되면, 촌평은 더욱 강한 시각적 효과까지 얻는다.[4] 초기에 자주 사용하던 '인용하는 촌평'은 '신자유신문에서 발췌한 짧은 문구'라는 제목을 달고 있다. 촌평은 처음에는 주로 신문의 상투어를 수집하여 풍자하는 방식을 취하지만, 점차 신기에 가까운 풍자 수단으로 발전한다. 그는 사고 부재와 비열함의 이미지를 왜곡된 연관관계에서 빼내어, 스스로 폭로하게 만드는 수법을 즐겨 쓴다. 특히 제1차 세계대전 중에 쓴 풍자적 인용은 전대미문의 시대 비판이 되기도 한다. 이런 점에서 그의 인용은 어떤 풍자보다도 시대 스스로가 자기를 폭로하게 만드는 수단이다.

1-2. 시대 비판적 풍자

크라우스는 그의 작품에서 직접 간접의 인용문을 수없이 사용하며, 이를 통해 시대를 비판하고 풍자한다. 『제3 발푸르기스의 밤』은 "히틀러에 대해서는 아무런 생각이 떠오르지 않는다"[5]는 문장으로 시작된다. 이 첫 문장에 대해 당시 일부 언론은 신랄한 비난을 퍼붓는다. 그 이유는 독일 신문들의 저급한 문체를 비판하고, 자기 마음에 들지 않는 예술가들을 질타하던 크라우스가 히틀러의 범죄 행위에 대해서는 침묵한 반면, 나치 당원들의 덜 악의에 찬 행동은 엄격한 잣대로 재단하는 이율배반 때문이다.

『제3 발푸르기스의 밤』의 내용은 주로 국내외 신문에서 발췌한 보도 내용과 일부 이민자들의 증언을 근거로 하고 있다. 여기에는 나치의 제3 제국 출범 이후 수개월간 일어난 정치적 사건에 대한 체험과 단상들이 집약되어 있다. 특히 나치의 정치적 폭력에 희생된 사람들에 대한 애도

---

4) Edwin Rollet, Karl Kraus, In: *Deutsch-Österreichische Literaturgeschichte*, Hrsg. v. E. Castle u.a., Bd. 4, Wien, 1937, S. 1914 f.

5) Karl Kraus, *Dritte Walpurgisnacht*, S. 12. 이하 이 텍스트의 인용은 본문 괄호 안에 쪽수(S) 만 표기한다.

의 글과 간접적으로 폭력에 가담한 책임자들, 특히 "말로 폭력에 협조한 자들"에 대한 탄핵의 글로 가득하다. 삼십 년 이상 『횃불』의 집필과 발행을 통해 얻은 경험은 나치의 범죄를 고발하고 증언하는 추동력이 된다. 훗날 세인들이 전혀 감지하지 못했다고 하는 것들을 당시 신문에서 미리 읽어낼 정도로 작가의 통찰력과 혜안은 예언자의 경지에 달했다. 그는 국가사회주의자들의 언어, 특히 괴벨스의 언어를 분석하여 "상투어가 행동으로 옮겨지는 것을" 낱낱이 고발하면서 '비인간 사전'을 편찬하고자 했다. 이 밖에 고트프리트 벤, 푸르트벵글러, 루돌프 빈딩 그리고 하이데거 같은 지식인들의 나치에 대한 우호적 태도나 경도된 성향을 적나라하게 폭로한다. 그러나 하우트트만의 나치 연루를 토로한 글은 『제3 발푸르기스의 밤』의 발행인 피셔에 의해 의도적으로 삭제된다.

크라우스는 현재의 야만을 극복할 가능성을 고전문학이 표방하는 휴머니즘에서 찾는다. 폭력이 난무하는 시대 상황을 관찰하고 평가하는 그의 기준은 철저히 고전주의 정신에 근거하고 있다. 그래서 『제3 발푸르기스의 밤』에는 괴테와 실러, 네스트로이와 횔덜린, 플라텐과 리히텐슈타인 등의 작가들이 무수히 인용된다. 고도의 언어적 밀도를 지닌 이 작품은 직접 인용과 간접 인용 그리고 암시로 가득 차 있기 때문에, 그 함축된 의미를 이해하는 일은 결코 쉽지 않다.[6] 또 내용 면에서도 논란의 여지를 많이 남기고 있다. 왜냐하면 당시 오스트리아 정치 상황에서 크라우스는 진보적 사회민주당을 비판하면서, 봉건적 파시스트인 돌푸스 정권을 옹호하는 태도를 취했기 때문이다. 그러므로 이 작품 가치에 대한 논란은 오늘날까지 지속되며, 일치된 평가를 기대하기는 어렵다.

---

6) Vgl. Johannes Feest, Die Dritte Walpurgisnacht, In: *Hauptwerke der öster- reichischen Literatur*, Hrsg. v. E. Fischer, München, 1997, S. 375.

2. 제3제국과 괴테의 『파우스트』

2-1. 형언할 수 없는 것의 비유

『제3 발푸르기스의 밤』에 가장 많이 인용된 작가는 괴테이며, 106개의 인용 중 101개의 출처가 그의 『파우스트』이다. 그중에서도 가장 많이 인용된 부분은 제목에서 알아볼 수 있듯이 『비극 제2부』의 '고전적 발푸르기스의 밤'이며, 모두 37개로 밝혀져 있다. 인용문들은 대부분 작은 글씨체로 인쇄되었으며, 특히 16개는 문장이 아니라 특정 단어만을 인용하고 있다.

『제3 발푸르기스의 밤』 서두에 인용된 아래의 『파우스트』 구절은 어느 날 갑자기 일어난 사건에 대한 당혹감과 경악을 절박하게 표현한다. 문명세계가 어느 날 갑자기 야만으로 둔갑하고, 법치주의를 배신한 민족의 위대한 순간 앞에서 이성과 상식의 언어가 내뱉을 수 있는 말은 오직 '말문이 막힌다'라는 초라한 자기 고백뿐이다.

무슨 일이 일어났는지를 말하려고 언어는 더듬거리며 그것을 따라 말할 뿐이다. 왜냐하면 라디오 기술이 모두 동원되고 전깃불이 훤하게 켜진 상태에서 원시시대가 도래하였으며, 이것은 종종 죽음을 동반하는 급격한 변화가 모두의 삶에 일어난 이상, 민족의 삶에 없어서는 안 될 위대함의 순간이 되었기 때문이다. 하나님께서 보우하사 인간은 하늘에서 자신의 권리를 부여받는다. 피는 피로 자신을 증명한다. 노예에게 하는 것 같은 명령은 삶과 자유 그리고 소유권을 모두 박탈해버린다. 이에 대한 책임은 신념과 태생에 있다. 이것은 하룻밤 사이에 일어난 일이다. 너는 매일 밤 강제로 이사한 다음이라도 훌륭한 거처를 보면 화가 풀리게 되리라는 기대감 속에서 계속 살게 될 것이다.(S. 16)

"인간은 하늘에서 자신의 권리를 부여받는다" "피는 피로 자신을 증명한다" "하룻밤 사이에 일어난 일" 등의 표현은 나치 돌격대(SA)가 유대인, 공산주의자, 사회민주주의자에게 자행한 만행을 간접적으로 암시한다. 그러나 암시된 사건들은 "강제로 이사한 다음이라도 훌륭한 거처를 보면 화가 풀리게 되리라"[7]는 묵시적 경고를 통해 구체적 모습을 띤다. 이 인용문은 파우스트의 지시에 따라 메피스토가 세 명의 폭력배와 함께 두 노인 필레몬과 바우키스를 강제로 이주시키기 전에 하는 말이다. 이 구절이 의미하는 바는 자명하다. 강제 이주가 방화와 살인 없이는 불가능하다는 점이다. 이는 구체적 정치사건에 대한 언급을 넘어서, 나치 희생자들의 비극적 운명과 미래 상황을 예견하는 대목이다. 폭력에 대비되는 '훌륭한 거처'라는 아이러니한 표현은 이미 일어난 일과 무관하지 않은 앞으로 일어날 일에 대한 작가의 충격을 짐작케 한다. '훌륭한 거처' 란 다름아닌 폭력을 정당화하는 빌미이며, 구체적으로 아우슈비츠에서 살아남은 유대인에게 강요될 화해의 공간임을 연상시킨다.

인간의 가치가 훼손된 시대를 바라보는 작가의 무력함은 '말문이 막힌다'는 토포스로 반복된다. 또한 입장을 취해야 할 사건이 이해할 수 없는 대상일 경우, 입장을 밝히는 것이 불가능하기에 작가는 입장 표명 대신 입장을 구하는 태도로 일관한다.

입장을 밝히라고? 멀리 떨어져!(S. 20)

지레네들 피하세요! 모두들 오세요, 어서 오세요!
이런 궤변이 아껴줄 사람은 아무도 없어요.(S. 20; V. 7507~7508)

첫번째 인용은 짧은 질문과 대답의 형식으로 된 크라우스의 말이다.

---

7) Johann Wolfgang von Goethe. Faust. Eine Tragödie. In: *Goethes Werke*. Hamburger Ausgabe, Bd. III: Dramatische Dichtungen, Hamburg, 1998. S. 340, V. 11280~11289. 이하 괴테 텍스트의 인용은 본문 괄호 안에 시행(V)만 숫자로 표시함.

입장을 밝히라고 요구하고 있으나 입장 표명 그 자체가 불가능할 뿐 아니라 부질없으며, 이와 무관하게 지내는 것이 차라리 낫다는 자조적인 태도가 보인다. 그뒤에 이어지는 『파우스트』 인용문은 사이스모스에 의해 야기된 지진을 경고하는 지레네들의 절박한 메시지이다. 지진은 약탈과 살인(V. 7644~7675) 그리고 전쟁(V. 7884~7899)을 초래하며, 사이스모스는 결국 이로 인해 파멸한다. 괴테는 지진에 대한 당시 학계의 상이한 견해를 주제화하지만, 이 천재지변은 급격한 사회 변혁의 위해성을 우려하고 견제하려는 정치적 알레고리이다. 크라우스는 지진 상징을 통해 천재지변과 다를 바 없는 나치의 집권과 만행을 우회적으로 지적하면서, 나치가 사이스모스와 같은 종말을 맞게 되리라는 희망적 예언을 함께 전한다. 또한 그는 지레네들의 경고를 통해 우선 정치적 재앙을 피하는 것이 현명하다는 견해를 간접적으로 지지한다.

세번째 인용은 보다 더 근본적인 문제에 접근한다.

아무리 애를 써도 이 세상에는 이룰 수 없는 일이 있는데, 내가 그걸 위해 무엇을 할 수 있단 말인가! 말로 형언할 수 없는 일이 간단하게 일어났으며, 그 앞에서 인류애적인 감정은 전율하며 불가해의 영역으로 도피할 뿐이다. 온전했던 언어 공동체의 허망한 마음이 무엇으로 인해 잔혹함으로 변했는지, 겉만 사법인 사법 당국에 대항하여 한때 경종을 울릴 수 있었던 단결된 모습이 왜 무력해졌는지 모르겠다. 결코 형언할 수 없는 것이 우리의 존재를 과거의 정신적 삶을 부정하는 조건과 연결시킨다. (……) 이것을 묘사하려고 하지만, 그것은 행위나 사건이 될 만한 것이 못 된다.(S. 28)

여기서도 크라우스는 도저히 상상할 수 없는 사건들을 일일이 열거하면서 은연중에 『파우스트』의 마지막 장면 '신비의 합창'을 인용한다—"형언할 수 없는 것들도, /여기에서는 이루어진다."(V. 12108~12109)

여기서 "형언할 수 없는 것"은 인간의 언어로는 도저히 표현할 수 없는 신의 세계, 신적인 것을 의미한다. 하지만 크라우스에게는 너무나 불가해한 것이라 필봉을 꺾을 수밖에 없는 악마적 현실, 즉 1933년 4월 1일 '직업공무원 재건을 위한 법령'이 제정되어 시행되는 것을 뜻한다. 신적인 것과 악마적인 것은 형언할 수 없다는 점에서 의미상 공통분모를 이룬다. 그러나 신의 영역에 속하기 때문에 인간 언어로는 표현할 수 없는 것이 반대 의미의(너무나 악마적이기 때문에 인간의 언어로는 표현할 수 없다는) 문맥에 이입되면서, '불가해함'의 뉘앙스는 강렬해지고 풍자적 효과도 더 고조된다.

2-2. 허구와 현실 속의 제국

나치 집권 전후의 독일 상황을 풍자적으로 비유한 구절은 『비극 — 제2부』 '고전적 발푸르기스의 밤' 외에 제4막의 중심 내용을 이루는 전쟁 장면에서 집중적으로 인용된다. 여기서 괴테의 '제국'은 크라우스의 '제3제국'에 비유되며, 두 제국은 유사한 정치 공간으로 혼돈과 타락, 부정과 부당의 기호가 된다. 크라우스는 먼저 힌덴부르크와 히틀러의 관계를 문제삼는다. 이들 관계를 비난하는 기사와 찬양하는 신문 기사를 인용한 다음, 그 뒤에 제4막 '앞산 위에서'로부터 발췌한 구절을 덧붙인다. 크라우스는 자신의 판단을 유보하고, 총사령관의 입을 빌려 바이마르공화국의 마지막 대통령 힌덴부르크가 히틀러와 결탁한 것을 비난한다.

> 총사령관 폐하께서 이자들과 손을 잡으신 것이,
>   신에게는 계속 마음 아픈 일이었나이다.
>   속임수로써는 결코 확고한 행복이 마련되지 않습니다.(S. 175; V. 10693~10695)

이어서 작가는 힌덴부르크와 히틀러의 관계를 상이하게 묘사한 두 개의 인용문을 차례로 열거한다. 『노르트도이체 알게마이네』 신문에서 발췌한 첫번째 인용은 히틀러의 호의에 대해 힌덴부르크가 감사하는 내용이다.

제국 총리와 함께 일하는 것이 나에게는 매일 새로운 기쁨을 주고 있어요. 히틀러와 나의 관계는 너무 좋아서 어느 할아버지와 손자의 관계가 이보다 더 좋을 수는 없습니다. 그가 나에게 보여주는 배려는 감동적입니다. 그는 어디에서건 앉을 때나 설 때나 나를 도와주려고 애를 씁니다.(S. 176)

뒤를 잇는 두번째 인용은 『파우스트』에서 황제가 메피스토펠레스를 가증스럽고 소름끼치는 대상으로 묘사하는 구절이다. 첫번째 신문 기사와 대비되는 『파우스트』의 인용문은 힌덴부르크-황제, 히틀러-메피스토펠레스의 의미적 상관관계를 암시한다. 이를 통해 신문 기사 내용의 허위성이 풍자적으로 폭로되며, 상반되게 묘사된 두 사람의 관계는 야유 섞인 조소로까지 고조된다.

황제 짐은 저 저주스러운 떠돌이 녀석은 물론
까마귀와 정답게 구는 수작도 심히 불쾌하오.(S. 177; V.10701~10702)

크라우스는 나치 집권 직전의 정치적 경제적 상황도 『파우스트』 인용문을 통해 풍자한다. 여기서는 이념적 물질적 성취를 갈망하는 군중의 태도를 가장 큰 문제점으로 지적한다. 이념적 성취와 물질적 성취의 대립관계는 히틀러의 『나의 투쟁』에서 인용된 것이며, 히틀러가 옹호하는 물질적 가치는 종종 그에 대한 풍자와 조소의 대상이 된다. 이념만으로는 혁명 과업을 수행할 수 없으며, 물질적 성취를 위해 불법이 정당화될 때, 파우스트적인 정신이 완성되어간다고 풍자한다.

이념적 성취와 물질적 성취를 고대하는 수많은 추종자를 어떻게 충족시키느냐가 문제이다. 이념적 성취로는 모든 요구를 충족시킬 수 없으며, 피에 대한 갈증만으로 허기를 채울 수는 없다. 그렇기 때문에 진화의 확고한 기반만으로 편안한 밤을 보장할 수는 없는 것이다. 일부 요소들은 국가 건립에 기초가 된 환상을 흔들고, 그 뒤에 감춰진 것을 들추려 한다. 이 요소들은 계획에 차질을 빚을 수 있다. 어떻게 제정되었건 불법이 합법적으로 지배하는 곳에서 파우스트의 정신은 완성되어간다.(S. 298~299)

　　재상 그러는 동안에 어지러운 폭동은 점점 커져서
　　　　성난 파도처럼 물결치고 있나이다.(S. 299; V.4793~4794)

이어서 『파우스트』의 구절들이 특별한 부호나 표시 없이 인용되는데, 이들의 서술이 수상의 시점으로 옮겨지면서 불행한 제국의 여러 상황이 보고된다. 수상은 "괴물들이 흉측한 모습으로 맹위를 떨치고,/불법(不法)이 합법적으로 날개를 펴고,/오류에 찬 세상이 눈앞에 전개될 것이옵니다"(V. 4784~4786)라고 주장하며, 계속하여 무고한 사람에게 유죄판결을 내리고 범죄자를 석방시키는 부당함을 지적한다(V. 4787~4806).

　　재상 권세 있는 공범자들에게 의지하고 있는 놈은
　　　　극악무도한 짓을 하고서도 큰소리를 치고 있사오며,
　　　　죄 없는 자가 자기 자신만을 의지하게 된다면,
　　　　유죄! 라는 언도를 받게 됩니다.(S. 299; V. 4795~4798)
　　　　(……)
　　　　법대로 처벌할 수 없는 재판관은
　　　　결국엔 범법자와 한 패거리가 되는 것입니다.(S. 299; V. 4805~4806)

재상의 비난은 '제국의회 방화사건' 재판에서 무고한 사람에게 유죄

판결을 내리고, 민족의 목적에 부합되면 살인자에게 무죄를 선고하여 석방시키는 사법 기관의 자의적 정치 재판에 대한 신랄한 풍자이다.

병무대신, 재무대신, 궁내대신의 입을 통해서는 제3제국의 어렵고도 궁핍한 정치 재정 국방에 대한 풍자적 묘사가 계속된다.

병무상 이 난세에 미쳐 날뛰는 꼴은 차마 볼 수가 없나이다!
　　저마다 남을 치고 또 얻어맞고 하는 터라,
　　아무리 호령을 내려도 귀가 먹은 듯 듣지 않사옵니다.
　　(……)
　　용병(庸兵)들은 조급하게 안달하며
　　그들의 임금을 과격하게 요구하고 있는데,
　　우리가 빚진 게 없이 다 갚아주는 날이면,
　　놈들은 모조리 도망치고 말 것이옵니다.
　　누구라도 그들의 요구를 거절이라도 한다면,
　　벌통을 쑤셔놓은 꼴이 될 것이오며,
　　그들이 수호해야 할 이 제국은
　　약탈당하고 황폐해진 채 버려져 있나이다.
　　놈들이 미쳐 날뛰는 횡포를 그대로 버려두고 있으니,
　　국토의 절반은 벌써 잃은 것이나 다름없사오며,
　　변두리에 아직 왕들이 있다고는 하지만,
　　누구 하나 자기 일처럼 걱정하는 사람 없습니다.(S. 299~300; V.
4812~4830)

재무대신 금고의 문이 폐쇄되어 있기는 합니다만,
　　저마다 긁어내고 후벼파고 모아서,
　　우리의 국고는 텅 비어 있는 상태이옵니다.(S. 300; V. 4849~4851)

궁내대신 매일매일 절약을 해보려고 하지만,
　나날이 지출은 늘어만 가고 있으니,
　소신의 걱정도 날마다 더해갈 따름입니다.
　(……)
　침상 이부자리마저도 저당으로 잡혀먹게 되어,
　수라상의 빵도 외상으로 올려야 할 지경이옵니다.(S. 300; V. 4853~
4875)

메피스토펠레스 이 세상에 부족함 없는 곳이 어디 있겠나이까?
　여긴 이게 없고 저긴 저게 없는데, 이 나라엔 돈이 부족합니다.
　(S. 300; V. 4889~4890)

　그러나 깃발들과 축제들과 불꽃놀이들이 있습니다.(S. 300)

황제 그렇다면 유쾌하게 시간을 보내도록 하라!
　마침 성회(聖灰) 수요일도 다가오고 있구나.
　아무튼 간에 그 동안 우리는 더욱더 흥겹게,
　성대한 사육제를 즐기도록 하자꾸나.(S. 300; V. 5057~5060)

　위 인용문을 보면 궁핍한 재정 상태를 호소하는 궁내대신의 말을 이어 메피스토가 "이 나라엔 돈이 부족합니다"라고 토로한다. 뒤이어 황제가 광란의 축제를 선포하기 전에 크라우스는 메피스토의 가벼운 어조를 흉내 내어 "그러나 깃발들과 축제들과 불꽃놀이들이 있다"고 풍자적인 말을 한마디 삽입한다. 두운을 맞춘 세 개의 명사, '깃발(Fahnen)' '축제(Feste)' '불꽃놀이(Feuerwerke)'는 '넓은 홀' 장면의 화려한 가장무도회, 딸이 무릎을 벌릴 것을 종용하는 어머니의 장면(V. 5197) 그리고 플루투스(파우스트)가 불꽃으로 군중을 내쫓는 장면(V. 5740 ff)을 일차적으로 암시한다. 그러나 실제적으로는 바이마르 헌법을 파기한 연방 대통령 힌덴부르크의 1933년 5월 12일자 명령, 괴벨스가 연출한 5월 축제와 5월 10일의 분서 행사, 그리고 나치 고위 간부들의 연설에 동원된 불꽃놀이 등을 암시하는 것이다.

3. 『파우스트』와 『제3 발푸르기스의 밤』

위에서 살펴본 바와 같이 『제3 발푸르기스의 밤』에는 두 개의 상이한 의미 수준이 중층을 이룬다. 첫번째 의미층은 크라우스가 직면한 독일과 오스트리아의 정치적 현실을 나타내고, 두번째 의미층은 『파우스트─비극 제2부』에 묘사된 허구적 현실을 지시한다. 인용의 기법을 통해 두 의미층은 서로 지시와 암시의 관계를 맺으며, 상이한 문맥에서 생성된 새로운 의미는 강한 조소와 풍자의 효과를 자아낸다.

크라우스는 이 작품에서 나치 치하의 정치 상황에 대한 명확한 입장 표명을 유보하고, 나름대로의 입장을 찾으려 대부분의 지면을 할애한다. 그러나 『파우스트』의 구절이 집중적으로 인용되는 부분부터는 인용된 텍스트가 실제 현실에 대한 해명과 의미를 부여하는 역할을 맡는다. 즉 인용문들이 말로는 설명할 수 없는 실제의 정치적 사건과 상황에 대해 구체적인 해명의 실마리를 제시한다.

원칙적으로 인용이란 범례를 제공함으로써 작가 논지를 지원하는 기능을 담당한다. 크라우스도 이러한 기능을 텍스트를 구성하는 원칙으로 삼고 있다. 그러나 『파우스트』 인용이 집중되는 곳에서는(S. 299 ff) 그 줄거리가 주도적 역할을 하며, 정치적 현실은 부수적 기능을 담당함으로써 텍스트와 인용문 관계가 역전된다. 다시 말하자면, 텍스트에 이미 언급된 사태나 혹은 일간지에 보도된 사건, 즉 젤테의 서약, 후겐베르크의 사퇴, 파펜의 선전 등이 『파우스트』의 줄거리 전개를 위한 일종의 범례

가 되는 것이다.[8]

선별된 인용문은 무엇보다 제국의 정치적 경제적 도덕적 해이와 부패상을 드러내는 데 집중된다. 퇴락한 제국의 묘사(제1막), 시민전쟁의 알레고리와 사이스모스의 세계(제2막) 그리고 시민전쟁의 결정적인 전투(제4막)에서 발췌된 인용문들이 시사하는 바는 현실의 세계가 허구의 세계와 같은 종말을 맞게 되리라는 주술적 예언적 메시지이다. 이를테면 나치 지배는 『파우스트』에서 묘사되는 바와 같이 언젠가는 패망할 것이라는 암시이다.

크라우스는 분명히 『제3 발푸르기스의 밤』을 통해 파우스트적인 것과 파시즘의 유사성을 강조한다. 그러므로 수많은 인용과 암시는 나치 세계를 '파우스트적인 것'의 관점에서 조명해주며, 역으로 나치 체험의 관점에서 『파우스트』 다시 읽기도 가능케 해준다. 일부에서는 주인공 파우스트가 히틀러나 국가사회주의를 암시한다는 과잉 해석을 내기도 한다. 그러나 크라우스는 이들 간의 친화력을 문제삼거나 주제화하지 않았다. 앞에 언급한 첫번째 인용에서 파우스트의 노력과 나치 목표 간에 일정한 접점을 찾을 수는 있지만, 그보다는 오히려 나치 탄압에 희생된 유대인과, 바우키스와 필레몬의 불행한 운명에 초점이 맞춰져 있다. 굳이 크라우스가 히틀러나 괴벨스를 염두에 두고 비교 대상을 찾았다면, 그것은 파우스트가 아니라 메피스토일 것이다.

파우스트 소재는 역사적으로 수많은 작가들에 의해 다양하게 수용된다. 그러나 크라우스는 파우스트 소재를 그대로 수용하거나 변용한 것이 아니라, 『파우스트』 구절을 인용하고 조합하여 텍스트의 의미를 새롭게 생성해내는 기법을 쓰고 있다. 이런 점에서 그는 여느 작가들과는 다른 문학적 성과를 보여주고 있으며, 이는 단순히 인용하고 풍자하는 것을 넘어서 당시의 삶과 세계를 통찰하고 비판할 수 있는 정신적 역량이 있

---

8) Vgl. Jochen Stremmel, *Dritte Walpurgisnacht. Über einen Text v. K. Kraus*, Bonn, 1982, S. 135.

기에 가능하다. 그의 인용과 풍자는 하나의 문학적 기법에 그치지 않고, 하나의 시대적 진단과 예언을 전달하고 있다. 다시 말하여 크라우스는 나치 치하의 독일 정치 상황이 어떻게 발전할 것인지를 미리 간취하고, 이를 『파우스트』 인용과 풍자를 통해 강력히 호소하고 있다.

참고 문헌

Goethe, Johann Wolfgang von, Faust. Eine Tragödie. In: *Goethes Werke*, Hamburger Ausgabe, Bd. III: Dramatische Dichtungen, Hamburg, 1998.

Kraus, Karl, *Dritte Walpurgisnacht*, Frankfurt a. M., 1989.

Kraus, Karl(Hrsg.), *Die Fackel*, Neuausgabe in 12 Bden. München, 1968~1976 (gekürzt Die Fackel). Bd. 11: Nr. 834 bis 922, Mai 1930 bis Februar 1936.

Feest, Johannes, Die Dritte Walpurgisnacht. In: *Hauptwerke der österreichischen Literatur*, Hrsg. v. E. Fischer, München, 1997.

Rollet, Edwin, Karl Kraus. In: *Deutsch-Österreichische Literaturgeschichte*, Hrsg. v. E. Castle u.a., Bd. 4. Wien, 1937.

Stremmel, Jochen, *Dritte Walpurgisnacht. Über einen Text v. K. Kraus*, Bonn, 1982.

토마스 만의 『파우스트 박사』

김창준

1. 생성배경

토마스 만Thomas Mann의 후기 대표작 『파우스트 박사Doktor Faustus』는 제목이 보여주듯이 독일문학의 대표적 소재를 채택하고 있다. 이 소설은 토마스 만 문학의 핵심 주제인 예술가 문제를 문화의 위기라는 보다 확장된 차원에서 다룬다. 그런 의미에서 이는 작가의 문학 전체에 대한 결산이기도 하다. 작가는 또한 예술가 문제를 사회, 정치, 독일문화사와 연관시키고 있으므로, 이 작품은 나치의 지배로 빠져들어가는 독일현대사에 대한 깊은 성찰의 결과물이라고도 할 수 있다.

토마스 만이 본격적으로 집필을 시작한 것은 미국 망명 시기인 1943년 5월부터이다. 대부분의 대작이 오랜 기간에 걸쳐 숙성되듯, 이 작품의 구상도 1901년까지 거슬러 올라간다. 세 줄의 메모로 남아 있는 최초의 구상에는 매독에 걸린 예술가를 파우스트 박사로 설정하고 있다. 이 메모에는 매독균이 도취와 영감을 가져다주는 자극제로 작용하고, 파우스트는 황홀경에 젖어 천재적이고 위대한 작품을 쓰지만, 결국은 악마에게 끌려가게 된다는 짧막한 내용이 담겨 있다.[1] 그러나 훗날 나치 지배를 체험하면서, 정치적이고 시대사적인 관점이 주요 테마로 첨가된다. 이에 따라 작가는 주인공의 삶과 예술가로서의 발전을 나치 지배와 패망으로 이어지는 독일사와의 내적 연관성 속에 표현해내기로 계획한다.

집필을 목전에 둔 1943년 4월 27일 편지에서 토마스 만은 매우 오래된 계획을 실행에 옮기려고 하며, 예술가 이야기이자 악마에게 영혼을 파는 이야기의 현대적 버전을 쓰고 싶다고 한다. 이를 통해 "정치적인 것, 파시스트적인 것, 즉 독일의 비극적 운명"[2]이 예술가 전기에 함께 표현된다.

원고를 끝낸 후 1949년에 나온 『파우스트 박사의 생성』에서 토마스 만은 창작과정을 상세히 보고하며, 창작하는 동안의 삶과 정치적 상황, 소설에 사용하거나 영감을 받은 원전들을 소개한다. 로버트 페치와 샤이블레의 『파우스트 민중본』 외에도 주인공의 삶을 형상화하기 위해 니체와 로베르트 슈만의 전기가 사용된다. 또한 이 소설은 루터 비판이자 니체 비판이기도 하다. 천재와 병의 관계나 정신과 범죄 문제를 다루는 데는 도스토옙스키를 참고하고 있다. 현대음악의 이해를 위해서는 음악이론가이자 철학자인 아도르노의 도움을 받았으며, 음악과 마신(魔神)의 관계에는 키르케고르의 『이것이냐 저것이냐』의 모차르트 해설을 참조한다. 그외에도 스티븐슨의 『지킬 박사와 하이드』, 클라이스트와 셰익스피어, 하이네의 작품 등 수많은 글들을 참조하였다.

『파우스트 박사』는 천재적 현대예술가의 이야기를 통해 일종의 시대소설을 쓰고자 구상된다. 작가는 무엇보다도 현대예술의 위기와 시민사회가 처한 인본주의의 종말, 그리고 독일 문제를 다루고자 한다. 작품 속에서 음악은 예술의 특정한 장르로서의 문제가 아니라, 시대의 보편적

---

1) Vgl. Lieselotte Voss, *Die Entstehung von Thomas Manns Roman "Doktor Faustus".*
Dargestellt anhand von unveröffentlichten Vorarbeiten, Tübingen, 1975, S. 15.

2) Thomas Mann, *Briefe 1937~1947*, Hrsg. von E. Mann, Frankfurt/M., 1963, S. 309.

문제들을 다루기 위한 패러다임으로 사용되고, 예술과 문화가 처한 위기 상황을 표현해내는 수단이 된다.[3] 따라서 음악은 작품의 다양하고 다층적인 여러 주제와 관련을 맺는다. 주인공이 작곡한 곡들의 묘사나 음악 및 예술 이론적 또는 음악사적 관점들은 신학 역사 신화 사회정치적 발전과정 등과 밀접하게 연관되어 표현된다.

2. 줄거리와 파우스트 모티프

2-1. 작품 구조와 사건 진행

작품 내용은 어느 현대예술가의 전기라는 겉모습을 띠고 있지만, 전기를 써내려가는 화자의 성향과 기질 그리고 그의 관점은 소설을 구성하는 본질적 요소이다. 이야기의 화자 차이트블롬은 이미 세상을 떠난 친구 아드리안 레버퀸의 전기를 1943년 3월 23일에 쓰기 시작한다. 차이트블롬은 인문학자이며 문헌학자로 고등학교 선생을 지낸 사람이다. 그는 전통을 숭상하며, 스스로를 "건전한 인도적 기질을 지닌 사람으로 조화로운 것과 합리적인 것을 지향하는 천성의 소유자"(S. 10)[4]라 자칭한다. 이런 자기 묘사는 서술의 대상인 천재 예술가의 특성과 대조를 이룬다. 즉 차이트블롬이 전통과 이성을 대표하는 사람이라면, 레버퀸은 예술의 위기를 인식하고 이성적 담론과 전통예술의 한계를 뛰어넘으려는 아방가르드 예술가이다. 이들의 대조적 특성은 소설 속의 담론을 지속적으로 상대화시키고, 고정된 시각을 허용치 않는 긴장을 유지시킨다.

화자는 주인공의 어린 시절부터 유명한 작곡가가 되어 세상을 떠나기

---

3) Th. Mann, Die Entstehung des Doktor Faustus. Roman eines Romans, In: *Gesammelte Werke in dreizehn Bänden*, Frankfurt/M., 1974(이하 GW로 약칭함), Bd. XI, S. 171.

4) Th. Mann, Doktor Faustus. Das Leben des deutschen Tonsetzers Adrian Leverkühn erzählt von einem Freunde, In: *GW*, Bd. VI, S. 10. 앞으로 이 텍스트에서의 인용은 본문의 괄호 안에 페이지(S)만 숫자로 표시한다.

까지의 긴 인생 여정을 서술한다. 특이한 것은 현대 아방가르드 예술가 레버퀸의 전기가 인문주의자인 화자의 시각에 의해 서술되고, 간혹 그의 철학적 인생관에 따라 주석이 가해진다는 점이다. 또한 후반으로 갈수록 시대사의 흐름에 대한 화자의 입장과 견해가 삽입될 뿐만 아니라, 아드리안 레버퀸의 인생 단계와 시대 상황에 대한 서술이 교묘하게 배치되면서 예술가 전기와 시대사가 은밀히 연관된다.

아드리안 레버퀸은 1885년에 태어나 농장에서 자란다. 부모는 소박한 시골 사람들로서, 아버지는 여가 시간에 독특한 생물학적 화학적 실험을 한다. 이 실험은 이성과 논리의 세계에서는 설명하기 어려운 기이한 현상들을 보여주는데, 화자는 이를 은근히 마신(魔神)적 세계의 성향으로 해석한다. 아드리안은 어릴 때부터 아주 영민한 머리를 소유한 것으로 드러난다. 고등학교에 진학하면서 그는 삼촌 집으로 가는데, 그 도시는 중세적 특성과 분위기로 묘사된다. 아드리안은 학교 교육에 별 의미를 두지 않고도, 뛰어난 성적으로 학업을 마친다. 그는 매우 지적이고 냉철한 성격의 소유자로서 쉽게 싫증을 내지만, 이때 음악에 대한 열정을 발견한다. 삼촌은 조카의 음악적 재능을 알고, 그를 크레치마라는 피아노 선생에게 보낸다.

아드리안의 마음이 음악에 끌리는 것은 음악의 이중성 때문이다. 그에게 음악은 가장 감각적이고 호소력 있는 예술인 동시에 수학적인 엄격한 질서를 갖춘 신비롭고 다의적인 체계인 것이다. 이런 음악적 재능과 관심에도 불구하고 그는 할레 대학 신학부에 입학하지만 이내 대학 공부를 중단하고 작곡가로 음악에 몰두한다. 1905년 음악공부를 위해 라이프치히로 가는데, 차이트블롬은 친구에게서 받은 편지를 근거로 아드리안의 기이한 체험을 보고한다. 여행 안내자가 그를 여관이 아닌 어느 유곽으로 데려가는데, 창녀가 성적 경험이 전혀 없는 그의 뺨을 잠깐 접촉한다. 그는 그녀에게 에스메랄다라는 이름을 붙인다. 아드리안은 그녀를 잊지 못하고 다시 찾아, 그녀의 병든 육체에 대한 경고에도 불구하고 그녀와 함께 밤을 지낸다. 이러한 의도적 매독 감염은 악마와의 계약으로 설정된다.

작품 중간인 25장에서 화자는 주인공이 악마와 계약을 맺은 사건을 서술한다. 그는 아드리안이 죽은 후 날짜가 적히지 않은 메모를 손에 넣게 되는데, 그 내용은 이탈리아 팔레스트리나에서 악마를 만난 기록으로 주장된다. 그에 따르면, 악마는 레버퀸에게 자신을 에스메랄다의 뚜쟁이로 소개한다. 그리고 아드리안은 이미 스물한 살에 자신과 계약을 맺은 것이라고 주장한다. 악마는 에스메랄다와의 성적 접촉이 일종의 세례이며, 행복에 빠져들게 하는 황홀한 예술적 영감을 얻는 대신, 이 계약의 대가로 사랑을 포기해야 한다고 말한다. "당신에게 사랑은 금지되어 있소. 당신의 삶은 차가워야 되는 것이오. 때문에 그 어떤 사람도 사랑해서는 안 되는 것이오." (S. 332)

아드리안은 이탈리아를 여행한 후 뮌헨으로 온다. 여기서 과부가 된 영사 부인 로데의 살롱에 다니게 된다. 다음 해에는 뮌헨 근처의 농가에 머물며 오랜 은둔생활에 들어간다. 사회에 등을 돌린 채, 그는 점점 심해지는 병에 시달리며 많은 작품들을 작곡한다. 특히 나이 어린 조카의 죽음에 영향을 받아 어둡고 비탄에 찬 대표작 〈파우스트 박사의 비탄〉이라는 칸타타를 탄생시킨다. 이를 완성한 후 친구들을 불러놓고, 자기 삶의 비밀을 고백하며 실신해 쓰러진다.

레버퀸의 인생 여정은 여러 면에서 나치 지배의 독일이 파멸해가는 과정과 상응한다. 화자는 소설 전반부에서 주인공을 중심으로 서술하지만, 악마와의 대화 이후에는 자주 정치적 상황에 대해 서술한다. 또 후반부에서는 점점 파멸로 치닫는 제3제국의 상황 보고를 전면에 내세운다. 주인공이 맺은 악마와의 계약과 독일의 운명은 소설 마지막 문장에서도 결합된다. "한 고독한 늙은 사내는 두 손을 모으고 이렇게 말한다. 내 친구, 내 조국, 그대들의 불쌍한 영혼에 하나님이여 자비를 베푸소서!" (S. 676)

이상의 줄거리에서 볼 수 있듯이 원래의 구상, 즉 현대예술가가 예술의 절망적 상황과 문화의 위기에 직면하여 창조 능력이 고갈되는 것을 피하기 위해 악마와 계약을 맺고, 도취 속에서 천재적 작품을 작곡한다는 내용은 완성된 작품에서는 많이 약화된다. 레버퀸의 삶에 끼친 악마의 영향은 여러 모티프에서 암시적으로만 나타날 뿐이지, 실제 사건 진행에는 결정적 영향을 미친다고 보기 어렵다.[5] 주인공의 삶과 예술은 파우스트와 연관짓지 않아도 이해하는 데 무리가 없으며, 현대작곡가로서의 음악적 발전과정은 작곡가 쇤베르크의 자취를 좇고 있기에 반드시 악마와의 계약을 필요로 하는 것도 아니다.

2-2. 파우스트 모티프

작중화자 차이트블롬은 아드리안의 삶을 파우스트 도식으로 해설한다. 시작부터 그를 둘러싼 마신적 영역을 강조하고, 친구의 유곽 체험을 악마의 행위로 해석하며, 사실성이 의심스러운 악마와의 계약을 현실로 받아들인다. 그러나 파우스트의 핵심 모티프라 할 수 있는 악마와의 계약은 전기를 쓰는 차이트블롬의 시각에 전적으로 의존하고 있기 때문에, 그 사실성은 매우 의심스럽게 나타난다. 그는 친구의 삶을 악마와의 결탁으로, 나아가서는 독일의 운명과 결합시키는 데 있어 거의 강박증에 가까운 면을 보여준다. 휴머니스트인 그에게 독일의 죄악과 멸망이라는 역사적 파국에 대한 합리적 설명은 불가능한 것이기에, 이는 오로지 악마에게 홀린 것으로 해석될 수밖에 없는 것이다.

작품의 원래 구상과는 달리, 완성된 소설에서는 주제 면에서 중점의 변화가 있음을 알 수 있다. 레버퀸의 음악가로서의 발전과 파시즘으로 치닫는 독일 역사 간의 관련은 모티프 상에서는 원래대로 남아 있지만,

---

5) Vgl. K. Hamburger, Anachronistische Symbolik. Fragen an Thomas Manns Faustus-Roman, In: *Gestaltungsgeschichte und Gesellschaftsgeschichte*, Hrsg. v. H. Kreutzer, Stuttgart, 1969, (S. 529~553) S. 530 f. u. 546 ff.; K. H. Bohrer, Die permanente Theodizee. Über das verfehlte Böse im deutschen Bewußtsein, In: *Merkur* 41 (1987), (S. 267~286) S. 279.

그의 음악을 파시즘 이데올로기와 직접 연관시키는 데는 무리가 따른다. 한계를 뛰어넘으려는 파우스트 모티프는 미학적 비전으로뿐만 아니라 정치적 확장 욕구와 결부되어 나타난다. 그러나 주인공은 이러한 정치적 이데올로기에 대해 명백히 거리를 유지하고 있다. 원래의 구상에 포함된 요소가 약화될 뿐만 아니라 그 역으로까지 발전된다. 이런 변화의 요인은 아도르노의 영향이라 할 수 있다.[6]

이 작품을 쓰기 위해서 토마스 만은 아도르노로부터 음악에 관한 이론적 도움을 받는다. 쇤베르크 음악에 대한 아도르노의 분석은 마술과 합리성의 결합이라는 면을 제시한다. 그는 12음 기법의 숫자놀이는 점성술을 연상시키며, 여기에 실현되는 합리성은 미신에 접근한다고 말하기 때문이다.[7] 가장 전위적이고 진보한 음악이 오히려 퇴행적 신화학으로 역전된다는 해설은 천재 음악가와 악마의 결합을 시도하려는 작가의 소설 구상에 잘 들어맞는 것이다.

이러한 점은 토마스 만이 적극적으로 현대음악에 대한 아도르노의 해설을 수용하는 동기가 된다. 다른 한편으로는 전위적 '신(新)음악'을 해명하는 데 있어 쇤베르크의 후기 음악에 대한 아도르노의 긍정적 평가가 작품에 유입된다. 그럼으로써 레버퀸의 음악은 퇴행적 특징을 가지면서도, 다른 한편으로는 사회 비판적 특성을 갖는 것으로 그려진다. 또한 그의 예술가로서의 발전은 음악사의 논리적 발전과정을 따른다. 그래서 악마와의 계약으로 영감을 얻는다는 모티프는 아도르노의 음악미학을 수용함으로써 논리적 연결이 약해지고, 통일성이 훼손된 채 부분적으로만 실현된다.

오히려 악마는 부정의 원리가 아니라 억압되고 배척되던 '타자'의 상

---

6) Vgl. K. Sauerland, "Er wußte noch mehr……" Zum Konzeptionsbruch in Thomas Manns "Doktor Faustus" unter dem Einfluß Adornos, In: *Orbis Litterarum* 34(1979), S. 130~145; Thomas Mann, *Tagebücher 1944~1946*, Hrsg. von I. Jens, Frankfurt/M., 1986, S. 231.

7) Th. W. Adorno, *Philosophie der neuen Musik*, Frankfurt/M., 1978, S. 67.

징이 된다. 즉 계몽주의 이래 이성이 억압하고 부정하던 힘, 이성의 법칙으로 설명되지도 수렴되지도 않는 힘의 부활과 복원을 의미한다. 이렇게 볼 때 악마의 기능은 매우 암시적이며, 모티프 상에서는 정치적 알레고리이지만, 다른 한편 미학적 원리로 변화된다. 실제로 작품에 등장하는 악마는 외적으로 아도르노의 모습을 하고 있을 뿐 아니라, 아도르노의 철학적 입장을 대변하기도 한다.

이런 다의적 구조는 아도르노의 예술철학 외에 예술과 독일 문화에 대한 토마스 만의 양가적 태도에도 기인한다. 토마스 만은 나치즘의 대두라는 예기치 못한 정치적 변화를 겪으면서 독일 문화 전반에 대한 비판적 성찰을 하게 된다. 그는 예술가의 비정치적 태도가 가져온 결과 및 독일 문화 전통 전체에 대한 비판을 가하면서, 다른 한편으로는 자기 삶의 근본이라 할 수 있는 예술의 자율성에 대한 믿음을 유지하고자 하는 것이다.

3. 예술과 문화의 위기

3-1. 예술의 총체적 조직화

현대작곡가 레버퀸 음악의 발전과정은 시대의 여러 담론과 밀접한 연관 속에 서술되는데, 다양한 담론 중심에는 현대가 봉착한 자기 회의가 들어서 있다.[8] 아드리안은 자기 시대의 특징을 "관습이 무너지고, 모든 객관적인 구속들이 와해된 시대"라고 규정하며, 공동의 보편적 가치가 결핍되고 주관적 자유만 주어져 있기 때문에 오히려 예술과 문화가 나아갈 방향을 상실했을 뿐만 아니라, 자유에는 곰팡이가 슬고, "불임성의 특

---

8) Vgl. H. Lehnert, "Doktor Faustus", ein moderner Roman mit offenem historischen Horizont, In: *Thomas Mann Jahrbuch*, Bd. 2(1989), Hrsg. von E. Heftrich/H. Wysling, Frankfurt/M., 1989, (S. 163~178) S. 165.

성"(S. 253)을 보이는 시대라고 말한다.

작중 예술가의 이런 의식은 '현대'에 대한 철학적 성찰이 자주 지적하는 문제이다. 근대 이래로 주관적 자유가 모든 삶의 영역에 파고들어, 가치 영역들은 점점 분화되고 각각 독자성을 획득한다. 과거에는 진, 선, 미 등의 가치들이 통합되어 있다면, 근대에는 이 영역들이 점차 분화되기 시작된다. 막스 베버는 종교와 학문, 도덕, 예술의 분화를 현대의 완성이라 본다. 그는 현대로 나아가는 서구의 사회적 문화적 발전과정을 '합리화'라 표현한다. 이런 합리화는 외적 자연의 지배를 가능케 하지만, 다른 한편 문화적인 면에서 볼 때는 삶과 세계에 대한 근본 의미의 상실을 가져온다. 왜냐하면 현대의 합리적 진보는 '세상의 의미'에 대해 어떠한 해명도 해주지 못하며, 오히려 "세계의 의미와 같은 것이 있다는 사실에 대한 믿음까지"[9] 동요시켜버리기 때문이다. 이로 인해 야기되는 보편적이고 총체적인 가치 상실은 개인에게 자율적인 결정의 자유로운 공간을 넓혀주지만, 다른 한편으로는 인간에게 나아갈 방향을 상실케 한다. 왜냐하면 학문이란 그 진보에도 불구하고 가치들을 설명, 분석할 수는 있어도, 그 정당성을 확립시켜줄 수는 없기 때문이다.

레버퀸의 음악 이론적 성찰의 중심에는 막다른 골목에 빠진 현대의 주체에 대한 통찰이 담겨 있다. 미학적 영역에서뿐만 아니라 정치 사회적 층위에서도 표현되는 이러한 위기의식은 계몽주의 프로젝트의 정당성[10]에 대한 회의이다. 이러한 현대문화와 예술의 위기를 토마스 만은 『파우스트 박사』에서 음악의 예를 통해 보여준다. 그는 음악을 "가장 엄밀하게 계산된 질서이자 혼란을 내포하고 있는 반(反)이성"[11]이라 이야기하는데, 바로 이러한 면이 그가 작품에서 표현하고자 하는 문화와 야만, 계

---

9) Max Weber, Wissenschaft als Beruf. In: *Gesammelte Aufsätze zur Wissenschaftslehre*, Hrsg. von J. Winckelmann. 3. erw. u. verb. Aufl., Tübingen, 1968, (S. 582~623) S. 597.

10) Vgl. J. Habermas, Die Moderne-ein unvollendetes Projekt. In: *Kleine politische Schriften I~IV*, Frankfurt/M., 1981, S. 444~464.

11) Th. Mann, Deutschland und die Deutschen, *GW* XI, S. 1131.

몽과 비합리 사이의 변증법을 표현하기에 적합한 것이었다.

『파우스트 박사』에서는 현대예술이 처한 위기 상황이 여러 측면에서 성찰된다. 아드리안은 친구 차이트블롬과 위기에 빠진 예술의 사회적 역할에 대해서 토론한다. 예술의 위기는 우선적으로 예술의 세속화에서 시작된 것으로 주장된다. 예술이 종교적 제의적 목적과 형식에서 벗어남으로써 얻게 된 예술 해방과 자율성은 다른 한편으로 고립을 가져오고, 문화적으로도 목적 자체로 경직될 위험에 처하게 된다는 것이다. 증대되는 예술의 고립에 대하여 아드리안은 "예전과 같이 반드시 교회일 필요는 없지만 더 높은 단체에 봉사하는"(S. 82) 예술을 요구하는데, 이러한 예술의 기능에 대한 성찰은 시대사적으로 시민적 자유주의적 시스템에서 전체주의적 시스템으로의 이행과 상응하고 있다.

예술의 위기는 사회적 역할의 위기로만 다루어지는 것이 아니라, 고갈될 위험에 처한 예술적 수단과 기법의 위기로도 표현된다. 일정한 예술 형식이나 수단은 진부하고 상투적이 될 정도로 낡아 소모되었는데, 그럼에도 독창성에 대한 요구는 계속 남아 있다. 그러므로 시간이 흐르면서 기존의 형식과 기법을 회피하는 "금지의 규범"(S. 319)은 늘어나게 된다. 이러한 금지 항목을 완전히 벗어나지 못하기 때문에 전통적 음악은 장식으로 전락할 위기에 처하게 된다.

또한 예술은 정치사회적 상황과의 관계에서도 자신의 정당성을 상실했다는 측면도 조명된다. 아드리안은 차이트블롬과의 대화에서 시민사회의 예술작품이 갖는 "가상적 성격"(S. 322)을 다음과 같이 비판한다.

자족적이고 조화롭게 완결된 형상을 띤 작품이 우리의 사회적 상황이 지닌 완전한 불확실성과 문제성 그리고 부조화성과 아직 어떤 정당한 관계를 갖고 있는 것인가. 모든 가상은 아무리 아름다운 것이라 할지라도, (……) 오늘날에는 거짓이 되어버리지 않았는가 하는 (……) 의문이 제기된다.(S. 241)

예술이 내세우는 조화로운 모습은 현실과는 유리된 가상에 지나지 않으므로 결국 현실을 기만하는 것이라고 아드리안은 주장한다. 따라서 전통적 예술 수단은 더이상 진실성을 갖지 못하며, 단순한 가상과 유희로 변질될 수밖에 없는 위험에 처해 있다고 한다. 그래서 음악에는 근본적인 개혁의 필연성이 제기된다.

아드리안이 예술의 불모성을 극복하기 위해 벌이는 근본적 음악 개혁은 무조(無調) 형식의 음악을 통해 조(調) 형식 음악을 극복하고, 다성부 음악의 객관성을 통해 화성 음악의 주관성을 극복하려는 시도이다. 이런 음악 혁신은 일단 초기에는 원시적이고 기본적인 질서의 법칙만 갖고 있는 음악 체계를 수용하는데, 이는 원시적 세계로의 전향이기도 하다. 이 "원시적이면서도 혁명적인" 새로운 음악은 마침내는 음악의 "합리적이고 총체적인 조직화"(S. 256)를 통해 실현되는데, 이는 쇤베르크의 12음 기법을 몽타주한 것이다.

아드리안은 이러한 기법을 발전시키면서, 주관성을 "법칙과 시스템"(S. 253)에 종속시킬 때 오히려 참된 자유가 실현된다고 주장한다. 주관성을 포기한 채 총체적인 조직화를 추구하는 그의 음악은 시민사회의 자유주의적 개인주의에서 나치의 전체주의 사회 체제로 이행하는 것과 상응한다.

이처럼 질료의 총체적 조직화를 통해 예술의 고갈을 극복하려는 시도는 아도르노가 쇤베르크에 대한 해설에서 말하듯이 다시 부자유 상태로 역전된다. 작곡가의 주관성은 조직 체계의 강요 속에 빠져듦으로써 주체의 소외가 일어나는 것이다.[12] 따라서 가상적 성격을 제거하려던 노력은 오히려 자신의 가상성을 현저히 드러내고 심화시킬 따름이다. 즉 객관적 질서에 주관성을 예속시킴으로써 창조적 개성과 주관적 창조력이 폐기되는 위험에 처하게 된다.

---

12) Vgl. Th. W. Adorno, *Philosophie der neuen Musik*, S. 68f.

차이트블롬은 아드리안의 오라토리오 〈묵시록〉에서 퇴보를 오히려 진보로 주장하는 경향을 통찰한다. 특히 음악 탄생 이전의 원시적 퇴화물인 글리산도를 지나치게 사용하는 것이 이런 면을 잘 보여준다. 과도하게 발전한 정신이 오히려 원시성으로 퇴행될 수 있음을 보여주는 것은 문명세계의 한가운데서 일어나는 원시적이고 반(反)휴머니즘적인 사회 상황이나 그러한 정치 발전에 상응하는 것이다.

〈묵시록〉이 나치하의 정신적 사회적 상황을 반영한다면, 심포니 칸타타 〈파우스트 박사의 비탄〉은—그 분석을 차이트블롬은 우연치 않게 1945년 4월에 써내려가는데—독일의 패망과 조응하고 있다. 인간성에 대한 믿음의 철회를 주제로 하는 이 마지막 작곡, 그리고 결국 의식을 잃고 쓰러지는 아드리안의 개인적 운명은 나치 지배의 독일에서 시민적 인본주의가 파기되고 독일이 멸망하는 것과 상응점을 이룬다.

그러나 이런 유사성은 아드리안이나 그의 음악이 독일 파시즘의 생성에 직접적인 책임이나 관련이 있는 것으로 해석될 수는 없다. 그의 음악을 독일 멸망과 연관시켜 표현한 것은 토마스 만이 대변하던 비정치적 유미주의의 책임을 비판하려는 의도에서 나온 것이다. 이는 『비정치적 인간의 고찰』에서 가졌던 입장에 대한 자아비판이기도 하다. 토마스 만은 자신이 과거에 견지했던 견해를 스스로 비판하고 있지만 이는 정치적 입장에만 해당되는 것이다.[13] 오히려 그는 전후의 한 강연에서 "한 예술가를 정치적인 도덕의 잣대로 평가하는 것은 의심할 바 없이 우스꽝스러운 일이다"[14]라고 자신의 예술관을 밝히고 있기 때문이다.

3-2. 음악의 이중성

『파우스트 박사』가 주인공의 음악과 시대사 흐름의 유사성만을 묘사하는 데 그쳤다면, 훌륭한 시대소설 이상은 되지 못했을 것이다. 그러나

---

13) Vgl. H. Mayer, *Thomas Mann*, Frankfurt/M., 1984, S. 357.
14) Th. Mann, Der Künstler und die Gesellschaft, *GW* X, S. 335.

토마스 만은 평생 갖고 있던 삶과 예술 간의 내적 긴장을 주제화하면서, 아도르노의 예술 이론에서 자기 변호적인 해결책을 찾고 있다. 그는 아도르노의 예술 이론을 차용하면서 레버퀸 음악의 이중적 성격을 표현하고 있다. 즉 그의 음악에는 퇴행적 특성과 더불어 비판적 잠재력이 주어지는 것이다.

레버퀸의 음악은 사회 및 역사의 경향에 대한 패러다임인 동시에 그에 대한 '반명제'로 나타난다. 그의 음악과 시대사 흐름 사이의 유사성에도 불구하고, 그의 작곡이 현실의 사회정치적 발전을 용인하는 것은 아니다. 모티프 상의 연관성만 존재할 뿐이다. 이런 사실은 아드리안이 대변하는 세계시민적 관점과 독일 비판적인 태도에 의해 뒷받침된다. 화자 차이트블롬은 그의 음악을 시대사와 연관시키고자 하지만, 아드리안은 자신의 음악 이론적 성찰이 갖는 정치적 함의를 부정한다. 또한 '돌파'에 대한 대화에서도 그는 미학적 관점만을 대변하는데, 차이트블롬은 "세계로의 독일의 돌파"(S. 410)를 주장한다. 하지만 아드리안은 언제나 독일의 국수적 경향을 비꼬며 비판한다.[15]

불협화음이 지배하는 〈묵시록〉에서 사람들은 "반문화적이고 반인도적인 악령의 소리"(S. 497)를 듣는데, 이 작품은 오히려 불협화음을 통해 사회와 세계의 본질적 구조를 형상화하며 비판하고 있다. 즉 겉으로 드러나는 이 음악의 야만주의는 현실적 야만의 정체를 고발하는 것이다.[16] 그럼으로써 아드리안의 음악은 통일된 형식의 전통으로부터 완전히 결별한다. 진리에 대한 요구를 충족시키는 예술은 필연적으로 파편이 되고 혼란의 작품이 된다. 그렇게 하여 화해의 가상을 거부하고 모순과 기만으로 가득 찬 사회적 상황을 청중의 의식에 각인시키는 것이다.

---

15) 이 점에서 화자와 주인공 두 사람 모두 작가의 입장을 대변한다고 볼 수 있다. 차이트블롬은 토마스 만이 후에 수정하는 초기 국수적인 정치관을 대변한다는 점에서 작가의 자아 패러디이고, 레버퀸은 토마스 만의 예술가로서의 비정치적 근본 태도를 대변한다.

16) Vgl. M. Frank, Die alte und neue Mythologie in Thomas Manns "Doktor Faustus", In: Fugen. Deutsch-Französisches Jahrbuch für Text-Analytik, 1980, (S. 9~42) S. 32.

아드리안의 후기 음악은 사회의 소외와 물화(物化)를 모사함으로써 시대의 표식이 된다. 예술은 "가상이나 유희이기를 멈추고 인식이 되고자 한다".(S. 242) 그의 마지막 작곡 〈파우스트 박사의 비탄〉은 베토벤 9번 교향곡에 내재된 인도주의에 대한 믿음의 철회를 모토로 삼는다. 이에 상응하게 베토벤의 마지막 합창 〈환희의 송가〉 대신 〈비탄의 노래〉가 들어선다. 예술의 가상성을 극복하기 위해 요구된 것이 "허구적이지 않고, 위조되지 않고, 미화되지 않은 고뇌의 표현"(S. 321)이라면, 그것은 "비탄의 변주곡"(S. 645)인 이 마지막 작품에서 실현된다.

극단적 절망이 표현되는 칸타타의 결말에 가서야 비로소 희미하게나마 긍정적 세계로의 역전 가능성이 표현된다. 화자는 서서히 사그라지는 첼로의 높은 G음에서 "어둠 속의 한줄기 빛"을 보는 것 같다며, 이것을 "절망의 피안에 있는 희망, 절망의 초월"(S. 651)이라고 표현한다.

4. 독일 문제

4-1. 비합리주의적 경향

허구의 음악가 전기를 통해 시대사 문제를 표현하려는 작가의 의도는 무엇보다도 작중의 이중적 시간 층위를 통해 실현된다. 작품의 중심을 이루는 예술가 레버퀸의 생애는 세기 전환기부터 독일 파시즘이 대두되는 시기까지이다. 이에 반해 화자의 서술 시간은—그는 소설의 중간중간에 시대사의 사건을 삽입하는데—제2차 세계대전과 독일 멸망에 이르는 기간이다. 두 기간이 서로 얽힘으로써 그 내적 관련성이 암시된다. 주인공의 운명과 음악 발전과정이 재앙으로 치닫는 독일의 정치역사적 발전과정과 연결되는 것이다.

이러한 시대적 층위 외에도 『파우스트 박사』에는 많은 역사적 차원이 첨가된다. 독일 역사는 종교개혁 시대까지 소급되면서 주인공의 신학과 음악 교육과정에 요약적으로 서술된다. 이런 방식으로 시대사 문제는 과거 역사와도 연관된다. 그 때문에 어떤 평자는 이 소설의 구조적 특성을 "현재와 과거의 지속적 상호침윤"[17]이라고 정의한다.

레버퀸의 개인적 운명은 독일 파국의 상징적 선취이며, 르네상스 이래 시작된 독일정신사 발전의 총체적 요약이다. 이 서술 방식에서 작가가 파시즘이 생성되는 정신적 배경을 어떤 시각으로 보는지 알 수 있다. 역사적 차원뿐만 아니라 사회정치적 문제도 음악 문제를 통해 상징적으로 표현된다. 일반적 문화 위기의 패러다임으로 기능하는 음악은 그 발전과정이 시대사적 경향과 결합된다. 예술의 위기가 '돌파'의 모티프를 통해 정치적 사회적 위기와 결합되는 것이다.

초기 파시즘의 정신세계를 보여주는 보수 혁명적 경향은 아드리안의 음악뿐만 아니라, 작중에 묘사된 사회적 층위에서도 나타난다. 빈프리드 대화와 뮌헨의 지식인들 토론에서는 시민사회의 인본주의적 문화 전통과의 단절이 주장된다.

보수적 문화철학자 브라이자허는 문화사 전체를 "몰락의 역사"(S. 371)로 간주하며, '진보'라는 개념에 구토를 보인다. 그는 문화적 진보로 간주되는 모든 것을 "야만의 획득"(S. 372)이라고 비난한다. 그의 문화철학적 입장이 많은 사람에게 환영받는다는 사실은 나치 지배 이전의 정신적 분위기를 반영하고 있음을 보여준다. 크리트비스를 중심으로 한 동아리에서는 보수 혁명적 경향이 극단적으로 드러난다. 이곳 참가자들은 바이마르 시대의 지식인들을 몽타주한 것이기도 하다.[18] 이들 대화에서는 시민사회의 위기를 극복하는 문제가 토의되는데, 시민사회는 과거 공동체와는 달리 개인의 고립과 연관성 상실만을 초래했다고 비판된다.

빈프리드 대화에서는 개인의 가치에 앞서 전체주의 국가가 요구되고,

---

17) V. Zmegac, *Die Musik im Schaffen Thomas Manns*, Zagreb, 1959, S. 60.

18) Vgl. G. Bergsten, *Thomas Manns Doktor Faustus. Untersuchungen zu den Quellen und Struktur des Romans*, 2. erg. Aufl., Tübingen, 1974, S. 35ff.

이상적 국가 형태는 '민중적'이어야 한다고 주장된다. 새로운 국가 체제를 위한 토대로서의 민중개념은 나치의 민중공동체를 연상시킨다. 그것은 토마스 만의 표현대로 "실제로는 사회적인 것에 대한 신화적인 대용물의 특성"[19]을 갖고 있다. 이러한 반동 혁명의 세계는 이미 극복된 문화 단계를 다시 현재화하려는 시도라는 점에서, 차이트블롬은 "의도적 재야만화"(S. 491)라고 규정한다.

뮌헨의 지식인들 사이에서 강변되는 반계몽적이고 비합리주의적 정신은 나치즘이 생성되고 지배하는 정신적 토양을 보여준다. 토마스 만은 나치즘이 계몽주의 이래의 정신적 전통에 반기를 드는 비합리주의적 정신 태도를 토양으로 삼고 또 그것을 전술적으로 조장했다고 본다.

아드리안이 할레 대학에서 신학 공부를 할 때의 분위기와 강의 내용 등을 통해 루터에서 시작되어 20세기에 재현되는 비합리주의적 경향이 묘사된다. 즉 루터의 종교개혁을 통한 중세 정신의 부활과 경건주의와 낭만주의의 내면성을 넘어서서 20세기의 생철학으로 이어지는 전통이 서술되는 것이다. 토마스 만은 독일 내면성의 전통이 20세기에 들어와 정치적으로 오용되고 "한심한 수준, 히틀러의 수준으로까지 타락하여"[20] 마침내는 야만으로 전도된다고 설명한다. 그가 보기에 나치즘은 독일 문화에 깊이 뿌리박고 있는 비합리주의적 요소를 미개한 수준에서 부활시킨 것이다.

4-2. 독일인의 내면성

작가는 『파우스트 박사』 집필중에 '독일과 독일인'이란 강연을 하는데, 이는 소설작품과 주제적 연관을 갖고 있어서 마치 그에 대한 주석처럼 느껴진다. 이 강연에서 토마스 만은 독일의 특수한 역사적 발전의 근원을 내면성에서 찾는다. 즉 "인간 에너지의 사변적 요소와 사회정치적

---

19) Thomas Mann, Schicksal und Aufgabe, *GW* XII, S. 926.

20) Thomas Mann, Deutschland und die Deutschen, *GW* XI, S. 1146.

요소의 분리, 그리고 후자에 대한 전자의 완전한 우위"[21]를 내면성의 특성으로 설명한다. 외부 현실에 등을 돌리는 내면성은 독일정신사에 지속되는 특징이며, 토마스 만은 그 근원을 찾기 위해서 루터의 종교개혁으로까지 거슬러 올라간다. 루터를 독일인의 특성을 대표하는 인물로 보면서 "독일 본성의 거대한 화신"이라 표현한다. 루터가 독일의 문화사에 끼친 중요한 영향에도 불구하고, 그에게는 정치적 실천적 태도가 결여되어 있었음을 지적한다. 루터는 정치적 자유에 큰 의미를 두지 않고 농민 봉기를 증오했는데, 당시에 이 봉기가 승리했더라면 독일의 역사는 바뀌었을 것이라고 본다. 즉 자유로의 일대 전환이 일어나고, 이후에 자유는 높은 가치로 인정되어, 역사에 자리잡았을 것이라는 주장이다.

이 전형적인 독일인으로부터 토마스 만은 독일 민족성의 특질이라고 할 수 있는 "내면성과 비세계성"을 도출해낸다. 이러한 특질이 "과감한 사색과 정치적인 미성숙이라는 독일의 이원성"[22]을 낳았다는 것이다. 그리고 이 같은 내면성에 치우친 정치적 미성숙 때문에 독일에서는 루터 시대의 농민 봉기뿐만 아니라, 1813년과 1848년 혁명, 그리고 1918년의 혁명 시도 등이 모두 실패할 수밖에 없었다. 비정치적이고 현실에 어두운 내면성은 독일인으로 하여금 양극적 태도를 갖게 하였다. 독일은 "세계를 필요로 하는 성향과 세계를 꺼리는 경향"을 동시에 갖고 있으며, 이는 "독일의 본질에 깔린 세계시민주의와 지방성"이라는 이중성을 낳는다.[23] 독일인의 이런 성향이 정치적 현실에서 구체적 모습으로 드러날 때는 국수적 고립이나 아니면 정반대의 확장 욕구로 나타난다는 것이다.

『파우스트 박사』에서 유대인 피텔베르크는 이러한 위험을 지적한다. 그는 "오만함과 열등감"의 혼합을 전형적인 독일인 특성으로 꼽으면서, 독일인의 의식을 유대인의 선민의식에 견주어 이야기하며 다음과 같이

21) Ebda., S. 1132.
22) Ebda., S. 1136.
23) Vgl. Ebda., S. 1129.

경고한다.

> 당신들(독일인들)은 자신들의 민족주의, 오만, 남과 비교될 수 없다는
> 고정관념, 편입과 균등화에 대한 증오, 세상에 들어가기를 거부하고 사회
> 적으로 어울리기를 거부하는 태도 등으로 말미암아 불행을 자초할지도
> 모릅니다.(S. 541)

토마스 만에 의하면 원래 긍정적으로 평가될 수 있는 보편주의나 세계
시민주의 같은 독일인의 내적 성향이 강권정치의 이해관계로 인해 변질
되어 실현됨으로써 독일은 스스로 자초한 재앙을 맞게 되었다는 것이다.
그 자체로는 긍정적일 수 있는 특성이 특수한 역사적 상황과 맞물릴 때,
오히려 그 역으로 전도될 수 있다고 보는 해설은 『파우스트 박사』에서도
채택된다. 작품에서 파시즘은 "원래 우직하고 정직하며, 지나치게 이해
가 빠르고 즐겨 이론에 의거해 살아가는 인간"이 "악의 학교"(S. 638)로
들어가게 된 것으로 비유하고 있다.

5. 맺는말

나치 시대를 겪게 된 토마스 만은 자신의 초기 입장, 즉 모든 사회 현
상까지도 예술의 시각에서만 바라보는 비정치적 태도에 대해 깊은 자아
비판을 한다. 그러나 정치를 문화와 예술의 시각에서 바라보는 근본 태
도는 완전히 포기하지 않는다. 그는 자신이 뿌리를 두고 있는 독일의 문
화적 전통과 나치가 선전하고 이데올로기로 삼은 이념 사이에 나타나는
구조적 유사성, 즉 "위조된 유사성"[24]을 너무나 잘 의식하고 있었다. 이

---

24) Th. Mann, Brief an Ernst Bertram vom 8. 7. 1922, *Briefe aus den Jahren 1910~1955*,
Hrsg. von Inge Jens, Pfullingen, 1960, S. 112.

런 상황에서 그가 빠져나올 수 있는 가능성이란 세분화된 논리를 구사하는 것뿐이었다. 즉 한편으로 과거의 비정치적 유미주의를 반성하고 비판하면서, 다른 한편으로 예술가로서의 토대를 이루는 면을 고수해나가는 것이었다.

토마스 만은 정치현실을 의식하여 공적 담론에서는 독일 문화 전통과 정치의 관계를 단순화해서 표현하지만, 제2차 세계대전 동안 집필된 『파우스트 박사』에서는 동일한 문제의 세분된 주제화를 시도한다. 그는 사물을 자유롭게 관찰할 수 있는 정신을 위해서는 "치외법권이 통용되는 피난처"[25]가 필요하다고 말하는데, 이 피난처가 바로 예술이다. 모든 가치와 문화 전통이 왜곡되고 망가지는 역사적 상황에서도 독일의 내면성과 낭만주의적 전통의 순수한 가치를 되찾고, 그러면서도 동시에 반계몽적 시대조류를 날카롭게 비판하는 작업을 『파우스트 박사』는 수행하고 있다. 단순화를 요구하는 현실에서 양립할 수 없는 것으로 보이는 가치들이 작품에서는 동시에 표현된다. 즉 그의 작품은 비정치적 유미주의에 대한 비판과 작가가 끝까지 포기하지 않은 예술의 자율성에 대한 믿음을 함께 다루고 있는 것이다.

---

25) Thomas Mann, *Tagebücher 1940~1943*, S. 85, Eintr. vom 28. 5. 1940.

참고 문헌

Thomas Mann, *Gesammelte Werke in dreizehn Bänden*, Frankfurt/M., 1974.

Ders., *Briefe*, 3 Bde. Hrsg. von Erika Mann, Frankfurt/M., 1979.

Ders., *Tagebücher 1918~1921; 1933~1934; 1935~1936; 1937~1939; 1940~1943*, Hrsg. von Peter de Mendelssohn, Frankfurt/M., 1977 ff.; *1944~1946; 1946~1948*, Hrsg. von Inge Jens, Frankfurt/M., 1986 ff.

Adorno, Theodor W., *Philosophie der neuen Musik*, Frankfurt/M., 1978.

Bergsten, Gunilla, *Th. Manns Doktor Faustus. Untersuchungen zu den Quellen und Struktur des Romans*, 2. erg. Aufl., Tübingen, 1974.

Bohrer, Karl Heinz, Die permanente Theodizee. Über das verfehlte Böse im deutschen Bewußtsein, In: *Merkur*. 41(1987), S. 267~286.

Frank, Manfred, Die alte und neue Mythologie in Thomas Manns "Doktor Faustus", In: *Fugen. Deutsch-Französisches Jahrbuch für Text-Analytik*, 1980, S. 9~42.

Habermas, Jürgen, Die Moderne-ein unvollendetes Projekt, In: *Kleine politische Schriften I-IV*, Frankfurt/M., 1981, S. 444~464.

Hamburger, Käte, Anachronistische Symbolik. Fragen an Thomas Manns Faustus-Roman, In: *Gestaltungsgeschichte und Gesellschaftsgeschichte*, Hrsg. von Helmut Kreuzer, Stuttgart, 1969, S. 529~553.

Lehnert, Herbert, "Doktor Faustus", ein moderner Roman mit offenem historischen Horizont, In: *Thomas Mann Jahrbuch*, Bd. 2(1989), Hrsg. von E. Heftrich/H. Wysling, Frankfurt/M., 1989, S. 163~178.

Mayer, Hans, *Thomas Mann*, Frankfurt/M., 1984.

Sauerland, Karol, "Er wußte noch mehr…". Zum Konzeptionsbruch in Thomas Manns "Doktor Faustus" unter dem Einfluß Adornos, In: *Orbis Litterarum* 34(1979), S. 130~145.

Voss, Lieselotte, *Die Entstehung von Thomas Manns Roman "Doktor Faustus". Dargest. anhand von unveröffentlichten Vorarbeiten*, Tübingen,

1975.

Weber, Max, Wissenschaft als Beruf, In: *Gesammelte Aufsätze zur Wissenschaftslehre*, Hrsg. von Johannes Winckelmann 3, erw. u. verb. Aufl., Tübingen, 1968, S. 582~623.

Zmegac, Viktor, *Die Musik im Schaffen Thomas Manns*, Zagreb, 1959.

브라운의 『힌체와 쿤체』

제여매

1. 머리말

폴커 브라운Volker Braun은 제2차 세계대전 후의 재건 세대에 속한다. 그는 1957년에 아비투어를 마치고, 노천 광산과 지하공사에서 노동자로 일한 후 라이프치히에서 철학 공부를 시작한다. 그의 초기 시집은 혁명의 열정과 미래에 대한 낙관주의로 채색되지만, 이런 낙관성은 후기로 갈수록 실망과 체념으로 변하게 된다. 그럼에도 불구하고 브라운은 사회주의적 유토피아에 대한 희망을 유지하려고 노력한다. 그는 소설과 드라마에서 문학 검열관들에 맞서 정치적 터부를 노련하게 표현할 줄 아는 작가로 유명하다. 엔치, 라이너 쿤체 혹은 사라 키르시 등 동독의 많은 동료 작가들이 정치적으로 체념하고 서독으로 망명한 반면, 그는 정치적 제한에도 불구하고 동독에 남는다. 1976년에 브라운은 볼프 비어만을 위한 청원서 사건으로 인해 동독작가연맹에서 제명된다. 그후 1980년에는 동독의 하인리히 만 문학상을 수상함으로써 문학적 위상을 공고히하게 된다. 2000년 뷔히너 문학상 수상자로 브라운이 결정되자 독일의 유명주간지 『디 차이트』는 다음과 같이 평가한다.

뷔히너 문학상이 이렇게 적합한 수상자를 발견하기란 드문 일이다. 올
가을에 다름슈타트의 어문학 아카데미 상을 받는 폴커 브라운은 작품의
위대함과 찬란함 때문만이 아니라, 스타일과 소재들을 통해 뷔히너의 후
계자로서 충분한 권리를 주장할 만하다.[1]

브라운 문학의 특징은 힌체와 쿤체 소재를 중심으로 씌어진 여러 작품
에서 잘 드러난다. 그는 힌체와 쿤체라는 소재를 가지고 약 십오 년 동안
많은 작품을 시도하고 있으며, 이 작품들은 괴테의 『파우스트』에 대한
사회주의적 해석이라는 점에서 동독에서의 파우스트 수용의 양상을 잘
나타낸다. 브라운은 자신의 작품을 수차례에 걸쳐 개작하고 교정하는 작
가로 알려져 있다. 그 이유는 작품에 대한 불만이나 옛 동독에 흔히 있던
검열 때문이 아니라, 독자나 관중 그리고 비평가들과의 교류를 통해 재
고하는 원칙을 가지고 있기 때문이다. 이 개작과정을 통해 내용뿐만 아
니라 다양한 관점이 변화되는 것은 당연한 일이다. 1967~1977년 사이
에 '힌체와 쿤체'라는 제목으로 여러 텍스트가 출판되고, 1980~1981년
에 「힌체와 쿤체 보고서」라는 글이 나오며, 『소설 힌체와 쿤체』는 1981
년에 발표된다.

다음 글에서는 브라운의 『한스 파우스트』와 『힌체와 쿤체』를 중심으
로 '파우스트' 소재가 사회주의 이데올로기의 원칙에 따라 어떠한 문학
적 변형을 보여주는지 고찰하고자 한다.

---

1) Die Zeit vom 6. April 2000.

2. 동독에서의 전통문학과 파우스트 수용

옛 동독에서는 당시의 문화예술 정책에 따라 국내외의 전통문학에 대하여 빈번한 토의가 이루어진다. 전통유산에 관한 문제는 이미 19세기 말에 레닌이 '우리는 어떤 유산을 포기해야 하는가' 라고 거론한 적이 있으며, 독일사회주의 예술가 및 작가들 범위 내에서 문학 유산 문제로 논란을 일으킨 사건으로는 30년대의 표현주의 논쟁을 들 수 있다. 이 논쟁은 당시의 망명문학지 『말Das Wort』을 중심으로 표현주의가 유용한지, 그리고 이것을 문학 유산으로 수용할 것인지에 대한 문제를 둘러싸고 작가들 사이에 불붙었던 토론을 말한다. 특히 문학 유산이란 개념은 사회주의의 사실주의 문학과 관련하여 당파성, 민족성 혹은 전형적 표현 방식 등의 예술적 신조를 대변해주기 때문에 특별한 의미가 있다. 1974년 말 동베를린 사회학연구소는 사회주의적 사실주의 이론에 입각하여 유산에 대한 입장을 밝히고 있는데, 이에 따르면 문학, 음악, 건축 혹은 회화 등의 형태로 계승된 예술품 총체가 중요한 것이 아니라, 전승된 것을 사회주의의 가치 척도에 따라 표현해야 한다는 것이다. 그후 전통문화와 관련된 근본적인 문제를 해명하는 일이 체계적으로 진행되며, 이러한 과정에서 전통 유산 문제는 마르크스와 레닌의 사상을 중심으로 평가되고 점유된다. 1975년 10월 바이마르 회의에서 정해진 원칙에 의하면, 문화유산의 전승과 연구는 사회주의적 이념과 세계관을 중심으로 이루어져야 하며, 사회주의 세계상 형성과 생활 방식 혹은 인성 형성을 위해 이용되어야 한다는 것이다. 사회주의적 세계상은 문화유산에 대한 원칙을 결정할 뿐만 아니라, 새로운 예술작품에도 그대로 적용된다. 이러한 문화 정책 속에서 괴테의 『파우스트』 역시 사회주의적 관점에 따라 새롭게 해석된다.

1945년 독일이 붕괴된 이후 동독에서는 독일 민족의 의식 전환과정과 인문주의 전통을 서로 결합시키려 시도한다. 이 문화 정책의 일환으로 괴테의 인문주의 사상과 다른 고전주의 작가들의 사상을 사회주의 국가의 이상에 맞도록 동화시키는 작업이 이루어진다. 1945년 동베를린의 극장에서 레싱의 『현자 나탄』이 공연되고, 그후 바이마르 국립극장에서 괴테의 『파우스트』가 무대에 오른다. 특히 괴테의 『파우스트』는 여러 차례 공연되는데, 그중 하나가 1949년 볼프강 랑호프가 '독일극장'에서 공연한 작품이다. 여기에서 랑호프는 관객들의 관심을 끌기 위해 형태와 색채를 다양하게 만들어 광범위한 표현 가능성을 시도한다. 하지만 파우스트 문제를 사회주의적 관점에서 변증법적으로 고양시키려는 목적은 달성하지 못한다. 그후 문화 정책의 수뇌부는 공식 선언문에서 『파우스트』의 긍정적인 면을 거듭 강조하고 있으며, 1962년 울브리히트는 파우스트가 "자유로운 땅에서의 자유로운 백성"[2]을 상징하는 인물, 즉 동독 상황을 선취한 인물이라고 단정한다.

이런 문화 정책에도 불구하고 『파우스트』의 수용과 해석은 일관성 있게 진행되지 못한다. 예를 들어 1952년 브레히트는 괴테의 『초고 파우스트』를 '베를린 앙상블'에서 공연하는데, 이 공연은 괴테의 유산을 제대로 이해하지 못했다는 비난을 받는다. 1970년 할레 주립극장에서 공연된 『파우스트―비극 제1부』에는 사회주의적 해석이 두드러지고 투쟁적인 인간상이 부각된다. 그외에도 파우스트 소재를 매우 주관적으로 그린 작품으로서 한스 아이슬러의 오페라 〈요한 파우스트〉(1952~1953)가 있다. 여기서 파우스트는 농부 출신으로 나와, 독일의 비참함을 반영하는 부정적 인물로 그려진다. 대체로 동독에서의 파우스트는 독일 민족의 진보적인 힘을 혁명적으로 대변하는 인물로 해석되며, 이런 정책은 브라운의 파우스트 작품에도 결정적인 영향을 끼친다.

---

2) Johann Wolfgang von Goethe, *Faust*, Texte, Hrsg. von Albrecht Schöne, Frankfurt a. M., 2003, S. 446.

3. 브라운의 파우스트 문학작품

브라운은 1965~1966년에 베를린 앙상블의 무대감독으로 일하기 때문에 브레히트나 다른 시인들의 고전주의 작가들과 그때까지 공연된 괴테의 『파우스트』에 대한 비판적 견해들에 대해 정통하고 있었다. 한 인터뷰에서 밝혔듯이, 브라운은 브레히트와 함께 괴테를 특별한 인물로 간주하면서, 이 두 작가가 명료하고 중요한 소재를 통해 그 시대를 파악하고 이 소재들을 역전시키도록 자극한다고 말한다.[3] 브라운은 전통유산은 현재의 관점에서 사회주의적 세계관에 맞도록 새롭게 개작되어야 한다는 원칙을 고수하고 있는데, 『한스 파우스트』와 『힌체와 쿤체』에서 이러한 입장이 구체적으로 나타난다.

3-1. 『한스 파우스트』

『한스 파우스트Hans Faust』는 파우스트를 소재로 한 브라운의 첫번째 작품으로서, 1967~1968년에 씌어져 1968년 바이마르 국립극장에서 프리츠 베네비츠에 의해 초연된다. 브라운은 앞서 공연된 괴테의 『파우스트』와 파우스트 소재의 다른 작품들에 대한 부정적 반응을 이미 알고 있었기 때문에, 자신의 '파우스트'에서는 이런 문제점들을 보충하려고 시도하게 된다. 그 결과 주인공 한스 파우스트의 성격은 긍정적이고 투쟁적으로 부각된다. 한스 파우스트는 1945년 재건 당시 동독의 노동자 계급을 대표하면서 동독 발전에 기여하는 인물로 등장하고 있는데, 이 작품의 줄거리는 다음과 같다.[4]

---

3) Vgl. Joachim Walter, *Meinetwegen Schmetterlinge. Gespräche mit Schriftstellern*, Berlin, 1973, S. 102.

4) 브라운의 「한스 파우스트」는 책으로 출판되지 않음. 이 줄거리는 Kai Köhler, *Volker Brauns Hinze-Kunze-Texte. Von der Produktivität der Widersprüche*(Würzburg, 1996)를 참고함.

한스 파우스트는 건축 노동자로서 세상을 근본적으로 변화시키려고 생각하는 사람이다. 금속공이며 정당 당원인 쿤체의 제안에 따라 이 두 사람은 사회 개혁을 함께 이루고자 시도하는데, 여기에서 쿤체는 파우스트가 작은 생활권에서 벗어나 큰 사회로 진입하도록 도와준다. 이러한 과정에서 파우스트는 아내 말리스를 혼자 남겨둔다. 그는 쿤체의 도움으로 광산 개발사업에서 집단행동을 이끌면서 대학 공부를 힘들게 마친다. 어느 날 대규모 화학공장 설립 지도자로서 자유로운 결정을 해야 할 순간, 그는 자기 임무를 포기하고 쿤체와 헤어진다. 그들의 우정은 깨어지고, 파우스트는 고립된 채 살아간다. 수년 후 쿤체는 다시 파우스트를 새로운 분야에서 새로운 과제를 수행하도록 고무한다. 그 결과 파우스트는 노동자로서, 학자로서 혹은 지도자로서 보다 높은 인간의 이상을 실천하는 인물로 나타난다. 쿤체는 계속하여 파우스트가 자기 성취를 하도록 도와주고, 두 사람은 창조적인 사회주의적 인물을 대변한다. 마지막에 파우스트는 자유의 땅에 자유로운 민족단체가 실현되는 것을 지켜보며 죽어간다.

우선 작품의 제목으로 인하여 『한스 파우스트』는 괴테의 『파우스트』와 직접적인 관련성을 암시한다. 하지만 내용에 있어서는 명백한 차이를 보여준다. 브라운에게 중요한 것은 문학적 모델이 아니라, 파우스트를 소재로 마지막 프롤레타리아적 파우스트 작품을 만드는 것이다. 이러한 의도에 걸맞게 『파우스트』에서 관객들이 기대할 수 있는 장면들은 모두 의도적으로 역전되고, 새로운 상황으로 발전된다. 브라운의 한스 파우스트는 소위 말하는 '행동주의자'이고, 이상과 현실 사이에서 갈등하는 이상주의자이며, 한계를 넘어서려는 인물이라는 점에서 괴테의 파우스트와 같은 성격을 지닌다. 괴테의 주인공과는 전혀 다른 시대와 공간이지만, 한스 파우스트 역시 미래에 대한 비전을 품고 아직 이루어지지 않은 사회주의적 유토피아를 추구한다. 또한 한스 파우스트는 의식적이든 무의식적이든 사회의 지도자계층과 일종의 동맹관계를 맺는 행동주의자로 나타난다. 행동주의자는 사회 구성원 개개인의 힘을 강화시킬 수 있고, 개인의 능력이 사회 속에서 효력을 나타낼 수 있도록 도와준다. 하지만 괴테의『파우스트』에서 강조되는 개인적인 문제는 사회적 문제로 전이된다. 브라운에게 있어서 개인은 사회적으로 부과된 과제가 없다면 무용지물이고, 사회는 개인에게 필수불가결한 요소이다. 따라서 개인적 관심과 사회적 관심사의 변증법, 그리고 자유와 필연의 변증법은 작품 전체에서 매우 중요한 문제로 제기되며, 개인적인 것은 사회적인 관심 속에 부차적인 것으로 취급된다. 그 결과 괴테의 파우스트와는 달리 브라운에게 있어서는 파우스트 한 개인의 구원이 문제가 아니기 때문에, 노동자 전체라는 대중이 강조된다.[5]

한스 파우스트라는 인물에는 동독이라는 구체적인 역사적 현실이 투영되어 있는데, 그는 여러 면에서 동독의 문화 정책에 합당하는 긍정적 인물로 그려져 있다. 하지만 역사적 현실의 반영보다 더 중요한 것은 작품의 특별한 사건들 속에서 어떠한 본질적인 모순을 발견하며 또 이 모순을 어떻게 극복할 것인가 하는 점이다. 작품에 대한 비평도 이러한 관점에서 이루어진다. 예를 들어 파우스트와 쿤체의 변증법적 진행과정은 매우 긍정적으로 평가되는 반면, 파우스트의 침체된 상황은 관객에게 혼란을 야기한다는 비판이 가해진다.[6] 특히 브라운이 이 작품을 다시 수정 보완하도록 한 결정적인 계기가 된 것은 이 작품에 이념과 행위의 연관성이 결핍되어 있다는 견해가 나온 때문이었다. 구체적으로 말하면, 마지막 장면에서 파우스트와 독일 민족의 관계가 명쾌하지 않아 충분한 동기 유발이 되지 못한다는 것이다. 이 작품 속의 민중은 예측할 수 없는 대중으로 부각되고, 정부의 정책을 거부할 뿐만 아니라, 개인의 발전을 중심으로 구성되기 때문에, 민중과 지도자 사이의 변증법이 약해지고 있다는 것이다. 브라운은 1968년에 초연된『한스 파우스트』에 대한 비판적

---

5) Vgl. Kai Köhler, *Volker Brauns Hinze-Kunze-Texte*, S. 21.
6) Vgl. Ebd., S. 23 f.

견해를 심각하게 받아들이며 작품을 회수한다. 그후 수차례의 개작을 거쳐 1973년에 '힌체와 쿤체Hinze und Kunze'[7]라는 제목으로 완성되며, 1975년에 동독에서, 그리고 1981년에 서독에서 출판된다.

3-2. 『힌체와 쿤체』

브라운은 파우스트 작품들을 통하여 마지막 프롤레타리아의 초석을 세우고, 궁극적으로는 "파우스트 비극의 종말"[8]을 시도한다. 이러한 작가의 의도는 블루멘베르크가 말하는 '신화 작업'과 유사하다. 블루멘베르크에 의하면, 신화의 역사성은 수용의 역사이며, 이러한 수용과정에서 신화는 한계에 도달하게 되고, 마지막에는 원형을 거의 찾아볼 수 없게 된다고 한다.[9] 실제로 브라운의 작품들은 여러 번 개작되는 동안 괴테의 『파우스트』와 멀어지며, 1985년에 출판된 『소설 힌체와 쿤체』는 내용뿐만 아니라 형식 면에서도 드라마가 아닌 소설로 바뀐다.

힌체와 쿤체는 일반적으로 모든 사람, 보통 사람을 의미한다. 이 두 인물은 『힌체와 쿤체』이외에도 『힌체와 쿤체 작품』과 『소설 힌체와 쿤체』에서도 주인공으로 등장한다. 『힌체와 쿤체』는 서로 끌리기도 하고 반발하기도 하는데, 사실은 이 두 남자는 변증법적으로 통일될 수 있는 동일한 인물이다. 브라운의 힌체와 쿤체는 괴테의 파우스트와 메피스토펠레스(이하 메피스토)에 대응되며, 말리스는 그레첸에 대응하는 인물이다. 하지만 이 인물들에 나타나는 이러한 유사성은 표면적인 것에 불과하다. 괴테의 파우스트가 신하로서의 악마를 얻는 반면, 브라운의 힌체는 사회에 봉사하면서 사회로 귀속한다. 또한 외톨이로 등장하는 괴테의 파우스

---

7) Volker Braun, *Hinze und Kunze*, In: Ders., *Stücke 1. Lizenzausgabe von Henschelverlag, Kunst und Gesellschaft*, Berlin, 1975; 2. Auflage(neu bearbeitet), Frankfurt a. M., 1981(= suhrkamp taschenbuch), S. 73~132. 제2판 텍스트의 인용 및 참조의 출처는 본문의 괄호 안에 아라비아 숫자로 쪽을 나타냄.

8) Volker Braun, Notate, In: *Forum 16*(1968), S. 8.

9) Hans Blumenberg, *Arbeit am Mythos*, Frankfurt a. M., 1979, S. 295.

트와 달리 힌체는 모든 사람이 함께 해결할 수 있는 과제를 가지고 있다. 그리고 괴테의 파우스트가 처음에 모든 것을 알려고 하는 반면, 힌체는 처음부터 모든 것을 변화시키려 한다. 예를 들어 쿤체가 힌체에게 말하는 다음 장면을 보자.

쿤체 너는 무언가를 바꾸겠다는 거지? 머릿속에서. 너는
　　너 자신만을 알고 있어, 그것도 잘못 파악하고 있지.
　　안락한 방으로 돌아가도록 해. 그리고
　　소파에서 좀더 나은 때를
　　기다려보지그래!(S. 80)

브라운은 괴테의 『파우스트』에서와 같은 종말을 시도함으로써, 사회주의적 유토피아를 설계하고자 한다. 이러한 유토피아 세계에서는 형이상학적 내지 초자연적인 힘이 철두철미 배제되는데, 바로 이 점에서 브라운의 파우스트는 괴테의 『파우스트』와 명백한 대조를 보여준다. 그리고 형이상학적인 것으로부터 물질적인 현실세계로의 전이는 쿤체의 발언에서 뚜렷이 나타난다.

쿤체 해가 떠오른다. 이봐, 저걸 좀 바라봐! 저것을
　　우선 있는 그대로 두도록 하세. 옛것은
　　때려엎어. 우선 이 지구를 봐야지.
　　(……)
　　이 추악한 노파는 아름답지만 부패했어.
　　그녀를 때려죽여! 자네 저 들판의 곡식이 보이나, 저 누런 들판이?
　　공장 기계 소리가 멋지게 들리는군.(S. 85)

이는 괴테의 『파우스트』를 장면마다 역습하려는 브라운의 의도가 잘

나타난 장면 중 하나로서, 괴테의 '천상의 서곡'이 역전되고 있는 것이다. 괴테 작품에서는 하늘이라는 초월적 세계에서 주님과 천사들 그리고 메피스토 사이의 대화가 이루어지며, 작품의 구성 공간이 하늘에서 지상으로 전개된다. 이와 반대로 브라운의 작품에서는 하늘에서 지구를 내려다보는 것이 아니라 지구를 중심으로 태양을 바라본다. 여기에서는 초월적 세계가 완전히 배제된 채 전쟁으로 인한 폐허와 이런 폐허 속에서의 재건이 묘사된다. 괴테가 조화와 불변의 우주 법칙을 묘사한다면, 브라운에게서 태양은 "추악한 노파"로 사형 선고를 당하며, 우주의 아름다움 대신 "공장 기계 소리가 멋지게" 들린다.

이렇게 전혀 다른 상황에서 쿤체(메피스토)는 힌체에게 향유나 기쁨을 제공하는 것이 아니라, 희생을 요구하고 행동하도록 종용한다. 메피스토의 마술도 필요조건이 전혀 되지 못한다. 쿤체는 지상적 인물이다. 비록 지옥에서 왔다고 하지만, 이 지옥은 독일 나치 수용소를 의미하므로 인간의 역사 속에 귀속된다. 쿤체는 '암흑의 일부'가 아니라 "권력과 관계"(S. 73)를 맺고 있으며, 자신과 동료들이 고안한 계획을 수행하는 사람이다. 그는 사회적 지도층을 대변하며, 힌체와 협동하여 정치적 개혁가와 대중의 연합 투쟁을 모색한다. 파우스트와 메피스토의 '계약'에서 영혼이 문제된다면, 힌체가 쿤체 사이에서는 "권력과의 동맹"(S. 82)이 이루어진다.

괴테의 『파우스트』에 종지부를 찍겠다는 브라운의 의도는 말리스에 관한 줄거리에도 나타난다. 본래의 전설에 등장하지 않는 그레첸 이야기는 괴테의 독창적 산물에 속한다. 파우스트에게 버림을 받고 영아살인죄로 감옥에서 죽어가는 그레첸의 비극은 브라운의 작품에서는 전혀 다른 이야기로 전개된다. 힌체는 쿤체와 함께 일을 하기 위해 어쩔 수 없이 말리스와 헤어지며, 그녀는 임신한 상태에서 직업도 없이 폐허 속에 혼자 남아 다음과 같이 독백한다.

말리스 나는 당신의 말대로 뭐든지 다 하겠어요.—

　　내가 홀몸만 아니라면 뭔가 할 수 있을 텐데.

　　그런데 그이는 왜 그럴까, 어째서인지 알 수가 없어

　　그리고 왜 내게 묻지 않는 걸까? 그이에게 난 없는 존재야.(S. 90)

　하지만 그녀는 절망 상태를 극복하여 탈출구를 찾는다. 여러 해가 지
난 후 그녀는 같은 프로젝트에서 일하는 동료로서 힌체를 다시 만난다.
그사이에 힌체는 화학공장의 건설 감독이 되고, 말리스는 화학 전문가로
서 지도자가 된다. 자의식이 강하고 독립적인 여성으로 다시 등장한 그
녀에게서 그레첸의 모습은 전혀 찾아볼 수 없다. 말리스는 힌체를 알아
보지도 못하며, 그녀에게 그는 단지 건설 감독일 따름이다.

　　말리스 저 사람이 내게로 오네. 무슨 일 때문이지?

　　나는 그를 알지 못하는데. 어쩜

　　목소린 알 것 같기도 해.

　　(힌체는 아무 말이 없다.)

　　당신은 건설 감독이지요. 그건 알고 있어요.(S. 100 f.)

　"나는 당신의 말대로 뭐든지 다 하겠어요"라고 말하던 말리스의 모습
은 더이상 찾아볼 수 없다. 그녀는 두 남자 힌체와 쿤체 앞에 적극적인
여성으로 나타나며, 필요에 따라 누구와도 육체적 관계를 맺을 수 있는
여성임을 보여준다. 힌체와 쿤체에게 말리스는 다음과 같이 말한다.

　　말리스 당신들은 도대체 풍경 속의

　　구멍만을 보고 있군요. 당신들에게는 내가

　　전혀 보이지 않아요?

　　(……)

삼 년 동안 나는 어떤 남자와도
관계를 맺지 않았어요.
내 자궁에는 풀이 자라고 있어요.
(……)
누가 먼저 하겠어요?(S. 107)

"난 떠날 수도 있고/건설 작업장으로 달려갈 수도 있어"(S. 109)라고
말하는 말리스는 한 남자에게 종속된 존재가 아니라, 작업이든 사랑이든
스스로 선택하고 결정하고 행동하는 인물이다. 자신에 대한 절대적 독립
성과 선택권을 가진 그녀는 아이 갖는 일조차 스스로 결정하고, 임신한
아이를 포기하는 일도 서슴지 않는다. 아이와 공장의 중요한 실험 중 하
나를 선택해야 하는 상황에서 일을 택함으로써 사업은 성공시키지만 아
이는 잃어버린다. 하지만 작가는 이러한 영웅적 행위에 완전히 동조하지
는 않는다. 오히려 그는 사회주의적 이데올로기 속에 허용되는 여성의
선택권은 결국 이데올로기를 위한 강요임을 고발하며, 여성들의 낙태는
괴테의 '살아 있는 자연'에 거역하는 행위라고 발언한다.

쿤체 이것은 그녀(말리스)가 할 수 있는 일 중에서 가장 나쁜 일이야. 그
리고 난 그 사실을 알아야만 했어…… 그 여자는 너무나 지나쳤어.
그녀는 완전히 자유롭고, 가장 아름다운 것에서도 벗어났지. 그녀는
자신의 아이를 원하지 않았어. 그 무엇도 그녀를 도울 수 없었으므로,
그녀는 자신에 대해 비참하게 생각하고 있어. 나는 그녀를 이해해.
오, 그대들은 멋진 말만 하고 있구나. 너희들의 안전한 침대에서 말이
야. 그대 동료들과 처녀들이여, 그대들은 전시는 되고 있지만 향유할
수는 없는 인생의 표본실 안에서 비에 젖어보지도 않고서, 살아 있는
자연에 대해 입을 벌리다니. 그대들은 여자가 자기 자궁 속의 아이와
일 중에서 선택할 수 있는 이 시대를 가리켜 황량한 시대라고 말하고

있지.(S. 130)

브라운은 『힌체와 쿤체』에서 확실히 사회주의적 입장을 표명한다. 파우스트의 자아 대신에 집단의 연대의식이 강조되고, 공장 건설을 위해 개인적인 것은 무시된다. 사회주의적 이상세계에서는 개인의 가치관보다 공적이고 집단적인 관심이 우선된다. 그 결과 괴테의 『파우스트』와는 달리 브라운의 작품에서는 자아가 뒤로 물러나 있다. 힌체는 육체적으로 힘든 일을 함으로써 절망적 일상의 비참에서 해방되려고 하는데, 이는 자신의 이익을 위한 것이 아니라 전체라는 집단을 위한 것이다. 힌체와 쿤체 사이의 계약에도 이러한 사회주의적 이상이 강조된다.

　힌체　내게만 유용하고 모두에게 쓸모없는 것을
　　　　나는 모두 포기하겠다.
　　　　내게 즐거움을 주는 것을 나는 증오한다.
　　　　그건 최소한 네 마음에도 들지 않겠지.(S. 84)

힌체는 집단의 지지가 없으면 힘이 없다는 사실도 알고 있으며, 괴테의 파우스트처럼 무조건적인 인식 욕구에 대해서도 비판적이다.

　힌체　강한 자는 혼자서는 가장 약하다.
　　　　스스로 모든 것을 알려고 하는 것, 경청하기를 게을리 하는 것은 자만이다!
　　　　어두운 충동 속의 선량한 인간
　　　　안전모와 평발 사이에 묶인 채
　　　　이것은 모두 저주받을 일이다. 난 그런 걸 모두 포기하리라.(S. 84 f)

브라운은 여기에 "어두운 충동 속의 선량한 인간"이라는 괴테의 구절을 인용하지만, 다시금 괴테의 파우스트를 전적으로 부인한다. 이는 파우스트의 개인주의에 대한 비판으로서 인간은 자기 자신에 갇힌 제한된 존재가 아니라, 사회와의 관계를 통해 자기 실현을 할 수 있다는 브라운의 사상을 반영한다. "혼자서는 누구나 작은 일밖에 할 수 없다. 하지만 함께 하면 무언가를 이룰 수 있다."(S. 73) 괴테의 파우스트가 '숭고한 정령'을 향하고 있다면, 브라운의 힌체는 자신의 '훌륭한 동료들'과 함께 이상적 사회를 건설하기 위해 최선을 다한다. 힌체의 아래 독백은 괴테의 '숲과 동굴' 장면을 연상시킨다.

> 힌체 어째서 이것이 나를 엄습하여,
> 이렇게 몰아대는 것일까? 나는
> 이 지대를 널리 확장하고 싶다.
> 그리고 이곳을 콘크리트로 뒤덮고 싶다.
> 하나의 행위는 수백 명을 내게로 끌어당기고
> 이 높은 곳에서
> 나를 지지하는 많은 사람들과
> 나는 결합되어 있다. (……)
> 훌륭한 동지들이여, 이곳으로
> 그대들이 나를 이끌어주었소.
> 그대들을 통해 난 내가 필요로 하는 걸 갖게 되었소.
> 내 근육 속에 혹은
> 내 한 사람 머릿속에 있는 것보다
> 더 많은 힘을.(S. 111)

혼자서는 작은 일밖에 할 수 없지만, 함께 하면 무언가를 이룰 수 있다는 사상은 개인의 희생을 전제로 하며, 이러한 상황에서 개인은 갈등을 지닐 수밖에 없다. 그래서 집단과 동료를 통해 자기 성취를 할 수 있다는 힌체의 신념은 계속 한계에 부딪치고 다시금 자아를 의식하게 된다.

> 힌체 하지만 나는 나에게서 출발하겠다. 누구나 그래야 한다.
>   이미 우리는 항상 하나의 집단이었어,
>   무명인들 중의 하나일 뿐.(S. 106)

여기서는 사회주의 이념의 성취를 위해 자아를 포기하는 것이 아니라, 오히려 자아가 강조된다. "내게만 유용하고 모두에게 쓸모없는 것을 나는 모두 포기하겠다"고 한 초기의 결심과는 전혀 다른 입장이다. 이런 힌체의 자아의식은 쿤체와 맺은 계약의 파기를 암시한다. 그래서 그가 진행하던 계획이 자신에게 전혀 물어보지도 않은 채 "베를린으로부터 온 결정"에 따라 중단될 때 집단에 대한 그의 회의는 더욱 강해진다. 이런 회의에 대해 쿤체는 토론이 전혀 용납되지 않는다는 점을 명백히 밝히는데, 이런 과정을 통해 힌체는 자신이 하는 일이 무의미하다는 사실을 깨닫고 떠날 결심을 한다. 그의 자아 선언은 사회주의 이념과는 거리가 먼 "시민적 개인주의"[10]를 의미하며, 이 자아는 작품의 마지막에서 다시 한번 강조된다.

힌체의 이런 입장은 사회주의 이념에 대한 회의를 암시하는데, 당을 대표하는 쿤체에게서도 회의적인 태도가 나타난다. 힌체가 떠난 후 쿤체 혼자서 일을 수행해야 하는 상황에서 그는 다음과 같은 꿈을 기억해낸다.

> 쿤체 어젯밤 꿈속에서 나는 나 자신을 보았다. 나는 연사 자리에 서 있었지. 그 앞에는 힌체가 있었고. 노동자들은 머리를 맞대고 내 말을 기다리며 올려다보고 있었지. 하지만 나는 일어나서 아무 말도 안 했어. 그(힌체)는 내 입을 멍하니 바라보았지. ─나는 눈을 감았고 웅성

---

10) Kai Köhler, *Volker Brauns Hinze-Kunze-Texte*, S. 44.

거리는 소리를 들었어. 깃발들 뒤에서. 그리고 내가 알기는 했지만 이
해할 수 없는 구호들을 들었어. 대중은 비웃으며 조용히 기다렸지—
그런데 나는 무슨 말을 해야 할지 알 수가 없었어! 그때 나는 입을 열
었는데, 몇 마디 무의미한 말들이 튀어나왔어. 무겁고 서툴게. 아무도
무슨 소리를 듣지 못했어. 그런데 난 소리치고 있었지.(S. 121)

쿤체의 회의는 다음 대목에서도 나타난다.

쿤체 사회가 더 나아질 수 있을까? 사회의 관심을 하나의 계획이라는
코르셋에 강요하고 사회의 난폭한 가지를 쳐내야만 한다면, 그 사회
에는 보다 많은 불만족과 비탄이 일어나지 않을까? —그리고 만일
내가 옳다면— 얼마나 오랫동안 옳을 수 있단 말인가? 그리고 이제
더이상 그럴 필요가 없다면?(S. 121)

이러한 회의는 사회주의 이상을 실현하기 위해 희생되어야 하는 개인
과 사회 그리고 세대의 문제로 수렴된다. 그래서 마지막 장면에서는 힌
체와 쿤체가 수행한 성공보다도 끊임없이 부과되는 작업과 과제에 대한
의미는 무엇인가, 즉 "이런 모든 일이 무엇을 위한 것이며" 또 "행복한
삶이란 무엇인가"(S. 131)에 대한 근본적인 질문이 제기된다.

4. 맺음말

지금까지 브라운의 『힌체와 쿤체』에서 파우스트 소재가 어떻게 변형
되고 개작되었는가를 살펴보았다. 여기에서 파우스트적 요소는 무엇보
다도 사회주의 이념에 의해 변형되고 채색되어 있음이 강하게 부각된다.
그 결과 작품 구성이나 인물 자체가 보여주는 허약함도 엿보인다. 또한

브라운의 파우스트 소재와 괴테의 『파우스트』 간의 유사성도 매우 희박해지고 있다.

동독에서의 독일 고전문학작품들은 문화 정책에 따라 보존되기도 하지만 남용되기도 하는데, 그 대표적인 것이 괴테의 『파우스트』이다. 공식적인 정책에 의해 작품의 이해와 해석 원칙이 결정되며, 그 결과 낙관적이고 진보적인 면이 강조된다. 그래서 "자유로운 땅에서 자유로운 백성과 더불어 살고 싶다"는 괴테의 파우스트가 갖고 있는 비전은 동독의 미래를 선취한 것으로 해석된다. 하지만 문학작품을 정치적 이념에 따라 해석하는 것 자체가 바이마르 고전주의 정신과 일치하지 않으며, 이러한 조건에서는 생명력 있고 생산적인 문화유산의 보존은 불가능해질 수밖에 없다.[11] 브레히트와 아이슬러의 작품이나 1968년 공연된 브라운의 『한스 파우스트』에 대한 비판적 견해들도 사회주의 문화 정책과의 충돌에서 비롯된 것이다. 아무튼 괴테의 『파우스트』는 독일의 신화이며, 독일인들의 의식 속에 깊이 각인되어 있기 때문에, 새로운 면을 발견하기 어려운 작품이고 또한 그후의 다른 작가들에게 많은 부담을 준 것이 사실이다.[12]

---

11) Vgl. Klaus L. Berghahn, *Den Faust-Mythos zu Ende bringen. Von Volker Brauns Hans Faust Faust und zu Hinze und Kunze*, In: *Gerd Labroisse* u. Gerhard P. Knapp(Hrsg.), *Literarische Tradition heute*. Amsterdam, 1988, (S. 297~313) S. 298.

12) Vgl. Ebd., S. 299 f.

참고 문헌

Braun, Volker, *Hinze und Kunze*, In: *Ders., Stücke 1. Lizenzausgabe von Henschelverlag, Kunst und Gesellschaft*, Berlin, 1975; 2. Auflage(neu bearbeitet), Frankfurt a. M., 1981(=suhrkamp taschenbuch), S. 73~132.

Braun, Volker, Notate(Zu Hans Faust), In: *Forum 16*(1968).

Goethe, Johann Wolfgang, *Faust*, Texte. Hrsg. von Albrecht Schöne, Frankfurt a. M., 2003.

Berghahn, Klaus L., Den Faust-Mythos zu Ende bringen. Von Volker Brauns Hans Faust Faust und zu Hinze und Kunze, In: Gerd Labroisse u. Gerhard P. Knapp(Hrsg.), *Literarische Tradition heute*, Amsterdam, 1988, S. 297~313.

Blumenberg, Hans, *Arbeit am Mythos*, Frankfurt a. M., 1979.

Die Zeit vom 6. April 2000.

Köhler, Kai, *Volker Brauns Hinze-Kunze-Texte. Von der Produktivität der Widersprüche*, Würzburg, 1996.

Linzer, Martin, *Der widerspruchsvolle Weg eines ungleichen Paars*, In: *Theater der Zeit*, Nr. 28(1973), H. 7.

Walter, Joachim, *Meinetwegen Schmetterlinge. Gespräche mit Schriftstellern*, Berlin, 1973.

뒤렌마트의 개작 『괴테의 초고 파우스트』

이선자

> 뱀이 그 간계로 하와를 미혹케 한 것같이
> 너의 마음이 그리스도를 향하는 진실함과
> 깨끗함에서 떠나 부패할까 두려워하노라.
> ― 고린도 후서 11장 3절

1. 서론

1960년대 후반부터 뒤렌마트Friedrich Dürenmatt는 드라마 개작에 창작력을 쏟는다. 「기록되었으되」를 시작으로 1967년에는 코미디 「재세례파」, 1968년에는 셰익스피어의 「존 왕」을 개작한다. 1969년에는 스트린드베리의 비극 「죽음의 무도」가 그로테스크한 코미디 「스트린드베리 연극」으로 개작된다. 그리고 1970년에는 괴테의 『초고 파우스트』와 셰익스피어의 「티투스 안드로니쿠스」를, 1972년에는 뷔히너의 『보이첵』을 개작한다.

이 개작들은 원작의 내용과 형식을 유지하지만, 무대 장식이나 인물 배역을 바꾸어 원작과 불균형을 이룸으로써 테마와 등장인물이 패러디된다. 이는 희극을 수단으로 세계의 현실상을 알리려는 작가의 노력인 것이다. 젊은 괴테의 『초고 파우스트』와 뒤렌마트 개작을 비교하여 새로운 점은 무엇인가, 어떠한 내용이 변경되며 어느 장면이 희극적으로 강조되는가를 알아봄으로써 개작의 의미를 살펴보자. 괴테의 『초고 파우스트』와 민중본 『요한 파우스트 박사 이야기』를 통합하려 한 뒤렌마트의 개작[1]은 독문학자들 사이에서도 널리 알려지지 않아 이에 대한 참고 문헌이 전무하다. 두 작품의 차이점을 분석하기보다는, 여기서는 내용의 변경이나 무대상의 변화 등을 살피면서 뒤렌마트 작품의 특성을 고찰한다.

2. 장면상의 상이점

2-1. 전설과 파우스트

파우스트는 1480년에서 1540년 사이에 실제 생존한 것으로 전해지는 인물이다. 그가 살던 15세기와 16세기 초는 유럽에 큰 변화가 일어나는 시대이다. 콜럼버스(1451~1506)가 아메리카를 발견하고, 코페르니쿠스(1473~1543)는 지동설을 확립한다. 북쪽 독일에서는 루터(1483~1546)의 종교개혁이 이루어지고, 구텐베르크(1397~1468)가 인쇄술을 발명(1445)하여 도서를 출판, 보급한다.

중세를 벗어나 근대로 넘어갈 때에는 농민전쟁(1524~1525)과 신·구 종교 갈등으로 인한 30년전쟁이 발발한다. 불안한 시대에 점성술과 마술에 능하다는 사람들이 등장하고, 프랑스에는 점성가 노스트라다무스(1503~1566)가 등장하여 예언을 한다.

이 시기에 파우스트 박사라는 요술쟁이가 출현하여 전설의 주인공이 된다. 그는 점성술과 불로불사의 영약을 만드는 연금술사로, 고전학과 마술에 능통한 박사로 사칭하면서 사람들의 환심을 산다. 그러나 사이비 학자로 간주되면서 마술사이며 마귀의 일당이라는 풍설이 돌기도 한다. 그에 관한 실제적 전설과 가공적 전설이 1587년 슈피스에 의해 민중본

---

1) Friedrich Dürrenmatt, *Goethes Urfaust, Ergänzt durch das Buch von Doktor Faustus aus dem Jahre 1589*, Zürich, 1980. 이하 이 텍스트의 인용은 본문의 괄호 안에 아라비아 숫자로 쪽 (S)만 표기한다.

으로 출판되며, 당시 인쇄술을 통해 널리 일반에 퍼진다.

민중본은 두 개의 서문으로 시작된다. 하나는 당시 지체 높은 관리들인 마인츠 선제후와 쾨니히슈타인 신부 및 그 후원자에게 보내는 글이고, 다른 하나는 독자인 기독교 신자들에게 보내는 글이다.

여기서 악마와 결탁한 학자는 지상을 초월하는 인식과 최고의 세속적 향락을 갈구하며 신의 권력을 넘보는 자가 된다.

파우스트 박사는 하늘과 땅의 모든 근원을 탐구하려는 욕망을 충족시키기 위해 악마 메피스토펠레스(이하 메피스토)와 계약을 맺는다. 이런 악마의 유혹성이 테마이다. 파우스트는 악마로부터 초자연적 힘을 부여받아 온갖 나쁜 짓을 거듭하며 세계와 우주를 돌아다니지만, 결국 사탄에게 영혼을 판 죄의 대가로 파멸하는 운명이 된다.

민중본의 발행 목적은 독자에게 "악마와 결탁한 마술이나 요술은 주님과 모든 세상에 가장 크고 무거운 죄"[2]라는 점을 훈계하려는 데 있다. 하나님의 영역까지 침범하려는 오만과 불손에 대한 경고 수단으로 씌어진 것이다. 그러나 파우스트는 하늘을 돌격하는 거인과 비교된다. 그리스 신화에서는 티탄의 위치에 있다.[3] 금지된 것에 대한 노력과 월권을 범했다는 점에서 그리스 신화와의 유사성이 나타난다. 파우스트가 악마와 계약을 맺고 진귀한 모험과 소름 끼치는 못된 짓과 죄를 저지르고, 악마와 함께 먹고 마시면서 창녀들과 놀아나고, 악마 추종자가 주님을 배반한 죄로 나락으로 떨어져 저주받는 영겁의 벌을 다룸으로써, 독자들이 악마와 그의 의도를 알아차리고 자신을 보호케 하려는 것이다.

괴테는 이 전설을 바탕으로 드라마를 쓴다. 『초고 파우스트』의 파우스트는 16, 17세기 대학 강사로 출발한 서른이 넘은 젊은 학자로 추정된다. 미완성이라 해도 작품의 본질적 특징은 인간의 한계를 넘고자 하는 동경이다. 주인공은 인식의 한계와 사랑의 한계를 벗어나 세계 속에서

---

2) 임우영 편역, 『민중본 요한 파우스트 박사 이야기』, 한국외대출판부, 2004, xi쪽 참조.

3) Vgl. G. Eversberg, *Johann Wolfgang von Goethe. Faust I und II*, Hollfeld, 1993, S. 4.

자아를 크게 만들려다 악마의 유혹을 받아 죄를 짓게 되는 것이다.

괴테 문학에서 메피스토 형상은 악마 묘사에 대한 새로운 국면을 맞이하는데, 뒤렌마트 개작의 경우에는 악마적 본질을 또다시 새롭게 인식시키고 있다.

2-2. 메피스토의 위장

괴테의 『파우스트―비극 제1부』에서 메피스토는 주님과 더불어 나타난 천사들과는 달라 파우스트의 영혼을 얻으려 필사적으로 노력한다. 이미 창세기에 인간을 유혹하려는 악마의 고유 역할이 나타난다. 그는 멸망시키는 자이고, 그가 속한 곳은 지옥이다. 그러나 그의 활동은 하나님을 거역하는 행위는 아니다.[4] 뒤렌마트의 개작에서는 메피스토가 전지적 지식을 가지고, 파우스트의 행위를 비판적으로 보고하는 역할을 한다. 전통적으로 타락한 천사, 창조물을 파괴하고 특히 인간세계를 해치며, 처음부터 종말까지 인간의 불행을 야기하는 자이지만, 욥기에서의 사탄보다는 훨씬 빈약하게 부각된다.

뒤렌마트 개작의 제1장 제목은 '메피스토는 회상한다' 이다. 이는 현대인간이 악마의 존재를 다시 의식하고 있음을 나타낸다. 처음부터 낯선 악의 세력이 무질서를 조장하고 있음을 강조한다. 무대에는 해부대(解剖臺) 위에 메피스토가 시체로 변장하여 누워 있는데, 그의 얼굴은 수건으로 가린 상태이다. 책상 아래에는 물통과 알코올과 함께 해부 안경이 있다. 학생들이 파우스트의 책상을 무대 위로 나르고, 그 위에 잉크병, 펜과 책, 책 아래 양피지 계약서 등을 올려놓는다. 그는 짐승의 사체로 변장하고 있는 것이다. 곧이어 수술대 위에서 일어나 다리를 비비기도 하고, 몸을 뻗으며 수건을 내던지며 이리저리 움직이는데, 그의 위장술이 웃음과 전율을 일으킨다.

---

4) Vgl. Johann Wolfgang von Goethe, *Faust. Erster und zweiter Teil*, München, 1965, S. 14.

메피스토가 파우스트라는 인물의 출생과 학업에 대해 다음과 같이 소개한다. 파우스트는 농부의 아들이고, 1491년 예나 근처 로드에서 태어나며, 부모님이 기독교적이고 경건하다는 것, 뷔텐베르크 시민인 부유한 사촌이 그를 데려다 친자식처럼 기르며 신학을 공부하게 한다. 그는 머리가 좋아 신학박사 학위를 빨리 취득한다. 그러나 밤낮으로 공부하면서 교만해진 그는 자신을 신학자로 부르지 못하게 한다. 그러고는 세계인, 의학박사, 천문가, 수학자로 자칭하면서, 방랑하는 학생이나 부랑자나 점쟁이들과 교류하며, 성서는 뒤로하고 신앙심이 없는 방탕생활을 한다는 내용이다. 메피스토가 일생을 보고할 뿐만 아니라, 그의 생활에 대한 잘못을 비판적으로 지적하는데, 이 점이 일반적인 통념에서 벗어난 내용이며 그로테스크하게 작용한다. 악마의 세계가 하나님의 세계에 정반대 상황에서 이런 역발상은 소외 효과를 증대시킨다.

민중본에서는 필자가 독자들을 경고하고 치유하려는 의도로 파우스트 박사 이야기를 한다. 이에 반해 뒤렌마트 개작에서는 그 내용은 유사하지만, 세계의 무질서와 혼돈을 야기한 악마가 파우스트와 그의 신앙심 없는 생활 태도를 성서적 관점에서 비판한다는 점이 역설적으로 작용한다.

괴테의 『초고 파우스트』에서는 학문을 통해 정신적 가치를 추구하는 주인공이 인생에 대해 환멸을 느끼며, 과연 어떻게 살 것인가를 고민하는 모습이 관중에 소개된다. 이에 반하여 뒤렌마트 개작에서는 메피스토의 독백을 통하여 파우스트라는 인물과 그의 과거를 관객이 알게 된다. 이러한 점에서 원작에 대한 패러디가 이루어지며, 악마의 은둔과 위장이 '전통적 악마의 특성'으로 첫 장면부터 부각된다.

2-3. 파우스트의 갈등과 혼란

제2장에서도 메피스토는 사체로 해부대 위에 누워 있고, 파우스트는 학자로서의 삶에 대한 고민에 빠져 있다. 색다른 점은 괴테의 파우스트가 방 안에 앉아 고민과 갈등에 빠져 있는 학자로 묘사되는 반면, 뒤렌마

트의 파우스트는 죽을 저으며 먹기도 하고, 시체 뒤로 걸어가며 가운을 두르기도 하고, 시체의 다리를 들었다 놓기도 하며, 교탁으로 다가가는 등 다양하게 움직인다는 점이다. 그는 노스트라다무스의 신비스런 책을 들고 황홀해하는 순간, 정령들이 주위에 떠도는 것을 느낀다. 그때 메피스토는 666이라는 숫자를 재빨리 칠판에 써놓는다. 666은 성서상으로는 짐승의 수 혹은 사람의 수로서 장차 나타날 적(敵)그리스도를 의미한다.[5] 수학적 의미와 연관하여 무한대라는 뜻으로, 셀 수 없는 무한함을 표기한다. 그런데 이 공식을 보는 순간 파우스트는 기적을 본 듯 착각하고 기뻐하며, 이것을 하나님이 썼을까? 자신이 신인가? 자문하기도 한다. 그가 공식을 풀어 $= \infty$라고 씀으로써, 표현할 수 없는 그 어떤 큰 힘에 감격하는 모습이 희극적이다.

그는 현자의 말을 공식 $e = mc^2$, 즉 에너지가 무한한 우주 법칙을 공식으로 이해하며, 상상할 수 없이 큰 힘을 인식한다. 조금 전까지 자신의 한계에 절망하던 그는 이 공식을 보고 기쁨을 느끼며 용기백배하는 모습이다. 이때 정령의 음성이 들리고, 이어 바그너가 등장하는 점은 『초고 파우스트』에서와 같다. 개작에서는 이들 두 사람이 웅변술 이야기를 하는 동안, 파우스트가 사체를 해부하고 조직 검사를 하며, 바그너가 옆에서 돕는 장면이 구체적으로 전개된다. 이와 같이 자연과학의 공식에 홀리는 대학자 파우스트 모습을 통해 뒤렌마트는 정령과 파우스트의 만남을 희극적으로 나타낸다.

2-4. 파우스트와 메피스토의 계약

제2장 끝부분에서 메피스토는 상체를 일으켜 파우스트의 손동작을 쳐다본다. 그를 뒤로 밀치자 메피스토가 벌떡 일어나 앉으며 파우스트를 놀라게 한다. 메피스토가 자신을 소개하자 파우스트도 손을 내민다. 서

---

5) 요한계시록 13장 18절 참조.

로를 소개하는 두 인물의 만남 역시 우스꽝스럽다.

제3장은 파우스트와 메피스토의 계약 장면으로, 악마는 사체로 누워 있던 수술대에서 일어나 파우스트를 책상으로 인도한다. 그리고 다음과 같이 독백한다. "그러니까 이야기한 대로, 사랑해서는 안 될 것을 사랑한 파우스트 박사의 시점은 확실하지 않다. 대담함과 오만함에서 파우스트는 악마에게 서면으로 된 문서를 썼는데, 그것은 그가 죽은 후 그의 거처에서 발견되었다."(S. 26) 이렇게 과거에 일어난 사건을 설명한 후, 그 광경을 보여준다.

뒤이어 계약을 맺는 장면이 연출된다. 메피스토는 책 밑에서 계약서를 꺼내 파우스트에게 건네고, 파우스트가 이를 읽는다. "나 요한 파우스트 박사는 서류의 유효함을 친필로 공언한다. 내가 원소(元素)들을 깊이 연구하기를 시도했으며, 위로부터 부여된 재능 중에서 그런 능력은 내 머릿속에서 찾을 수 없다는 사실과, 그런 것은 인간에게서 배울 수 없다는 사실을 확인하였다. 그래서 나는 지금 보내온 지옥 영주의 하인에게, 내게 그런 것을 보고하고 가르치기로 선택한 그자에게 나를 위탁한다. 그는 약속하기를, 부(富)와 사랑의 즐거움을 내게 줄 것이다. 그 대신 나는 약속하건대, 이 문서 시점으로부터 이십사 년이 지나면 그가 하고 싶은 대로 나를 다룰 수 있는 권리를 부여한다. 내 육체와 영과 몸과 생명과 재산 모두를 영원히 지배할 수 있다. 그 이후 나는 모든 것, ㅡ 하늘의 군대와 모든 인간들과 절교한다. 확고한 문서로써 그리고 진정한 확인을 위해, 나는 나의 피를 찍어 친필로 쓴 이 협정을 나의 마음과 머리와 생각과 의지로 봉인하고 증명한다."(S. 26~27)

이 계약에 있어서 메피스토는 파우스트에게 어떤 조건도 달지 않는다. 파우스트가 계약서를 읽고 정맥을 찔러 피를 짜내 서명한다. 이어 쌍방 간의 서명이 이루어지는데, 원소들의 전문가이며 신학박사인 요한 파우스트 대 루시퍼를 위한 봉사자 메피스토의 서명인 것이다. 신학자 대 사탄의 고유명사인 나쁜 정령의 우두머리, 즉 악마 루시퍼의 하인 메피스토 간의 계약이라는 점이 괴테의 작품과 대조적이다.

제4장에서 교수로 위장한 메피스토는 이렇게 말한다. "파우스트 박사가 그런 끔찍한 짓을 나쁜 정령에게 피로 서명해줌으로써 분명 하나님과 하늘의 모든 무리가 그를 비켜갔을 것이라 확신한다. 그러므로 그의 행위는 이제부터 올바르고 하나님의 축복을 받는 한 가정의 대표자가 아니라, 악마와 같이 행동할 준비가 된 것이다. 파우스트는 지옥과 천국을 알고자 욕심을 내고, 달에 대해 그리고 가장 고귀한 나라와 지상의 왕국들에 대해 알려고 욕심을 낸다."(S. 28) 이렇게 악마가 성서 지식을 바탕으로 자기 희생자인 파우스트를 정죄하는 점이 그로테스크하게 작용한다.

내용상으로는 민중본의 내용이 유지되는 듯하다. 그러나 민중본에서는 악마를 따라 행동하는 자는 그 유혹에 넘어갈 것이고 당연히 그 응보가 뒤따른다는 말을 필자가 독자에게 경고하는 의미에서 말한다. 반면 개작에서는 악마가 이 내용을 말함으로써 희극적 효과를 낸다.

제6장에서 파우스트 박사가 계약 십이 년차에 여행에서 돌아와 이미 상당 기간 독일에 머물고 있다는 악마의 보고는 민중본에 없는 부분이다. 이는 파우스트가 상당 기간 동안 악마와 관계하고 있음을 나타낸다. 악마는 그에게 주당 25크로네, 일 년에 1300크로네를 주며, 그것이 파우스트의 연봉이라는 점은 민중본 내용과 같다. 또한 매일 요리한 음식을 얻는다. 그가 창문을 열고 원하는 새를 부르기만 하면 그 새가 창가로 날아오고, 좋은 포도주를 원하면 악마는 원하는 저장고로부터 그것을 가져온다. "그(파우스트)는 그의 군주인 선제후와 바이에른 영주와 잘츠부르크 주교의 저장 창고에 많은 해를 끼쳤다"(S. 39)고 말하는 부분도 민중본 내용과 유사하다. 이 역시 민중본에서는 필자가 악마의 영향과 유혹으로 파우스트가 파렴치한 짓을 했다고 말하는 반면, 개작에서는 메피스토가 그런 내용을 보고한다는 점에서 그 의미가 왜곡되어 희극적이다.

제8장에서는 악마가 파우스트의 방탕한 생활에 대해 보고한다. "파우스트는 매일 풍성한 삶을 살았고, 하나님이나 지옥이나 악마가 있다는

것을 믿지 않았으며, 육체와 영혼이 함께 죽어 없어지는 것이라고 잘못 생각하였다. 그는 매일 밤낮으로 예쁜 여자들을 쫓아다니며 욕정에 사로 잡혀 살았다고 말한다. 그들은 메피스토 자신이 노력하여 스스로 분장한 여인들이었다. 그래서 그가 오늘은 이 여인과 자고, 내일은 다른 여인을 마음속에 생각한다면, 그것은 매번 악마 자신이었다고 고백한다. 파우스 트 박사는 수치스럽고 음탕한 짓을 악마와 저지른 다음, 이제 다시 욕망 에 빠져 순진한 처녀를 유혹한다."(S. 54)

민중본의 필자는 악마가 파우스트를 성적으로 미혹시켜 절제의 선을 넘어 욕망의 죄를 범하게 한다고 말하며, 독자에게 악마의 미혹을 경고 한다. 반면에 개작에서는 악마 자신이 아름답고 유혹적인 여인으로 변장 하여 주인공에게 악영향을 끼치고는, 자기 과오에 대해 반성하지 않는 파우스트의 잘못된 행실이 비판된다는 점이 희극적이다.

2-5. 데이트 장면의 소극(笑劇)화

제10장에서 대학생들이 마가레테의 화장대를 들고 무대로 들어온다 는 점이 개작에서의 새로운 무대 장식이다. 이 장면에서 마가레테가 파 우스트에게 호감을 느끼는 첫인상, 메피스토와 파우스트가 몰래 그녀 방 에 들어가 보물 상자를 놓아두는 일, 파우스트가 성스러운 방 안 분위기 에 심경의 변화를 일으키는 점은 괴테의 내용과 같다. 그러나 뒤렌마트 는 파우스트나 메피스토가 대화중에 침대를 중심으로 앞뒤로 움직이게 하거나, 파우스트를 침대 가에 앉게 함으로써 침대를 부각시킨다.

파우스트가 보석 상자를 장롱에 넣지 않고 침대보 밑에 숨기는 점, 마 가레테가 옷장 아닌 침대로 가서 이불을 털다가 상자를 발견하여 손에 쥔다는 것이 달라진 점이다. 여기에서 뒤렌마트는 현대의 일상성을 강조 하고 있다는 것을 알 수 있다.

제12장 '이웃 여인의 집'에서도 마가레테는 독백 중간에 침대 커튼을 옆으로 젖히거나 침대보를 털고 침대 위에 앉기도 하고, 남편의 사망 소

식을 듣고 슬퍼하는 마르테 아주머니의 침대 가에 가서 앉기도 한다. 메피스토 역시 침대를 돌아 마가레테 뒤 옆쪽에 위치함으로써 침대를 중심으로 움직인다는 느낌이 든다.

침대를 중심으로 하는 이런 무대 장식은 현대인이 순간에 집착하는 모습과 관계가 있다. 한때 정신이 중심적이던 남녀관계가 오늘날에는 섹스가 그 자리를 점유한다는 분위기를 나타내는 것이라 해석된다.[6] 인간이 성에 집착하는 모습을 부각시키려는 작가의 의도를 엿볼 수 있다.

제14장 '정원'에서는 남녀 두 쌍이 데이트를 즐기는 괴테의 장면과는 달리 파우스트와 마가레테가 빨래 바구니를 들고 등장한다. 그리고 뒷줄에서부터 마가레테가 빨래를 널고, 파우스트가 이 일을 돕는 점이 새롭다. 그들은 마치 일상의 부부처럼 등장하고, 여섯 명의 대학생이 바지랑대를 무대로 들고 나와 세 개의 빨랫줄을 걸어놓는다. 이러한 점은 괴테의 낭만적 정원 장면과 대조를 이루어 우스꽝스럽다.

메피스토와 마르테 역시 빨래 바구니를 들고 등장하는데, 악마는 배에 빨래집게 주머니를 차고 있다. 마르테가 악마에게 넌지시 결혼을 권하는 대화 내용은 『초고 파우스트』에서와 비슷하다. 그러나 뒤렌마트의 개작에서는 이런 분위기에서 두 쌍이 앞줄과 뒷줄로 옮겨가며 빨래를 너는 모습을 통해 희극적으로 작용한다.

제16장은 그레첸과 파우스트가 종교에 대한 이야기를 나누는 장면이다. 마가레테는 "당신은 기독교를 믿지 않으시는군요"(S. 96)라고 말하며 빨래를 걷기 시작한다. 메피스토의 인상에 관하여 "전 그런 사람과는 함께 지내고 싶지 않아요"(S. 97)라고 말하며, 그녀는 빨래를 바구니에 담는다. 이런 언행과 빨래 바구니를 가지고 퇴장하는 모습은 두 사람의 관계를 일상적이며 소극적(笑劇的)인 것으로 나타내고 있음을 보여준다.

---

6) 막스 피카르트, 『우리 안의 히틀러』, 김희상 옮김, 2004, 210쪽 참조.

2-6. 마가레테의 죄로 인한 고통

제17장 '묘지'의 무대에는 여섯 개의 십자가가 서 있고, 가로지른 나무 주위에 빨래가 널려 있다. 네 명의 대학생이 열린 관을 가지고 등장하여 마가레테 어머니의 장례식을 치른다. 다른 네 명이 삽을 들고, 발렌틴은 관 뚜껑을 가지고 등장한다. 뚜껑을 내려놓고 모두가 그 앞에 무릎 꿇음으로써, 관을 부각시킨다. 『초고 파우스트』에서는 성당에서 장례 미사가 거행되는 반면, 개작에서는 마가레테가 자신이 지은 죄에 대해 더 갈등하고 고통스러워한다. 그 내용은 유사하지만, 개작에서 특이한 점은 마가레테가 한 구절을 말하고 나면, 바로 이어서 망치 소리가 울린다는 점이다. 일곱 개의 구절이 끝날 때마다 일곱 번의 망치 소리가 들려 장례식임을 강조하고, 그녀의 고통을 극대화시킨다.

제18장 '다림질' 장면에서는 마가레테가 다리미와 빨랫감을 가지고 등장, 무대 위에서 천을 깔고 다림질을 시작한다. 뒤이어 마르테가 등장하고, 두 사람이 마주 서서 다림질을 하며 떠도는 소문에 대해 대화한다. 『초고 파우스트』에서는 그레첸과 리스헨이 우물가에서 만나 동네에 떠도는 소문에 대해 이야기하는데, 이와 비교할 때 이야기하는 인물과 장소가 모두 바뀐다.

개작에서는 마르테가 소문의 전말을 이야기하며 사내놈과 놀아나다가 임신한 베르벨헨을 험담한다. 그레첸은 남의 잘못을 욕하던 자신이 죄악에 물든 것을 깨닫고, 그 동안 죄가 없다고 자랑하던 것을 후회하는 점은 『초고 파우스트』와 같다. 그러나 다리미와 빨랫감을 들고 퇴장하는 것은 새로운 점이다. 괴테가 집필할 당시, 여자들이 우물가에 모여 정보를 주고받던 것과는 달리, 뒤렌마트는 이웃 여인끼리 다림질하며 대화하도록 한다. 이를 통해 장소를 현대의 일상으로 바꾸려 한 것이다.

그레첸이 마리아 상 앞에서 마음의 고통을 고하며 구원을 청하는 기도 내용은 유사하다. 통회의 내용이 아니라, 치욕과 죽음으로부터 구해달라는 요청이란 점도 비슷하다.

다음 악령의 등장이 구체화되고, 그가 주교의 옷으로 변장한 모습은 민중본에 나오는 장면과 같다. 색다른 점은 주교로 변장한 악령이 그레첸의 손을 잡기도 하고, 마리아 상 뒤에서 그녀의 얼굴에 손을 얹기도 한다는 것이다. 악마가 변장했다는 사실이 관중에게 구체화되어, 그레첸에게 미치는 악령의 영향을 부각시킨다.

또한 마가레테의 진통과 분만 광경이 무대 위에서 적나라하게 벌어진다. 그녀가 소리지르며 뒹굴고, 마르테가 황급히 달려온다. 마르테가 교인들을 부르며 마가레테를 옮겨 눕히고, 자신도 땅에 앉아 성호를 긋는 장면이 부각된다. 그녀가 내지르는 소리와 발렌틴의 웃음소리가 대조를 이룬다. 『초고 파우스트』에서는 성당 안에 울리는 합창 소리가 악령과 더불어 그레첸의 죄를 가차 없이 책망하는데, 개작에서는 그레첸의 잘못된 행위의 결과를 무대 위에서 적나라하게 보여주고 있다.

다음 '밤' 장면에서는 마가레테가 체포되고, 아연통 속에는 그녀의 죽은 신생아가 천으로 덮여 있다. 시각적으로 사건을 확대시키는 점이 새롭다. 마가레테가 두 명의 옥졸에게 이끌려 파우스트와 메피스토 옆을 지나간다.

괴테의 파우스트는 그녀가 악령과 무자비한 인간들 손에 넘겨지는 모습을 생각하고 비탄에 잠기며 악마에게 화를 낸다. "이 버러지 같은 놈을 다시 개의 모습으로 바꾸어다오. 이놈은 밤이 되면 자주 개가 되어 내 앞을 슬금슬금 기어다니면서 우쭐대던 놈이다. 아무 영문도 모르고 산책하는 사람의 발밑으로 뒹굴어 가서 그가 넘어지면 그의 어깨를 물고 늘어지며 좋아했던 놈이다. 부탁하건대 이놈을 다시 이놈이 좋아하는 형상으로 바꿔다오. 그러면 네놈이 내 앞에서 모래에 배를 갈고 설설 길 것이고, 내가 이놈을 발로 짓밟겠다. 이 사악한 놈을!"[7] 그러나 뒤렌마트의 개작에서는 비난 내용이 대부분 생략된다. 즉 메피스토를 개나 뱀과 동

---

7) Vgl. Johann Wolfgang Goethe, *Urfaust*. Stuttgart, 1987, S. 57. 요한 볼프강 괴테, 『원형(原形) 파우스트』, 지명렬 옮김·주해, 서울대출판부, 2003, 133~134쪽.

일시하는 이 부분이 생략되고 없다.

"그녀를 구출해야 한다"(S. 117)는 파우스트의 말에 메피스토는 "내가 안내하마. 내가 들어줄 수 있는 것을 들어주겠다. 시간을 정지시키고 망을 보며, 마법의 말을 준비하지. 그건 할 수 있다"(S. 117)[8]고 말한다. 그럼으로써 내용을 현실적으로 간략하게 줄인 것이다.

제24장에서는 『초고 파우스트』의 '감옥'이 '단두대' 장면으로 바뀐다. 마가레테가 바구니에서 짚을 집어들고 "저 아이를 보세요"(S. 126)라든가, 파우스트가 부르는 목소리를 듣고도 바구니 옆에 쭈그리고 앉아 "그이가 어디 있나? 그이가 부르는 소리가 들린다"(S. 126)라고 말하는 장면은 그녀에게 정신 착란이 일어나고 있음을 나타낸다.

> 마가레테 날이 밝아요. 마지막 날이! 결혼식 날이 새요! 당신이 전날 밤 그레첸과 있었다고 아무에게도 말하지 말아요. 나의 화관! —우리 다시 볼 거예요. —(그녀는 천천히 구조물로 간다. 계단을 올라간다. 파우스트는 계단 왼쪽으로 돌아간다.) 사람들이 골목으로 몰려와요! 들어봐. 큰 소리가 나지 않는군요. 종이 울려요! (그녀는 구조물 맨 위에 서 있다.) 그녀는 형리에게 말한다. 막대기가 부러져요! —나의 목에서 번쩍이는 칼날이 모두의 목에서 번쩍여요! —종소리를 들어 봐요!
>
> 메피스토 갑시다. 아니면, 당신은 끝장이오! 나의 말이 떨고 있소. 아침이 밝아오고 있소.
>
> (마가레테가 형리를 붙잡는다. 그녀는 그에게 호소한다.)
>
> 마가레테 저자예요, 저자를 쫓아줘요! 저자가 날 원해요! 안 돼요. 하나님의 심판이 나에게 임하소서, 나는 하나님의 것이에요! 나를 구하소

---

8) 『초고 파우스트』와는 다르게 사나이가 죽은 현장에서 복수의 영들이 떠돌며 돌아오는 살인범을 숨어 기다리고 있다는 말이나, 교도관의 정신을 몽롱하게 하는 동안 열쇠를 가지고 데리고 나오라는 구체적인 언급이 빠져 있다.

서. 절대로 안 되고말고요!"(S. 129)

이 내용은 『초고 파우스트』와 거의 유사하다. 그녀가 구조물 맨 위로 올라가는 행위, 말뚝을 붙잡고 머리를 그 위에 올려놓는 점, 형리가 도끼를 떨어뜨리는 장면이 추가된다. 이로써 하나님의 구원에 영혼의 마지막 소망을 걸고, 잘못된 자기 행위에 대해서 용감하게 죗값을 치르려는 태도가 부각된다. 이는 뒤렌마트가 주인공의 특성을 강조하는 행위이다. "잃어버린 세계질서를 가슴속에 만들어내는 용기 있는 인물"[9]로, 불행 앞에 굴복하지 않는 인간의 모습을 나타내려는 의도이다.

3. 결론

뒤렌마트의 개작 『초고 파우스트』는 성서상의 창조와 사탄에 의한 인간의 타락과 심판이라는 주제들 중에서, 특히 유혹의 테마를 근본으로 생성된다.

줄거리의 큰 변화는 없으나 오늘날 난무하는 악의 유혹이라는 테마가 무대 지침을 다르게 하고, 새로운 착상으로 대사를 축소, 변형시킨다. 괴테의 『초고 파우스트』를 패러디한 점에서 이 개작의 의미와 가치가 파악될 수 있다.

메피스토의 출현이나 일반 통념에 어긋나는 파우스트에 대한 악마의 비판적 지적, 무대 장식의 현대적 일상화 등이 그로테스크하게 작품을 희극화시킨다.

혼란이 엄청나게 부풀어오르는 상황에서 이를 자각하지 못하고 혼란한 삶을 사는 파우스트, 뒤늦게나마 이를 깨닫는 마가레테, 하나님의 심

---

9) Friedrich Dürenmatt, Theaterprobleme, In: *Ders., Theaterschriften und Reden*, Zürich, 1966, S. 123.

판과 구원에 자신을 맡기면서도 현 순간에서는 사악한 힘에 제압당하지만 용감하게 교수대에 오르는 행위, 이는 뒤렌마트의 주인공들이 높은 질서나 은총에 마지막 희망을 걸고 있다는 작가의 신앙적 관점을 강조하는 것이다.

참고 문헌

Friedrich Dürrenmatt, *Goethes Urfaust. Ergänzt durch das Buch von Doktor Faustus aus dem Jahre 1589*, Zürich, 1980.

Friedrich Dürrenmatt, *Theaterschriften und Reden*, Zürich, 1966.

Johann Wolfgang Goethe, *Faust. Erster und zwieter Teil*, München, 1965.

Johann Wolfgang Goethe, *Urfaust*, Stuttgart, 1987.

요한 볼프강 괴테, 『원형(原形) 파우스트』, 지명렬 옮김 · 주해, 서울대출판부, 2003.

임우영 편역, 『민중본 요한 파우스트 박사 이야기』, 한국외대출판부, 2004.

Eversberg, Gerd, *Johann Wolfgang von Goethe Faust I und II*, Hollfeld, 1993.

Thielicke, Helmut, *Goethe und das Christentum*, München, 1982.

막스 피카르트, 『우리 안의 히틀러』, 김희상 옮김, 2004.

『성경전서』, 1956년도 한글판 개역. 서울대한성서공회, 1963.

모르그너의 『베아트리츠의 삶과 모험』
—사회주의에서의 여성 파우스트

함희정

1. 여성 파우스트의 출현

지식을 향한 무한한 갈망, 그로 인해 비롯되는 악마와의 계약이 파우스트 전설의 대표적 특징이듯이, 파우스트가 남성이라는 사실 또한 불변의 요소로 간주되기 쉽다. 그러나 파우스트는 결코 남성만의 전유물은 아니다. 18세기 이후의 서양문학사에서는 파우스트적인 삶의 방식을 보여주는 여주인공들도 자주 찾아볼 수 있다.

독일문학사에서 『여성 파우스트』라는 명칭이 사용되는 것은, 영국인 류이스의 작품 『수도사』를 『마틸데 폰 빌라네가스 또는 여성 파우스트』라는 제목으로 옮긴 익명의 번역본이 1799년 출간되면서부터이다.[1] 그후 지식과 자립과 권력 등을 추구한 나머지, 악마와 계약을 맺는 위험까지 감수하면서 남녀 성별 간의 한계를 극복하려는 여성 파우스트가 점점 증가하는 추세를 보인다.

---

1) Vgl. Sabine Doering, *Die Schwestern des Doktor Faust. Eine Geschichte der weiblichen Faustgestalten*, Göttingen, 2001, S. 329.

19세기 말과 20세기 초 여성 파우스트들은 자신의 삶을 스스로 결정할 수 있는 자유와 더불어 무한히 자아 개발에 몰두할 수 있는 가능성을 요구한다. 다른 한편으로 감각적 쾌락의 지속 등을 추구함으로써 기존 시민사회의 규범에 얽매이지 않고 터부 현상에 과감히 도전하면서 파우스트적인 삶을 갈망한다.

　이다 폰 한-한의 『백작 부인 파우스티네』에서처럼 작품명 내지 주인공 이름이 파우스트와의 연관성을 암시해주는 예는 흔하지 않다. 그보다는 무한한 지식욕과 악마와의 계약을 바탕으로 하는 파우스트적 줄거리 때문에 주인공이 여성 파우스트의 성격을 띤 경우가 더 일반적이다. 전통적 여성 역할을 거부하며 가부장적 사회 구조에서 여성이 처한 한계에서 벗어나고자 노력하는 여성이라고 모두 여성 파우스트라고 볼 수는 없다. 즉 흔히 볼 수 없는 용기를 지닌 강한 여성이라 해서 곧 여성 파우스트가 되는 것은 아니다. 지식 추구를 위해 모든 한계를 뛰어넘는 용기와 단호함은 전통적으로 남성적 행동 양식으로 간주되기 때문에, 여성 파우스트의 지식을 향한 노력을 긍정적으로 평가하는 경우는 극히 드물다. 자기 개발에 몰두하여 자신을 과시하고픈 여성의 바람 자체를 모순으로 단정한 나머지, 대개의 남성 작가들은 파우스트의 전철을 따르려는 여성 파우스트의 노력을 그릇된 것으로 묘사한다.[2]

　이렇듯 파우스트를 본뜬 여성 파우스트의 등장은 오히려 여성의 자기 개발과 자유를 추구하는 욕구에 제동을 가하고, 그보다는 가정 안에서 행복을 찾는 구시대의 소극적 여성상을 강조하려는 목적에서 비롯된다. 여성 파우스트가 등장하는 작품들에서는 파우스트를 여성의 이상적 모범으로 삼기보다는, 파우스트의 모범을 따르려는 여성의, 정도를 벗어난 행동이 타당한 것인가라는 물음이 주로 논의의 대상이 된다.

---

　2) 슈톨테Ferdinand Stolte의 『파우스트와 파우스티나』, 쉐퍼Wilhelm Schäfer의 『여성 파우스트 파우스티네』 등이 그러하다. 크리스텐Ada Christen의 『파우스티네』처럼 여류작가의 작품에서도 그러한 예를 찾아볼 수 있다.

파우스트라는 인물이 구현하는 단호한 행동력은 남성의 특징으로 인정되어, 괴테의 『파우스트』에 버금갈 만한 여성 파우스트의 탄생은 실현되지 않는다. 하지만 여성 파우스트가 등장하는 작품이 괴테의 대작을 모방하는 보잘것없는 시도에 그치는 것만은 아니다. 20세기 말에 여성 파우스트를 통해 지금까지 긍정적으로 평가되어온 파우스트적 자세를 비판적 시각으로 재조명하는 사례가 나타난다. 동독의 여성 작가 모르그너Irmtraud Morgner가 쓴 『반주자 라우라의 증언에 따른 음유시인 베아트리츠의 삶과 모험』[3]이 대표적이다.

이 소설은 전후 독일어권 문학에서 파우스트적 삶의 방식을 현대를 살아가는 여성의 생활 여건에 적용시킨 유일한 시도로 평가된다. 여성 파우스트 작품화와 관련해 지난 이백여 년간 이루어진 일련의 시도가 모르그너의 작품에 이르러 정점에 달하고 있다.

2. 여성 파우스트 소설의 생성과 모티프

『음유시인 베아트리츠』는 1990년 모르그너가 오십칠 세의 나이로 숨을 거둠으로써 미완성작으로 남게 된 '살만 3부작Salman-Trilogie'의 첫 번째 작품으로 1974년에 출간된다. 내용은 물론 칠백여 쪽에 달하는 방대한 분량 때문에 출판 당시부터 중요하고 흥미로운 작품으로 주목을 받는다. 이를 통해 모르그너는 이론과 논쟁 능력을 겸비한 탁월한 작가로 인정받는다.

이 작품의 경우 브라운의 『한스 파우스트』(후에 '힌체와 쿤체'로 제목이 바뀜), 플렌츠도르프의 『젊은 W.의 새로운 슬픔』처럼 제목을 통해 괴

---

3) Irmtraud Morgner, *Leben und Abenteuer der Trobadora Beatriz nach Zeugnissen ihrer Spielfrau Laura. Roman in dreizehn Büchern und sieben Intermezzos*, Darmstadt, 1977. 이하 『음유시인 베아트리츠』로 표기함.

테 내지 파우스트와의 연관성이 구체적으로 암시되지는 않는다. 그럼에도 불구하고 모르그너의 야심작을 괴테의 『파우스트』와 관련시켜 해석하는 시도들이 이루어진다. 어떤 평자는 작품의 복합적 구조, 환상적 서술 방법, 언어적 난이도 등을 예로 들어 작가의 교양 수준을 높이 평가하며, 이 야심작을 파우스트적 소설이라 일컫는다.[4] 또 괴테『파우스트』와의 유사점을 찾기 위해 전체적 맥락에서 줄거리를 부분적으로 분리하고 지나치게 단순화하여 작품 자체를 완전히 '파우스트 소설'로 간주하기도 한다.[5]

『음유시인 베아트리츠』를 집필함에 있어 작가 스스로도 파우스트에 관한 신화, 그중에서도 특히 괴테의 『파우스트』를 많이 참조하였으며,[6] 베아트리츠에 관한 관심이 파우스트에서 비롯된다고 밝히고 있다.

주인공 베아트리츠는 한계를 넘나드는 인물로, 파우스트만큼이나 대담한 이단자이다. 그들 모두가 역사적 인물이다. 무한한 동경과 실현되기 어려운 소망을 지닌 파우스트는 비상한 능력과 행동을 통해 수세기 동안 전설적인 존재로 알려져 있다. 이는 그가 평범한 삶으로는 결코 만족할 수 없는, 다양하고 깊은 갈망을 갖고 있기 때문이다. 적어도 상상의

---

4) Vgl. Patricia A. Herminghouse, Die Frau und das Phantastische in der neueren DDR-Literatur. Der Fall Irmtraud Morgner, In: Wolfgang Paulsen(Hrsg.), *Die Frau als Heldin und Autorin. Neue kritische Ansätze zur Deutschen Literatur*, Bern und München, 1979, (S. 248~266) S. 248.

5) Vgl. Synnöve Clason, *Der Faustroman Trobadora Beatriz. Zur Goethe-Rezeption Irmtraud Morgner*, Stockholm, 1994, S. 31~96.

6) Vgl. Eva Kaufmann, Der weibliche Ketzer heißt Hexe. Interview mit Irmtraud Morgner. In: *Weimarer Beiträge*, 1984, H. 9, (S. 1494~1514) S. 1502. "내가 『파우스트』를 처음 접한 이후로, 괴테는 나의 동반자이다. (……) 좀처럼 도달하기 어려운 위대함 때문에 괴테는 내게 있어서 늘 경탄의 대상이다. 그런가 하면 그의 천재성에 압도되지 않은 채, 신기하게도 마치 살아 있는 사람을 대하듯 나는 그와 교제할 수 있다. 그의 작품들을 보면 인간에게 닥칠 수 있는 모든 상황을 그는 이미 다 체험했던 것 같다. 문학과 관련해서뿐만 아니라 언제고 더이상 어찌해야 할지 모를 때면, 나는 그에게서 조언을 구한다. 대작의 어느 한구석에서부터건, 읽어나가다보면 어딘가에서 해결책을 발견한다."

세계 속에서나마 한껏 방황해보며, 때로는 하늘의 별이라도 따려는 듯 불가능에 도전해보지 않는다면 인간의 정신은 황폐해진다. 주변 상황 때문에, 그리고 사회질서가 이상적이라도 재능이 미비하여 행동에 제한을 받는 사람은 경직되고 고갈되지 않기 위해 때로는 무모할 정도의 공상에 빠져볼 필요가 있다. 베아트리츠는 파우스트에 비해 전설적 요소는 별로 지니고 있지 않다. 그렇지만 그녀의 일생과 관련해 전해오는 빈약한 기록을 살펴보면, 자유로운 공상을 추구하는 인물이라는 것을 추측할 수 있다. 남성에 관한 전설적 이야기들은 많은데, 역사 속에 등장하는 여성 인물을 다루는 경우는 그 예가 지극히 드물다.[7]

이 작품에는 괴테의 『파우스트』를 직접 언급하거나, 어느 한 구절을 인용하거나, 주인공이 파우스트를 본받아 그와 같은 길을 가고자 한다는 뜻을 밝히는 등 직접적 연관성은 찾아볼 수 없다. 그보다는 작품 줄거리의 구조가 파우스트 전설과 근본적으로 일치하는 연관성을 내포하기 때문에 『음유시인 베아트리츠』를 여성 파우스트 테마와 관련된 소설로 간주하는 것이다.

3. 사회주의에서의 여성 파우스트

동독에서 사회주의 국가가 설립된 이래 최고 지도층은 처음부터 파우스트 모티프를 이데올로기와 관련된 정치적 차원에서 다룬다. 파우스트를 무한한 활동력의 화신으로서 독일 민족의 신화를 구현하는 상징적 존재로 추앙하는가 하면, 사회주의자의 이상형으로 과감히 선언하기도 한다. 악마와 계약을 맺는 부정적인 면은 도외시하고, 그가 지닌 미덕, 즉 끊임없이 노력하는 가운데 체험을 확대해가는 적극적 자세와 추진력만

---

7) Vgl. ebda., S. 1498.

을 무한히 강조한다. 따라서 사회주의 이데올로기를 바탕으로 하는 공식적인 파우스트 이해에서 벗어난 해석들은 극심한 공격의 대상이 된다.[8]

모르그너는 정치적 목적으로 이용되는 파우스트 해석을 반복하기보다는, 당연하게 여겨지는 기존 남녀 성별 간의 차이를 정당화시키는 문화적 사회적 측면에 관심을 기울인다. 한편 여성의 자율적인 삶의 설계를 위해 과연 파우스트가 이상적인 본보기로 적합한가를 문제시한다.

3-1. 과거형 여성 파우스트 베아트리츠

12세기 프로방스 지역에 실제 존재하는 음유시인 베아트리츠는 관례를 어기고 사모하는 남성에게 바치는 연가를 부른다. 그래서 그녀는 실성한 것으로 몰려 박해를 당한다.

남성들만을 관심의 대상으로 삼은 역사 기술의 지배적 추세와는 달리, 모르그너는 역사에 등장하는 여성들 가운데 잊혀져간 인물을 찾아내어 소개함으로써, 여성의 역사의식이 강화되기를 기대한다. 여성은 역사를 이끌어온 주역이 아니기에, 여성의 역사의식은 지극히 저조한 발전 단계에 머물러 있기 때문이다.[9] 이처럼 여성이 객체로 머물러 있기보다는 역사의 주체가 되어야 한다는 작가의 의도를 반영하는 이 작품은 중세의

---

8) Vgl. Lothar Ehrlich, "Faust" im DDR-Sozialismus, In: Frank Möbus, Friederike Schmidt-Möbus und Gerd Unverfehrt(Hrsg.), *Faust. Annährung an einen Mythos*, Göttingen, 1995, (S. 332~342) S. 333.

9) 모르그너는 1974년 제7차 동독작가연맹회의 연설에서 문학을 통해 여성의 역사의식을 일깨울 필요성을 다음과 같이 옹호한다. "위대한 그리스 문화가 노예 제도에 근거를 두고 있다면, 오늘날 우리 문화가 누리고 있는 예술, 학문, 기술 분야의 업적은 여성 억압을 통해 이루어졌다. 여성이 수행한 임무들이 대단한 명성을 얻을 만한 공로는 아니지만, 이를 통해 여성이 역사 발전에 기여한 사실은 부인할 수 없다. 현 시점에서 여성이 인간이 되려면, 즉 원래의 본성을 되찾으려면, 여성은 역사의식을 가져야 한다." Irmtrraud Morgner, Rede vor dem VII. Schriftstellerkongreß. In: *Schriftstellerverband der Deutschen Demokratischen Republik*. VII. Schriftstellerkongreß der Deutschen Demokratischen Republik. Bd. 2, Arbeitsgruppen, Berlin und Weimar, 1974, S. 113. Zitiert nach Patricia A. Herminghouse, *Die Frau und das Phantastische in der neueren DDR-Literatur. Der Fall Irmtraud Morgner*, S. 249.

유명한 여성 음유시인 베아트리츠가 동화에서처럼 오랜 잠에서 깨어나다시 소생하는 것과 더불어 시작된다.

베아트리츠는 중세의 남성 위주 사회에 실망한 후 일 년에 2920시간을 노동하는 조건으로 지하세계의 페르세포네와 계약을 맺는다. 그리고 810년 동안의 수면 상태에 들어가며, 여성에게 유리한 세상에서 다시 깨어나기를 희망한다. 그러나 1968년 5월, 새로운 고속도로를 건설하기 위해 건축 기사와 폭파 전문가가 그녀가 잠들어 있는 성을 뒤덮은 가시나 무울타리를 잘라낸다. 그로 인해 그녀는 강제로 잠에서 깨어난다.

일자리를 찾아 헤매는 동안 강간과 같은 불유쾌한 체험을 하면서 5월 혁명의 소용돌이에 빠져 있는 파리에 도착한다. 살아남기 위한 방편으로 그녀는 채소 장수 가르송과 결혼한다. 물질적 보장에 대한 대가로 여성을 구속하는 남성을 뒷바라지해야만 하는 남성 위주의 사회가 여전히 계속된다. 페르세포네와 맺은 계약에도 불구하고 남성 지배로부터 벗어날 수 없음에 실망한 나머지 그녀는 폭발물을 설치하여 낡은 체제를 파괴하려는 계획을 시도한다.

베아트리츠는 곧 젊은 혁명가 알랭과 사랑에 빠지며, 그의 조언에 따라 마르크스와 엥겔스에 관한 서적을 읽고자 독일어를 배운다. 이어서 마약과 그룹섹스, 테러를 부르짖는 구호가 난무하는 학생단체에 합류하며, 그곳에서 동독에서 온 기자 우베를 알게 된다. 경찰에 쫓기는 위기에 처하자 그녀는 동독으로 가자는 우베의 초청을 받아들인다. 그리고 마르크스와 엥겔스가 설계한 사회가 실현된 이상적인 나라라고 여긴 동독을 향해 길을 떠난다.

사회주의 이념에 따라 동독에는 남녀 평등이 이미 이루어졌다는 우베의 말과는 달리, 동독에 도착한 그녀는 남녀 평등은 정부의 공식적 선전 문구일 뿐 현실과는 거리가 멀다는 것을 확인한다. 음유시인으로서의 직업을 계속할 수 있기를 바라던 기대는 관료주의의 장벽에 부딪쳐 무너지고 서커스단에 일자리를 얻는다.

그러나 서커스 공연 내용을 비난하는 독자의 글이 신문에 실려 더이상 활동할 수 없게 되자, 항의서를 쓴 라우라를 만나고자 베를린으로 떠나간다. 라우라는 프롤레타리아 출신의 전차 운전사이며, 결혼에 실패한 후 홀로 아들을 키우면서 많은 어려움을 겪으며 살아가는 여인이다. 이 사실을 듣고 난 후 베아트리츠는 그녀에게 자기 반주자가 되어달라고 권한다. 이렇게 그들은 친구가 되며, 우정이 돈독해갈수록 두 사람은 각각의 변화를 겪는다.

베아트리츠는 생활을 위한 방편으로 주로 기존의 문학풍조를 조롱하는 시를 쓰는데, 라우라의 도움이 없으면 거의 작품을 쓰지 못한다. 그녀는 예술가로서의 각별한 위치를 고집하기보다는 규칙적인 활동을 통한 사회적 책임 수행의 필요성을 인정한다. 따라서 라우라가 직업과 반주자로서의 역할을 병행해나갈 수 있도록 그녀의 어린 아들을 돌보는 일을 떠맡는다. 그녀는 프롤레타리아 간의 단결을 강조하는 공식 입장과는 달리 남녀 평등은 아직도 시기상조임에 분개한다. 그래서 파리에서처럼 베를린을 폭파하려고 폭발물 제조 방법 탐구에 몰두한다. 그러는 동안 라우라는 베아트리츠와의 친분이 계기가 되어 스스로 문학작품을 집필하기 시작한다.

한편 라우라는 대부분의 동독 주민과 마찬가지로 여행의 자유를 허용받지 못한다. 그래서 전설의 외각수(外角獸)를 찾아오도록 베아트리츠를 떠나보낸다. 보다 많은 세상을 체험하고 새로운 것을 발견하는 가운데, 긍정적 자기 발전을 이루기 위해 세상 편력을 떠나는 파우스트적 특징이 사회주의의 여행 자유 제한과 관련하여 새롭게 강조된다. 길을 떠나는 여주인공에게 라우라는 외각수에 대한 이야기를 들려준다. 자본주의 사회에서는 외각수를 숭배하는 것이 체제에 대한 위협으로 간주되어 금지되고 있으며, 사회주의에서도 자기 체제의 명성에 부정적 영향을 미칠 것을 우려하여 외각수는 터부시된다.

라우라는 사랑에 빠지게 만드는 효능을 지닌 외각수의 뿔을 가루로 만들어 수돗물에 풀면 화염병이나 피를 흘리는 것보다 사회 변혁을 초래하는 데 있어서 더 효과적이라고 한다. 뿐만 아니라 국민의 이데올로기 수준이 대폭 상승할 수 있다고 말한다. 이 말을 듣고 베아트리츠는 라우라가 언젠가 파리의 박물관 벽에 걸린 양탄자에서 보았다고 하는 외각수를 찾아 길을 떠난다. 여행 도중에 보내오는 편지에 여러 나라 여성들의 생활 여건이 묘사되는데, 이를 통해 온갖 불리한 조건에도 불구하고 동독 여성이 처해 있는 상황이 다른 나라에 비해 비교적 유리한 것으로 강조된다.

동독에서 낙태 허용 법안이 통과된 후 베아트리츠는 외각수를 데리고 돌아온다. 가계를 돌보는 일에 더욱 관심을 기울이는 한편, 그녀는 글쓰기에 대한 반감을 극복하고 새로운 소설을 구상한다. 그러나 그녀가 데리고 온 것은 외각수가 아니라 개로 밝혀진다. 그럼에도 다른 나라보다는 동독이 여성에게 더 이상적인 나라라는 점을 인식한 후부터 그녀는 동독 국민을 모범적으로 묘사하고자 노력한다. 그 어떤 마법도 관습을 바꿔놓는 수단이 될 수 없으며, 여성이 처한 상황을 개선하려는 꾸준한 노력만이 지속적인 결과를 낳을 수 있다는 결론에 도달한다.

그런가 하면 라우라는 외모와 행동에 있어서 자신이 점점 베아트리츠를 닮아가고 있음을 발견한다. 그후 한 달이 지나 갑작스럽게 베아트리츠의 추락사가 발생한다. 1973년 프랑스 선거전에서 좌파가 승리했다는 보도를 접하고, 그녀의 조국에서도 이제 동독에서처럼 사회주의의 태동과 더불어 여성 해방의 시작이 임박했다고 기뻐하던 그녀는 라우라 대신 유리창을 닦다가 추락하여 죽는다.

괴테의 『파우스트─비극 제2부』의 결말에서 주인공이 '최고의 순간'에 이르러 죽음을 당하듯이, 베아트리츠의 추락사도 모순의 여지를 보여준다. 즉 그녀의 소원인 여성 해방이 이루어질 날이 다가오는 순간에 그녀도 죽음을 맞는 것이다. 그녀도 파우스트처럼 악마와 맺은 계약에 묶여 있으면서, 충만한 삶을 향한 소망을 만족시키기 위해 과거 전설의 시대로부터 현재로 하강한다. 개인적 욕구 충족에만 머무른다기보다는 대다수에게 보다 나은 미래가 오리라는 기대를 품은 채, 진보된 사회가 이루어질 것을 예감하며 죽어간다. 이로써 악마와의 계약으로 시작하여 구원으로 끝을 맺는 파우스트적 변화과정을 밟은 후 다시 전설 속으로 되돌아간다.

오늘의 시대상에 부합하지 않는 베아트리츠 대신, 이제 일상생활과 직업활동에 소홀하지 않으면서 글쓰기를 계속해나가는 라우라가 주인공이 된다. 그녀는 가부장적 관습을 따르기보다는 동등한 파트너 관계를 지향하는 베노와 동거하며, 이로써 전통적 고정관념에서 벗어난 남녀 역할의 가능성이 암시된다. 친구를 잃은 슬픔을 위로해주고자 베노가 라우라에게 『천일야화』에 나오는 이야기를 들려주기 시작하는 것으로 소설은 끝난다.

3-2. 현재형 여성 파우스트 라우라

현재의 삶에 안주하지 않고 끊임없이 변화를 추구하는 파우스트적 존재 방식을 지향하는 것은 기존의 여성적 삶의 한계를 벗어나려는 노력과 일치한다. 그러나 이러한 이상을 동독의 일상생활에서 실현하기에는 많은 장애가 뒤따른다. 그러한 예로 라우라의 직업을 들 수 있다.

라우라는 어린 시절부터 전통적으로 남성에게 적합한 직업으로 간주되는 전차 운전사가 되기를 꿈꾼다. 그리고 결국 1965년부터 수도 베를린의 전차 노선을 운전한다. 그러나 이는 순조로운 직업 선택의 결과로 이루어진 것이 아니다. 학문 분야에 종사할 의무에 따라 그녀는 우선 대학에 진학하며, 그후 독문과의 연구원으로 일한다. 결혼하여 딸을 출산한 후, 직업과 가정생활을 병행해야 하는 이중의 과중한 임무에 시달린다. 그러던 중 어린 딸이 첫돌을 넘기지 못하고 사망한다. 라우라는 자신의 "사상적인 불투명함"[10]을 스스로 비난하면서 생산직으로의 전근을 자청한다. 그후 건설 현장에서 여러 해 동안 종사한 후 전차 운전사가 된다.

라우라가 어린 시절의 꿈인 전차 운전사로 근무하는 것은 동독의 직업 교육 제도에서 재능과 성향에 따라 자유로이 직업을 선택할 수 있기 때문이 아니다. 그보다는 정치적 이유에서 비롯된 징계 조치의 결과이다. 이외에도 자율적 삶의 실현을 저해하는 요소로서 사회주의에서 계속 유지되는 가부장적 사회 구조를 지적할 수 있다. 동독에서 남녀 성별 간의 투쟁을 계급투쟁의 한 형태로 간주하는 입장은 거부된다. 그 대신 계급 지배의 종말은 곧 여성 착취의 소멸을 뜻한다고 보는 견해가 지배적이다. 즉 여성 차별은 자본주의 사회에서나 찾아볼 수 있는 현상일 뿐, 계급 차별이 없는 공동생활을 토대로 하는 동독에서는 여성 우호적인 법조항과 정책수립을 통해 남녀 평등이 이미 이루어졌다는 것이 공식 입장이다. 하지만 라우라가 안고 있는 주부로서의 의무와 사회 구성원으로서의 의무인 직업활동 사이의 갈등은 사회주의 사회에 여전히 내재하고 있는 모순을 폭로한다.

행복한 엄마는 딸을 아침에 탁아소에 데려가고, 저녁에 다시 데려오고, 기저귀는 물론 온 가족의 빨래도 하고, 요리를 하고, 장을 보고, 집안 청소를 하고, 아이를 의사에게 데려가고, 병이 나면 간호를 한다. 신문 기자인 우베는 자주 출장을 떠난다. 라우라는 교수의 책 출판에 필요한 서평들을 제때에 쓰지 못한다. 교수는 그녀의 연구 보고서에 점점 결함이 많아진다고 평가한다. 그녀는 준비를 제대로 하지 못한 채 강의를 하곤 한다. 그런가 하면 미열이 있는 채로 딸을 탁아소에 맡기기도 한다. 1958년 첫돌을 십일 일 앞두고 딸 율리안네는 폐렴으로 죽고 만다.

생산과정에의 적극적 참여를 통한 남녀 평등을 부르짖는 사회주의 이념과 여성이 처해 있는 실제 상황 사이에는 이처럼 커다란 격차가 가로놓여 있다. 사회주의에서 여성이 직업활동이라는 새로운 역할을 떠맡는 것 자체는 여성의 자아 실현과는 거리가 먼 것이다. 여성과 남성의 역할

---

10) Irmtraud Morgner, *Leben und Abenteuer der Trobadora Beatriz*, S. 109.

을 규정하는 전통적 관습은 여전히 유지되고 있기에, 여성의 적극적 직업활동은 오로지 또하나의 새로운 역할이 추가됨을 의미할 뿐이다.

3-3. 미래형 여성 파우스트 발레스카

동독 여성 작가들은 사회 다방면에 걸쳐 만연해 있는 가부장적 구조에 적응해야만 하는 현실을 체험한다. 그후 남성 특유의 사고방식 내지는 행동이 초래하는 왜곡된 소외 현상을 지적하고 이 같은 기형화의 답습을 거부하기에 이른다. 이런 맥락에서 전통적 남녀 역할 내지 행동 유형 등을 비판적 시각에서 재조명하며, 보다 진보된 성별 개념의 정립을 시도하려는 텍스트가 1970년대에 접어들어 많이 등장한다. 이들은 특히 환상적 내지 유토피아적 소재를 적용하여, 오늘의 현실과 남녀 사이의 동등한 관계를 토대로 하는 미래의 새로운 공동생활 형태를 비교한다. 여성이 지닌 가능성을 과감히 확대시키는 실험으로서의 '성전환'을 주제로 다루고 있는 텍스트가 그러한 예이다.[11]

베아트리츠 장례식에서 라우라가 낭독하는 그녀의 유작 「발레스카가 전하는 복음」[12]에는 성공적 성전환에 관한 보고가 담겨 있다. 음유시인 베아트리츠, 전차 운전사 라우라를 거쳐 미래의 적극적인 여성 파우스트를 구현하는 발레스카는 전 세계적으로 기아를 퇴치할 수 있는 가공식품 개발에 종사함으로써 사회 공익에 이바지하는 우수한 식품영양학자이다.

발레스카는 구태의연한 남녀 역할에 따른 남성들의 사고방식에 저항하며 남성의 지배에서 벗어난 주체로서 자기 미래를 설계해가는 적극적

---

11) Vgl. Dorothee Schmitz-Köster, *Trobadora und Kassandra. Weibliches Schreiben in der DDR*, Köln, 1989, S. 74~79.

12) 「발레스카가 전하는 복음Gute Botschaft der Valeska」은 원래 1975년 동독의 Hinstorff 출판사가 성전환을 테마로 한 남녀 작가들의 작품을 모아 출간한 『마른하늘에 날벼락Blitz aus heiterm Himmel』을 위해 집필되지만, 검열 때문에 전집에 수록되지 못한다. 그후 1980년 서독에서 유사한 테마를 소재로 한 세 작품, 즉 볼프 Christa Wolf의 「자기 실험Selbstversuch」 키르쉬Sarah Kirsch의 「마른하늘에 날벼락」, 모르그너의 「발레스카가 전하는 복음」을 한데 엮은 '성전환Geschlechtertausch'이란 제목의 책자가 출간된다.

인 여성상을 대변한다. 어느 날 우연히 한 잔의 커피를 마시면 남자가 되고자 하는 소원이 성취될 수 있음을 발견한다. 상황에 따라 성을 바꿀 수 있어 직업적으로도 유리할 뿐만 아니라, 동등한 성관계를 통한 쾌락을 향유하면서 충만한 삶의 이상을 실현하게 된다.

남성으로 변신한 후에도 내면에는 여성으로의 정체성을 그대로 지니고 있는 발레스카는 남자친구 루돌프를 계속 사랑하는 한편 여자친구들과의 성적 체험을 통해 이제까지 경험하지 못한 새로운 감정들을 터득한다. 아들을 향한 모성애도 변함없이 간직하며, 동시에 여성을 지배하거나 착취하지 않은 채 사랑할 수 있는 능력을 갖게 된다. 그녀는 가공식품 개발에 몰두하는 것과 마찬가지로, 성전환도 폭력을 포기케 하는 습관을 길러줌으로써 보다 인간다운 삶의 실현에 기여할 수 있음을 깨닫는다.

발레스카는 사회주의 사회에서 여성이 부딪치는 장벽, 즉 여성의 학문적 업적에 대한 편견, 과장된 행정 조치가 낳는 모순 등을 과감히 비난하는 자연과학자이다. 그녀는 마술을 써서 남녀 관습의 굴레로부터 벗어나려던 베아트리츠의 후예인 미래의 여성 파우스트를 대변한다. 그녀가 전하려는 복음에서는, 언젠가는 수시로 가능한 성전환을 통해서 남녀 간의 인간적 단결이 이루어질 것이고, 따라서 성별이란 다만 미미한 차이에 불과할 뿐이라는 점이 암시된다. 한편 남녀 양성이 동시에 가능한 이러한 삶의 구상은 사생활과 직업을 무리 없이 병행하고자 하는 여성 특유의 바람을 성취할 수 있는 가능성 모색이라는 점에서도 시사하는 바가 크다.

4. 시대에 뒤떨어진 모델 여성 파우스트

모르그너의 '살만 3부작'의 두번째 작품 『아만다*Amanda*』는 1983년에 발표된다. 『음유시인 베아트리츠』 줄거리의 연장인 『아만다』에서도 라우라는 약간의 변형을 거쳐 계속 주인공으로 등장한다. 겉으로 드러나는 그녀의 일부는 여전히 평범한 일상생활을 계속하는 전차 운전사이지만, 다른 일부는 악마에 의해 그녀로부터 분리된 마녀 아만다이다. 아만다는 자신과 같은 처지에 놓여 있는 다른 마녀들과 함께 브로켄 산악 지역에서 거처한다. 이 지역을 장악하고 있는 우두머리 악마 콜북의 지시에 따라 여인들은 창녀로 일한다. '발푸르기스의 밤' 축제가 벌어질 때만 그들은 일정 시간 동안 감금 상태에서 탈출을 시도할 수 있다.

괴테 『파우스트』의 '발푸르기스의 밤'에서는 사탄 숭배와 마녀들의 열광적인 춤이 어우러진 무아지경 상태가 절정에 달한다. 이에 비하여 모르그너는 악마와 마녀들 세계를 남녀 성별의 대립으로 표현하며, 남성 지배에서 벗어나려는 마녀들의 노력이 모두 수포로 돌아가는 것을 강조한다.

아만다는 극도의 페미니즘을 부르짖는 과격파에 합류하기보다는 남녀 양성의 동시 소유를 이상으로 추구하는 온건파에 속하는 마녀들을 대표한다. 그리고 라우라가 마녀들의 혁명을 지원하기를 기대한다. 라우라는 그 어떤 형태의 저항운동에도 관여하기를 거부하며, 그보다는 일상생활에서 겪는 개인적 어려움을 해결하는 데 더 주력한다. 혼자 아들을 키우며 살아가는 직업 여성으로서 견디어야 하는 힘겨운 이중 부담을 덜어줄 수면 대용제를 개발하려고 화학 실험에 몰두한다. 그러나 성과를 거두지는 못한다.

그녀는 파우스트 박사처럼 혼자서 연구에 전념하기보다는 다른 여성들과 협력함으로써 목표를 성취할 수 있다는 결론에 이른다. 마녀들의 모임에서와 마찬가지로 여성들이 단결해야 할 필요성이 다시금 강조된다. 이처럼 남성적 연구 방식과 여성적 실용주의의 대비를 통해 혼자 노력하며 연구하는 파우스트적 학자의 자세로는 오늘날 여성들이 일상생활에서 부딪치는 어려움을 해결하는 데 한계가 있음이 명백해진다.

한편 우두머리 악마 콜북뿐만 아니라 우두머리 천사 차카리아스도 라우라에게 구혼 신청을 한다. 페미니스트로 알려진 라우라를 아내로 맞음으로써 자기 추종 세력으로부터 호감을 얻으려는 속셈에서 그녀를 둘러싸고 경쟁을 벌인다. 이처럼 권력욕에 사로잡힌 남성의 지배로부터 벗어나지 못하는 여성은 자기 의지에 따른 자유로운 삶을 실현한다는 것이 불가능하다. 기존의 가부장적 지배 구조가 변하지 않는 한, 악마와의 제휴는 여성을 남성 지배로부터 해방시켜주기보다는 오히려 남성의 지배를 견고히 하는 데 기여할 뿐이다. 이처럼 홀로 연구에 몰두하거나 악마와 계약을 맺는 등의 파우스트를 본뜬 시도들은 라우라가 처한 절박한 현실 문제를 개선하는 데 적합하지 않으며, 따라서 파우스트는 라우라에게 이상적 모델이 될 수 없다.

작가 모르그너는 『음유시인 베아트리츠』와 『아만다』, 두 텍스트에서 소극적으로 운명에 굴복하기보다는 세상을 발견하고 변화시키려는 파우스트와 같은 인물에게 여성들이 느끼는 공감을 묘사한다. 아울러 파우스트 전설의 핵심인 지식욕과 악마와의 계약을 페미니즘 내지 정치적 측면에서 비판적으로 재검토함으로써, 파우스트가 여성에게 바람직한 모델이 될 수 있는가라는 질문을 제기한다. 바로 이와 같은 요소가 여성 파우스트 모티프를 다룬 19세기 말과 20세기 초 대다수 남성 작가들의 경우와 비교하여 더욱 주목해야 할 차이점이다. 즉 모르그너는 자유와 자립의 상징인 파우스트를 향한 동경을 여성답지 못한 만용으로 비난하기보다, 파우스트를 이상으로 삼고 접근해가려는 노력 자체가 여성에게 의미 있는 선택인지의 여부에 더 많은 관심을 기울이는 것이다 .

모르그너에 따르면, 결과에 개의치 않고 어떤 경우에도 앞만 보며 노력하는 파우스트적 자세는 지극히 남성적인 세계관을 대변한다. 사회주의에서의 남녀 평등을 표방하는 공식적 입장에도 불구하고, 동독에도 여전히 남성 위주의 세계관이 지배하고 있다. 그러나 여성의 적극적 자아실현을 저해하는 정치 사회 경제 등 다방면에 걸친 복합적인 문제를 해결하기에 이러한 남성 위주 세계관은 적합한 대안이 될 수 없다는 점을 지적한다. 이상적 목표를 향한 편파적 노력보다는 비판적 사고를 바탕으로 실용적 해결책을 추구하며, 일상생활 속에서 어려움을 극복해나가는 여성의 능력을 강조하는 것이다. 이로써 남성 위주 세계관에 따른 삶을 지향하면서 오류를 반복하는 여성 파우스트보다는 여성뿐만 아니라 남성에게도 표본이 될 수 있는 휴머니즘적 이상형의 추구를 옹호하고 있다. 따라서 오늘날의 여성에게 파우스트는 추구해야 할 본보기로서의 매력을 이미 상실했다는 결론에 도달한다.

참고 문헌

Irmtraud Morgner, *Leben und Abenteuer der Trobadora Beatriz nach Zeugnissen ihrer Spielfrau Laura. Roman in dreizehn Büchern und sieben Intermezzos*, Darmstadt, 1977.

Irmtraud Morgner, *Amanda. Ein Hexenroman*, Berlin und Weimar, 1983.

Clason, Synnöve, *Der Faustroman Trobadora Beatriz. Zur Goethe-Rezeption Irmtraud Morgners*, Stockholm, 1994.

Doering, Sabine, *Die Schwestern des Doktor Faust. Eine Geschichte der weiblichen Faustgestalten*, Göttingen, 2001.

Ehrlich, Lothar, "Faust" im DDR-Sozialismus, In: Frank Möbus, Friederike Schmidt-Möbus und Gerd Unverfehrt(Hrsg.), *Faust. Annährung an einen Mythos*, Göttingen, 1995, S. 332~342.

Herminghouse, Patricia A., Die Frau und das Phantastische in der neueren DDR-Literatur. Der Fall Irmtraud Morgner, In: Wolfgang Paulsen(Hrsg.), *Die Frau als Heldin und Autorin. Neue kritische Ansätze zur deutschen Literatur*, Bern und München, 1979, S. 248~266.

Kaufmann, Eva, Interview mit Irmtraud Morgner. In: *Weimar Beiträge*, 1984, H. 9, S. 1494~1514.

Schmitz-Köster, Dorothee, *Trobadora und Kassandra. Weibliches Schreiben in der DDR*, Köln, 1989.

호호후트의 『히틀러의 파우스트 박사』
— 권력과 학자적 양심의 문제를 중심으로

박일균

1. 머리말

파우스트의 전설을 소재로 하거나 파우스트 모티프를 원용한 문학작품은 16세기부터 괴테의 『파우스트』를 거쳐, 최근에 이르기까지 꾸준히 창작되어왔다. '파우스트의 이야기'는 가장 독일적인 전형성이 무엇인가를 고뇌했던 독일 작가들의 관심을 끌기에 충분하였으며, 바로 그러한 관심이 괴테로 하여금 대작 『파우스트』를 완성케 한 것이다. 이 대작은 오랜 세월이 흐른 후 전후 독문학의 거장 토마스 만의 『파우스트 박사』(1947)를 태동케 하였으며, 그는 여기서 독일 정신의 전형성을 음악가의 형상으로 표현하기도 하였다.

파우스트 소재에서 독일의 전형성을 찾으려는 시도는 20세기에 이르러 제1, 2차 세계대전을 거치면서 정신적 혼돈을 겪어온 현대인들에게도 지속적인 관심을 끌어왔다. 그중 문학작품이 가지는 허구적 요소보다는 역사적 사실에 근거한 기록을 각색하여 파우스트 박사와 메피스토펠레스(이하 메피스토)의 역할을 제2차 세계대전 전후의 상황에 대응시킨 작가가 있으니, 그가 바로 기록극[1]이라는 드라마의 새로운 형태를 시도한 호흐후트Rolf Hochhuth이다. 그는 2000년에 발표한 희곡 『히틀러의 파우스트 박사(Hitlers Dr. Faust)』[2]를 통해 '과학자가 자신의 연구 목적을 위해 전쟁을 수행하는 것이 과연 정당한 일인가'를 테마로 삼아 인류의 평화에 반하는 무리들과 결탁한 과학자의 양심과 책임 문제를 현대인들에게 다시금 일깨워준다.

본고는 이러한 과학자의 양심과 책임 문제를 표현한 최근작 『히틀러의 파우스트 박사』에 대한 전체 개관을 목적으로 한다. 사실상 이는 21세기에 발표된 초현대적 작품이기 때문에 독일 내에서도 아직 이렇다 할 연구 작업이 이루어지지 않고 있다. 3막으로 구성된 이 희곡은 2001년 베를린에서 초연되었을 때 언론에 잠시 주목받았을 뿐 그에 대한 문학평론가들의 작품 평가나 작품에 대한 논쟁들은 — 그 시사성에 비해서는 — 미미하다. 그 이유는 호흐후트가 현재 생존 작가라는 점과 그의 정치 참여적 성향이 이미 문학계에 증명된 점, 그리고 제2차 세계대전 전후의 사건과 관련된 논의가 기존 독일 작가들이 발표한 수많은 관련 저작들을 통해 이미 충분히 검증되었다고 믿는 사회적 공감대 때문으로 추측된다.

이러한 상황에서 본고는 작가의 경향, 작품 생성의 배경, 역사적 실존 인물로서의 등장인물에 대한 정보, 그리고 작품의 주제를 점검함으로써 이 희곡의 개괄적 양상을 조망하는 것이다. 또한 이 작품이 우리 사회에 던져주는 의미, 그리고 과학자로 대변되는 지식인들의 도덕적 책임이 무엇인가를 논함으로써 과학기술과 인간성의 관계에 따른 현대적 의의를 정리하여보고자 한다.

---

1) 기록극Dokumentarstück은 정치적 사건이나 역사적 기록물들을 소재로 하여 문학작품이 가지는 미학적 요소에 중점을 두기보다는, 사회 비판이나 역사적 체험에 대한 성찰을 위주로 하는 현대극이다.

2) Rolf Hochhuth, *Hitlers Dr. Faust*, Hamburg, 2000. 이하 인용과 참조는 괄호 안의 아라비아 숫자로 이 판본의 쪽(S)을 나타낸다.

2. 호호후트 작품의 특징

2-1. 호호후트의 생애와 작품세계

『히틀러의 파우스트 박사』는 그 동안 잘 알려진 호호후트의 작품 경향이나 작가적 소신을 그대로 잘 보여준다. 때문에 작가의 이력과 초기, 중기 작품들의 특징을 살펴보는 것은 이 현대작의 탄생을 이해하는 데 중요한 역할을 한다. 다시 말해서 작가의 생애와 작품, 그리고 작품들의 전반적 내용을 개괄하는 것은 그의 작품 성향과 특징을 도출해내는 데 중요한 요소가 된다 하겠다.

호호후트는 1931년 독일 에슈베게에서 제화업자의 아들로 태어나 개신교를 믿는 종교적 분위기에서 성장했다. 그는 일찍이 고등학교 졸업시험 아비투어도 포기하고 서점에서 견습생활을 시작하여 스물네 살의 나이에 편집인이 되었으며, 이로부터 몇 해 동안 습작 희곡을 발표한다. 오랫동안 독일문학계에 이름이 알려지지 않았던 호호후트가 무명 작가에서 당대의 가장 주목받는 극작가로 떠오른 것은 1963년에 발표한 「신의 대리인」을 통해서이다. 이는 당시까지만 해도 문학을 통한 비판 자체가 묵시적으로 허용되지 않던, 즉 전통적으로 성역에 속하는 로마 가톨릭계를 정면으로 비판한 것으로서, 전 세계의 이목을 집중시킨 대표적인 기록극이다. 여기서 작가는 제2차 세계대전 당시 유대인들을 대량 학살한 히틀러 및 그의 추종자들을 '악의 세력'으로 규정하고, 유대인 학살을 방관한 교황 피우스 12세를 비판 대상으로 삼는다.

1963년 3월 베를린 민중극장에서 역사극의 거장 에르빈 피스카토르에 의해 연출된 「신의 대리인」은 공연 이후 국내외적으로 급격한 논란에 휩싸인다. 즉 공연된 작품이 나치 시대의 상황과 교황의 역할을 묘사하는 과정에서 진실을 규명하기 위한 역사적 접근이 불충분하다는 평가도 있으며, 유대인 살육의 책임을 교황에게 모두 전가하려 한다는 가톨릭 측의 반발도 거세었다.[3] 하지만 호호후트는 이를 통해 교황과 로마 가톨릭에 대한 책임을 공론화시켰다는 점에서 관객들에게 진정한 작가적 용기가 무엇인지를 보여주며, 이후에도 그가 시대 참여적 작품들에 몰두하는 계기가 된다는 사실은 부정할 수 없다.

그는 「신의 대리인」 이후에도 계속 이와 유사한 테마로 도덕적이고 정치적인 책임을 묻는 문제작들을 내놓는다. 1967년 발표된 「군인들」 「제네바의 진혼가」는 제2차 세계대전 당시의 영국 총리 처칠의 중대한 실책을 파헤친 작품이다. 여기서 호흐후트는 처칠을 독일 드레스덴의 민간인 거주 지역에 폭격을 가해 무고한 시민들의 죽음을 초래한 인물로 그려냄과 동시에, 영국에 있던 폴란드 망명정부의 총리가 비행기 사고로 사망하자 당시 폴란드의 비극적 운명에 책임이 있는 정치인으로 지목한다. 이 역시 역사적 사실을 토대로 한 기록극 형식으로 작가의 시대 비판적 의식을 잘 반영해준 작품으로 평가된다.

그후 호흐후트는 정치적 사회 참여적 작품활동을 계속한다. 그의 창작활동은 1970년대에 정점에 이르는데, 1970년 5막으로 구성된 희곡 「게릴라」를 발표하면서 다시 한번 그가 문제 작가라는 사실을 보여준다. 이 작품은 자본가의 착취에 대항하는 남미의 나라들과 미국 경제전쟁을 소재로 한 것으로서, 미국의 자본주의에 대한 비판과 권력자의 책임 소재를 묻는 작가 특유의 비판적 경향을 엿볼 수 있다. 그는 이어서 「산파」(1971), 「시스트라테와 나토」(1973), 「어느 사냥꾼의 죽음」(1976), 「법률가들」(1979)을 발표하며 시대 참여적인 작가로서의 위치를 확고히 한다. 1980년대에도 「여의사들」(1980), 「유디트」(1984), 「원죄 없으신 잉태」(1989) 등을 잇달아 내놓는다. 특히 발표 후 오랫동안 공연되어온 「유디트」는 인류에 위협적인 핵무기를 증강시키고 군사력을 확장하여 제3세계에 무기 거래를 일삼는 정치 지도자들의 도덕적 책임을 묻는 작품으로, 1980년대 정치를 움직인 미국 대통령 레이건을 중심으로 한 각 강대

---

3) Vgl. Reiner Taëni, *Rolf Hochhuth*, Autorenbücher 5, München, 1977, S. 14.

국의 전쟁 상인들을 비판한 정치극이다.

그의 정치적이고 시대 비판적인 의식은 21세기에 이르러 『히틀러의 파우스트 박사』를 발표하면서 여전히 지속된다. 특히 가장 최근작인 「매킨시가 오다」(2004)는 발표 직후부터 작가가 기업인 살해를 선동했다는 비판을 받으며 격렬한 사회적 논란에 휩싸인다. 하지만 다른 한편으로는 사회적 책임을 회피한 채 이윤의 극대화만 추구하는 자본주의의 냉혹성과 부패 재벌을 고발한다는 점, 그리고 자본주의 사회의 결과물인 실업자들의 문제와 그에 따른 구조적 모순을 과감히 파헤친다는 점에서 높은 평가를 받고 있다.

이렇듯 1960년대부터 작품을 발표할 때마다 깊은 사회적 충격을 준 호흐후트는 정치적 앙가주망을 근간으로 하는 시대 참여적 문학을 지향하는 작가이다. 이러한 정치적 성향은 대체로 사회의 불평등에 대한 정치의식에서 형성된 것이지만, 극단적 사회주의 성향의 작가들과는 달리 완화된 민주사회주의 건설이라는 정치 이념을 목적으로 하고 있는 것도 특색이다.[4] 물론 그는 자신의 진보적 성향으로 말미암아 전후 수많은 논란의 중심에 서왔으나, 사회 지도층의 비도덕성과 무책임을 날카롭게 비판하며, 이른바 "도덕적 엄숙주의"[5]를 표방하는 자신만의 영역을 구축하고 있다.

2-2. 호흐후트와 기록극

호흐후트를 일약 유명 작가로 만들어준 「신의 대리인」이 초연된 직후 이에 대한 찬반론은 문학계뿐만 아니라 종교계에서도 격해진다. 이러한 논란 속에서도 이 작품이 교황의 양심을 촉구하고 그 책임을 드러낸다는 점에서, 즉 정치적으로 또는 종교적으로 거론하기 어려운 민감한 부분을

---

4) Vgl. Wolfgang Ismayr, Hochhuths politisches Theater, In: Arnold, Heinz Ludwig, *Rolf Hochhuth*, Text+Kritik 58, München, 1978, S. 43.

5) Vgl. Rudolf Wolff(Hrsg.), *Rolf Hochhuth. Werk und Wirkung*, Bonn, 1987, S. 152.

당시 작가로서의 영향력이 전혀 없던 호흐후트가 용기 있게 다룬다는 점에서 비교적 높은 평가를 받는다. 그러나 그의 독일문학사적 위치는 그러한 작가적 용기에 있는 것이 아니라, 바로 기록극의 전형이 무엇인지를 최초로 작품을 통해 보여준다는 사실이다.[6) 「신의 대리인」은 수많은 논란에도 불구하고 주제적 측면에서 최초의 기록극으로 인정되는 작품이기 때문에, 이후 페터 바이스에 의해 정리된 기록극의 이론정립에 적지 않은 영향을 준다.[7)

본래 기록극이라 함은 1920년대에 이미 피스카토르가 신문 기사와 광고, 사진, 연설문 등의 기록문들을 이용하여 전쟁과 혁명에 관한 역사극으로 만들면서 시작된다고 이야기되지만, 현대적 의미로는 1960년대 독일의 정치적 혼란기에서 탄생한다고 보는 견해가 지배적이다. 이 가운데 호흐후트의 「신의 대리인」과 하이나르 키프하르트의 「오펜하이머 사건」(1964), 그리고 바이스의 「수사(搜査)」(1965) 등이 대표적 기록극으로 평가되어 각기 뚜렷한 문학사적 위치를 점하고 있다. 기록극은 또한 반정치적 예술연극에 대한 대응 성격을 띤다. 그것은 관객들이 불행한 역사적 사건에 대해 '지금까지' 아무런 문제의식 없이 과거를 망각하며 도피하는 것을 엄격히 비판하면서 태동된다. 이러한 과정에서 기록극 작가들은 기록된 문헌들을 통해 사실 그대로를 독자 및 관객에게 전달하는 동시에 숨겨진 역사적 문제를 환기시키며 주로 소외된 계층, 혹은 자본과 권력으로부터 억압받는 자들의 편에 서왔다.

현대적 의미의 기록극은 피스카토르의 역사극, 정치기록극과 브레히트의 교술극에서 형성되어 차츰 정치극, 반항극, 반연극 등으로 나타난 기록류 연극의 한 부류로 인정된다. 기록극은 정치 참여에 대한 관심이 고조되던 1960년대에 독일에서 활발히 전개되지만, 1970년대에는 상대

---

6) 「신의 대리인」 초연 당시의 연출가 피스카토르는 이 드라마를 서사극으로 표현하며, 극의 성격을 '서사학적' '서사기록적' 이라 칭하기도 한다. Vgl. Rudolf Wolff, *Rolf Hochhuth*, S. 10.
7) Vgl. Fritz Martini, *Deutsche Literaturgeschichte*, Stuttgart, 1984, S. 688.

적으로 그 관심이 약화되어 자연스럽게 퇴보의 길을 걷는다. 그러한 가운데에서도 꾸준히 역사적 사실에 근거한 자료를 바탕으로 시대의 허구와 왜곡을 비판하며 기록적 성격의 작품에 매진한 작가가 바로 호흐후트이다. 물론 페터 바이스는 기록극에 대한 전반적 이론을 정립하였다는 이유로 오늘날 기록극의 대표 작가로 꼽힌다. 그러나 바이스도 1964년에야 비로소 산문에서 희곡으로 방향을 바꾸며, 그가 기록극에 매진한 것도 호흐후트의 「신의 대리인」 이후이다. 그렇게 볼 때, 호흐후트가 현대 기록극의 탄생에 어느 정도의 역할을 했는지 짐작할 수 있다.[8]

앞서 언급했듯이 기록극은 1960년대라는 제한된 시기에 존재한 실험 현상으로 간주될 수 있지만, 원래 기록극의 성격상 진실을 위조하는 모든 현상을 비판하고 신문 방송 매체에서 자행된 사실 왜곡과 허위, 사실 호도를 비판한다는 점에서는 시대적 제약이 있을 수 없다. 즉 역사적 사실에 따른 기록적인 내용을 바탕으로 한 여러 희곡이 이 같은 비판적 기능과 가치를 획득한다면 기록극의 범주에 포함될 수 있다는 것이다. 이러한 맥락에서 「신의 대리인」 「군인들」과 같은 기록극 이후에도 그의 다른 참여적 저작들 또한 기록극의 연장선상에 있으며, 『히틀러의 파우스트 박사』 또한 기록극의 성격을 가진 작품이라 할 수 있다.

그러나 호흐후트가 기록극 자체의 문학적 가치를 지향했다기보다는 그의 정치적 역사적 참여 성향이 결국 기록극을 매개로 삼게 된다고 보는 것이 옳다. 그의 관심은 기록극을 통한 표현 방식에 있는 것이 아니라, 어떠한 역사적 사건의 결과물이 호도되고 은폐되어 진실이 제대로 전달되지 않는 사회 현상 그 자체에 있기 때문이다. 그가 『히틀러의 파우스트 박사』를 구상하게 된 것도 과거를 극복했다고 믿는 현대인들이 쉽게 간과하고 있는 과학자들의 양심과 책임 문제, 그리고 '인류를 이롭게 해야 할 과학기술의 이면에 도사리고 있는 인류 파괴의 과정은 은폐되어

---

8) Vgl. Arnold Blumer, *Das dokumentarische Theater der sechziger Jahre in der Bundesrepublik Deutschland*, Meisenheim am Glan, 1977, S. 1.

도 좋은가'에 대한 질문에서 비롯된다. 그렇기 때문에 역사적 사료를 바탕으로 한 기록극과 역사적 사실 인멸을 비판하는 호호후트 개인의 작가적 성향은 애초부터 불가분의 관계에 놓여 있다 하겠다.

3. 『히틀러의 파우스트 박사』

3-1. 작품 탄생의 배경

호호후트의 21세기 첫 드라마 『히틀러의 파우스트 박사』는 2001년 10월 21일, 베를린에서 처음으로 무대에 올려진다. 정치적 색채가 짙은 작가의 작품 경향을 이미 알고 있는 독자라면 그리 놀랄 일은 아니지만, 이 연극은 일반 관객에게는 제목부터가 센세이션이었다. 이 작품의 텍스트는 이미 1990년에 프롤로그가 탈고되어 호호후트 전집에도 수록되지만, 그 이후 『슈피겔』 등의 시사 잡지에 실린 기록들을 증보하여 2000년에 로볼트 출판사에서 단행본으로 새로이 출간한다. 작가는 제2차 세계대전 당시 나치 하에서 로켓 연구를 시도한 루마니아계 독일 과학자 헤르만 오베르트(1894~1989)를 중심인물로 설정하며 이 드라마의 성격을 비극으로 규정한다.

『히틀러의 파우스트 박사』는 2001년 아프가니스탄에 대한 미국의 로켓 공격과 맞물려 베를린 초연 당시 상당한 시사적 관심을 불러일으킨다. 작가는 이를 통해 정치와 결탁한 과학자들의 도덕과 책임을 파헤친다. 즉 '과학자들이 그들의 연구를 수행하기 위해 정치권력에 이용되는 수준이 어디까지인가', 그리고 '과학자들이 자기 연구 목표를 수행하기 위해 스스로 전쟁을 이용하는 것이 과연 정당한가'를 묻고 있다. 이는 그가 「신의 대리인」에서 제2차 세계대전중 나치의 유대인 학살을 묵인한 교황의 도덕과 책임을 묻는 것과 같은 맥락이다. 다시 말해서 종교 지도자들이나 과학자들이 직접적이든 간접적이든 전쟁을 일으킨 장본인에게 협조하고, 이에 따라 죄 없는 수많은 사람들을 죽음으로 내몬다는 사실에 대해서 도덕적 책임을 져야 한다는 것이다.

먼저 작품 배경을 이해하기 위해 작중의 주인공인 동시에 역사적 실존 인물인 오베르트가 살아온 역사적 행적과 그의 주변 인물, 당시의 시대적 상황과 그의 선택적 과정을 살펴보자. 그는 1894년 헤르만슈타트에서 태어나 1989년 뉘른베르크에서 생을 마감한 우주공학 및 로켓 기술의 선구자이다. 이 과학자는 초기 우주공학 개설서라 불리는 『행성 공간을 향하는 로켓』(1923), 『우주 항해의 길』(1929)을 통해 현대 우주공학의 이론적 학문적 기초를 제공하며, 현재까지 가능했던 모든 우주여행기술의 핵심 이론을 구축한 인물로 평가된다. 또한 오베르트가 1929년 액체 추진 로켓을 개발하여 독일이 우주공학 분야의 선두에 나설 때, 당시 베를린 공과대학 학생이던 베르너 폰 브라운이 그가 이끄는 로켓 연구에 동참한다. 이로써 제2차 세계대전 발발 초기 우주과학 시대를 열 로켓 연구가 독일에선 정점을 이루게 된다. 하지만 대전이 발발한 후 히틀러가 로켓 공격으로 전쟁을 종료하고자 페네뮌데[9]에서 우주공학 센터를 가동할 때, 오베르트와 폰 브라운이 히틀러의 전쟁 종료 구상에 따른 연구 프로젝트를 이끌어간다. 하지만 연구가 한창일 때 독일이 패망하자 폰 브라운은 미국으로 근거지를 옮기고, 그는 훗날 미국이 세계 우주공학을 선도하는 데 결정적인 역할을 한다.

오베르트는 어린 시절부터 인류가 로켓을 이용하여 우주를 여행하게 되는 순수한 꿈을 꾸어온 학자이지만, 자신의 연구로 완성된 로켓 V2가 히틀러에 의해 런던에 투하되면서 수많은 무고한 사람들이 죽음을 맞이하는 장면을 목격한다. 결국 인류를 위한 과학기술 연구가 인류를 파괴하는 연구가 된 것이다. 미국으로 건너간 그의 제자 폰 브라운은 미국이

---

9) 페네뮌데는 발트 해의 작은 섬으로 제2차 세계대전 당시 히틀러가 대규모의 로켓 병기를 개발하려고 세운 연구기지가 위치한 곳이다. 여기서 개발된 V1, V2 로켓은 1944년 6월 영국 공격에 사용된다.

시도한 별들의 전쟁 계획과 전략 방위 구상에 이론적 기초를 세우며, 2001년 미국의 아프가니스탄 공격에 사용된 로켓을 개발하는 등 전후 미국의 전쟁 수행에 직접적인 과학기술을 제공하기도 한다.

여기서 폰 브라운에 대해 보다 자세한 접근이 필요한데, 그가 작품 전면에는 등장하지 않으면서도 메피스토의 역할을 수행하기 때문이다. 앞서 언급한 바처럼 폰 브라운은 2차 대전중 독일에서 세계 최초의 탄도미사일 V2가 완성될 당시 오베르트의 수제자로 연구 작업에 참가한 인물이다. 그러다가 독일군의 전세가 불리해지자 미국에 투항하여 자신의 연구팀 일부와 함께 미국으로 건너간다. 말하자면 독일을 위해 무기 개발의 중심 역할을 하던 과학자가 적국인 미국의 무기 및 우주 개발의 핵심 브레인으로 자리잡는 역사적 아이러니가 발생한 것이다. 그는 1950년 미국의 군수공장에서 중거리 탄도미사일을 개발하기도 하고, 1960년에는 새로 설립된 미국항공우주국으로 이동하여 초대형 로켓 제작을 맡기도 한다. 그 이후에 마셜 우주비행 센터의 감독이 되며, 새턴 V라 불리는 거대한 로켓을 완성하여 아폴로 11호를 인간의 발길이 닿지 않은 달나라로 보내는 역할을 하게 된다.

오베르트가 1950년대 초반 미국에서 봉직하게 된 것도 폰 브라운의 계획에 따른 것이며, 바로 이러한 역사적 사실이 호흐후트로 하여금 폰 브라운을 괴테의 『파우스트』에 등장하는 악마 메피스토 역할을 대응하게 한 것이다. 폰 브라운은 1972년 미국항공우주국에서 은퇴한 후 한 기업의 부사장이 되기도 하지만, 1977년 6월 버지니아 주 알렉산드리아에서 사망한 이후 그의 이름은 세인들의 관심에서 멀어져간다. 오늘날 미국이 세계의 우주항공기술을 주도하게 한 인물이 바로 폰 브라운이지만, 그의 사후 미국은 그를 명예로운 과학자로 대우하지 않는다. 호흐후트는 폰 브라운의 장례식이 배경이 된 『히틀러의 파우스트 박사』 제3막에서 이 문제를 비판적으로 거론하기도 한다.(S. 124 참조)

그렇다면 호흐후트가 이 작품에서 파우스트를 소재로 학자적 양심을 강조하게 된 이유는 무엇일까? 그 대답은 위에 소개된 오베르트와 폰 브라운이 걸어온 길에서 확연히 드러난다. 전후 정치와 사회에 관한 문제를 논하는 데 있어서는 수많은 혼란이 있지만, 오베르트나 폰 브라운 같은 과학자들이 연구를 위해 전쟁을 이용하고 또 권력에 동조하여 결과적으로 많은 사람들이 희생된다 할지라도 이에 대한 논의나 반성이나 자기 성찰은 폭넓게 이루어지지 않는다. 바로 이러한 점이 호흐후트로 하여금 이 작품을 구상케 하는 하나의 원인을 제공한다. 과학자들은 과학기술 분야에서 인류에 공헌한 업적이 있을지는 몰라도, 그 연구 목적을 위한 수단은 학자적 양심과는 상당한 거리감이 있다는 사실이 작품 곳곳에 드러난다. 이 희곡이 과학자들을 주요 등장인물로 설정하고 잃어버린 윤리적 자각과 책임 문제를 거론한다는 점에서 프리드리히 뒤렌마트의 「물리학들」, 키프하르트의 「오펜하이머 사건」과 유사성을 띤다고 볼 수 있다. 『히틀러의 파우스트 박사』는 과학자들과 같은 지식인들의 사회적 책임과 의무가 무엇인지조차 인식하지 못하는 현대인들에게는 좋은 본보기가 될 수 있는 작품이다.

3-2. 작품구성과 내용

『히틀러의 파우스트 박사』는 1990년 구상되어 1991년 호흐후트의 희곡 전집 제2권에 프롤로그만 수록되고, 2000년에야 제1막부터 제3막까지의 전체 드라마가 완성되어 발표된다. 이는 프롤로그와 제1막, 제2막, 제3막으로 구성되지만, 프롤로그가 시작되기 전에 일종의 서문 형식으로 역사적 사실과 인물에 대한 설명과 작가의 변이 수록되어 있다. 중심 인물 오베르트는 제1막을 제외하고 프롤로그와 제2막과 제3막에 걸쳐 등장한다. 기록류의 작품들이 그러하듯 이 작품에도 『슈피겔』『디 벨트』『프랑크푸르트 알게마이네』 등 독일의 대표적 잡지와 신문에 발표된 관계기사 일부가 가감 없이 중간중간에 삽입되는데, 이것은 작품 내에서 역사적 사실을 고증하고 작품의 주제에 관련된 신뢰감을 높이기 위해 시도된 것임을 알 수 있다. 프롤로그에서 제3막까지의 시간적 차이는 66년에 이르는데, 오베르트의 청년기부터 말년에 이르기까지 주인공의 정신세계가 각 시대에 따라 구분되어 나타난다. 여기서 개괄적 내용을 살펴봄으로써 작품의 흐름을 알아보자.

프롤로그의 시대적 배경은 1917년 제1차 세계대전중이다. 스물세 살의 젊은 과학도 오베르트가 로켓 연구에 몰입하는 장면이 전개된다. 의과대학생 시절 오스트리아-헝가리 황군에 입대하여 위생병으로 근무하던 그는 독학으로 로켓 연구에 열중한다. 특히 우주를 활공하기 위한 전제 조건을 연구하던 중이기 때문에 스스로 무중력 상태를 실험하는 장면이 나타난다. 나중에 그의 아내가 된 틸라가 찾아올 때에도 그는 욕조 안에서 무중력 실험을 하며 그녀의 질문에는 별 반응을 보이지 않고 실험에만 집중한다. 당시 오베르트는 영국을 폭격하기 위해 10톤의 폭약을 적재할 수 있는 로켓 개발을 후원해줄 것을 프로이센 군(軍)에 제안하지만 군으로부터 거절당한다. 7킬로미터 이상 날아갈 수 있는 로켓은 있을 수 없다는 것이 군의 거절 이유이다. 하지만 그는 3백 킬로미터 이상 비행할 수 있는 로켓 개발을 확신하기 때문에 군의 거절에 분개한다. 이런 과정에서 오베르트는 틸라와 의견 충돌을 일으키기 시작한다. 프롤로그는 자신의 연구를 전쟁에 이용하려는 주인공과 그에 맞서 인간의 생명을 중시하는 틸라의 대화가 주된 내용을 이루며, 틸라는 작품 전체를 통해 오베르트와 대립 구도를 형성하는 인물로 설정된다.

> 틸라 그들을 위해서 당신은 무장도 하지 않은 사람들에게 10톤의 폭약으로 대량 학살을 저지를 수도 있다는 것이군요. 당신이 그 일을 하겠다면 저는 결단코 당신과 결혼하지 않겠어요.(S. 37)

제1막에는 주인공 오베르트가 등장하지 않는다. 1941년을 배경으로 한 제1막에서는 물리학자이며 노벨상 수상자인 닐스 보어가 덴마크의 수도 코펜하겐에서 스웨덴으로 탈출하는 과정이 소개된다. 보어는 오베르트와는 반대로 히틀러에 대한 협력을 거부한 인물이다. 독일 점령군은 보어를 원자폭탄 제조에 강제로 끌어들일 수 있다고 판단하지만, 그가 나치에 협력하지 않자 곧 투옥될 것이라는 소문이 돈다. 이로 인해 보어는 가족과 함께 스웨덴으로 탈출하는데, 이 탈출하는 과정만이 소개된다. 그후 보어의 일생은 원자폭탄 제조와 핵무기 경쟁을 막기 위해 헌신하는 등 학자적 양심을 대변하는 과정을 겪는다. 보어는 스웨덴에서 다시 영국으로 근거지를 옮기게 되고, 다음에는 미국에서 활동하며 최초의 원자폭탄을 만든 미국 정부의 연구 계획에 참가한다. 그러나 원자폭탄 투하에는 반대하며, 전쟁중에 루스벨트와 처칠을 만나 핵무기 경쟁을 미리 막자고 설득하기도 한다. 그는 전쟁이 끝난 다음 해 귀국하여 세상을 떠날 때까지 이런 활동을 계속한다. 1955년 코펜하겐 대학에서 은퇴한 후에도 보어는 끝까지 원자 무기 생산을 반대한다. 호호후트는 제1막에서 투철하고도 헌신적인 과학자로 일생을 살아온 보어를 등장시켜 작품 전체의 주인공 오베르트와 비교하며 자신의 주제의식을 표현하는 것이다.

제2막에서는 1944년 영국을 공격할 V2로켓 투입이 시작된 페네뮌데의 모습이 나타난다. 쉰 살의 주인공 오베르트는 자기 연구를 완수하기 위해 전쟁에 참여한 사실에 대한 불가피성을 역설한다. 프롤로그에서와 같이 그의 부인 틸라는 오베르트와 상충된 의견으로 항상 대립하는데, 그녀는 과학기술의 위험성을 지적하고 인류애에 입각한 인간 생명의 귀중함을 일깨워준다. 여기서 오베르트는 "전쟁 산업을 거치지 못했다면, 어느 누구도 내게 로켓 만들 자금을 주지 않았을 것이다"(S. 87)라고 주장하고, "런던으로의 우회로가 아니라면, 전쟁이 아니라면, 어느 누구도 달에 갈 수 없었을 것"(S. 90)이라는 말로 자신의 전쟁 참여를 정당화시킨다. 하지만 그의 부인 틸라는 히틀러에 동조한 오베르트를 "히틀러의 파우스트 박사"라고 칭하고 남편의 행위를 맹렬히 비판한다. 여기서 베르너 폰 브라운은 틸라에 의해 메피스토로 묘사된다.

틸라 그렇겠지요. 하지만 당신의 로켓에 대한 재정적 후원이 전쟁을 통
　　해서 이루어진다면, 그것은 악마의 계약입니다. 베르너 폰 브라운이
　　당신의 메피스토지요.(S. 87)

　제2막 후반에서는 오베르트가 군에서 하사한 훈장을 한 장교를 통해
전달받는다. 또한 그는 딸 일제가 무기실험실에서 폭파사고로 목숨을 잃
고, 아들은 러시아의 스탈린그라드에서 실종되는 비운을 맞게 된다. 전
쟁이 그의 가족에게 비극으로 다가선 것이다. 그럼에도 불구하고 오베르
트는 자신의 연구 수행을 계속한다. 전쟁이 끝난 후 1950년대에도 그는
이미 미국에서 활동하고 있는 폰 브라운의 초청으로 약 삼 년간 미국을
위해 봉사한다.

　마지막 제3막의 배경은 1983년이다. 여든아홉 살의 주인공 오베르트
는 1969년 7월 20일, 닐 암스트롱과 함께 인류 최초로 달에 착륙한 미국
우주비행사 에드윈 앨드린과 함께 폰 브라운의 장례를 마치고 돌아와서
대화를 나눈다. 폰 브라운은 이 작품의 등장인물로는 전혀 나타나지 않
지만, 항상 메피스토와 같은 유혹자로 배경에 현존하는 인물이다. 오베
르트와 앨드린은 지금까지 인간의 발길이 닿지 않았던 지역을 선점하기
위한 우주공학기술 발명에 대해 의견을 교환한다. 하지만 오베르트는 이
가장 인간 친화적인 발명도 가장 악마적인 방법과의 결합을 통해서만 실
현될 것이라 예감한다.(S. 125 참조) 즉 미국이 선도하는 SDI와 같은 체
계는 차후 있을 수 있는 세계전쟁을 수행하기 위해 인류 역사상 최초로
외계 공간을 이용하는, 그런 프로그램과의 결합을 통해서만 실현된다는
것이다. 여기서 오베르트는 이제 더이상 공격용 로켓을 개발하는 데 헌
신하지 않을 것이며, 독일 도시들을 적의 폭격에서 보호하는 방어용 로
켓을 개발할 것이라고 다짐한다.

　오베르트는 히틀러를 위해 로켓을 만든 일과 미국의 달 착륙을 도운
일을 후회하는 듯하면서도 자신의 신념, 즉 전쟁 없이는 인류를 이롭게

하는 기술의 발전이 절대 이루어질 수 없다는 주장에는 변함이 없다. 그가 스미스와의 대화중에 역사적 경험을 들어 "폭력 없이는 결코 선(善)이 이루어질 수 없기 때문에"(S. 125)라고 말하는 것은, 바로 SDI와 같은 현대의 전략 방위 구상 시스템이 결국 제3차 세계대전을 촉발시킬 것이라는 예상을 함축하고 있다.

4. 작품의 의의

4-1. 권력과 학자적 양심

호호후트가 이 작품을 통해 궁극적으로 표현하고자 한 것은 단순히 전쟁의 참상을 통한 교훈도 아니고 권력의 횡포에 대한 고발도 아니다. 그의 관심은 전후 독일문학에서 많은 부분 공통점으로 나타나는 히틀러와 나치즘에 대한 비판이 아니라, 전쟁과 권력 앞에 선 과학자의 책임의식과 양심 문제를 제기하는 것이다. 이 드라마의 비판 대상은 '과학자가 인류의 진보를 위해 전쟁이라는 수단을 이용해도 되는 것인가' 라는 물음에서 시작된다. 작가는 바로 이 점을 독자 및 관객들에게 직접적으로 전달하기 위해 주인공 오베르트를 히틀러에 협력하는 파우스트 박사로 설정하고 폰 브라운을 메피스토의 역할에 대응시킨다. 역사적 인물 오베르트는 자신의 로켓과 우주 공간에 대한 연구를 계속하기 위해 나치에 협력하는 것 이외에는 다른 선택의 여지가 없는 인물로 그려진 것이다.

하지만 작가는 제1막에 또다른 과학자 닐스 보어를 등장시킴으로써 학자적 책임과 양심을 오베르트와 비교한다. 덴마크 출신의 보어는 원자핵 이론, 양자역학 이론의 당대 최고의 권위자로 제2차 세계대전 당시 히틀러에 협조를 거부하고, 원자를 살상 무기로 이용하는 것에 끝까지 반대한 과학자이다. 1940년 나치가 덴마크를 점령했을 때도 그는 자기 지위를 이용해 동료 연구원들이 나치의 박해를 피하게 할 뿐만 아니라

나치의 전쟁 수행을 거부하기도 한다. 나치 권력에 대한 협력 문제에 있어 보이는 오베르트와 대립적인 과학자이며, 호흐후트는 이러한 대비를 통해 과학자의 책임과 양심이 무엇인지 관객 스스로 깨닫게 한 것이다. 제1막에는 작품 전체의 중심인물인 오베르트가 전혀 등장하지 않는데, 이는 똑같은 나치 시대에 전혀 다른 길을 택한 두 과학자 진영을 비교함으로써 자신의 연구 목적을 달성하기 위해 독재권력에 충성하고 전쟁을 이용하여 수많은 민간인 학살의 원인을 제공한 과학자들의 무책임에 직격탄을 날리려 한 것이다.

사실 오베르트는 히틀러의 정치에는 관심이 없다. 자신이 히틀러의 독재정치에 탄압을 받은 과학자도 아니며 히틀러와 나치에 적극적으로 동조하는 과학자도 아니다. 그는 오로지 자신의 연구에만 관심이 있으며, 연구를 충족시키기 위해서는 전쟁이 필요하다는 자기만의 주관을 갖고 있다. 2막에서 자기 아내 틸라에게 과학의 발전이 전쟁을 통해야 가능하다는 입장을 피력할 때, 그리고 프롤로그에서 젊은 오베르트가 프로이센 군에 로켓 제조를 먼저 제안한다는 사실에서 과학기술 연구를 성취하기 위한 그의 방법론적 해법이 무엇인가를 알 수 있다. 애초부터 그는 과학자의 전쟁 개입을 정당화하고 있는 인물이다.

> 오베르트 왜냐하면 그러한 무기를 먼저, 그리고 단독으로 소유하고 있는 자가 전쟁을 끝내기 때문이지! 그리고 로켓이 전쟁을 빨리 끝내듯이 그 전쟁을 빨리 끝내는 자가 피를 아끼는 거야? 더이상 싸울 수 없는 적들의 피도 아끼는 거지.(S. 37)

여기서 문제는 오베르트로 대변되는 과학자들의 이 같은 인식이 과연 정당한가 하는 것이다. 작가는 과학자들의 이러한 인식이 잘못되었다는 것을 증명하기 위해 오베르트와 항상 의견 충돌을 빚어온 그의 부인 틸라를 대립적인 인물로 설정하여 관객들의 객관적 판단을 유도하고 있다.

틸라가 이러한 인식을 가진 오베르트를 가리켜 "굉장한 위선자"(S. 37)라고 명명한 것은 학자 본연의 양심마저 저버린 인물에 대한 작가의 비판수위를 잘 나타낸 것이라 볼 수 있다. 이 작품은 호호후트가 히틀러의 권력을 사실상 '악'으로 규정하고, 그 마적 권력과 학자적 양심 사이에서 무엇을 추구해야 하는가를 그려냈다는 데 의의가 있다. 그렇기 때문에 호호후트가 서문에서 밝힌 다음의 내용은 이 작품의 주제의식이 무엇인가를 잘 나타내준다.

> 과학자들은 어느 정도까지? 단지 국가가 그들을 후원해주기 때문에— 국가의 일을 도와야 하는가? 조건 없이 도와야 하는가? 더욱이 그 국가의 존립 문제 때문에 싸우는 것이 아닌, 그런 국가도 도와야 하는가! 아무도 히틀러나 독일을 공격하려 하지 않았을 때조차도 오베르트와 폰 브라운은 이미 히틀러를 위해 봉사할 것을 자청했다. 히틀러가 이미 침략자로서의 본성을 드러냈을 때조차도 말이다.(S. 23/24)

4-2. 왜 파우스트인가?

사실 기록류 작품의 성격을 감안하면 호호후트가 파우스트로 설정한 인물 오베르트는 파우스트 전설에 나오는 인물이나 괴테 『파우스트』의 주인공과 공통점을 찾아내기란 그리 쉽지 않다. 호호후트에게는 '히틀러의 파우스트 박사' 오베르트와 같은 과학자들의 학자적 양심과 책임을 주제로 삼아 공론화시키는 것이 보다 큰 목적이기 때문에, 독일 정신의 전형성 추구라는 기존 파우스트 관과는 괴리감이 있을 수밖에 없다. 그러나 오베르트와 파우스트의 형상은 여러 부분에서 비슷한 점이 발견된다. 중세 전설 이후의 파우스트 상은 소유욕과 애욕으로 점철된 인간상으로 구현되었으며, 현세에서의 향락을 추구하는 파우스트는 악마와 결탁, 결국 영혼의 파멸을 가져오는 비극적 인물상이다. 괴테의 파우스트는 여기에 기독교적 구원의 의미가 결합되어 그의 영혼이 구제되기도 한다.

『히틀러의 파우스트 박사』에 등장하는 오베르트 역시 전설적 파우스트의 소유욕이나 애욕과 같이 우주에 관한 끊임없는 연구욕을 가진 인물이며, 히틀러나 폰 브라운과 같은 악마의 유혹에 빠지기도 하고 또 과거에 그런 유혹에 빠진 자신을 후회하기도 한다. 하지만 오베르트는 결과적으로 히틀러의 충실한 일꾼으로서 히틀러의 전쟁을 도우며 자신의 연구욕도 채울 수 있었다. 호흐후트가 오베르트를 파우스트에 대응시킨 이유도 바로 이러한 점에 있으며, 이를 프롤로그에서 명확히 제시하고 있다.

　왜 파우스트인가? 왜냐하면 히틀러가 아우슈비츠(수용소)의 설립자로서 악마였기 때문이다.(S. 13)

괴테 파우스트의 의미로 관찰한다면 호흐후트의 초점은 악마와 계약을 맺은 파우스트에 있다. 이 작품에서 절대적 악으로 규정되는 대상은 유대인 대량 학살을 저지른 독재자 히틀러이며, 오베르트는 히틀러의 전쟁 계획과 맞물려 자신의 연구를 완수하기 위해 권력의 힘을 빌리는, 즉 권력의 보호 아래 자신의 연구를 하나씩 완수해나가는 과학자이다. 양측의 '계약'은 인류에 더욱 처참한 재앙을 가져다주기 직전, 히틀러의 나치 독일이 패망함으로써 일단락된다. 이러한 점에서도 작가는 현대적 의미의 파우스트 상을 오베르트에게 투영하고 있다. 작품 첫 부분 저자의 서문에서 호흐후트는 이렇게 밝히고 있다.

　파우스트는 1933년부터 하마터면 악마―그것은 1940년부터 히틀러가 구체화한 바로 그 권력이다―에게 세계 지배권을 가져다줄 뻔했기 때문에 20세기의 인물이기도 하다.(S. 16)

히틀러의 시대가 종식된 이후에도 로켓 기술의 핵심적 역할을 한 오베르트는 폰 브라운의 '유혹'에 끌려 미국이라는 거대 자본, 즉 권력과 결탁하여 다시 한번 자신의 연구에 대한 의지를 불사르기도 한다. 이와 같은 연구욕은 우주의 신비와 본질을 규명하려는 파우스트의 원초적 갈망과 매우 흡사한 양상을 띤다. 그가 이루어놓은 업적, 특히 로켓 기술의 발전은 전쟁을 거치면서 수많은 인간들을 죽음으로 내몰기도 하지만, 아이러니하게도 그 동안 인간이 달에 첫발을 내딛는 등 우주과학기술을 급속도로 발전시키기도 한다. 과연 수많은 인명의 살상이 과학 발전의 대가로 작용해도 좋은가? 파우스트의 지식욕과 피의 맹약, 충동과 욕망이 인간의 한계를 넘어 신적 영역으로 접근할 때 파멸이란 결과를 가져오지만, 괴테 파우스트의 끊임없는 불굴의 정신이 구원이라는 새로운 가능성을 열리게 한 것처럼, 이러한 질문에 대한 대답을 호흐후트는 파우스트를 통해 얻고자 한 것이다.

5. 맺음말

이상에서 본고는 현대 작가 호흐후트와 그의 최근작 『히틀러의 파우스트 박사』를 전반적으로 고찰하였다. 그 동안 제2차 세계대전을 배경으로 한 전후 독일문학작품들은 잘못된 역사를 되풀이하지 않기 위한 반성의 의미에서, 그리고 전쟁을 극복하기 위한 방편으로 양산되었다. 하지만 『히틀러의 파우스트 박사』처럼 과학자들의 책임과 양심 문제를 주된 테마로 설정한 작품은 그리 많지 않다. 이는 현대인들의 의식 속에는 과학자의 책임의식을 정치 지도자의 그것보다 훨씬 간과하기 쉽다는 사실에 기인한다고 할 수 있다. 이러한 가운데 독일 문단에 발표되는 작품마다 많은 논란을 불러일으킨 호흐후트가 전쟁에 깊숙이 관여한 과학자를 전통적 독일 정신의 전형성으로 대표되는 파우스트에 투영시켰다는 사실은 오늘날에도 여전히 상존하는 전쟁 가능성에 비추어 상당한 시사성을 던져준다고 하겠다.

뿐만 아니라 『히틀러의 파우스트 박사』는 그 배경이 단지 제2차 세계
대전의 상황에만 국한되지 않고 앞으로 발발할 수 있는 제3차 세계대전
의 가능성, 혹은 인류를 향한 대재앙과도 깊은 연관을 갖고 있다는 사실
에서 현대인들에게 중요한 의미를 지닌다. 더욱이 SDI체계를 표방함으
로써 현대 우주과학기술을 선도하고 있는 미국에도 경종을 울림과 동시
에 지구상에 존재하는 인간 개체의 존엄함이 무엇보다 우선시되어야 한
다는 메시지를 일깨워준다는 사실에서 문학 기능의 교훈성을 잃지 않고
있다. 파우스트 모티프를 이용했다는 이유가 아니더라도, 이 희곡은 21
세기 기록류 작품으로 문학사적 의미를 지니는 만큼 앞으로 계속될 연구
에서 그 가치가 올바로 평가되어야 할 것이다.

참고 문헌

Hochhuth, Rolf, *Hitlers Dr. Faust*, Hamburg, 2000.

Hochhuth, Rolf, Hitlers Dr. Faust, In: R. Hochhuth, *Alle Dramen*, Hamburg, 1991.

Arnold, Heinz Ludwig, *Rolf Hochhuth*, Text+Kritik 58, München, 1978.

Blumer, Arnold, *Das dokumentarische Theater der sechziger Jahre in der Bundesrepublik Deutschland*, Meisenheim am Glan, 1977.

Martini, Fritz, *Deutsche Literaturgeschichte*, Stuttgart, 1984.

Hinck, Walter(Hrsg.), *Rolf Hochhuth. Eingriff in die Zeitgeschichte. Essays zum Werk*, 1981.

Taëni, Rainer, *Rolf Hochhuth*, Autorenbücher 5, München, 1977.

Wolff, Rudolf(Hrsg.), *Rolf Hochhuth. Werk und Wirkung*, Bonn, 1987.

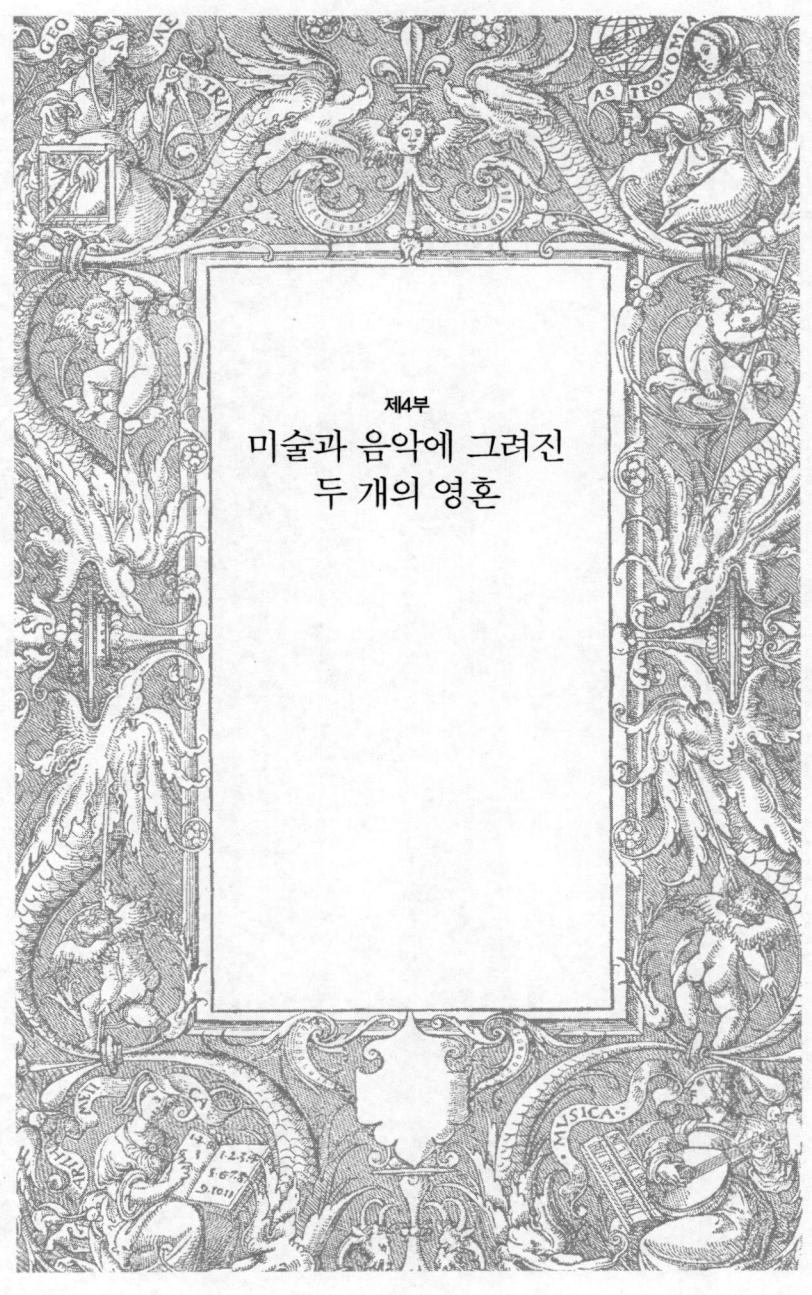

제4부

미술과 음악에 그려진
두 개의 영혼

들라크루아의 파우스트 석판화 연작
―한 인간의 두 가지 심연

조관연

1. 들어가기

외젠 들라크루아Eugéne Delacroix(1798~1863)가 화단에 입문하던 때는 프랑스 예술계가 신고전주의 경향에서 낭만주의 경향으로 점차 변하던 시기이다. 낭만주의는 창의성과 역동성을 중시하고, 미묘한 인간의 감정 표현에 관심을 가진 문예사조로서, 고전적 성향과는 완전히 다른 성격이다. 낭만주의 문학에 남다른 관심을 가진 들라크루아는 이런 시기에 회화에서 새로운 시도를 하며, 이 시도는 성공적인 것으로 인정을 받는다.

들라크루아는 대표적 낭만파 화가의 한 사람으로, 프랑스 미술의 첫번째 혁명을 이끈 인물로 평가받는다.[1] 그가 파우스트에 관한 석판화를 구상하고, 실제적으로 제작한 시기는 1824~1827년이다. 이때의 몇몇 프랑스 화가들은 아카데미 풍의 장르나 고대 조상(彫像)들을 복사해놓은

---

1) E. H. 곰브리치, 『서양미술사』, 백승길·이종숭 옮김, 예경, 1997, 504~508쪽 참조.

듯한 그림에 대해 거부감을 갖고, 지나치게 복잡한 화면 구성, 진부하게 표현된 비장미(悲壯美), 전체적 통일성이 결여된 일화적(逸話的) 세부 처리 등에도 반감을 보인다. 들라크루아도 이에 동감하며 파우스트에 관한 석판화 연작을 구상하고 제작한다. 그 때문에 이 연작은 파우스트와 관련된 기존 그림들과는 전혀 다른 시각과 형태 그리고 내용을 보여준다.

독일사회에서 『파우스트』가 차지하는 비중은 매우 크다. 그래서 이와 관련된 그림뿐만 아니라 들라크루아의 석판화도 심도 있게 연구된다. 들라크루아의 원작이나 괴테의 평가를 기반으로 그의 작품이 다른 화가들 그림과 어떤 차이점과 공통점을 보이는지를 연구하는 경향이 있다.[2] 다른 한편으로는 그의 작품이 독일문학과 예술의 전통뿐만 아니라, 영국과 프랑스의 당시 예술적 상황과 어떤 관련이 있는지가 고찰된다.[3] 본 글에서는 이들 연구 방향뿐만 아니라 당시의 사회적 요인을 포괄해서 들라크루아의 작품을 총체적이고 분석적인 시각에서 살펴본다.

2. 새로운 세계와 화가

페터 코르넬리우스는 1816년 『파우스트』를 주제로 동판화 12점을 제작한다. 괴테는 발간 초기에 이 그림들에 우호적이다가, 후에는 그에 담긴 낭만적 해석에 비판적 태도를 보인다. 그러나 독일 고전주의 문학의 정수로 평가받는 『파우스트』는 특이하게도 고전주의를 비판하고, 이에 대항하는 일군의 프랑스 낭만주의자들에 의해 적극적으로 수용된다. 괴테는 낭만파 화가 들라크루아의 파우스트 석판화 연작을 높이 평가하는

2) Vgl. Ursula Sinnreich, Delacroix' Faust-Illustrationen. Bemerkungen zu ihrer bildnerischen Regie. In: Margret Stuffmann(Hrsg.), *Eug. Delacroix*. Städtische Galerie im Städelschen Kunstinstitut, Frankfurt am Main, 1988, S. 56~65.

3) Vgl. Norbert Miller, Delacroix' Verhältnis zur Literatur. Der Zeichner als Dichter zwischen Shakespeare, Goethe und Walter Scott. In: M. Stuffmann, *Eug. Delacroix*, a.a.O., S. 46~55.

데, 이 평가는 일견 모순적인 것처럼 보인다. 이 모순점은 당시 프랑스 낭만주의자들의 문제의식과 나름대로 모색한 해결 방안을 살펴보면 이해할 수 있다. 이를 위해 당시 프랑스 사회의 환경 변화와 낭만주의 화가들이 가졌던 고민, 들라크루아가 석판화 연작을 제작하게 된 동기, 그리고 이 동기가 내용과 형식과 구성에 어떤 영향을 끼쳤는지를 살펴보자.

프랑스에서는 오랜 기간 동안 화가가 후원자들이 원하는 그림을 그리고, 이에 상응하는 경제적 지원을 받는 것을 당연하게 여긴다. 때문에 화가는 안정적인 일자리로 인식되고, 수준 높은 화가들에게는 그려야 할 제단화나 초상화, 거실 장식을 위한 그림과 별장을 꾸미기 위한 벽화들이 기다린다. 화가와 후원자들은 긴밀한 공생관계를 유지하는 것이다. 프랑스 대혁명 이후 귀족층은 사회적 경제적 기득권을 상실하고, 새로운 산업과 상업이 발전하면서 신흥 부자들이 탄생한다. 기존의 주된 그림 구매자인 귀족층의 붕괴와 다른 미적 취향과 가치관을 가진 신흥 부자 부르주아의 등장은 예술 내용과 본질을 새로이 탐색하게 한다. 이로 인해 화가는 주제와 소재 그리고 형식을 결정하는 데 주체적인 선택권을 갖게 된다. 화가는 이제 소재가 풍경화인지, 과거의 극적 장면인지, 주제가 밀턴의 작품인지 아니면 고전문학인지, 또 방식이 다비드 식 고전주의인지 환상적 낭만주의인지를 주체적으로 결정할 수 있게 된다.

화가의 선택권이 확대되면 될수록 화가의 취향과 구매자의 취향 간에 차이가 커진다. 그림을 사려는 사람들은 익숙한 것을 선호하는 반면에 화가들은 다양한 주제와 소재와 방식을 활용해서 그림 그리길 원하기 때문이다. 화가는 자존심과 위신을 버리고 대중의 취향에 영합해서 팔리는 그림을 그릴 것인지, 아니면 자신의 새로운 예술관에 따라 작품을 만들며 경제적 어려움을 택할 것인지 선택의 기로에 서게 된다. 이에 따라 화가는 관례와 대중의 요구에 부응하는 부류와 스스로 선택한 고립을 자랑스러워하는 부류로 나뉘고, 이들 사이에 갈등의 골은 깊어간다. 갈등은 화가와 구매자들 사이에도 생겨난다. 새로운 주요 구매자인 성공한 사업가들은 거만한 화가들이 대수롭지 않은 작품을 터무니없는 가격에 팔려 한다고 생각하고, 화가들은 머리가 빈 거만한 "부르주아에게 충격을 주어" 그들을 당혹케 하는 것을 재미로 여기는 극단적 경향도 나타난다. 이런 와중에도 미술이 추구해야 할 목적은 다양한 개성의 창의적 표현이라는 생각이 확산되고, 가치 있는 것으로 받아들여진다. 이로 인해 미술 애호가들은 판에 박은 주제나 소재를 전통적 기교를 활용해서 그린 그림보다는 무엇인가 얘기할 가치가 있는 주제를 선호하기 시작한다.[4]

들라크루아는 국가와 교회의 위탁을 받아 그림을 그리거나, 살롱 전시회를 통해 구매자에게 그림을 팔 수밖에 없는 화가이지만, 대중의 취향에 따라 팔리는 그림만을 그리던 화가는 아니다. 그는 바뀐 미술 애호가들의 취향과 순수 화가로서의 자존심을 모두 지키려는 사람이며, 명예를 중시하고 남들에게 인정받는 것을 좋아하는 사람이다. 때문에 그는 대상을 정확히 묘사하는 전통과 그리스 로마 시대의 조상을 모사(模寫)하는 전통을 모두 거부한다. 그리스와 로마에 대해 이야기하는 것조차도 못 견뎌하는데, 이는 그가 당시 프랑스 사회의 고전적 경향에 얼마나 강한 거부감을 갖고 있는지를 말해준다. "전통의 비수들을 두려워해야 합니다. 아니, 우리 속에 들어 있는 야만인의 쾌락을 위해 우리 자신을 과감히 도살합시다."[5] 그는 회화에 있어서 소묘보다는 색채를, 지식보다는 상상력을 훨씬 중요하게 여기는데, 이 상상력의 원천은 주로 낭만주의 문학작품이다.

3. 문학과 들라크루아

들라크루아는 명문고 왕립미술학교(리세 앵페리알)에서 그리스 고전

---

4) E. H. 곰브리치, 위의 책, 499~505쪽 참조.
5) 스테판 게강 외, 『들라크루아』, 임호경 옮김, 창해, 2001, 92쪽.

작품뿐만 아니라 단테, 셰익스피어, 바이런, 괴테 그리고 하이네의 작품에 심취한다. 보들레르와 조르주 상드와도 교분을 나눈다. 그의 회화에서 문학작품이 얼마나 중요한 역할을 하는지는 1824년의 말에 잘 나타난다. "주제를 찾기 위해서는 책을 뒤적이는 것보다 더 좋은 것이 없다. 책은 사람에게 영감을 주고 자유로운 기분으로부터 자신을 이끌어준다. (······) 이 효과가 빗나가는 경우가 거의 없다. 우리는 이 효과에 의지해야 한다. 이것은 판화에도 그대로 적용된다. 단테, 라마르틴, 바이런, 미켈란젤로."[6]

고전주의 화풍에 반기를 든 들라크루아의 초기 작품세계에서 문학은 영감의 주요한 원천이다. 특히 단테와 바이런, 셰익스피어와 괴테가 초기 예술세계 형성에 큰 영향을 끼친다. 그는 파우스트 석판화 연작이 발표되던 해에 바이런의 희곡 『사르다나팔루스』에서 영감을 받아 〈사르다나팔루스의 죽음〉(1827)을 그린다. 프랑스에서 1827~1830년은 고전적 경향에 대항하는 운동이 절정에 다다른 시기이고, 이 그림은 비평가들 사이에 커다란 논쟁을 불러일으킨다.[7]

들라크루아는 왜 괴테의 작품에 관심을 가질까? 뒤늦게 태동한 프랑스 낭만주의는 고전적 경향에 대항하기 위해 대안적 내용을 발굴하고, 형식을 갖추는 것이 필요했다. 이를 위해 영국과 독일의 낭만적 문예작품은 좋은 모델이기 때문에 이의 수용에 적극적이었다. 때문에 괴테는 낭만주의가 태동하기 전부터 프랑스인에게 친숙한 인물이다. 괴테의 『젊은 베르테르의 슬픔』은 1776년부터 불어로 번역된다. 이는 당시 선풍적이던 개인을 중시하는 루소 사상과 맞물리면서 더욱 인기를 얻는다. 또다른 요인은 당시 프랑스 사회에서 인기 높던 셰익스피어 작품들과 내용과 형식이 모두 흡사하다고 생각되기 때문이다. 괴테도 셰익스피어처럼, 우수(憂愁)와 격렬한 감정, 희극적인 것에 숨겨져 있는 아이러니 등

6) Norbert Miller, *Delacroix' Verhältnis zur Literatur*, S. 46.
7) 스테판 게강 외, 위의 책, 66~67쪽 참조.

여러 요소들을 뒤섞고 통합하여 삶의 새로운 전형을 창출하기 때문이다.

　괴테의 작품이 원작 그대로 충실하게 수용되는 것은 아니다. 초기에 그의 작품을 널리 알린 사람은 스탈 부인(1766~1817)이다. 그녀는 저서 『독일론』에서 독일의 풍습, 문학, 철학, 윤리, 종교에 대해서뿐만 아니라 질풍노도운동과 괴테의 『파우스트』를 자세히 소개한다. 나폴레옹은 1810년 『독일론』을 반(反)프랑스적 저서로 간주하고 초판 1만 부를 전부 압수해서 폐기하는데, 이런 조치는 대중의 호기심만을 더욱 자극한다. 그녀의 책은 1813년 영국에서 출판되고, 이를 통해 『파우스트』가 프랑스에 본격적으로 알려진다. 스탈 부인은 메피스토펠레스(이하 메피스토)를 지옥에서 해방되어 파우스트를 유혹하는 악마로, 그레첸을 햄릿의 오필리아에 해당하는 여주인공으로, 파우스트를 갈팡질팡하는 지식욕과 우유부단한 행동으로 인해 무고하게 희생되는 햄릿처럼 서술한다. 일부 지식인들이 이런 해석을 문제삼지만, 프랑스에서의 파우스트 열기를 잠재우지는 못한다. 1820년 이후로 파우스트와 그레첸, 메피스토, 성당 안과 물레 옆의 시름에 잠긴 그레첸, 발푸르기스의 밤, 감옥 장면 등은 프랑스인들 이야기나 에세이의 주된 소재가 된다.[8] 이런 인기에 힘입어 무슈 생톨레르와 알베르 슈타퍼는 『파우스트』 불어 번역판을 1823년 거의 동시에 출간하는데, 이 번역들은 『독일론』보다 훨씬 개선된 내용을 담고 있다. 프랑스 낭만주의 회화 초기에 발간된 슈타퍼의 번역은 위대한 주인공과 적수에 대한 찬탄으로 가득하다. 들라크루아는 이 번역본을 바탕으로 석판화를 제작한다.

　들라크루아는 1816년에 출간된 모리츠 폰 레츠슈의 냉정하면서도 도덕적인 내용이 담긴 동판화를 접한다. 이 판화를 보고나서 1824년 2월 24일자 일기에 다음과 같은 글을 남긴다. "파우스트 판화를 볼 때마다 나는 이 주제에 대해 전혀 새로운 그림을 그려보고 싶은 욕망을 느낀다.

---

8) Vgl. Norbert Miller, Delacroix' Verhältnis zur Literatur, S. 49/50.

말하자면 본질을 투사하는 그림을 말이다." 그는 레츠슈의 그림에서 본질적인 부분이 빠진 느낌을 받는다. 하지만 그가 파우스트 석판화 연작을 제작하기로 결심한 결정적 계기는 1825년 런던에서 〈파우스트〉 연극 공연에서 이루어진다. 연극을 관람한 후 그는 피에레에게 이렇게 편지를 쓴다. "난 우리가 상상할 수 있는 가장 악마적인 파우스트 극을 관람했네. 여기에 나오는 메피스토는 성격과 지성에서 하나의 걸작이었네. 이 연극은 약간 변형된 괴테의 파우스트인 셈이지. 하지만 원작의 기본 요소는 그대로였네. 이것은 희극적인 것과 모든 종류의 어두운 부분들이 혼합된 오페라일세."[9]

당시 그가 런던에서 관람하고, 석판화 제작에 영감을 받은 작품은 괴테의 『파우스트』가 아니다. 크리스토퍼 말로우(1564~1593)가 1604년에 쓴 『포스터스 박사의 비극적 이야기』이다. 말로우의 원작은 당시의 시대 상황에 맞도록 각색되어 공연된다. 들라크루아에게 특히 인상적인 부분은 환상을 자극하는 무대 장치와 다채로운 음악이 곁들여진 강한 오락적 성격이다.[10] 환상적 무대 장치와 음악에 감동되어 파우스트 석판화를 제작하기로 마음을 굳히지만, 그는 전부터 파우스트 작품에 담긴 내용과 철학을 구체적으로 알고 있었다. 석판화를 제작할 당시 그는 비밀스런 파우스트와 메피스토의 동료관계, 비극의 어두운 면을 느끼게 하는 광란, 신성 모독, 금기, 기이한 것, 살인, 죽음에 이르는 정사, 유괴 등에 특별한 관심을 가지고 있는데, 이런 관심은 그의 연작에 그대로 나타난다.

4. 파우스트 석판화 연작

들라크루아는 석판화 연작을 제작하면서 비극적 이야기를 순서와 내

---

9) 스테판 게강 외, 위의 책, 125쪽.
10) Vgl. Norbert Miller, Delacroix' Verhältnis zur Literatur, S. 48.

용에 따라 순차적으로 그리는 방식을 포기하고, 자기 나름대로의 연출법을 개발해낸다. 그는 『파우스트』에 대한 나름대로의 해석을 미술이라는 매체로 재구성하여 17장의 석판화에 형상화한다. 이때 설명적 요소는 최대한 축소하고, 비극이 전하는 인간의 심리적 심연을 형상화하는 데 초점을 맞춘다. 이 때문에 그림에서는 대상들의 외적 형상과 내면이 서로 충돌하고 통합되면서 낯선 긴장감이 연출된다.

석판화 연작은 괴테 『파우스트 — 비극 제1부』의 이야기만을 담고 있다. 파우스트와 메피스토를 동격으로 다루는 점이 특이한데, 이는 괴테 작품에서도 이미 암시된다. 그림에서 메피스토는 파우스트의 내면에 존재하는 다른 자아(自我)이기 때문에, 파우스트가 바로 메피스토이다. 파우스트는 여느 피조물이나 속물들과는 달리 자신의 한계를 뛰어넘고자 하는 끝없는 욕망을 갖고 있으며, 이로 인해 사탄의 형제가 된다. 이에 반해 관음증(觀淫症)이 있는 메피스토는 오직 파우스트를 통해서만 존재하고 행동할 수밖에 없는 한계를 가진다. 그래서 그는 자기 스스로 경험할 수 없는 감정을 맛보기 위해 파우스트를 관능에 도취하게 하고 절망을 맛보게 하는데, 바로 여기에서 비극의 씨앗이 잉태된다. 석판화들의 내용은 다음과 같다.

(1) 도시 위를 배회하는 메피스토

(2) 서재 안의 파우스트

(3) 파우스트와 바그너

(4) 파우스트, 바그너 그리고 삽살개

(5) 파우스트 앞에 나타난 메피스토

(6) 메피스토의 학생 면담

(7) 아우어바흐 지하 술집의 메피스토

(8) 파우스트의 그레첸 유혹

(9) 메피스토가 마르테에게 자신을 소개

4-1. 서막

들라크루아 이전에 제작된 『파우스트』에 관한 그림들은 거의 예외 없이 파우스트와 그레첸의 사랑 이야기에 초점을 맞춘다. 반면에 들라크루아는 메피스토를 이야기의 주인공으로 승격시킨다. 때문에 그의 석판화 연작의 첫 장은 메피스토가 차지한다. 이 그림에서 메피스토는 전체 화면의 거의 절반을 차지할 정도로 거대하며, 인간과 동물 사이의 중간존재로 표현된다. 크고 강한 독수리와

같은 날개, 길고 날카로운 손톱과 발톱, 불꽃을 연상시키는 머리카락과 매부리코, 뾰족한 턱과 눈은 이 괴물이 악마적 속성을 갖고 있음을 알려준다. 메피스토는 힘찬 날갯짓으로 어둠이 깔리기 시작한 도시 위로 단단하고 거대한 근육질 몸을 비상시키고 있는데, 도시는 메피스토에 비해 매우 작고 희미하게 그려진다. 인간이 괴물의 힘을 감당하기엔 역부족인 것처럼 보인다. 지는 해는 괴물의 왼쪽 날개를 비추고, 그 빛은 다시 반사되어 타오르는 메피스토의 눈을 비춘다. 빛을 싫어하고 어둠을 좋아하

는 메피스토는 자신의 날개에 반사된 빛을 놀란 눈으로 바라보는데, 그 눈에는 사악함과 음흉함이 깊게 배어 있다. 비틀린 상체와 구부린 왼쪽 다리는 이 괴물이 특정한 방향을 향하고 있는 것이 아니라, 이 도시 위를 계속 배회하고 있음을 이야기해준다. 어둠으로 빨려들어가는 도시의 건물들은—표현주의 그림에서처럼—모두 다 뾰족하고 날카로운 느낌을 주는데, 특히 교회들이 더욱 어둡고 날카롭게 묘사된다. 이와 같이 불안한 도시 모습은 그곳에 살고 있는 사람들 삶의 모습이 부정적이고 암울하다는 점을 우회적으로 표현할 뿐만 아니라, 앞으로 전개될 이야기에 대한 단서들을 제시한다. 관객은 이 그림에서 메피스토에 대한 혐오감과 동시에 묘한 유혹의 감정을 느끼기도 한다.

들라크루아가 도시 위를 배회하는 메피스토를 연작 첫 장에 배치한 점도 파격적이지만, 메피스토를 형상화하는 방식과 내용은 더욱더 파격적이다. 이런 파격은 코르넬리우스의 동판화 12점과 레츠슈의 동판화 26점의 첫 그림과 비교하면 확연히 드러난다.[11]

코르넬리우스는 자신의 동판화를 『파우스트』의 이야기를 시각적으로 다시 보여주거나 장식하는 삽화 정도로 자리매김한다. 따라서 그의 그림에는 비극적인 이야기들이 작은 단위로 나뉘며, 이들 단위 간의 관계는 유기적이다. 각 단위들은 매우 정교하고 자세하게 내용을 묘사한다. 그는 첫 장을 하늘나라의 광경에 할애한다. 이 그림 가장 위쪽 중간에는 세상을 주재하는 신이 있고, 좌우편에서 천사들이 그

를 보위한다. 왼쪽 아래에는 연구에 전념하는 파우스트 박사와 죄를 짓

---

11) Vgl. U. Sinnreich, Delacroix' Faust-Illustrationen, S. 57/58.

고 끌려와서 벌을 받는 그레첸의 모습, 그리고 오른쪽 아래에는 악마의 형상과 그 위에서 마법의 영약을 끓이는 마녀가 있다. 이 같은 내용과 구성은 『파우스트』를 단순한 사랑 이야기로 다룰 뿐만 아니라, 도덕적이고 교육적인 이야기로 만들고 있다.

레츠슈 작품은 형식과 내용에서 코르넬리우스의 작품과 차이점을 보여준다. 그 역시 첫 장을 하늘나라의 모습으로 시작하지만, 신은 의인화되지 않고 모든 방향을 비추는 빛으로 형상화된다. 그 빛의 주변에서 천사의 무리가 경배를 드린다. 레츠슈는 이를 통해 파우스트 이야기가 근본적으로 영적 사건이라는 점을 시사한다. 또한 천사들이 신에게 경배 또는 간구하는 모습을 통하여, 하늘나라가 인간의 원죄로 인해 항상 유동적이라는 점에 대해 걱정하고 있음을 암시적으로 보여준다. 들라크루아는 레츠슈의 작품을 보고 영감을 받아 석판화 연작을 결심하지만『파우스트―비극 제1부』를 바라보는 시각과 이를 형상화하는 방식은 매우 다르다.

4-2. 파우스트와 바그너의 부활절 산책

파우스트와 바그너가 부활절 날 산책하는 장면은 인물 묘사와 공간 배치에 있어서 뛰어난 면모를 보여준다. 그들은 전경 한가운데 크고 뚜렷하게 자리잡는다. 앉아 있는 땅은 삭막하며, 심리적 거리를 표현하기 위해 산책하는  사람들과 등을 지고 있다. 파우스트는 왼손으로 무릎 위의 망토를 잡고, 오른손은 가볍게 주먹을 쥐어 얼굴을 괴고 있다. 이를 통해 그의 고민이 얼마나 심한지를 보여준다. 다리는 힘없이 벌어져 있으며, 혼자 울적한 생각에 잠겨 머리를 바그너의 어깨에 힘없이 기대고 있다. 두꺼운 책을 오른손에 들고 있는 오랜 제자 바그너는 파우스트와는 반대 방향으로 몸을 빼면서, 어찌할 수 없는 눈초리로 박사를 바라본다. 두 사람의 시선은 대체적으로 같은 방향이지만 똑같지는 않다. 이는 이들의 관심사가 비슷하지만, 서로 다르다는 것을 암시한다. 중경에는 크게 세 무리가 보인다. 왼편으로는 사랑에 빠진 청춘 남녀가 다정스럽게 팔짱을 끼고 산책하는 모습이 실루엣으로 보이고, 그 너머 왼쪽 뒤편으로는 밝은 빛을 받는 노년의 남자가 여유롭게 산책하고 있다. 이 노년의 산책객을 통해 파우스트가 종국적으로는 구원받고, 마음의 평안을 얻게 된다는 것을 암시한다. 오른편 뒤쪽으로는 깔끔하게 옷을 차려입고 둥그렇게 둘러서서 손에 손을 잡고 춤추는 젊은이들의 무리가 보이는데, 이들의 형상도 실루엣으로 처리된다. 이 무리들 너머의 후경에는 희미한 풍차와 숲 그리고 산등성이가 보이는데, 이는 네덜란드의 중세 풍경을 연상시킨다. 한 쌍의 연인과 산책하는 노인, 그리고 둥그렇게 춤추는 무리는 성문 앞 초원의 구릉과 조화를 이루어, 화창한 봄날의 춤추는 듯한 경쾌한 분위기를 연출한다. 이는 침울한 파우스트의 모습과 묘한 대조를 이룬다. 나이든 파우스트와 바그너는 두껍고 어두운 망토를 느슨하게 걸치고 있는 반면에, 나머지 산책객들은 몸의 굴곡이 드러나는 화사한 외출복을 입고 있다. 화가는 이런 대비들을 통해 인간사의 순환구조를 보여주는 것이다.

들라크루아는 서로 다른 대립적 행위나 상황들을 충돌시킴으로써 그림 안에서의 긴장감을 만들어낸다. 그는 정확한 세부 묘사나 원근법보다는 상충하는 이야기들을 대립시키고, 중요한 개념들을 단순화해서 회화적으로 전달하는 것을 중요시한다. 그래서 의미를 명료하게 전달하기 위해 본질적인 부분을 두드러지게 강조하고, 맥락을 제시하는 주변적인 것은 실루엣으로 처리한다. 이렇게 그는 영혼 상태와 그 주변 분위기를 정확히 전달하기 위해 모든 부분을 세밀하게 묘사하는 방식과 이야기줄거리를 요약해서 그림에 모두 담는 기존 방식을 포기하고 있다.

4-3. 파우스트, 메피스토 그리고 그레첸

인물을 그리는 방식에서도 들라 크루아의 독창성은 돋보인다. 그는 인물의 외형을 통해 영혼의 상태를 보여주는데, 이런 방식은 비밀스럽 고도 우아한 긴장감을 만들어낸다. 파우스트와 메피스토의 대립이나, 이들이 신체적으로 가까이 다가서 거나 떨어지는 행동은 두 영혼의 싸 움에서 비극적 성격을 더욱 강하게 만들고 있다. 메피스토가 파우스트

앞에 나타난 장면을 들라크루아는 악마와 사색가가 서로 대면하는 모습 으로 그린다. 메피스토는 우아한 귀공자 모습으로 파우스트 앞에 나타난 다. 여기서 화가는 메피스토가 완전히 낯설지만, 파우스트는 그를 자신 이 희구하는 강한 육체와 남성성을 가진 인물로 여긴다는 사실을 형상화 한다. 어둡고 무거운 가운을 몸에 걸치고, 연구 대상물에 둘러싸인 파우 스트는 이런 메피스토의 모습을 경탄에 찬 눈으로 동경한다. 깜짝 놀라

엉거주춤한 자세로 물어보는 파우 스트의 모습은 자신 있고 확신에 찬 메피스토의 태도에 이미 굴복하고 있음을 보여준다.

들라크루아에 의하면, 향락을 추 구하는 파우스트를 움직이는 힘은 메피스토이다. 이와 같은 해석은 파 우스트가 그레첸을 유혹하는 장면 에 잘 나타난다. 이 그림에서 파우 스트와 메피스토의 외형이 너무나

흡사하게 그려지기 때문에 쌍둥이 형제처럼 보인다. 외형의 동질성을 넘어서, 바라보는 시선과 다리와 얼굴 그리고 몸동작도 거울에 비춘 것처럼 동일하다. 이를 통해 화가는 파우스트와 메피스토가 추구하는 것이 동일하다는 것을 보여준다. 그레첸은 퇴로가 막힌 느낌을 준다. 왼편에서는 젊은이들이 걸치는 고급 망토를 몸에 두른 파우스트가 그녀의 허리를 감으면서 얼굴을 바라보고 있는데, 그레첸의 눈길은 이를 애써 피하고 있다. 음흉한 모습의 메피스토는 반대편 앞쪽에 서서 뒤를 감시한다. 그레첸이 이들로부터 탈출한다는 것은 불가능해 보이며, 이는 그녀가 앞으로 이들의 희생양이 될 것임을 암시한다.

4-4. 물레 옆의 그레첸

들라크루아는 물건들의 다층적 구성을 통해 인물의 다양한 측면을 보여준다. 그는 서재 장면에서 파우스트 주변에 있는 물건들을 단순한 장식품으로서가 아니라, 그를 둘러싼 환경과 그의 심리 상태가 어떤지를 알려주는 수단으로 활용한다. 이런 기법은 물레 옆의 그레첸 장면에서도 그대로 이어진다. 우선 미묘한 빛의 연출을 통해 그레첸의 내적, 외적 상태를 보여준다. 성모 마리아의 얼굴을 연상시키는 그레첸은 기이하게 축 늘어진 모습으로 머리를 벽에 기댄 채 물레 옆에 앉아 있다. 발밑에는 읽다가 놓쳐버린 책이 한 권 놓여 있다. 이런 모습은 그녀의 성격이 유약하며, 현재 어려운 심리 상태에 놓여 있음을 암시한다. 얼굴에는 약한 그늘이 지어져 있지만, 몸에는 밝은 빛이 드리워져 있다. 이 빛은 그녀 머리 위의 좁은 선반에 있는 물건들에까지 미친다. 선반 위에는 이제 막 벗어놓은 듯한 미사포와 구약과 신약 성경으로 보이는 책 두 권, 촛대와 얼마 남지 않은 초 그리고 성모 마리아의 순결을 상징하는 기름통이 있다. 이것들은 그레첸이 임신했다는 사실과 현재 영적으로 간구하며, 종국적으로는 구원받을 것임을 알려준다. 또한 커튼으로 반쯤 가려진 십자가와 그녀가 앉아 있는 검은 궤짝 그리고 무겁게 걸려 있는 검은 옷감은 그레첸의 죽음이 임박했음을 암시한다.

4-5. 감옥 안의 그레첸

파우스트 석판화 연작의 극적 최고점은 마지막 장이다. 들라크루아는 여기서 다른 장면에 활용한 구성 방식 이외에 은유를 통해 이야기가 앞으로 어떻게 전개될 것인지를 암시한다. 이런 압축은 『파우스트』의 비극적 결말이 열린 구조를 가지기 때문에 가능하다.

이 그림에서는 첫눈으로도 이야기가 진행중이라는 사실을 알 수 있다. 파우스트는 감옥에 갇혀 있는 그레첸에게로 내려가서, 오른손으로 그녀의 허리를 잡고, 왼손으로 문의 방향을 가리키며 같이 나가자고 끌어당긴다. 창살이 있는 좁은 창문을 통해 빛이 들어오는데, 이 빛은 자유를 암시한다. 그러나 그녀는 파우스트를 빤히 바라보면서 같이 도주하기를 거부한다. 그녀는 파우스트로부터 벗어나려 하지만, 그녀 눈길이 닿는 반대편 땅바닥에는 쇠사슬이 놓여 있다. 두 사람의 몸을 친친 묶을 수 있을 정도로 크고 강한 사슬은 앞으로 이들이 불행으로 얽매일 것임을 암시한다. 파우스트가 그녀를 구속에서 해방시키려 노력하는 동안, 그녀의 상체는 벗겨져서 가슴이 드러난다. 이는 파우스트가 육욕의 포로라는 점과 완전한 도피는 불가능함을 암시한다. 왜냐하면 그는 육감적 욕망으로, 그레첸은 사랑과 도덕으로 서로를 풀 수 없게 옥죄어 있으므로, 그들은 다른 어떤 행동도 주체적으로 할 수가 없기 때문이다. 다급해진 메피스토는 왼손을 치켜들어 자신도 이 연인들을 어찌할 수 없다는 태도를 보인다. 들라크루아는 이들을 어떻게 하면 이 상황으로부터 해방시킬 수 있는지에 대해 역설적으로 반문하고 있는지 모른다.

변화한 사회적 환경에서 들라크루아는 고전주의에 대항하기 위해 『파우스트』를 선택하고, 이에 관한 석판화 연작을 창의적 방식으로 제작한다. 이 그림은 독일 낭만주의 화가들과는 다른 창의력과 풍부한 감수성을 보여주는데, 이는 독일과 프랑스 낭만주의의 차이일지도 모른다. 특히 인간의 심연에 대한 진지한 분석과 성찰, 그리고 그림이라는 매체를 통해 이를 독창적으로 형상화하는 능력은 극히 '현대적'이다. 이런 앞서가는 능력은 들라크루아가 낭만주의의 대가라는 점을 다시 한번 확인시켜준다.

5. 파우스트 석판화 연작과 영화 〈스타워즈〉

들라크루아의 파우스트 석판화 연작을 영화 〈스타워즈〉와 비교하는 것이 과연 가능할까? 혹시 이 둘 사이에는 어떤 연관성이 있는 것이 아닐까? 얼마 전 이 영화를 보면서 이런 엉뚱한 생각을 했다. 중세를 배경으로 한 『파우스트』와 미래 공상과학영화인 〈스타워즈〉는 소재가 다르고, 주제에도 공통점이 그다지 많은 것처럼 보이지 않는다. 그럼에도 불구하고 무엇인지 모를 어떤 끈이 이 둘을 연결하고 있는 것은 아닐까?

조지 루카스의 〈스타워즈〉는 작가의 말대로 "여섯 개의 이야기로 된 한 편의 영화"로서 이미 하나의 신화가 된 공상과학 서사시이다. 역사학자 메즐리시는 신화적 주제를 고전적으로 표현한 뛰어난 영화이며, 호메로스의 서사시에 비교할 만한 20세기의 작품으로 평가한다. 영화평론가 로저 에버트는 영원토록 살아남을 영화들은 매우 단순해 보이지만, 그 안에는 심오한 사상들이 담겨 있으며, 겉으로 보기에는 그저 그런 옛날 이야기처럼 보인다고 한다. 그렇다면 무엇이 이 영화의 신화적 주제이고, 심오한 사상이며 그리고 단순한 이야기 구조일까?

조지프 캠벨은 〈스타워즈〉는 선과 악이 부딪치는 선명한 이미지 속에서 인간의 행동을 통해 성취되거나 부서지거나 억압되는 생명의 힘을 다룬다고 한다. 이 영화의 키워드인 '포스Force'가 의미하는 것 역시 그런 '힘'이라고 한다. 철학자 김용석은 존재론의 차원에서 이 영화에 나타나는 선과 악에 대해 해석한다. 그에 따르면, 선악의 투쟁에서 악은 선에 대해 항상 유리한 위치를 점한다. 왜냐하면 악은 (남을 배려하지 않는) 자신의 본질에 충실하면 되지만, 선은 악에 대해서도 선해야 하기 때문이다. 그래서 선과 악이 충돌할 때 악은 어드밴티지를 갖고, 선은 핸디캡을 감수하는 게임을 해야 한다. 또한 선에게는 싸우는 것조차 악한 것이며, 설사 악을 굴복시키고 승리하더라도 선의 본질은 아니다. 그렇다면 선은 악에게 항상 패할 수밖에 없는가? 그렇다면 선은 어떻게 온전히 존재할 수 있을까? 이를 이해하기 위해서는 존

재의 고통, 그 심연으로 눈을 돌려야 한다. 왜냐하면 선의 존재 의미는 '비극적 서사'로서 가능하기 때문이다. 즉 선은 악에게 희생물을 담보로 잡혀야지만, 악해지지 않으면서도 악의 공세를 견뎌낼 수 있고, 악이 물러서게 할 수 있다.[12]

이런 도식은 〈스타워즈〉에 그대로 나타난다. 제다이의 전설에 의하면 아나킨

---

12) 김용석, 「악에 담보 잡힌 영웅의 비극」, 한겨레신문 2005년 12월 26일자, 28면.

스카이워커는 '포스'의 균형을 맞추어줄 인물로 예언되었다. 제다이 기사단의 영웅으로 태어난 그는 절대 '포스'를 준다는 악에 유혹되어 암흑의 황제에 봉사하는 다스 베이더로 전락한다. 젊은 제다이인 자신의 아들 루크가 악의 세력에 대항해 싸우다 위험에 처하자, 다스 베이더는 황제를 공격해 물리치고 아들을 구한다. 하지만 자신은 이 과정에서 죽음으로 죄과를 치른다. 아나킨-다스 베이더의 희생은 선의 세계가 악의 공격을 막고 자신을 지키기 위해 잡혔던 불가피한 담보인 것이다. 다스 베이더의 철가면 뒤로 들리는 음산한 숨소리는 담보로 잡힌 존재의 고통을 나타내고 있다. 이를 통해 영웅 비극은 마침내 선에 봉사하며, 악에 대해 항상 불리한 위치에 있는 선이 그럼에도 불구하고 지속될 가능성과 그 존재 의미를 확실히 보여주는 것이다.

이와 같은 도식은 〈스타워즈〉뿐만 아니라 『파우스트』와 들라크루아의 석판화 연작에도 해당된다. 즉 파우스트는 아나킨이다. 그는 인간적 한계를 뛰어넘는 능력을 담보로 메피스토에게 영혼을 팔며, 아나킨은 절대적 힘을 얻기 위해 암흑의 황제에게 영혼과 육체를 팔고 다스 베이더가 된다. 이 교환은 그 자체 매우 비도덕적이기 때문에 자신뿐만 아니라, 주변사람들도 이로 인해 커다란 고통과 좌절을 겪는다. 파우스트는 아름다운 처녀 그레첸의 진실한 사랑으로, 다스 베이더는 아들 루크에 대한 사랑으로 자신의 죄과를 영웅적으로 치르며, 종국적으로 이들은 고통과 좌절로부터 구원받는다. 이들이 치른 죄과와 희생으로 인간사회는 다시 한 단계 도약할 수 있는 계기를 마련한다. 〈스타워즈〉 이야기를 단순하게 구조화한다면, 『파우스트』나 들라크루아의 파우스트 석판화 연작과 거의 동일하다. 이 때문에 이 영화가 "신화적 주제를 고전적으로 표현한 뛰어난 영화"라 평가받는 것이며, 이런 신화적 특성으로 인해 이 영화는 다양한 문화적 배경을 가진 관객 모두에게 보편적 감동을 안겨주고 있다.

『파우스트』는 이렇게 엉뚱한 시간과 장소에서 공상과학영화로 새롭게 태어나고 있으며, 이 같은 재탄생은 다양한 영역에서 계속될 것이다. 왜냐하면 한여름 밤의 등불이 수많은 날짐승들을 끌어모으는 것처럼, 괴테 『파우스트』도 끝없이 다양한 매력으로 새로운 영감과 인간 존재의 심연에 대해 목말라하는 영재들을 끌어당기고 있기 때문이다. 들라크루아도 목마른 사람들 중의 하나이다. 그의 목마름은 인간이란 존재를 새롭게 성찰하게 할 뿐만 아니라, 그의 창의적 형상화 작업은 우리에게 예술의 즐거움이 무엇인지를 가르쳐주고 있다.

참고 문헌

E. H. 곰브리치, 『서양미술사』, 백승길, 이종숭 옮김, 예경, 1997.

김용석, 「악에 담보 잡힌 영웅의 비극」, 한겨레신문 2005년 12월 26일자, 28면.

스테판 게강 외, 『들라크루아』, 임호경 옮김, 창해, 2001.

Miller, Norbert, Delacroix' Verhältnis zur Literatur. Der Zeichner als Dichter zwischen Shakespeare, Goethe und Walter Scott, In: Margret Stuffmann(Hrsg.), *Eug. Delacroix*, Städtische Galerie im Städelschen Kunstinstitut Frankfurt am Main, 1988, S. 46~55.

Sinnreich, Ursula, Delacroix' Faust-Illustrationen. Bemerkungen zu ihrer bildnerischen Regie, In: M. Stuffmann, *Eug. Delacroix*, a.a.O., S. 56~65.

베크만의 파우스트 삽화
—나치 시대 한 화가의 괴테와의 대화

김영옥

1. 파우스트 삽화의 역사

괴테의 『파우스트』는 드라마는 물론 다른 문학 장르와 음악과 미술 등 모든 분야의 예술 창작에 다양한 모티프를 제공할 뿐만 아니라 예술적 영감의 원천이 된다. 파우스트 삽화의 역사는 1788년 괴테가 로마에서 친구 요한 하인리히 립스에게 유명한 렘브란트의 부각동판화 〈연금술사〉를 본뜬 동판화를 주문하고, 그것을 1790년에 출판된 『파우스트―프라그멘트』의 속표지 그림으로 싣는 데서부터 시작된다. 이로써 괴테 스스로 파우스트 삽화의 역사를 연 것이다.

그러나 1808년 출판되는 『파우스트―비극 제1부』에는 이 삽화가 빠져 있다. 이 작품을 준비하던 1805년 11월 25일 출판업자에게 보낸 편지에서 괴테는 문학을 그림으로 옮기는 것에 대한 회의적인 생각을 드러낸다. "파우스트를 목판화와 그림 없이 내려고 합니다. 의미와 뉘앙스에 있어서 한 문학작품에 어울리는 것을 만들어내는 것은 매우 어렵습니다. 판화와 문학은 서로 패러디하면서 모방합니다."[1] "서로 패러디하면서 모방한다"는 말을 독문학자 A. 쇠네는 "서로 방해한다" 또는 "같은 의미를 다르게 표현할 뿐이다"로 해석한다. 또한 1808년 3월 31일자 편지에서 괴테는 "동판화가 아무리 훌륭하더라도 함께 싣고 싶지 않습니다. 동판화는 독자의 상상력을 제한하는데, 나는 그것을 아주 자유롭게 놔두고 싶습니다"[2]라고 그 이유를 설명한다.

그렇지만 괴테는 코르넬리우스의 동판화 12점(1816), 레츠슈의 스케치 26점(1816), 나우베르크의 석판화 12점(1826) 등을 대체로 긍정적으로 평가한다. 그리고 이 그림들은 1829년 1월 브라운슈바이크에서 이뤄진 『파우스트―비극 제1부』 초연의 무대 장치와 의상에 영향을 준다. 나우베르크의 그림 〈지령을 맞이하는 파우스트〉(1810)는 괴테의 그림 〈지령의 출현〉(1812)에 영향을 끼치며, 코르넬리우스의 동판화에 대해서는 처음에는 매우 칭찬하지만 나중에는 그의 낭만주의적 양식에 대해 비판적인 거리를 둔다. 레츠슈는 1836년 『파우스트―비극 제2부』를 소재로 하는 11점의 스케치도 선보여 『비극 제2부』에 대한 삽화 작업의 효시가 된다. 파우스트 삽화의 역사에서 괴테가 가장 칭찬한 작품은 1828년 프랑스어 번역판과 함께 출판된 들라크루아의 석판화 16점이다.[3]

초기의 주목할 만한 삽화들의 기본 경향은 두 갈래로 나누어볼 수 있다. 하나는 나우베르크와 특히 코르넬리우스처럼 문학작품의 원문에 충실하면서 독자에게 파우스트의 중세적 생활세계를 세밀하게 사실주의적으로 보여주려는 경향이고, 다른 하나는 레츠슈와 특히 들라크루아처럼

---

1) Johann Wolfgang Goethe, *Faust. Kommentare*, Hrsg. v. Albrecht Schöne, Frankfurt/M., 1999, S. 206.

2) Ebda., S. 206.

3) 1829년 8월 29일 바이마르에서 파우스트 삽화 전시회가 열린다. 코르넬리우스, 레츠슈, 나우베르크, 들라크루아의 삽화에 대해서는 Wolfgang Wegner, *Die Faustdarstellung vom 16. Jhdt. bis zu Gegenwart. Mit 90 Abbildungen*, Amsterdam, 1962, 50~70쪽 참조. 이들 삽화는 2000년 페터 슈타인이 연출의 파우스트 I·II부 공연 자료집 Roswitha Schieb, Die Faust-Illustrationen der Goethe Zeit, In: Dies. (Hrsg.) *Peter Stein inszeniert FAUST von Johann Wolfgang Goethe*, Köln, 2000, S. 216~251에 수록되어 있다.

텍스트의 내용에 초점을 맞추면서도 상징적인 그림으로 독자에게 어느 정도는 화가 자신의 독자적 해석을 제공하려는 경향이다. 즉 전자가 재현에 중점을 둔다면, 후자는 해석에 중점을 둔다고 할 수 있다.[4]

괴테가 죽은 이후 19세기 말까지 나온 삽화 가운데 언급할 만한 것은 안셀무스 라흐게른의 석판화 11점(1841), 넬리히의 동판화 16점(1864), 파울 코네프카의 석판화 12점(1866) 등이다. 라흐게른의 석판화는 괴테가 예언한 대로 파우스트에 대한 패러디인데, 당시 시작된 파우스트 숭배에 대한 대응이었을 것이다. 넬리히의 동판화는 전형적인 아류로 모티프는 코르넬리우스에게서 그리고 기법은 레츠슈에게서 빌려오며, 한층 더 낭만화된다. 코네프카의 석판 그림자그림은 인물들의 옆모습 선을 인상적으로 보여준다. 이 밖에도 코르넬리우스의 제자 카울바흐가 1865년 코타 출판사에서 낸, 괴테의 전 작품을 주제로 한『괴테 미술관』에서 일련의 파우스트 동판화를 선보인다.

20세기 표현주의 화가들은 코르넬리우스부터 카울바흐에 이르는 19세기의 낭만적 역사주의적 경향과는 전혀 다른 새로운 종류의 삽화를 제작하기 시작한다. 이들에게 중요한 것은 이야기보다는 표현적인 단순함과 추상이다. 그럼으로써 들라크루아로부터 시작된 작품의 상징적인 해석이 우위를 차지하게 된다. 20세기의 주목할 만한 작품으로는 발터 클렘의『파우스트―비극 제1부』목판화 10점(1912), 에른스트 바를라흐의「발푸르기스의 밤」목판화 20점(1923), 막스 슬레폭트의『파우스트―비극 제2부』석판화 325점과 스케치 99점(1926~1927), 막스 베크만의『파우스트―비극 제2부』펜 소묘 143점(1943/44 제작), 요제프 헤겐바르트의 펜 소묘『파우스트―비극 제1부』(1961)와『비극 제2부』(1963), 살바도르 달리의 프랑스어판『파우스트―비극 제1부』를 위한 동판화 21점(1970) 등을 꼽을 수 있다.

---

4) Vgl. Roland Daube-Schackat, *Faustbilder. Aspekte einer Illustrationsgeschichte*, Goethe-Museum Düsseldorf, 1990, S. 10~11.

『파우스트―비극 제1부』에서 19세기 화가들이 자주 그린 장면은 파우스트와 지령, 부활절 산책, 메피스토펠레스(이하 메피스토)의 출현, 학생 장면, 교회에서 돌아오는 그레첸과 파우스트가 만나는 장면, 마르테의 정원 장면, 아우어바흐의 지하 술집, 성모상 앞의 그레첸, 성당에서의 그레첸, 발푸르기스의 밤, 감옥 안에 갇힌 그레첸과 그녀를 구하러 온 파우스트 등이다. 이 장면들은 20세기에도 여전히 자주 그려지는데, 그중에서도 '발푸르기스의 밤' 장면은 바를라흐에 의해 20세기의 중요한 테마로 부각된다. 20세기에는 사상의 추상성과 줄거리의 다양한 차원 때문에 그때까지 삽화가 불가능하다고 간주되던 『파우스트―비극 제2부』에 대한 작업이 활발해진다. 그 가운데 베크만의 작업은 파우스트 삽화의 '혁신'으로 평가된다.[5]

2. 망명 화가 막스 베크만

20세기의 가장 중요한 독일 화가 중 한 사람으로 인정받는 막스 베크만Max Beckmann은 1884년 라이프치히에서 태어나 1897년 첫 자화상을 그린 이래로 1950년 뉴욕에서 세상을 떠날 때까지 수많은 자화상을 그린다. 그런 점에서 그의 그림 작업의 주된 테마는 '자기 찾기'라 할 수 있다. 물론 베크만의 경우, 그것은 내면적 자아라기보다는 세계와의 관계 속에 있는 자아이다.

베크만은 1900년 바이마르 미술학교에 들어가 1903년 졸업하고 제1차 세계대전이 일어나기 전인 1913년에 이미 화가로서 상당한 명성을 얻는다. 1914년 위생병으로 자원 입대하여 동부 전선과 플랑드르에서 복무하고, 1923년부터는 프랑크푸르트 슈테델 미술관의 미술학교에서

---

5) Vgl. Petra Maisak, Goethe in der Kunst des 20. Jhdts., In: Detlev Lüders(Hrsg.), *Goethe in der Kunst des 20. Jhdts. Weltliteratur und Bilderwelt*, Frankfurt/M., 1982, (S. 9~13) S. 12.

가르치기 시작하며, 마흔네 살이 되는 1928년에는 그 명성이 정점에 이른다. 그러나 1930년 이후 그는 국가사회주의가 펴내는 언론지로부터 공격을 받기 시작한다. 1932년 베를린 국립미술관이 베크만 홀을 설치하여 그의 그림 작업에 대한 존경을 표하는 가운데서도 국가사회주의자들의 베크만 죽이기 선동 캠페인은 계속된다. 1933년 나치스가 정권을 장악하자 베를린 국립미술관의 베크만 홀은 해체되고, 슈테델 미술학교에서도 해임된다. 1933년부터 베크만 그림의 전시회는 주로 미국과 스위스에서 열리고, 독일에서는 1946년 이후에야 다시 그의 그림을 볼 수 있게 된다.

1937년 7월 18일 히틀러는 뮌헨에서 독일미술관을 개관하고 〈위대한 독일 미술전〉을 연다. 그리고 그 다음날 바로 그 옆에 있는 조그만 건물에서 나치스 당국은 〈퇴폐 미술전〉을 개최한다. 그들은 제1차 세계대전 이전부터 활동하여 바이마르공화국 시절에 인정과 명성을 얻은 화가들의 작품 550점을 비좁은 공간에 몰아넣고 비방하는 주석을 달아놓는다. 독일의 대표적 화가들인 파울 클레, 에밀 놀데, 크리스티안 롤프스, 에른스트 루드비히 키르히너, 오스카 코코슈카, 오토 뮐러, 오스카 슐레머, 에밀 빌헬름 나이, 오토 딕스, 게오르게 그로츠 등과 심지어 피카소, 마르크 샤갈 같은 외국 화가들도 비난의 대상이 된다. 독일의 다른 도시에서 연속적으로 열린 이 전시회에서 베크만은 비열한 경향을 선도한다는 의심스러운 '명예'를 얻으며, 그의 유화 10점과 스케치 10점 이상이 전시된다. 제3제국 선전부의 문서에 따르면, 독일의 미술관들이 소장하고 있는 베크만의 작품 590점이 〈퇴폐 미술전〉과 관련하여 압수된다. 그 가운데 나치스는 많은 그림을 없애고 부분적으로는 외화를 벌기 위해 외국에 팔아버린다.

베크만은 1937년 7월 18일 라디오로 방송된 히틀러의 〈위대한 독일 미술전〉의 개막 연설을 듣는다. 히틀러는 현대미술의 "기형적인 불구자와 백치들, 혐오감만을 불러일으키는 여자들, 사람이기보다는 동물에 더 가까운 남자들, 그렇게 산다면 신의 저주로 느껴질 수밖에 없는 아이들"에 대한 반감을 표명하고, "이러한 이른바 '예술가들'이 사물을 정말로 그렇게 보고 자신이 묘사하는 것을 믿는다면, 그들 눈의 결함이 기계적인 것인지 아니면 유전에 의한 것인지 연구되어야 할 것이다. 첫째 경우라면 이런 불행한 사람들에게 대단히 유감이며, 둘째 경우는 제국 내무부의 중요한 사안으로서, 적어도 그런 종류의 끔찍한 시각 장애가 지속적으로 유전되지 않도록 제국 내무부가 그 문제에 몰두해야 할 것이다"[6] 하고 연설한다. 여기에서 히틀러는 예술에 대한 모욕만이 아니라, 이른바 체계적인 '안락사' 정책을 예고하고 있다. 베크만은 당장 위험을 감지하고, 그 다음날인 1937년 7월 19일, 〈타락 미술전〉이 열린 그날에 부인과 함께 독일을 떠난다.

베크만은 독일 땅을 다시는 밟지 않는다. 암스테르담 시내의 복개한 운하 곁에 간이 부엌이 딸린 방 두 개짜리 아파트가 그의 집이자 아틀리에이고, 그 위에는 담배공장 창고가 있었다. 1938년 7월 런던에서 〈20세기 독일 미술전〉이 열린다. 독일에서 '퇴폐' 미술로 간주된 그림들이 여기에 전시된다. 함께 참석한 화가 슈테판 라크너가 베크만에게 매달 그림 두 점을 받는 조건으로 일정한 액수의 돈을 보내주기로 약속한다. 라크너는 우편물 규정 때문에 그림을 받을 수 없게 된 뒤에도, 1940년 5월 중립국 네덜란드가 독일에 점령되어 돈을 부칠 수 없게 될 때까지 계속 그 약속을 지킨다. 독일 군대가 입성하자 베크만은 1925년부터 그때까지 쓴 일기를 불태워버린다. 그 기록 때문에 자신과 다른 사람들이 위험해질까봐 두려웠던 것이다. 1940년 9월이 되어서야 다시 일기를 쓰기 시작하는데, 이것은 죽을 때까지 계속된다. 1942년에는 독일군의 징병검사를 받지만, '쓸모없음'이란 판정을 받는다. 1943~1944년 공습이 심한 가운데에서도 베크만은 작업을 계속하며, 1944년 6월에 연합군이 노

---

6) Adolf Hitler, Rede zur Eröffnung der "Großen Deutschen Kunstausstellung" 1937. Zitiert nach Stephan Reimertz, *Max Beckmann*, Reinbek bei Hamburg, 1995, S. 99~100.

르망디에 상륙한다. 1945년 5월 독일군이 물러나고 연합군이 암스테르담에 들어오자, 베크만은 적국인으로서 추방될까봐 두려워하며 미국으로 가려고 영어를 공부한다. 1946년 독일 다름슈타트 미술학교로부터 그리고 1947년 베를린 미술대학으로부터 교수 초빙을 받지만 모두 거절하고, 1947년 미국 인디애나 대학에 이어 워싱턴 대학의 초청을 받고 뉴욕으로 간다.

3. 베크만의 『파우스트 비극 제2부』 삽화

베크만이 파우스트 삽화를 그리던 1943~1944년은 그의 고난 상태가 정점에 다다랐을 때이다. 물질적인 어려움은 말할 것도 없고 1941년부터 심장에 문제가 있었는데 점점 더 심해지고, 폐에도 염증이 와서 불면증에 시달린다. 밤낮으로 영국과 미국의 공습이 계속된다. 그는 결국 1950년 12월 27일 뉴욕 센트럴 파크에서 산책하던 중 심장마비로 죽는다.

1941년 베크만을 존경하던 프랑크푸르트의 인쇄업자 게오르크 하르트만이 요한 계시록을 위한 삽화를 주문한다. 이 계시록 석판화를 하르트만은 1942년 자신의 인쇄소에서 자비로 출판한다. 그는 1943년에 또다시 『돈키호테』 또는 『파우스트—비극 제2부』를 위한 삽화를 그려달라고 주문한다. 베크만은 『파우스트—비극 제2부』를 선택하고, 1943년 4월 15일부터 작업을 시작하여 60회 생일이 삼 일 지난 1944년 2월 15일 일기에 '파우스트 완성'이라고 기록한다. 그는 총 143점의 그림마다 괴테의 텍스트와 관련하여 일종의 제목을 달아놓는다. 그것은 작중 등장인물의 이름도 있고, 연출 지침을 인용한 것도 있지만, 3분의 2 이상은 『파우스트』의 구절을 인용한 것이다. 베크만이 괴테의 텍스트에 충실했음을 말해준다.

그러나 괴테와 베크만 사이에는 백 년 이상의 시간차가 있고, 그들의 인간성과 삶, 운명도 대조적이다. 고전과 현대 사이의 간격을 베크만은 뛰어넘을 수도 없지만 뛰어넘으려고 하지도 않았다. 그는 자신의 삽화를 괴테의 텍스트와 나란히 동등한 것으로서 이해한다. 따라서 그의 삽화를 이해하려면 우선 베크만 자신의 전제로부터 그것을 바라보아야 한다.

3-1. 수많은 자화상들

현대 화가들 중에 베크만처럼 자화상을 많이 그린 화가도 없을 것이다. 베크만 연구가들은 모두 그의 자화상에 주목한다. 심지어 〈잿빛 잠옷을 입은 자화상〉(1941)에서는 자기 조각상을 만드는 자화상을 그린다. 베크만의 예술세계는 자신과 만나는 장소인 동시에 자기 자신을 해석하는 장소이다. 파우스트 삽화의 경우도 마찬가지이다. 여기에도 자화상이 눈에 띄게 많다. 화가의 머리와 얼굴 윤곽을 여러 역할에서 만날 수 있다.

우선 제1막 '황제의 궁성' 장면에서 "유쾌하게 시간을 보내도록 하라!/마침 성회(聖灰) 수요일도 다가오고 있구나"(V. 5057/8)[7] 하고 사육제를 선언하는 황제의 얼굴 옆모습에서 베크만의 옆얼굴 모습을 볼 수

있다. 그것은 제2막 '고전적 발푸르기스의 밤' 장면에서 인간을 혐오하는 지혜로운 해신 네레우스의 옆얼굴 모습이기도 하다. 여기에서 네레우스는 호문쿨루스를 위해 조언을 구하는 탈레스에게 "뭐 충고라고! 충고 따위가 인간에게 도움된 적이 있었던가?"(V. 8106) 하고 반문한다.

파우스트의 얼굴은 당연히 처음부터 베크만을 닮았다. 제3막에서 파우

---

7) 파우스트 텍스트는 Johann Wolfgang von Goethe, *Faust*, Texte. Hrsg. v. Albrecht Schöne (Frankfurt/M., 1999)를 이용하고, 인용 출처는 뒤의 괄호에 시행(V)의 숫자로만 표시함.

스트가 헬레나와 만나 두 사람이 운율을 맞추어 말을 주고받는 장면—
"파우스트. 이제 마음은 앞을 내다보지도 않고 뒤도 돌아보지 않으니,/
지금의 이 현재만이—헬레나. 우리의 행복이에요"(V. 9381/2)—을 베
크만은 자신과 자기 부인 마틸데의 모습으로 그린다. 헬레나와 파우스트
사이에 태어난 오이포리온이 날다가 추락하여 죽은 뒤에 헬레나가 "행
복과 아름다움은 지속적으로 합일되지 않는다는,/옛말이 유감스럽게도
제게도 증명되고 있어요"(V. 9939/40) 하고 말하며 마지막으로 파우스
트를 껴안는 장면을 그린 그림도 베크만과 마틸데의 모습이다. 여기에서
는 두 사람이 슬픈 표정을 하고 있고, 곧 헬레나를 잃게 될 파우스트의
얼굴은 검게 칠해져 있다.

제2막 '고전적 발푸르기스의 밤'에서 호문쿨루스는 "어떻게든 최선의
의미로 생성(生成)되고 싶어서"(V. 7831) 두 철학자를 따라다닌다. 그들
은 그리스의 자연철학자로, 화성론자로 등장하는 아낙사고라스와 수성
론자인 탈레스이다. 이에 대해 메피스토는 "그것은 너 혼자의 힘으로 하
는 것이 좋다./유령들이 자리를 잡고 있는 곳이라면,/철학자도 대환영
을 받으니까 말이다"(V. 7842/44) 하고 대답하는데, 이 구절과 관련된
삽화에서 베크만은 호문쿨루스나 메피스토가 아니라, 죽음을 상징하는
붕대 감은 미라와 함께 있는 파우스트를 그린다. 이 그림에서 베크만이
즐겨 읽은 두 철학자의 저작, 칸트의 『순수 이성 비판』과 쇼펜하우어의
『의지와 표상으로서의 세계』를 손가락으로 가리키고 있는 파우스트는
베크만의 자화상이다. 여기서 파우스트가 입고 있는 별무늬 가운은 제5
막 '한밤중' 장면에서 '근심'과 만나는 파우스트의 가운이기도 하다. 별
무늬 가운은 마술사를 의미하며, 베크만은 자신을 자주 마술사로 그린다.

'한밤중' 장면에서 파우스트의 궁전 열쇠구멍으로 근심이 들어온 것을
그린 그림의 파우스트는 늙은 베크만의 모습이다. 파우스트의 얼굴이 정
면 반쪽만 보이고, 창틀로 양분되어 있는 다른 반쪽에는 근심의 옆모습
이 보인다. 베크만은 이 그림에 "파우스트. (궁전 안에서). 넷이 오는 것

을 보았는데, 셋만 떠나가는구나"(V. 11398)를 제목으로 달지만, 이어지는 파우스트의 말, "문이 삐걱거리는 소리가 났는데, 아무도 들어오진 않는구나"(V. 11419)와 더 잘 어울리는 듯하다. 이 그림에서 파우스트는 '근심' 쪽으로 귀를 향하고 있으나, 그 잿빛 여자의 모습을 보지는 못한다. 파우스트가 아무리 '근심'에게 큰 소리를 쳐도 결국 그는 '근심'의 입김

에 눈이 멀게 된다. 이 그림은 이미 '근심'의 영향을 받고 있고, 결국에는 눈이 멀게 되는 파우스트를 미리 보여주는 듯하다.

베크만의 삽화에서 흥미로운 것은 메피스토의 모습도 베크만을 닮았다는 사실이다. 그의 삽화에서 파우스트와 메피스토는 쌍둥이 형제 같다. 제1막 '어두운 복도' 장면에서 메피스토가 파우스트에게 "그것은 어머니들이외다!"(V. 6216) 하고 말하는 구절과 관련하여 그린 그림에서 파우스트의 정면 얼굴 모습과 메피스토의 옆모습은 모두 베크만을 닮았으며,

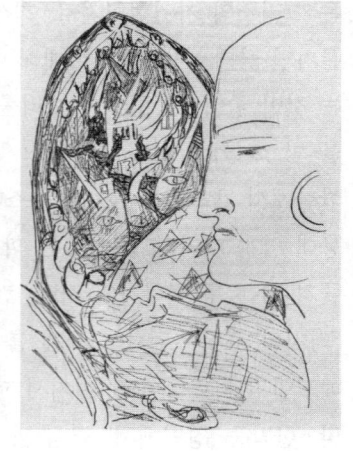

둘은 쌍둥이 형제의 모습을 하고 있다. 이후 메피스토의 머리와 얼굴 윤곽은 베크만 모습의 변형들이다. 제2막 '높고 둥근 천장을 이룬 협소한 고딕 식 방'에서 '곤충들의 합창'을 듣는 메피스토의 옆얼굴 모습도 그러하고, 특히 제5막 '매장' 장면에서 메피스토가 죽은 파우스트를 보며 "육신은 쓰러지고, 영혼은 도망가려 하는구나"(V. 11612) 하고 말하는

구절과 관련된 삽화에서 메피스토와 파우스트의 옆얼굴 모습은 나이만 다를 뿐 닮아 있고 모두 베크만의 옆얼굴 모습이다. 이 그림의 왼쪽에는 "지옥이 아가리를 벌리고 있다".[8]

괴테 스스로도 파우스트와 메피스토를 하나의 포괄적인 전체로서 상호보완적이면서 적대적인 측면으로 이해하고 있음을 밝힌 적이 있다고 페렐스는 지적한다.[9] 베크만이 자신의 모습을 파우스트와 메피스토 그리고 다른 여러 역할에 그려 넣은 것도 베크만 창작의 한 원리로서의 자기 찾기 시도의 일환으로 해석할 수 있다.

3-2. 시대를 반영하는 그림들

모든 현상이 공간과 시간과 우연성의 구속을 받듯이, 파우스트 삽화에도 역사적 인물 베크만의 생활세계가 전면에 나타나는 것은 아니라 해도 어느 정도는 반영되어 있다. 또한 그림 속의 여러 모티프와 소재들이 베크만의 끔찍한 현재를 말해준다.

우선 재미있는 것은 제1막 '유원지' 장면에서 메피스토로부터 엄청나게 많은 지폐를 받은 황제가 시종들에게 돈을 나누어주며 어디에 쓸 것인지를 말해보라고 할 때 한 시종이 돈을 받으며 "이제부터는 갑절 좋은 술을 마시겠습니다"(V. 6147) 하고 대답하는 구절을 제목으로 단 그림이다. 여기에서 베크만은 그 시종의 얼굴 윤곽을 자신의 얼굴로 그릴 뿐만 아니라, 자기가 아는 술의 상표도 일부 그려넣는다.

제2막 '고전적 발푸르기스의 밤'의 페네이오스 강 상류에서 놀던 지레네들이 지진이 나서 창공을 날아가는 모습을 그린 그림에서는 지진이라기보다는 폭격을 연상시키며, 떼지어 날아가는 지레네들은 폭격기 행렬

---

8) V.11643 아래에 쓰여 있는 지문. Goethe, *Faust*, Texte, S. 448.

9) 에커만과의 대화, 1827년 5월 3일. Vgl. Christoph Perels, Max Beckmanns Zeichnungen zu Goethes Faust. Zweiter Teil. In: Peter Boerner/Sidney Johnson(Hrsg.), *Vier Hundert Jahre Faust. Rückblick und Analyse*, Tübingen, 1989, (S. 99~132) S. 108~111.

과도 같은 모습으로 나타난다.

제3막의 아르카디아에서 벌어지는 합창대의 노랫말 "평화로운 시대에 살면서／돌이켜 전쟁을 원하는 자"(V. 9839~9840)와 관련하여 그린 그림에서는 헬레나와 파우스트의 아들인 꿈꾸는 낭만주의자 오이포리온이 충성을 맹세하는 군인과 함께 그려져 있다. 위와 아래로 양분된 이 그림의 위쪽에는 잠자는 젊은이가 악령들과 함께 그려지고, 아래쪽에는 젊은 군인이 충성 맹세를 하고 있다. 렌츠는 위쪽의 잠자는 젊은이와 아래쪽의 젊은 군인을 동일인물로 본다.[10] 이 젊은이는 악령들에게 유혹되어 전쟁터로 나와 군인으로서의 맹세를 하는데 곧 죽을 운명임을 암시하듯, 아래쪽 젊은 군인이 있는 곳은 검게 칠해져 있으며 참호 같기도 하고 무덤 속 같기도 하다.

제4막 '높은 산악지대' 장면에서는 파우스트가 봉토를 하사받기 위해 황제를 도와 싸우려고 할 때, 메피스토가 세 명의 용사를 불러온다. 이 세 용사는 베크만의 그림에서 나치스의 지도자들 모습으로 나타난다. 사치스런 복장을 하고 있는 '날치기(하베발트)'는 히틀러의 콧수염을 달고 있고, 단도를 들고 있는 '싸움쟁이(라우페볼트)'는 괴링과 닮았으며, 옷을 입지 않은 '뚝심쟁이(할테페스트)'는 히틀러의 얼굴을 하고 있다.

이 세 용사는 제5막에서 '세 명의 폭력배' 모습으로 다시 등장하여 메피스토의 지시에 따라 필레몬과 바우치스의 오두막을 불태운다. 그들이

---

10) Vgl. Christian Lenz, Die Zeichnungen Max Beckmanns zum Faust, In: Detlev Lüders (Hrsg.), *Goethe in der Kunst des 20. Jhdts. Weltliteratur und Bilderwelt*, Frankfurt/M., 1982, (S. 82~144) S. 88.

살고 있는 오두막과 함께 아무 죄 없이 불에 타죽는 노부부는 베크만의 그림에서 유대인의 모습을 하고 있다. 더욱이 그 화염을 지켜보던 망루지기 린코이스가 "언제나 정다웠던/수백 년 묵은 장소가 사라졌구나" (V. 11336~11337) 하고 노래하는 소리를 듣고 파우스트가 발코니에서 모래언덕을 쳐다보며 "저 위에서는 무슨 울부짖는 노랫소리인가?"(V. 11338) 하고 말하는 구절과 관련된 삽화는 베크만이 파우스트 작업을 할 때 밤낮으로 계속되던 폭격의 참상을 말해준다. 이 그림에는 한쪽에 검게 타버린 나무 둥치가 서 있고, 해안가 모래언덕이 아니라 도시의 길가에, 필레몬과 바우치스의 작은 오두막이 아니라 크고 높은 집이 폭격으로 불타고 있으며, 그 집의 커다랗고 텅 빈 입구 앞에는 두 사람이 죽은 듯 쓰러져 있다. 렌츠는 이 그림을 베크만의 일기의 한 구절 "텅 빈 유대인 거리를 지나서 (……)"와 연결시킨다.[11]

3-3. 종교적 신화적 소재

1930년대부터 베크만은 점차로 신화적인 주제를 더 자주 다룬다. 그것은 주관의 제한적 인식에 얽매여 있는 덧없는 현상들을 넘어서 객관적인 존재의 질서로 들어가고자 하는 시도 중 하나이다. 그런 점에서 베크만은 고전주의와 맞닿아 있다. 신화적 주제의 그림들은 제4막과 제5막의 전쟁, 수난, 죽음 등 어두운 테마와는 달리 밝은 유희를 보여준다.

제2막 '고전적 발푸르기스의 밤'에 페네이오스 강 하류에서 파우스트

11) Vgl. Ebda., S. 88.

가 "정녕 이건 꿈이 아니로다! 오 그대로 노닐게 하라,/비할 데 없이 아름다운 저 형상들을"(V. 7271~7272) 하고 감탄하는 말을 제목으로 단 삽화는 실제로는 7312행까지 이어지는 긴 독백 전체와 관련된다. 이 독백에서 스파르타의 왕비 레다와 그녀를 유혹하는 제우스가 언급되지는 않지만, 파우스트는 왕비 레다가 시녀들과 함께 목욕하는 모습을 보고, 이어서 백조로 변신한 제우스가 다른 백조떼와 함께 레다에게 다가가는 모습을 본다. 그리고 레다와 제우스 사이에서 태어난 아이가 바로 제3막에 등장하여 파우스트와 사랑에 빠지는 고전적 아름다움의 이상 헬레나이다. 레오나르도 다빈치를 비롯하여 이미 많은 화가들이 그려 익숙한 소재인 레다와 백조를 베크만은 전면에 가는 선으로 그려넣고, 레다의 한 시녀와 이들을 훔쳐보는 파우스트는 일종의 테두리처럼 굵은 선으로 강조하고 있다.

베크만의 파우스트 삽화 가운데 가장 에로틱한 그림은 '고전적 발푸르기스의 밤'에 등장하는 도리스의 딸들을 그린 것이다. "도리스의 딸들. (합창하며 네레우스의 곁을 지나간다. 모두들 돌고래를 타고 있다.) 루나여, 빛과 그림자를 빌려주소서"(V. 8391) 와 관련된 이 삽화에서 도리스 딸들의 몸은 부드럽고 환하게 빛나며, 그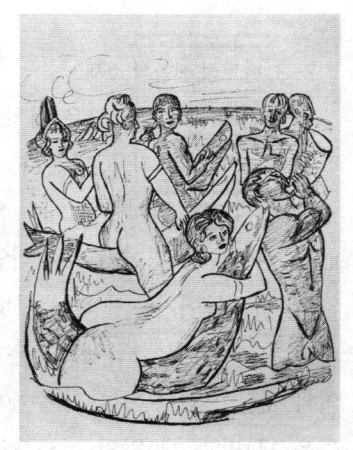들이 성난 파도에서 구해준 젊은 남자들의 몸은 검고 단단해 보인다. 도리스의 딸들은 이 젊은 남자들을 남편으로 삼고 싶어하고, 돌고래가 이들의 관계를 암시한다. 그림의 왼쪽 가운데, 검게 칠해진 등을 보이는 여자는 자기 짝이 없어서일까, 아니면 결국 이 남자들과 헤어지게 되기 때문일까?

제3막의 '헬레나 비극'을 여는 첫 삽화에서 헬레나는 이제 막 메넬라

오스의 궁전에 도착하여 창턱에 팔을 짚고 있는데, 그 모습은 등을 보이면서 얼굴을 앞으로 돌리고 있고 알 수 없는 자신의 미래 때문인지 얼굴이 검다. 저 멀리 해안이 보이고, 그 앞에는 헬레나와 함께 포로로 잡혀온 트로이의 여자들이 있다.

아프로디테와 헤르메스 사이에서 태어난 아이 헤름아프로디테는 양성을 가진 존재이다. 제1막 가장무도회를 위해 장식된 '곁방들이 달린 넓은 홀' 장면에 나오는 '수레 모는 소년'을 베크만은 양성적 인물로 그린다. "나는 낭비라오. 시(詩)입니다./가장 소중한 재물을 아낌없이 낭비함으로써/스스로를 완성시키는 시인이지요"(V. 5573~5575) 하고 자신을 소개하는 '수레 모는 소년'은 가장무도회에서 온갖 장신구를 뿌리고, 불붙을 만한 곳을 기대하면서 이따금 시를 상징하는 "조그마한 불꽃도"(V. 5588) 뿜어낸다.

파우스트 영혼의 구원은 어떻게 표현될까? 『파우스트』의 마지막 장면 '심산유곡. 숲, 바위, 황량한 곳'의 지문 "영광의 성모, 하늘에 둥둥 떠온다"를 제목으로 한 삽화는 성모 마리아가 성인들이 모여 있는 깊은 산의 협곡으로 둥둥 떠서 내려오는 것이 아니라, 어느 집 창문 안으로 들어오는 모습으로 그려진다. 왼쪽 위에는 성모 마리아를 상징하는 초승달이 떠 있고, 아래에는 오른쪽을 쳐다보는 속죄하는 여인 그레첸의 모습이 보인다. 창틀에 히아신스 뿌리가 든 유리컵 두 개가 놓여 있는 창문이 베크만의 암스테르담 집 창문과 똑같다는 것을 알 만한 사람은 다 안다. 이 장면에서 성모 마리아는 "지상의 가장 높은 곳"으로 잠시 내려와 "한때 그레첸이라 불렸던 속죄하는 한 여인"의 기도를 들어주어 그레첸과 파우스트를 "더 높은 곳으로"(V. 12094) 인도한다. 이 그림에서 베크만은 구원에 대한 바람과 동시에 의문을 표현한 듯하다.

파우스트에 대한 베크만의 마지막 삽화는 "신비의 합창. 일체의 무상(無常)한 것은/한낱 비유(比喩)일 따름이다"(V. 12104/5)와 관련된다. 이 그림에는 인류 역사의 시작을 의미하는 창세기 사건에 등장하는 아담과 이브 그리고 뱀과 에덴 동산의 금지된 나무가 그려져 있다. 아담과 이브는 서로 마주 보지도 않고 따로따로 선 채 뱀에 함께 휘감겨 있다. 금지된 나무 열

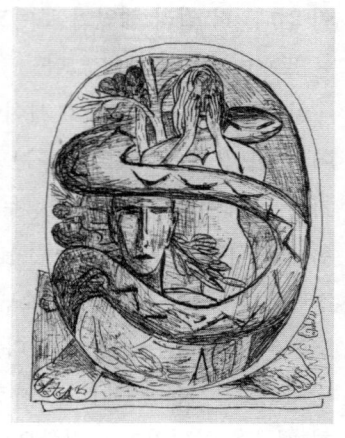

매를 따먹고 부끄러움을 알게 된 이브는 무화과 나뭇잎으로 부끄러운 부분을 가리고 얼굴도 두 손으로 가리고 있으며, 아담은 우울한 얼굴을 하고 있다. 페렐스는 이 마지막 그림에 파우스트 전체 드라마의 두 가지 중심 노선, 즉 학자의 비극과 사랑의 비극, 다른 말로 하면 인식의 드라마와 남녀관계의 드라마가 요약되어 있다고 해석한다.[12] 이 두 가지 중심 테마가 원죄 이야기 속에 이미 나타나 있는 것이다.

죄를 짓고 얼굴을 가린 이브의 모습은 『파우스트―비극 제2부』에 대한 베크만의 첫 그림에 나오는 죄를 짓고 얼굴을 가린 파우스트를 상기시키면서, 이 두 그림이 하나의 틀로서 베크만의 삽화 전체를 하나로 묶어주는 듯하다. 첫 삽화는 "아리엘. 불타는 듯 괴로운 비난의 화살을 뽑아내어"(V. 4624)와 관련되며, 제1막의 첫 장면 '우아한 고장'이 그 배경을 이룬다. 여기서는 셰익스피어의 「폭풍」에 나오는 인간에게 도움을 주는 공기의 정령 아리엘이 죄의식 속에 잠을 청하는 파우스트를 향해 두

---

12) Vgl. Christoph Perels, *Max Beckmanns Zeichnungen zu Goethes Faust*, S. 129~131.

팔을 펼쳐 보이며, 수호천사처럼 파우스트가 죄를 씻어내고 치유되고 정화되어 새로운 생명을 얻도록 도와주는 역할을 한다.

4. 맺는말. 괴테 텍스트와의 대화

삽화 작업을 마무리지을 무렵인 1944년 초에 베크만은 에르하르트 괴펠에게, 자신이 삽화를 그리는 데 "그 옛날의 낙관주의자"가 꼭 필요했다고는 생각하지 말라고 말한 적이 있다.[13] 각 삽화마다 괴테 텍스트의 구절과 관련하여 제목을 붙인 베크만이 작업을 하는 데 괴테의 텍스트가 필요했던 것은 아니라고 하는 것은 과장으로 들리지만, 어쨌든 이 말은 베크만의 자의식의 일면을 말해준다.

제1막의 첫 장면 '우아한 고장'에 나오는 파우스트의 긴 독백의 마지막 대사 "우리 인생은 채색된 영상(映像)에서 파악될 뿐이로다"(V. 4727)를 제목으로 한 삽화는 베크만이 괴테의 자연—태양, 폭포수, 무지개—대신에 이젤과 화폭을 전면에 부각시킴으로써 괴테와의 거리를 분명히 드러낸다. 구약성서의 하나님이 인간과의 새로운 동맹을 알리는 징표로서 무지개를 보여주듯이(창세기 8장 21절, 9장 13절), 괴테에게는 자연이 삶의 의미를 알리는 상징이다. 반면 베크만의 그림에서는 예술을 창조하는 주체가 전면에 등장한다. 자연에 대해 자신을 주장하는 유일한

---

13) Vgl. Erhard Göpel, Max *Beckmann. Berichte eines Augenzeugen*, Frankfurt/M., 1984, S. 58.

길은 예술의 세계이며, 예술이야말로 삶의 현실에 압도되거나 매몰되지 않는 지평을 열어주는 것이다. 어려운 망명 시절 베크만은 괴테 텍스트와의 대화를 통해, 자신의 예술 작업을 통해 현실로부터의 구원을 의심하면서도 모색한 듯하다.

괴테의 『파우스트—비극 제2부』에 관련하여 펜 소묘로 그린 총 143점의 베크만 삽화는 1970년에야 화가의 원래 구상대로 세심하게 편집 출판되며, 현재 프랑크푸르트 괴테 박물관이 소장하고 있다.

참고 문헌

Goethe, Johann Wolfgang von, *Faust*, Texte, Hrsg. v. Albrecht Schöne, Frankfurt/M., 1999.

Goethe, Johann Wolfgang von, *Faust*, Kommentare, Hrsg. v. Albrecht Schöne, Frankfurt/M., 1999.

Goethe, Johann Wolfgang von, *Faust. Der Tragödie zweiter Teil. Mit Federzeichnungen von Max Beckmann*, Frankfurt/M., 1975.

Daube-Schackat, Roland, *Faustbilder. Aspekte einer Illustrationsgeschichte*, Goethe-Museum Düsseldorf, 1990.

Göpel, Erhard, *Max Beckmann. Berichte eines Augenzeugen*, Frankfurt/M., 1984.

Lenz, Christian, Die Zeichnungen Max Beckmanns zum Faust, In: Detlev Lüders(Hrsg.), *Goethe in der Kunst des 20. Jhdts. Weltliteratur und Bilderwelt*, Frankfurt/M., 1982. S. 82~144.

Maisak, Petra, Goethe in der Kunst des 20. Jhdts, In: Detlev Lüders(Hrsg.), *Goethe in der Kunst des 20. Jhdts.*, S. 9~13.

Perels, Christoph, Max Beckmanns Zeichnungen zu Goethes Faust. Zweiter Teil, In: Peter Boerner/Sidney Johnson(Hrsg.), *Vier Hundert Jahre Faust. Rückblick und Analyse*, Tübingen, 1989. S. 99~132.

Prestel(Verlag): *Johann Wolfgang Goethe Faust Der Tragödie zweiter Teil mit den 143 Federzeichnungen von Max Beckmann*, München, 1970.

Reimertz, Stephan, *Max Beckmann*, Reinbek bei Hamburg, 1995.

Schieb, Roswitha, Die Faust-Illustrationen der Goethe Zeit, In: Dies(Hrsg.), *Peter Stein inszeniert FAUST von Johann Wolfgang Goethe*, Köln, 2000, S. 216~251.

Wegner, Wolfgang, *Die Faustdarstellung vom 16. Jhdt. bis zu Gegenwart. Mit 90 Abbildungen*, Amsterdam, 1962.

파우스트 소재의 음악적 수용

노희직

1. 들어가는 말

괴테는 늘 공동으로 작업할 유능한 작곡가가 없다고 개탄한다. 그는
자신의 『파우스트』가 작곡되기를 희망한다. 이러한 구상은 후대에 파우
스트 소재가 장르를 초월해서 음악작품으로 취급될 때 비로소 실현된다.
음악에서 『파우스트』의 수용은 지금까지 단지 부분적으로 이루어진다.
오페라에 미친 희곡의 영향에 대한 분석이 문학 수용의 관점에서 시작된
후에 파우스트 소재는 가곡, 칸타타, 오라토리오 및 기악에서 음악적으
로 수용된다. 본고에서는 파우스트의 음악적 수용과 그 성격을 규정하기
위해 파우스트를 소재로 19세기에 탄생한 유명한 음악작품들을 고찰하
고 개별적 작곡 방식을 분석하고자 한다.

2. 슈만의 〈괴테의 파우스트 장면들〉

1827년에 괴테는 에커만과의 대화에서 다음과 같이 고백한다. "아주 위대한 작곡가가 그 작업에 착수할 수 있다면 좋을 텐데!" 이 소망에 따라 위대한 작곡가가 발견되는데 그것은 바로 슈만Robert Schumann이다. 슈만은 1844년부터 1853년까지 〈괴테의 파우스트 장면들Scenen aus Goethe's Faust〉을 작곡한다. 그의 작품 구조는 낭만주의의 작곡 원칙에 부합된다. 따라서 이 작품은 낭만주의적인 특징과 괴테의 이념이 합일하고 있다. 그러나 슈만의 작품은 연주회에서 제대로 공연된 적이 없다. 이는 이 시기에 작곡된 슈만의 거의 모든 작품이 공유하는 운명이다. 그처럼 후대에 이미지가 왜곡된 일류 작곡가는 더이상 존재하지 않을 것이다. 슈만은 커다란 명성을 누리지만, 그의 명성은 초기 작품에 의존한다. 후대에 알려진 이미지가 그의 전체 작품의 현실에 부합되는지는 아주 회의적이다.

현대인들에게 슈만은 우선 피아노와 예술가곡의 작곡가로 알려져 있다. 그외 교향곡 작곡가로도 존경받고 있지만, 여기엔 논란의 여지가 있다. 이러한 편협성은 슈만이 1839년까지 우선 전적으로 피아노 음악을 발표하고, 그후에 소위 그의 예술가곡의 해인 1840년에 널리 추앙된 작품들이 폭발적으로 작곡된다는 사실에 기인한다. 그와 더불어 슈만의 이미지도 대체로 고정된다.

작품의 이름 '괴테의 파우스트 장면들'은 작곡상의 구조를 암시한다. 이 제목은 특정한 구조적 관점에 의한 선정 원칙이 없이, 고립된 장면들이 배열되어 있다는 사실을 추측하게 한다. 이 작품을 보다 분명히 이해하고자 한다면 슈만의 연작곡 전체의 특징으로 간주되는 범주들을 고려해야 할 것이다. 이는 〈어린이의 정경〉에서와 마찬가지로 이미 제목의 사용에서 직접적으로 암시되는데, 이 제목들은 우선 상상적 무대와 축제적 사건을 지시한다. 이런 연작의 구조 형식의 중심적 요소는 〈괴테의 파우스트 장면들〉의 구조를 규정한다. 슈만의 모든 음악은 어떤 식이든 장면적 음악이라고 할 수 있으며, 이런 의미에서 〈괴테의 파우스트 장면들〉도 하나의 연작 음악이다.

슈만은 1844년 〈모든 무상한 것은 비유에 불과하다〉 〈영원한 환희의 불〉 및 〈암벽의 심연처럼〉을 작곡한다. 1849년에는 〈성당에서〉 〈정원에서〉 그리고 〈성모상 앞의 그레첸〉이 계속해서 탄생된다. 그러면 슈만이 작곡한 장면들의 선택은 어떻게 구성되어 있는가? 그 장면들이 전체적으로 일관된 구조를 형성하고 있다고는 볼 수 없다. 이는 음악작품에서는 서술적 연속성이 자연스럽고 자명한 방식으로 구현되는 것은 쉽지 않기 때문이다. 그러나 그러한 서술의 연속성은 무엇보다도 괴테의 작품에서도 구조적 원칙으로 존재한다.

〈괴테의 파우스트 장면들〉의 제1부는 그레첸 비극의 세 가지 주요 장면을 환기시킨다. 사랑의 만남은 첫번째 장면, 즉 〈정원에서〉를 구성한다. 두번째 장면에서 그레첸은 완전히 절망한 채 성모 마리아 상 앞에서 기도한다. 세번째 장면, 즉 〈성당에서〉에서는 그레첸은 자신을 비난한다. 슈만은 제1부에서와 마찬가지로 강렬하게 제2부를 파우스트에 집중시킨다. 첫번째 장면인 제4번은 변화된 파우스트를 고상한 삶으로 인도한다. 이어서 거침없이 한밤중 장면이 계속된다. 다음 장면인 〈파우스트의 죽음〉에서 그의 죽음은 아무에게도 구원을 가져다주지 못한다.

슈만의 작품에서 세 개 부분의 비중은 파우스트 장면들 순서에서 인식할 수 있다. 처음 두 개의 부분 장면들은 제1번부터 제6번까지 열거된다. 그 다음에 제3부의 7개 장면들이 계속된다. 슈만의 작품은 세 가지 중요한 주제, 즉 그레첸의 비극, 부활, 파우스트의 죽음 그리고 그의 영혼의 구원과 변신으로 구성된다. 슈만은 괴테의 작품을 형성하는 통일성을 인식하고 개별적인 장면들을 새롭게 구성한다. 동시에 그는 더 높은 차원에서 파우스트의 영혼과 그레첸의 합일에 훨씬 더 큰 의미를 부여한다.

〈괴테의 파우스트 장면들〉은 다양한 모티프로 구성되며, 이 모티프들은 여러 장면에서 상이한 구절들을 연결시킨다. 예를 들면 정원 장면, 성당 장면 그리고 베이스 독주인 〈내 발 옆에 암벽의 심연처럼〉은 서로 상호작용을 한다. 작곡의 음악적 어휘를 구성하고 있는 일련의 모티프들은 상이한 방식으로 작품을 관통한다. 이런 일련의 작품은 작곡상의 일관성을 얻는다. 어쨌든 이러한 모티프들은 작곡상의 응집성을 보장한다.

칸타타든 오페라든 『파우스트』의 작곡은 당시의 독일에서는 상상할 수 없었다. 파우스트 신화의 발전은 국경을 초월해서 지속된다. 프랑스에서는 베를리오즈가 〈파우스트의 저주〉를 작곡한다. 파우스트 신화에 대한 괴테의 구상은 독일에서 수없이 해석되지만 슈만의 작품을 제외하면 예술의 영역에서 이렇다 할 성과가 없다. 슈만은 최초로 괴테의 『파우스트』를 긴밀하게 연결되는 하나의 통일성으로 해석한다. 당시에 이미 유행하던 괴테의 『파우스트』에 관한 강의와 서적을 고려하지 않고 독자적으로 해석한다. 괴테가 서거한 지 십여 년 후에 착수한 슈만의 대작은 이 시대 작곡상의 발전 수준에 부합되는 음악으로서 성악, 기악 합주 및 독주 등을 종합한다.

3. 베를리오즈의 〈파우스트의 저주〉 작곡

계몽주의와 질풍노도운동 시기에 파우스트 테마는 민족적 문화적인 정체성을 보장해준다. 18세기 말에 비로소 민족적인 특성이 대두되며, 파우스트 이야기는 독서의 소재로서 꾸준히 보전된다. 서구 낭만주의는 처음으로 주인공 파우스트의 저주를 파우스트 신화에 삽입시킨다. 괴테의 생존시에 프랑스의 작곡가 베를리오즈Hector Berlioz는 주인공의 저주를 파우스트 테마에 포함시킨다. 전 유럽의 음악 양식으로서의 낭만주의는 독특한 작곡 방식을 통해 본질적으로 독일적 주제인 파우스트에 새롭게 접근하는데, 특히 베를리오즈와 더불어 파우스트 소재는 근본적으로 변형된다.

괴테는 베를리오즈의 후기 작품 〈파우스트의 저주La Damnation de Faust〉에 대해 전혀 알지 못한다. 이는 1846년에 완료되고 1854년에 공개된다. 〈파우스트의 저주〉에서는 그 속에 사용된 〈파우스트의 8개 장면들Huit Scenes de Faust〉 이외에 세 개의 독주, 다섯 개의 합창 그리고 라코치 행진곡이 포함된다. 베를리오즈는 이미 1828~1829년에 괴테의 『파우스트―비극 제1부』를 읽은 직후에 〈파우스트의 8개 장면들〉을 작곡하고 그후 이 작품을 토대로 〈파우스트의 저주〉를 완성한다. 이 작품에서는 〈파우스트의 8개 장면들〉과 비교해볼 때 장면적 요소가 크게 강화된다. 베를리오즈의 두 작품의 근본적인 차이는 다음과 같다. 〈파우스트의 8개 장면들〉이 괴테의 작품을 작곡한 반면에 〈파우스트의 저주〉는 파우스트 신화로부터 탄생하고 새롭게 창조된 예술작품이다. 후자는 새롭고 완전히 다른 파우스트를 창조한 것이다. 여기에서 베를리오즈는 자기 자신을 작가라고 부르며, 그는 실제 전체 작품을 창조한 시인인 동시에 작곡가이다.

〈파우스트의 8개 장면들〉은 부활절 밤의 노래에서 시작된다. 이 장면은 의식적으로 설정된 출발점을 형성한다. 두번째 대목에서는 농부들이 보리수 아래에서 노래하고 춤을 춘다. 세번째 장면에서는 대기의 정령들이 등장한다. 네번째 및 다섯번째 장면인 〈쥐의 노래〉와 〈벼룩의 노래〉는 공동으로 하나의 장면을 구성한다. 여섯번째 대목에서 처음으로 툴레 왕의 노래와 더불어 마가레테가 등장한다. 정령들의 노래, 쥐의 노래의 잔인성, 기괴한 벼룩의 노래 그리고 마가레테의 노래는 모두 서로 현저한 대조를 이룬다. 일곱번째 장면은 창가에 서 있는 고독한 마가레테와 행진하는 병사들의 노래로 구성된다. 마지막 장면은 메피스토펠레스(이하 메피스토)의 세레나데이다.

〈파우스트의 8개 장면들〉은 괴테의 희곡에 대한 작곡가의 직접적인 숭배의 표현이다. 그러나 베를리오즈는 추후에 이를 그의 전체 작품에서 제외한다. 그는 이미 1829년 괴테의 『파우스트』와 결별하기 시작한다. 〈파우스트의 8개 장면들〉은 표면상 단순한 배열처럼 보이지만, 괴테의 희곡 내의 장면들을 작곡한 것이 아니다. 이는 『파우스트』의 장면들의 순서를 엄수하지 않는다. 장면의 열거와는 상관없이 독자적으로 구성되어 있다. 이 장면들은 서로 연결되어 있으며 하나의 순환 구조를 형성한다. 이것은 개별적인 부분들의 독립성과 상호작용뿐만 아니라 개별적인 작곡 방식에도 적용된다. 이러한 인상은 독자에게 훨씬 더 강하게 전달된다. 개별적인 노래들은 각각 네르발의 괴테 번역의 인용문으로 시작되고 따라서 연계적인 음악작품이라는 인상이 대두된다.

베를리오즈는 그의 〈파우스트의 8개 장면들〉을 본질적으로 수정 없이 〈파우스트의 저주〉에 수용하지는 않는다. 그는 오히려 기존의 작품을 아주 치밀하게 재구성하고 구조에 있어서도 새로운 상황에 부응한다. 그의 작품들을 비교해보면 극적 구조, 장면의 구조 및 오페라의 요건을 파악할 수 있다. 〈파우스트의 저주〉에서는 제2부의 야간 합창에 헝가리에서 진행되는 하나의 완전한 막이 선행한다. 제1부는 봄 축제와 라코치 행진곡의 음악적 충격 효과를 포함한다. 이 모든 것은 파우스트에게 아무런 영향을 미치지 못한다. 장면의 순서는 베를리오즈 미학의 기본 모델인 대조의 시너지 효과에 근거한다. 학구적인 파우스트로부터 이러한 낭만적인 파우스트로 변신하는 것은 상상할 수 없는 것이다.

베를리오즈는 작품을 시작하며 파우스트를 헝가리에 등장시킴으로써 특수한 효과를 추구한다. 그가 그에 대한 충분한 음악적인 근거를 인식하지 않았다면 파우스트를 임의적으로 세계의 어느 지역으로 보냈을 것이다. 처음 두 개의 부분, 즉 헝가리와 서재의 순서는 작품의 방향을 제시한다. 파우스트는 두 번 대조적 상황 속에서 고독에 빠진다. 그가 근본적으로 어떤 사건이 시작되기 전에 삶의 의미에 대해 절망한다는 사실은 이러한 기본 상황으로부터 야기된다.

베를리오즈에 있어서 희곡이 오페라로 장르가 변형될 때, 괴테의 『파우스트』 제1부의 일정한 특징은 보전되지 않는다. 오페라는 시적인 모티 프를 요구한다. 〈파우스트의 저주〉의 파우스트는 작품의 인물로서 제2부 의 서두에서 절망한 상태로 서재에 앉아 있다. 메피스토의 설득이나 계 약도 전혀 필요 없고 그는 단순히 여행으로 인도될 따름이다. 〈파우스트 의 저주〉에서는 제4부에 비로소 계약이 체결되지만, 이 계약은 완전히 다르게 진행된다. 파우스트는 마가레테를 감옥으로부터 해방시키는데 메피스토가 도와주는 대가로 그의 영혼을 제공한다. 파우스트는 마가레 테를 처형으로부터 구출하고자 한다. 파우스트에게 엄습하는 저주로부 터 그의 영혼이 아니라 마가레테의 영혼이 구제된다. 그와 더불어 두 사 람의 운명은 엇갈리게 된다. 마가레테는 구원되어 천국에 나타나지만, 파우스트는 심연으로 추락하며 데몬(악령)들의 합창이 그를 지옥에서 맞이한다.

4. 파우스트 소재의 음악 형식적 시도

19세기에 파우스트 신화의 발전은 괴테가 창조한 인물과 구조로부터 새로운 생명력을 얻는다. 음악의 영역에서 파우스트 테마의 발전은 19세 기의 예술 양식, 즉 오페라나 악극과 밀접한 관계가 있다. 바그너Richard Wagner는 〈파우스트 서곡Faust-Ouvertüre〉을 작곡해서 고유한 양식을 모색한다. 리스트Franz Liszt는 1854년에 〈파우스트 교향곡Faust-Symphonie〉을 작곡한다. 그럼으로써 리스트는 독일이 낳은 세계적인 문학작품을 (독일적인 정신으로부터, 즉) 기악곡으로 작곡한다. 작곡사적 으로 볼 때, 기악은 이탈리아 등에서와는 달리 독일적인 특성을 갖고 있 다고 볼 수 있다. 프랑스의 작곡가 구노Charles Gounod는 파우스트를 소재로 독특한 오페라 작품을 남긴다.

바그너의 작품은 생성에서부터 작곡가의 자기 이해, 초연 그리고 작품과 장르의 성격 등에 있어서 아주 불확실하다. 이 작품은 여러 과정을 거쳐서 결국 '파우스트 서곡'이라는 제목을 얻는다. 작곡의 단초는 베를리오즈에 대한 혐오에서 시작된다. 바그너는 베를리오즈의 그늘에서 그 자신의 구상에 따라 작곡하기 시작한다. 이것이 처음에 그를 방해한다. 그는 실제로 베를리오즈에 별로 매료당하지 않고 때로는 거부감을 느끼거나 지루해한다. 바그너의 〈파우스트 서곡〉은 그의 고유한 양식에 대한 모색 단계, 즉 〈리엔치〉와 〈로엔그린〉 사이의 시기에 속한다. 초안은 1839년에 작성되고 작품은 1840년에 완성되며, 1844년에 초연된 것으로 추정된다.

〈파우스트 서곡〉의 음악적 및 장르적 성격은 늘 자율적인 기악곡과 음악극 사이의 긴장 속에서 이동한다. 바그너는 애초에 4악장의 교향곡 서곡을 계획한다. 나머지 세 개의 악장에 대한 의도에 대해서는 전혀 알려져 있지 않다. 생성사의 불확실성과는 달리 바그너는 괴테의 『파우스트』의 서곡을 작곡할 의도를 가지고 중간에 '고독 속의 파우스트'와 같은 다른 제목을 구상한다. 이 모든 단초들은 마가레테가 없는 파우스트의 작곡을 목표로 한다.

바그너의 작품은 리스트의 〈파우스트 교향곡〉의 제1악장을 암시한다. 다만 차이점은 바그너에 있어서 이 악장의 결말이 미해결 상태로 남아 있다는 사실이다. 바그너의 서곡에서 동경, 절망 및 반항의 기본 정서는 파우스트적이라고 간주될 수 있다. 슈만의 〈파우스트 서곡〉도 이러한 정조를 포함한다. 바그너의 파우스트는 독일에서 19세기의 조형예술의 파우스트와 일치한다. 즉 파우스트는 종말에 도달한 암울하고 사색에 잠긴 노인으로 묘사된다. 학문은 그에게 더이상 기쁨을 주지 못한다. 이렇게 바그너의 서곡도 울려 퍼진다. 파우스트의 성격 묘사는 이미 괴테의 『파우스트』의 첫번째 독백의 서두와 더불어 확정된다. 바그너는 1852년 리스트에게 보낸 편지에서 이 점을 지적한다. 이것은 아주 성공적인 〈지그프리트 전원〉과의 비교에서 확인될 수 있다. 이 작품은 〈파우스트 서곡〉

과 정반대되는 작품인데, 왜냐하면 이는 바그너에게 있어서 인간적 가정적 및 성적인 전제 조건과 아주 긴밀하게 연결되어 있기 때문이다. 파우스트 작품을 쓰게 된 동기는 아마도 바그너에게 너무 추상적이었을 것이다.

리스트의 〈파우스트 교향곡〉은 1854년에 탄생하여 1857년에 초연된다. 이 작품은 세 개의 악장으로 구성되고 마지막 합창 악장이 추가되기도 한다. 리스트의 교향곡 제1악장은 다섯 개의 주제를 가지는데, 그중에서 복합적인 첫번째 주제는 12개 음으로 구성되어 있다. 때문에 그것을 12음계 음악이라고 부르는 것은 그 주제에 진보적 성격을 부여하는 것을 의미하는데, 이러한 진보적 성격은 전혀 의도되지 않았다. 바그너와 마찬가지로 리스트는 파우스트의 성격에 있어서 가장 현저한 특징인 학문의 탐구로부터 시작한다. 리스트의 작품은 또한 말러Gustav Mahler의 제8번 교향곡을 암시한다. 이 교향곡은 완전히 다른 텍스트를 간직하고 있기 때문에 파우스트 소재의 작곡으로 간주될 수 없다.

리스트에 있어서 자유롭게 추가되는 마지막 합창, 즉 〈모든 무상한 것은 비유에 불과하다〉에 관한 남성 합창은 배열되는 성격의 이미지들을 변화시키지 않는다. 이미지들의 순서, 즉 파우스트, 그레첸, 메피스토는 사건 진행과 일치하지 않으며, 정반대로 그러한 순서 속에서 사건 진행의 과정을 찾고자 한다면 괴테의 비극의 과정에 부합되지 않을 것이다. 베를리오즈와는 달리 리스트에게 있어서 악의 매력은 별다른 역할을 하지 못한다. 이러한 악의 매력은 독일뿐만 아니라 프랑스의 문헌에서 관찰될 수 있다. 1820년대에 네르발의 『파우스트』 제1권의 번역이 출간되고 거의 동시에 들라크루아E. Delacroix는 그의 파우스트 그림을 제시한다. 이와 같은 시기에 호프만E.T.A. Hoffmann 작품의 영향이 프랑스 예술전반에 걸쳐 형식적으로 확산된다.

독일적인 파우스트 전통은 주제상의 수용에 근거할 뿐만 아니라 전체적 성격상으로 늘 숭배, 축제 및 기도를 포함하고 있다. 리스트의 교향곡이 마지막 합창이 있는 버전과 합창이 없는 버전으로 존재한다는 사실은 특이한 현상이다. 작곡가가 어느 버전을 선호했는가에 대해서는 어떠한 간접적인 증거도 존재하지 않는다. 괴테 이후의 시대에는 바이마르 문화의 세계 개방성이 특별히 부각된다. 리스트는 그의 교향곡을 대공작 카를 아우구스트의 1백 세 탄생일 연회에 공연한다. 그는 이미 1849년에 그때까지 존재하는 슈만의 〈파우스트의 장면들〉의 악장을 공연하고, 1852년에는 베를리오즈의 〈파우스트의 저주〉와 더불어 베를리오즈 주간을 개최한다.

구노의 오페라 〈파우스트〉는 그의 유명한 〈아베 마리아〉를 제외하고 모든 다른 작품들을 능가한다. 구노는 비제Georges Bizet나 생상스 Camille Saint-Saëns와 같은 19세기의 많은 유명한 작곡가들과 기이한 운명을 공유한다. 그들은 소수의 작품들과 동일시되고 있다. 이것은 자의적인 역사적 작품 선정 절차의 결과이다. 그의 광범위한 오페라 창작은 오늘날 거의 알려져 있지 않다.

구노 오페라의 수많은 버전 중에서 가장 중요한 두 개의 버전은 1859년과 1869년에 유래한다. 따라서 이 두 작품은 베를리오즈의 〈파우스트의 저주〉보다 그리 오래되지 않는다. 그 당시에 프랑스에서는 괴테 『파우스트』의 제1부만이 일반적으로 알려져 있다. 때문에 제목에서 주인공의 이름이 나타나지 않는다면 혼란을 야기했을 것이다. 제목의 문제는 완전히 배제될 수 없다. 왜냐하면 인물들 중에서 가장 특징적이고 흥미 있는 사람은 메피스토이기 때문이다. 그는 시간이 흐르면서 희곡작품에서 엄청난 위력과 자립성을 얻는다.

구노의 오페라는 탁월한 아름다움을 보여주며, 바로 그 아름다움으로 구성되어 있다. 이 작품 중에서 발렌틴의 카바티나, 즉 툴레 왕의 노래 및 마가레테의 보석 아리아는 특히 아름다운 장면이다. 파우스트와 마가레테의 사랑의 이중주도 지벨의 로망스와 감옥에서의 이중창과 마찬가지로 아주 탁월하다. 그러나 그 자체 음악적으로 상당히 효과가 있는 이 부분들이 오페라를 하나의 전체로 인도할 수는 없다. 이 부분들은 작곡상의 요소들로서 괴테의 인물 구조를 제시하는 사전 이해를 통해서만 서로 긴밀하게 연결된다.

구노의 오페라 텍스트의 서두에서 파우스트는 "아무것도 없다"라고 외친다. 그와 더불어 인식의 추구라는 모티프가 언급되면서 동시에 배제된다. 오페라의 인물인 파우스트는 여기에서 다른 동기로 살아간다. 절망적인 학자인 파우스트는 두 개의 상이한 배역으로 등장한다. 하나는 자기 회의 속에서 한계의 초월을 시도하는 학자의 배역이다. 괴테 이전, 특히 계몽주의 이전에는 그런 이미지가 지배적이다. 다른 하나는 대학교수로서의 학자의 배역이다. 괴테는 이러한 배역을 명백히 풍자함으로써 특별히 부각시킨다. 구노의 파우스트는 그의 독백과 더불어 고독한 학자이며, 사회적으로 규정된 학자로서의 배역을 가지고 있지 않다. 그는 주로 잃어버린 시절을 한탄하는 인간이다. 인생의 상실에 대한 보상이 그의 유일한 동기이며, 청춘의 회복이 인간의 이상적 상태인 것이다.

구노의 오페라에서 메피스토는 파우스트의 면전에서 매혹적인 마가레테를 유혹한다. 그녀는 여성적인 면모의 이상적 인물이다. 그녀는 어린애도 아니고 각박한 사회적 상황 속에 살지도 않는다. 구노의 〈파우스트〉에서는 마가레테의 자립성이 표현된다. 이 작품에서 정원은 처녀성의 비유이다. 그 주변에는 정자가 놓여 있고, 그 창가에서 마가레테는 파우스트에게 떠나줄 것을 애원한 다음 다시 나타난다. 뒤를 돌아보면서 다시 나타난다는 것은 파우스트가 그녀에게 돌아오리라는 것을 암시한다.

구노의 오페라의 텍스트를 쓴 쥘 바르비에와 미셸 카레는 괴테의 작품 요소들로부터 중요한 인물관계를 구성한다. 발렌틴에게 무대의 전통 속에서 그때까지 존재하지 않던 커다란 역할이 부여된다. 누이동생에 대한 사랑으로 인해 발렌틴은 파괴자로 변신한다. 기타의 모든 인물들은 오페라에서 합창단, 즉 술 마시는 대학생, 여인과 처녀, 병사들로 구성된다. 중심인물들의 사중창에서 파우스트는 가장 창백한 인물이고 그는 때때로 사건 진행 밖에 존재한다. 그 원인은 아주 분명하다. 파우스트에게서 호기심이라는 원초적 충동을 빼앗는다면, 그 인물에게는 특별히 남는 것이 없을 것이다. 메피스토가 등장하는 유일한 이유는 그가 청춘을 제공해야 한다는 것이며, 이러한 과제는 악마의 계약과 관련된다.

한 가지 중요한 문제는 성당 장면의 위치이다. 이에 대해서는 두 가지 가능성이 존재한다. 하나는 메피스토가 악령의 목소리로 마가레테를 파멸로 몰아넣는 장면이다. 다른 가능성으로 성당 장면은 병사들의 귀향과 메피스토에 의해 자극을 받은 발렌틴의 도발 행위 사이에 배열될 수도 있다. 이러한 순서로 남매는 훨씬 더 심각한 대결 상황에 빠지게 된다. 마지막 장면들은 괴테의 『파우스트』 제2부의 몇 가지 모티프의 수용을 통해 우아하고 인상적인 과정을 보여준다.

구노의 오페라에서 대단히 중요한 음악적 요소인 왈츠가 오페라 전체를 관통한다. 삶의 즐거움을 표현하는 시대적인 양식인 왈츠는 구노에 의해 독창적으로 변형된다. 처음 민속 축제에서는 자연스럽지만 거듭해서 여러 단계로 혼돈 상태에 이르기까지 고조된다. 마가레테가 피아니시모로 왈츠 리듬을 노래하는 감옥 장면에서는 아주 감동적으로 그녀의 짧은 행복에 대한 기억이 환기된다. 이 장면에서 효과는 최고 수준에 도달한다. 베를리오즈와는 달리 구노에게 왈츠는 음악의 자연스러운 형식이다.

구노의 오페라에서는 승리의 피날레로 부활의 합창이 마지막으로 이전되며, 파우스트와 마가레테의 구원이 이루어진다. 마지막 합창은 '변호'라는 제목이다. 이는 괴테 『파우스트』의 전체 의미를 수용하고 요약한다. 결국 구노의 오페라는 괴테의 『파우스트』를 위한 오페라이고 구원의 드라마인 동시에 비극이다. 이는 파우스트 테마, 괴테의 영향 그리고 동시대의 미적인 기대를 종합하고 있다.

5. 나가는 말

파우스트 소재는 끊임없이 음악적으로 수용된다. 슈만의 〈괴테의 파우스트 장면들〉은 괴테의 『파우스트』가 제시한 해석의 범위 내에서 수행되며, 동시에 슈만은 그의 텍스트 선정과 더불어 시인이 된다. 하지만 그의 작품 구조는 낭만주의 작곡 원칙을 반영한다. 그의 작품은 낭만주의적 특징과 괴테의 이념을 합일시키고 있다. 19세기에 전 유럽에 유행한 음악 양식으로서의 낭만주의는 독특한 작곡 방식으로 본질적으로 독일적인 주제인 파우스트 테마에 새롭게 접근한다. 특히 베를리오즈가 파우스트 소재를 근본적으로 변형시키며, 파우스트의 저주를 처음으로 파우스트 신화에 삽입시킨다. 이 작업은 괴테의 생존 시에 이루어진다.

파우스트 테마는 괴테가 창조한 인물과 구조로부터 새로이 발전한다. 음악의 영역에서 19세기의 예술 양식, 즉 오페라나 악극의 발전과 더불어 획기적으로 변형된다. 바그너는 〈파우스트 서곡〉을 작곡하여 고유한 양식을 모색한다. 리스트는 〈파우스트 교향곡〉을 발표하며, 특히 독일이 낳은 세계적인 문학작품을, 독일적 정신이라고 할 수 있는 기악의 정신으로 작곡한다. 프랑스의 작곡가 구노는 그의 독특한 오페라 〈파우스트〉에서 다양한 장르들의 결합을 시도한다. 이렇게 음악 형식의 분야에서도 파우스트 신화는 괴테 이후 오늘날까지 계속 존속하며 변형되고 있다.

파우스트 문학과 오페라

이혜자

> "파우스트는 다원론자다.
> 그가 작곡을 하였더라면 통일성 있는, 완성된 체계를 불신하였을 것이다.
> 자신을 모든 것과 동일시하면서도 또 어떠한 것과도 동일시하지 않으면서
> 상이한 세계를 돌아다니는 그는 음악적으로도 경계에 서 있는 자였을 것이다."
> — 루카 롬바르디, 『파우스트』

I. 문화 현상으로서의 파우스트 오페라

파우스트를 소재로 한 오페라에 대해 글을 쓴다는 것은 문학과 음악의 경계를 넘나드는 작업일 것이다. 문학작품으로 가공된 파우스트 전설은 상이한 역사적 종교적 미학적 견해에 따른 증언으로 볼 수 있으며, 이것은 문화사 연구의 중요한 토대가 된다. 파우스트 박사를 소재로 한 이야기는 원래 수많은 판본으로 전해지는데, 민중본을 토대로 한 소설 『요한 파우스트 박사의 이야기』가 1587년 독일 프랑크푸르트의 출판업자 요한 슈피스가 발행한 문고판으로 나오자 판본을 거듭하여 인쇄되고 개작되며, 영국까지 전해져 즐겨 읽히게 된다. 영국의 극작가 크리스토퍼 말로우는 문고판을 참조하여 드라마로 개작하고, 1594년 그의 『파우스트 박사의 비극적 이야기』가 런던에서 초연된다. 그후 괴테가 그려낸 파우스트의 모습은 민중본과 말로우의 작품과는 달리, 계몽주의에 대한 실험대 위에서 영원히 계속되는 실패자로 서술된다.

괴테의 『파우스트』는 다른 작가의 작품들뿐만 아니라 미술, 음악, 무용 등 다양한 예술 영역으로까지 이 소재를 파급시키는 데 기여한 다중 전달매체가 된다.[1] 독일 작곡가 루이 슈포르가 작곡한 오페라 『파우스트』가 1816년에 초연되어 성공적인 반응을 얻은 이래 오늘에 이르기까지, 파우스트를 소재로 다룬 오페라들은 각각 그 시대의 특징을 뚜렷이 드러낸다. 음악에 수용된 파우스트 소재를 좀더 자세히 들여다보면 각기 다른

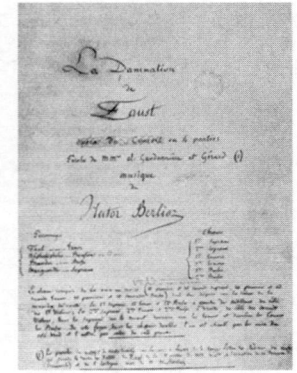

베를리오즈의 오페라 『파우스트의 저주』 자필 원고

상황에 처한 작곡가들이 어떻게 서로 다른 문화적 환경을 작품에 반영하고 있는지 알 수 있다. 이런 점에서 볼 때, 파우스트를 소재로 다룬 오페라들은 파우스트 작곡을 둘러싸고 있는 그 시대의 의식 및 생활 양식의 문화적 총보로 읽을 수 있을 것이다.

파우스트 오페라에 문학과 음악이라는 두 매체가 혼합되어 있기 때문에 특히 오늘날의 작곡가들에겐 두 가지 의미에서 완전히 독자적인 도전을 의미한다. 첫째로는 오페라를 창작할 때 문학 텍스트와 음악 중 어느 것을 우선적으로 둘 것인가를 끊임없이 숙고하게 된다. 여기서 제기되는 이 질문은 19세기에 제작된 수많은 파우스트 음악의 바탕이 되었던 괴테의 『파우스트』를 예술적으로 가공하는 데 따른 어려움에서 비롯된다고 할 수 있다. 만일 20세기의 한 작곡가가 파우스트 오페라를 작곡하고자 결심한다면, 현대 오페라에 대한 폭넓은 장르 논쟁뿐만 아니라, 괴테 문학의 유산에 담긴 포괄적인 음악성과 대면하게 된다. 두번째로는 낭만주의를 근원으로 하는 기존의 파우스트 오페라를 의식하면서 결국 작곡가

1) Vgl. Andreas Anglet, Faust-Rezeption, In: *Goethe-Handbuch. Bd. II Dramen*, Hg.v. Theo Buck, Weimar, 1997, S. 499.

는 무수한 파우스트 텍스트로 인해 이 소재를 음악적으로 재해석해야 하는 과중한 어려움에 부딪치게 된다. 파우스트 오페라에 몰두한 작곡가라면 작품의 형식은 물론 그 주제에 대해 자신의 입장을 분명하게 밝혀야 하기 때문이다. 예를 들면, 부조니Ferrucio Busoni는 동화 형식을 빌려 오페라 〈파우스트 박사〉를 작곡하였고, 푸세르Henri Pousseur와 뷔토르Michel Butor는 임시 판본에 해당하는 『당신네들의 파우스트』를 출판해서 관객들과 함께 이 곡을 연주할 것을 요구하는 등 새로운 시도를 하였다. 반면에 과거 동독 정부의 관제 작곡가였던 아이슬러Hans Eisler는 오페라로 기획한 〈요한 파우스트〉를 작곡하는 데 실패하였으며, 그로부터 삼십 년 후 슈벤Kurt Schwaen은 '비극적 오페라'라는 부제를 단 오페라 〈파우스트 박사의 유희〉를 작곡하였다. 20세기 말에 와서 롬바르디 Luca Lombardi는 자신의 오페라 〈파우스트—익살꾼〉에서 파우스트를 우스꽝스럽게 패러디하는가 하면, 최근 2006년 1월, 베를린에서 초연한 오페라 〈파우스트—마지막 밤〉에서 뒤사팽Pascal Dusapin은 현대사회에 절대적인 힘을 행사하는 초강대국의 정치가, 다국적기업 총수 등 권력가를 파우스트에 형상화한 '정치적 오페라'를 작곡한다.

1587년 발간된 민중본 『요한 파우스트 박사의 이야기』는 파우스트 전설에 대한 관심을 불러일으키는 촉매가 된다. 파우스트에 대한 관심은 르네상스 이래 오늘날까지 끊임없이 지속되었으며, 문학작품은 물론 다양한 조형예술과 음악 분야에서 예술적으로 형상화되었다. 파우스트 민중본이 『마이스터의 노래』에 전달되면서 파우스트 소재가 음악에 수용되고, 민중 사이에서 구전되어온 파우스트 소재는 문학을 매체로 하여 책으로 인쇄되었으며, 이것이 또다시 음악을 매체로 하여 전달된 것이다. 이와 함께 르네상스 시대에는 파우스트 전설이 문학을 넘어서서 특히 민중적 색채의 인형극에서처럼 연극이라는 매체를 통해 잘 다듬어져 완성되는데, 이때 음악적 요소가 다분히 들어 있는 막간극에는 노래와 악기 연주가 동반된다. 하지만 이러한 공연에서 음악은 대체로 연극의 여러 기능 중 하나일 뿐이다.

19세기에 들어와 파우스트 음악에 대해 특별한 관심이 집중된다. 낭만주의 작곡가들은 텍스트의 단어를 음으로 옮기는 과정에서 모음에 음(音)을 붙일 때도 텍스트의 의미 전달과 음의 기능 중 어느 것을 우선으로 선택할 것인가를 고민한다. 음악과 문학 간의 우월권 다툼이 특히 오페라 문학의 영역에서 불붙었다고 할 수 있는데, 이는 상이한 예술매체로서 문학과 음악의 위계질서에 대한 논쟁이라고도 할 수 있다. 이들 예술매체는 상호 간에 경계를 설정하면서도, 다양한 분야와 함께 공동 작업을 함으로써 낭만주의의 문학 창작과 음악 창작을 더욱 풍요롭게 하였다. 이리하여 '종합예술작품'이라는 개념이 19세기 후반의 산물이 되며, 나아가 20세기 초 표현주의에 와서는 '총체 미학적 예술 이념'으로 정점을 이루는 결실을 맺게 된다. 이 시기에 부조니는 언어, 음성, 멜로디의 특별한 연관관계에 주목하는 작곡가로서 「'파우스트 박사'의 악보에 관하여」라는 글을 발표한다. 그는 인간의 음성을 '영혼의 악기'로 받아들이지만, 이때 시인의 사고과정에서 잉태한 문학 텍스트와 작곡가가 창작한 음정의 경계에서 비로소 음성의 의미를 숙고할 수 있다고 결론짓는다. 예를 들면, 어느 한 작곡가가 피아노 협주곡을 악상(樂想)의 바탕으로 두면서 오페라에 등장하는 가수의 텍스트를 삽입하여 정열적인 문장을 만들고, 그 인물이 이를 노래함으로써 작곡가가 만든 음정에 생명을 부여하게 된다는 것이다. 이것이야말로 인간 음성의 마력이라 하겠다.

부조니가 제시한 이러한 음악과 텍스트의 관계를 통해서 보면, 파우스트 전설이 작곡됨으로써 음악과 언어의 종합에서 이끌어낼 수 있는 다양한 모습을 조망하게 된다. 작곡가들이 파우스트 작품을 분석하면서 밝힌 바에 따르면, 파우스트를 해석하는 다양한 층위는 그 소재와 관련지어 다듬어짐으로써 완성된다는 것이다. 따라서 파우스트의 음악적 수용을 통해 그 시대의 문화 현상을 이해할 수 있다. 파우스트 오페라의 비교 연구에서 역사적 원전 자료를 중심으로 한 가치 평가에 관심을 두게 되면,

파우스트 소재는 변모하는 전달매체에 따라 다르게 인식된다는 것을 알수 있다. 19세기에 작곡한 파우스트 오페라에 대한 연구는 상이한 영역에서 파우스트 전설을 어떻게 번역하고 있는가에 관심을 두었다. 이때 19세기라는 시대 설정은 오페라의 황금기이면서 동시에 프랑스 혁명을 중심으로 한 정치적 사회적으로 매우 혼란한 시기라는 점에서 함축적 의미가 있다. 무엇보다 19세기는 파우스트 소재의 의미를 전달한다는 점에서 특별한 성과를 거둔다. 파우스트 소재는 악마와의 계약과 지옥으로 몰락한다는 것 등 시대착오적이며 초현실적 요소들이 중요한 구성 요소이지만, 현재에 이르기까지 이러한 소재는 계속 다루어지고 있다. 역사적으로 전해내려오는 이야기에 대한 거리감은 작곡가들로 하여금 완전히 독자적인 번역을 시도하도록 이끈다. 따라서 음악을 공연하는 무대는 파우스트 문학 텍스트의 무대에서 할 수 있는 것과는 완전히 다르게 '환상적인 것'을 체험할 수 있도록 한다. 시각예술과는 달리 눈에 보이지 않는 것이 우리 마음을 더 강력하게 움직이는 것이며 문학 텍스트가 전개하는 비현실적 세계가 이제 음악을 통해 가상현실의 세계로 바꾸어가는 것이다. 요즈음 성행하는 판타지 문학은 현대 디지털 기술로 불러내는 가상현실을 가장 원초적 기술인 글쓰기를 통해 불러내온다. 이에 한 걸음 더 나아가 오페라는 음악의 마술적인 힘을 통해 더욱 강력하게 우리를 감동시키는 것이다.

19세기 작곡가들은 진리를 추구하는 인간형을 오페라 작품의 주인공으로 형상화하면서 괴테의 파우스트를 원전으로 제시한다. 내용 면에서도 사랑 이야기에 대한 연출이 주된 관심으로 전개되며, 희곡론을 토대로 세밀하게 표현된 장면과, 대조를 이룬 등장인물들에 초점을 두면서, 파우스트 오페라는 괴테의 파우스트 문학과 지속적인 역학관계를 전개한다.

유럽 출신의 예술가들이 괴테의 문학적 구상으로부터 날개를 달아 높이 날아오르는 동안, 19세기 내내 파우스트를 둘러싼 예술가 무리는 독일 오페라 작곡가들의 어깨에 납을 얹은 격이 된다. 이들은 파우스트 소재에 담긴 정신적 무게와 위대함으로 인해 자신들이 성장하지 못했다고 느끼며, 독일의 오페라 역사에서 괴테 문학을 토대로 하여 예술적으로 중요한 어떤 파우스트 오페라도 만들어내지 못했다고 한다.[2] 베를리오즈는 오페라 〈파우스트의 저주〉에 와서야 비로소 낭만적인 우울증 환자의 형상을 창조하면서 괴테의 원전과는 별개의 독자적인 작품을 발표하며, 구노는 괴테의 비극에 내재한 형이상학적 차원을 도외시하고 새로운 극적 구성을 구상한다. 작곡가가 문학적 원전과 또 문학 텍스트를 어떻게 변형했는지를 살펴보면, 그들이 실제 자신의 오페라 작품을 파우스트 문학과 끊임없이 대치시켰다는 점이 드러난다. 이러한 점에서 파우스트 소재를 전달한 문학 텍스트와 음악이라는 개개 매체들의 상호관계망인 상호매체성은 오페라 작곡과정의 중심이 된다.

괴테가 『파우스트 — 비극 제1부』를 발표한 1806년 이후, 오페라로 제작된 파우스트 음악을 비교하는 데 있어서 20세기 현대음악은 그들의 음악적 요소에 대한 관습과 혁신의 평가 기준으로 19세기 낭만주의 음악을 설정한다. 이러한 시대 설정 아래 파우스트 소재가 문학적으로 가공되어 음악적 구성으로 번역되어가는 과정을 살펴보면, 시문학과 작곡이 서로 조우할 수 있는 예술미학적 차원을 이해하게 된다. 상이한 예술적 매체는 형식과 구성 원리상에서 서로 유사하며 또 관련을 맺고 내용적으로 일치를 이루기도 할 뿐 아니라 예술작품의 시대적 흐름 또한 서로 연관관계를 맺고 있다. 따라서 파우스트 전설을 오페라로 제작한 대표적 작곡가들 중 특히 19세기의 베를리오즈와 구노의 작품을 중심으로 괴테의 파우스트를 수용하여 작곡한 과정을 문화사적 관점에서 살펴보면, 파우스트 소재가 문학작품과 오페라 음악으로 전달되는 매체 전환과정을 이해할 수 있다.

---

2) Vgl. Friederike Wißmann, *Faust im Musiktheater des 20. Jahrhunderts*, Berlin, 2003, S. 11.

2. 파우스트 오페라

19세기가 시작되면서 파우스트를, 특히 괴테의 비극『파우스트』를 작곡할 수 있는 적격자로는 바로 베토벤이라는 견해가 지배적이었다. 실제 베토벤도 1812년 파우스트를 작곡할 계획을 세운다. 훗날 귀가 들리지 않자 자기 의사를 전하기 위해 사용한 「대화 노트」에서 그는 "나에게는 물론 예술에서도 최고의 작품인—파우스트를 결국은 작곡할 것"[3]이라고 기록하며 이를 기대한다. 철학자 헤겔도 그의 저서『미학 강의』에서 "파우스트는 절대적인 철학적 비극이며, 파우스트의 절대성 요구에 대해 올바른 평가를 내릴 수 있는 베토벤이야말로 파우스트를 작곡했어야 할"[4] 당위성을 밝힌다. 베토벤을 둘러싼 파우스트 작곡에 얽힌 신화는 오늘날까지 여전히 전해오는 안타까운 희망 사항이다.

파우스트 소재에 관심을 갖고 있는 작곡가라 할지라도 그전에 파우스트를 작곡할 수 있는 적임자인지를 평가받아야만 했다. 괴테는 1829년 모차르트만이 파우스트를 작곡할 수 있을 것이라고 기대한다. 그러나 모차르트의 요절로 인해 그의 계획은 아쉬움만 남긴다. 이렇듯 작곡가에 대한 괴테의 절대적 평가는 19세기의 파우스트 작곡을 장려하기보다는 오히려 방해한 격이 된다.

2-1. 베를리오즈의 오페라 〈파우스트의 저주〉

19세기에 발표한 가장 뛰어난 파우스트 음악으로는 괴테의『파우스트—비극 제1부』를 토대로 작곡한 베를리오즈Hector Berlioz(1803~1869)의 작품을 손꼽을 수 있다. 당시 프랑스의 낭만주의 예술가들은 고전주의 예술의 경직된 예술 법칙에 반기를 들고 바이런, 셰익스피어, 괴

---

3) Zitiert nach Hedwig Meier, *Die Schaubühne als musikalische Anstalt*, Bielefeld, 1999, S. 115.

4) Zitiert nach Friederike, Wißmann, *Faust im Musiktheater des 20. Jahrhunderts*, S. 42.

테를 그들의 모범으로 삼는다. 이러한 시대
적 정황 아래 베를리오즈는 괴테의 작품을
읽은 감동으로 1828년 〈파우스트의 8개 장
면Huit Scène de Faust〉을 작곡한다. 이 작
품에 수록된 부활절 찬가, 메피스토의 노래,
농부들의 합창 등 몇몇 장면을 선택하고, 이
를 오페라 양식으로 확장하여 1846년 오페
라 〈파우스트의 저주La Damnation de
Faust〉를 발표한다. 이는 '4부로 구성된 희

소년 베를리오즈

곡적 전설'이라는 부제와 함께 파우스트 소재를 음악극의 영역에서 희
곡적인 차원으로 확장한 작품이다.

　괴테가 소원하던 파우스트 음악을 모차르트가 아닌, 프랑스 작곡가 베
를리오즈가 비로소 작곡하게 된다. 제라르 드 네르발이 번역한 『파우스
트』의 진가를 높이 평가한 베를리오즈는 1829년 4월 10일에 자신의 악
보를 동봉한 편지를 괴테에게 보낸다. "당신의 고귀한 표현들과는 제가
결코 조화를 이룰 수 없을 것이라고 단정하면서도, 그럴수록 유혹은 점
점 더 강렬해지고, 매력은 더욱 격렬해져서 저도 모르게 많은 장면으로
이루어진 음악이 만들어졌습니다. 명성의 공간에서 살고 계신 당신을 낯
선 사람의 찬양이 감동시키지는 못하겠지만, 당신의 천재성에 감동되어
심장이 더욱 빨리 박동치고 상상의 세계가 불타올라 경탄의 환호성을 더
이상 자제할 수 없는 이 젊은 작곡가를 용서하시길 바랍니다."[5] 편지 서
두에서 베를리오즈는 파우스트를 처음 접한 이후, 여러 해 동안 계속 독
서하고 있으며, 이 대단히 놀라운 작품의 엄청난 마력을 받고서 자신의
음악적 구상은 괴테의 사상과 혼합될 것이라고 설명한다.

　베를리오즈는 1845년 8월 베토벤의 동상 제막식에 초청받은 자리에서

---

5) Zitiert nach Hermann Fähnrich, *Faust in der Musik*, Stuttgart, 1978, S. 30 f.

베토벤의 명작을 듣고 파우스트를 새롭게 작곡해야겠다는 의욕에 사로잡힌다. 그해 가을, 오스트리아와 헝가리를 여행하면서도 파우스트 오페라 대본을 갖고 다니며 창작을 계속한다. 빈에서 〈메피스토의 아리아〉와 〈쥘펜 발레〉를 작곡한 후, 다음 여행지인 헝가리의 페스트에서 민요 〈라코치 행진곡Rákóczy-Marsch〉을 듣고 감격한다. 이 곡을 관현악으로 편곡한 그는 구상중인 파우스트 오페라의 도입부에 '헝가리 장면'을 삽입한다. 재기 넘치는 문장력으로 역사상 가장 재미있는 음악 전기로 꼽히는 『회고록』과 신문 칼럼, 음악 논문 등을 저술하여 문필가로도 이름을 떨친 베를리오즈는 특히 오페라의 중요한 아리아 〈파우스트의 독백〉 〈메피스토의 벼룩의 노래〉 〈그레첸의 툴레 왕의 노래〉 등을 괴테의 원전과 밀접히 연관시켜 작곡하면서 '헝가리 평원'과 '파우스트의 지옥행' 장면의 대본을 직접 작성하여 탁월한 솜씨로 변주한다. 하지만 괴테의 원작에는 없는 이들 장면에 대해 독일 비평가들은 괴테의 원작을 함부로 고쳤다고 비난한다.

1842년 12월 베를리오즈는 파리 음악학교 홀에서 그의 작품을 공연하려 하지만 거절당한다. 하는 수 없이 많은 경비를 지불하고 오페라 코미크 극장에서 자신의 지휘로 파우스트 오페라를 초연하지만 좋은 반응을 얻지 못한다. 청중이 적어서 그는 빚을 짊어진 채, 이듬해 러시아로 연주 여행을 하게 되는데 이를 통해 빚을 갚는다. 무엇보다도 베를리오즈는 독일 관중으로부터 냉대를 받는다. 독일인들이 그가 괴테의 문학작품을 작곡할 만한 역량이 있는지, 더구나 프랑스 작곡가가 과연 '파우스트적인 것'을 감지할 수 있는 능력이 있는지 의구심을 갖고 바라보았기 때문이다.

〈파우스트의 저주〉의 극적 구성은 사건 진행에 따라 전개되기보다는 극적 사건이 일어나는 상이한 공간들로 이루어진 4막 오페라이다. 제1막의 도입부는 괴테의 원작에는 없는 전원 장면에서 펼쳐진다. 고독 속에 파묻혀 살았던 파우스트는 헝가리의 너른 평원에 홀로 서 있다. 태양이 떠오르는 아름다운 아침 풍경을 묘사한 조용하고 느린 악곡이 연주되면 파우스트는 화창한 자연을 찬미하는 아리아 〈겨울이 가고 봄이 오면〉을 안단티노로 노래 부른다. 농부들의 윤무가 무대 위를 가로지르고, 젊은 이들의 합창 소리와 함께 출정하는 군대의 나팔 소리가 들리면, 〈라코치 행진곡〉에 맞춰 군인들이 용감하게 행진한다. 이들을 바라보며 잃어버린 청춘을 한탄하는 파우스트의 모습은 더욱 대조를 이룬다.

독일 북부 지방에 위치한 파우스트의 고딕양식의 가옥이 제2막의 무대다. 파우스트는 서재에서 메피스토를 만난다. 그는 세상의 모든 쾌락을 주겠다는 악마의 유혹에 빠져 라이프치히에 있는 지하 술집으로 간다. 메피스토는 〈벼룩의 노래〉를 부르며 술자리를 흥겹게 하지만, 이에 만족하지 않는 파우스트를 엘베 강변의 들판으로 데리고 간다. 아름다운 청년으로 변신한 파우스트에게 요정들은 마가레테의 환상을 보여주며, 이와 동시에 D장조, 3/8박자의 〈요정의 춤〉이 연주된다. 이때 제1바이올린의 화려한 선율은 훗날 생상스의 〈동물의 사육제〉에서 코끼리의 주제로 사용된다.

제3막의 무대는 소박하고도 정결한 마가레테의 방이다. 메피스토에 안내된 파우스트는 세레나데를 부르며 그녀에 대한 사랑을 고백한다. 마가레테는 유명한 아리아 〈툴레 왕의 이야기〉를 노래 부르며 파우스트를 향한 동경을 표현한다.

종결부인 제4막에서는 감옥과 광야를 거쳐 지옥으로 바뀌는 장면이 빠른 속도로 진행된다. 메피스토는 파우스트에게 영아살인범으로 사형 선고를 받은 마가레테가 감옥에 갇혔다고 말한 뒤, 파우스트에게 지옥으로 떨어지는 저주가 내려질 것임을 통보한다. 파우스트는 메피스토와 함께 검은 말을 타고 처참한 지옥으로 떨어지는데, 관현악은 포효하는 듯하며 오보에는 기괴한 선율을 연주하고 현악기는 말이 뛰어오르는 모습을 묘사한다.

오페라 〈파우스트의 저주〉는 위풍당당한 오케스트라 연주로 무대 전

공간을 휘어잡으면서 드라마의
사건 진행을 선취하는 합창 역
할을 강력하게 요구하여, 관객
에게 환상적인 무대 위에서 형
상화된 마성적인 것을 직접 체
험할 수 있도록 시도한다. 오페
라의 전반적 구성을 명확하게
파악한 관객은 파우스트와 함

〈파우스트의 저주〉의 제3막 무대 장면
(이탈리아, 로마 테아트로 델 오페라 극장 공연)

께 파국 속으로 빠져들게 된다. 베를리오즈는 사건 진행의 극적 구성과
음악적 구상을 서로 공조시킴으로써 악마와의 계약 장면과 파우스트의
지옥행 장면을 오페라의 무대 위에서 휘몰아치는 엄청난 회오리의 굴레
속으로 빨려들어가게 한다.

〈파우스트의 저주〉의 각 장면들은 서로 응송(應誦)하는 구조를 취함으
로써 오히려 서사적인 서술 형태에서 볼 때 연속적으로 전개되는 그림이
라는 인상을 갖도록 한다. 오페라의 내러티브 구조는 오케스트라가 연주
하는 극적 사건 진행의 거센 흐름과는 대조적으로, 오히려 여러 개로 나
뉜 에피소드로 이루어지며, 자연 풍경의 묘사, 사냥 장면, 서정적인 사랑
의 장면 등이 대학생들의 패싸움과 군인들의 행렬과 교대로 나타난다.
또한 〈쥘펜 발레〉 장면과 요정들의 환상
적인 한여름 밤 축제인 〈막간극〉은 파우
스트의 민중본을 토대로 하였지만, 오페
라의 마지막 장면은 극적 해결을 유보하
는 개방극 형태의 열린 종결음으로 처리
한다.

〈파우스트의 저주〉가 진가를 인정받
은 것은 베를리오즈가 이미 세상을 떠난
1877년 파리에서의 공연이며, 그후 삼

노년의 베를리오즈

십 년 동안 150회 이상 공연된다. 1854년에 발간된 책의 서두에서 베를리오즈는 오페라의 제목 '파우스트의 저주'에서 나타나듯이, 자신의 오페라가 괴테의 『파우스트』를 그대로 전달하기보다는 오히려 파우스트 전설에 담긴 옛 민중의 모습을 드러내려 하였으며, 괴테의 위대한 정신이 담긴 작품을 작곡한다는 것은 불가능하다고 강조한다.[6]

2-2. 구노의 오페라 〈파우스트〉

구노Charles Gounod(1818~1893)의 오페라 〈파우스트〉는 1859년 파리의 '테아트르 리리크'에서 초연된다. 19세기 프랑스 오페라는 극장에 따라 오페라의 형식적 특징이 정해지므로 어떤 장소에서 공연되는가 하는 것은 오페라 작곡에 적지 않은 영향을 준다. 규모가 가장 큰 극장 '그랑 오페라'와 대중 성향의 극장 '오페라 코미크'에서 공연되는 작품들은 상이한 형식을 취한다. 오페라 형식의 명칭도 극장 이름과 동일하게 각각 '그랑 오페라'와 '오페라 코미크'이다. 구노의 〈파우스트〉는 그 중간 형태인 테아트르 리리크에서 막을 올리는데, 이 공연 이후 구노는 '오페라 리리크'의 창시자로 알려진다.[7] 오페라 리리크는 그랑 오페라의 거창함을 없애고, 보통 규모의 감상적이고 민중적 유머를 담은 전형적인 프랑스 스타일이다.

구노는 〈파우스트〉를 초연한 이후, 십 년 동안 이를 여러 번 개작한다. 이미 1856년 구노의 책상에는 파우스트를 작곡하기 위한 오페라 대본이 놓여 있고, 이듬해 봄에 제3막까지 완성한다. 하지만 리허설이 시작될 무렵인 1858년 가을, 공연을 연기해야 할 여러 가지 이유가 생긴다. 테아트르 드 라 포르트 생마르탱 극장에서 똑같은 제목의 멜로드라마 〈파우스트〉를 공연할 것이라고 통보하며, 게다가 오페라 극장 예술감독이

---

6) Vgl. Friederike Wißmann, *Faust in Musiktheater des 20. Jahrhunderts*, S. 39.

7) Vgl. Tina Hartmann, *Goethes Musiktheater. Singspiele, Opern, Festspiele, "Faust"*, Tübingen, 2004, S. 30 f.

구노에게 파우스트를 완성하기 전에 먼저 오페라 〈어쩔 수 없이 의사가 된 남자〉를 작곡할 것을 주문함으로써 〈파우스트〉의 초연 일자는 밀려나게 된다. 한편 지휘자 레온 카발로는 구노가 구상한 큰 규모의 작품을 대폭 축소할 것을 지시한다. 즉 제5막 도입부에서 마가레테가 자기 아기를 죽이고 정신이 혼미한 상태에서 부르는 아리아 전부를 없애라는 것이며, 또한 오페라 주역 가수들은 자기가 맡은 부분의 악보를 수정해달라고 요구한다. 공연이 진행되면서 이런 식으로 오페라 총보에 대한 수정이 무수히 반복되고, 결국 구노가 구상한 오페라 전반의 특징조차 희박해질 상황에 처하게 된다. 무엇보다 심하게 침해를 받은 요인은 대화 부분을 레치타티보로 바꾸라는 것인데, 말에 리듬과 음을 붙여 노래하는 선율인 레치타티보는 실제 말에 가깝게 하기 위해 억양과 악센트를 살리면서 노래하는 기법이다. 초연 때 대화체로 진행된 이 부분이 이듬해 스트라스부르그에서는 결국 레치타티보 오페라로 바뀌어 공연된다.

게다가 초연 이후 계속 〈파우스트〉를 공연하던 테아트르 리리크가 파산하면서 공연 장소는 파리 오페라 극장으로 바뀐다. 구노는 이제 무대 규모가 큰 극장에 맞도록 오페라를 또다시 개작한다. 제4막에서 메피스토가 농담조의 시사풍자적인 노래를 부르고, '발푸르기스의 밤' 장면에 발레 부분이 추가되어 1869년에는 새로 수정된 악보로 공연이 이루어진다. 오페라 〈파우스트〉 작곡과 관련된 이 복잡한 생성사를 살펴보면, 오페라 형식과 작곡이 밀접하게 연관되어 있다는 것을 알게 된다. 아무튼 구노의 〈파우스트〉는 오페라 극장의 정기 레퍼토리에서 자주 막을 올림으로써 오늘날까지 가장 많이 공연되는 오페라가 되었다. 각 예술 장르 중에서도 오페라만이 그 대중성 때문에 즐겨 공연된다는 점은 그리 놀라운 일이 아니다. 구노의 〈파우스트〉는 초연된 이후 십 년 동안에 테아트르 리리크에서만 삼백 회 이상 공연되었기 때문이다.

마침내 1861년 독일에서도 구노의 오페라가 공연된다. 율리아 베르가 번역한 구노의 〈파우스트〉가 다름슈타트에서 초연되고, 드레스덴에서는

'마가레테'라는 제목으로 공연되는 것이
다. 그러나 구노의 오페라에 대해 독일
관객들은 작곡가의 무리한 각색으로 인
해 괴테의 사상이 변형된 채 원작이 퇴
색되었다고 신랄하게 비평한다. 구노의
오페라는 파우스트의 성격을 미약하게
처리했다는 이유로 비판을 받았으며, 독
일에서 공연되는 구노의 오페라 제목이
바뀐 것은 당시 독일인들이 괴테 문학에   작곡가 샤를 구노
과도하게 애착을 둔 정서에서 나온 처사
라 할 수 있다.[8]

특히 독일 비평계는 등장인물의 배역 구도와 함께 마가레테와 파우스
트의 사랑 이야기를 대중적 취향으로 전개했다는 점에서 비판의 강도를
높인다. 이들은 괴테의『파우스트』가 소규모의 로맨스 줄거리로 축소된
것이라 간주하여, 심오한 독일 정신에 대한 조롱이라고 비난한다. 비평
가들은 항상 괴테의『파우스트』에 기준을 두고 구노의 오페라를 비교함
으로써 오페라의 흥미로운 관점들을 이끌어낼 수 없는 것이다. 실제 구
노의 파우스트가 초점을 맞춘 사랑 이야기에선 영혼을 조건으로 내건 악
마와의 계약 장면과 메피스토라는 인물을 강하지 않게 처리한다. 메피스
토는 마술사 역할을 연기하는 장면에서 '오페라 코미크'의 인물과 유사
하고, 파우스트처럼 일반 시민사회에서 심리적으로 미묘한 삼각관계에
있는 인물의 상대역을 수행하면서 동시에 두 주인공의 내면의 음성을 맡
는다.

베를리오즈의 〈파우스트〉 오페라가 독일에서 공연될 때 논란이 제기
된 결말부의 파우스트 저주와 지옥행 문제가 구노의 오페라에선 그레첸

---

8) Vgl. Hans Joachim Kreutzer, *Faust. Mythos und Musik*, München, 2003, S. 126 f.

의 신앙 문제로 초점이 바뀐다. 구노는 원래 교회음악 작곡가로 알려질 정도로 미사곡을 많이 작곡하였는데, 오페라 〈파우스트〉의 '성당' 장면에서 이러한 작곡 스타일을 감지할 수 있으며, 또한 그레첸 모티프가 종교적 색채로 강하게 그려졌다는 지적도 무리는 아니다.

구노는 괴테의 『파우스트』 원작을 따르지 않고, 미셸 카레의 대중오락극에 기초한 오페라 대본을 토대로 작곡한다. 오페라가 초연되기 이십 년 전에 이미 구노는 네르발이 번역한 괴테의 『파우스트』를 읽고

구노의 오페라 〈파우스트〉의 '발푸르기스의 밤' 무대 장면
(1859년 프랑스 파리 테아트르 리리크 극장 초연)

오페라 작품으로 작곡하기 위한 준비를 한다. 그후 오페라 대본 작가인 바르비에는 당시 대중의 인기를 끌던 미셸 카레의 『파우스트와 그레첸』과 괴테의 『파우스트』 원전을 혼합하여 작성한 파우스트 오페라 대본을 구노에게 전달한다. 구노의 『파우스트』는 진지한 주제를 다룬 것이 아니라 파우스트를 소재로 한 사랑의 드라마를 작곡한 오페라이다. 바르비에와 카레 같은 대중 취향의 극작가들은 한 학자의 영혼에 대한 고뇌보다는 오히려 남녀 간의 사랑을 주제로 작품을 쓰려고 한다. 이들에겐 무엇보다도 파우스트의 청춘이 사라졌다는 것과 또 파우스트의 욕구를 충족시키면서 혼돈을 확대하는 과제를 메피스토에게 부여하는 것이 중요하다. 그러므로 이들의 오페라 대본을 기초로 작곡한 구노의 오페라에선 선과 악의 존재와 같은 형이상학적인 문제는 다루어질 수가 없다.

당시 관례화된 배역 구조에 새로운 변화를 받아들인다는 것은 오페라 발달에 중요하다. 예를 들어 오페라 코미크 장르로 작곡한 구노의 오페라를 그랑 오페라의 무대에서 막을 올리게 되면, 그랑 오페라는 등장인

물을 솔로 아리아로 화려하게 구성하고, 배우를 무대 앞으로 나오게 하는 것이 상례이다. 이에 비해 구노의 오페라에서는 배역이 사건 진행에 문제가 되는가의 여부만이 중요하므로 메피스토가 부르는 아리아는 사건 진행의 전후관계에 중요한 동기가 되지만, 발렌틴과 그의 친구 시에벨 같은 인물이 부르는 아리아는 전반적인 극의 구성에는 영향을 끼치지 않는다. 하지만 구노의 오페라는 소재의 구분에서 볼 때, 음악적 희곡적 서술 형식의 규범으로 수용된 오페라 코미크의 특별한 형태로 볼 수 없다. 특히 〈파우스트〉 제3막은 음악적인 구성에서 결코 코믹이 아니며, 복합적인 서술 형식은 음악적인 분야에서 전달된다. 구노는 문학 텍스트의 구성과 음악적 양식의 혼합된 형태 또는 오페라 대본과 다성 구조의 혼합을 복합적인 인물 구도에 반영한다.

베를리오즈는 구노의 파우스트 오페라 초연을 관람한 뒤 "민중을 위한 푸딩"이라고 재치 있는 비평을 하는데, 그가 주목한 문제는 음악적 배열 순서나, 다성음으로 풍부하게 치장한 구노의 작곡법을 거론한 것이 아니다. 베를리오즈는 네르발이 번역한 괴테의 텍스트를 기초로 하여 알미르 강도니에와 함께 직접 오페라 대본을 작성하며 구노와는 완전히 다르게 개작함으로써 독자적인 파우스트 텍스트를 만든다. 베를리오즈에게 파우스트 소재는 속물들의 인습적인 규범에 대항하는 반란을 현실화시킨 구상이라는 점에서 중요하다. 이 텍스트와는 다르게 구노의 오페라에서는 그레첸의 영혼이 오페라 텍스트의 측면에서나 음악 구성상 종교적인 색채를 띠고 전면으로 부각된다. 그럼으로써 멜로드라마로 공연되며, 결말 부분에 가서 등장인물들이 구원을 받게 되고, 파우스트조차 가련한 유혹자라는 판단을 받도록 한다.

토마스 만이 장편소설 『마의 산』에서 구노의 〈파우스트〉를 "대담하면서도 경건하고 프랑스적"이라고 특징지은 바 있듯이, 구노의 오페라는 원작의 심오한 사상에 구애받지 않고 풍부한 음악을 담고 있는 사랑의 드라마라는 인상을 준다. 5막으로 구성된 이 오페라는 공연 시간이 무척

길지만, 관객들을 아름다운 선율 속으로 빠져들게 하는 파우스트의 세레나데와 발렌틴의 이별의 노래, 메피스토의 〈금송아지 노래〉와 유명한 〈병사들의 합창〉은 프랑스의 정서를 풍부하게 담고 있다. 마가레테는 파우스트가 남몰래 갖다 놓은 보석 상자를 손에 넣자, 화려한 아리아 〈보석의 노래〉를 부르며 기뻐하지만, 이와 대조적으로 성당과 감옥 장면에서는 참회의 형상을 보여줌으로써 종교적인 거룩한 모습과 함께 세속적인 쾌락을 즐기려는 반대 감정이 병존하는 인물로 형상화된 점이 흥미롭다.

구노의 〈파우스트〉 악보 초판본

참고 문헌

Anglet, Andreas, Faust-Rezeption, In: *Goethe-Handbuch. Bd. II: Dramen,* Hrsg. v. Theo Buck, Weimar, 1997.

Fähnrich, Hermann, *Faust in der Musik.* Stuttgart, 1978.

Hartmann, Tina, *Goethes Musiktheater. Singspiele, Opern, Festspiele, "Faust",* Tübingen, 2004.

Kreutzer, Hans Joachim, *Faust. Mythos und Musik,* München, 2003.

Meier, Hedwig, *Die Schaubühne als musikalische Anstalt,* Bielefeld, 1999.

Wißmann, Friederike, *Faust im Musiktheater des 20. Jahrhunderts,* Berlin, 2003.

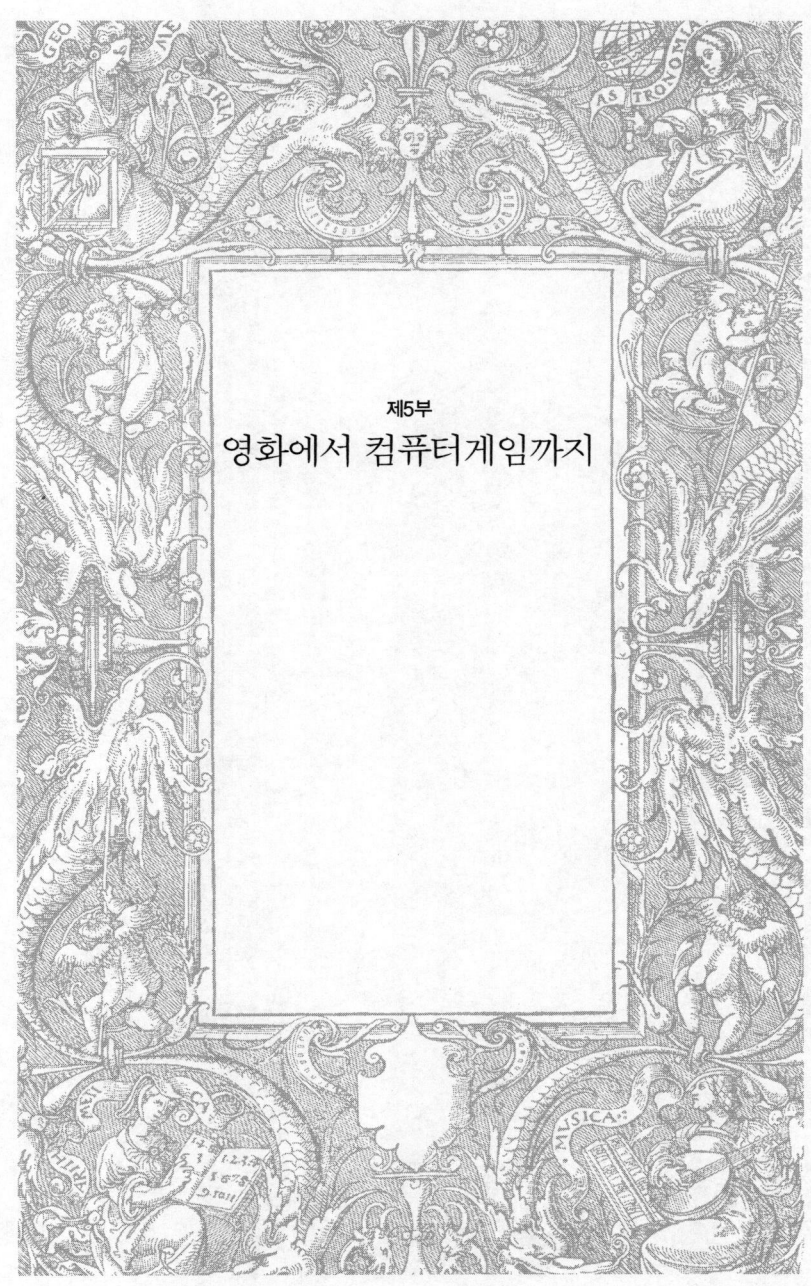

제5부
영화에서 컴퓨터게임까지

파우스트를 소재로 한 영화들
—미학적 특징과 괴테『파우스트』의 차이점을 중심으로

김금동

1. 들어가는 말

『파우스트』는 영원한 생명을 꿈꾸는 인간의 본질적인 욕망, 그리고 서로 하나가 될 수 없는 대립적인 요소를 하나로 하려는 인간의 본질적 욕망에 대한 표현이다. 선과 악, 종교와 지식, 젊음과 늙음, 이성과 감성, 빛과 어둠, 삶과 죽음, 질서와 혼동 등과 같은 대립적 요소는 파우스트 소재의 기본 구조를 이루며, 파우스트 내부에서의 신과 악마의 대립적인 만남은 인간이 기본적으로 지니고 있는 모순적인 내면세계를 그린다.[1] 명예, 부귀, 젊음, 감성에 대한 욕망을 악마적인 것으로 여기는 파우스트 소재는 문학과 음악 그리고 연극에서는 물론 영화에서도 자주 볼 수 있는 모티프 중의 하나다. 특히 악마와의 계약이나 혹은 악마적인 힘을 소재로 한 영화는 수없이 많으며, 그러한 영화에서는 대부분 등장인물이 스스로 자기 자신이나 자신의 영혼을 악마에게 넘기고 그 대가로 돈이나

---

1) http://home.ph-freiburg.de/staiger/texte/faust_film.htm

권력을 얻는다거나 혹은 영원한 생명을 얻는 것으로 묘사된다. 1895년 영화를 탄생시킨 뤼미에르 형제는 1897년에 이미 파우스트 모티프를 영화화했으며, 그 이후 파우스트 모티프는 지금까지도 끊임없이 다양한 방법으로 영화화되고 있다.[2) 파우스트를 소재로 한 영화는 그 장르도 매우 다양하여, A. 골드스타인이 2001년 만든 〈도리안─악마와의 계약〉은 정치 스릴러이며, 톰 벤코 감독이 1997년에 만든 〈스타 트렉─악마와의 계약〉는 사이언스 픽션, 그리고 〈팀 탈러〉는 애니메이션이다.

　파우스트를 소재로 한 영화는 수없이 많지만, 본 논문에서는 문학작품과의 비교가 가능하고, 영화사적으로 가치가 있으며 또한 영화미학적으로도 의미 있는 대표적 영화 세 편만을 선택하여 논하기로 한다. 고르스키 감독의 영화 〈파우스트─비극 제1부〉(1960), 독일 표현주의 영화의 거장, 무르나우 감독의 무성영화 〈파우스트─독일 민족의 전설〉(1926), 그리고 괴테의 파우스트를 소재를 다루고 있지만 문학과는 거의 관련이 없을 만큼 독립적인 예술작품으로 평가되고 있는 르네 클레르의 코미디 〈악마의 아름다움〉(1950)이 그것이다. 이 영화들의 미학적 특징을 살펴보고, 이들이 괴테의 『파우스트』와 어떠한 차이점이 있는가를 알아보고자 한다. 특히 등장인물, 장소적 배경, 사건의 발단 등을 소개하는 영화의 전개 부분은 근본적으로 파우스트 소재를 어떻게 해석하는가를 보여주는 중요한 부분이므로 이를 중점적으로 살펴보고자 한다.

2. 고르스키의 〈파우스트─비극 제1부〉

　이 영화는 일반적으로 그륀드겐스의 〈파우스트〉라고도 불린다. 사실 고르스키Peter Gorski가 감독을 했음에도 불구하고, 그렇게 불리는 이

---

2) Vgl. G. Seeßlen, *Faust-Materialien zu einem Film von Peter Gorski*, Duisburg, 1992, S. 102~130.

유는, 이 작품이 그륀드겐스가 1957년 연출한 괴테의 〈파우스트 ― 비극 제1부Faust ― Der Tragödie erster Teil〉라는 연극을 바탕으로 하고 있기 때문이다. 그 결과 이 영화에는 많은 부분 그륀드겐스 연극의 특징이 그대로 드러나며, 특히 이 영화에서 그륀드겐스 자신이 그 유명한 메피스토펠레스(이하 메피스토)로 등장하고 있다. 그러나 이 영화는 단순히 연극을 영화한 작품은 아니다. 이 영화는 우선 괴테의 『파우스트』가 연극으로 공연되고, 그 연극이 다시 영화로 제작된 작품으로서 여러 매체의 변환과정을 거친다. 연극과 영화라는, 서로 다른 두 매체의 경계를 넘나드는 독특한 형식을 지니고 있다는 점에서 이 영화가 지니는 의미는 매우 크며, 이러한 특징으로 인해 이 영화에 대한 연구 역시 흥미로운 것이다. 그륀드겐스의 연극 연출이 괴테의 파우스트에 충실하려고 한 만큼, 이 영화 역시 연극연출자의 본래 의도를 벗어나지 않는 범위 내에서 영화적 언어를 이용하고 있다. 영화감독 고르스키는 장면의 크기, 줌, 카메라의 시각 등 영화 기술적요소를 사용하여 영화 특유의 공간을 만들어내는 한편, 이 영화가 원래 연극이라는 사실을 잊지 않도록 때때로 영화적 공간을 중단하고 연극 공간을 나타내는 장치들을 이용하면서 영화와 연극의 경계를 넘나든다.

2-1. 연극적 공간

이 영화에는 영화 시작과 함께, 제작팀, 연출가, 출연자, 스태프 등 영화 제작에 참여한 사람들의 이름이, 막이 아직 오르지 않은 연극 무대를 배경으로 나타난다. 그러한 배경은 관객으로 하여금 마치 연극 무대를 마주하고 있는 것과 같은 인상을 주며, 동시에

원래 연극임을 나타내는 영화장면

이 작품이 처음부터 연극이라는 예술 형식과 관련이 있음을 말해주고 있다. 영화 제작 참여자들의 이름이 지나가자마자 '무대 위에서의 서연 Vorspiel auf dem Theater'이라는 소제목이 아직 막이 오르지 않은 무대를 배경으로 나타나는데, 이를 통해 이 영화가 연극을 바탕으로 하고 있음이 더욱더 분명해진다. 이 장면에 등장하는 세 인물, 극장감독과 작가와 어릿광대(배우)는 연극 공연장을 지탱시키는 중요한 인물들로, 그들은 어떠한 연극이 성공적인 연극인가에 관해 토론한다. 극장감독은 연극을 경제적인 이익과 연관시켜 말하고, 작가는 연극이란 자유롭고 순수한 예술이라고 이야기하고, 어릿광대는 관객의 오락만이 중요하다고 말한다. 연극에 관해 토론하는 연극배우들의 연기로 인해 이 장면은 '연극 속의 연극'이라는 독특한 형식을 지니게 되고, 이를 통해 이 영화가 원래 연극이라는 점이 다시 한번 강조된다. 다시 말해 영화가 본격적으로 시작하기 전에 펼쳐지는 이 장면에서, 아직 막이 오르지 않은 연극 무대와 '무대 위에서의 서연'이라는 소제목, 그리고 등장인물들의 연극에 관한 토론은 모두 이 영화가 원래 연극이었음을 알려주는 장치로 작용한다. 또한 서연에서 작가로 등장한 인물이 막을 올려 연극의 시작을 알리고, 극장감독 역을 맡은 배우는 신으로, 어릿광대 역을 맡은 배우는 메피스토로 그리고 작가 역을 맡은 배우는 파우스트로 역할이 바뀌는데, 이 역시 이 영화가 원래 연극이었음을 알려준다. 다음 장면에서 보이는 메피스토와 천사들의 몸짓이나 표정 그리고 대사는 영화적인 자연스러움이 아니라 연극적인 과장됨과 간결함을 지닌다. 이외에도 배경이나 의상, 소품이 매우 간결하고 단조롭게 연출되어 영화적이라기보다는 연극적인 인상을 준다.

그 밖에도 연극적인 특징을 강조하기 위해 카메라는 등장인물과 함께 연극무대가 보이도록 롱숏[3]을 자주 사용한다. 이러한 장치를 통해 설치

---

3) 롱숏Long-Shot : 인물과 인물의 주변 부분을 중점적으로 보여주는 숏.

된 연극 무대의 모습이나 혹은 연극 무대임을 알리는 막이 자주 보이게 됨으로써 이 영화가 순수한 영화이기보다는 원래 연극이던 것을 카메라로 옮겨놓은 것이라는 사실이 드러난다.

2-2. 영화적 공간

고르스키의 〈파우스트〉는 연극에 가까운 특징을 지니고 있어 영화라기보다는 연극을 카메라로 그대로 옮긴 듯한 인상을 준다. 그러나 이 영화는 연극을 단순히 카메라로 촬영한 순수한 연극 다큐멘터리는 아니다. 왜냐하면 위에서 살펴본 바와 같이 이 영화에는 연극적인 특징이 많이 나타나기는 하지만, 근본적으로 영화언어가 사용되기 때문이다. 우선 연극의 서연임을 알리는 소제목 '무대 위에서의 서연'이라는 스크린에 새겨진 글씨는 연극언어가 아니라 영화언어이다. 뿐만 아니라 연극 무대라는 공간은 카메라의 움직임에 의해 자주 해체되고, 바로 그 순간 영화적 공간이 구성됨으로써 연극적 공간이 영화적 공간으로 바뀌는 공간의 전환이 자주 일어난다. 다시 말해 연극 관객의 시선처럼 무대를 향해 고정되어 있던 카메라는 그 고정된 위치에서 벗어나 다양한 위치와 다양한 시각으로 등장인물과 사건을 바라봄으로써 움직임이 없는 정적인 카메라에 의해 잡혀 있던 무대라는 연극적 공간은 해체되고, 그 대신 영화적 공간이 생성된다. 그리하여 관객은 고정되고 제한적인 시각에서 벗어나, 자신의 눈이 아닌 카메라의 눈을 통해 움직이며 자유로운 시각으로 무대에서 일어나는 일을 관찰할 수 있다. 한 예로 관객은 클로즈업이라는 카메라 기술을 통해 메피스토가 그의 눈썹을 어떻게 치켜올렸다 내리는지까지도 자세히 관찰할 수 있는데, 이는 영화 공간에서나 가능한 일이다. 이처럼 관객은 카메라와 함께 연극 공간과 영화 공간을 넘나들 수 있게 된다.

2-3. 괴테의 『파우스트』와 다른 점

고르스키의 영화는 간결하고 검소한 배경, 소품, 의상, 조명, 커튼, 대

사 등 괴테의 『파우스트―비극
제1부』를 그대로 연극으로 옮겨
놓은 듯한 인상을 준다. 괴테의
작품과 마찬가지로 이 영화에서
도 파우스트는 자신의 지적 능력
의 한계에 대해 절망하는 인물로
나오며, 부활절 종소리와 함께 합

메피스토(그륀드겐스 분)

창이 들려오는 장면도 그대로 사용된다. 그러나 괴테의 파우스트와는 달
리 메피스토의 등장을 예고하는 삽살개의 모습은 볼 수 없고 단지 개가
짖어대는 소리만 들을 수 있다. 이 영화는 괴테의 드라마를 비교적 충실
하게 옮기고 있지만, 맨 처음의 '헌사'가 생략되고 '발푸르기스의 밤'의
많은 부분이 생략된다. 이 같은 몇 가지 예외를 제외하면 이 영화는 괴테
의 작품과 거의 일치한다.

이 영화에서 파우스트는 늙고 힘 빠진 노인이 아니라 중년으로 등장한
다. 중년의 주인공임에도 불구하고 파우스트는 한낱 약한 인간에 지나지
않는 것처럼 보이고, 메피스토는 파우스트보다 훨씬 강한 힘과 카리스마
를 지닌 악마로 그려지는데, 이는 악마 역을 맡은 그륀드겐스의 연기, 즉
그의 정확하고 빠르고 힘 있는 대사와 간결하고 절도 있는 움직임에 기
인한다.

3. 무르나우의 〈파우스트―독일민족의 전설〉

3-1. 무성영화와 영상

무르나우Friedrich Wilhelm Murnau[4]의 영화 〈파우스트―독일민족

---

4) 무르나우의 본명은 플룸페Friedrich Wilhelm Plumpe이며 1888년 빌레펠트에서 태어난다.
제1차 세계대전 당시 스위스에 비상착륙했을 때 스위스 주재 독일 대사가 프로파간다를 위한 영

의 전설 Faust — Eine deutsche Volkssage〉의 시나리오는 시나리오 작가 한스 카이저가 괴테의 『파우스트 — 비극 제1부』를 바탕으로 집필한다. 그러나 무르나우는 그 시나리오를 다시 수정해가면서 영화를 찍는다. 그 결과 괴테의 『파우스트』는 영화에서 다르게 해석, 수용된다. 더구나 무르나우는 영화를 찍으면서 자막을 전혀 고려하지 않을 만큼 영상에만 치중한다.[5] 이렇게 완성된 무르나우의 〈파우스트〉는 괴테의 『파우스트』를 바탕으로 작가 G. 하우프트만이 쓴 영화의 자막과 함께 1926년 8월 25일 비공식적 시사회를 갖게 된다. 그러나 하우프트만의 자막은 문학적인 장문의 문체로 이루어져 있어, 그러한 자막은 오히려 영상을 이해하는 데 방해가 될 뿐이라는 이유로 많은 사람들의 반대에 부딪힌다. 결국 카이저가 영화 자막을 다시 쓰고, 〈파우스트〉는 카이저의 자막과 함께 1926년 9월 14일 베를린에서 공식적으로 상영된다.[6] 카이저가 쓴 자막은 매우 간결하고 핵심적이라는데 그 특징이 있다. 이는 카이저가 무르나우의 영화 제작과정에 참여하면서 영화가 지니는 독특한 영상의 힘을 인식하게 되고, 아름답고 문학적인 자막은 오히려 영상을 이해하는데 방해가 될 수 있다는 점을 깨달은 데 기인한다.

화를 찍도록 한 것이 그의 영화에 대한 관심을 일깨워준 계기가 된다. 그는 전후 베를린으로 돌아와 1919년 첫 영화 〈죽음의 에머랄드〉를 만들고, 세계 최초의 호러 영화 장르에 속하는 드라큘라 영화 〈노스페라투 — 공포의 심포니〉를 만들어 세계적 관심을 끌기 시작한다. 이어 그는 〈불타는 대지〉 〈유령〉 〈대공작의 재정〉 〈마지막 웃음〉 그리고 〈파우스트〉와 같은 불후의 명작을 만든다. 이러한 영화들을 통해 그는 프리츠 랑과 함께 독일 표현주의 영화를 세계에 알린다. 그는 1926년 미국 할리우드로 건너가 〈일출〉 〈타부〉 등의 영화를 만들어 오스카상을 수상하지만 상업적인 성공은 거두지 못한다. 1931년 교통사고로 인해 그는 마흔두 살의 나이로 사망한다. 그의 영화는 그러나 미국 영화 발전, 특히 필름 누아르라는 범죄영화의 발전에 크게 기여하며, 유럽의 유명한 감독들, 특히 프랑수아 트뤼포, 장 뤼크 고다르, 에릭 로메르와 같은 프랑스의 누벨바그 감독들과 독일의 폴커 슐렌도르프, 빔 벤더스 감독에게 많은 영향을 미친다.

5) Vgl. Lotte H. Eisner, *Murnau*, Frankfurt a. M., 1979, S. 75~81.

6) 이미 널리 이름이 알려져 있는 하우프트만이 영화 자막을 쓰면 영화 홍보에 도움이 되리라는 계산 하에 우파Ufa 영화사는 하우프트만에게 영화 자막을 부탁하고 하우프트만은 그 부탁을 받아들인다. http://www.goethe.de/ne/hel/depfwfau.htm 참조.

대사나 효과음과 같은 소리 언어가 없는 무성영화에서는 영상이 모든 의미를 전달해야 함을 잘 알고 있던 무르나우는 영화 제작과정에서 영상에만 몰두한다. 그리하여 그의 영화에서는 자막 없이도 영화 내용이 이해될 정도로 영상의 비중

지상을 향해 내닫는 기수들

이 매우 크며 또한 이 영상미학은 매우 상징적이며 함축적인 의미를 지니고 있다. 예를 들면 영화에서 제일 처음 나타나는 "어둠의 문이 열리고, 그림자는 지상의 인간들을 쫓고 있다"는 자막은 매우 간결하지만, 이와 관련된 영상은 매우 복잡하다. 즉 어두운 구름이 한동안 빠른 속도로 피어오르고, 그 어두운 구름 사이로 괴물처럼 생긴 기수, 해골처럼 생긴 기수 그리고 긴 칼을 든 기수 세 명이 각각 말의 형상을 한 괴상한 동물을 타고 구름을 가르며 빠른 속도로 달려내려온다. 그들은 강한 빛을 발하는 해를 등지고 형체를 알아보지 못할 만큼 어두운 곳으로 계속 힘차게 달린다. 이때 빛의 저편, 칠흑 같은 어둠 속에서 눈동자만 겨우 보일 정도로 역시 어두운 모습을 한 메피스토가 지상을 내려다본다. 이 장면에서 말을 타고 내려오는 끔찍한 기수들은 메피스토의 또다른 모습이거나 혹은 적어도 메피스토의 악마성과 관련이 있음을 인식하게 되는데, 그러한 인식은 자막과 같은 언어적 설명에 의한 것이 아니라 두려움을 줄 정도의 어두움이 기수들과 메피스토의 모습을 뒤덮고 있는 영상에 근거한다. 이 장면은 우선 강한 빛과 어둠의 대조를 통해 어둠을 더 어둡게 하여 칠흑 같은 어둠으로 느끼게 한다. 세 명의 기수는 페스트와 기아 그리고 전쟁과 같은 불행과 고통을 상징하는 섬뜩한 모습을 하고 있으며, 위로 빠르게 피어오르는 구름은 기수들이 힘차게 지상을 향해 내려가는 듯한 인상이다. 그 다음에 스크린 전체를 뒤덮으며 나타나는 메피스토는

마치 기수들의 뒤에서 그들을 조종하며, 동시에 그 어두운 모습으로 지상을 덮고 있는 듯한 인상을 준다. 이처럼 어두운 악마의 세계와 이제 곧 인류에 닥칠 재앙들이 자막의 도움 없이 영상만으로도 충분히 이해될 만큼 표현되고 있다. 강렬한 빛을 발하는 태양을 뒤로하고 어두운 구름을 가르며 지상을 향해 내려오는 기수들을 통해 천상과 지상 사이의 공간 또한 시각적으로 매우 독특하게 표현된다.

이외에도 무르나우는 눈이 부실 정도의 태양과 어두운 구름을 통해 빛의 세계와 어둠의 세계를 대비시키며, 바람, 연기, 안개, 구름 등을 통해 공간이 지니고 있는 묘한 분위기를 만들어낸다. 이처럼 무르나우는 소리가 없는 무성영화의 한계를 오히려 장점으로 살려 영상언어의 풍부함을 극대화함으로써 파우스트라는 독일민족전설을 생생하고 환상적으로 표현할 뿐 아니라 현실세계와 비현실세계를 자유롭게 왕래한다.

3-2. 미술과의 관계

영화에서 공간의 운동성은 비록 작품 전체를 특징짓지는 못할지라도 각각의 영상에 많은 영향을 미친다.[7] 각각의 영상을 특징짓는 운동성은 무르나우 영화의 경우 많은 부분 회화에서 차용된 영상의 구성 요소와 깊은 관련이 있다.

무르나우는 어릴 때부터 그림을 그리는 누이의 영향을 많이 받았으며, 대학에서도 미술사를 전공할 만큼 그의 그림에 대한 관심과 열정은 대단했다. 그림에 대한 관심과 지식은 그의 모든 영화에 그 흔적을 남긴다. 잘 알려진 바와 같이 이 영화 역시 그림에서 많은 영향을 받는다. 특히 이 영화에는 회화에서 볼 수 있는 뚜렷한 명암의 대조, 한 부분만을 강하게 밝히는 부분 조명, 화면 구도의 특징 등이 나타난다.[8]

---

7) Vgl. Gille Deleuze, *Das Bewegungs-Bild. Kino 1*, Frankfurt a. M., 1989, S. 39.

8) Vgl. Eva M. J. Schmid, Magie der Zeichen, In: Klaus Kreimeier(Hrsg.), *Die Metaphysik des Dekors*, Berlin, 1994, S. 50f.

천사 가브리엘과 악마 메
피스토의 내기가 시작되고
메피스토는 파우스트가 있는
마을로 내려오는데, 이때 무
르나우는 매우 독특한 방법
으로 악마가 지상으로 내려
오는 순간을 표현한다. 마치
비행기에서 내려다보는 것처

지상으로 내려오는 메피스토

럼, 산등성이의 도시가 작게 보이고, 그 위로 커다란 새의 검은 그림자가
작은 둥지를 덮치듯이 메피스토의 크고 검은 그림자가 작은 도시 전체를
감싸며 이와 함께 검은 연기까지 피어오른다. 메피스토의 검은 모습이
마을 위로 드리워지는 이 장면에서 마을의 뾰족한 지붕이나 건물의 모
습, 그리고 위에서 아래로 내려다보는 시각은 에른스트 L. 키르흐너와
같은 표현주의 화가들이 건물을 소재로 그린 그림과 공통점을 지닌다.
또한 파우스트와 메피스토가 마치 마녀들처럼 공중을 날아다니며 바라
보는 지상의 기울어진 지붕들, 기울어진 계곡과 나무들, 그리고 어디로
이어지는지 알 수 없는 미로 같은 가파른 골목 역시 표현주의 회화의 영
향을 받은 것이다.

늙은 파우스트의 길쭉한 얼굴과 흘러내리는 긴 머리카락과 수염은 네
덜란드 화가 렘브란트의 그림
〈감옥의 성자, 파울〉(1627)에
등장하는 인물과 매우 흡사하
다. 특히 인물만을 중심으로
비추고 그 주변은 어둡게 하
는 명암의 커다란 대비 역시
렘브란트의 그림에서 볼 수
있는 특징으로서 인물들에게

늙은 파우스트와 메피스토

역동적이며 드라마적인 힘을 준다.

이외에도 페스트에 걸려 죽어가는 고향 사람들을 돕지 못하는 자신의 무능함을 깨달은 파우스트가 악마를 부르는 장면은 번개가 치고 바람이 앙상한 가지만 늘어뜨린 나무를 흔들어대는 어두운 밤으로 묘사된다. 이러한 이미지는 독일 낭만주의의 대표적 화가 카스파 다비드 프리드리히의 그림을 떠올리게 한다.

3-3. 괴테의 『파우스트』와 다른 점

괴테의 『파우스트』에서 파우스트는 평생 동안의 연구에도 불구하고 세상의 이치가 무엇인지를 깨닫지 못했음에 절망한다. 파우스트의 이러한 개인적인 절망은 곧바로 그의 자살기도로 이어진다. 문학작품에서 개인적인 이유로 절망하는 파우스트와는 달리, 영화에서는 파우스트가 마을 전체에 몰아닥친 페스트로부터 마을 사람들을 구하지 못해 절망한다. 그의 절망감은 마을 사람들에 대한 사랑, 즉 인류애에서 비롯되며, 그의 이웃에 대한 사랑은 죽음으로부터 사람들을 구해내기 위해 메피스토를 불러낼 정도로 절대적이다. 또한 괴테의 『파우스트』에서는 파우스트가 그레첸을 만나기 전까지 육체적 사랑을 경험하지 못한 것으로 그려짐으로써 그레첸과의 사랑에 있어서 파우스트의 육체적 욕망이 많은 영향을 미치는 것으로 묘사된다. 이와는 달리 영화에서는 파우스트가 이미 이탈리아의 여백작과 육체적 사랑을 경험한 후 그레첸을 사랑하므로 파우스트의 그레첸에 대한 사랑은 정신적이며 순수한 것으로 묘사된다.

괴테의 『파우스트』와 무르나우의 영화에 등장하는 그레첸의 모습은 거의 비슷하다. 두 작품 모두 그레첸을 가난하지만 정갈하고 소박하며 순수한 정신을 지닌 여성으로, 또한 파우스트와의 사랑으로 인해 모든 것을 잃게 되는 여성으로 그리고 있다. 그러나 괴테의 『파우스트』가 그레첸을 수치감과 치욕에서 벗어나고자 이성을 잃고 신생아를 익사시킬 뿐만 아니라 정신이 나가 파우스트를 알아보지도 못하는 등 정신적으로 매우 약한 여성으로 표현하는 데 반해, 영화에서는 그레첸이 가족을 잃고 주위 사람들에게 버림받는 등의 불행 속에서도 자신의 아이를 살리려고 끝까지 노력하는 매우 이성적이며 모성애가 강한 여인으로 그려지고 있다. 특히 영화는 이러한 그레첸의 모습을 성모마리아처럼 표현함으로써 그레첸을 신성시한다.

괴테의 『파우스트』에서는 페스트가 잠깐 언급되기만 하지만, 무르나우의 〈파우스트〉에서는 마을 사람들에게 죽음을 가져오는 중요한 모티프로 작용하며, 괴테의 작품과는 달리 파우스트와 메피스토 사이에 두 번의 계약이 맺어진다. 페스트로 죽어가는 마을 사람들을

공중을 나는 젊은 파우스트와 메피스토

도울 수 없었던 파우스트는 스스로 악마의 도움을 청하고자 으스스한 들판에서 악마를 부른다. 그의 요청으로 나타난 메피스토는 단 '하루' 동안만 파우스트의 영혼을 그에게 넘긴다는 계약을 체결하는데, 단 '하루'라는 제한된 시간은 파우스트로 하여금 어렵지 않게 계약서에 서명하게 하는 역할을 한다. 악마와 첫번째 계약을 맺은 후 파우스트는 메피스토와 함께 공중을 날아다니면서 신기한 세상을 구경한다. 그러던 중 파우스트는 인도의 왕자처럼 커다란 코끼리를 타고 하인들을 이끌고 결혼을 앞둔 여백작 앞에 나타나 그녀를 꾀어내는 데 성공한다. 지금까지 경험해본 적이 없는 여성과의 육체적 사랑이 이루어지려는 바로 그 순간 '하루'라는 시간이 지나가버리고 육체적 사랑을 경험할 수 없음을 깨달은 파우스트는 메피스토와 두번째 계약을 한다. 이처럼 영화는 '하루'라는 제한된 시간을 통해 극적인 효과를 거두며, 동시에 두번째 계약도 쉽게 성사시키는 계기를 마련한다.

또한 이 영화에서 파우스트는 '늙은이' ― '젊은이' ― '늙은이'로 변화한다. 늙은 파우스트가 사람들이 자신을 악마로 여기는 것에 절망한 나머지 자살을 위해 독극물을 마시려는 순간, 메피스토가 나타나 독극물에 파우스트의 젊은 시절의 모습을 보여주며 늙은 파우스트를 젊게 변화시킨다. 젊어진 파우스트는 갖가지 경험을 하다가, 영화가 끝날 무렵 원래의 늙은 모습으로 되돌아와 그레첸과 함께 천상으로 올라간다. 파우스트뿐만 아니라 메피스토 역시 외모의 변화를 겪는다. 메피스토는 천상에서는 커다란 날개가 달리고 머리에는 뿔이 난 모습으로, 파우스트와 계약을 맺기 전에는 허름한 옷을 입은 하인과 같은 모습으로 그리고 계약을 맺은 후에는 악마답게 검은 망토를 걸친 모습으로 변화한다.

문학작품과 영화는 인물이나 줄거리뿐만 아니라 주제 면에서도 차이를 나타낸다. 괴테의 『파우스트』는 파우스트를 통해 절망과 희망을 오가며 더 나은 자아실현을 위해 끊임없이 노력하는 인간의 모습을 주제로 하고 있는 반면, 영화는 사랑을 주제로 하고 있는데, 이웃에 대한 사랑은 영화의 전반부에서 그리고 남녀 간의 사랑은 영화의 후반부에서 다루어진다.

4. 르네 클레르의 〈악마의 아름다움〉

4-1. 코미디 장르

프랑스 무성영화의 거장 르네 클레르René Clair 감독이 파우스트를 소재로 만든 영화 〈악마의 아름다움·La Beaute du Diable〉[9]은 클레르만의 철학적 인식과 재치 있는 풍자 그리고 그의 특유한 유머가 나타나는 코미디 영화다. 클레르는 진지하고 심각한 파우스트 소재를 코미디라는

---

9) 이 영화는 독일에서 '악마와의 계약'이란 제목으로 상영되었다.

완전히 다른 형식으로 영화화
한다. 다른 영화에서는 파우스
트와 메피스토의 관계를 힘없
고 약한 인간과 거의 전지전능
한 악마의 관계로 표현하지만,
클레르의 영화에서는 그들의
힘이 거의 비슷해 두 등장인물
이 한 쌍을 이루며 코믹한 사건

파우스트와 파우스트 모습을 한 메피스토

을 펼쳐나가는 가벼움을 지닌다. 특히 메피스토는 수시로 늙은 파우스트
의 모습과 젊은 파우스트의 모습으로 변함으로써 코믹한 상황을 연출하
는데, 이러한 상황은, 메피스토가 악마라기보다는 오히려 파우스트의 다
른 모습을 상징한다는 점을 인식하게 한다. 그러나 이 영화는 코미디라
는 가벼움으로 인해 파우스트 작품이 지니는 원래의 진지하고 철학적인
의미를 잃는 것이 아니라, 오히려 부와 명예와 권력을 가진 계층과 아무
것도 가진 것이 없는 계층의 문제에 포커스를 맞춰 사회적인 문제를 다
루고 있다. 그륀드겐스의 〈파우스트〉와 무르나우의 영화가 비교적 개인
적인 인물에 중점을 둔 반면, 클레르의 영화는 사회적인 문제에 중점을
둔다. 때문에 다른 두 작품에 비해 이 영화는 사회적 환경을 말해주는 공
간적 배경에 훨씬 많은 비중을 두고 있으며, 내부 촬영뿐만 아니라 외부
촬영도 자주 볼 수 있다. 그외에도 서로 다른 두 계층의 여성을 대비시킴
으로써 그 여성들이 속한 사회를 대조적으로 보여준다.

4-2. 거울 모티프

이 영화는 무르나우의 〈파우스트〉에서 많은 영향을 받았음이 나타나
는데, 그중 가장 두드러진 것이 바로 거울 모티프이다. 무르나우의 영화
에서 늙은 파우스트가 자살하기 위해 독극물을 마시려 하자 메피스토는
독극물 표면에 젊은 파우스트의 모습을 보여준 다음, 파우스트를 젊게

변화시킨다. 이 순간 거울의 젊은 파우스트와 늙은 파우스트가 동시에 존재한다. 무르나우 영화에 나타나는 이 짧은 순간의 거울 모티프가 클레르의 영화에서는 중요한 모티프로 수용된다. 즉 영화 내내 젊은 모습을 띤 진짜 파우스트와 늙은 파우스트의 모습을 한 메피스

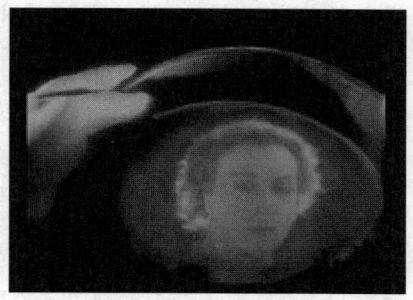

무르나우 〈파우스트〉에서 독극물에 비친 젊은 파우스트의 모습

토를 거울처럼 동시에 등장시킴으로써 파우스트라는 한 인물이 지닌 모순된 내면의 세계를 그려낸다. 젊은, 그러나 평범한 파우스트와 늙은, 그러나 학문으로 유명해진 파우스트가 동시에 등장하는 과정은 다음과 같다. 학자로 명성을 떨치고 있던 늙은 파우스트 교수는 탄생 50주년을 축하하기 위해 참석한 동료 교수들 및 학생들과 함께 강당에 앉아 있다. 그러나 몹시 늙고 지쳐 보이는 파우스트는 알 수없는 말을 혼자 중얼거리는가 하면, 일어날 때가 아닌데 일어나기도 하는 등 정신이 나가 있고, 젊은 파우스트의 모습을 한 메피스토는 방청객 자리에 앉아 음흉하게 웃고 있다. 행사가 끝나고 늙은 파우스트는 집으로 돌아와 모습을 드러내지 않는 메피스토와 대화를 나눈다. 이윽고 바람에 의해 갑자기 창이 열리고, 늙은 파우스트와 똑같은 모습을 한 메피스토가 늙은 파우스트 앞에 등장한다. 파우스트 모습을 한 메피스토가 늙은 파우스트에게 거울을 내밀자, 거울에 비친 파우스트의 모습은 이미 젊은이로 변해 있다. 이처럼 영화 초반부터 거울은

젊은 파우스트로 변한 파우스트와 늙은 파우스트로 변한 메피스토

매우 중요한 모티프로 등장한다. 이러한 과정을 거쳐, 서로 얼굴은 달라도 젊은 파우스트는 진짜 파우스트로, 그리고 메피스토는 늙은 그러나 유명한 파우스트의 모습을 하고 두 인물은 거울처럼 늘 함께 붙어다닌다.

메피스토는 늙은 파우스트의 모습으로 사람들의 존경을 받지만 권모술수도 뛰어나다. 반면 진짜 파우스트는 가진 것도 없고 별다른 능력도 없는 가난한 젊은이로서 순수하고 평범하다. 그러한 젊은 파우스트에게 늙은 파우스트는 거울을 통해 파우스트가 선택할 수도 있는 화려한 미래를 보여준다. 젊은 파우스트는 거울 속으로 들어가 그 속에서 펼쳐지는 화려하고 안락한 생활을 직접 경험한다. 이로써 이 영화에는 또다른 종류의 거울 모티프가 등장한다. 이러한 거울 모티프를 통해 파우스트는 시간과 공간이 다른 세계를 넘나들며 명예와 부, 그리고 화려함과 안락함이 깃들어 있는 다른 세계를 미리 경험한다. 그러나 그 세계를 자신의 것으로 쟁취하기 위해서는 악을 행해야 하는데, 파우스트는 그 세계를 선택하기를 거부한다.

이처럼 거울 모티프를 통해 명예와 부와 화려함을 향한 물질적 욕망이 늙은 파우스트라는 인물을 통해 그려지며, 동시에 정직함과 순수함을 향한 또다른 정신적 욕망은 젊은 파우스트를 통해 그려진다. 착취만 당할 뿐 가난을 면할 수 없는 젊은 파우스트의 현실은 거울을 통해 파우스트가 경험하는 명예와 부와 화려함이 있는 세계와 대조를 이루는데, 이러한 대조를 통해 가난에 허덕이는 사회계층과 화려한 삶을 누리는 부유층의 세계가 비교된다.

4-3. 괴테의 『파우스트』와 다른 점

독일에서 전해내려오는 파우스트 소재가 문학이나 영화 등에서 잘못 해석되거나 수용된다고 믿고 있었던[10] 르네 클레르는 영화를 통해 파우

---

10) http://home.ph-freiburg.de/staiger/texte/faust_film.htm 참조.

스트에 대한 자신의 독특한 생각을 펼쳐 나간다. 여느 파우스트 영화와는 달리 클레르는 인간의 어두운 욕망을 단지 개인적인 문제로 보지 않고, 개인적 욕망이 어떻게 사회적 문제와 연결되고 있는지를 보여준다. 그러므로 클레르의 이 코미디 영화가 지니는 가벼움 속에는 개인의 욕망과 사회계층 간의 문제에 대한 날카로운 시각이 나타나고, 노동 착취의 문제가 부의 축적과 어떤 관계가 있는가에 대한 분석이 이루어지며, 부의 축적과정에 있어서의 학문의 기여 등에 대한 문제가 제기된다. 클레르의 이러한 사회적 시각은 마지막 부분에서 가난한 군중이 봉기하는 장면에서 분명하게 드러난다.

클레르 영화의 중요한 특징이자 여느 파우스트 작품과의 다른 점은 거울 모티프를 통해 파우스트의 서로 다른 두 개의 내면세계가 표현되고 있다는 사실이다. 즉 순수함, 젊음 그리고 가난으로 상징되는 파우스트의 내적 세계가 젊은 파우스트(진짜 파우스트)로, 그리고 파우스트의 내부에 도사리고 있는 욕망, 즉 물질적인 풍요로움과 쾌락에 대한 욕망을 상징하는 세계는 늙은 파우스트(메피스토)로 표현되고 있다. 이처럼 클레르는 절대적인 악마로 메피스토를 설정하는 대신, 그를 통해 파우스트의 내부에 숨어 있는 욕망을 표현한다. 그러므로 클레르는 메피스토를 강력한 힘을 지닌 초자연적 악마로 등장시키지 않고, 꾀가 많고 늙고 물질적 욕망으로 가득 찬 파우스트의 모습으로 등장시킨다. 이 영화에는 서로 다른 두 개의 세계를 넘나들 수 있게 하는 통로와 같은 기능을 하는 거울이 등장한다. 파우스트는 거울을 통해 사회적으로 서로 다른 두 계급의 세계를 직접 경험하면서 어느 세계가 진실에 가까운 세계인지 인식하고, 그 결과 자신이 원하는 세계를 선택할 수 있게 된다.

또한 이 영화에는 그레첸과 비교될 만한 인물이 등장하거나 영아 살해 모티프도 등장하지 않는다. 파우스트가 만나는 여인은 한 명이 아니라 사회적 신분이 다른 두 명의 여인이다. 파우스트가 처음 알게 되는 여인은 그레첸처럼 순수한 여인이 아니라 서커스를 따라 떠도는, 아무것도 가진 것이 없는, 그러나 성적 매력과 정신적 자유로움을 지닌 집시 소녀이다. 그녀 외에도 그는 다른 여인을 사귀는데, 그 여인은 명예와 부를 함께 지닌 여인이다. 파우스트는 잠시 두 여인 사이에서 갈등을 겪기도 하지만, 결국 서커스 소녀와 함께 자신도 떠돌이가 되어 서커스단의 뒤를 따름으로써 하층민의 세계를 선택한다.

5. 맺음말

파우스트는 인형극, 연극, 오페라, 영화 등 다양한 예술의 형태로 수용되어 온 소재이다. 본 연구는 파우스트를 소재로 한 영화를 분석하는 데 있어서 우선 그 영화가 문학작품 『파우스트』에 얼마나 충실한가 혹은 반대로 문학작품을 얼마나 새롭게 창조적으로 해석, 수용하여 영화화했는가를 살피는 데 중점을 두었다. 그 결과, 여기에 분석된 개개의 영화가 동일한 파우스트를 소재로 하고 있음에도 불구하고, 파우스트가 처한 상황, 파우스트와 메피스토의 캐릭터, 파우스트가 메피스토와 계약을 맺는 결정적 계기, 파우스트의 새로운 경험 등에 변화를 주며 하나의 소재를 새롭게 해석, 수용하고 있음을 알 수 있다.

또한 문학이 영화로 되는 과정에서 문학 텍스트라는 기호 체계가 사라지고 어떻게 영화라는 새로운 기호 체계로[11] 만들어지는가를 고찰하기 위해, 영화작품이 지니는 스크린의 구성, 미장센Mise-en-Scène 등의 영화매체 고유의 미학적 형식에[12] 대한 분석도 이루어졌다.

고르스키의 〈파우스트〉는 많은 연극적 특징을 유지하고 있으므로 독립적 영화작품으로 보기에는 다소 무리가 따른다. 그럼에도 불구하고 고르스키의 〈파우스트〉는 연극적 공간과 영화적 공간이 공존하는 독특한

---

11) Vgl. F.-J. Albersmeier/V. Roloff(Hrsg.), *Literaturverfilmungen*, Frankfurt a. M., 1989, S. 11.

12) Vgl. Knut Hickethier, *Film- und Fernsehanalyse*, Stuttgart, 1993, S. 45~52.

형태의 영화라는 데서 그 의미를 찾을 수 있다.

무르나우의 〈파우스트〉는 모든 예술에서 가장 기본적 구성 요소의 하나인 공간을 하늘과 지상, 그리고 하늘과 지상의 중간인 공중까지 확대시키고, 문학과는 다른 영상이라는 기호 체계를 통해 공중을 나는 일을 실제 가능한 것으로 표현한다. 또다른 예로, 디졸브와 같은 영화기술을 이용하여 정신을 잃고 쓰러진 늙은 파우스트에게서 불꽃이 활활 일어나 타오르게 하는 등[13] 비현실적 사건을 시각적으로 표현함으로써 현실인 양 착각을 일으키게 하는데, 이는 문학에서는 불가능한, 영화만이 지니는 독특한 표현 방법이다.

클레르의 〈악마의 아름다움〉이 무르나우의 〈파우스트〉에 나타난 거울 모티프를 차용, 확대, 발전시키고 있음을 알 수 있다. 두 영화에 나타나는 거울이라는 동일한 모티프는 영화라는 동일 매체 사이에도 상호작용이 이루어지고 있음을 말해준다. 즉 상호작용은 문학과 영화라는 다른 매체 사이에서만 이루어지는 것이 아니라 동일한 매체 사이에서도 일어나고 있음을[14] 알 수 있다.

---

13) 파우스트가 쓰러져 있는 장면과 불꽃이 타오르는 장면을 겹쳐 한 장면으로 만들 때 이러한 효과가 나타난다.

14) Vgl. Jürgen E. Müller, *Intermedialität-Formen moderner kultureller Kommunikation*, Münster, 1996, S. 130~133.

참고 문헌

Albersmeier, F.-J./V. Roloff(Hrsg.), *Literaturverfilmungen*, Frankfurt a. M.,
  1989.

Deleuze, Gille, Das *Bewegungs-Bild. Kino 1*, Frankfurt a. M., 1989.

Eisner, Lotte H., *Murnau*, Frankfurt a. M., 1979.

Hickethier, Knut, *Film- und Fernsehanalyse*, Stuttgart, 1993.

Müller, Jürgen E., *Intermedialität-Formen moderner kultureller Kommuikation*,
  Münster, 1996.

Schmid, Eva M. J., Magie der Zeichen, In: Klaus Kreimeier(Hrsg.), *Die
  Metaphysik des Dekors*, Berlin, 1994.

Seeßlen, G., *Faust-Materialien zu einem Film von Peter Gorski*, Duisburg,
  1992.

http://www.goethe.de/ne/hel/depfwfau.htm

http://home.ph-freiburg.de/staiger/texte/faust_film.htm

http://filmhistoriker.de/films/faust.htm

아동극 〈파.우.스.트. 끔찍한 모험과 희한한 꿈들〉

백인옥

1. 들어가는 말

아동극 〈파.우.스.트. 끔찍한 모험과 희한한 꿈들F.A.U.S.T. Furiose Abenteuer und sonderbare Träume〉(이하 〈파우스트〉)[1]은 독일의 대표적 아동문학가 파울 마르Paul Maar(1937~)와 뉘른베르크의 퓌체 극단 연출가 시드로프스키Christian Schidlowsky(1965~)가 공동 제작한 연극이다. 생성 배경은 나름대로 특이한 역사를 가진다. 두 제작자는 원래 '어린이를 위한 괴테의 파우스트'라는 제목으로 작품을 만들 계획이었으나, 준비 작업과정에서 역사적 실존 인물 파우스트에 초점을 맞추는 방향으로 선회한다. 이들은 파우스트가 남부 독일 슈바벤 지방의 크니틀링겐 출신이라는 사실에 주목하고, 어떻게 이 작은 마을에서 유명한 마술사요 연금술사요 의사인 파우스트가 나왔는가 하는 물음에 자극된다.

---

1) 〈파.우.스.트〉 대본은 2006년 슈뢰델 출판사에서 출간될 예정이다. 본 논문에서는 인터넷 www.deutsch-digital.de Paul Maar Literatur im Netz, Eckehart Weiß에 탑재된 텍스트와 관련 자료를 사용한다.

여기에 어린 시절 파우스트 인형극을 관람한 두 제작자의 체험이 결정적
역할을 한다.[2] 괴테가 어릴 때 보았다는 파우스트 인형극 역시 이 작품
속에 녹아 있다.[3]

이 아동극은 제목부터 어린이들의 관심과 호기심을 끌기에 충분하다.
〈파.우.스.트〉는 괴테의 『파우스트』를 전제로 하면서도 이와 구별되는 뭔
가 특이하고 모험적이며 신비스러운 내용을 담고 있다.

부모도 없이 구걸과 도둑질을 일삼는 불량 소년 파우스트는 할머니 밑
에서 약초 비법과 글자를 배우며 살아가다 라틴어 학교에 들어가 우등생
이 된다. 대학에서 학문에 몰두하여 박사 학위를 받지만, 그 순간 이를
박탈당한다. 마녀로 고발되어 희생된 할머니 때문에 복수심과 증오에 사
로잡히지만, 파우스트는 떠돌이 의사가 되며, 고향에 돌아와 옛 친구이
자 적수인 루푸스의 병도 고쳐준다. 이렇게 환자를 치료하고 돌보면서
일생을 살아가는 것이 대강의 줄거리이다. 여기에는 꿈속 사건과 현실
장면이 교차하면서 관객인 어린이들에게 인상적이고 강한 극적 효과를
자아낸다.

어린이들의 눈높이에 맞춰 제작된 이 연극은 브레히트의 서사연극 기
법이 특히 돋보인다. 연기자들의 다중 배역과 동일 등장인물의 해설자
역할, 합창과 장타령 등의 음악과 노래, 인형과 전통 악기 등 민속극적
요소의 도입, 영상기술을 사용한 무대 장치 등의 연출, 이런 점에서 작가
마르의 창의성과 젊은 연출가 쉬드로프스키의 참신한 연출 기법이 성공
적으로 조화를 이룬다. 이는 두 제작자가 처음부터 무대 공연을 염두에

---

2) 어린이에게 인형극을 비롯한 아동극 체험은 중요하다. 인형극 〈파우스트〉는 독일에서뿐만
아니라 전 세계 어린이를 위해 제작, 공연된다. 베를린 인형극단은 독일뿐 아니라, 미국, 일본, 한
국에서도 파우스트 공연을 보여준 바 있다.

3) 파우스트 전설은 1587년의 '민중본'이 나온 후 곧 인형극으로 만들어진다. 민중본에 기초한
영국 작가 말로우의 『파우스트 박사의 비극적 이야기』가 17세기 초 독일로 역수입되어 유랑극단
의 단골 메뉴가 된다. 이처럼 독일에서 가장 오랜 파우스트 문학은 희곡으로, 그것도 인형극 형태
로 만들어진다.

두고 공동 제작함으로써 얻은 성과이다.

마르는 어린이와 청소년들의 학교 교육, 그들 가정과 사회 문제에 지대한 관심을 가진 교육자이기도 하다. 그는 재치와 유머, 어린이에 대한 깊은 관심과 이해와 사랑을 끊임없이 작품에 담아낸다. 그런 따뜻한 작가의 손을 거쳐 1999년 뤼체 극단에 의해 초연된 이 작품은 파우스트의 문학적 수용이라는 관점에서나 아동극[4]이라는 관점에서나 주목할 만하다. 극의 줄거리와 연출 기법, 무대 공연상의 특징은 물론 파우스트 소재와 아동극을 보다 성공적으로 결합시키기까지의 공동 제작과정도 소개하고자 한다.

2. 작품 구성과 극작 기법

2-1. 작가 소개와 작품의 탄생 배경

파울 마르는 '독일 청소년문학상 특별상' (1996)을 비롯하여 '독일 청소년문학상' '오스트리아 국가상' '그림 형제상' '독일 청소년문학 아카데미 대상' '독일서적협회상' (2003)에 이르기까지 다수의 권위 있는 문학상을 받은 독일의 대표적 아동문학가요 동화작가이며 극작가이다. 최근까지의 활동을 보면 TV 방송극 대본 제작에 참여하고, 12편의 아동극, 1편의 성인연극, 1편의 어린이 오페라, 2편의 어린이 뮤지컬을 제작한다. 미술을 전공한 그는 많은 작품의 일러스트레이터로서도 대단한 명성을 얻으며, 그의 작품은 현재 20여 개 언어로 번역되어 있다.

한국에서도 동화작가로 널리 알려진 마르는 지난 2004년 우리나라를 방문했으며, 다수의 작품이 한국어로 번역되어 어린이와 청소년들에게

---

4) 독일의 아동극 및 청소년 연극 전반에 관하여는 김미란, 「독일 아동 및 청소년연극의 발전 고찰」, 『브레히트와 현대연극』 제11집, 한국브레히트학회, 2003, 296~320쪽; 김기선, 「최근 독일 희곡작품의 한국 수용 현황」, 『외국문학』 1996년 가을호 참조.

꾸준한 사랑을 받고 있다. 국내에 번역된 창작동화로는 『티나와 티미는 친구가 되었어요』『기차 할머니』『아기 캥거루와 겁쟁이 토끼』, 대표작 『일주일 내내 토요일』 등이 있으며, 한국에서 공연된 청소년극도 다수이다. 특히 고금석 연출의 〈모자 바꾸기〉는 우리 청소년들에게도 가정으로 대표되는 가부장 중심의 기성사회에 대한 비판의식을 일깨운 바 있다.[5]

크리스티안 시드로프스키는 1965년생으로 마르보다 무려 스물여덟 살 아래이다. 시드로프스키는 열세 살 때인 1978년 어린이극 동아리를 만들어 1984년까지 이끌며, 1984년부터 1993년까지는 뉘른베르크와 에어랑겐 대학에서 연극학, 교육학, 독일문학을 전공한다. 뉘른베르크 대극장의 전공 교수에게 연기 수업을 받기도 한다.

1986년 뉘른베르크에서 퓌체 극단을 설립하여 현재까지 감독직을 맡고 집필활동도 하고 있다. 독일과 해외에서 객원감독으로 일하기도 하고 강연, 연출 세미나, 연극 세미나를 열기도 한다. 1996~1997의 〈로빈 후드를 기다리며〉를 비롯하여 최근까지 다수의 작품을 첫 무대에 올리고 있다. 그가 이끄는 퓌체 극단은 1996년 독일문화상 특별상을 수상하며, 다음 해에는 뉘른베르크에 전용 극장을 개관한다.

시드로프스키는 이미 마르의 작품을 여러 편 무대에 올린 바 있다. 마르는 퓌르트 시립극장 총감독으로부터 퓌체 극단과 함께 1999년 6월에 초연할 수 있도록, 괴테 탄생 250주년을 기념하여 가능하면 파우스트 주제를 응용한 작품을 만들어달라는 제안을 받고 즉석에서 동의한다.[6]

두 제작자 사이의 가장 큰 공통점은 큰 세대 차이에도 불구하고 두 사람 모두 어린 시절에 파우스트 인형극을 보았다는 것이다. 마르는 1950년대 초 유랑극단의 〈파우스트 박사의 파멸과 지옥행〉이라는 인형극을

---

5) 김기선, 「독일희곡 수용 개관」, 차봉희 엮음, 『한국의 독일문학 수용 100년』, 한신대학교출판부, 2002, (205~264쪽) 특히 259~260쪽 참조. 〈모자 바꾸기〉는 '비밀모자', '아버지를 바꿉시다' 라는 제목으로 서울뿐만 아니라 다른 여러 지방 도시에서도 공연된 것으로 알려져 있다.

6) 당시 파우스트 주제의 연극에 공모에 응한 작품으로는 〈파.우.스.트〉 외에 〈파우스트와 파노키오〉 등 네 편의 아동극이 더 있다고 한다.

학교에서 관람하고, 시드로프스키는 1970년대 중반 북독일 어느 교회에서 이를 구경한다. 이들은 제작 의뢰를 받은 후 여러 차례 대본 시안을 수정하면서 시행착오를 거친 뒤에 아래와 같은 파우스트 아동극을 탄생시킨다.

2-2. 극의 줄거리

때는 중세, 파우스트의 어린 시절이 펼쳐진다. 어머니로부터 버림받고 아버지는 누구인지조차 모르는 사생아 파우스트는 길거리에서 구걸하며 돌아다닌다. 행인들의 동정심을 자아내기 위해 목발을 짚고 다니며 장애인 행세를 한다. 꾀가 많고 눈치가 빠른 파우스트는 그때그때 위기를 모면하고, 오늘날의 시장 격인 태수의 아들 루푸스와의 싸움에서도 결코 지지 않는다. 불량 소년 파우스트가 기대고 살아가는 사람은 약초 요법에 능한 할머니뿐이다. 할머니로부터 그는 자기 이름을 배우고 틈틈이 약초 요법을 익히던 어느 날, 라틴어 학교 교사인 한 승려가 파우스트의 재능을 알아보고 무상으로 학교에 입학시켜 수업을 받게 한다. 파우스트의 적수 루푸스는 자기 아버지가 재정을 대는 이 학교에 무상 교육이 웬 말이냐며 선생에게 따진다. 학교에서도 파우스트는 버릇없고 산만하여 자주 체벌도 받고 따돌림을 당하며 놀림감이 되기도 한다.[7] 그러나 배우는 데는 열심이어서 곧 우등생이 되고, 하이델베르크 대학에서 박사 학위 시험을 통과한다. 박사모가 씌워지는 순간, 루푸스가 뛰어들어와 크니틀링겐에서 할머니가 마녀로 체포되어 화형당했다는 소식을 전한다. 시험위원회는 파우스트도 악마와 결탁했을 것이라는 가정하에 박사 학위를 그 자리에서 박탈한다.

파우스트는 걷잡을 수 없는 회한과 절망, 분노에 사로잡힌다. 공부하느라 할머니를 전혀 돌보지 못하고, 태생 문제도 일체 부인해온 그는 심

---

7) 우연히 만난 또래 소녀 마가레테(일명 그레첸)만이 호의적 관심을 보인다.

하게 자책한다. 마침내 그는 신경쇠약 증세를 보이며 바닥에 쓰러져 꿈을 꾼다. 꿈속에서 파우스트는 지옥의 대왕 메피스트와 결탁하여 영혼을 주기로 하고 그가 원하던 온갖 환상의 권력들을 그 대가로 받는다. 그래서 박사가 되고, 이탈리아 파르마 공작의 고문으로, 그 다음엔 프랑스 왕의 고문으로 활동한다. 꿈속에서 그는 마침내 루푸스에게 복수하며 그를 검으로 쳐죽인다.

이 살인을 저지른 다음 파우스트는 땀에 젖어 꿈에서 깨어난다. 그리고 자기 영혼 심층부에 들어 있는 무의식적 복수심에 소스라치게 놀란다. 그는 알고 있는 학문적 지식, 약초 비법, 할머니가 가르쳐주신 민간 요법을 하나로 묶어 떠돌이 의사로서 정처 없는 생활을 하기로 결심한다. 오랜 세월이 지난 후 파우스트는 고향에서도 의술을 펼치게 되는데, 마가레테의 주선으로 과거의 적수 루푸스가 병들어 누워 있는 자리에도 불려간다. 다시 증오심과 복수심에 사로잡힌 그는 황금단[8] 다섯 알을 한꺼번에 먹여 친구를 살해하려 한다. 그러나 루푸스가 약을 삼키기 직전, 복수의 유혹을 떨쳐버리고 병을 고쳐준다. 이후 옛 여자친구 마가레테와 함께, 파우스트는 떠돌이 의사로 불확실한 미래를 향해 다시 길을 떠난다.

2-3. 극의 구성과 등장인물

〈파.우.스.트〉는 3막으로 구성된다. 제1막은 '입장'을 포함해 15장으로 세분되며 분량 면에서 가장 길다.(1~20쪽) 어린 파우스트의 불우한 생활에 대한 내용이 대부분을 차지하며, 대학에 들어가 박사 학위를 받기까지의 인생 행로도 여기에 포함된다.

제2막은 10장으로 세분되는데(21~25쪽), 제1막에서 루푸스가 놀리며 도망간 이후 쓰러진 파우스트가 꾸는 꿈이 주된 내용이다. 이 악몽 속에서는 파우스트가 루푸스에게 복수하는 것으로 되어 있다.

---

8) 할머니가 가르쳐준 약초 비법에 따르면 황금단 한 알을 먹으면 생명을 구하지만, 다섯 알을 먹으면 즉사한다고 한다.(제1막 4장, 5쪽)

제3막은 8장으로 나뉘는데(26~33쪽), 꿈에서 깨어나 현실로 돌아온 파우스트가 복수심을 접고, 떠돌이 의사로 온 나라를 돌아다니며 의술을 베푼다는 전설을 내용으로 한다.

이 연극의 가장 눈에 띄는 특징은 파우스트 역할을 맡은 연기자를 제외하고는 한 배우가 여러 등장인물의 역할을 맡는다. 또다른 특징은 각 연기자가 해당 인물의 역할을 하면서, 그 인물의 역할에서 빠져나와 그때그때 사건을 요약하고 정리하는 해설자 역할을 한다. 때문에 사건 진행이 해설자에 의해서만 전달되는 경우도 있다. 연극대사와 해설 내용의 차이는 해설자 역으로 전환된 배우가 운문체로 말하는 데 나타난다. 해설자는 여러 명이 동시에 맡기도 하고, 남녀 해설자가 교대로 맡기도 한다. 고대극에서와 유사하게 합창과 장타령도 이런 해설자 역할을 한다.

초연 대본을 기준으로 할 때 등장인물은 20명이 넘지만, 실제 연기하는 배우는 다섯 명에 불과하다. 배우 1은 파우스트 역만 맡는데, 처음엔 거지 소년 파우스트, 다음엔 대학생, 마지막엔 떠돌이 의사 역할을 한다. 배우 2는 파우스트의 적수 루푸스, 하급악마 아우어한, 형리 1과 기사 1 역을 맡는다. 배우 3은 지옥대왕 메피스트, 라틴어 학교 선생인 승려, 박사 시험위원회의 시험관 교수, 젊은 엄마 에스터, 형리 2 역할을 한다. 배우 4는 가급적 여자 배우 역을 맡는데, 파우스트의 할머니 약초장이, 하급악마 비츨리푸츨리, 박사 시험관, 크니틀링겐 출신의 소녀 마가레테, 기사 2 역을 맡는다. 여기에 광대로 분장한 음악 연주자는 중요한 등장인물이면서 해설자 역할도 하고, 연극이 진행되는 동안 반주를 맡는다. 동시에 라틴어 학교 학생, 시험관 교수, 공작 또는 국왕의 사자 같은 단역을 맡기도 한다. 그 밖에 제2막 꿈속 사건의 장면에서 이탈리아 파르마 공작 역할은 손가락 인형으로 대체되는데, 메피스트 역의 배우가 대사를 말하며 인형을 조작한다. 음악이 연주되는 동안 장면이 교체되기도 하고, 더러는 관객들이 보는 가운데 무대 위에서 역할 교체가 이루어지기도 한다.

2-4. 서사극적 연출 기법과 공연의 실제

이 연극에는 서사극적 요소가 적극 활용되며, 이로써 극적 효과를 최대한 높이고 있다. 마르와 시드로프스키 특유의 기발하고 재치 있는 연출은 제1막 '입장'에서부터 두드러지게 나타난다. 즉 중세 의상을 입은 배우들이 객석 출입문 앞에 서 있다. 승려 한 사람이 향로를 흔들며 입장객들에게 회개하고 참회하라며 외친다. 약초 할멈이 사람들에게 마른 약초 향을 맡아보게 하며 약초로 만든 환약을 나누어준다. 목발 짚은 거지 소년이 사람들에게 동냥을 구한다. 거만한 부자 토지 귀족이 거울에 자신을 비춰보며 모양새를 뽐내고, 아이들에게 어떤 모자가 더 어울리는지 묻는다. 사이사이 광대로 분장한 연주자가 백파이프나 구식 현악기에 맞춰 중세의 멜로디를 연주한다. 관객들이 자리에 앉고 나면, 다섯 명의 연기자가 객석을 지나 무대로 올라가고, 조명이 바뀌면서 극이 시작된다. 입장할 때부터 이처럼 서사극적 연출로 어린이 관객의 관심과 흥미를 끈다.

제1장면은 파우스트 박사에 관한 장타령[9]을 배우 모두가 함께 부르는 것으로 시작된다. 광대 역의 연주자가 해설자로 나서서 이제부터 아주 오랜 옛날에 대해 그리고 파우스트에 대해 노래한다고 해설한다. 장타령이 갑자기 중단되면서 거지는 파우스트로, 귀족은 루푸스로 바뀌어 극이 진행된다. 장면 2에서는 파우스트와 루푸스 연기자가 해설자가 되어 관객들에게 설명한다. 파우스트가 루푸스에게 대들다가 얻어맞고 바닥에 쓰러진다는 내용이다. 거의 의식을 잃고 파우스트가 누워 있는 장면 3에서 연주자는 연민의 시선으로 그를 바라보며 위로의 멜로디를 연주한다.

이어지는 장면들에서는 할머니가 등장하여 해설자 역할을 하면서 동시에 파우스트를 치료한다. 할머니 역의 해설자가 약초의 효능과 이름에

---

9) 장타령 내용은 다음과 같다. "슈바벤 지방에서 한 남자가 왔네./크니틀링겐이라 불리는 곳/그가 바로 세상에 알려진/파우스트 박사였네.//마술사이자 요술쟁이/연금술사에다 재주는 더 많아./멀리서부터 사람들이 몰려오네./파우스트 박사에게로."

관해 질문을 던지면 등장인물 파우스트가 정확히 대답한다. 그는 약초요법에 대해 상당한 지식을 터득한다. 할머니는 그에게 이름 쓰는 법을 가르쳐주고 파우스트라는 이름이 '주먹'이 아니라 '운 좋은 사람' '행복한 사람'을 뜻하는 라틴어 '파우스투스'에서 왔다고 말해준다. 파우스트는 루푸스를 이기기 위해 글을 배우겠다고 결심한다.

F, A, U, S, T 다섯 글자를 가지고 여러 가지 단어를 만들고 있는 파우스트를 지나가던 라틴어 학교 교사인 수도사가 발견한다. 거지에다 사생아인 파우스트가 글을 안다는 것은 악마의 도움이 아니면 불가능하다고 의심하는 수도사 앞에서 파우스트는 주기도문을 정확히 외워 위기를 모면한다. 제7장에서는 라틴어 학교 교칙이 장타령으로 선포된다.[10] 이런 장타령은 어린 관객들이 현재 자신의 학교생활을 비교하고 생각하게 만드는 계기가 된다. 마르의 '눈높이 연출'이 돋보이는 대목이다.

파우스트는 우연히 우물가에서 비슷한 나이의 마가레테를 만나 서로 호기심을 갖게 된다. 루푸스의 아버지 밑에서 일하는 마가레테는 평범하지만, 당차고 용기 있는 소녀이다. 그녀는 자기 신세를 한탄하는 장타령을 부른다.[11] 매를 맞다가 교실을 뛰쳐나간 파우스트는 할머니에게 모든 억울한 일을 얘기한다. 할머니는 말에서 떨어지면 바로 다시 올라타야 한다며 다시 학교로 돌아가라고 재촉한다. 그리고 이상한 부적을 파우스트의 목에 걸어준다. 약초 비법에 정통한 여인으로 산파이기도 한 할머니는 그녀가 받은 아이가 죽기 때문에 마녀로 고발당한다. 태수의 포졸이 그녀를 체포하러 온다. 이때 파우스트가 기지를 발휘해 할머니를 구

---

10) 이 장타령의 내용은 학교에서는 엄격하게 규율이 적용된다는 것이다. 즉 여러 행동이 제한되고 금지되어 있다는 것과 공부를 잘 못하면 벌이 내려진다는 것, 반항하면 더 큰 벌이 내려진다는 것이다.

11) 마가레테의 장타령은 다음과 같다. "남자애들은 얼마나 좋을까./숲속을 맘대로 다닐 수 있잖아./우리 하녀들처럼 매일같이 우물에/매일같이 우물에 쭈그리지 않아도 되지.//구름은 얼마나 좋을까./하늘을 맘대로 다닐 수 있잖아/땅도 바다도 내려다보고/온 세상을 바라보지./온 세상을 말이야……"

해낸다.

13장에서는 파우스트의 학업에 관한 내용이 장타령으로 노래되는데, 그를 제외한 모든 배우가 합창을 한다. 파우스트 연기자는 한편에 서서 노래 한 소절마다 각기 다른 그림을 들어 보여준다. 첫번째는 파우스트가 공부하는 모습, 두번째는 다리 길이가 좀 길어진 모습, 세번째는 대학생이 된 파우스트가 가방을 메고 크라카우로 가는 모습, 그다음엔 하이델베르크에서 책에 파묻혀 연구에 몰두하는 모습을 보여준다.

제1막의 마지막 장면에서는 파우스트가 하이델베르크 대학 대강당에서 박사 시험을 치른다. 심사위원장이 천문학에 관한 마지막 질문을 라틴어로 묻고 파우스트는 정확히 대답한다. 그는 의학, 법학, 천문학 박사가 되어 박사모를 받는다. 그 순간 루푸스에 의해 청천벽력 같은 소식이 전해진다. 파우스트는 창녀의 아들로 박사가 될 자격이 없다는 주장과 함께 그의 할머니가 마녀로 화형에 처해졌다는 크니틀링겐 대법정의 증서를 내민다. 파우스트는 박사 학위를 박탈당한다. 여기서 사건의 갈등은 고조되고 위기가 닥친다.

루푸스와 파우스트만 무대에 남으며, 루푸스는 할머니의 유품을 전해준다. 여러 가지 주머니와 작은 병 등이 주렁주렁 달린 허리띠이다. 그는 파우스트를 놀리는 노래를 부르며 퇴장한다. 남녀 해설자가 등장해 파우스트의 심경과 처지를 설명해준다.

제2막은 파우스트의 '서재' 장면으로 시작하며, 그의 꿈과 모험이 주된 내용을 이룬다. 할머니가 무고하게 처형되었는데 지식과 학문이 무슨 소용이 있느냐고 절규하며 파우스트는 회의와 절망에 빠진다. 극도의 피로감이 엄습해와 그는 바닥에 쓰러진다. 이때 영사기로 배경의 화면을 비춘다. 불길이 높이 솟아올라 화면을 가득 채운다.[12] 조명이 바뀌며 무대가 현실에서 꿈의 세계로 바뀌었음을 암시한다. 파우스트는 돌아가신

---

12) 제2막에서는 환상의 장면을 연출하기 위해 환상적 조명 외에도 채색된 보자기, 반가면, 가면, 크고 작은 인형들을 사용한다.

할머니를 살려내기 위해 마술을 사용하고자 한다. 설명서를 큰 소리로 읽으며 사용법을 익힌다. "페르리케"[13]라고 하면 신하인 악마가 나타나고, "페르라케"라고 하면 다시 사라진다. 주문으로 비츨리푸츨리, 아우어한 등 하급악마를 불러내지만 만족하지 못하고, 지옥의 최고 권력자 메피스트를 불러낸다. 메피스트는 할머니의 환영을 불러내고 이내 사라진다. 악마는 파우스트가 행복할 때까지 봉사할 것이며, 조건은 파우스트가 죽은 다음에 영혼을 내준다는 것이다. 사후의 세상이야 어떻게 되든 상관없다며 피로 서명을 한다. 비츨리푸츨리, 아우어한, 메피스트 세 악마는 파우스트와 춤을 추기 시작한다. 파우스트는 악마에게 명령해 자기에게 다시 박사 학위를 주도록 한다. 그런 다음 이탈리아 파르마에서 사자가 등장하며, 그곳 공작이 법정 분쟁사건을 해결하는 데 도움을 청한다는 말을 전한다. 비츨리푸츨리와 아우어한이 말(馬)로 변신해서 파우스트를 태우고 간다. 그는 파르마로 가서 사건을 해결한다. 결과는 공작에게 유리하게 조작된다. 공작 역할은 커다란 손가락 인형으로 대신하며 메피스트 역을 맡은 배우가 인형 조작과 대사를 맡는다. 파우스트는 파르마 공작의 신뢰를 받는 고문이 되어 권력을 잡게 된다. 이에 만족하지 못하는 파우스트를 메피스트는 프랑스로 데리고 간다.[14] 마법의 외투를 타고 가는 사자가 관객을 향해 "프랑스까지는 아직 이십 분이 더 걸릴 예정이니 모든 귀족들은 알현실을 떠나라"면서 간접적으로 휴식 시간을 알린다.

제3막. 악몽에서 깨어난 파우스트가 꿈속에서 루푸스를 죽이려고 손에 들었던 칼과 머리에 썼던 왕관을 찾는다. 어리둥절해하면서도 여전히 루푸스를 죽이겠다는 복수심에서 벗어나지 못한다. 그러나 그는 크니틀

---

13) 마법의 주문 "페르리케" "페르라케"는 카를 짐록이 1846년 전해오는 파우스트 텍스트에 따라 재구성한 인형극 〈요한 파우스트 박사〉에서 따온 것이다.

14) 파우스트가 마법의 외투에 매달려 산을 넘는 장면에서는 고속으로 촬영된 구름이 하늘을 달리는 모습을 배경 화면에 비춘다.

링겐으로 갈 것을 결심하고 길을 나선다. 그때 허름한 차림의 승려를 만나는데 바로 옛 스승이다. 늙어서 쇠약해진 그에게 약초 즙으로 시력을 찾아주고 관절병을 고쳐준다. 승려는 복수심에 불타는 파우스트에게 그 마음을 거두라고 하며 할머니의 유언을 상기시켜준다. 즉 파우스트가 학문을 한 사람으로서 그녀의 약초 지식을 잊지 말라는 것과 파우스트라는 이름이 '행복한 자'를 뜻한다는 사실을 기억하라는 것이다. 남을 돕고 치료할 수 있다는 것은 커다란 행운이므로 파우스트가 가진 능력을 활용하고 할머니를 기리라고 승려는 충고한다. 파우스트는 마침내 배운 학문과 할머니의 민간요법을 결합하여 의사가 되기로 결심한다. 이 내용은 다른 배우들이 해설자로 나서서 운문으로 전한다.

떠돌이 의사로서의 파우스트 인생은 그를 제외한 다른 배우들이 함께 부르는 장타령[15]으로 전해진다. 멜로디는 제1막 '파우스트의 학업과정'에서 부르는 것과 같다. 파우스트는 따로 자기 방에서 마차를 꺼내 이를 끌고 세상으로 나간다. 크니틀링겐 근처 야외에서 '파우스트 박사. 모든 질환 치료'라는 간판을 단 마차를 보고 마가레테가 파우스트를 알아본다. 병든 루푸스 얘기를 들은 파우스트는 갈등에 사로잡힌다. 병상의 적수를 죽이기 위해 황금단 다섯 알을 권하던 파우스트는 꿈속의 악마 사건을 기억하고 한 알만 먹으라고 한다. 파우스트를 알아본 루푸스는 그를 잡아 가두려 한다. 그러나 파우스트는 마법을 써서 악마가 나타나도록 한다. 포졸과 루푸스는 경악한다. 마가레테는 앞으로 파우스트가 '떠돌이 의사'가 아니라 '기적의 의사'로 추앙받게 될 것이라고 한다. 앞으로 역사 속에서 파우스트에 관해 씌어질 모든 내용을 마가레테가 미리 내다보는 것이다. 어린 시절로 되돌아간 듯한 두 사람은 넓은 세계를 찾

---

15) 이 장타령은 다음과 같다. "마차를 몰고 떠나가네./이리로 저리로 힘껍게 끌고 가네./행운을 찾지만/벌이도 별로, 유명하지도 않아./그래서 온 나라를 돌아다니는 거야./늦은 저녁이 되어야 잠깐 휴식/건초더미에서도 자고 숲속에서도 자고/잠자리는 딱딱하고 밤은 춥네/그렇게 쉬지 않고 온 나라를 다니는 거야./점점 더 유명해지네./이제 사람들은 파우스트를 알아보네./일거리가 점점 더 많아져/쉴 틈이 없어./하나 돈을 벌었다고 생각하면/곧바로 도둑을 맞네."

아 정처 없이 떠나기로 한다. 라이프치히, 슈파이어, 크라카우, 파리, 로마, 베네치아 등과 같은 세계적인 도시의 이름들을 들떠서 외친다. 두 사람이 마차를 끌고 떠나는 동안 광대 역 연주자가 마지막 장타령을 부르기 시작한다. 배우 1과 배우 2가 다음을 함께 부르고, 그다음엔 모두가 함께 부른다. 루푸스는 건강해지고 모두가 기적을 말하며, 악마와 결탁한 파우스트의 놀라운 치료법이 입에서 입으로 전해진다는 내용이다. 오래 전 면 '세월의 강'[16] 속에 가라앉은 요한 파우스트 이야기라는 가사로 극은 마무리된다.

3. 제작과정과 공연 기록

3-1. 『파우스트』에서 〈파.우.스.트.〉로

앞에서 언급한 바처럼 1998년 최초의 제작 회의에서는 괴테의 『파우스트』를 어린이 눈높이에 맞춰 무대에 올리자는 데 의견이 일치된다. 잠정적인 제목은 '어린이를 위한 요한 볼프강 폰 괴테의 파우스트'이다. 여기서 나온 1차 시안은 다음과 같다.

연극이 시작되면 네 명의 배우가 평상복을 입고 본무대 앞쪽에 앉아 기다린다. 한 배우가 잠시 퇴장했다가 들어와서는 퓌체 앙상블이 하르츠 산에서 작품을 연습했으나 동반한 푸들이 몸이 안 좋아 내려오지 못하고, 두 시간 뒤에나 극이 시작될 수 있다는 내용을 관객에게 전한다. 그래서 극단의 도착을 포기한 듯 기다리고 있던 단역 배우들이 기억에 남은 내용을 가지고 즉흥적으로 공연을 하겠다고 한다. 극이 시작되면 어떤 배우는 대사를 잊어버리고, 어떤 남자 배우는 여자 배우로 갑자기 역

---

16) 무대 배경 화면에 강의 모습을 비춰준다. 그러나 이내 사라진다. 파우스트가 세상을 향해 나가는 것을 상징하기도 하고, 장타령 가사처럼 '세월의 강'을 뜻하기도 하고, 모든 기억을 다 삼키는 망각의 강 레테를 뜻하기도 한다.

할을 바꾼다. 어떤 배우는 괴테의 원작대로 말하고, 어떤 배우는 어린이 언어로 대사를 한다. 이렇게 혼란과 착각이 계속된다. 이런 대본 시안을 앙상블에 제출하나 극단 배우들로부터 거절당한다. 괴테의 작품을 그런 식으로 해체시키는 것은 작가에 대한 모독이며, 그러기에는 그들의 괴테에 대한 존경심이 너무 크다는 이유이다. 또 그렇게 만들면 그것은 어린이를 위한 연극이 아니라, 괴테의 『파우스트』를 이미 알고 있는 성인을 대상으로 하는 작품이 될 수밖에 없다고 반대 이유를 밝힌다.

1차 시안이 무산되자 제작진은 민중본 『요한 파우스트 박사의 이야기』와 말로우의 『파우스트 박사의 비극적 이야기』를 읽고, 역사적 파우스트에 관련된 문헌 조사를 대대적으로 시작한다. 슈타우펜 공국의 연대기에서 파우스트가 공작의 재정 지원으로 슈타우펜에 연금술 실험실을 차리고 살았다는 사실을 확인한다. 이 사실에 착안하여 2차 시안에서는 무대 배경을 1537년 슈타우펜의 한 여관으로 잡고, 여관 손님들에게 〈끔찍한 마술사, 마법사 파우스트〉란 연극을 보여준다. 무대 가장자리 한편에 테이블이 있고 한 남자가 쭈그리고 앉아 간간이 극을 중단시키기도 하고 기적 행위에 대한 진위 여부를 알려주며 해설도 곁들인다. 이 남자가 바로 파우스트로 밝혀진다.

2차 시안에 대해 극단은 근본적으로 동의하지만, 이번에는 무대기술상 어려움이 많다고 반대한다. 즉 네 명의 배우가 전부인데 한 사람이 파우스트 역만 도맡아 할 수는 없다는 것과 어린이들을 위해서는 움직임과 빠르기 그리고 변화가 관건인데, 이 시안은 너무 지루하고 단순하다는 것이 이유이다.

제작진은 역사적 인물 파우스트에 관한 새로운 자료 조사에 나선다. 거의 모든 자료가 놀랍게도 작가 마르가 살고 있고, 이 연극이 공연될 도시 퓌르트[17]에서 나왔다는 사실에 흥분한다. 전설적 인물 파우스트 박사

---

17) 퓌르트는 바이에른 주 뉘른베르크와 에어랑겐 사이에 있는 작은 도시이다.

와 이 지역 사이에 어떤 연관이 있지 않을까 기대하며 자료 조사에 박차를 가한다. 귄터 마할의 저서 『파우스트—신비스런 일생의 발자취』(뮌헨, 1980)에서 커다란 도움을 받는다. 크니틀링겐 파우스트 박물관 설립자이자 관장인 마할은 수많은 파우스트 관련 논문, 저서, 잡지, 기사 등을 발표한 사람이다. 제작진은 그로부터 자료 조사에 많은 조언과 실질적인 도움을 받는다. 베일에 싸인 인간 파우스트의 모습은 이렇게 점차 구체화된다. 요한 게오르크 파우스트는 1480년경(정확히 1478년 12월 26일로 추정) 슈바벤 지방의 크니틀링겐에서 출생했다는 것, 몇몇 연구가들에 의하면, 파우스트는 파우스트라는 이름의 하녀에게서 나온 사생아라는 주장도 있음을 알게 된다.

제작진은 하이델베르크 대학과 밤베르크 문헌기록보관소 등에 비치된 자료를 조사한다. 또 입증되지 않은 자료에서 파우스트가 뉘른베르크, 퓌르트, 잉골슈타트 등지에 나타나며, 크라카우, 베네치아, 파리에서도 의술을 베푼다는 소문을 접한다. 1540년 슈타우펜공국 연대기에 기록된 파우스트의 최후 장면은 오늘날의 실험실 폭발사고와 유사한 것으로 나타나지만, 당시는 악마에 의한 소행일 것이라고 추측하는데, 이것이 오늘날까지 전해오는 파우스트의 모습이다.

당시 사생아들은 사회적으로 낙인이 찍혀 거지나 도둑으로밖에 살아갈 수 없고, 빵 제조업자 길드나 대장장이 길드조차 들어갈 수 없었다고 한다. 이처럼 조그만 마을 크니틀링겐에서 태어난 사생아가 어떻게 당시 특권층만 다니던 라틴어 학교에 들어갈 수 있으며, 대학에서 박사가 되고 유명한 의사가 되었는지에 대한 궁금증과 호기심에 상상력이 더해져 〈파.우.스.트〉를 만들어낸 것이다.

3-2. 공연 기록

아동극 〈파.우.스.트. 끔찍한 모험과 희한한 꿈들〉은 1999년 6월 12일 퓌르트에서 초연되며, 처음 30회를 주로 오전에 공연한다. 어린이뿐만 아니라 어른들도 큰 호응을 보여 점차 저녁에도 공연하게 된다. 관객이 계속 몰려들지만 시립극장 스케줄 때문에 연장 공연이 어려워진다. 그러자 뉘른베르크 극장이 초청 형식으로 몇 회를 공연하기로 약속하고 오페라 극장까지 공연을 허락한다. 이에 퓌르트 시는 다음 공연 기간과 그 다음 공연 기간에 이 연극 공연을 배정한다. 그래서 2000년 10월에 다시 공연이 이루어진다. 〈파.우.스.트〉는 튀빙겐 연극제에 초청되고, 독일문화원 주최로 폴란드 순회공연을 가지며, 2000년 5월에는 '바이에른 연극제 대상'을 수상한다.

4. 맺는말 : 어린이를 위한 파우스트

재치 있고 기발한 아이디어로 가득 찬 파울 마르의 손을 거쳐 만들어진 아동극 〈파.우.스.트〉는 한마디로 즐겁고 재미있다. 동시에 어린이들로 하여금 먼 역사 속의 인물 파우스트를 친숙하고 가깝게 느끼도록 만들어주며, 그 시대에 대하여도 호기심과 관심을 불러일으키게 한다. 또한 파우스트를 불량 청소년 내지 비행 청소년으로 설정함으로써 어린이 관객들이 주인공과 자신을 비교해보고, 자신이 처한 현실과 환경을 돌아볼 수 있는 기회를 제공한다. 연극의 제목과 사건 구성, 연출과 배역이 어린이들의 호기심과 상상력을 불러일으키게 하고, 동시에 미래에 대한 꿈과 비전을 키울 수 있도록 의도되어 있다.

평범하고 단순한 진리, 즉 타고난 재주와 재능을 남을 돕고 약자를 구해주는 데 사용하는 것이 행복이라는 점을 다시 한번 깨우쳐주는 교육적 메시지도 빠질 수 없다. 비록 꿈이라는 비현실적 수단을 빌려 보여주기는 하지만, 이 작품에 드러나는 굴종과 복수, 폭력과 비애, 증오와 사랑, 기만과 관용 등은 이 시대의 관객들에게 여전히 유효한 주제이다.

무엇보다도 이런 성공작 뒤에는 작가의 어린이에 대한 남다른 애정과 이해가 있으며, 제작과정에서 보여준 두 제작자의 열정과 탐구 정신, 역사적 소재를 대하는 진실성과 존경심은 연극 작업을 하는 데 귀감이 될 만한 사례이다. 〈파.우.스.트〉를 필두로 앞으로도 마르와 시드로프스키가 중심이 된 제2, 제3의 공동 제작품이 나오기를 기대한다.

또한 파우스트 인형극이 무대를 통해 소개된 바 있는 우리나라에도 이런 훌륭한 아동극이 수입되어 한국의 어린이들 앞에서 공연되었으면 하는 바람이다. 〈지하철 1호선〉의 성공 사례도 있거니와 〈파.우.스.트〉를 어린이의 눈높이와 현실에 맞게 각색해서 원작보다 더 훌륭한 연출과 대본으로 무대에 올려질지도 모를 일이다.

결론적으로, 파우스트 소재의 문학적 수용은 오늘도 여전히 계속되고 있으며 앞으로도 계속될 것이다. 이는 그만큼 파우스트라는 인물과 그의 전설이 지닌 신비적 매력과 절대적 위력의 증거라 하겠다.

참고 문헌

Paul Maar/Christian Schidlowsky, deutsch-digital. de Literatur im Netz, von Eckehart Weiß.

김미란, 「독일 아동 및 청소년연극의 발전 고찰」, 『브레히트와 현대연극』 제11집, 한국브레히트학회, 2003.

김기선, 「독일희곡 수용 개관」, 『한국의 독일문학수용 100년』, 차봉희 엮음, 한신대학교출판부, 2002.

김기선, 「최근 독일 희곡작품의 한국 수용 현황」, 『외국문학』 1996년 가을호.

컴퓨터게임 〈파우스트―일곱 영혼의 심판자〉

김요한

1. 들어가는 말

오늘날 잘 만들어진 재미있는 이야기는 다양한 형식으로 소비자에게
전달된다. 이는 현재의 매체 환경에서는 하나의 이야기가 더이상 종이로
만 소통되지 않는 상황과 밀접한 관계가 있다. 해리 포터 이야기가 대표
적인 경우다. 해리 포터 이야기는 책으로, 영화로, 게임으로, 캐릭터 상
품으로, 그리고 테마파크로 만들어져 입체적으로 소비자와 만난다. 하나
의 소스를 활용하여 다양한 형태로 부가가치를 재가공하는 생산 전략인
OSMU(One Source Multi Use)가 하나의 상품으로서 이야기의 경우에
도 그대로 적용되는 것이다.

잘 만들어진 재미있는 이야기는 또한 대중매체와 결합하여 이본(異
本) 또는 이종(異種)들의 이야기적 소재를 제공한다. 대중의 취향에 어
필하는 통속적인, 소위 '잘나가는' 소재가 전파성 강한 매체와 결합하면
시장의 논리에 의해 다양한 아류들이 양산되기 때문이다. 같은 이야기의
변종(變種)들이 생겨나는 것인데, 이는 그 이야기가 유명하고 재미있고,

그래서 누구나 한번쯤 들어보았을 이야기일 때에는 더욱 심하게 나타난다. 독일의 파우스트 이야기도 마찬가지다. 16세기에 파우스트 이야기를 처음으로 종이에 옮겼던 요한 슈피스 이래로 파우스트 이야기는 다양한 형식과 내용으로 표현되고 있다.

영화와 음악, 회화 등과 같은 장르에서 상이하게 표현되어오던 파우스트 이야기는 최근의 대중매체와 결합하여 더욱 현란한 변주를 보여준다. 매력적인 인물 파우스트는 이제 고전적인 연극과 오페라 무대에서뿐만 아니라 어느 힙합 그룹의 뮤직 비디오인 〈북서쪽에서 온 파우스트Faust des Nordwestens〉에서 나타나고, 심지어는 독일과 이탈리아의 합작 포르노 필름인 〈파우스트. 영혼의 사냥꾼Faust. Im Sog des Seelen-fängers〉의 주연으로 나타난다. 더 나아가 파우스트는 전자게임의 캐릭터로도 등장한다. 상업적 대중매체인 디지털게임이 매력적 이야기의 매력적 인물인 파우스트를 상호작용적 놀이의 주인공으로 발탁한 것이다. 좀더 알려져 있고, 좀더 친숙한 인물이 주인공으로 나오는 이야기는 상업적으로도 그만큼 실패할 확률이 낮기 때문이다. 이야기의 소재를 빌려오기는 하지만 원본의 내용과 형식 그대로를 수용하지는 않는 이 같은 변종 버전들은 나름대로의 형식과 매체의 특성에 맞추어, 그리고 그 목적에 적합하게 크고 작은 변화를 준다. 그러한 변화가 심하게 나타난 컴

북서쪽에서 온 파우스트

파우스트—영혼의 사냥꾼

퓨터게임 〈파우스트―일곱 영혼의 심판자Faust. Die Sieben Spiele der Seele〉를 소개하고, 디지털 기술과 멀티미디어 기술의 총아인 게임의 가상 공간에서 파우스트 이야기가 원래의 이야기와 달리 어떻게 전개되는지를 살펴본다.

2. 게임의 개요

1999년 구유고연방인 슬로베니아에 제작사를 둔 트리베Arxel Tribe사는 1999년 괴테의 작품으로 잘 알려진 파우스트 전설을 배경으로 〈파우스트―일곱 영혼의 심판자〉라는 게임을 만든다. 이미 바그너의 오페라를 바탕으로 〈반지Ring〉라는 독특한 어드벤처게임을 만들어 주목받았던 제작사는 유럽 문화에 기반을 둔 색깔 있는 게임을 주로 만들어왔는데, 〈파우스트―일곱 영혼의 심판자〉도 이러한 기획의 하나로 제작된 게임이다.

PC를 플랫폼으로 사용하는 〈파우스트. 일곱 영혼의 심판자〉는 파우스트 전설을 모티프로 삼아 일곱 개의 이야기가 숨겨진 기괴한 놀이공원을 배경으로 펼쳐지는 1인칭 시점의 어드벤처게임이다. 일곱 개의 이야기 속에 숨겨져 있는 각각의 에피소드들은 모두가 인간의 어두운 본성을 보여주는 비극적인 이야기들로 구성된다. 일반적인 게임과 달리 비교적 무거운 주제인 성욕, 식욕, 명예욕 등 인간의 탐욕과 죄악을 다루고 있어 독특한 소재와 주제를 제시한다. 그래서인지 분위기는 전체적으로 무겁고 그로테스크하다

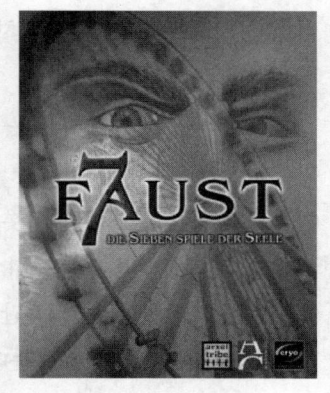

게임 타이틀의 이미지

는 인상을 준다. 일곱 가지 이야기, 일곱 가지 죄악 그리고 구원받아야 할 일곱 영혼들이 서로 얽혀 있는 복잡한 퍼즐 형식의 게임으로, 인간 원죄의 구원을 이야기하면서 인간의 본성에 대한 의문을 제시하는 사뭇 진지한 게임이다.

각각의 에피소드를 진행하면서 여러 가지 사실이 밝혀지는데, 이 이야기들은 서로 관련을 맺으며 전개되어 점점 이야기의 흥미를 끌어올린다. 각각의 에피소드들을 차례대로 풀어나가야만 하는 것과 전체적인 스토리를 이끄는 긴장감이 없다는 것은 아쉬운 점으로 지적되기도 한다. 하지만 각각의 내용에는 놀라움, 슬픔, 전율 등이 잘 섞여 있으며, 다른 게임에서 볼 수 없는 독특하고 개성 있는 이야기와 구성은 게이머에게 독특한 매력을 제공한다. 예를 들어 이 게임에는 사지 분열, 변태, 살인, 알코올 중독, 성적 폭력 등과 같은 내용들이 그로테스크하게 담겨 있는데, 이러한 표현들은 상업적이며 자극적인 것이 아닌 내용상의 비극과 분위기를 이루는 도구로 쓰이고 있어, 게임 자체의 분위기를 더욱 흥미롭게 만드는 요소로 작용한다.

재미있는 것은 앞에서 언급한 것처럼 무대가 20세기 초반, 미국의 어느 외진 곳에 위치한 놀이공원이라는 점이다. 그리고 주인공인 파우스트가 늙은 흑인으로 나오는데, 이러한 것들은 상업적인 특성상 좀더 현대적인 공간으로 이야기를 위치시키고, 게임 수요가 많은 미국을 고려한 것으로도 풀이된다.

주인공 파우스트의 역할은 이제는 폐허가 된 놀이공원인 드림랜드에서 일했던 일곱 명의 영혼을 심판하는 일이다. 놀이공원에는 관객을 끌어모으기 위해 난쟁이를 비롯해 호기심을 자극하는 기이한 인물들이 많이 있는데, 이들 가운데 특히 일곱 명의 인물들이 문제다. 이를 위해 파우스트는 가상의 시간과 공간을 여행하며 이들에게 도대체 어떤 일들이 벌어졌는가를 추적해야 하는데, 마치 탐정이 어려운 사건을 해결해나가듯 여러 증거와 실마리들을 수집하며 문제를 풀어나간다. 일곱 개의 에피소드, 일곱 개의 사건을 중심으로 게임 〈파우스트―일곱 영혼의 심판자〉를 풀어본다.

3. 게임의 내용

3-1. 탐욕―샴쌍둥이 릴리와 조디

게임의 시작은 괴테의 『파우스트』에서처럼 천상에서 천사인 가브리엘과 피터가 이야기를 나누는 목소리로 시작되어 파우스트와 메피스토의 대화로 이어진다. 무대는 오래 전에 만들어진 이상하고 신비한 놀이공원 드림랜드다. 드림랜드는 당시의 놀이공원들이 그렇듯이 1920년대 몇몇 특이한 사람들을 고용하여 공연을 펼치며 황금기를 이룬 곳이다. 그러나 설립자 테오도 모어가 죽고 나자 문을 닫고 지금은 거의 폐허가 되다시피 한 상태다.

파우스트의 모습

메피스토의 모습

파우스트는 악마 메피스토에 의해 이 드림랜드에 오게 된다. 메피스토와 그의 보스인 신 사이에 과거 드림랜드에서 일했던 사람들, 그러나 지금은 죽고 심판을 기다리는 사람들의 영혼을 천국과 지옥 어디로 보내야 할 것인가를 놓고 다소간 논쟁이 있어 파우스트를 중개인으로 부른 것이다. 이제 파우스트는 일종의 판사와 같은 역할을 부여받고 탐정과 같이 놀이공원에 숨겨진 이야기와 죽은 영혼들을 조사하며 나름대로 심판을 내려야 한다.

파우스트가 처음으로 풀어야 하는 사건은 릴리와 조디에 관한 것으로, 시간대는 1935년 11월이다. 릴리와 조디는 서로 몸이 붙어 있어 사람들의 이목을 끌기에 충분한 샴쌍둥이다. 이들은 어느 날 몰래 훔친 돈으로 사채놀이를 시작하고 드림랜드 식구들에게 은밀히 돈을 빌려주면서 재미를 본다. 이들은 똑같이 호랑이 조련사인 한니발을 좋아하는데, 서로 상대방보다 더 좋아하려고 애쓴다. 한니발은 사실 이들에게 관심이 없으나 이들에게 진 빚 때문에 어쩔 수 없이 호의를 보인다. 릴리와 조디는 샴쌍둥이지만 성격적으로 차이가 있다. 릴리는 약간 낭만적이고, 조디는 사랑보다는 돈을 더 좋아한다. 메피스토는 이 점을 이용, 릴리에게는 한니발의 사랑을, 조디에게는 돈을 상대방 모르게 약속하고 붙어 있는 서로의 몸을 칼로 자르도록 유혹한다. 그러나 결국 돈 문제로 둘 사이에 문제가 생겨 조디가 릴리를 죽이고 마는데, 더욱 끔찍한 것은 나중에 조디가 릴리의 시체를 조각내 한니발의 호랑이에게 던져주는 장면이다. 파우스트는 이 같은 사실을 릴리의 시체에서 발견한 메피스토와 조디 사이에 맺은 계약서를 통해 알아낸다.

3-2. 지식욕─연금술사 나타나엘

릴리와 조디의 관계를 알아낸 파우스트가 다음으로 도착한 곳은 연금술사 나타나엘의 서재다. 시간은 1952년 12월. 나타나엘은 수학자이자 연금술사로 드림랜드의 설립자인 테오도 모어의 부탁을 받고 드림랜드에서 선생으로 일했던 인물이다. 서재 곳곳에 있는 여러 책과 흔적들을 조사한 파우스트는 나타나엘이 제2차 세계대전 당시 미국의 비밀 요원으로 몇몇 중요한 작전에 참여했던 사실을 밝혀낸다. 그리고 나타나엘이 릴리와 조디에게 심리 상담을 해주었다는 사실과, 조디가 릴리를 죽였다는 내용을 담은 나타나엘의 음성 녹음을 확인한다. 하지만 이러한 사실보다도 파우스트의 관심을 끄는 것은 나타나엘과 메피스토 사이에 있었던 대화의 흔적인데, 이 흔적에는 메피스토의 어떤 제안을 나타나엘이 거절했던 장면이 엿보인다. 좀더 자세한 내용을 알아보기 위해 파우스트는 다시 시간여행을 떠난다.

장소는 1960년 7월, 다시 나타나엘의 서재다. 팔 년이 지나 똑같은 장소에서 파우스트가 발견한 사실은, 나타나엘이 그 동안 무언가 신비스런 테마에 사로잡혀 집중적인 연구를 했다는 것이다. 책상 위에 있는 녹음기를 통해 알아낸 바로는, 그 연구의 목적이 인조인간의 창조와 관계 있다는 점이다. 파우스트는 자세한 흔적 조사와 게임의 진행을 통해 모은 여러 아이템으로 직접 나타나엘의 인조인간을 만들어보기도 한다. 파우스트는 이후에 벌어지는 에피소드들에서 이 인조인간의 도움을 받아 몇 가지 어려운 장애들을 극복한다. 여러 정황과 증거를 통해 볼 때 나타나엘은 세상의 모든 지식을 주겠다는 메피스토의 제안을 거부한 것으로 보인다.

3-3. 성욕―카사노바 프랭크

세번째 에피소드는 1930년 2월 프랭크 번즈의 방에서 시작된다. 프랭크는 여러 차례 신문에 소개되고 상을 받을 정도로 재능 있는 화가다. 프랭크의 작업실을 둘러보던 파우스트는 프랭크가 내면에 강한 성적 욕망을 갖고 있고, 또한 그것을 자유분방하게 표출

프랭크의 비밀의 방

했음을 발견한다. 작업실 옆 비밀 통로로 나 있는 사랑의 방에 걸려 있는

육감적인 여인들의 그림들과 프랭크가 즐겨 읽던 카사노바와 돈 후안에 관한 책들이 이 같은 사실을 잘 드러내준다. 사랑의 방에서 파우스트는 프랭크가 메피스토에게 무엇을 요구했는지를 찾아낸다. 그것은 자신이 모든 여자들이 거부할 수 없는 유혹자가 되도록 해달라는 것인데, 궁금한 점은, 이런 프랭크가 어떻게 해서 드림랜드로 오게 되었고, 드림랜드에서 어떤 역할을 했는가 하는 점이다.

이를 밝히기 위해 파우스트는 구 년이 지난 1939년 10월, 다시 프랭크의 작업실을 찾는다. 이곳에서 파우스트는 프랭크의 일기와 그가 찍은 사진들, 그리고 또다른 비밀의 방을 발견한다. 여러 증거들을 통해 드러난 사실은, 메피스토가 프랭크에게 성욕을 채워주는 대신 자신이 원하는 완벽한 작품 하나를 그리도록 계약을 채결했다는 것이다. 그러나 프랭크는 자신의 재능을 앗아가는 메피스토의 계략에 고통스러워한 나머지 스스로의 몸을 불살라버린다. 온몸이 화상으로 인해 붕대에 감긴 프랭크는 그래서 드림랜드로 오게 된 것이다.

3-4. 순수한 사랑—유령을 사랑한 여인 칼링카

네번째 이야기는 칼링카에 관한 에피소드다. 시간은 1935년 6월. 칼링카는 드림랜드 식구들의 옷을 만들어주는 재능 있는 재단사다. 사실 첫번째 에피소드에서 등장한 한니발이 사랑한 여인이 칼링카다. 그래서 한니발을 좋아한 삼쌍둥이 릴리와 조디는 계략을 꾸며 칼링카를 드림랜드에서 쫓아내려 하는데, 파우스트는 우선 이를 막아야 한다. 파우스트는 봄, 여름, 가을, 겨울 사계절의 시간과 공간을 넘나들며 릴리와 조디의 계획을 막는다. 칼링카는 유령처럼 붕대를 친친 감고 다니는 프랭크를 위해 직접 마스크와 옷을 만들어주기도 하는데, 나중에 밝혀진 사실은 칼링카와 프랭크가 서로 사랑을 나누고, 드림랜드 식구들 몰래 결혼한 사이였다는 점이다. 파우스트는 칼링카가 메피스토와 그 어떤 계약도 맺지 않았다는 사실과 칼링카와 프랭크의 사랑이 순수한 것임을 확인한다.

이 에피소드의 마지막에는 칼링카의 이야기보다 주목을 끄는 장면이 나온다. 도서관에서 파우스트는 드림랜드의 설립자 테오도 모어와 메피스토 사이에 맺은 것으로 보이는 계약의 일부분을 발견한다. "나 테오도는 1917년 모든 희망을 잃어버려 메피스토와의 계약에 서명했다." 도대체 계약의 내용은 무엇이고, 또 왜 설립자인 테오도 모어가 메피스토와 계약을 맺었을까? 이에 대한 해답은 게임의 마지막 장면에서 밝혀진다.

3-5. 증오―호랑이가 된 한니발

1932년 3월. 앞선 에피소드에서 이미 나오는 것처럼 한니발은 호랑이 조련사다. 드림랜드에서 호랑이와 함께 공연을 펼친다. 그러나 한니발의 거처에는 호랑이 그림 대신 샴쌍둥이인 릴리와 조디, 밀주 제조업자 토드, 프랭크와 뚱보 기젤레의 그림이 몰래 숨겨 있다. 모두가 한니발이 증오하는 드림랜드의 식구들이다. 릴리와 조디는 빌린 돈을 미끼로 불가능한 애정을 요구한다는 이유로, 토드는 몰래 밀주를 만들어 자신을 술주정뱅이로 만든다는 이유에서, 프랭크는 자기가 좋아하는 칼링카와 몰래 결혼한 사이라는 이유로, 뚱보 기젤레는 자신이 먹지 못하는 맛있는 것만 먹는다는 이유에서 증오한다. 메피스토가 한니발에게 접근한 이유는 바로 증오 때문이다.

한니발의 증오심에 기름을 붓는 사건이 벌어진다. 릴리를 죽인 조디가 한니발의 호랑이에게 썩은 시체를 주어, 그 호랑이가 죽은 것이다. 이제 증오를 넘어 한니발은 이들에게 복수를 원한다. 메피스토는 한니발에게 계약을 제안한다. 세상의 모든 법을 뛰어넘어 약한 자를 공격할 수 있는 능력을 주겠다는 것이다. 한니발은 메피스토의 제안에 동의하지만, 이로 인해 그 자신이 호랑이로 변하게 되고, 다른 호랑이로부터 성적 학대를 받는 신세가 된다.

3-6. 술과 식욕—밀주 제조업자 토드와 뚱보 기젤레

1930년 6월. 여섯번째 에피소드는 밀주 제조업자 토드에 관한 이야기다. 토드는 난쟁이로 태어나 부모에게서 버림받아 이곳 드림랜드로 오게 된다. 토드는 드림랜드에서의 공연이 없을 때면 몰래 밀주를 만든다. 밀주 만드는 곳을 조사하던 파우스트는 놀라운 사실을 발견한다. 메피스토가 토드로 변해 밀주를 만드는 것이다. 밀주를 만드는 사람이 토드인지 아니면 메피스토인지, 그리고 둘 사이에 어떤 계약이 오갔는지에 대해서는 분명한 설명이 없다.

마지막인 일곱번째 에피소드는 뚱보 기젤레에 대한 이야기다. 시간은 1938년 12월. 기젤레는 5백 파운드가 넘는 엄청난 뚱보다. 그 육중한 몸매로 인해 기젤레는 사람들의 관심을 끈다. 기젤레가 이렇게 뚱뚱해진

호랑이 조련사 한니발

뚱보 기젤레

이유는 메피스토가 그녀의 식욕을 자극하며 선물한 마법의 숟가락 때문이다. 마법의 숟가락은 만지기만 하면 기젤레가 원하는 모든 맛있는 음식들이 채워져 그녀의 식욕을 함께 채워준다. 이때 파우스트는 인간이 아니라 천사였다는 사실이 밝혀진다. 기젤레의 행복을 위한 주도권을 메피스토에게 빼앗겼다는 이유로 벌을 받아 권리를 박탈당한 천사가 바로 파우스트였던 것이다.

3-7. 파우스트의 선택

파우스트는 그 동안의 조사를 통해 드림랜드에서 일했던 각각의 인물들의 관계와 사건들을 정리한다. 그러나 마지막까지 풀리지 않는 사건이 하나 있다. 드림랜드의 설립자인 테오도 모어와 메피스토의 관계다. 고심하는 파우스트에게 마침내 이 두 인물이 나타난다. 두 사람의 대화 가운데 파우스트는 테오도 모어가 이미 메피스토와 다음과 같은 계약을 맺고 내기를 한 상태임을 발견한다. 현재 폐허가 되어버린 드림랜드의 모든 자산을 일단 파우스트에게 양도하고, 이미 모든 사실을 알게 된 파우스트가 이제 드림랜드의 새로운 경영자가 되어 예전에 그랬듯이 다시금 사람들에게 즐거움을 주려 할지, 아니면 그냥 넘겨받은 자산을 팔아 편하게 노후를 준비할지를 결정하도록 하자는 것이다. 만약 파우스트가 드림랜드의 새로운 경영자가 되기로 결심하면 테오도가 이기는 것이고, 그렇지 않고 드림랜드를 팔아버리면 메피스토가 이겨 테오도의 영혼을 가져간다는 것이다.

이 순간 게임 〈파우스트―일곱 영혼의 심판자〉는 게이머에게 결정의 선택권을 제공한다. 다시 말해 파우스트가 드림랜드의 새로운 경영자가 되어 다시금 옛 명성을 회복하려 노력할지, 아니면 손쉽게 모두 팔아 자신의 이익만을 추구할지는 전적으로 게임머의 손에 달려 있다. 게이머가 파우스트로 하여금 어떤 결정을 내리도록 하는가에 따라 그 결과도 판이하게 두 가지로 달라진다. 그러나 후자의 결정은 CD 네 장으로 구성되어 있는 대서사 게임의 엔딩 장면으로서는 조금 모자란 느낌을 준다.

4. 나오는 말

인간의 호기심과 상상력을 사로잡는 데 실패하지 않는 두 가지 놀이가 있다. 숨바꼭질과 술래잡기가 그것이다. 모두가 숨어버린 다음 술래가

되어 찾아 나서던 기억, 또는 숨어
있을 때 들키지 않으려고 숨을 죽이
던 기억을 되살려보자. 혹은 술래잡
기 놀이를 할 때의 쫓고 쫓기며 항상
다른 사람보다 한발 앞서야 하는 긴
장감을 생각해보자. 어린아이들은

이러한 놀이에 싫증을 내는 법이 없다. 어린이와 마찬가지로 어른들도
숨어 있는 것을 찾아내는 것에 대한 원초적 재미를 느낀다. 게임 〈파우스
트—일곱 영혼의 심판자〉는 이야기의 재미와 더불어 게임의 재미 자체
를 배가시키기 위해 원래의 이야기 대신 탐정 스토리 구조를 도입함으로
써 원초적 흥미를 자극한다. 파우스트 역할을 하는 게이머는 숨겨 있는
사건과 단서를 찾으면서 조각난 퍼즐을 맞추어가듯 미해결된 문제를 풀
어나가는 기쁨을 느낀다.

　게임, 특히 잘 만들어진 재미있는 게임은 단순한 오락의 차원을 넘어
인간의 원초적인 감성을 자극하여 독특한 매력을 발산한다. 이는 이러한
게임들 대부분이 인간의 삶을 상징적으로 표현하고 있기 때문이다. 일정
한 규칙에 따라 주어진 과제를 해결하는 과정에서 기쁨과 슬픔, 분노와
좌절, 고통과 성취감을 맛보는 게임은 사실 인간의 삶과 많은 부분이 닮
아 있다. 인간의 삶을 상징적으로 표현하는 중요한 예술 장르 중의 하나
인 문학이 게임과 맞닿을 수 있는 지점이 바로 여기에 있다.

　요즘은 책이 잘 읽히지 않는다. 특히 스크린에 익숙한 자라나는 젊은
세대들에게 있어 『파우스트』와 같은 5백 페이지 가까이 되는 대작을 읽
는다는 것은 커다란 용기와 인내가 필요한 작업이다. 그래서 이들에게
익숙한 매체로 『파우스트』와 같은 고전 대작을 만나게 하는 노력이 제기
되기도 하는데, 게임 〈파우스트—일곱 영혼의 심판자〉가 한 가지 가능
성을 제공한다. 물론 이 게임은 원래의 파우스트 이야기와는 상당히 다
른 버전이다. 그러나 기본적인 모티프가 같고 원작과 일정한 유사성을

가지고 있는 것은 사실이다. 게임을 통한 관심과 흥미가 원작에 대한 관심으로까지 연결될 수 있다면, 게임을 통해 고전과 접하는 것도 '재미' 있는 일일 것이다.

필자 소개

김금동 한국외대 독일어과와 동대학원 졸업. 독일 마르부르크대학 영화학 석·박사. 현 한국외대, 우석대, 한남대 강사. 논문 「피터 그리너웨이의 영화에 나타난 구조적 형식과 내러티브 그리고 관객의 영화인지 연구」가 있다. kimkeumdong@naver.com

김영옥 한국외대 독일어과와 동대학원 졸업. 독일 하노버대학, 뒤셀도르프대학 수학, 한국외대 문학박사. 독일 뒤셀도르프 괴테무제움 초빙연구원 역임. 현 한국외대, 덕성여대 강사. 저서 『프랑스와 유럽』(공저), 역서 『죽음의 푸가』 『바다에 어떻게 소금이 들어 있지』, 논문 「하이네와 민족주의」 「하이네와 수사학전통」이 있다. thaleia@hufs.ac.kr

김요한 한국외대 독일어과와 동대학원 졸업. 독일 베를린 훔볼트대학에서 문화학 연구. 한국외대 문학박사. 현 원광대 인문학연구소 전임연구원, 한국외대, 인하대 강사. 저서 『디지털 시대의 문학하기』, 논문 「하이퍼텍스트의 구조적 특성과 하이퍼텍스트 문학」 「문학텍스트의 환경변화」 「몰입, 변형, 에이전시: 디지털 스토리텔링의 수사학」이 있다. kimjohann@korea.com

김정자 한국외대 독일어과와 동대학원 졸업. 독일 마인츠대학 수학, 한국외대 문학박사. 영국 케임브리지대 연구교수, 한국독어독문학회 부회장 역임. 현 목포대학 교수. 역서 『독일문학사』(공역), 논문 「토마스 만의 『부덴브로크 일가』에 나타난 몰락과 생(生)에 관한 연구」 「괴테의 『빌헬름 마이스터의 수업시대』에 나타난 여인상 연구」 「페미니즘 시각에서 드로스테 휠스호프 문학 다시 읽기」 「괴테의 셰익스피어 수용」이 있다. cjkim@mokpo.ac.kr

김창준 한국외대 독어교육과와 동대학원 졸업. 독일 괴팅겐대학 문학박사. 현 한국외대 교수. 저서 『라이너 마리아 릴케의 『말테의 수기』 연구』, 논문 「욕망과 도구이성. 무질의 『생도 퇴를레스의 혼란』 연구」 「허상적 유토피아 — 클라이스트의 『홈부르크 왕자』 연구」「역사와 실존. 괴테의 『에그몬트』 연구」가 있다. tzkim@hufs.ac.kr

김충남 한국외대 독일어과와 동대학원 졸업. 독일 본대학 수학, 한국외대 문학박사. 체코 카렐대 교환교수, 한국외대 외국문학연구소장, 사범대학장, 한국독어독문학회장 역임. 현 한국외대 교수. 저서 『세계의 시문학』(공저)『세계연극의 이해』(공저). 역서 『메두사의 뗏목』『짝짓기』『인형의 집』, 논문 「독일표현주의 극작연구」「카프카와 표현주의」「독일민족주의와 민족문학」이 있다. chnkim@hufs.ac.kr

김혜숙 동아대 독문학과와 한국외대 대학원 졸업. 독일 파사우대학 문학박사. 현 동아대, 한국외대 강사. 논문 「에른스트 톨러의 드라마에 나타난 가치체계의 변화」가 있다. tessilia@dreamwiz.com

노희직 한국외대 독일어과와 동대학원 졸업. 독일 튀빙겐대학 문학박사. 현 한국외대 강사. 논문 「미적 현대의 발현으로서의 표현주의」「트라클의 시에 있어서 현실」「쉘링의 예술철학」「키에르케고르에 있어서 아이러니 개념」「G. 짐멜의 문화철학」「쉴러의 숭고함의 미학」「하이데거의 횔덜린 해석」「에센바하의 『파르치발』에 나타난 종교적 세계관」이 있다. nhj@hufs.ac.kr

라영균 한국외대 독일어과 졸업. 오스트리아 빈대학 문학 석·박사. 현 한국외대 교수. 저서 『문학사 기술의 문제점』, 역서 『모래남자』『미학연습』(공역), 논문 「정전과 문학교육」「독문학사와 문학비평에 나타난 오스트리아문학」「문학장과 문학성」이 있다. rayoungk@hufs.ac.kr

박일균 한국외대 독일어과와 동대학원 졸업. 현 독일 뒤셀도르프대학 박사과정(독문학, 번역학). 논문 「헤세 문학의 정신분석학적 연구」「문학번역연구의 대상과 과제」「귄터 그라스 소설에 나타난 정치적 이념과 그의 정치참여」가 있다. parki@uni-duesseldorf.de

배기정 한국외대 독일어과 졸업. 독일 마르부르크대학 문학 석·박사. 현 한국외대 강사, 중앙대 한독문화연구소 전임연구원. 역서 『망가진 시대 — 에리히 케스트너의 삶과 문학』, 논문 「이야기하는 도시 베를린 — A. 되블린의 소설 『베를린 알렉산더광장』에서의 화자(話者)」 「은유로서의 자연 — 중국기행문학에 나타난 자연묘사」 「'미디어혁명' 인가 '미디어쇼' 인가 — 독일통일과정과 서독 TV의 역할」이 있다. kieselbae@freechal.com

백인옥 한국외대 독일어과와 동대학원 졸업. 독일 콘스탄츠대학 문학박사. 현 한국외대 대우교수, 한독문학번역연구소 전문연구원. 저서 『대학생을 위한 활용독일어 1·2』(공저), 역서 『헤세의 인도여행』(공역), 『여자들은 기다림과 씨름한다』, 논문 「릴케의 『말테의 수기』와 『신시집』에 나타난 현대성의 미학」 「밤의 미학. 노발리스, 횔덜린, 릴케에 있어서의 상이한 양상」이 있다. paekinok@hanmail.net

안미현 한국외대 독어교육과와 동대학원 졸업. 독일 튀빙겐대학 문학박사. 현 고려대 레토릭연구소 전임연구원, 한국외대 강사. 역서 『이브의 역사』 『파솔리니』, 논문 「계몽주의시대의 번역문학 논쟁」 「논쟁의 수사학 — 라오콘 논쟁을 중심으로」 「불유쾌한 시간을 위한 생산적 유희」가 있다. mihyunahn@hanafos.com

이선자 한국외대 독일어과와 동대학원 졸업. 독일 괴테인스티투트 디플롬, 한국외대 문학박사. 현 덕성여대 교수. 논문 「안나 제거스와 사회적 유토피아의 실현」 「보르헤르트 작품에 나타나는 탕자상」 「제거스의 『제7의 십자가』에 나타나는 영웅상」 「뒤렌마트 작품에 나타나는 정의와 은혜」 「브레히트 작품에서의 아가페 모티브」 「뒤렌마트의 『노부인의 방문』과 윌리암 골딩의 『파리대왕』에 나타나는 인간상」이 있다. yisc@duksung.ac.kr

이인웅 한국외대 독일어과와 동대학원 졸업. 독일 뮌헨대학 수학, 뷔르츠부르크대학 문학박사. 한국외대 기획실장, 교무처장, 통역대학원장, 부총장, 한국헤세학회장, 한국독어독문학회장 역임. 현 한국외대 명예교수. 저서 『현대독일

문학비평』『헤세와 동양의 지혜』, 역서 『데미안』『황야의 이리』『밀레나 여사』『젊은 베르테르의 슬픔』『파우스트』, 논문 「헤세와 동양사상」「파우스트와 역사세계」가 있다. leeiu@hufs.ac.kr

이혜자 한국외대 독어교육과와 동대학원 졸업. 한국외대 문학박사. 독일 트리어대학 연구교수 역임. 현 군산대학 문화유럽학부 교수. 저서 『감각하는 인간』(공저) 『경계인을 통해서 본 동아시아의 근대풍경』(공저), 『현실인식과 독일문학』(공저), 논문 「독일근대문화와 몸을 향한 시각」「유럽인의 시각에서 본 조선의 근대화풍경」「아이헨도르프 작품에 나타난 공간의 기능」「하우프트만의 희곡『직조공들』에 있어서 서사적 요소」「Paul Celan 시 연구」가 있다. hzrhies@hanmail.net

임병희 덕성여대 독문학과와 한국외대 대학원 졸업. 독일 지겐대학 문학박사. 현 목포대 연구교수, 덕성여대, 한국외대 강사. 역서 『미학연습』(공역), 논문 「한스 마그누스 엔첸스베르거. 1950년대 중반 이후 독일시의 한 범례」「자율성과 사회성의 진테제」「독일어권에서의 문학적 다다이즘」「엔첸스베르거에 나타나는 역사적 아방가르드의 수용」「문학수업에서의 애니메이션」이 있다. rimbhee@kornet.net

임우영 한국외대 독일어과와 동대학원 졸업. 독일 뮌스터대학 문학박사. 현 한국외대 교수. 역서 『괴테의 사랑. 슈타인 부인에게 보낸 편지』『이별연습』『빌헬름 마이스터의 편력시대』(공역) 『독일 연극이론』(공역), 논문 「실험적 자기묘사. 괴테의 초기 희곡론」「괴테 초기 시에 나타난 신화적 인물 연구」「괴테의 『빌헬름 마이스터의 수업시대』에 나타난 체념의 변증법」이 있다. wylim@hufs.ac.kr

장은수 한국외대 독일어과 졸업. 오스트리아 빈대학 문학박사. 현 한국외대 교수. 저서 『영화 속의 동서양문화』(공저), 『브레히트의 연극세계』(공저), 역서 『마지막 도박』『빌헬름 마이스터의 편력시대』(공역) 『독일연극이론』(공역), 논문 「노광대의 무기력한 권력유희. 토마스 베른하르트의 희곡연구」「페터 슈

타인의 〈파우스트〉 마라톤 공연」「독일 탄츠테아터와 베를린 샤우뷔네」가 있다. jaes@hufs.ac.kr

제여매 한국외대 독어교육과 졸업. 독일 뷔르츠부르크대학 문학 석·박사. 현 한국외대 강사. 논문 「파울 첼란문학에 나타난 여성적 원형에 대하여」「그륀바인과 인간학」이 있다. je_yeo_mae@hotmail.com

조관연 한국외대 독일어과 졸업. 독일 쾰른대학 민족학 학·석·박사. 한국외대 외국학종합연구센터 책임연구원, 문화콘텐츠진흥원 전문위원 역임. 현 한신대 디지털문화콘텐츠전공 초빙교수. 저서 『와인 속의 역사와 문화』(공저), 『영화 속의 동서양 문화』(공저), 『문화콘텐츠 교과과정개발』, 논문 「쾰쉬맥주의 지역정체성 형성과정」「민족지영화 〈사냥꾼들〉의 제작과정과 유산」「문화인류학에서의 문화 간 의사소통방식 연구」가 있다. ethnocho@hanmail.net

조규희 한국외대 독일어과와 동대학원 졸업. 독일 파더본대학 문학박사. 현 한국외대 강사. 논문 「독일 노동문학의 역사와 현재적 의미」「서독의 68운동과 문화혁명」이 있다. khcho@hufs.ac.kr

하명해 한국외대 독어교육과와 동대학원 졸업. 독일 콘스탄츠대학 문학박사. 현 한국외대 대우교수. 논문 「독일 계몽주의시대의 대중매체로서 도덕주보」「통일 이후 독일영화의 흐름. 영 저먼시네마의 형성」「요셉 로트의 후기소설에 있어서 슬라브세계의 수용」「소설가의 영화보기」「로트의 하르츠와 뤼겐섬 기행에 나타난 시대성찰」이 있다. halim331@naver.com

함희정 한국외대 독어교육과와 동대학원 졸업. 독일 하노버대학 문학박사. 현 한국외대, 덕성여대 강사. 논문 「동독사회의 발전에 따른 크리스타 볼프 문학의 주제변화 연구」「볼프의 『모스크바 이야기』와 하이너 뮐러의 『헐값 노동자』에 나타난 사회주의로의 전환과정 비교」가 있다. heejeongh@hotmail.com

파우스트, 그는 누구인가

초판인쇄 | 2006년 5월 8일
초판발행 | 2006년 5월 15일

엮은이 | 이인웅
펴낸이 | 강병선
책임편집 | 조연주 오경철
펴낸곳 | (주)문학동네
출판등록 | 1993년 10월 22일 제406-2003-000045호

주 소 | 413-756 경기도 파주시 교하읍 문발리 파주출판도시 513-8
전자우편 | editor@munhak.com
전화번호 | 031) 955-8888
팩 스 | 031) 955-8855

ISBN 89-546-0128-6 03810

www.munhak.com